ISA HERING

Broken
Prestige
Starved.

ROMAN

XI
BY ISA HERING

Impressum

1. Auflage 2024
Copyright © 2024 by Isa Hering

Isa Hering
c/o autorenglück.de
Franz-Mehring-Str. 15
01237 Dresden

Lektorat: Nina Krömes / Lektorat Zeilenkleid
Korrektorat: Kerstin Hoffmann
Cover- und Umschlaggestaltung: Anja Neumann & Isa Hering
Buchsatz: Isa Hering & Anja Neumann
Cover-/ Buchsatzgrafiken: Adobe Stock / Shutterstock

ISBN: 9783757989262

Mehr Informationen:
www.isahering.de

Herstellung und Druck über tolino media GmbH & Co. KG, München.
Printed in Germany

Für Mama.
Weil du es verdienst. Danke für alles.

Und für alle, die gerade gegen sich selbst kämpfen.
Ihr seid nicht allein.

Liebe LeserInnen,

willkommen in New York City! Ich freue mich so sehr, dass ihr für eine Reise an die Upper East Side (und in die Hamptons) bereit seid und in die Welt der New Yorker Elite eintauchen wollt. Euer Lesevergnügen steht für mich an oberster Stelle. Daher muss ich euch darauf hinweisen, dass in »Broken Prestige: Starved.« sensible Themen angesprochen werden, die euch unter Umständen triggern könnten. Wer wissen möchte, was ihn erwartet, findet eine detaillierte Triggerwarnung auf der Seite 448.

Ich wünsche euch ein paar aufregende Stunden in der Stadt, die niemals schläft, und hoffe, dass euch Amelys und Lex' Geschichte gefällt.

Eure *Isa*

Buchplaylist

(In voller Länge bei Spotify)

Kygo feat. X Ambassadors – Undeniable
Myles Smith – Betting On Us
PLVTINUM, Tarro – Champagne & Sunshine
Giant Rocks – Morning Blue
Beyoncé – Pretty Hurts
Nessa Barrett – dying on the inside
Tate McRae – chaotic
Hozier – Eat Your Young
Chase Atlantic – Into It
Halsey – Control
In This Moment – In The Air Tonight
Hayd – Changes
Florence + The Machine – Dream Girl Evil
Panic! At The Disco – Don't Threaten Me
with a Good Time
emlyn – god sent me as karma
BANNERS – Have You Ever Loved Someone
I Prevail – Deep End
Isabel LaRosa – eyes don't lie
Vancouver Sleep Clinic – Someone To Stay
Valerie Broussard – In The End
Sam Nelson, X Ambassadors,
Madi Diaz – give me hell
Clinton Kane – DANCING ALL ALONE
Sia – Elastic Heart
EDEN – Circles
Walking On Cars – Try Again
Gavin James – Always
ILLENIUM, JVKE – With All My Heart

Kapitel 1

Amely

Juli 2023

Als ich jünger war, wollte ich nichts mehr, als gesehen zu werden. Das lag weniger daran, dass mir meine Mum nicht genug Aufmerksamkeit schenkte, sondern mein Vater uns verlassen hatte, als ich gerade vier Jahre alt geworden war. Ohne ein Wort des Abschieds fehlten eines Tages, als wir vom Einkaufen nach Hause kamen, sein Wagen in der Auffahrt und seine Schuhe im Flur. Völlig aufgelöst war meine Mutter ins Schlafzimmer gerannt und hatte dort entdeckt, dass auch seine Sachen aus dem Kleiderschrank verschwunden waren. Selbst die Bilder an der Wand, die uns als glückliche Familie zeigten, hatte er mitgenommen und sich seitdem nie wieder gemeldet.

»Wir brauchen ihn nicht!« Das war das Einzige, was meine Mutter seitdem über meinen Vater sagte, aber eigentlich meinte sie damit sein Geld. Und es war wirklich nicht so, als wären wir auf Unterhalt angewiesen. Schließlich waren wir die Spencers.

Die Familie meiner Mum stammte ursprünglich vom alten englischen Adel ab und war auch heute noch wohlhabend. Entgegen dem Wunsch ihrer Eltern hatte sie nie geheiratet, weswegen ich ihren Mädchennamen und nicht den Nachnamen meines Vaters trug. Mittlerweile wusste ich nicht mal mehr, wie er hieß. Aber es stimmte, dass wir auch ohne ihn mehr als komfortabel leben konnten. Was Mum jedoch nicht verstand: Das Geld war für mich kein Ersatz.

Je älter ich wurde, desto mehr wuchs meine Neugier. Mein Vater war wie ein Geist – nicht mehr da, aber doch irgendwie noch anwesend, wenn auch unerreichbar. Mit sechzehn wollte ich unbedingt wissen, wie seine Stimme klang, wie er jetzt aussah, ob wir uns ähnlich waren oder Gemeinsamkeiten hatten. Ich fragte mich, was er so tat, ob er an mich dachte, mich vielleicht vermisste. Während die Väter meiner Freundinnen sie zu Schulveranstaltungen begleiteten, gab es in meinem Herzen immer dieses Loch, das sich nicht füllen ließ, obwohl meine Mum ihr Bestes tat. Ich war neidisch und dachte, ich würde mich endlich komplett fühlen, wenn ich nur von ihm gesehen werden würde.

Als ich schließlich beschloss, ihn zu suchen, bekam ich nicht mal seinen Namen heraus. Meine Geburtsurkunde war mit einem Mal genauso verschwunden wie er. Auch die Nachfragen bei meiner Mum blieben unbeantwortet, also war ich kreativ geworden. Meine damalige Schnapsidee hatte alles verändert. Am allermeisten mich. Jetzt war ich dreiundzwanzig und wollte nicht mehr gesehen werden, sondern nur noch in der Masse untergehen und bloß keine Aufmerksamkeit erregen. Und wo ging das besser als in einer riesigen Metropole mit über acht Millionen Einwohnern?

Ich nahm einen tiefen Atemzug und schwang einen Fuß aus dem Taxi, um ihn auf das graue Pflaster des Bürgersteigs an der Upper East Side zu setzen. Als ich ausstieg, war mein Blick vollkommen fasziniert auf das Gebäude vor mir gerichtet. Aufregung packte mich, die meine Beine kribbeln ließ und in meinem Magen ein Flattern auslöste.

So fühlte es sich also an, wenn man einen Neuanfang wagte.

Wenn ich es beschreiben müsste, dann kam es einer Mischung aus Freiheitsgefühl, Erleichterung und Vorfreude gleich. Auch Hoffnung machte sich in mir breit, brach wie ein einzelner Sonnenstrahl durch eine dicke, graue Wolkenwand aus Sorgen und nahm mich in rasender Geschwindigkeit ein. Ein Lächeln schlich sich auf meine Lippen und mir wurde warm, was nichts mit der Sommerhitze zu tun hatte, die gerade in Manhattan herrschte.

Heute schlug ich eine neue Seite im Buch meines Lebens auf. Das hatte vor allem in letzter Zeit einiges mitmachen müssen und sah dementsprechend ramponiert aus. Knicke zierten den Buchrücken, hier und da fand man Seiten mit Leseecken und durch eine einzelne zog sich sogar ein feiner Riss. Auch das Papier der neuen Seite war schon etwas zerknittert, doch zum ersten Mal fokussierte ich mich nicht auf das Aussehen, sondern auf die Leere des Blattes. Diese machte mir keine Angst mehr – nein, jetzt inspirierte sie mich, meine Geschichte endlich weiterzuschreiben. Ich hatte die großen und kleinen Makel akzeptiert, da ich gelernt hatte: Egal, wie oft ich über das Papier der Seiten fuhr, ich würde sie doch nie wieder vollkommen glatt und neu bekommen. Trotzdem war es mein Buch und die restlichen Seiten wollte ich lieber mit wunderschönen Glücksmomenten und prägenden Erinnerungen füllen, anstatt die alten Kapitel immer wieder zu lesen und auf ein anderes Ende zu hoffen.

Ich nahm den Wolkenkratzer vor mir genauer in Augenschein. Er musste erst vor ein paar Jahren gebaut oder saniert worden sein. Das Beige des Kalksteins war noch hell und anders als bei den Gebäuden in seiner Umgebung nicht durch Staub und Abgase verschmutzt. Der Teil des Hochhauses, der in den Himmel ragte, war mit Fenstern übersät. Aus den höhergelegenen Appartements hatte man sicher eine fantastische Aussicht auf die New Yorker Skyline.

Als sich die Sonne hoch oben im Fensterglas des Gebäudes spiegelte, schloss ich meine Augen und senkte den Kopf. Steph war in der Zwischenzeit auf der anderen Seite des Taxis ausgestiegen und hatte freundlicherweise das Gepäck aus dem Kofferraum des gelben Wagens geholt, bevor dieser wieder davon gefahren war. Hinter uns dröhnte der dichte Verkehr. Ein paar Straßen weiter hörte man die Sirene eines Rettungswagens und der Geruch von Großstadt stieg mir in die Nase. In diesen Dingen unterschied sich mein neues Zuhause nicht wirklich von meiner Heimatstadt London.

Meine Schwester stieß beeindruckt einen leisen Pfiff aus, als sie neben mich trat und ebenfalls am Hochhaus hinaufschaute. »Es scheint, als hättest du echt einen Sechser im Lotto gezogen, Ames. Und das zahlt alles dein neuer Arbeitgeber?«

»Ja, dem Unternehmen gehören wohl einige Apartments in diesem Gebäude, wovon sie mir eins für die Dauer meines Praktikums zur Verfügung stellen.«

»Wo machst du das noch gleich?«, fragte Steph misstrauisch.

»CIP.«

»Das ist doch das Unternehmen, das diese hochmodernen Smartphones verkauft, von denen jeder Teenager heutzutage eins haben will, nicht?«

Ich hatte Steph jede Menge über das erfolgreiche Technologieunternehmen erzählt, unter anderem auch, dass es nicht nur Smartphones produzierte, aber das hatte sie wohl vergessen. Statt mich jetzt zu wiederholen, wollte ich viel lieber meine neue Unterkunft für das kommende Jahr sehen.

»Genau«, antwortete ich daher einfach. »Wollen wir rein?«

Ich griff nach meiner Tasche und überließ Steph meinen Koffer. Als wir uns in Bewegung setzen wollten, sperrten sich jedoch dessen Rollen und meine Schwester begann ungeduldig am Griff zu ruckeln, um den Koffer richtig zu positionieren. Ich beobachtete das Ganze mit einem Stirnrunzeln. Normalerweise war Steph die Ruhe und Ausgeglichenheit in Person, heute erschien sie mir allerdings unruhig und nervös, beinahe fahrig. Ob es ihr schwerfiel, mich hier allein zu lassen? Hatte sie mich deshalb nach New York City begleiten wollen? Ich konnte es nicht mit Bestimmtheit sagen und ihr verbissener Gesichtsausdruck hielt mich davon ab, nachzufragen.

Als wir endlich die Drehtür des Wolkenkratzers passiert hatten, begrüßte uns ein imposantes Foyer, dessen Boden mit glatten, hellen Steinplatten ausgelegt war. Ein freundlicher Portier reichte mir nach der Identifikation meiner Person die Schlüssel sowie einen Zugangscode zu meinem neuen Zuhause und deutete dann am Empfang vorbei auf einen der fünf Aufzüge. Auf der richtigen Etage angekommen, die im oberen Drittel des Gebäudes lag, entsperrte ich die weiße Haustür, welche aufschwang und den Blick auf eine wunderschöne Traumwohnung freigab.

»Oh mein Gott!«

Langsam trat ich über die Schwelle und lief durch einen offenen Eingangsbereich in das Wohnzimmer. Dort drehte ich mich um die eigene Achse und sah mich staunend um. Mein Leben in London hatte ich immer für luxuriös gehalten, aber das hier war noch mal ein ganz anderes Level. Das Apartment glich einem perfekt hergerichteten Set einer bekannten Serie wie *Sex and the City* oder *Gossip Girl*. Alles wirkte edel und erwachsen. Man hatte gediegenere Farben zu weißen Wänden und einem sehr hellen Holzboden kombiniert. In der Mitte des Wohnzimmers thronte auf einem cremefarbenen Teppich eine riesige Wohnlandschaft. Zwei Sofas in einem sandigen Ton standen sich gegenüber, während zwei Sessel und zwei Hocker die Lücken dazwischen schlossen. Das Ensemble umrahmte einen dunklen, rechteckigen Couchtisch aus Holz. Auf diesem lag ein Bücherstapel neben einer riesigen Vase mit einem weißen Blumengesteck und darüber war ein moderner Kronleuchter an der Decke befestigt. Der Fernseher stand auf einem dunklen, zum Couchtisch passenden Sideboard an der Wand gegenüber.

Ich war beeindruckt. Vor allem bei der Deko hatte jemand Geschmack bewiesen. Große, wilde Gemälde in Creme, Beige oder Ocker schmückten die kahlen Wände, Kerzen, Vasen und kleine Skulpturen die Oberflächen der Möbel. Nur die Vorhänge stachen in einem milden Pastellgrün als kleiner Farbtupfer hervor. Mein Blick wurde von den großen Fenstern magisch angezogen, die so konstruiert waren, dass man in ihnen sitzen konnte. Und ich hatte recht gehabt: Der Ausblick aus ihnen war spektakulär.

»Wow.« Auch meine Schwester, die immer noch in der offenen Haustür stand, wirkte mindestens genauso begeistert wie ich.

Links von ihr, gleich neben dem Eingang, entdeckte ich die offene Tür eines aktuell leeren Garderobenschranks. Daneben hing ein großer Spiegel. Nun musste ich unbedingt noch den Rest der Wohnung erkunden, aber streifte zuerst meine Sneaker ab, aus Angst, den Boden zu verschmutzen.

Um eine Ecke ging ein kleiner Flur vom Wohnzimmer ab. Dort entlang, hinter einem offenen Durchgang, erblickte ich die Küche. Der Raum war recht klein. Die Küchenzeile mit den Hängeschränken zog sich über die komplette Zimmerlänge, davor war eine Kücheninsel platziert. Die weiße Hochglanzfront der Schränke stand im starken Kontrast zu dem dunkelbraunen Holz der Insel und trotzdem harmonierte es miteinander. Abgerundet wurde das Design von einer weißen, marmorähnlichen Arbeitsplatte. Anders als im Wohnzimmer war das Fenster in der Küche nicht zum Sitzen, sondern als Essplatz gedacht. Das verbreiterte Fensterbrett diente als Tisch und man konnte auf zwei Sesseln aus sandfarbenem Velours Platz nehmen.

Beim Anblick der Küche überfiel mich wie immer ein unbequemes Gefühl. Schnell wandte ich mich ab und hielt stattdessen nach meinem Schlafzimmer Ausschau. Ich fand es hinter einer Tür am Ende des Flurs und war nicht wirklich überrascht, dass sich auch hier der moderne, aber schlichte Einrichtungsstil der Wohnung fortsetzte. Ein großes Bett stand in einer Ecke direkt gegenüber einem Fenster. Ich ließ mich kurz darauf nieder. Da der Raum nach Osten ausgerichtet war, bestand die Chance, sich morgens von der Sonne wecken zu lassen. Es war ein schöner Gedanke, dass einen die ersten Sonnenstrahlen wach kitzelten, aber wenn nicht jeder meiner Tage im Sommer um halb fünf beginnen sollte, war es beruhigend, dass ein Schalter über einem der Nachttischschränkchen anscheinend zu einem elektrischen Rollo gehörte. Mein Schlafzimmer hatte noch eine kleine Sitzgruppe auf der anderen Seite des Raumes und eine sich anschließende Ankleide gleich neben dem En-Suite-Badezimmer, wie ich noch in Erfahrung brachte, ehe ich den Raum wieder verließ.

Zurück im Flur entdeckte ich zu guter Letzt das Gästezimmer, in dem heute Nacht meine Schwester schlafen würde, bevor sie morgen in aller Herrgottsfrühe zurück nach London flog.

Einen Moment innehaltend versuchte ich zu begreifen, dass ich tatsächlich in New York City angekommen war. Dabei hatte ich mir bis vor Kurzem nicht mal vorstellen können, London jemals zu verlassen.

Gepolter riss mich aus meinen Gedanken. Sofort setzte ich mich in Bewegung und bog alarmiert um die Ecke ins Wohnzimmer, um dann wie angewurzelt stehenzubleiben. Das Bild, das sich mir bot, war zu komisch. Meine Schwester war gerade dabei, den Spiegel, der neben der Garderobe hing, von der Wand zu nehmen und hatte Mühe, aufgrund ihrer hohen Pumps ihr Gleichgewicht zu halten. Braune Haarsträhnen fielen ihr ins Gesicht und sie wankte gefährlich, ehe sie es schaffte, das schwere Möbelstück vor sich auf dem Boden abzustellen. Schwer atmend richtete sie sich die Frisur, während ich fassungslos von Steph zu der Wand hinter ihr blickte. Dort erkannte man deutlich den kleinen Staubrahmen, den der Spiegel hinterlassen hatte.

»Was machst du da?«

Als hätte ich sie nach dem Wetter gefragt, sah sich meine Schwester suchend im Raum um. »Nach was sieht es denn aus? Glaub mir, das ist nur zu deinem Besten.«

Ein ungutes Gefühl breitete sich in mir aus und ich runzelte die Stirn. Selbst wenn sie sich Sorgen um mich machte, schoss Steph mit dieser Aktion meilenweit übers Ziel hinaus.

»Meinst du nicht, dass das etwas übertrieben ist?«

»Nein. Mir behagt es nicht, dass du hier komplett allein wohnen wirst. Ich möchte wenigstens die Risiken minimieren.«

»Darf ich dich daran erinnern, dass das nicht mein Eigentum ist, das du da in den Händen hältst?«

Steph seufzte. »Entspann dich! Diesem Monstrum hier wird nichts passieren.«

Kaum hatte sie das ausgesprochen, hievte sie den Spiegel in die leere Garderobe und schloss die Tür. Dann klatschte sie sich kurz in die Hände, als hätte sie gerade eine schwierige Aufgabe zu ihrer vollsten Zufriedenheit gelöst. Zu gern hätte ich sie daran erinnert, dass sich das wahre Problem nicht in einen Wandschrank sperren ließ, sondern direkt vor ihr stand, aber ich hielt meinen Mund.

Als ich dachte, es könnte nicht noch unangenehmer werden, schnitt sie ein neues Thema an. »Hast du mit Mum telefoniert?«

Ich zögerte die Antwort hinaus, ging lieber zu meinem Koffer und begann mit dem Auspacken. So musste ich meine Schwester wenigstens nicht ansehen.

Nach einem Räuspern meinte ich: »Nein, noch nicht.«

Ich liebte meine Mutter abgöttisch und sie mich auch, aber leider war genau das das Problem.

Steph seufzte theatralisch. »Ames«, sprach sie mich mit dem Spitznamen an, den nur sie und Mum benutzten. »Irgendwie behagt mir die ganze Sache nicht. Dich hier allein zu lassen, meine ich. Versprich mir, dass du dir Freunde suchen wirst, die dich unterstützen, dir Halt geben und dich ein wenig erden.«

Ich rollte mit den Augen. »Oh Gott, ich *habe* Freunde.«

Meine Schwester schnaubte. »Die sich in letzter Zeit kaum gemeldet haben.«

Ich wollte protestieren, aber leider hatte sie recht. Seit gut einem Jahr war ich ziemlich isoliert und einsam, weswegen ich in London nicht viel zurückließ, was ich vermissen würde.

»Steph, du bist meine Schwester, nicht meine Therapeutin.«

»Aber ich *bin* Therapeutin«, kam sogleich eine spitze Antwort zurück und wieder hatte sie recht.

Meine Schwester war zweiunddreißig, neun Jahre älter als ich, und hatte sich mit einer eigenen Praxis als Psychotherapeutin selbstständig gemacht. Sie war verdammt gut in ihrem Beruf, trotzdem wollte ich nicht von ihr analysiert werden.

»Vertrau mir, Ames. Ich will nur das Beste für dich«, meinte sie dann mit versöhnlicher Stimme.

Na, wenigstens weiß eine von uns, was das ist.

Ich selbst hatte nämlich keine Ahnung.

Kapitel 2

Amely

Mein Kopf brauchte Zeit, um wirklich zu begreifen, dass ich in New York City angekommen war. Vermutlich schlief ich deshalb in der ersten Nacht unruhig und wälzte mich von einer Seite auf die andere. Nachdem ich kaum ein Auge zugemacht hatte, gab ich es gegen fünf Uhr auf, schlafen zu wollen.

Stephs Taxi kam um sechs, um sie zum Flughafen zu bringen, und unser Abschied fiel eher nüchtern aus. Meine Schwester war nicht der Typ für Sentimentalität. Sie drückte mich kurz an sich und erinnerte mich daran, dass diese Situation alles andere als ideal für mich war. Ich hingegen unterdrückte ein Aufstöhnen und versicherte ihr, dass ich es genau *so* wollte.

Und dann war ich zum ersten Mal seit einem Jahr komplett auf mich allein gestellt. Diese Erkenntnis ließ mich tief einatmen, die Luft für ein paar Sekunden anhalten und sie wieder durch meine aufgeblähten Wangen auspusten. War es komisch, dass ich mich gerade eher erleichtert statt niedergeschlagen fühlte? Oder konnte ich meine Schwester einfach so gehen lassen, weil ein Teil von ihr trotzdem bei mir blieb?

Das letzte halbe Jahr hatte ich bei ihr und ihrem Mann Derek gelebt. In dieser Zeit hatte ich mir mit ihrer Hilfe eine Routine angewöhnt, die mir Sicherheit gab und die ich jetzt unbedingt beibehalten wollte, denn, wie Steph immer zu predigen pflegte, hatten vor allem tägliche Gewohnheiten die Kraft, das eigene Leben zu verändern.

Morgens nach dem Aufstehen und Fertigmachen trank ich zuerst eine Tasse Kaffee, um wach zu werden, dann legte ich eine kurze Meditation ein, bevor ich mein grünes Notizbuch aufklappte und niederschrieb, für was ich dankbar war. Danach legte ich drei Ziele fest, die ich am jeweiligen Tag unbedingt erreichen wollte. Nach der Reflexion und Fokussierung gab es Frühstück. Immer. Jeden Tag. Mahlzeiten waren nichts, was ich auslassen durfte. Dessen war ich mir bewusst, auch wenn mein Körper mir manchmal signalisierte, dass er eigentlich keinen Hunger hatte.

Ich checkte die Uhrzeit auf meinem Smartphone. Es wurde Zeit, mit meiner Morgenroutine zu beginnen. Heute sollten meine restlichen Sachen aus London geliefert werden, da es mir nicht möglich gewesen war, alles in nur einem Koffer und einer Tasche mitzunehmen. Doch bevor ich den ganzen Tag mit Auspacken beschäftigt sein würde, wollte ich unbedingt noch ein wenig die City erkunden und einen Spaziergang machen.

Als ich gerade mein Frühstück – es gab Porridge mit Bananenscheiben, den Steph und ich gestern Abend noch eingekauft hatten – zu mir nahm, klingelte mein Handy. Auf dem Display stand eine unbekannte Nummer mit einer New Yorker Vorwahl. Ich schluckte schnell mein Essen hinunter und nahm den Anruf an.

»Hallo, spreche ich mit Amely Spencer?«, begrüßte mich eine helle Frauenstimme, die so routiniert klang, als würde sie nichts anderes tun, als zu telefonieren.

»Ja, das ist korrekt.«

»Ich bin Mrs. Watson, die persönliche Assistentin von Mr. Mercier-Campbell.«

Mr. Mercier-Campbell? Der Geschäftsführer von CIP?

»Ja?«, fragte ich nach, als eine ungewöhnlich lange Pause entstand, weil sie nicht weitersprach.

»Mr. Mercier-Campbell lässt fragen, ob Sie heute zu einem persönlichen Gespräch bei CIP vorbeischauen könnten?« Ihre Frage war nicht wirklich als solche formuliert, und ich bekam das Gefühl, dass man mir eigentlich keine Wahl ließ.

»Morgen, an Ihrem ersten Arbeitstag, ist dafür leider keine Zeit.«

»Ich ...« Mir fehlten die Worte. Ich hatte nicht damit gerechnet, während meines Praktikums Kontakt zu der Chefetage des Unternehmens zu haben. Zwar arbeitete ich am Hauptstandort, aber trotzdem war die Firma riesig.

»Ms. Spencer?«

Als mir auffiel, dass ich immer noch nicht geantwortet hatte, beeilte ich mich, zu sagen: »Ähm, ja, klar. Ich könnte mich sofort auf den Weg machen.«

»Perfekt. Ein Fahrer wird Sie in fünfzehn Minuten abholen. Wenn Sie ankommen, melden Sie sich bitte am Empfang.«

Sie legte auf und ich starrte noch eine Weile auf mein Handy. Was zum Henker wollte der CEO von CIP, eines der größten und erfolgreichsten Unternehmen der USA, mit mir besprechen?

Nervös zupfte ich an meinen langen, braunen Haarspitzen, während ich mich im Aufzug auf dem Weg nach unten befand. Der dunkle Farbton, den ich mir vor meiner Abreise hatte färben lassen, war noch ungewohnt, aber mein Aussehen war gerade nicht mein größtes Problem. Viel mehr sorgte ich mich um meinen Herzschlag, der sich immer dann beschleunigte, wenn ich an das Gespräch dachte, das vor mir lag. Gleichzeitig brach Schweiß in meinem Nacken aus, weil ich nicht wusste, was ich zu erwarten hatte. Ich hasste dieses Gefühl.

Als ich aus der Drehtür meines Wohngebäudes nach draußen trat, stand ein schwarzer 7er BMW dort, wo gestern noch unser Taxi gehalten hatte. Davor wartete ein Mann in einem schwarzen Anzug, der mir mit den Worten »Guten Morgen, Ms. Spencer« die hintere Autotür öffnete. Ich nickte ihm dankend zu und ließ mich auf den Rücksitz fallen. Die Tür wurde geschlossen und der Fahrer platzierte sich hinter dem Steuer. Passierte das gerade wirklich? Ich kniff mich kurz, während sich der Wagen in Bewegung setzte und in den dichten Verkehr einfädelte. Der Schmerz, der mir durch den Arm schoss, zeigte mir deutlich, dass das hier kein Traum, sondern real war. Und das bedeutete, ich würde wirklich gleich Mr. Mercier-Campbell treffen ... *Oh shit!*

Die Fahrt zum CIP-Headquarter führte über den Union Square nach Lower Manhattan. Wir waren eine Weile unterwegs, bevor der Wagen am Straßenrand parkte und mir erneut die Autotür geöffnet wurde. Bevor ich ausstieg, wischte ich mir die feuchten Handinnenflächen an der schwarzen Stoffhose ab. Normalerweise hätte ich zunächst den gläsernen Wolkenkratzer vor mir bewundert, allerdings bekam ich meine Umgebung kaum richtig mit. Stattdessen passierte ich den Eingang und steuerte auf den Empfang zu. Von dort schickte man mich mit dem Lift in die oberste Etage, wo ich in einem kleinen Foyer warten sollte.

Wie angewiesen nahm ich auf einem der schwarzen Ledersessel vor einer Wand mit großem Gemälde Platz und atmete langsam durch die Nase. Mir war durch die Aufregung so übel, dass ich befürchtete, mich übergeben zu müssen. Aufgewühlt kontrollierte ich den Sitz meiner weiten, grauen Bluse und zupfte mir einen kleinen Fussel vom Ärmel. Währenddessen tippte mein rechter Fuß, der in einem schicken hellgrauen Pump steckte, unruhig auf den gefliesten Boden und erzeugte schnelle, klackernde Geräusche, wegen denen mir Mrs. Watson, die Assistentin der Geschäftsleitung, mit der ich vorhin telefoniert hatte, missbilligende Blicke zuwarf. Sie saß an einem Schreibtisch, der gegenüber dem Aufzug platziert war. Ich lächelte entschuldigend zurück, ehe ich stillhielt.

Nach einer kurzen Wartezeit ertönte ein *Ping* und die Fahrstuhltüren öffneten sich. Eine junge Frau trat lächelnd heraus und kam auf mich zu. Sie wirkte selbstbewusst und schritt mit Power voran. Ihr Businessoutfit hatte einen ganz eigenen modernen Stil. Statt Bluse trug sie ein schlichtes, blaues T-Shirt unter dem Blazer, welchen sie zu einer schwarzen Chino kombinierte, deren Hosenbeine an den Knöcheln ein Stück nach oben gekrempelt waren. Bis auf ein silbernes Fußkettchen hatte sie komplett auf Schmuck verzichtet. Weiße, lässige Slipper rundeten ihre Erscheinung ab.

»Hey, ich bin Ivy, die Leiterin der Personalabteilung am CIP-Hauptstandort. Du musst Amely sein, oder?« Sie strich sich eine Strähne ihres dunkelblonden Bob-Haarschnitts hinters Ohr und reichte mir ihre Hand.

Beeindruckt schüttelte ich diese und nickte lächelnd. Die Frau vor mir war kaum älter als siebenundzwanzig und leitete bereits ihre eigene Abteilung. Das passte zu dem Selbstbewusstsein, das sie versprühte. Gleichzeitig ging von ihr aber auch eine so positive, sonnige Energie aus, dass man sie einfach sympathisch finden musste.

»Wir hatten bereits über Skype Kontakt, als es um dein Bewerbungsgespräch ging«, erinnerte mich Ivy. »Ist es ok, wenn ich dich beim Vornamen nenne?«

»Ja, kein Problem.«

»Gut. Du darfst mich auch gern Ivy nennen. Ich bringe dich jetzt zum Boss. Wollen wir?« Sie deutete mit dem Kopf hinter sich und erneut nickte ich.

An Mrs. Watsons Schreibtisch vorbei führte ein kurzer Flur zu einer breiten Tür aus Mahagoni. Ivy klopfte zwar an, aber wartete nicht ab, ehe sie die Tür öffnete und mir andeutete, einzutreten. Ich schluckte und kam ihrer Aufforderung nach.

Das Eckbüro des CEO erinnerte mich mit seiner Größe mehr an eine kleine Loft-Wohnung. Die Außenwände waren komplett verglast, sodass man das Gefühl hatte, es gab keine Barriere zwischen dem Raum und der Luft, die den Wolkenkratzer umgab. Rechts neben der Tür stand eine Sitzgruppe, bestehend aus einer schwarzen Ledercouch, zwei Sesseln und einem kleinen Tisch aus Glas. Auf der linken Seite hatte man die Möglichkeit, mit bis zu acht Personen an einem Konferenztisch zu tagen und an der Wand neben der Mahagoni-Tür war ein riesiges Regal voller Bücher, Schallplatten und Awards aufgebaut. Direkt mir gegenüber, an einem breiten Schreibtisch, saß ein Mann in den Fünfzigern. Er sah auf, als er uns hereinkommen hörte, und legte seinen Stift beiseite. Die Falten auf seiner Stirn glätteten sich und auf den Lippen erschien ein freundliches Lächeln. Trotzdem hatte er diese autoritäre Aura eines CEOs, die ich sofort wahrnahm.

Als sich Mr. Mercier-Campbell aufrichtete, um uns zu begrüßen, fiel mir seine große, schlanke Statur ins Auge. Der dunkelblaue Anzug ließ ihn jünger wirken und war offensichtlich maßgeschneidert.

»Ms. Spencer.«

Mit raschen Schritten und einer ausgestreckten Hand kam er auf mich zu. Während ich diese schüttelte, musterte ich sein kantiges Gesicht. Es verlieh ihm etwas Hartes, Unnachgiebiges, das gut zu seinem festen Händedruck passte. Nur die graublauen Augen, die Wärme und Herzlichkeit ausstrahlten, standen im krassen Kontrast dazu.

»Nehmen Sie bitte Platz.« Er deutete einladend zu der Sitzecke. »Möchten Sie etwas trinken?«

Ich nickte. »Ein Wasser, bitte.«

Mr. Mercier-Campbell wandte sich an Ivy und sein Gesichtsausdruck bekam sanfte Züge. »Du auch etwas?«

Anhand seiner Reaktion war mir sofort klar, dass die beiden sich näherstanden. Vermutlich arbeiteten sie schon länger zusammen.

Als sie verneinte, gab er über eine Sprechanlage seiner Assistenz Bescheid. Kaum saßen wir – ich hatte die Couch als Sitzplatz gewählt und Mr. Mercier-Campbell und Ivy die Sessel überlassen –, öffnete sich die Bürotür und mein Wasser wurde auf einem Tablett serviert. Sofort nippte ich an dem Glas.

»Es freut mich, Sie heute kennenlernen zu dürfen. Ich muss schon sagen, ich bin beeindruckt von Ihnen«, eröffnete Mr. Mercier-Campbell unser Gespräch und ich verschluckte mich beinahe.

Wie bitte? Hatte ich richtig gehört? Er war beeindruckt von mir?

»Was Sie sich in Ihren jungen Jahren für eine Karriere aufgebaut haben, verdient Hochachtung. Eigentlich viel zu schade, um damit aufzuhören.«

»Ähm«, war alles, was ich herausbrachte. Verwirrt wanderte mein Blick zu Ivy, doch sie schwieg. Die Sekunden verstrichen, während mein Gehirn auf Hochtouren arbeitete, um zu verstehen, was er meinte. Dann wurde es mir mit einem Schlag klar.

Mein Puls beschleunigte sich. Aber ... das war unmöglich. *Das konnte nicht sein!*

Mit sechszehn hatte ich mir einen Instagram-Account erstellt und Schnappschüsse aus meinem Leben geteilt. Kurz danach war ein Hype um diese App ausgebrochen und meine Bilder viral gegangen. Die Followerzahl meines Accounts war explodiert und dabei hatte ich nichts anderes getan, als meinen Alltag völlig Fremden zu präsentieren. Die Leute hatten es geliebt, mich geliebt – so sehr, dass ich daraus mit Werbung Profit machen konnte. Was niemand wusste: Genau zu dieser Zeit hatte für mich ein Kampf mit viel Leid, Schmerz und Tränen begonnen, den ich auch immer noch führte. Den ich gewinnen musste, mir aber nicht sicher war, ob ich das überhaupt konnte.

Die Erinnerungen daran fühlten sich nicht so an, als würden sie zu mir gehören, eher zu einem fremden Leben. Meine Influencer-Tätigkeit war aus gutem Grund nicht in meinem Lebenslauf vermerkt. Mir hätte jedoch klar sein müssen, dass ein Unternehmen wie CIP eine Recherche über seine zukünftigen Mitarbeiter durchführte. Besorgt frage ich mich, wie viel sie herausgefunden hatten.

»Ihr Account war beachtlich, wenn man bedenkt, dass Sie sich diesen in nur wenigen Jahren aufgebaut haben. Soweit ich richtig informiert bin, hatten Sie zudem zahlreiche Kooperationspartner?«, fragte Mr. Mercier-Campbell interessiert und riss mich damit aus meiner Schockstarre.

Ich knetete meine Hände, die ich auf dem Schoß abgelegt hatte, und nickte erneut. Ivy bekam mit, wie unwohl ich mich fühlte und warf mir ein entschuldigendes Lächeln zu, bevor sie versuchte, den CEO auf ein anderes Thema zu lenken. Dieser war allerdings hartnäckig.

»Warum haben Sie das aufgegeben? Ihr Account ist zwar noch aktiv, aber Sie haben seit über einem Jahr nichts mehr veröffentlicht.«

Räuspernd senkte ich den Blick auf den Couchtisch vor mir. »Ich schätze, ich habe erkannt, dass ich mich nicht länger selbst vermarkten möchte und stattdessen mein Wissen und mein Können lieber zukünftig in Ihrem Unternehmen einsetze.« Die Lüge kam mir leicht über die Lippen und blieb unentdeckt.

»Gut, dass Sie CIP ansprechen. Kommen wir zu dem Grund, warum Sie heute hier sind.«

Mr. Mercier-Campbell kratzte sich kurz am Kinn und die Geste ließ mich nichts Gutes erahnen.

»Ich brauche Ihnen sicherlich nicht erklären, wie erfolgreich mein Unternehmen ist. Daher sind wir bei der Auswahl von neuen Mitarbeitern immer etwas vorsichtig. Wir stellen nur selten Praktikanten ein und wenn, dann müssen diese nicht nur eine Reihe von Kriterien erfüllen, sondern auch Potenzial vorweisen.«

Mr. Mercier-Campbell klang so ernst, als würde er mir einen Vortrag über Leben und Tod halten. Angespannt lauschte ich weiter seinen Ausführungen.

»Ivy hat Sie für diese Stelle ausgewählt und ich vertraue ihrem Urteil vollkommen. Ich möchte heute nur sichergehen, dass Sie wissen, worauf Sie sich einlassen und was von Ihnen erwartet wird.«

Ich spürte, wie Hitze über mein Gesicht kroch. Zweifelte er etwa an mir? Dachte er, nur weil ich als Influencerin bekannt gewesen war, konnte ich keine ernsthafte Arbeit leisten?

»Sir, ich kann Ihnen versichern, dass ich mir dessen bewusst bin und zu jederzeit mein Bestes geben werde. Ich wusste, worauf ich mich einlasse, als ich Ihr Praktikumsangebot angenommen habe, und

Sie können sich zu einhundert Prozent auf mich verlassen.«

»Um Sie mache ich mir ehrlich gesagt weniger Gedanken.«

»Wie bitte?«

Jetzt hatte mich der Geschäftsführer von CIP vollkommen verwirrt. Beinahe verzweifelt wechselte mein Blick zwischen ihm und Ivy hin und her und ich hoffte, es würde mich jemand aufklären.

»Ms. Spencer, Sie werden innerhalb des Unternehmens im Marketing tätig sein und dort unter anderem mit meinem Sohn Lennox zusammenarbeiten.« Mr. Mercier-Campbell schien zu erwarten, dass mir der Name etwas sagte, aber ich war immer noch nicht schlauer.

Ivy kam mir zu Hilfe. »Lennox ist ... Wie sage ich es am besten?« Sie zögerte und schien nach einer diplomatischen Formulierung zu suchen. »Lennox ist nicht ganz einfach.«

»Mein Sohn ist sehr intelligent und einfallsreich«, fügte der CEO hinzu. »Er wird einmal mein Nachfolger, aber aktuell ist er noch nicht so weit.«

Ivy schnaubte auf – eine Reaktion, die ich ihr in diesem professionellen Umfeld nicht zugetraut hätte. »Das ist nett ausgedrückt.«

»Wie dem auch sei ...« Mr. Mercier-Campbell fuhr sich durch sein zurückgekämmtes, graues Haar, bevor er mich wieder ansah. »Ich möchte, dass Sie wissen, dass Sie *mit* ihm und nicht *für* ihn arbeiten werden. In der Hierarchie des Unternehmens stehen Sie beide quasi auf einer Stufe.«

Meine Gedanken rasten. Das bedeutete, dass dieser Lennox für seinen Vater noch nicht mal den Stand eines normalen Angestellten hatte, sondern zu einem Praktikanten degradiert worden war. Warum?

»Du wirst keine Aufgaben für ihn erledigen. Du bist nicht seine persönliche Assistentin«, wurde Ivy deutlicher und dennoch hatte ich das Gefühl, dass die beiden irgendetwas nicht offen aussprechen wollten.

Es klopfte an der Tür und Mrs. Watson informierte uns, dass Mr. Mercier-Campbell zu seinem nächsten Termin aufbrechen musste.

»Wir haben hier ja alles geklärt«, meinte dieser daraufhin.

Ach, haben wir das?

Statt den Gedanken laut auszusprechen, nickte ich nur, als er aufstand, sich mit einer Hand sein Jackett zuknöpfte und von mir verabschiedete.

Im Anschluss führte mich Ivy durch das Unternehmen, aber ich hatte Mühe, ihren Erklärungen zu folgen. In meinem Kopf ratterte es, weil ich ahnte, dass mir in dem Gespräch mit Mr. Mercier-Campbell ein wesentliches Detail entgangen war. Es hatte sich so angefühlt, als hätte man mich warnen wollen, aber wovor? Der Sohn der Geschäftsführung konnte sicherlich nicht so schlimm sein, oder?

»So, hier wären wir.«

Ivy blieb in der Mitte eines langen Gangs stehen, an dem sich auf beiden Seiten Büros hinter Glaswänden anschlossen. Man hatte eine ungehinderte Sicht in die recht großzügigen Räume, konnte aber, wie ich feststellte, als ich mich umsah, eine Tönung der Scheiben aktivieren, um für Privatsphäre beim Arbeiten zu sorgen. Die Leiterin der Personalabteilung hielt mir eine Glastür auf und ich sah sie verunsichert an. Da ich nicht zugehört hatte, musste ich die Erklärung, wem dieses Büro gehörte, wohl verpasst haben. Es war ein rechteckiges Zimmer mit einem halbhohen, durchgehenden Fenster. An den Zwischenwänden, die das Büro von den anderen trennte, standen leere Bücherregale und Aktenschränke. Genau in der Mitte hatte man einen großen Schreibtisch platziert, welcher der Fensterfront den Rücken zuwandte. Bis auf einen Computer, einen Laptop, ein Tablet und ein Handy, die alle fein säuberlich nebeneinander auf der Tischplatte lagen, gab es keine persönlichen Gegenstände im Raum.

»Wo sind wir hier?«

»Hast du mir überhaupt zugehört?«

Ivy lachte auf und trat hinter den Bürostuhl aus schwarzem Leder, um sich lässig auf dessen Lehne abzustützen.

»Nicht wirklich«, gab ich zu. »Ich war in Gedanken noch bei dem Gespräch von eben.«

Ich kannte Ivy zwar noch nicht, hatte aber das Gefühl, offen mit ihr sprechen zu können. Vielleicht lag es daran, dass sie mich beim Vornamen nannte.

»Das macht nichts. Also, noch mal: Das hier ist dein Büro. Auf deinem Schreibtisch findest du alle elektronischen Geräte, die du während deines Praktikums benötigst. Mit dem Rechner arbeitest du am häufigsten. Das Tablet eignet sich für Präsentationen und Notizen in Meetings. Der Laptop ist zum Arbeiten im Home-Office gedacht und das Diensthandy stellt sicher, dass man dich dort auch erreichen kann. Alle Geräte sind von CIP und natürlich die neuesten Modelle.«

Ich fühlte mich etwas erschlagen. Bekam ich wirklich einen eigenen Arbeitsbereich? Dabei hatte ich fest mit einer Nische in einem Großraumbüro neben den anderen Praktikanten gerechnet.

»Und noch etwas«, fuhr Ivy fort und kam auf mich zu. »Mach dir keine Sorgen wegen Lennox. Du kannst dich gegen den Junior behaupten, schließlich hast du gerade einen Freifahrtschein vom Boss bekommen. Einfach nicht unterkriegen lassen!«

Ich ließ ihre Worte auf mich wirken, während ich immer noch unsicher in der Tür des Büros stand. Ungeduldig packte sie dann meinen Arm, zog mich zu dem Schreibtischstuhl, schloss die Bürotür und wandte sich mit ernstem Gesichtsausdruck mir zu. Dieser machte mich nervös, weshalb ich mich setzte.

»Um es deutlich zu sagen: Lennox ist einfach ein Arsch. Ich würde dir raten, komm ihm nicht zu nahe und wenn doch, dann nur, um ihm einen gewaltigen Tritt in den Hintern zu verpassen.«

Plötzlich zuckte ihr Kopf in Richtung Gang und dem gegenüberliegenden Büro. »Wenn man vom Teufel spricht ...«

Ich löste meinen Blick gerade rechtzeitig von ihr, um zu beobachten, wie ein großer Mann mit breiten Schultern und kurzen aschblonden Haaren, die wild in verschiedene Richtungen standen, das

Büro gegenüber betrat. Er trug eine schwarze Motorradkombi und auf seinen Fersen folgte ihm ein kleinerer, schmächtigerer Mann mit schwarzen Haaren.

Es war nicht nötig, Ivy zu fragen, wer von beiden der Sohn des Geschäftsführers war. Man sah es an der Art, wie er das Büro einnahm. Lennox Mercier-Campbell bewegte sich so selbstsicher, als würde ihm das Unternehmen gehören, was ja auch irgendwie der Fall war. Er legte seinen Motorradhelm auf dem Schreibtisch ab, ließ sich dann auf seinen Stuhl fallen und überkreuzte die Füße mitten auf der Tischplatte. Mit den Händen hinter dem Kopf lehnte er sich lässig zurück und damit bekam ich zum ersten Mal sein Gesicht zu sehen. Er war jünger, als ich angenommen hatte. Der Typ war noch keine Dreißig.

In diesem Moment stöhnte Ivy genervt auf und wandte den Herren demonstrativ den Rücken zu. Mein Blick schnippte zu ihr zurück. Sie hatte die Arme vor der Brust verschränkt, ihre Lippen aufeinandergepresst und ihre Brauen zusammengezogen, sodass sich ein kleines V auf ihrer Stirn bildete. Etwas an ihrer Reaktion und dem Rat von vorhin sagte mir, dass sie nicht gut auf Lennox zu sprechen war. Ob die beiden eine Geschichte verband? Eine Beziehung mit einer schmerzhaften Trennung? Oder ein One-Night-Stand, der jetzt für böses Blut sorgte?

Während ich darüber nachdachte, wanderten meine Augen erneut zum gegenüberliegenden Büro. Lennox unterhielt sich gut gelaunt mit dem anderen Mann und ich konnte nicht anders, als ihn fasziniert zu beobachten. Hatten Mr. Mercier-Campbell und Ivy mich vor seinem Verhalten oder vor seinem Aussehen gewarnt? Denn der Kerl sah wirklich verboten gut aus. Er hatte die kantige Gesichtsform seines Vaters geerbt. Die Wangenknochen stachen hervor, während die volleren geschwungenen Lippen dem markanten Gesicht etwas Weiches verliehen. Dazu passten die funkelnden Augen und die etwas breiteren, dunklen Brauen perfekt – fast schon ein wenig zu perfekt. Lennox hätte sich sicherlich gut auf dem Cover eines Hochglanzmagazins gemacht, in die Businesswelt schien er allerdings nicht zu passen. Der dichte Bartschatten und die Motorradkleidung ließen ihn völlig fehl am Platz wirken und selbst als ich mir Mühe gab, konnte ich ihn mir nicht in einem Anzug vorstellen.

»Der in Leder ist Lennox. Der andere ist Tristan Dubois, einer seiner Freunde und für CIP in der Produktentwicklung tätig«, klärte mich derweil die Personalleiterin mit harter Stimme auf. Die Männer wiederum schienen uns nicht zu bemerken. Trotzdem zwang ich mich, den Blick abzuwenden.

»Ich würde echt gern noch bleiben und ein wenig mit dir plaudern, aber —« Ivy sah ungeduldig auf ihre Smartwatch. »Die Pflicht ruft leider. Komm, ich bring dich noch zum Fahrstuhl.«

Sie öffnete die Glastür, aber ließ mir diesmal nicht den Vortritt. Ich bekam das Gefühl, sie wollte flüchten. Schnell eilte ich ihr nach und konnte es dennoch nicht lassen, ein letztes Mal in das andere Büro zu schauen. Lennox war mittlerweile wieder aufgestanden, aber immer noch in sein Gespräch vertieft. Er strich sich gerade den oberen Teil seines Lederanzugs von den muskulösen Schultern. Darunter kam ein weißes T-Shirt zum Vorschein, das sich eng an seinen Oberkörper schmiegte. Und was für ein Körper das war!

Plötzlich stolperte ich und konnte nur denkbar knapp einen Sturz verhindern. Und alles nur, weil ich vollkommen abgelenkt von Lennox Mercier-Campbells durchtrainierter Brust gewesen war.

Mist.

Peinlich berührt sah ich auf meine Füße, als ich Ivy weiter hinterherlief und hoffte, dass niemand meinen Fauxpas bemerkt hatte. Mit einem Mal bekam ich das Gefühl, dass ich in großen Schwierigkeiten steckte.

Kapitel 3

Lennox

Die letzte Nacht war zu wild gewesen. Der Beweis dafür lieferte mir nicht nur das Pochen meines Schädels, als ich am nächsten Morgen langsam zu mir kam, ich lag außerdem splitterfasernackt auf meiner Matratze und erinnerte mich nicht mehr daran, wie ich es ins Bett geschafft hatte. Es war nichts Neues, dass meine Partys völlig aus dem Ruder liefen, und ich wollte gar nicht wissen, wie meine Wohnung aussah. Als ich blinzelte, stellte ich erleichtert fest, dass wenigstens mein Schlafzimmer von Konfetti, leeren Getränkeflaschen oder sonstigem Müll verschont geblieben war.

Ich lag auf dem Bauch, die Arme um ein Kopfkissen geschlungen und irgendetwas Weiches presste sich an meinen Körper. Die Hitze, die davon ausging, war unerträglich.

Unter leisem Stöhnen hob ich den Kopf. Es dauerte einen Moment, bis sich meine Augen fokussierten und ich schwarze Haare, helle, ebenmäßige Haut und zierliche Schultern erkannte, die sich gleichmäßig hoben und sanken.

Ach, *fuck*. Die Frau neben mir war ebenfalls nackt. Hatte ich etwa mit der Kleinen geschlafen? Wie hieß sie überhaupt? Rachel? Taylor? Ich hatte keine Ahnung mehr. Ich war gestern Abend viel zu betrunken gewesen und fragte mich daher verwundert, wie ich es in diesem Zustand überhaupt geschafft hatte, hart zu werden.

Auf einmal regte sich die dunkelhaarige Schönheit und ich wägte ab, mich schlafend zu stellen, weil ich hoffte, dass sie dann einfach ging. Als müde, graue Augen meine trafen, bemerkte ich, dass ich zu lange gezögert hatte. *Shit!*

»Guten Morgen.«

Ihre verschlafene Stimme sollte wahrscheinlich verführerisch klingen, hatte aber nicht den gewünschten Effekt auf mich. Im Gegenteil. Emotionslos beobachtete ich, wie sie sich lasziv lächelnd zu mir hinüberlehnte, und fragte mich, was genau sie vorhatte?! Als ich es erkannte, konnte ich ihrem Kuss gerade so ausweichen, ihre Lippen streiften lediglich meinen Mundwinkel.

Stirnrunzelnd zog ich mich zurück, um der Nähe der Fremden zu entkommen. Was dachte sie, was das hier wird? Dass wir wegen einer Nacht, an die ich mich nicht mal erinnern konnte, auf romantischen Kuschelkurs gingen? Oh Gott, hoffentlich nicht!

Zunächst rutschte ich im Bett nach oben und lehnte mich dann mit dem Rücken an das Kopfteil. Dass ich nackt war, hatte ich ganz vergessen, bis ich bemerkte, wo die Augen der Frau hingewandert waren. Sie klebten nun förmlich auf meinem Schwanz, während sie sich mit hungrigem Ausdruck im Gesicht die Lippen leckte.

»Wow, da freut sich aber einer, mich zu sehen.«

Genervt rollte ich mit den Augen. Hatte sie noch nie etwas von einer Morgenlatte gehört?

Statt zu antworten, zog ich mir einen Joint aus der Schublade meines Nachttischs, zündete ihn an und nahm gleich einen tiefen Zug. Für ein paar Sekunden hielt ich die Luft an, damit der Rauch meine Lunge füllen konnte, ehe ich ihn wieder durch meinen Mund entweichen ließ. Gleich würde ich entspannter sein – selbst in der Gegenwart der Kleinen.

Das Schlimmste an One-Night-Stands war der Morgen danach. Sobald die Sonne aufging, verflogen der Reiz meiner Eroberung und die Lust, weiterhin Zeit mit ihr zu verbringen. Mit dem ersten Blinzeln begann daher ein Wettlauf gegen die Zeit. Wie schnell schaffte ich es diesmal, die Frau loszuwerden?

Etwas, das mir sicher dabei helfen würde, sie zu vergraulen, war meine brutale Ehrlichkeit. »Bild dir mal nicht so viel ein. Mein Ständer hat nichts mit dir zu tun. Es ist morgens.«

Die Schwarzhaarige langte forsch danach. »Na ja, das heißt ja nicht, dass wir das nicht trotzdem ausnutzen können.«

Wurde ich mittlerweile gar nicht mehr gefragt, oder was?!

Ich hatte zwar keine anderen Pläne an diesem Morgen und auch nichts gegen eine Auffrischung meiner verloren gegangenen Erinnerungen, aber so wirklich reizte sie mich nicht. Während ich noch überlegte, ob ich wirklich wollte, rutschte sie schon näher und kletterte auf meinen Schoß.

Ach, scheiß drauf!, dachte ich und hielt sie nicht auf, sondern zog ein zweites Mal am Joint, den ich zwischen Daumen und Mittelfinger balancierte. Er war nicht sehr stark, sodass die Wirkung auf sich warten ließ. Die Frau auf mir war so sehr auf meine Bauchmuskeln fokussiert, die sie mit ihren Fingern betatschte, dass sie gar nicht mitbekam, wie ich ihr den Rauch mitten ins Gesicht blies. Konnte man eigentlich auch nur vom Einatmen des Qualms high werden?

Schnell zog sie mir noch ein Kondom über und als ich schließlich in sie glitt, entfaltete das Gras endlich seine sanfte Wirkung. Ich stand zwar nicht komplett neben mir, aber fühlte kaum etwas anderes als Leichtigkeit ... bis die Kleine auf mir zu stöhnen begann. Sie war laut, so verflucht laut. Ich wusste nicht, ob es an meinem Trip lag, aber sie klang wie ein fucking Pornosternchen. Ich spürte kaum, wie sie sich anfühlte, weil ich viel zu abgelenkt von ihrem gekünstelten Gestöhne war. Als sie sich zu mir herunterbeugte, um mich erneut zu küssen, packte ich rechtzeitig ihren Nacken und hielt sie davon ab. Keine Küsse, keine Beziehungen und nie ohne Verhütung – das waren nur ein paar meiner Regeln und die einzigen, an die ich mich wirklich hielt.

Ich nahm gerade den dritten Zug vom Gras und genoss, wie der Rauch sich in meiner Lunge ausbreitete, als mein Handy mit einem ganz bestimmten Klingelton schellte. Genesis' *No Son Of Mine* dröhnte über ihr Stöhnen hinweg und schlagartig war ich nüchtern. Ich wusste, wer mich erreichen wollte. Er war der Einzige mit einem besonderen Klingelton.

»Okay, stopp, das reicht!«

Dank der scharfen Formulierung war ich mir sofort der Aufmerksamkeit der Frau sicher. Gehemmt hielt sie inne und sah mich mit großen Augen an. Vermutlich fragte sie sich, was sie falsch gemacht hatte, aber ich hatte weder die Zeit noch die Lust oder die Buntstifte, um es ihr aufzumalen.

Da ich immer noch in ihr war, packte ich sie an der Hüfte und hob sie von mir herunter. »Zieh dich an. Unsere Zeit ist vorbei.«

»Aber warum?« Ihre Stimme zitterte bereits verdächtig und ich konnte mir ein Augenrollen nicht verkneifen.

»Erstens, ich stehe nicht so auf dieses gefakte Rumgestöhne beim Sex. Und zweitens, ich muss mich jetzt um etwas Wichtigeres kümmern. Du kannst gehen.«

Den Joint drückte ich in dem Aschenbecher auf dem Nachttisch aus, zog mir das Kondom ab und stand auf. Ohne der Kleinen noch einen Blick zuzuwerfen, begab ich mich zum Duschen in mein Badezimmer und als ich zehn Minuten später mit einem Handtuch um die Hüfte wieder herauskam, war sie verschwunden. Ich atmete erleichtert auf und erst dann griff ich nach meinem Smartphone. Das Display zeigte mir den Anruf von vorhin und eine weitere Nachricht an, die ich seitdem erhalten hatte.

Dad, 08:55 Uhr

Arbeitest du heute?
Kommst du bitte in mein
Büro.

Ich konnte seine Resignation aus der Nachricht herauslesen. Irgendwie freute es mich, dass ich meinen Vater über alle Maßen frustrierte.

Statt zu antworten, schlüpfte ich in eine frische Boxershort und ein weißes T-Shirt. Danach stieg ich in meinen Motorradanzug und ließ den oberen Teil im Rücken nach unten hängen, weil es viel zu warm war, um die ganze Zeit in voller Montur herumzulaufen. Mir war klar, dass ich mit der Lederkluft gegen den förmlichen Dresscode von CIP verstieß, aber das war mir scheißegal. Mein Vater konnte froh sein, dass ich ihm den Gefallen tat und an meinem freien Tag überhaupt dort auftauchte. Ich hatte keine Ahnung, was mein alter Herr von mir wollte, aber es war auch nicht das erste Mal, dass er mich in sein Büro zitierte.

Als ich aus meinem Schlafzimmer trat, wurde zur gleichen Zeit die gegenüberliegende Tür des Gästezimmers aufgestoßen. Ein fremder Mann trat heraus. Überrascht hielt ich inne und lehnte mich abwartend gegen den Türrahmen. Der Typ sah ziemlich mitgenommen und müde aus. Er schenkte mir keine Beachtung, sondern eilte beschämt mit gesenktem Kopf zur Treppe. Diese führte zur unteren Etage, wo sich der Fahrstuhl befand, mit dem man meine Penthouse-Wohnung verlassen konnte. Amüsiert sah ich ihm nach und wusste auf Anhieb, mit wem er die Nacht verbracht hatte.

Ich wollte mich gerade in Bewegung setzen, da tauchte als Nächstes eine zierliche Blondine auf. Auch sie kam aus meinem Gästezimmer, auch sie kannte ich nicht. Die Fremde zwinkerte mir zu, als sie mich bemerkte, dann ging sie ebenfalls.

Ein Dreier?! Sein Ernst?

Ich war nicht länger nur amüsiert, sondern ernsthaft beeindruckt.

Aaron trat als Letzter breit grinsend und mit funkelnden braungrünen Augen durch die Tür und zog diese hinter sich zu.

Ich stieß mich vom Türrahmen ab. »Na, wilde Nacht gehabt?«

Der Anblick meines besten Freundes sagte eigentlich genug. Er trug nur eine schwarze Jeans und seine nackte Brust war mit Kratzspuren übersät. Noch dazu standen ihm die rotbraunen Haare wild vom Kopf, so als hätte er sich die ganze Nacht im Bett herumgewälzt. In meinem fucking Gästezimmer!

Es war nichts Besonderes, dass er nach einer Party hier schlief. Allerdings hatte er dabei noch nie mehr Spaß gehabt als ich. Ein wenig neidisch war ich schon, das musste ich zugeben, auch wenn ich es niemals laut ausgesprochen hätte.

Aaron schmunzelte. »Ich glaube, der Typ war doch nicht ganz so hetero, wie er dachte.«

»Oh Gott, zu viele Informationen!«

Kopfschüttelnd wollte ich mir meinen besten Freund definitiv nicht beim Vögeln vorstellen, doch dafür war es zu spät. Ich kniff die Augen zusammen und stöhnte auf. Verdammt, warum war ich ein so visueller Typ?!

Aaron klopfte mir feixend auf die Schulter. »Ach, komm schon, sei nicht so prüde, Lex. Dafür war nicht zu überhören, dass du heute Morgen Spaß hattest.«

Ich ließ das unkommentiert, als wir die Treppe aus Glas hinabstiegen und dabei, wie von mir prophezeit, über jede Menge Müll stolperten. Meine Wohnung brauchte eine Putzfirma – dringend!

In meiner Küche räumte Damien gerade leere Flaschen von der Kücheninsel und blickte auf, als er uns kommen hörte. Anders als Aaron hatte er zu Hause gepennt und anhand der Nike-Sportklamotten, die er trug, wusste ich, dass er in der Früh hierher gejoggt war. Die weißblonden Haare verrieten ebenso wie die strahlend blauen Augen seine schwedischen Wurzeln. Der Undercut sah frisch rasiert aus, während er die längeren Strähnen auf dem Oberkopf ordentlich zurückgekämmt hatte. Sein Gesicht ähnelte der Farbe einer Tomate. Die Wangen waren immer noch rot von der körperlichen Anstrengung. Vermutlich hatte er auf seinem Weg hierher eine neue Bestzeit aufstellen wollen.

Ich wusste nicht, ob ich meinen Freund für seinen sportlichen Ehrgeiz am Morgen, vor allem nach einer Party, bewundern oder bemitleiden sollte. Hatte ich die Wahl zwischen Früh- oder Bettsport, war klar, was ich wählen würde, selbst nach so einem Fiasko wie eben.

»Na, Lex, wie war der Sex?« Damien wandte sich mir mit einem fiesen Grinsen im Gesicht zu.

Klasse. Anscheinend hatte jeder davon mitbekommen. Er erwartete aber nicht ernsthaft eine Antwort auf seine Frage, oder?!

Ich ignorierte ihn und nahm mir ein Glas aus dem Schrank, um es mit Leitungswasser zu füllen. »Wo ist Tris?«

»Er hat mir geschrieben, dass er schon auf der Arbeit ist«, antwortete Aaron und nutzte, ohne zu fragen, meine Kaffeemaschine. Ich hatte das Gefühl, die Jungs waren mittlerweile so oft hier, dass es nicht länger nur mein Zuhause war, sondern auch ihres. Und auch für mich fühlten sie sich nach Familie an.

Aaron Cunningham und ich waren Sandkastenfreunde. Unsere Familien verkehrten in der New Yorker Elite, daher waren wir zusammen aufgewachsen und unsere Streiche im Kindesalter hatten uns unzertrennlich gemacht. Wir waren gleichalt – fünfundzwanzig – und hatten während des Studiums an der Dartmouth Tristan Dubois und Damien Forsberg kennengelernt. Alles in allem verbanden uns vier das gemeinsame Feiern, die Frauengeschichten und die ständige Suche nach dem Nervenkitzel. Nach dem Studium hatte Aaron ein erfolgreiches Unternehmen für Sicherheitstechnik gegründet, Damien verdiente sein Geld an der Wall Street und Tris und ich arbeiteten bei CIP, wenn auch in unterschiedlichen Abteilungen.

Ich trank einen Schluck Wasser, während Damien näher kam und tief Luft holte. »Alter, du riechst nach Gras und Sex.«

Ich schubste ihn weg. »Und du bist ein Freak, Mann!«

»Was hast du der Kleinen eigentlich angetan? Sie ist vorhin heulend aus deiner Wohnung gerannt.«

Das ließ Aaron herumfahren. Er war der Vernünftigste in unserer Runde und daher wunderte mich nicht, dass er mich mit hochgezogenen Brauen ansah.

Abwehrend hob ich die Hände. »Ich habe nichts gemacht und jetzt kümmere dich endlich wieder um deinen eigenen Kram, Damien.«

Er lachte laut auf, weil es ihm Spaß machte, mich zu provozieren.

Aaron griff wie so oft ein, ehe die Situation eskalierte. »Jungs, heute muss ich arbeiten, aber was wollen wir morgen Abend machen? Jemand eine Idee?«

»Wir könnten mal wieder pokern«, schlug Damien vor.

»Ich bin dabei, aber nur, wenn ihr euch was Gutes als Einsatz überlegt. Euer Geld reizt mich nicht genug, um euch abzuziehen.« Grinsend fiel mir etwas ein. »So, jetzt lasse ich euch zwei Hübschen mal allein. Ich muss zum Boss ins Büro.«

Ich trank das Glas aus und stellte es dann in die Spüle, bevor ich die Küche verließ. Damien und Aaron stürmten mir hinterher.

»Hey, hast du gesehen, wie es hier aussieht? Ich dachte, wir wollten deine Bude aufräumen?!«

»Damien, dafür gibt es Putzfirmen«, meinte ich leichthin, als ich im Foyer nach meinen Schlüsseln und dem Motorradhelm griff.

»Lex, du bist high. Meinst du, es ist wirklich das Beste, wenn du jetzt die Maschine nimmst? Und so im Büro auftauchst?« Aaron klang nicht begeistert.

»Mach dir keine Sorgen! Der Joint war nur ein Spliff«, beruhigte ich ihn, während ich die Arme in die Ärmel des Motorradanzugs schob. »Und außerdem habe ich keine Wahl, wenn man nach mir verlangt.«

Dann zog ich den Reißverschluss von meiner Hüfte über meine Brust nach oben und stieg in meine Boots. Meine Freunde beobachten unschlüssig jede meiner Bewegungen.

»Bis später«, rief ich ihnen über die Schulter zu und stieg in den Privataufzug, der lediglich dem Penthouse zur Verfügung stand. Er brachte mich auf direktem Weg in die Tiefgarage, wo neben meinem Aston Martin eine Ducati auf mich wartete. Ich schwang mich über das Bike, setzte den Helm auf und schmiss den Motor an. Augenblicklich pulsierte Adrenalin durch meine Blutbahn und vermischte sich mit der Wirkung des Joints. Der Nervenkitzel ließ meinen Körper kribbeln. Nach diesem Gefühl war ich süchtig. Voller Vorfreude auf die Fahrt klappte ich das Visier nach unten, dann gab ich Gas.

»Wow, Lennox, beehrst du uns auch mal wieder mit deiner Anwesenheit? Wie nett von dir!«

Kaum hatte ich das CIP-Headquarter betreten, lief mir auch schon die Person über den Weg, die ich unter keinen Umständen sehen wollte. Dabei sah es fast so aus, als hätte er extra in der Empfangshalle auf mich gewartet.

Ian Harris, ein Arschloch auf zwei Beinen mit Gottkomplex, war ein Kollege aus der Marketingabteilung und ging mir mächtig auf die Nerven. Dass er mich nicht leiden konnte, erkannte man schon am sarkastischen Unterton, den seine Stimme immer annahm, wenn er mit mir sprach. Ihn störte es, dass meinem Vater die Firma gehörte, und mich störte es, dass ich ihn jeden verdammten Arbeitstag ertragen musste.

»Nett ist mein zweiter Vorname. Außerdem weißt du doch, wie wichtig ich für das Unternehmen bin.«

Ich beachtete ihn nicht weiter, scannte am Drehkreuz meinen Mitarbeiterausweis und steuerte die Aufzüge an. Leider folgte Ian mir, auch wenn der Idiot große Mühe hatte, mit mir Schritt zu halten.

»Hast du geraucht?«

Es war klar, dass er nicht meine üblichen Zigaretten meinte. Natürlich fiel sowas gerade dieser Petze auf.

»Es kann nicht jeder mit einem Stock im Arsch geboren werden, Ian«, erwiderte ich unbeeindruckt und hielt meine Antwort vage. Währenddessen hatte ich mich an die Wand gelehnt und wartete auf einen der sechs Aufzüge.

»Du weißt, dass das gegen die Unternehmensregeln verstößt. Du kannst froh sein, dass dein Daddy –«

Als würde ich einen Fick auf Regeln geben!

Augenrollend unterbrach ich ihn, während rechts von mir Fahrstuhltüren aufglitten. »Gut, dass du ihn erwähnst, denn ich habe gleich einen Termin mit der Geschäftsleitung und leider, leider gar keine Zeit, mich weiter mit dir zu unterhalten.«

Rasch schlüpfte ich in den Lift und drückte im Inneren den Knopf, mit dem sich die Türen schließen ließen.

»Nimm den Nächsten, ja?«

Das Letzte, was ich sah, war Ians fassungsloses Gesicht, als er erfolglos versuchte, den Fahrstuhl aufzuhalten.

Kaum war ich in der Kabine allein, atmete ich erleichtert auf und lockerte meine Schultern, die sich jedes Mal verkrampften, wenn ich diesem Wichser gegenüberstand. Mir ging es besser, als ich auf der Etage des Marketings ankam und erkannte, dass Tristan dort bereits auf mich wartete. Er lehnte entspannt an der kleinen Sitzgarnitur im Foyer, direkt gegenüber den Aufzügen.

»Du siehst fertig aus, Lex.«

Seiner frechen Begrüßung konnte ich nicht widersprechen. »Es war einfach nicht mein Morgen, aber du scheinst auch nicht wirklich fit zu sein.«

Tris' Anzug saß akkurat und auch seine längeren, schwarzen Haare lagen einigermaßen ordentlich, aber das lenkte nicht von den dunklen Augenringen und den geröteten Augen ab. Täuschte ich mich oder roch er immer noch nach Alkohol?

Gemeinsam machten wir uns auf den Weg zu meinem Büro. Er fing an, eine Geschichte von gestern Abend zu erzählen, ich hörte ihm jedoch nicht genau zu, sondern dachte stattdessen darüber nach, was Dad mit mir besprechen wollte. Vielleicht würde er mir mitteilen, dass meine Zeit im Marketing endlich vorbei war? Es war die wohl langweiligste Abteilung im Haus und ich konnte es nicht abwarten, endlich was anderes zu tun, als über Werbung zu diskutieren.

Kurz vor meinem Büro wurde ich von einer Bewegung am Rand meines Sichtfeldes abgelenkt. Mein Kopf schnippte zu dem Raum, der meinem gegenüberlag und normalerweise leer stand. Zuerst fiel mein Blick auf eine junge, unbekannte Frau. Sie hatte ein hübsches, herzförmiges Gesicht mit weichen, feinen Zügen und großen Augen. Eine braune Haarsträhne fiel ihr über die Stirn, die restlichen klemmten zwischen ihrem Rücken und der Lehne des Schreibtischstuhls, auf dem sie saß. Ihre zierliche Statur ging in der übergroßen grauen Bluse unter. Ein Jammer, dass sie ihre Kurven versteckte, denn, soweit ich das auf die Schnelle erkennen konnte, hatte sie eine gute Figur. Sie gefiel mir ... bis ich sah, mit wem sie sich unterhielt. Ivy stand mit dem Rücken zu mir. Ihr Anblick ließ meine Neugier verpuffen.

Ohne den Frauen noch weitere Aufmerksamkeit zu schenken, betrat ich mein Büro. Tristan folgte mir und war immer noch mit Erzählen beschäftigt. Ich tat, als würde ich ihm zuhören, machte es mir in meinem Bürostuhl gemütlich und legte die Beine auf der Tischplatte ab – in der Hoffnung, Ivy würde mich bemerken und vor Wut schäumen, wenn sie meine Haltung sah. Kurze Zeit später bekam ich aus dem Augenwinkel mit, wie sie regelrecht aus dem Büro flüchtete und musste grinsen.

Jap, meine Provokation hatte funktioniert.

Unser Verhältnis war nicht das Beste. Wir hatten die stille Vereinbarung, dass sie sich um ihren Kram kümmerte, ich mich um meinen und wir uns dabei, so gut wie möglich, aus dem Weg gingen.

»Hey, Mann, ich muss dringend zum Boss«, unterbrach ich Tristan dann, stand auf und streifte mir den Lederanzug von den Schultern. Wieder hing er ab der Hüfte gen Boden. »Können wir das Gespräch später fortsetzen?«

»Klar. Damien meinte, wir pokern morgen Abend?«

»Ja, bei mir. Sei pünktlich.«

»Worauf du dich verlassen kannst.«

Damit verabschiedete sich mein Kumpel und ließ mich allein. Ich genoss ein paar Minuten Ruhe, verstaute den Schlüssel meiner Ducati in dem Schubfach meines Schreibtischs und machte mich dann auf den Weg zur Chefetage. Oben angekommen, musste ich feststellen, dass Susan, die Assistentin meines Vaters, nicht an ihrem Platz war. Statt auf sie zu warten, damit sie mich bei meinem Dad anmelden konnte, ging ich einfach an ihrem Schreibtisch vorbei und stieß seine Bürotür auf. Der Raum war leer. Er war sicher gerade noch bei einem Termin, aber ich konnte warten. Ich hatte eh nichts Besseres zu tun.

Mit den Händen vor der Brust verschränkt, musterte ich die riesige Fensterfront hinter dem Schreibtisch meines Vaters. Langsam näherte ich mich ihr und ließ den Blick über die Stadt schweifen, die ich über alles liebte. Gleichzeitig versuchte ich, mir vorzustellen, wie es wäre, wenn diese Aussicht irgendwann einmal mir gehören würde. Dieser Gedanke bescherte mir eine Gänsehaut. In meiner Kehle formte sich ein Kloß.

Da war er wieder – der altbekannte Druck, den ich über alles hasste. Das tonnenschwere Gewicht auf meinen Schultern, das mich in die Knie zwingen wollte, erinnerte mich daran, dass ich nicht ewig so weitermachen konnte. Dass ich mich langsam, aber sicher von meiner Freiheit verabschieden musste. Dass mein Leben, so wie es jetzt war, irgendwann ein Ende hatte und ich meinem Erbe nicht entkam.

Die Firma sollte mir gehören, das stand schon seit meiner Geburt fest. Doch ich konnte nicht CEO werden, wenn ich mich weiterhin so riskant verhielt wie jetzt. Mein Vater würde keine Partys oder Frauengeschichten dulden, zu hoch wäre das Risiko eines Presseskandals, der dem Ruf des Unternehmens schadete. Als CEO musste ich mich an die Spielregeln von Anderen halten und das war etwas, zu dem ich noch nicht bereit war. Ich mochte es zwar, gelegentlich die Aussicht von hier oben zu genießen, aber die Vorstellung, sie jeden Tag vor der Nase zu haben, machte mir noch zu viel Angst.

Hinter mir öffnete sich die Tür.

»Ach, du bist schon da«, erklang die tiefe Stimme meines Vaters und mir entging der überraschte Unterton nicht.

Ich schaute über die Schulter. »Du verlangst und ich eile.«

Man sagte mir oft, wie ähnlich ich meinem Dad sah. Bevor seine

Haare ergraut waren, hatten sie die gleiche Farbe wie meine gehabt und auch die kantige Gesichtsform hatte ich von ihm geerbt. Nur die Farbe unserer Augen unterschied sich – Dads war graublau, meine dunkelgrün. Er war für sein Alter junggeblieben und hielt sich mit langen Joggingrunden fit. Lachfältchen verliehen seinem Gesicht Charakter, aber ich fand, er sah noch nicht so alt aus, wie er tatsächlich war, auch wenn sein letzter Termin Spuren hinterlassen hatte. Er wirkte gestresst und erschöpft.

»Das bedeutet noch lange nicht, dass du auch tust, was man von dir möchte.« Die Trägheit in seiner Stimme entging mir nicht, als er sich im Chefsessel niederließ, allerdings nicht, ohne meinem Outfit einen abschätzigen Blick zuzuwerfen.

Äußerlich ähnelten wir uns zwar, dafür konnten unsere Persönlichkeiten nicht verschiedener sein. Dad war pflicht- und verantwortungsbewusst, still und streng. Mom war ihm ähnlich und manchmal fragte ich mich, wem aus der Familie ich meine rebellische Seite verdankte.

»Was gibt's denn?« Ich verbarg meine Neugier und ließ meine Stimme desinteressiert klingen.

»Setz dich!«, forderte Dad ernst. Er würde nicht fortfahren, bis ich nicht seiner Aufforderung nachgekommen war. Seufzend steuerte ich also einen der Stühle vor seinem Schreibtisch an.

Als ich Platz genommen hatte, lüftete er das Geheimnis. »Ab morgen bekommst du eine neue Kollegin, Amely Spencer. Sie fängt als Praktikantin im Marketing an.«

Bestimmt sprach er von der Frau, die ich mit Ivy in dem leeren Büro gesehen hatte. Komischerweise war es zufriedenstellend, dem hübschen Gesicht einen Namen zuordnen zu können.

»Hast du mich deswegen herbestellt? Um mir das zu sagen?«

»Nein, ich wollte persönlich mit dir besprechen, was das zukünftig bedeutet.«

Oh, das wusste ich schon: Ich musste mir morgens meinen Kaffee nicht mehr selbst holen und konnte Aufgaben, die mir nicht passten, einfach abschieben. Allerdings brauchte mein Vater von diesen Plänen nichts zu wissen.

»Was bedeutet es denn?«, fragte ich ahnungslos.

»Ich hoffe, dir ist klar, dass ich sie nicht als deine neue Assistentin eingestellt habe.«

Das wäre ja auch wirklich zu schön, ging es mir durch den Kopf, als mein Dad fortfuhr. »Sie ist nicht deine Bedienstete. Wenn du in Hierarchien denken willst, dann arbeitet ihr fortan auf ein- und derselben Stufe miteinander.«

Ich grunzte. »Wow, danke, dass du mich mit einer Praktikantin gleichsetzt, Dad.«

»Wir beide wissen, dass du dich weigerst, aus mir unerklärlichen Gründen erwachsen zu werden und Verantwortung zu übernehm-«

»Ja, ich erinnere mich an deine zahlreichen Standpauken zu diesem Thema«, warf ich gelangweilt ein. »Deswegen lässt du mich ja jetzt so lange jede Abteilung dieses Unternehmens durchlaufen, bis du dir sicher sein kannst, dass ich dein Lebenswerk nach meiner Übernahme nicht in den Ruin treiben werde. Du könntest dich aber auch einfach mal mit mir zusammensetzen und reden. Dann wüsstest du auch, dass ich nichts dergleichen plane.«

Obwohl ich noch nicht so weit war, CEO zu werden, hatte ich trotzdem Visionen und Ideen für die Zukunft von CIP, von denen ich meinem Vater gern erzählt hätte, wenn er nicht immer so beschäftigt wäre, mir Lektionen zu erteilen.

Dad starrte mich mit harter Miene an. »Du vergisst wohl, dass ich diese Entscheidung nicht allein, sondern zusammen mit dem Vorstand getroffen habe. Und ganz ehrlich, warum sollte ich mich mit dir zusammensetzen, wenn du auf unsere letzten Gespräche mit Trotz reagiert hast?«

Ein vertrauter Schmerz schoss durch meine Brust, als mir mal wieder klar wurde, wie wenig mein Vater mich verstand.

Dieser seufzte und fuhr sich mit der Hand über das glattrasierte

Kinn. »Wann hörst du endlich mit diesem kindischen Verhalten auf und wirst erwachsen, Lennox? Du bist fünfundzwanzig. In deinem Alter habe ich –«

»Bitte erspar mir den Ausflug in die Vergangenheit«, unterbrach ich ihn erneut schroff. »Ich habe dich klar und deutlich verstanden und werde die Praktikantin Amy –«

»Amely Spencer«, korrigierte mich mein Dad.

»Ich werde Amely Spencer bei CIP willkommen heißen und sie ansonsten in Ruhe lassen. Na, wie klingt das?«

»Zu schön, um wahr zu sein«, brummte Dad und wandte sich dann den Unterlagen auf dem Schreibtisch zu. Damit war unser Gespräch beendet.

Ich stand auf und war schon auf halbem Weg zur Tür, als er mich noch einmal aufhielt.

»Ach, Lennox, noch etwas.«

Genervt stoppte ich und drehte mich halb zu ihm zurück.

»Es sollte eigentlich selbstverständlich sein, aber ich gehe lieber auf Nummer sicher: Lass die Finger von der Praktikantin.«

Als Antwort schnaubte ich nur, bevor ich meinen Abgang fortsetzte und den Raum verließ.

Kapitel 4

Amely

Mein Kopf drängte mich dazu, nach Hause zu gehen, um dort die Lieferung aus London auszupacken. Mein Herz wollte allerdings nicht darauf hören. Ich konnte mich nicht überwinden, in die Wohnung zurückzukehren, nachdem ich das CIP-Headquarter verlassen hatte. Mir war zwar nach dem Alleinsein zumute, gleichzeitig wollte ich mich dabei aber nicht einsam fühlen. Ich brauchte jetzt Menschen um mich herum, die mir fremd waren und die mich nicht beachten würden, aber mit deren Präsenz ich mich weniger verlassen fühlte.

Mit einem Taxi fuhr ich daher zum Central Park, um dort ein paar Schritte spazieren zu gehen. Die Pumps waren allerdings alles andere als passendes Schuhwerk und schon nach wenigen Metern zwangen mich die Schmerzen in den Füßen zum Hinsetzen.

Mit einem Schnauben ließ ich mich auf eine Parkbank fallen und spürte Frustration in mir aufsteigen. Mich ließ das Gespräch mit Mr. Mercier-Campbell und Ivy nicht los. Dabei war es nicht mal die Warnung vor dem Sohn des Geschäftsführers, an die ich ständig denken musste, sondern die plötzliche Erwähnung meines Instagram-Accounts, die jede Menge Erinnerungen aufgewirbelt hatte. Anstatt die Natur inmitten einer Großstadt zu genießen, starrte ich nur vor mich hin und hörte die Stimme des CEOs in Dauerschleife.

Was Sie sich in Ihren jungen Jahren für eine Karriere aufgebaut haben, verdient Hochachtung. Eigentlich viel zu schade, um damit aufzuhören. Warum haben Sie das aufgegeben?

Ich wusste genau warum, nur konnte ich niemandem davon erzählen. Die Leute ahnten nicht, wie sehr sich der schöne Schein von Social Media und die Realität unterschieden, und sie wollten es meistens auch gar nicht erfahren. Lügen, schöne Bilder und Perfektion waren ihnen lieber. Die Wahrheit wäre ernüchternd, ungeschönt und unbequem, daher wagte niemand einen Blick hinter die Kulissen.

»Willst du auch?« Alex hielt mir ein kleines Tablett entgegen, auf dem jemand ein weißes Pulver in fünf etwa zehn Zentimeter lange Linien gezogen hatte. Daneben lag ein zusammengerollter Geldschein, der zum Schnupfen des Pep gedacht war.

Ich blickte zögernd auf die Drogen, während die Musik des Clubs in meinen Ohren dröhnte. Der Bass war so stark, dass man die Vibrationen am ganzen Körper spürte.

Die VIP-Ecke des angesagten Londoner Clubs L.X. gehörte für diesen Abend nur meinen Freunden und mir. Wir feierten meinen neuesten Kooperationsdeal mit einem angesagten Luxus-Modelabel. Ich durfte mir ein paar Kleidungsstücke aus einer noch nicht erschienenen Kollektion aussuchen, musste dafür Bilder von mir in diesen Klamotten schießen und auf Instagram posten.

»Was ist nun?«, fragte Alex ungeduldig und hielt mir immer noch das Tablett hin. Er war nicht nur mein Freund, sondern auch der Clubbesitzer, weswegen er keine Scheu hatte, hier so offen mit Drogen umzugehen.

Ich starrte auf das Amphetamin und zögerte. Eigentlich war die VIP-Area vom Rest des Clubs abgeschottet und Security kontrollierte den Zugang, trotzdem machte mich der öffentliche Drogenkonsum nervös. Eigentlich wollte ich ablehnen, weil ich gar keine Lust hatte, mich zuzudröhnen. Andererseits, die Drogen würden mir das Hungergefühl nehmen, das mir nach einem Tag ohne Essen schon Magenkrämpfe bereitete. In diesem Moment grummelte mein Bauch und traf die Entscheidung für mich.

»Okay, aber nur eine halbe Line.«

Ich nahm Alex das Tablett ab und positionierte es auf meinen Knien.

»Du bist so eine richtige Spießerin, seit du berühmt bist«, kommentierte Poppy, meine beste Freundin, und malte bei dem Wort be-rühmt mit ihren Fingern Gänsefüßchen in die Luft. Sie lachte zwar, als hätte sie nur einen Witz gemacht, aber mir entging der bissige Unterton in ihrer Stimme nicht.

Poppy war mit vierzehn dank eines Stipendiums auf meine Pri-vatschule gewechselt. Dort hatte sie es erst nicht leicht gehabt, denn keins der reichen Kids hatte mit ihr zu tun haben wollen. Aus Mit-leid war ich auf sie zugegangen und zwischen uns hatte sich schnell eine Freundschaft entwickelt. Gemeinsam waren wir in den letzten Jahren durch dick und dünn gegangen: Poppy hatte mich in der Idee bestärkt, mir einen Instagram-Account zu erstellen, und ich hatte bei der Scheidung ihrer Eltern ihre Hand gehalten. Doch seit ein paar Wochen war etwas anders. Sie hatte sich verändert, verbrach-te ihre Zeit nur noch mit Dan, ihrem Freund, an dem sie auch jetzt klebte. Den ganzen Abend lang konnte man den beiden schon dabei zuschauen, wie sie sich gegenseitig die Zungen in den Hals schoben. Wenn Poppy mit mir sprach, dann nur, um mir komische Sprüche um die Ohren zu hauen. Trotzdem konnte ich ihr das nicht übelnehmen, weil wir einfach schon zu lange befreundet waren.

Nachdem ich das Pep gezogen hatte, schob ich das Tablett auf den niedrigen Tisch vor uns, auf dem auch unsere Getränke stan-den. Als Nächstes putzte ich mir die Nase ab, um zu vermeiden, dass weiße Reste zurückblieben, und kontrollierte mein Aussehen im Dis-play meines Handys. Leider erkannte ich aufgrund der Dunkelheit im Club nicht viel.

Alex drückte mir plötzlich eine Flasche Dom Pérignon Rosé in die Hand und ich nahm einen kleinen Schluck. Anstatt zu genießen, wie der edle Champagner auf meiner Zunge prickelte, zählte ich stattdessen in meinem Kopf die Kalorien, die ich gerade trank. Ich durfte bloß nicht zu viel zu mir nehmen.

»Apropos Berühmtheit, wie wäre es mit einer Instagram-Story, damit jeder weiß, dass du in meinem Club feierst bist?«, fragte mein Freund, als ich die Flasche wieder absetzte.

»Äh, ja klar.«

Eigentlich hatte ich keine Lust, aber ich wusste, wie wichtig Alex Publicity war. Ich öffnete die Kamera auf meinem Smartphone, als Dan aufgebracht rief: »Warte, die Drogen!«

Er griff sich das Tablett mit den weißen Linien und versteckte es unter dem Tisch, damit es auf dem Video nicht auf einmal im Hintergrund zu sehen war.

Mit dem Handy in meiner Hand hob ich ruckartig den Arm, um mit dem Filmen zu beginnen, doch von der schnellen Bewegung wurde mir plötzlich schummrig. Kurz blieb mir die Luft weg, alles begann sich vor meinen Augen zu drehen.

Mist, ich hätte etwas essen sollen ...

Um beim morgigen Fotoshooting am Piccadilly Circus perfekt auszusehen, hatte ich heute den ganzen Tag auf Nahrung verzichtet. Wenn ich jetzt allerdings nachgab und aß, würde man meinen vollen Bauch auf den Bildern bemerken.

Ich presste die Lippen aufeinander und atmete einige Male tief ein und aus, bis es mir wieder besser ging. Keiner meiner Freunde fragte, was los war, sie sahen mich nur auffordernd an. Um ein Lächeln bemüht, hob ich erneut den Arm und startete die Aufnahme.

Zuerst zeigte ich die VIP-Area und unsere teuren Getränke, die man aufgrund der Dunkelheit nur dann erkannte, wenn die Strahler der Discobeleuchtung aufleuchteten. Nach ein paar Sekunden drehte ich die Kamera, sodass nun meine Freunde zu sehen waren. Poppy und Dan lachten und grüßten in Richtung meines Smartphones, als hätten sie nur auf diesen Moment gewartet. Auch Alex drängte sich ins Bild und als ich die Kamera schließlich auf mich richtete, drückte er mich an sich. So viel Zärtlichkeit hatte er mir den ganzen Abend noch nicht gezeigt. Ich beendete die Aufnahme und war zufrieden.

»Lass mich mal sehen«, verlangte Poppy und ich reichte ihr mein Smartphone. Sie war kurz darauf konzentriert, ehe sie es mir zurückgab.

»Nimm lieber noch mal auf. Du siehst irgendwie fett aus. Man könnte meinen, du hättest ein Doppelkinn.«

Ihre Worte waren ein Fausthieb in die Magengrube. Ich musste schlucken und hätte mich am liebsten gekrümmt, weil es so sehr weh tat. Erneut kontrollierte ich die Aufnahme, sah sie dieses Mal mit anderen Augen. Poppy hatte recht. Der Winkel war mehr als unvorteilhaft.

Zwar hatte ich in den letzten Monaten viel Gewicht verloren – wog mittlerweile knapp vierzig Kilo bei einer Körpergröße von einem Meter achtundfünfzig –, trotzdem war es nicht genug. Jeder Blick in den Spiegel schmerzte. Überall an meinem Körper sah ich Unzulänglichkeiten, Makel oder Problemzonen, die trotz des Gewichtsverlusts nicht weniger wurden. Weil es einfach noch nicht genug war! Ich musste noch mehr abnehmen.

Poppys Rat folgend, wiederholte ich die Aufnahme. Dieses Mal fiel es mir aber schwerer zu lächeln. Im Kopf kreisten meine Gedanken bereits darum, was ich noch tun konnte, um schlanker zu werden.

Erschrocken zuckte ich zusammen, als plötzlich ein Jogger in schnellem Tempo direkt an mir vorbeilief und mich damit aus meinen Erinnerungen riss. Kaum war ich nicht mehr in ihnen versunken, machte sich ein Gefühl in mir breit, das mich zum Aufstehen und Bewegen zwang. Ich konnte nicht länger ruhig sitzen bleiben – nicht, wenn in meinem Kopf Gedanken laut wurden, die gefährlich für mich waren.

Die Stimmen waren mir so vertraut, hatten mich jahrelang begleitet und mir eingeredet, sie würden sich um mich kümmern. Dabei hatte ich viel zu spät erkannt, dass sie toxisch waren, mich Stück für Stück vergifteten. Fast hätten sie ihr Ziel erreicht. Natürlich wusste ich, dass sie nicht echt waren, sondern nur meine eigenen negativen Gedanken, aber ich fühlte mich besser, wenn ich eine klare Grenze zog und sie nicht als Teil von mir betrachtete. Auf diesem Weg konnte ich stark sein und gegen sie ankämpfen, so lange bis sie irgendwann für immer verstummt waren.

Ich irrte eine Weile im Central Park herum, ignorierte dabei die schmerzenden Füße und das leise Flüstern in meinen Ohren, das immer noch so nah war. Es kannte all meine Schwachstellen, wollte mich darauf aufmerksam machen, dass das Abnehmen vor einem Jahr vergebens gewesen war, weil ich wieder zugenommen hatte. Mein Kopf redete mir ein, dass man nur dünn gut aussah und gemocht werden konnte und weil ich mir Mühe gab, meinen Gedanken keinen Glauben zu schenken, wurden sie immer aggressiver.

Diese Abwärtsspirale ins Verderben erlebte ich nicht zum ersten Mal. Auf meiner Schulter saß nicht länger ein kleiner Teufel, der mich zu Missetaten verführte, sondern ein großer Dämon, der mich verschlucken und erst tot wieder ausspucken wollte. Ich dachte an all die Fortschritte, die ich seit der Nacht, die alles verändert hatte, gemacht hatte. Wollte ich die jetzt wirklich riskieren?

Nein, niemals, und doch war ich schockiert, dass es immer noch einen kleinen, schwachen Teil in mir gab, der am liebsten nachgegeben hätte. Vielleicht hatte meine Schwester recht. Vielleicht war ich noch nicht so weit. Wie konnte ich mir in einer fremden Stadt etwas Neues aufbauen, wenn das Alte mich noch immer mit dieser Zerstörungswut verfolgte?

»Stopp!«

Das laute Wort war mir einfach so über die Lippen gerutscht. Eine ältere Frau, die in dem Moment vor mir lief, drehte sich überrascht um und sah mich fragend an. Ich murmelte eine Entschuldigung und signalisierte ihr mit einem Wink, dass ich nicht sie gemeint hatte.

Schnell lief ich weiter und zählte in Gedanken von fünf an rückwärts. Mit dieser Technik, die man mir beigebracht hatte, unterbrach

49

ich meine Zweifel und die Stimmen verstummten. Dann stellte ich mir die Fragen, die meinen Fokus wieder auf das Wesentliche lenken würden.

Was ist dein Ziel? – Gesund werden und glücklich sein.
Helfen dir die Stimmen dabei, das zu erreichen? – Nein.
Bringen sie dich einen Schritt weiter? – Nein.
Machen sie dich stärker? – Nein.
Machen sie dich zu einem besseren Menschen? – Nein!
Machen sie dich glücklicher? – Nein!
Also warum zum Teufel solltest du dann auf sie hören?

Den letzten Satz hätte ich am liebsten gebrüllt, um den Stimmen zu zeigen, dass sie diesmal verloren hatten. Sie hatten es nicht geschafft, mich einzunehmen, mich umzustimmen. Ich hatte mir die Kontrolle über mich selbst zurückgeholt, aber trotzdem zitterte ich am ganzen Körper.

Kapitel 5

Amely

»Hey, Ames, ich hätte mich noch bei dir gemeldet. Ich bin gerade erst zu Hause ange-«

Ich ließ Steph nicht ausreden. »Ich hatte heute einen Moment. Einen schlechten Moment.«

Nachdem ich mich im Central Park einigermaßen gefangen hatte, war ich zur Wohnung zurückgekehrt, um mich mit dem Auspacken meiner Sachen abzulenken. Doch das hatte leider nicht funktioniert. Jetzt war es abends, mein Kopf war voll und ich musste mit jemanden reden. Also hatte ich die Nummer meiner Schwester gewählt.

Steph verstand sofort. »Was ist passiert? Was hat dich getriggert?« Sie gab sich Mühe, ruhig und professionell zu klingen, so wie sie es auch tat, wenn sie Notrufe ihrer Patienten entgegennahm, aber ich hörte die schwesterliche Sorge in ihrer Stimme.

Ich fasste das Treffen mit Mr. Mercier-Campbell kurz zusammen, bevor ich ihr von den Erinnerungen erzählte, die durch das Gespräch ausgelöst worden waren. Danach war es lange Zeit still und ich dachte schon fast, unsere Verbindung wäre unterbrochen worden.

»Steph?«

Sie räusperte sich und als sie wieder sprach, klang ihre Stimme belegt. »Es müsste bei dir Zeit fürs Abendbrot sein. Hast du schon was gegessen?«

Ich seufzte. »Ich habe keinen Hunger.«

»Du musst, Ames. Bitte!«

Es klang wie ein Flehen und mein Herz zog sich schmerzhaft zusammen. Verzweiflung stieg in mir auf. »Was, wenn es wirklich zu früh war? Was, wenn du recht hattest?«

»Es war klar, dass dich etwas triggern würde, die Frage war nur wann«, antwortete Steph ruhig.

»Also war der Neuanfang ein Fehler?«

»Das habe ich nicht gemeint. Ich wollte nur damit sagen, dass es klar war, dass du irgendwann mit Erinnerungen konfrontiert werden würdest. Das ändert sich auch nicht, wenn du erst in einem halbem oder in einem Jahr einen Neuanfang wagst.«

»Ich weiß nicht, ob ich dir folgen kann«, gab ich zu.

»Ames, der Mensch liebt Gewohnheiten und du hast mit deiner Heilung und dem Neuanfang in einer fremden Stadt deine Komfortzone verlassen. Du wagst etwas Neues und das fühlt sich im ersten Moment immer unsicher und unbequem an. Daher versucht dein Kopf, dich wieder in altbekannte Muster zurückzulocken. Diese versprechen dir ein falsches Gefühl von Kontrolle und Sicherheit.«

Ich ließ mich niedergeschlagen auf das Sofa fallen, während ich Stephs Ausführungen weiter lauschte.

»Der Gewohnheit zu folgen, ist leicht, weil du weißt, was dich erwartet. Allerdings kann das auch eine gefährliche Situation sein, denn deine Komfortzone hat dich beinahe umgebracht. Gib dir ein wenig Zeit, dich an das Neue zu gewöhnen, hör auf zu zweifeln und lass dich von deinem Kopf nicht verarschen.«

»Aber ... heißt das, du findest meine Entscheidung, hierher zu kommen, doch gut? Ich dachte, du wärst gegen meinen Plan und würdest das Ganze für einen Fehler halten. Verdammt, du hast hier sogar einen Spiegel abgehangen!«

»Aber nur, weil ich deine Schwester bin und mir Sorgen mache. Nicht, weil ich falsch finde, was du tust!«, entgegnete Steph energisch.

Danach trat Stille zwischen uns ein, als ich das Gespräch kurz auf mich wirken ließ. Dass ich dabei zuhören konnte, wie meine Schwester am anderen Ende der Leitung irgendwelche Sachen hin und her räumte, hatte irgendwie eine beruhigende Wirkung auf mich. Es gab mir das Gefühl, dass sie trotz der Entfernung doch gar nicht so weit weg war. Auf einmal brannte mir eine Frage auf der Zunge, aber ich zögerte, sie zu stellen. Ich brauchte Stephs Meinung als Therapeutin, aber hatte Angst vor ihrer Reaktion als Schwester. Allerdings gab es keinen besseren Zeitpunkt als jetzt, um danach zu fragen.

»Was ist, we-« Ich stockte, weil es mir schwerfiel, mich zu überwinden. Nach einem tiefen Atemzug fuhr ich fort. »Was ist, wenn ich irgendwann nicht mehr stark genug bin und rückfällig werde? Wenn ich nachgebe und mir damit all meinen Fortschritt kaputt mache?«

Ich hörte Steph einatmen, während sie sich ein paar Sekunden nahm, um darüber nachzudenken. Als sie wieder sprach, klang sie resigniert. »Du hast eine Essstörung, Ames.«

»Das weiß ich, aber was soll mir das jetzt sagen?«

»Wenn du rückfällig wirst, dann ist das eben so. Du bist auch nur ein Mensch. Du darfst scheitern, hinfallen, weinen und verzweifeln, aber nur, wenn du danach wieder aufstehst, deine Krone richtest und weiterkämpfst. Was meinst du, wie viele von den Mädchen, die du in der Klinik kennengelernt hast, rückfällig geworden sind? Ganz ehrlich: Es ist viel wahrscheinlicher, dass du scheiterst, als dass du gleich nach dem ersten Versuch geheilt bist.«

Meine Schwester sagte nur die Wahrheit, aber es tat weh, das zu hören. Ich kämpfte mit den Tränen, als ich ihr antwortete: »Aber ich will nicht rückfällig werden. Ich will das nie wieder erleben, was in dieser Nacht passiert ist.«

»Ich weiß, Ames, aber es war nicht deine Schuld«, erwiderte Steph seufzend. »Tut mir leid. Ich hätte nicht so hart sein sollen.«

»Nein, ich glaube, ich musste das hören, damit ich nicht vergesse, warum ich kämpfe.«

»Denk einfach daran: Wenn du in alte Muster verfallen solltest und deine Krankheit deine Fortschritte wie ein Kartenhaus um dich herum zusammenfallen lässt, dann bin ich da. Wir fangen einfach von vorne an und bauen es gemeinsam wieder auf. Lass dir keine Angst machen! Du bist stark und bald wird dich auch die neue Arbeit ablenken.«

Leise lachte ich auf. »Und laut Mr. Mercier-Campbell werden mich meine Kollegen ganz schön auf Trapp halten.«

Einer wohl ganz besonders ...

»Na, siehst du, alles wird gut.« Steph klang erleichtert, aber auch müde. Mir fiel plötzlich ein, dass es in London durch die Zeitverschiebung ja mitten in der Nacht sein musste.

»Oh, tut mir leid, dass ich dich vom Schlafen abhalte. Du bist sicher erschöpft von der Reise.«

»Schon okay, ich bin gerne für dich da.«

Wieder wurde es still zwischen uns und ich wollte das Gespräch schon beenden, da fragte mich Steph leise: »Hast du inzwischen mit Mum telefoniert?«

Ganz langsam blies ich die Luft aus meiner Lunge und dachte über ihre Frage nach. Meine Mum war eine ganz wundervolle Frau, der ich viel in meinem Leben verdankte. Allerdings hatte sie eine quirlige, laute, lebensfrohe und ein klein wenig dramatische Persönlichkeit und kam daher mit sensiblen Extremsituationen nicht gut klar. Wir hatten während meiner Therapie beschlossen, dass es das Beste für meine Heilung war, wenn wir vorerst Abstand hielten. Das fiel mir nicht leicht, weil ich sie vermisste, aber es tat noch mehr weh, wenn sie mich mit Fragen bombardierte und mich mit ihrer Liebe erstickte.

»Noch nicht. Ich brauche noch ein bisschen Zeit.«

Steph seufzte erneut. »Sie macht sich Sorgen, weißt du?«

»Ja, ich weiß.«

Für einen kurzen Moment hörte ich in meinem Kopf die angsterfüllte Stimme meiner Mum, wie sie nach Hilfe schrie – noch eine Erinnerung, die ich wohl nie vergessen würde.

»Ich rufe sie bald an. Ich verspreche es. Aber jetzt lasse ich dich schlafen. Gute Nacht, Steph, und danke.«

»Gute Nacht, Ames. Lass dich nicht unterkriegen!« Das Klicken im Ohr signalisierte mir, dass das Gespräch beendet war.

Ich sperrte mein Handy und ging in die Küche. Steph hatte recht, nicht nur damit, dass ich essen musste, sondern auch mit allem anderen. Vor allem ihre Worte über meine Komfortzone und notwendige Veränderungen hallten in mir wider. Auf einmal tauchte in meinem Kopf ein Wort auf, das ich mir unbedingt notieren musste. Es brachte mich dazu, das Messer, mit dem ich gerade ein Brot geschmiert hatte, beiseitezulegen und mich auf die Suche nach einem Blatt Papier und einem Stift zu machen.

In der Klinik hatten uns die Therapeuten in den Gesprächsrunden immer nach unserem Wort des Tages gefragt. Dafür hatten sie uns keine Einschränkungen vorgegeben. Es konnte unsere Stimmung beschreiben, etwas sein, was uns beschäftigte oder sich um ein Ziel handeln, welches wir erreichen wollten. Recht schnell waren mir einfache Wörter zu simpel geworden. Im Internet war ich auf Fremd- oder Fachwörter gestoßen, deren Bedeutung sich einem nicht gleich auf den ersten Blick offenbarte. Das Wort, das mir jetzt in den Sinn kam, hatte ich schon vor einiger Zeit entdeckt. Es passte nicht nur zum heutigen Tag oder dem Gespräch mit Steph, sondern auch zu der aktuellen Phase meines Lebens.

Mit einem schwarzen Filzstift schrieb ich *Metanoia* auf einen gelben Klebezettel und steckte diesen in meine Arbeitstasche. Ich wollte das Post-it mitnehmen und auf meinen neuen Schreibtisch kleben, damit ich mich jeden Tag daran erinnerte, warum ich mich veränderte. Warum ich kämpfte. *Metanoia* kam aus dem Griechischen und bedeutete in der Theologie die Änderung einer Lebensauffassung aufgrund von Buße. Auch wenn Steph der Meinung war, dass ich keine Schuld trug, so konnte ich nichts dagegen tun, dass ich mich schuldig fühlte. Ich hatte einen Fehler gemacht, den ich mir nicht verzieh, aber den ich wiedergutmachen wollte. Ich schuldete mir diesen Neuanfang, auch wenn er schmerzhaft war und mich viel Kraft kostete.

Kapitel 6

Amely

Als ich am nächsten Tag meine Pumps anzog, um mich auf den Weg zur Arbeit zu machen, klopfte es an meiner Haustür. Kurz stolperte mein Herz vor Überraschung und meine Hand samt Schuh, den ich gerade über meinen Fuß hatte streifen wollen, hielt in der Luft inne. Wer konnte das sein? Ich kannte noch niemanden in New York und nur meine Schwester wusste, wo ich wohnte. Hatte Steph nach dem gestrigen Telefonat vor Sorge den nächsten Flieger genommen, um bei mir zu sein?

Da ich immer noch auf einem Bein balancierte und mittlerweile gefährlich wankte, zog ich schnell den Absatzschuh über und lief stirnrunzelnd zum Eingang. Dort lugte ich durch den Spion und war erstaunt, wer vor meiner Tür stand. Mit einem Ruck zog ich diese auf.

»Guten Morgen.«

Ivy grinste so breit, dass ihr Strahlen der Sonne Konkurrenz machte. Heute trug sie ein cremefarbenes, ärmelloses Top mit hohem Kragen zu einer schwarzen Stoffhose. Ihr dunkelblonder Bob war zu einem kleinen, tiefen Pferdeschwanz zusammengebunden, aus dem sich einzelne Strähnen gelöst hatten. In einer Hand hielt sie ihre Arbeitstasche, in der anderen zwei Becher in einer Papphalterung.

»Hey, was machst du denn hier?«

»Ich hoffe, ich dränge mich nicht auf, aber hast du Lust, mit mir zur Arbeit zu fahren? So sparst du dir das Taxi und tauchst nicht allein zu der Versammlung auf, die für heute Morgen geplant ist.«

»Ähm ...« Ich war etwas überrumpelt. Amerikaner wirkten im Umgang viel offener und direkter, als ich als Britin das gewohnt war. Hinzu kam, dass Ivy genau zu wissen schien, was sie wollte.

Als ich sie nur blinzelnd ansah und noch überlegte, ob ich ihr Angebot annehmen sollte, streckte sie mir einfach einen Kaffeebecher entgegen. Falls das eine Art Bestechung war, beschwerte ich mich nicht. Der köstliche Duft von frischem Koffein strömte mir in die Nase und belebte meine Sinne. So konnte ich sie unmöglich abweisen.

»Ja, gern, das ist sehr nett von dir. Danke.«

Ich öffnete die Tür noch ein Stück und trat zurück. »Komm kurz rein, ich muss noch meine Tasche holen.«

Meiner Aufforderung folgend, betrat Ivy die Wohnung und sah sich neugierig im Eingangsbereich um.

»Was hat es eigentlich mit dieser Versammlung auf sich?«

Ich wandte ihr den Rücken zu und griff nach meiner neuen Arbeitstasche aus Leder, ein Abschiedsgeschenk meiner Schwester, die ich auf dem hellen Sofa abgestellt hatte.

»Einmal im Quartal findet eine Mitarbeiterversammlung statt.«

Erstaunt zog ich die Augenbrauen nach oben, aber das konnte Ivy nicht sehen. Ich hatte nicht gedacht, dass CIP bei seiner Größe solche Versammlungen in Präsenz veranstaltete. Viele große, vor allem international erfolgreiche Unternehmen verschickten Informationen an Mitarbeiter lediglich per Mail.

»Es ist der Wunsch der Geschäftsleitung und betrifft nur den Headquarter«, fuhr Ivy fort, allerdings klang sie abgelenkt. Als ich mich zu ihr umwandte, bemerkte ich, wie sie den leeren Platz beäugte, an dem vorgestern noch der Spiegel gehangen hatte. Ihre Augen musterten vor allem den feinen, dunklen Staubrahmen an der Wand.

»Es scheint, als sei dir hier etwas abhandengekommen.«

Peinlich berührt spürte ich, wie mir Wärme über mein Gesicht kroch. Damit sie nicht dachte, ich würde etwas aus der Wohnung, die mir CIP großzügigerweise zur Verfügung gestellt hatte, stehlen, suchte ich schnell nach einer Erklärung.

»Ähm, ja, meine Schwester hat den Spiegel abgehangen. Sie glaubt an Feng-Shui oder sowas. Sie war der Meinung, dass meine Energie in diesem Apartment nicht richtig fließen kann, wenn sie durch den Spiegel an der Wand fehlgeleitet wird.«

Ich merkte selbst, wie bescheuert das klang, aber Ivy verzog keine Miene, als sie mich ansah, nickte und dann das Thema fallen ließ.

»Bist du so weit?« Sie öffnete meine Haustür und trat hinaus.

»Ja.« Ich folgte ihr, aber nicht ohne einen letzten finsteren Blick auf den ehemaligen Platz des Spiegels zu werfen.

Den Weg zum Headquarter legten wir wieder in einem schwarzen 7er BMW zurück, dieses Mal mit Ivys persönlichem Chauffeur. Sie stellte mir während der Fahrt jede Menge Fragen und schien mich wirklich kennenlernen zu wollen. Dabei ging es nicht nur um die Arbeit, sondern auch um Alltägliches, wie meine Familie, Traumreiseziele oder Lieblingsfilme. Schnell fiel auf, dass Ivy und ich auf einer Wellenlänge waren. Wir verfielen in eine lockere Konversation ohne unangenehme Pausen und ich erfuhr eine Menge über die Leiterin der Personalabteilung. Es fühlte sich nicht so an, als würde ich mich mit einer Führungskraft, sondern mit einer Freundin unterhalten.

Kaum bei CIP angekommen, lotste sie mich in einen großen Saal im fünften Stock des Wolkenkratzers. Er nahm beinahe die halbe Etage ein, sodass die über zweihundert Mitarbeiter des Hauptstandorts bequem darin Platz fanden. Dennoch hatte man in der Mitte nicht annähernd genug Stuhlreihen aufgebaut, die alle auf eine kleine Bühne mit Präsentationsleinwand gerichtet waren. Dort stand Mr. Mercier-Campbell und tippte etwas in seinen Laptop.

Reges Gemurmel hallte durch den Saal. Die Sitzplätze waren bereits belegt, als wir ankamen, weswegen wir keine andere Wahl hatten, als uns an die Seite des Raums zu begeben und dort zu stehen. Ivy führte mich aber zunächst in Richtung Bühne und wurde dabei von allen Seiten begrüßt. Sie hatte zu jedem Mitarbeiter ein gutes Verhältnis, was mich bei ihrer freundlichen Persönlichkeit nicht wunderte. Bei einem Mann in den späten Vierzigern mit leicht ergrautem, kurzrasiertem Haar, der sich gerade mit einem jüngeren, dunkelhaarigen Mann unterhielt, stoppte sie.

»Mr. Daniels? Darf ich Ihnen Amely Spencer, Ihre neue Praktikantin, vorstellen?«

Ihre Stimme ließ die Männer zu uns herumfahren. Sofort wandelte sich der fragende Ausdruck in den braunen Augen des älteren Herrn zu einem wissenden um.

»Amely, das ist Mr. Daniels, der Leiter der Marketingabteilung.«

Ich ergriff die Hand, die er mir hinhielt, und war überrascht von seinem warmen, weichen Händedruck.

»Ms. Spencer, willkommen bei CIP! Schön, dass Sie hier sind und uns in den nächsten Monaten unterstützen werden. Ich habe leider direkt nach dieser Versammlung noch einen Anschlusstermin, aber können wir uns heute Nachmittag zusammensetzen und Ihre Aufgaben besprechen? Bis dahin soll die IT Ihren Rechner einrichten und Sie können sich im Headquarter umschauen. Ivy kann Ihnen sicher das Unternehmen zeigen.«

»Gern«, erwiderte ich lächelnd.

Die Frau neben mir nickte. »Sie finden Amely zukünftig gegenüber Lennox' Büro.«

»Na dann, mein Beileid!«, warf der jüngere Mann neben Mr. Daniels ein und sah mich mitleidig an.

»Amely, das ist Ian Harris. Er arbeitet ebenfalls in der Marketingabteilung.« Ivys Stimme hatte eine gewisse Schärfe bekommen und sie sah den Mann mit einem feindseligen Blick an. Der ernste Gesichtsausdruck passte so gar nicht zu ihrer sonst so sonnigen Ausstrahlung. Ian hingegen schenkte ihr keine Beachtung, sondern ließ seine Augen erst über mein Gesicht und dann über meinen Körper wandern. Ich hatte mit einem Schlag das Bedürfnis, mich vor ihm verstecken zu wollen. Mir war es unangenehm, als sein Grinsen breiter wurde und sich seine blauen Augen verdunkelten. Er wirkte wie ein Jäger, der seine nächste Beute auserkoren hatte, und sein Interesse ließ mich erschaudern. Ich wollte mir gar nicht ausmalen, was er sich gerade dachte.

Gott sei Dank zog Ivy in diesem Augenblick an meinem Handgelenk und wir verabschiedeten uns von den Männern, bevor wir weitergingen. Ich hatte gerade einen leeren Platz an der Seite des Saals entdeckt, als Mr. Mercier-Campbell nach meiner Begleitung rief und sie nach einer Entschuldigung zur Bühne eilte.

Mit gesenktem Kopf hielt ich dennoch auf die freie Stelle zu. Dort angekommen, lehnte ich mich mit dem Rücken gegen die Wand und ließ meinen Blick durch den Raum gleiten. Ein paar Mitarbeiter beäugten mich neugierig. Sie fragten sich bestimmt, wer ich war, und ihre Aufmerksamkeit behagte mir ebenso wenig wie Ians Blicke. Ich versuchte, meine Unsicherheit zu überspielen, indem ich an meinem Becher nippte, der immer noch halb voll war – mittlerweile allerdings mit kaltem Kaffee.

Nach kurzer Zeit ergriff Mr. Mercier-Campbell das Wort und bat um Ruhe. In diesem Moment erkannte ich auf der gegenüberliegenden Seite den Mann, der sich gestern mit Lennox Mercier-Campbell in dessen Büro unterhalten hatte. Sein Name war mir entfallen, aber ich beobachtete ihn interessiert. Er wirkte gelangweilt, als er auf sein Handy starrte. Von seinem Freund, dem Sohn der Geschäftsleitung, war weit und breit nichts zu sehen.

Ich richtete meine Aufmerksamkeit wieder in Richtung Bühne. Mr. Mercier-Campbell wartete noch darauf, dass das Gemurmel verstummte, und unsere Augen trafen sich kurz. Ein freundliches Lächeln erschien auf seinem Gesicht. Sofort musste ich an das gestrige Zusammentreffen denken. Der ältere Mann hatte trotz seines einschüchternden Titels so nett und zuvorkommend gewirkt, dass ich mich fragte, wie schlimm sein Sohn bei einem solchen Vorbild schon sein konnte.

Die Versammlung startete, aber von Lennox war immer noch nichts zu sehen. Erst als wir bei Punkt zwei auf der Agenda – den anstehenden Firmenveranstaltungen – angelangt waren, öffnete sich geräuschvoll die Doppeltür des Saals und Mercier-Campbell Junior trat ein. Die Atmosphäre im Raum veränderte sich schlagartig, nur durch seine bloße Anwesenheit. Lennox zog wie ein Magnet die Aufmerksamkeit der Leute auf sich. Nach und nach wandten sich Köpfe in seine Richtung und ein paar Frauen in der letzten Reihe begannen sogar miteinander zu tuscheln und auf ihn zu zeigen. Auch sein Vater hielt kurz inne und warf seinem Sohn einen missbilligenden Blick zu. Und der? Der genoss seinen Auftritt sichtlich und badete in der Beachtung der anderen. Grinsend sah er sich um wie ein König, der sein Reich überblickte. Dieses Mal trug er keine Motorradkombi aus Leder, sondern einen dunkelblauen Slim-Fit-Anzug mit weißem Hemd, allerdings ohne Krawatte. Auch die aschblonden Haare, die wieder als wildes Durcheinander gestylt waren, und der Bartschatten hoben ihn von den anderen Anzugträgern im Raum ab. Hatte ich ihn mir gestern nicht in einem solchen Outfit vorstellen können, überzeugte Lennox mich heute vom Gegenteil. Er wirkte damit viel erwachsener und irgendwie ... heiß.

Um nicht beim Starren erwischt zu werden, wandte ich mich schnell ab. Allerdings fiel es mir schwer, mich weiterhin auf Mr. Mercier-Campbells Ausführungen zu konzentrieren. Mein Kopf nahm instinktiv jede Bewegung des zukünftigen CEOs wahr, der sich jetzt vom Eingang in Richtung Bühne durch die Menschen schob. Er kam mir immer näher und mein Herzschlag beschleunigte sich mit jedem seiner Schritte.

Ich wusste nicht, warum ich so reagierte. Es war, als bestände zwischen uns ein unsichtbares Band, das ihn zu mir zog, und ich fürchtete die Nähe genauso sehr, wie ich sie nicht abwarten konnte. Auf einmal war ich mir sicher, er würde mich ansprechen. Ein nervöses Flattern machte sich in meinem Magen breit, das sich verdächtig nach Vorfreude anfühlte. Die geringe Distanz zu ihm brachte mein Herz zum Stolpern, als er tatsächlich neben mir zum Stehen kam. Lennox drängte seinen großen, sportlichen Körper in die kleine Lücke zwischen mir und einem anderen Angestellten und ich nahm seine Präsenz so deutlich wahr, dass ich nicht mal aufschauen musste, um zu wissen, dass er gerade vollkommen auf mich fokussiert war. Und doch tat ich es.

»Hi.«

Ich musste schlucken. Allein dieses kleine Wort reichte aus, um mehr von ihm hören zu wollen. Seine gesenkte, weiche Stimme nahm mich ein, der Klang hallte tief in mir wider und versetzte mich in Schwingungen. Mit einem Mal vibrierte mein ganzer Körper und es war, als würde er mich berühren, ohne dass er mich wirklich anfasste.

Lennox' dunkelgrüne Augen, umrandet mit langen Wimpern, zogen mich gegen meinen Willen in seinen Bann. Sein charmantes Lächeln hatte etwas Gefährliches an sich. Dann legte er den Kopf schief und schien auf etwas zu warten, bevor mir auffiel, dass ich seine Begrüßung noch nicht erwidert hatte.

Schnell räusperte mich. »Ähm, hi.«

»Ich bin Lennox, Lennox Mercier-Campbell.« Sein Satz endete abrupt und es klang, als hätte er gern ein »Du hast sicher schon von mir gehört« angefügt, sich aber im letzten Moment umentschieden.

Ich erwartete, dass er mir seine Hand reichen würde, aber die blieb in seiner Hosentasche vergraben. Dafür hielt er mich mit seinem Blick fest. Das Grün seiner Augen glühte förmlich und die Farbe ähnelte der eines Smaragds.

»Ja, klar ... ich meine, ich weiß«, stammelte ich unbeholfen, weil mich die Situation völlig überforderte. »Ich bin Amely Spencer.«

»Es freut mich, dich kennenzulernen.« Für den Bruchteil einer Sekunde sah er zu meinem Mund. Dann schmunzelte er und fügte hinzu: »Süßer Akzent.«

Er war der Erste, der mich auf mein britisches Englisch ansprach, und ich wusste nicht recht, was ich darauf erwidern sollte. »Ähm, danke.«

»Du bist die neue Praktikantin, oder?«

»Ja, das stimmt.«

»Ah, sehr gut. Wir können Unterstützung gebrauchen.« Er wirkte zufrieden und deutete dann auf meinen Kaffeebecher. »Ich trinke meinen Kaffee übrigens ohne Zucker, aber mit einem Schuss Haselnussmilch.«

»Aha, okay.«

Verwirrt zog ich meine Augenbrauen zusammen, weil ich nicht wusste, worauf er hinauswollte. War das eine Einladung zu einem Date? Wollte er mit mir einen Kaffee trinken? Ich sah mich unsicher um und bemerkte, wie uns ein paar Mitarbeiter beobachteten, weil wir die ganze Zeit tuschelten. Sofort wurde ich noch nervöser. Schweiß bildete sich auf meinen Handinnenflächen und in meinem Nacken. Lennox hingegen bemerkte die Blicke gar nicht.

»Es wäre großartig, wenn so ein frischgebrühtes Getränk auf meinem Schreibtisch stehen würde, sobald diese Veranstaltung hier vorbei ist«, flüsterte er und verwirrte mich damit vollkommen.

»Warte, was?!«

»Na, du bist doch Praktikantin, oder? Wenn man dir also einen Auftrag gibt, worauf wartest du noch?«

Als ich aus allen Wolken fiel und unsanft auf dem Boden der Realität landete, musste ich feststellen, wie verdammt hart er war. War das ein schlechter Scherz von ihm?

Das nervöse Kribbeln, das seine Nähe vorhin noch ausgelöst hatte, war mit einem Schlag verschwunden und an seiner Stelle machte sich Enttäuschung breit. Mr. Mercier-Campbell und Ivy hatten mit ihrer Warnung nicht übertrieben. Lennox verschwendete keine Zeit, mich an meine Position im Unternehmen zu erinnern, und die befand sich – seiner Meinung nach – unter ihm.

Völlig perplex sah ich ihn an und versuchte noch, zu verstehen, wie sich das Gespräch hatte so drehen können. Da deutete er mit einem Nicken in Richtung Ausgang und forderte mich stumm zum Gehen auf. In seinem Gesicht klebte noch das Grinsen, das jetzt süffisante Züge angenommen hatte.

Ich war völlig überrumpelt und wollte nur noch weg von ihm, weswegen ich seiner Aufforderung nachkam, auch wenn sich alles in mir dagegen sträubte.

Kapitel 7

Amely

Verächtlich starrte ich auf den großen Becher, der im gegenüberliegenden Büro auf dem schwarzen Schreibtisch stand und auf Lennox wartete. Zwar hatte ich Mercier-Campbell Junior seinen Kaffee geholt, weil er mich geschickt umgarnt und damit irgendwie ausgetrickst hatte, aber das würde mir nicht noch einmal passieren. Sobald er sein Büro betrat, würde ich ihm klar machen, dass ich in Zukunft keine weiteren Botengänge für ihn erledigte.

Allerdings wartete ich nun schon bereits seit einer Ewigkeit auf den Kerl. Die Versammlung musste längst vorbei sein und der Kaffee war mit ziemlicher Sicherheit kalt – nicht, dass ich das schlimm fand. Dieser Idiot konnte, wenn es nach mir ging, gern kalten Kaffee trinken. So langsam fragte ich mich dann aber doch, wo er steckte.

Ich schaute auf die Uhr. Es war kurz vor zwölf und damit Zeit für die Mittagspause. Wie auf Kommando knurrte mein Magen. Wieder einmal verfluchte ich meine Krankheit, wegen der es mir nicht möglich war, jetzt einfach in die Kantine zu gehen, um dort zu essen. Ich hatte viel zu sehr Angst davor, dabei beobachtet und für das, was ich aß, verurteilt zu werden. Es fiel mir schwer genug, überhaupt zu essen. Daher hatte ich mir irgendwann angewöhnt, es nur noch allein zu tun.

Ich wollte gerade meine Lunchbox aus der Tasche holen, als es klopfte. Ohne meine Antwort abzuwarten, wurde die Glastür aufgerissen und Ivy erschien im Türrahmen.

»Hey, hast du Lust, gemeinsam Mittag zu machen? Unsere Kantine ist nicht schlecht, aber es gibt in der Gegend auch gute Restaurants, die einem etwas zum Mitnehmen einpacken. Und zur Not ist da ja auch noch der Hot Dog-Stand schräg gegenüber dem Headquarter.« Sie lachte, aber hörte schlagartig auf, als sie meinen Gesichtsausdruck bemerkte. »Was ist?«

»Tut mir leid, ich habe schon gegessen.« Schuldbewusst nagte ich nach dieser Lüge an meiner Unterlippe. Irgendwann hatte ich aufgehört zu zählen, wie oft ich sie schon verwendet hatte.

»Ach schade.« Niedergeschlagen fiel Ivy in sich zusammen und das befeuerte mein schlechtes Gewissen.

»Vielleicht ein anderes Mal.«

Ich wusste nicht, warum ich sie vertröstete, wenn mir doch klar war, dass ich ihr diesen Gefallen niemals tun konnte, aber wenigstens entlockte ihr das wieder ein Grinsen.

»Ich nehme dich beim Wort. Wo bist du eigentlich nach der Mitarbeiterversammlung so schnell hin? Ich habe dich gar nicht mehr gesehen.«

Statt zu gehen und ohne mich Mittag zu machen, steuerte Ivy auf das halbhohe Fensterbrett hinter meinem Schreibtisch zu und nahm darauf Platz. Ich drehte den Bürostuhl so, dass ich sie anschauen konnte.

»Ich bin nicht bis zum Ende geblieben. Lennox hat mich weggeschickt, damit ich ihm einen Kaffee hole.«

»Amely!«, schimpfte sie mich sofort mit einem vorwurfsvollen Ton in ihrer sonst so glockenklaren, hohen Stimme, während ihre Augen zu dem gegenüberliegenden Büro wanderten. Ihre Miene verfinsterte sich, als sie den Kaffeebecher auf dem Schreibtisch entdeckte.

»Ich weiß, ich weiß!«, lenkte ich ein und wollte sie besänftigen. »Ihr habt mich gewarnt.«

Was Lennox betraf, hatte ich mit vielem gerechnet – von charmant-teuflisch war ich jedoch nicht ausgegangen.

Ivy stockte. »Warte mal. Wann bist du gegangen?«

»So ziemlich am Anfang, warum?«

»Du weißt also noch gar nichts von unserem CIP-Sommerfest?«

Ich schüttelte den Kopf. Überforderung ließ meine Gedanken in Rekordgeschwindigkeit kreisen, während sich meine Hände zu Fäusten ballten. *Was für ein Sommerfest?*

»Okay, dann hast du echt was verpasst. Diese Veranstaltung ist so eine Art Ball und findet jedes Jahr unter einem anderen Motto in den Hamptons statt. Du brauchst dafür definitiv noch ein passendes Outfit, aber keine Sorge, wir haben noch ein paar Wochen Zeit. Ich kann dir alle wichtigen Informationen dazu erzählen und –« Sie stockte, als sie meinen Gesichtsausdruck entdeckte. Ihre Miene wurde weicher, vermutlich weil sie mir ansah, wie mir alles über den Kopf wuchs. »Wie wäre es, wenn wir gemeinsam nach Kleidern suchen? Ich könnte dir bei der Auswahl helfen.«

Ich holte tief Luft. »Welches Motto ist es dieses Jahr?«

»Das ist noch geheim. Lass dich überraschen. Also, shoppen – ja oder nein?«

Mir fiel auf, dass Ivy einen Hang dazu hatte, mich zu überrumpeln, aber ich fand ihr Angebot nett. Das unbequeme Gefühl, das sich in meiner Brust ausbreitete, hatte auf jeden Fall nichts mit ihr zu tun, sondern der Vorstellung, mich in einer schlecht beleuchteten Umkleidekabine von allen Seiten in einem Spiegel mustern zu müssen.

Meine Überlegungen dauerten wohl einen Tick zu lange, denn mit einem Mal sah Ivy verlegen aus. »Hast du keine Lust? Oh, ich hoffe, ich dränge mich nicht zu sehr auf. Das wollte ich nicht! Ich habe nur das Gefühl, dass wir gut miteinander klarkommen würden, und ich freue mich einfach, dass du jetzt für uns arbeitest und –«

»Halt, stopp«, unterbrach ich ihren aufgeregten Monolog lächelnd, bevor sie sich weiter um Kopf und Kragen redete, weil sie mein Zögern falsch gedeutet hatte. »Wir können gern gemeinsam shoppen gehen.«

Weil ich nicht wollte, dass Ivy sich schlecht fühlte, ignorierte ich das Ziehen in meiner Brust. Eine Shoppingtour würde ich schon aushalten, ohne dass die Stimmen mich wieder quälten. Außerdem könnte es mir guttun, nicht allein in der Wohnung zu sitzen und hatte meine Schwester nicht gewollt, dass ich Freunde fand, die mich *erdeten*? Ivy erschien mir dafür keine schlechte Wahl.

Sie strahlte erst begeistert, dann verfinsterte sich ihre Miene wieder und sie nickte in Richtung des anderen Büros. »Aber was machst du jetzt wegen Lennox?«

»Ihm auf jeden Fall keinen Kaffee mehr holen. So viel ist sicher.«

Sie sah nicht überzeugt aus, blieb aber stumm.

Ich holte tief Luft, ehe ich zugab: »Ich ärgere mich am meisten über mich selbst, weil ich nicht auf eure Warnung gehört habe. Allerdings macht er das auch verdammt geschickt, in dem er einen mit seiner charmanten, einnehmenden Art überrumpelt.«

»Mach dir nichts draus. Leider ist dem Junior der Charme schon in die Wiege gelegt worden und leider weiß er auch, wie er ihn einsetzen muss, um das zu bekommen, was er will.«

»Hattet ihr mal etwas miteinander?« Die Frage rutschte mir einfach heraus und auch wenn sie nicht angebracht war, musste ich es wissen.

»Was?« Ivy sah geschockt aus und schüttelte energisch den Kopf. »Nein! Oh mein Gott, hast du das wirklich gedacht?«

Dann lachte sie laut auf und es dauerte eine Weile, bis sie sich wieder beruhigt hatte. »Amely, Lennox ist mein Bruder.«

Bitte was? Jetzt war es an mir, entsetzt zu sein. Meine Kinnlade klappte nach unten, während ich sie anstarrte. Meine Gedanken überschlugen sich, bevor ich eins und eins zusammenzählte.

»Aber das bedeutet dann ja auch, dass –«

»Der Boss von CIP auch mein Dad ist? Ja, so ist es. Ich will aber nicht, dass die Leute denken, ich würde meine Karriere lediglich meinem Nachnamen oder meiner Familie verdanken. Deswegen erwähne ich beides nicht so gern. Außerdem haben Lennox und ich kein gutes Verhältnis zueinander. Wir gehen uns lieber aus dem Weg.«

»Aber ihr seid doch fast gleich alt. Das bedeutet ... dann seid ihr also –?«

»Zwillinge?«, half mir Ivy erneut aus. »Ja, zweieiig. Deswegen sehen wir uns auch nicht ähnlich.«

Ich hatte keine Ahnung, was ich darauf erwidern sollte, und starrte sie einfach sprachlos an.

»Ach, übrigens«, Ivy deutete mit dem Kopf zu Lennox' Büro. »Ich glaube, der Kaffee war umsonst. Mein Bruder hat schon vor zwei Stunden Feierabend gemacht.«

»*Wie bitte?*« Meine Stimme klang schrill. Dann musste er direkt nach der Versammlung gegangen sein.

Ich spürte, wie mich die Wut packte. Hatte er mich wirklich dazu genötigt, ihm einen Kaffee zu holen, den er gar nicht trinken wollte, nur um mir deutlich zu machen, dass ich in seinen Augen lediglich eine doofe Praktikantin war? So ein arrogantes Arschloch! Wenn ich den in die Finger bekam!

Ivy zuckte mit den Schultern, ehe sie sich erhob. »Da musst du dich dran gewöhnen. Lennox kommt und geht, wann er will. Sag nicht, ich hätte dich nicht gewarnt.«

Der Typ konnte froh sein, dass er mir jetzt nicht gegenüberstand, und am besten hielt er auch zukünftig großen Abstand zu mir.

»Uh, ich mag den Blick, den du gerade draufhast. Brauchst du die Nummer eines Auftragskillers?«, scherzte Ivy, bevor sie wieder ernst wurde. »Nimm es nicht persönlich, Amely. Mein Bruder kennt keine Grenzen oder Regeln. Er liebt es, zu spielen, um das zu kriegen, was er will.«

»Der wird sich noch umgucken.«

Wenn Lennox Mercier-Campbell glaubte, er konnte mit mir machen, was er wollte, dann hatte er sich geschnitten. Das hier war mein Neuanfang und den würde ich mir nicht mal vom Teufel höchstpersönlich kaputt machen lassen. Er mochte die erste Runde gewonnen haben, aber das Spiel hatte gerade erst begonnen.

Kapitel 8

Lennox

Ich warf Aaron die Autoschlüssel zu, die er gekonnt mit der rechten Hand aus der Luft pflückte.

»Wehe, ich finde auch nur einen Kratzer an dem Wagen!«, drohte ich meinem besten Freund, der mich frech angrinste.

»Dann solltest du vielleicht keine Wetten mehr abschließen, die dich deinen Aston Martin kosten.« Damien amüsierte sich köstlich über den düsteren Blick, den ich ihm zuwarf.

Meine Freunde und ich saßen immer noch in meinem Spielzimmer, obwohl wir das Pokern schon vor einer Weile aufgegeben hatten. Jeder von uns hielt eine Zigarette und ein Whiskeyglas in der Hand und die Jungs hatten mich gerade daran erinnert, dass ich Aaron noch etwas schuldig war.

Wenn man dank eines Nachnamens, der Türen öffnete und Träume wahr werden ließ, viele Freiheiten genoss, dann stellte man recht schnell fest, dass das Leben langweilig wurde. Die Aufregung ging einem verloren, weil man vieles auf dem Silbertablett serviert bekam und sich nicht wirklich dafür anstrengen musste. Deswegen hatten wir vor ein paar Jahren angefangen, miteinander Wetten abzuschließen. Es ging nicht prinzipiell um Sport oder Glücksspiel – nein, wir tippten aus Zeitvertreib auch auf andere, ungewöhnlichere Dinge. Eigentlich war mir dabei sogar egal, ob ich diese Wetten gewann oder verlor. Nur wenn meine Freunde mein Auto oder mein Motorrad als Wetteinsatz auswählten, verstand ich keinen Spaß.

Ich deutete mit einem Nicken auf Damiens Handy, das schon den ganzen Abend auf dem Tisch vibrierte. »Mit Aaron um meinen Aston Martin zu wetten, mag ein Fehler gewesen sein. Aber wenigstens geht mir meiner nicht permanent auf die Nerven.«

Ihn schien es nicht zu interessieren. »Das war kein Fehler, aber ich bin auch nicht derjenige, der mit den Konsequenzen leben muss.«

»Egal wie viel Spaß du hattest, der Sex kann niemals diesen Telefonterror wert gewesen sein.«

Aaron sah genervt aus und mir ging es ähnlich. Warum schaltete er das Teil nicht einfach aus? Oder blockierte die Nummer?

Tristan schnalzte mit der Zunge. »Ich hätte mein bestes Stück eher in ein Glas voller Säure getaucht, bevor ich mich überhaupt auf diese Nacht eingelassen hätte.«

»Wenn dich ein angetrunkenes Topmodel verführen will, das du im VIP-Bereich eines Clubs kennengelernt hast, dann sagst du verdammt noch mal nicht nein.«

»Doch, vor allem wenn man aus der Presse weiß, dass sie einen bekannten DJ als Freund hat. Aber du scheinst ja irgendwie auf Drama zu stehen.«

Ich lachte, bevor ich mein Whiskeyglas leerte und an meiner Zigarette zog. In meiner Kehle vermischte sich der brennende Geschmack des Alkohols mit Rauch. *Gott, wie ich es liebte, mit meinen Lastern zu spielen!*

Unser Gespräch wurde unterbrochen, als ein ferner, melodischer Klang die Ankunft des Privataufzugs ankündigte. Es gab nicht viele Menschen, die einfach am Portier vorbeikamen, ohne dass mich dieser vorwarnte. Noch weniger hatten sowohl eine Karte für den Lift als auch den Code, um diesen in Bewegung zu setzen. Das schränkte den Kreis der Verdächtigen stark ein, die gleich unangekündigt in mein Penthouse spazieren würden. Möglich war das maximal vier Menschen und drei davon saßen bereits mit mir an diesem Tisch. Ich wusste daher, wer auf dem Weg zu mir war – was Ivy hier wollte, war mir allerdings ein Rätsel. Ihre Karte und der Code waren lediglich für den Notfall gedacht.

Ich war nicht in der Laune, sie in Empfang zu nehmen und willkommen zu heißen. Stattdessen blieb ich sitzen und tippte mit den Fingern auf das dunkle Holz meines Pokertisches. Keine zwei Minuten später marschierte meine Schwester auch schon mit zügigem Schritt durch die Tür und direkt auf uns zu.

»Guten Abend, die Herren.«

Der förmliche Ton in ihrer Stimme konnte nur eins bedeuten: Ivy war angepisst und sie versuchte, ihre Wut mit Distanziertheit und Professionalität zu kontrollieren. Ihr Blick glitt über die Anwesenden am Tisch und blieb missbilligend an den Zigaretten in unseren Händen hängen. Dann wandte sie sich meinen Freunden zu. »Tristan. Aaron. Lange nicht gesehen.«

»Vermutlich, weil du uns aus dem Weg gehst«, erwiderte Letzterer grinsend.

Meine Schwester ignorierte ihn und fokussierte sich auf den Mann neben mir. »Damien, wie geht's?«

Ich hätte am liebsten mit den Augen gerollt. Mit jeder Sekunde, in der sie lieber Smalltalk mit meinen Freunden führte, anstatt mir zu sagen, was sie hier wollte, wurde ich ungeduldiger.

»Kann mich nicht beklagen.« Damiens Stimme war eine Oktave zu hoch. Er schaffte es wie immer nicht, Ivy direkt anzusehen.

»Natürlich. Das wundert mich nicht.«

»Er hat gerade eine einjährige Beziehung beendet«, warf Tris feixend ein und erntete einen mörderischen Blick von dem Mann neben ihm.

»Oh, ich wusste gar nicht, dass es eine Frau überhaupt so lange mit dir aushalten kann.«

In Ivys Augen blitzte etwas auf und der Blick, den sie Damien zuwarf, war vernichtend. Mein Freund, der sich eigentlich nicht so leicht einschüchtern ließ, schrumpfte auf seinem Stuhl.

»Keine Sorge, Prinzessin, es war nicht seine eigene.«

Unwissentlich kippte Aaron noch mehr Öl ins Feuer und ich beschloss, dem Spektakel ein Ende zu setzen.

»Ivy, was willst du hier?«

»Mit dir unter vier Augen sprechen.«

Großer Gott, was habe ich jetzt schon wieder verbrochen?

Seufzend drückte ich meine Zigarette in dem Aschenbecher auf dem Tisch aus und erhob mich. Meine Schwester stürmte derweil aus dem Zimmer und über den Flur. Ich hörte sie die Tür zu meinem Arbeitszimmer öffnen, ignorierte die Blicke meiner Freunde und folgte ihr langsam.

Als meine Bürotür schließlich hinter mir ins Schloss fiel, hielt Ivy nichts mehr. »Ich schwöre, Lennox, immer, wenn ich denke, du kannst nicht noch einen auf deine Unverschämtheit draufsetzen, zeigst du mir, wie falsch ich liege. Ich frage mich echt, wie wir Zwillinge sein können. Du bist —«

»Beruhig dich erst mal«, unterbrach ich sie gelangweilt. »Was willst du mir sagen? Du musst mit deiner Erklärung noch mal von vorn beginnen, denn ich spreche kein Hysterisch.«

»Hysterisch?!«

Meine Schwester baute sich mit ihrer Zwergengröße vor mir auf und verschränkte die Arme vor der Brust. Da sie allerdings anderthalb Köpfe kleiner war, beeindruckte mich das nicht im Geringsten.

»Ja, du kommst hierher und zeterst herum, ohne mir den Grund für dein Drama zu verraten.«

»Lass deine Finger von Amely!«

Sie war mir so nah gekommen, dass ich die Minze ihres Kaugummis in ihrem Atem roch. Zudem hatte ihre Stimme einiges an Schärfe dazugewonnen und sie fuchtelte mit dem Zeigefinger vor meinem Gesicht herum.

Mein erster Impuls war es, zu lachen. War das ihr verdammter Ernst? Machte sie wirklich so einen Aufstand wegen einer Praktikantin?

73

»Hör auf, Spielchen zu spielen, und lass sie in Ruhe arbeiten. Selbst Dad hat dir klipp und klar gesagt, dass sie nicht deine Assistentin ist. Was sollte also dann diese Aktion mit dem Kaffee heute?«

Ich konnte mir ein Grinsen nicht verkneifen, als ich mich an das Gespräch mit Amely erinnerte. Ich war zu spät zur Mitarbeiterversammlung erschienen und mein Auftritt hatte für Aufsehen gesorgt. Irgendwie mochte ich die Aufmerksamkeit, besonders die der neuen Praktikantin. Sie hatte mich beobachtet und nicht damit gerechnet, dass ich es bemerken würde. Das war der Moment gewesen, in dem ich beschlossen hatte, ihr auf den Zahn zu fühlen.

Auf dem Weg zu ihr hatte ich sie eingehend mustern können. Sie hatte an der Wand etwas verloren gewirkt. Eine weite, weiße Bluse und ein längerer, schwarzer Rock hatten ihren Körper komplett verhüllt und mit ihrem langen Pferdeschwanz war sie mir richtig fromm und schüchtern vorgekommen. Für einen kurzen Augenblick hatte ich auf meinen Dad hören und nett zu ihr zu sein wollen, aber dann hatte sie sich mir zugewandt und mich angesehen.

Ihre Augen hatten mir die Luft aus der Lunge gepresst. Groß, rund und so dunkel, dass die Farbe fast an Schwarz erinnerte. Als ich hineingesehen hatte, war ich in ein bodenloses Nichts gefallen. Mein Puls war in die Höhe geschossen, meine Knie weich geworden. Ihr messerscharfer Blick hatte sich förmlich durch meine Schichten an Klamotten, Haut, Fleisch und Muskelmasse gebrannt, nur um mein Innerstes zu erkunden. Ich hatte sie in mir spüren können, während ich in nichts als absolute Leere gestarrt hatte. Irgendwie war mir selbst jetzt nicht wirklich klar, was da passiert war.

Niemals würde ich es vor Ivy zugeben, aber ich hatte Angst bekommen – davor, dass sie mich durchschaute und erkannte, was ich versteckte. Es kam nicht oft vor, dass das Menschen gelang. Eigentlich hatte das bis heute immer nur eine Person geschafft, die ich daher nicht ohne Grund auf Abstand hielt. Meine Zwillingsschwester.

Meine Reaktion auf Amely war impulsiv ausgefallen. Ich hatte

Distanz gebraucht und sie dazu gebracht zu gehen. Gleichzeitig hatte ich ihr klar gemacht, dass sie für mich nichts als eine Praktikantin war. Okay, das war vielleicht keine Glanzleistung gewesen, aber was kümmerte es Ivy?

Je mehr ich nachdachte, desto argwöhnischer wurde ich. Irgendetwas war faul hier. Seit wann bekam eine Praktikantin bei uns ihr eigenes Büro und seit wann zitierte mich mein Vater in seins, um mir klarzumachen, wie ich mich gegenüber dem Personal zu verhalten hatte? Klar war: Amely bekam eine Sonderbehandlung, ich wusste nur nicht, wieso.

»Warum bist du so besorgt um die Praktikantin?«

Meine Schwester sah mich genervt an. »Hast du schon mal etwas von dem Konzept der Freundschaft gehört?«

»Bullshit! Ihr kennt euch seit zwei Tagen und ich kenne dich, Schwesterherz. Also, was ist so besonders an ihr?«

»Ich kann nichts dafür, dass du nicht weißt, was Sympathie ist, nur weil du absolut nichts fühlst.«

Da lag Ivy falsch. Ich fühlte, ich entschloss mich nur dazu, es nicht zu zeigen.

»Ganz dünnes Eis.«

In meinen Worten schwang eine Warnung mit, die meine Schwester sofort verstand. Sie funkelte mich mit wütenden Augen an. »Wenn mir noch mal zu Ohren kommt, da-«

»Ach, sie hat sich beschwert?« Ich machte missbilligende *Tsk*-Laute mit meiner Zunge.

»Nein. Sie hätte gar nichts gesagt, wenn ich sie nicht gefragt hätte.«

»Aha, so ist das also ...« Ich nickte ein paar Mal, als mir etwas klar wurde und trat so nah an meine Schwester heran, dass sich unsere Nasenspitzen fast berührten.

»Weißt du, Ivy, ich denke, deine neue *Freundin* ist erwachsen.« Ich malte dabei Gänsefüßchen in die Luft, um zu betonen, wie unglaubwürdig ich diese Freundschaft fand. »Sie kann also für sich selbst sprechen, wenn sie ein Problem mit mir hat. Alles weitere klären sie und ich untereinander. Wir zwei hingegen, du und ich, vergessen, dass dieses Gespräch hier überhaupt stattgefunden hat und kehren einfach zum Ursprungszustand zurück. Das bedeutet: Du kümmerst dich um deinen Kram und nimmst deine Nase aus meinen Angelegenheiten. Es sei denn, du willst, dass ich mich auch in deine einmische?!«

Ich hob meine Hand und streifte Ivy mit dem Rücken meines Zeigefingers über die Nasenspitze. Es war eigentlich eine niedliche Geste, aber in Kombination mit meinen Worten wirkte sie erniedrigend.

Keine Ahnung, was meine Schwester wütender machte – meine herablassende Art oder meine angedeutete Drohung. Doch anstatt wie vorhin zu explodieren, machte sie einfach kehrt und stürmte aus dem Arbeitszimmer und war verschwunden.

Nach ein paar Sekunden, in denen ich tief durchatmete, ging ich langsam zu meinen Freunden zurück, die bereits voller Neugier auf mich warteten. Kaum saß ich wieder auf meinem Stuhl, ergriff Damien auch schon das Wort.

»Was wollte Ivy?«

»Mich warnen.«

Weil ich von allen Seiten verwirrte Blicke erntete, führte ich meine Antwort seufzend aus. »Ich soll mich von der neuen Praktikantin fernhalten.«

»Als würde dich die Kleine ranlassen. So wie die aussieht, ist sie zugeknöpfter als die fünfzigjährige Assistentin deines Vaters.« Tristan brach ihn schallendes Gelächter aus und ich hatte das Gefühl, mich und mein Ego verteidigen zu müssen.

»Im Gegenteil, es wäre ein Kinderspiel.«

Dass ich allerdings nicht vorhatte, noch mal in Amelys Nähe zu kommen und dabei Gefahr zu laufen, erneut in ihren Bann zu fallen, musste mein Freund ja nicht wissen. Sie musste sich von mir fernhalten und zur Not würde ich sie auch dazu bringen.

Auf Tris' Gesicht erschien ein diabolisches Grinsen. »Das bringt mich auf eine Idee, Gentlemen!«

Seine Worte weckten das Interesse von Damien und Aaron, die unseren Wortwechsel bisher schweigend verfolgt hatten. Jetzt richteten sie sich in ihren Stühlen auf und sahen ihn erwartungsvoll an. Ich hatte eine böse Vorahnung und als Tris weitersprach, verteufelte ich meine große Fresse.

Kapitel 9

Amely

»Hilfe, wir brauchen einen Rettungswagen!«

Meine Mum klammerte sich an meine Schultern. Ich spürte, dass sie es war, dass sie hier bei mir war, und doch klang ihre Stimme so weit weg. Obwohl ich wissen wollte, was gerade passierte, waren meine Augen zu schwer. Sie fielen mir immer wieder zu und selbst wenn ich durch die halbgeschlossenen Lider schielte, sah ich alles nur verschwommen.

Da waren Lichter an der Decke, die mich anstrahlten und wie Sterne aussahen. So viele schöne Sterne. Schemenhafte Gestalten schoben sich in mein Blickfeld. Ich fühlte kaum noch etwas. Mein Körper war so leicht, mein Herz ein Motor, der Vollgas gab, um mich dort hinzubefördern, wo das Funkeln auf mich wartete. Dabei hatte ich bereits jetzt das Gefühl, auf Wolken zu schweben. Bald war ich frei.

Die Ränder meines Blickfelds wurden schwarz.

»Nein, Amely, hörst du mich? Bleib wach. Bleib bei mir!«

Mums Stimme hatte einen verzweifelt-hysterischen Ton angenommen. Ich spürte immer noch ihre Arme, die wie ein Seil um meinen Oberkörper geschlungen waren, welches sich immer fester zog. Sie waren ein Anker und hielten mich hier.

Lass mich los, Mum. Mir geht's gut. Ich will doch nur ein bisschen fliegen.

Das hätte ich ihr gern gesagt, aber mein Mund bewegte sich nicht.

»Hilfe!«, rief Mum mit lauter Stimme. Das war das Letzte, was ich hörte, bevor ich auf einer Wolke schwebend von Dunkelheit eingehüllt wurde.

Erschrocken fuhr ich hoch. Mein Herz hämmerte so stark in meiner Brust, dass es weh tat. Ich fasste mir schweratmend mit der Hand an den Oberkörper, während ich langsam zu mir kam. Es dauerte ein paar Sekunden, bevor ich realisierte, dass mich ein Albtraum aus dem Schlaf gerissen hatte. Das Schlimme: Er hatte sich so real angefühlt, weil er auf einer Erinnerung basierte.

Um die einzelnen Bilder, die mir immer noch im Kopf herumspukten, loszuwerden, schüttelte ich ein wenig den Kopf und sah dann erschöpft aus dem großen Fenster. Ich wusste nicht, wie spät es war, aber am Horizont erkannte man schon einen leichten Streifen Orange der aufgehenden Sonne.

Aus Angst, in den Albtraum zurückzukehren, wenn ich mich noch mal hinlegte, entschied ich mich, aufzustehen. Mit einer zitternden Hand strich ich mir eine Haarsträhne beiseite, die an meiner feuchten Stirn klebte, und schlug die Decke beiseite. Vollkommen gerädert tapste ich ins Bad, drehte den Hahn der Dusche auf und trat nach dem Ausziehen unter den heißen Strahl. Das Wasser prasselte auf mich herab, während ich hoffte, es würde mir gleichzeitig ein wenig Energie einhauchen.

Warum musste mich mein Unterbewusstsein unbedingt mit dieser Erinnerung quälen? Sie war die schlimmste von allen und nur zu gern hätte ich sie für immer aus meinem Gedächtnis gelöscht. Das Kuriose war, auf der einen Seite wollte mich mein Kopf wieder in meine Komfortzone locken, auf der anderen Seite machte er mir mit diesem Traum deutlich, warum ich nie wieder dorthin zurückkehren durfte. Warum ich kämpfen musste.

Apropos kämpfen. Da ich Lennox' gestrige Aktion ganz sicher nicht auf mir sitzen lassen würde, war heute die Konfrontation mit

Mercier-Campbell Junior fällig – wenn er sich denn dazu bequemte, ins Büro zu kommen. Auch wenn ich genug andere Probleme hatte, würde ich sein Verhalten nicht dulden, denn ich war garantiert kein Mensch, der vor anderen klein beigab. Schon gar nicht vor arroganten zukünftigen Geschäftsführern, die dachten, sie könnten mich mit ihrem guten Aussehen manipulieren.

Um meinen Alptraum und sämtliche Gedanken, die mit meiner Vergangenheit zusammenhingen, zu verdrängen, nutzte ich die Wut auf Lennox und stieg tatsächlich mit neuer Kraft aus der Dusche, bevor ich mich abtrocknete und mir in der Ankleide ein Businessoutfit aussuchte.

Als ich plötzlich eine Bewegung im Augenwinkel wahrnahm, zuckte ich erschrocken zusammen und drehte mich blitzschnell um, nur um festzustellen, dass ich mich selbst in einem riesigen Spiegel sah. Dieser reichte vom Fußboden bis zur Decke des Raumes und vergrößerte so die Ankleide optisch. Bisher hatte ich ihn nur noch nicht entdeckt, da er sich hinter der Tür versteckt hatte.

Ehe ich anfing, mich zu mustern und jede Stelle meines nackten Körpers zu begutachten, wandte ich mich schnell wieder ab. Jetzt, nach dem Albtraum, verstand ich, warum Steph den Spiegel im Eingang hatte verschwinden lassen.

Altbekannte Frustration stieg in mir auf. Gleichzeitig erwischte ich mich dabei, wie ich automatisch zu einer weiten Bluse griff. Ich hasste es. Und ein wenig auch mich selbst. Immer wieder trug ich das Gleiche: Oberteile, die sich auf keinen Fall an meinen Körper anschmiegten, Röcke, die nicht zu eng und kurz waren, um meine Hüfte nicht zu betonen und bloß nichts Ärmelloses, um meine Oberarme verstecken zu können. Dabei wusste ich eigentlich, wie hirnrissig das war. Ich wog mittlerweile fünfzig Kilo bei einer Größe von einem Meter achtundfünfzig. Meine Hüfte war nicht breit und mein Körper hatte gerade so genug Fett, um zu überleben, aber nicht, um es am Arm schwabbeln zu lassen. Ich wusste das, aber gleichzeitig war mein Kopf felsenfest vom Gegenteil überzeugt. Es war nicht logisch. Es war nicht verständlich. Es war eine Krankheit und diese Art von Gedanken gehörten dazu.

Obwohl die Therapie in der Klinik geholfen hatte, konnte ich nichts dagegen tun, dass ich mich trotzdem nur in weiter Kleidung wohl fühlte.

Du musst deinen Körper lieben lernen! Das hatten uns die Therapeuten in der Klinik immer und immer wieder gepredigt. Das Blöde daran? Niemand erklärte einem, wie man das schaffte. Es gab keine Anleitung, kein Geheimrezept und keinen Code, den man wie bei einem Computer ins Gehirn einspeichern konnte, damit man plötzlich neu programmiert war. Fehler im Kopf ließen sich nicht so schnell beheben.

Sich selbst so anzunehmen, wie man war, und jeden Zentimeter von sich zu lieben, war harte Arbeit. Verdammt hart. Es war kein gerader, gemütlicher Weg, den man einfach so entlang spazierte. Er war steinig, mit vielen Kurven und erinnerte mich ehrlich gesagt mehr an ein Labyrinth. Es gab tausende Abzweigungen, ständig musste man sich für einen Pfad entscheiden, sich umorientieren und manchmal landete man auch in einer Sackgasse. Noch dazu wurde man auf der Suche nach dem Ziel immer wieder vor Herausforderungen gestellt, wie zum Beispiel das Zunehmen. Auch jetzt, ein Jahr danach, hatte ich noch meine Probleme damit. Es fiel mir schwer, jedes Kilo, das hinzukam, zu akzeptieren, auch wenn es für mich überlebenswichtig war.

Seufzend zog ich mir die weite Bluse über den Kopf, während ich versuchte, meine Geduld wiederzufinden. Ich war es langsam leid, in diesem Labyrinth festzustecken. Allerdings wusste ich auch, dass noch ein weiter und harter Weg vor mir lag.

Kapitel 10

Amely

Steph behielt recht: Arbeit war die beste Ablenkung. An meinem zweiten Tag bei CIP hatte Mr. Daniels mir zu Arbeitsbeginn eine Aufgabenliste zukommen lassen. Ich sollte mich zunächst vorrangig um Content für verschiedene Webseiten kümmern. Mit einem Mal fiel es mir leicht, alles andere auszublenden und mich nur auf die To-Do-Liste zu konzentrieren.

Ich saß bereits seit zwei Stunden an meinem Schreibtisch, als mir auffiel, dass das Büro gegenüber immer noch leer war. Entweder hatte Lennox verschlafen oder kam bewusst zu spät. Mich wunderte es, dass er machen konnte, was er wollte. War es nicht unverantwortlich, welches Beispiel er als zukünftiger Chef setzte? So bezweifelte ich, dass ihn die Mitarbeiter später respektieren würden, wenn er nicht langsam anfing, seinen Job ernst zu nehmen. Anderseits war das auch nicht mein Problem.

Eine halbe Stunde später wurde meine Bürotür ohne vorheriges Anklopfen aufgestoßen. Ich sah nicht gleich von meinem Bildschirm auf, nahm aber an, dass es sich bei dem Besucher um Ivy oder Mr. Daniels handelte. Dann änderte sich plötzlich die Atmosphäre im Raum. Die Luft wurde schwerer, aufgeladener und ich musste die Augen nicht von meinem Computer abwenden, um zu wissen, wer sie mit seinem massiven Ego verpestete.

»Hey, Praktikantin, wo ist mein Kaffee?«

Es war nicht nur der selbstgefällige Ton in Lennox' Stimme, der mein Blut zum Kochen brachte, sondern auch der Titel, mit dem er mich ansprach.

»Weißt du, ich habe einen Namen, Lennox.« Ich sah nicht auf und tippte mit Absicht weiter, auch wenn ich mich nicht mehr richtig auf meine Aufgabe konzentrieren konnte.

»Und ich immer noch keinen Kaffee«, kam es prompt zurück. Ihn schien gar nicht zu interessieren, was mich störte. Hauptsache, er bekam seinen Willen.

»Trink doch einfach den von gestern, der immer noch auf deinem Schreibtisch steht.«

Damit wandte ich mich ihm zum ersten Mal zu. Lennox lehnte lässig an der Glaswand des Büros und sah nicht so aus, als hätte er verschlafen. Er trug eine schwarze Anzugshose und hatte die Ärmel seines weißen Hemdes nach oben gekrempelt. Mein Blick blieb an seinen Muskeln hängen, als er die Arme vor der Brust überkreuzte. Das aschblonde Haar war ein herrliches Chaos und der dunkle Schatten im Gesicht mittlerweile ein richtiger Dreitagebart. Auf den Lippen lag das Lennox-typische, süffisante Grinsen und das Grün seiner Augen funkelte, weil er genau wusste, wie sehr er mir gerade auf den Nerv ging.

Nach meinem Kommentar herrschte Stille zwischen uns. Lennox schien auf irgendetwas zu warten.

»Ist noch was? Wenn nicht, darfst du gern die Tür von außen zu machen. Wie du siehst, bin ich beschäftigt.« Ich deutete in Richtung meines Computers.

Er löste sich von der Wand und kam mit großen Schritten in mein Büro. Die Luft knisterte und es fiel mir schwer zu atmen, als ich abwartete, was passierte. Erst vor meinem Schreibtisch machte er Halt und beugte sich nach vorn, die Hände auf der Tischplatte abgestützt. Sein Blick bohrte sich in meinen, das Grinsen war verschwunden.

»Ach, Bambi, du weißt schon, wem CIP gehört, oder?«

Bambi? Wie kam er denn auf diesen dämlichen Spitznamen?

»Ach, Lennox«, äffte ich ihn nach. »Soweit ich weiß, nicht dir. Noch nicht zumindest. Und ich heiße Amely. Wenn du dir das nicht merken kannst, bastle ich dir gern ein Namensschild, aber hör auf mich *Praktikantin* oder *Bambi* zu nennen.«

»Dabei siehst du aber aus wie ein verschrecktes Reh, das in den Lauf eines Gewehrs starrt, weil es kurz davor ist, abgeknallt zu werden. Angst?«

Sein teuflisches Lächeln war zurück und er beugte sich weiter über den Tisch. Ich verengte die Augen zu Schlitzen, der Rest meines Körpers verkrampfte. Zwar lag zwischen uns weniger Distanz, als mir lieb war, aber ich würde garantiert nicht zurückweichen.

Als ich tief Luft holte, bereute ich es sofort. Eine unverkennbare Duftmischung aus Zedernholz und Tabakrauch mit einem Hauch von etwas Süßlichem stieg mir in die Nase. Roch er ernsthaft nach Zimt?

Ich besann mich wieder auf seine Frage. »Ob ich Angst habe?« Meine Stimme klang kehlig und überhaupt nicht nach mir. »Nein, nicht vor dir.«

»Sicher? Weißt du, was ich für einen Einfluss in diesem Laden hier habe? Wenn ich das will, ist dein Praktikum schneller beendet, als dir lieb ist. Also ...« Er ließ den Rest des Satzes in der Luft hängen, aber es war klar, dass er mir drohte. Lennox wusste anscheinend nichts von dem Gespräch zwischen seinem Vater und mir, welches wir vor zwei Tagen geführt hatten.

In mir wuchs der Wunsch, dem Kerl eins auszuwischen. Schnell ließ ich mir etwas einfallen.

»Okay, Lennox, dein Kaffee steht gleich in deinem Büro«, gab ich nach und ließ ihn scheinbar gewinnen.

Das zuckersüße Lächeln in meinem Gesicht hätte ihn stutzig machen sollen, aber nichts Böses ahnend, nickte er nur. Dann stieß er sich sichtlich zufrieden von der Tischplatte ab und richtete sich zu seiner vollen Größe auf, bevor er mir zuzwinkerte und aus meinem Büro verschwand. *Was für ein Idiot!*

Ohne Zeit zu verlieren, sperrte ich meinen Computer und machte mich auf den Weg in die kleine Büroküche am Ende des Flurs. Dort stand den Mitarbeitern ein firmeneigener Kaffeevollautomat zur Verfügung, den diese nach Belieben benutzen durften. Ian, der von Kaffee nur so zu leben schien, hatte mir gestern, kurz vor Feierabend, freundlicherweise erklärt, wie man die Maschine bediente, damit ich mir nicht jeden Morgen einen von zu Hause mitbringen oder in einem Coffee-Shop kaufen musste.

Während das braune Getränk frisch gebrüht in die Tasse lief, entdeckte ich in dem kleinen Einbaukühlschrank der einfachen Küchenzeile Lennox' bevorzugte Milchsorte. Unter Rühren goss ich sie in den fertigen Kaffee. Jetzt fehlte für meinen Denkzettel nur noch eine Zutat, die ich schließlich in einem der Hängeschränke fand. Ich war nicht sparsam damit und kippte gleich drei volle Löffel in die Tasse. Mit einem bösen Grinsen im Gesicht löste ich durch Rühren das Salz auf.

Glücklicherweise war Lennox gerade nicht in seinem Büro, als ich zurückkam. Ich platzierte die Tasse neben seinem Computer und ging dann an meinen Schreibtisch zurück und wartete. Nach ein paar Minuten nahm ich aus dem Augenwinkel wahr, wie er wieder in sein Reich marschierte und sofort lag meine ungeteilte Aufmerksamkeit auf ihm, auch wenn ich so tat, als sei ich vollkommen in die Arbeit vertieft.

Ich beobachtete ihn heimlich. Lennox starrte konzentriert auf den Bildschirm vor ihm, während er mit der rechten Hand nach seiner Kaffeetasse griff. Das Herz hämmerte mir vor Aufregung gegen meine Rippen und ich hatte Mühe, mir das Grinsen zu verkneifen. Ich war hibbelig, weil ich wusste, was gleich passieren würde, und die Anspannung war mittlerweile so unerträglich, dass ich mir auf die Unterlippe biss, bis es weh tat. Gebannt hielt ich den Atem an, als er die Tasse zum Mund führte und einen großen Schluck nahm.

Erst schien es, als würde er gar nicht reagieren, bevor er mit einem

Mal das Gesicht verzog und den Kaffee ausspuckte. Dabei spritzte das braune Getränk nicht nur gegen seinen Computerbildschirm, sondern tropfte ihm auch auf das schöne, weiße Hemd. Er sah ungläubig von seiner Tasse zu seinem Oberteil und konnte anscheinend nicht begreifen, was er da getrunken hatte. Ich hingegen prustete los und duckte mich hinter meinen Computerbildschirm, damit Lennox mich nicht dabei erwischte. Sein fassungsloser Gesichtsausdruck, der sich in meinem Kopf festgesetzt hatte, bescherte mir einen Lachanfall nach dem anderen.

Es dauerte keine zehn Sekunden, bis ich hörte, wie meine Bürotür erneut geöffnet, fast schon aufgerissen wurde. Gerade wischte ich mir mit der Hand die Lachtränen von den Wangen.

»Was zum Teufel ist das?« Lennox' tiefe Stimme vibrierte nur so vor Wut, aber irgendwie beeindruckte mich das wenig – nicht, nachdem ich dabei zugesehen hatte, wie ihm die Flüssigkeit aus dem Mund gespritzt war.

»Dein Kaffee?«

»Das ist eher eine Beleidigung meiner Geschmacksnerven!«

»Ups.« Ich zuckte dümmlich mit den Schultern und mimte vollkommen die Rolle der blöden Praktikantin, in der er mich so gern sehen wollte. »Da habe ich wohl den Zucker mit dem Salzstreuer verwechselt. Das tut mir leid.« *Tat es nicht.*

»Ich nehme gar keinen Zucker und das weißt du, weil du mir gestern die ganze Zeit an den Lippen gehangen hast.«

Ich überging seine Anspielung und wurde mit einem Schlag ernst. »Ich habe Marketing studiert, nicht Kaffeewissenschaften, Lennox. Wenn er dir nicht schmeckt, würde ich vorschlagen, du lässt mich zukünftig an dem arbeiten, worin ich gut bin, und machst dir deinen Kaffee selbst.«

»Aber –«, setzte er an, doch ich unterbrach ihn.

»Nein, es reicht. Du machst dich lächerlich. Ich weiß, dass du mir nicht gefährlich werden kannst. Darüber haben mich sowohl dein Vater als auch Ivy in Kenntnis gesetzt. Also hör auf, mir drohen zu wollen.«

»Du hast soeben den grandiosen Fehler begangen, dich zu meiner Feindin zu machen, Bambi!«

Was glaubte er, wo wir hier waren? Im Krieg? Wenn er den wollte, dann konnte er ihn haben!

»Dann gib dein Bestes, Lennox, aber selbst das wird nicht ausreichen, mich von hier zu vertreiben.«

Seine Augen verengten sich bei meinen Worten. Anscheinend hatte er seine Zunge verschluckt, denn statt einer gemeinen Erwiderung sah er mich nur scharf an, bevor er sich umdrehte und auf dem Weg nach draußen meine Bürotür so stark hinter sich ins Schloss donnerte, dass die ganze Glaswand vibrierte.

Sein kleiner Wutausbruch war mir egal, ich triumphierte. Diese Runde ging eindeutig an mich.

Kapitel 11

Amely

»Hey, Amely.«

Ich sah auf und entdeckte Ian, der lächelnd in meiner Bürotür stand. Er sah mich erwartungsvoll an, aber es dauerte einen Moment, bis ich schaltete. Mein Kopf war immer noch mit der Aufgabe beschäftigt, an der ich gerade gearbeitet hatte.

»Hi, Ian«, grüßte ich ihn dann zurück und fragte mich, was er wollte. Trotz unserer komischen ersten Begegnung bei der Mitarbeiterversammlung kamen wir jetzt, zwei Wochen nach meinem Start, gut miteinander klar. Im Gegensatz zu Lennox hatte er mich mit offenen Armen empfangen und mir am Anfang bei der ein oder anderen Sache weitergeholfen.

»Ich wollte dich nicht stören«, meinte er und strich sich verlegen über den Ärmel seines grauen Anzugs. »Aber hattest du schon Zeit, über die Grafiken zu schauen, die ich dir gestern nach deinem Feierabend auf den Schreibtisch gelegt habe?«

Grafiken? Ich ließ meinen Blick schnell über meinen Tisch gleiten, aber entdeckte keine. Zudem war ich mir sicher, dass mein Platz zu Arbeitsbeginn leer gewesen war. Es dauerte kurz, dann machte sich ein Verdacht in mir breit. In den vergangenen Wochen hatte mir Lennox als Rache für seinen versalzenen Kaffee das Leben schwergemacht. Er hatte mich bei Rundmails ans Team vergessen, mich bei unternehmensinternen Informationen einfach außen vor gelassen oder alle Termine aus meinem Kalender gelöscht, der über einen

Server für alle Mitarbeiter einsehbar war. Einmal waren sogar meine Unterlagen aus dem Druckerraum verschwunden. Die fehlenden Grafiken waren sicherlich sein neuester Streich.

Um mir nichts anmerken zu lassen, lächelte ich Ian an. »Nein, tut mir leid, ich hatte noch keine ruhige Minute. Ich versuche, mich zu beeilen, okay?«

Mein Blick wanderte nach gegenüber, wo sicher der Übeltäter für meine Misere saß. Sofort traf ich auf grüne Augen, die mich belustigt beobachteten. Lennox hatte das Arbeiten aufgegeben und seinen Kopf auf seinen Händen abgestützt. Er sah aus, als würde er sich ein lustiges Theaterstück anschauen. Meinen verärgerten Blick quittierte er mit einem Zwinkern. Ian bemerkte ihn ebenfalls, verzog kurz das Gesicht und schloss dann die Tür hinter sich.

»Wie gefällt es dir bisher bei CIP? Kommst du gut zurecht?« Er klang freundlich, aber anhand seines gespielt-interessierten Untertons ahnte ich, dass er das Gespräch in eine ganz bestimmte Richtung lenken wollte.

»Ja, sehr gut sogar. Die Arbeit macht Spaß und ich habe das Gefühl, ich komme langsam an.«

Ian nickte, als würde ihm meine Antwort gefallen. Er löste sich von der Tür und kam auf meinen Schreibtisch zu. »Und mit den Kollegen kommst du klar?«

Statt meine Antwort abzuwarten, wandte er sich Lennox zu. »Es tut mir leid, dass du das Büro gegenüber dem zukünftigen Geschäftsführer abgegriffen hast. Ich hoffe aber, du kannst trotz seiner dämlichen Visage arbeiten.«

Die Aggressivität in seiner Stimme entsetzte mich. Dass die beiden sich nicht leiden konnten, war mir schon aufgefallen, aber anscheinend war bei Ian sogar richtiger Hass im Spiel. Ich hätte froh sein können, einen Verbündeten in meiner Abneigung gefunden zu haben, aber hier hatte ich das Gefühl, nicht mit ihm auf einer Seite stehen zu wollen. Zudem fand ich es komisch, so über Kollegen herzuziehen.

Als würde Lennox wissen, dass wir gerade über ihn sprachen, hob er eine Hand und winkte provokativ. Derweil fiel mein Blick auf etwas, das auf seinem Schreibtisch lag.

Wusste ich es doch!

»Der Herr ist jetzt seit einem halben Jahr in unserer Abteilung und zu nichts zu gebrauchen. Wie gut, dass wir ihn bald los sind! Dann schickt ihn Daddy zur Buchhaltung oder IT, wo er sicher nur ebenso unsinnig rumsitzen wird. Ich weiß nicht, wie du seine Ansicht erträgst –«

Ian redete sich in Rage, aber ich unterbrach ihn. »Ich komme schon klar.«

Zumindest hoffte ich das. Ich musste mir irgendwie diese Grafiken wiederholen, ohne dass Ian überhaupt bemerkte, dass sie verschwunden waren.

Mit einem tiefen Seufzer sah ich wieder auf meinen Bildschirm. »Es tut mir leid, ich würde echt gern noch ein wenig mit dir quatschen, aber ich muss diesen Text unbedingt fertig schreiben.«

»Alles klar, gar kein Problem. Dann lass ich dich jetzt wieder allein.« Er zog sich in Richtung Bürotür zurück, hielt aber noch mal inne. »Denk an die Grafiken, ja?«

»Klar, mache ich gleich als Nächstes.«

Kaum war meine Tür zugefallen, zählte ich in Gedanken bis zehn, sperrte dann meinen PC und marschierte geradewegs in das Büro auf der anderen Flurseite. Ich machte mir nicht die Mühe, anzuklopfen, und Lennox war auch nicht wirklich verwundert darüber, dass ich plötzlich vor ihm stand. Vermutlich hatte er nur auf meinen Besuch gewartet. Das spöttische Lächeln auf seinen Lippen sprach dafür.

»Kann ich dir helfen?«

Er wusste genau, warum ich hier war, hatte er doch mittlerweile die Grafiken in der Hand, die von meinem Schreibtisch verschwunden waren. Ich versuchte, meinen Ärger zu zügeln, aber er kroch mir heiß und schwer durch meine Adern und erhitzte meinen Körper. Innerlich brannte ich vor Wut – ein Feuer, das bisher immer nur von Lennox Mercier-Campbell mit seinem idiotischen Arschlochverhalten entfacht wurde. Mir war so warm, dass ich sicher war, über mir stieg Rauch auf. Meine Emotionen überwältigten mich und ich hatte Mühe, die richtigen Worte zu finden. Bevor ich ihm jedoch antworten konnte, fügte Lennox hinzu: »Bambi, ich glaube, du hast einen Fan. Ich habe den armen Ian noch nie so verliebt gesehen.«

»Halt die Klappe!«, fuhr ich ihn an und wollte gar nicht darüber nachdenken, was er andeutete.

Seine Augen funkelten herausfordernd. »Kommst du etwa in *mein* Büro, um *mir* zu sagen, dass ich die Klappe halten soll?«

»Nein, ich komme um –«

»Dich mir an den Hals zu werfen? Mir deine Liebe zu gestehen und mich zu bitten, mit dir in den Sonnenuntergang zu reiten?«

Ich seufzte genervt. »Kannst du auch mal irgendetwas ernst nehmen?«

»Kann ich. Also was gibt's, Bambi?«

Ich stieß frustriert die Luft aus, als Lennox erneut diesen blöden Spitznamen fallen ließ, den er anscheinend nicht vergessen konnte. Dann zwang ich mich zur Ruhe. »Du hast nicht zufällig Ians Grafiken gesehen?«

Lennox sah mich mit großen, unschuldigen Augen an. »Wo sollte ich sie denn gesehen haben?«

Verdammt, der Kerl konnte echt gut schauspielern!

»Sie müssten auf meinem Schreibtisch gelegen haben.«

»Und das tun sie jetzt nicht mehr?«

Ich stöhnte auf. Warum fühlte sich jedes Gespräch mit ihm so an, als würde man eine Schlacht in einem nie endenden Krieg führen?

»Nein, sonst wäre ich nicht hier.«

Er tippte sich provokativ mit einem Finger ans Kinn und schien nachzudenken. »Mhm, vielleicht hast du sie verlegt?«

Ich hörte bereits das Rauschen in meinen Ohren, so wütend war ich. Meine Hände zu Fäusten geballt, bekam ich für eine Sekunde den Drang, ihm wehtun zu wollen. Sehr schlimm weh sogar. Die Vorstellung von Lennox flehend auf seinen Knien vor mir, während ich ihm dieses selbstgefällige Grinsen aus dem Gesicht wischte, hatte etwas Berauschendes.

»Verlegt sind sie wohl kaum, wenn du sie in der Hand hältst.«

Er wedelte mit den Papieren. »Was macht dich so sicher, dass es deine Grafiken sind, die ich mir hier anschaue?«

»Hm, ich weiß nicht. Vielleicht der Zettel auf der Rückseite, auf dem steht *Amely, wie findest du die? Gruß, Ian?*«

Lennox drehte die Blätter und entdeckte den Zettel, den er mit einem Schulterzucken quittierte. »Ich sage doch, du hast einen Fan.«

Ich umrundete den Schreibtisch und baute mich vor ihm auf. »Will ich wissen, was du gestern nach Feierabend in meinem Büro zu suchen hattest?«

Blitzschnell griff ich nach den Grafiken und zog daran, hatte aber wenig Erfolg. Anstatt mir eine Antwort zu geben, hielt Lennox sie einfach weiterhin fest und richtete sich zudem mit einer geschmeidigen Bewegung auf. Damit stand er so dicht vor mir, sodass ich die Wärme seines Körpers spürte. Seine Augen, die sich in meine bohrten, verdunkelten sich und als ich nach Luft schnappte, war ich von Zedernholz, Rauch und Zimt eingehüllt.

Er war nah – zu nah.

Fluchtartig wollte ich ein paar Schritte zurücksetzen, stolperte dabei jedoch über den Absatz meiner Pumps und verlor das Gleichgewicht. Ich hoffte verzweifelt meinen Halt wiederzufinden, doch mein Schwerpunkt hatte sich schon zu weit verschoben. Für ein paar Sekunden schien ich förmlich in der Luft zu schweben, während ich wie in Zeitlupe nach hinten umfiel. Auf einmal schloss sich eine warme, weiche Hand um mein rechtes Handgelenk und hielt mich fest. Vor Schreck sah ich auf. Smaragdgrüne Augen brannten sich in meine und zum ersten Mal erkannte ich darin keine Spur von Arroganz oder Belustigung. Ihm war vor Schreck seine Maske verrutscht. Vor mir stand nicht länger jemand, der nur Flausen im Kopf hatte, sondern ein ernster Mann, in dem so viel mehr schlummerte, als er der Welt zeigen wollte.

Die Zeit verstrich. Lennox rührte sich nicht. Mit der einen Hand hielt er die Grafiken fest, mit der anderen mich. Weiche Knie erschwerten mir das Stehen und ich wusste nicht, ob es an dem Adrenalin in meiner Blutbahn, unserer Berührung oder dem Augenkontakt lag. In diesem Moment waren wir wie ein Knäuel – nicht nur miteinander verbunden, sondern zusätzlich auch noch ineinander verworren. Wir hatten keinen Anfang und kein Ende. Während ich ihn durchschaute, blickte er mir ebenfalls bis auf den Grund meiner Seele.

So muss sich die Ewigkeit anfühlen, dachte ich, bevor ich Angst bekam. Was er wohl in mir sah? Ob er all die Selbstzweifel und Schwächen bemerkte, die ich tief in mir versteckt hielt? Würde er erkennen, dass mein Herz nichts weiter als ein vernarbter Klumpen war, der nicht mehr viel aushielt, bevor er vollständig zu Staub zerfiel?

Ich wollte das nicht, wollte nicht, dass er mich schwach und verletzlich sah und sich das am Ende in unserem Krieg zunutze machte. Mein Handgelenk begann unter seiner Berührung zu brennen und mir wurde ganz anders. Ich musste ihn loswerden, brauchte Luft zum Atmen und Raum zum Nachdenken.

»Du kannst jetzt loslassen«, meinte ich forsch.

»Kann ich das?« Er klang nicht so sicher. »Nette Wörtersammlung hast du da auf deinem Schreibtisch. Was bedeutet *Eccedentesiast*, Amely?« Sein Ton suggerierte, dass er die Antwort zwar schon kannte, sie ihm aber nicht besonders gefiel.

Ich registrierte, dass er mich das erste Mal mit meinem Namen ansprach, noch bevor ich bemerkte, dass er sich mit der Frage selbst verraten hatte. Auf meinem Schreibtisch hatten sich Post-its angehäuft, die alle am Rand meiner Schreibtischunterlage klebten. Nach *Metanoia* waren in den letzten Tagen noch einige dazugekommen, unter anderem auch *Eccedentesiast*. Damit bezeichnete man eine Person, die ihren Schmerz hinter einem Lächeln versteckte.

Ich wollte ihm nicht antworten. Räuspernd trat ich einen Schritt zurück, kam jedoch nicht weit, denn er hielt mich immer noch am Handgelenk fest und ließ nicht zu, dass ich mich von ihm entfernte.

»Ich denke, man hat dir beigebracht, wie man googelt, oder?«, stieß ich atemlos hervor und versuchte erneut, mein Handgelenk zu befreien. Vergebens.

»Das habe ich. Ich möchte wissen, was das Wort für dich bedeutet. Warum du es für deine Sammlung ausgewählt hast.«

»Was interessiert es dich?«, fuhr ich ihn an, während er mit einer Seelenruhe auf mich herabsah. »Du hast hinter meinem Rücken in meinem Büro herumgeschnüffelt. Und jetzt lass mich endlich los!«

Damit entriss ich ihm meinen Arm, gerade rechtzeitig, denn hinter uns wurde die Bürotür aufgestoßen. Mr. Daniels steckte seinen Kopf herein und sah uns an. »Darf ich euch an das Teammeeting beim CEO erinnern?«

Das hatte ich total vergessen. Der Termin war heute kurzfristig vereinbart worden und ich hatte keine Ahnung, warum.

Ich nickte und nutzte die Chance, mich noch weiter von Lennox zu entfernen. »Wir sind schon auf dem Weg.«

»Ja, wollten gerade los«, pflichtete der mir bei und klang dabei vollkommen gleichgültig. Seine Maske saß wieder an Ort und Stelle – so als hätte ich nicht eben einen Blick dahinter werfen können.

Mr. Daniels sah uns mit einem skeptischen Gesichtsausdruck an, der uns wissen ließ, dass er uns kein Wort glaubte. Dann war er mit einem Kopfschütteln auch schon wieder aus der Tür. Ich machte einen Schritt und wollte ihm hinterher, aber Lennox hielt mich auf.

»Amely?«

Sein flehender Unterton ließ mich stocken, aber ich erlaubte es mir nicht, ihn noch einmal anzusehen, ehe ich dem Leiter des Marketings folgte.

Kapitel 12

Lennox

Der Plan, Amely auf Distanz zu halten, versagte spektakulär, aber nicht sie war das Problem, sondern ich. Zuerst hatte alles noch vielversprechend ausgesehen und ich sie glauben lassen, sie wäre nicht mehr als eine kleine Praktikantin für mich. Mit was ich allerdings nicht gerechnet hatte, waren ihre Wut und ihr Kampfgeist, den ich durch meine Aktionen geweckt haben musste. Als Amely anfing, sich gegen mich zu behaupten, merkte ich, wie sie mich damit immer mehr von sich einnahm. Ihre Rache mit dem Salz in meinem Kaffee hatte mich erst fuchsteufelswild gemacht und dann ehrlich beeindruckt, auch wenn ich ihr das niemals gesagt hätte. Während sie sich immer weiter von mir zurückzog und begann, mich zu hassen, entwickelte ich so langsam ein echtes Interesse an ihr. Beinahe genoss ich es, wie mein Herz jedes Mal flatterte, als wäre es ein verfickter Kolibri, wenn sie in meiner Nähe war. Und als ich sie eben festgehalten hatte, war es mir mit einem Mal unheimlich schwergefallen, sie wieder loszulassen. Ein Blick in ihre Augen hatte gereicht, um nicht nur in ein bodenloses Nichts, sondern auch in mein eigenes Verderben zu fallen.

Fuck, diese Frau brachte mich dazu, an Dinge zu denken, die ich gar nicht von mir gewohnt war. Seit wann war ich jemand, der Frauen festhalten wollte? Normalerweise war ich froh, wenn sie sich schneller wieder aus meinem Leben verpisst hatten, als ich mit dem Finger schnipsen konnte. Aber bei Bambi ... Ich wusste, ich sollte aufhören und mich von ihr fernhalten. Also, warum zum Teufel, tat ich das nicht einfach?

Als ich für das spontan anberaumte Marketingmeeting bei meinem Vater als Letzter das Büro betrat, stellte ich erstaunt fest, dass Ian und drei weitere Mitarbeiter, deren Namen ich mir nicht merken konnte, bereits auf uns warteten. Sie hatten an dem Konferenztisch Platz genommen, während mein Dad noch an seinem Schreibtisch ein paar Unterlagen sortierte. Er nickte mir zur Begrüßung zu und schenkte Amely dann ein freundliches Lächeln.

»Ms. Spencer, schön, Sie wiederzusehen.«

Interessant. Es sah so aus, als hätte Bambi nicht nur auf mich Eindruck gemacht, wenn mein Vater sie so herzlich begrüßte.

Sie lächelte schüchtern zurück und ihr Gesicht hellte sich dabei förmlich auf. Diese warmen, gelösten Züge standen in krassem Kontrast zu der verschlossenen Miene, mit der sie mich ansah. Meinen alten Herrn mochte sie anscheinend, genauso wie Ivy, nur mich konnte sie nicht leiden. *Da bist du aber auch selbst dran schuld,* flüsterte mir eine leise Stimme zu, die ich geflissentlich ignorierte, weil es mich trotzdem irgendwie ärgerte.

Während ich mich ganz selbstverständlich auf den Stuhl am Kopfende des Tisches niederließ, der dem meines Vaters gegenüberstand, suchte sich Amely wohl nicht ohne Grund den freien Sitzplatz, der am weitesten von mir entfernt lag. Das brachte mich zum Schmunzeln. Sie mochte mich vielleicht hassen, aber das bedeutete auch, dass ich ihr nicht egal war und das schenkte mir ein klein wenig Genugtuung.

»So, dann wollen wir mal starten. Sie fragen sich sicher, warum Sie heute hier sind.« Mein Vater trat an den Konferenztisch und ließ den Blick über die Angestellten schweifen. Erst zum Schluss sah er mich an. Ich zog fragend eine Braue nach oben und nickte. Er erwiderte die Geste und fuhr fort. »Wie Sie wissen, bringen wir jedes Jahr neue Produkte beziehungsweise Produktmodelle auf den Markt.

Vor einem Monat erschien das Smartphone CIP Wirefy X5. Da wir bei einem Jahr Vorbereitung keine Zeit verschwenden können, ist die Arbeit an dem nächsten Modell der Smartphone-Sparte bereits gestartet.«

Ich hatte keine Ahnung, worauf er hinauswollte, und auch die anderen schienen ratlos.

»In Absprache mit Mr. Daniels möchte ich für die Bewerbung der neuesten Wirefy-Ausführung auf die Zusammenarbeit mit einer Werbeagentur verzichten, zumindest vorerst. Wir haben vereinbart, die Ideenfindung und Konzeption der nationalen Kampagne intern zu vergeben, bevor die Umsetzung dann gemeinsam mit einer Agentur erfolgt. Ich denke, wir haben genug Power im Team, um das zu bewerkstelligen. Dabei sind vor allem neue Ideen sehr willkommen.«

Sein Blick wanderte zu Bambi und sein vielsagender Gesichtsausdruck gab mir das Gefühl, irgendetwas verpasst zu haben. Ich runzelte die Stirn, blieb aber still.

»Ich gehe davon aus, dass ein bisschen Konkurrenzkampf zur Leistung und Kreativität beitragen wird. Daher hatte Mr. Daniels einen großartigen Vorschlag«, knüpfte mein Vater an das Vorhergesagte an und sah dabei zum Leiter des Marketings. Beide hatten ein schelmisches Grinsen aufgesetzt. Hier lief viel mehr, als offen ausgesprochen wurde, und ich wollte endlich, dass mein Vater mit der Sprache herausrückte.

»Sie alle wurden auserwählt, um sich mit der Konzeption der neuen Wirefy-Kampagne zu beschäftigen. Das Smartphone soll am 28. Juni 2024 erscheinen. Allerdings arbeiten Sie nicht miteinander, sondern gegeneinander. Es werden Zweier-Teams gebildet und Sie bekommen knapp zwei Monate Zeit, sich ein Kampagnenkonzept zu überlegen. Dieses präsentieren Sie am Ende der Deadline dem Vorstand und meiner Wenigkeit. Die Gewinner dürfen als Ansprechpartner die Zusammenarbeit mit der Werbeagentur betreuen.«

Es fühlte sich an, als hätte Dad mit seinen Worten eine Bombe gezündet. Die Informationen schlugen ein und durch sein Büro ging ein explosionsartiges Raunen. Die Projektleitung bei einer so großen Kampagne war nicht nur eine Ehre, sondern auch ein unheimlicher Karrieresprung. Allerdings stellten sich mir zwei Fragen.

Erstens, was machte ich hier? Mein Vater wusste, dass mich Marketing langweilte und ich nicht die Kompetenz hatte, um an einem solchen Wettbewerb teilzunehmen. Warum sollte ich auch, wenn ich schon bald in einer anderen Abteilung untergebracht sein würde? Außerdem war mir der Chefposten sicher. Da konnte es mir völlig egal sein, ob ich irgendeinen komischen Marketingwettbewerb gewann. Und zweitens, was machte Amely hier? Sie war eine Praktikantin und gerade mal seit zwei Wochen im Unternehmen tätig. Warum wurde sie so offensichtlich bevorzugt, inklusive großer Chancen? Sie war nicht mal festangestellt. Gut, sie hatte anscheinend Marketing studiert, aber ihre Zeit hier war auf ein Jahr begrenzt. Es sei denn, es stand für meinen alten Herrn schon fest, dass er sie nach Ablauf übernehmen wollte?!

Ich blickte zu Bambi und sah ihr an, wie unwohl sie sich fühlte. Sie zwirbelte nervös an einer braunen Haarsträhne herum und schien das Atmen eingestellt zu haben. Wahrscheinlich fragte sie sich das Gleiche wie ich. Kurz kräuselte sie unbewusst und auf niedliche Weise ihre Nase und ich musste mir ein Schmunzeln verkneifen.

Eine Bewegung im Augenwinkel erweckte meine Aufmerksamkeit. Meine Augen wanderten zu Ian und ich musste feststellen, dass er Amely ebenfalls musterte. Sie hatte meine Worte vielleicht für einen Witz gehalten, aber der Typ hatte Interesse an ihr. Das gefiel mir nicht und nicht nur, weil es mir wie ihm ging. Nein, Ian war einfach ein Vollidiot, den ich keiner Frau zumuten wollte. Etwas Gutes hatte er aber: Dank seiner Grafiken, die ich aus Amelys Büro gestohlen hatte, war ich auf ihre Wörtersammlung aufmerksam geworden. Die rechte Seite ihrer Schreibtischunterlage sah aus wie ein Sammelalbum für komplizierte Fach- oder Fremdwörter. Ich hatte ein Foto von jedem geschossen, um kurze Zeit später alle Wörter zu googeln. Mittlerweile war ich mir sicher, dass Bambi ein Geheimnis hatte, und ich würde nur zu gern herausfinden, welches. Diese Frau ließ meine Launen so wechselhaft werden wie das Wetter. Ich wollte sie weiter provozieren, nur damit sie mit mir sprach, und ich wollte nicht, dass Ian in ihre Nähe kam. Gleichzeitig reichte ein intensiver Augenkontakt, um das alles zu überdenken und mich flüchten zu lassen.

Ich muss mich dringend in den Griff bekommen.

Mein Dad riss mich aus meinen Gedanken. »Jetzt bleibt mir also nur noch übrig, Sie in die Teams einzuteilen.«

In diesem Moment räusperte sich Ian. »Entschuldigen Sie, dass ich Sie unterbreche, aber wer gibt uns denn die Gewissheit, dass Sie am Ende nicht sowieso die Idee von Lennox auswählen werden? Schließlich ist er Ihr Sohn.«

Das hat er gerade nicht ernsthaft gefragt, oder?

Ian hatte Eier, das musste ich ihm lassen, aber sein Denken machte ihn mir mehr als unsympathisch. Er war der Meinung, ich würde alles in den Arsch geschoben bekommen, obwohl ihm mein aktueller Arbeitsplatz im Marketing doch eigentlich genau das Gegenteil beweisen müsste. Dachte er ernsthaft, ich wäre gerne auf Rundreise durch alle Abteilungen der Firma?

Ich spürte die Blicke aller Anwesenden auf mir, als mein Vater antwortete: »Mr. Harris, ich kann Ihnen versichern, dass Lennox keine Vorteile haben wird. Seien Sie also ganz unbesorgt.«

Damit war die Sache für ihn erledigt, auch wenn Ian nicht wirklich überzeugt aussah. »Mr. Daniels, würden Sie übernehmen?«

»Ja, natürlich. Zu der Einteilung, Mrs. Black und Mr. Lock, Sie werden ein Team bilden.«

Ich hatte ein ungutes Bauchgefühl, als ich dem Leiter des Marketings lauschte, weil ich ahnte, dass mir mein Partner oder meine Partnerin nicht gefallen würde.

»Mr. Harris, Sie arbeiten mit Ms. Russo zusammen.«

Ich wollte gerade erleichtert aufatmen, weil mir Ian erspart blieb, bis mein Kopf eins und eins zusammenzählte. Aber das bedeutete ja, dass –

»Und Lennox wird mit Ms. Spencer ein Team bilden«, warf mein Dad euphorisch ein, bevor Mr. Daniels dazu kommen konnte.

Shit!

»Nein, auf gar keinen Fall!«, protestierte ich energisch. Lieber würde ich mich mit Ian arrangieren, als noch enger mit Bambi zusammenzuarbeiten.

Mein lautes Veto ließ Amely hörbar nach Luft schnappen. Als sich unsere Blicke trafen, sah ich auch in ihren Augen das Entsetzen, bevor sie so wirkte, als würde ihr schlecht werden. Sie war kreidebleich, während ich spürte, wie mir die Wut Farbe ins Gesicht trieb.

Tief einatmend wollte ich meinen Vater von einer anderen Einteilung überzeugen, aber er ahnte das bereits und ließ mir gar keine Möglichkeit dazu. »Das Meeting ist beendet. Beginnen Sie mit der Arbeit. Mr. Daniels wird Ihnen den Termin Ihrer jeweiligen Präsentationen zukommen lassen. Möge das beste Team gewinnen!«

Stühle scharrten über den Fußboden und Leute erhoben sich, doch ich konnte mich nicht bewegen. Ich fühlte mich überrumpelt. In meinem Kopf rasten die Gedanken und mit einem Mal hatte ich das Gefühl, wie ein Tier in einer Falle zu sitzen, aus der ich unbedingt entkommen wollte. Je mehr ich darüber nachdachte, desto klarer wurde mir, dass mein Vater das geplant hatte. Die Einteilung war kein Zufall, sondern nichts weiter als eine seiner Lektionen und wahrscheinlich ein letzter verzweifelter Versuch, mir Empathie und Verantwortungsbewusstsein einzurichten. Es war ein kluger Schachzug von ihm. Ich würde nicht rebellieren können, ohne dabei gleichzeitig Amely Spencers Zukunft bei CIP zu ruinieren, und würde ich ihr nicht helfen, würde sie dieses Projekt niemals stemmen können. Fuck, ich hatte keine Ahnung, was ich jetzt tun sollte!

Es wunderte niemanden, dass ich als Einziger im Büro meines

Vaters zurückblieb. Kaum war die Tür hinter Mr. Daniels zugefallen, sah ich zu meinem Dad, der mittlerweile wieder an seinen Schreibtisch zurückgekehrt war. Ich sprang auf und ging auf ihn zu. »Das war Absicht, oder? Diese Einteilung?«

»Wie kommst du darauf?«, fragte er unbeeindruckt und ließ sich mit einem leisen Stöhnen in seinen Chefsessel fallen.

»Wen willst du damit mehr bestrafen? Amely oder mich?«

Er seufzte. »Ich will niemanden bestrafen. Ihr wärt ein gutes Team, wenn du dich mal für fünf Minuten zusammenreißen könntest.«

»Und genau das willst du doch nur mit diesem Projekt erreichen!«

Mein Vater lehnte sich in seinem Bürostuhl zurück und verschränkte die Hände vor dem Bauch. »Ist es so schwer zu glauben, dass ich nur dein Bestes will? Wenn du dich nicht immer so gegen meine Hilfe wehren würdest, hättest du das bereits gemerkt.«

»Dad, ich –«

»Kannst du nicht einfach diese kindischen Rebellionen sein lassen, Lennox?«, unterbrach er mich gleichermaßen erschöpft wie genervt.

In diesem Moment empfand ich nichts als heiße Wut, die dort brannte, wo vor ein paar Sekunden noch das Herz in meiner Brust geschlagen hatte. Mein Vater gab mir wieder mal das Gefühl, dass er dachte, diese rebellische Art sei eine Phase. Dabei war sie weit mehr als das. Ich hasste es, dass er mich nicht ernst nahm und was mich noch mehr ärgerte, war, dass es mich nicht kalt ließ. Dabei wollte ich das nie wieder an mich heranlassen, mich nie wieder so fühlen. Das hatte ich mir damals, kurz nach College-Beginn, geschworen.

»Erst wenn du aufhörst, mich zu manipulieren, damit ich das tue, was du willst«, rief ich aufgebracht und beugte mich über den Schreibtisch zu ihm herunter. »Ist dir vielleicht mal aufgefallen, dass ich nur so reagiere, weil du mich ständig zu irgendwas zwingen willst? Wann kannst du mich so akzeptieren, wie ich bin, Dad? Wann hörst du auf, ständig enttäuscht von mir zu sein und im Umkehrschluss noch mehr zu fordern?«

»Solange du dich auf deinem Familiennamen ausruhst, werde ich fordern, dass du dich dementsprechend verhältst. Du willst diese Firma übernehmen? Dann beweis mir, dass du das Zeug dazu hast. Werde endlich erwachsen, hilf Ms. Spencer und hör auf, dich wie ein trotziges Kind zu benehmen!«

Ich blieb still und versuchte, mit der Wut in mir umzugehen. Wenn ich jetzt meinen Mund öffnete, würde nichts Gutes dabei herauskommen. Mein Dad schnalzte mit der Zunge und wandte sich dann in seinem Stuhl der Aussicht und mir so den Rücken zu. Er würdigte mich keines Blickes mehr.

»Deine Aufgabe ist klar und jetzt lass mich allein. Ich bin diese Diskussionen so leid.«

Damit schmiss er mich aus seinem Büro. In meinem Kopf überschlugen sich die Gedanken. Alles in mir schrie dagegen an, einfach der Bitte meines Vaters nachzukommen. Ich wollte rebellieren, musste es einfach tun. Also kehrte ich aus Trotz nicht in mein Büro zurück, sondern nahm mir einfach für den Rest des Tages frei. Hier würde mich sowieso niemand vermissen.

Kapitel 13

Lennox

Aus den Lautsprechern dröhnte eine moderne Coverversion von Phil Collins' *In The Air Tonight*, während mir der Duft von Schweiß und Leder in die Nase stieg. Ich befand mich in einem Boxring im hinteren Bereich des VIP-Fitnessstudios, in dem ich regelmäßig trainierte. In der Mitte des Vierecks federte ich ein wenig auf der Stelle, wobei die Matte unter mir nachgab. Um meinen Nacken zu lockern, ließ ich den Kopf kreisen, während der Bass der Musik durch meinen Körper pulsierte. Aaron stand vor mir und hielt Schlagpolster auf Brusthöhe. Wir kickboxten oft zusammen, wenn unser Trainer keine Zeit hatte.

Heute war die Stimmung zwischen uns anders als sonst. Normalerweise hätte sich mein bester Freund darüber lustig gemacht, dass ich Achtziger-Jahre-Musik mochte, aber er schien meine schlechte Laune zu spüren und hielt die Klappe.

Nach dem Gespräch mit meinem Vater war ich immer noch aufgebracht. Die Wut kam in Wellen und immer, wenn ich sie spürte, wollte ich die Schlagpolster malträtieren, bis dieses Feuer in mir meiner sonstigen Gefühllosigkeit wich.

Ich hob erneut die Arme zur Deckung, bis sich die Hände auf Höhe meines Kinns befanden und begann, ein wenig vor Aaron herumzutänzeln. Er spiegelte meine Bewegungen, bis ich plötzlich einen Schritt auf ihn zumachte und meine rechte Hand zur Faust geballt nach vorn rammte. Sie war nur mit einem weißen Tape umwickelt und als sie auf das Schutzkissen traf, protestierten meine Knöchel. Der Schmerz brannte, kam aber nicht an das rasende Feuer der Wut in mir heran.

Kurz danach traf auch meine linke Faust auf das Polster, bevor ich in einer fließenden Bewegung das Bein nach oben riss und zutrat. Ich gab nicht nach, konzentrierte mich nur auf den Takt der Musik und das Geräusch, das meine Hände, Füße oder Beine machten, wenn sie auf das Kunstleder trafen. All meine ganze Kraft legte ich in jeden einzelnen Schlag und Tritt und bekam mit, wie Aaron trotz seiner sportlichen Figur und dem breiten Kreuz Probleme hatte, dagegenzuhalten.

Als mein Bein wieder mit voller Wucht auf das Haltekissen traf und er den Kick abfedern musste, hörte ich ihn leise aufstöhnen. Dann ließ er die Pads sinken – ein klares Zeichen an mich, dass er eine Pause brauchte.

»Was hat dir denn die Stimmung vermiest? Wieder Salz in deinem Kaffee gehabt?« Aaron war außer Atem, kicherte aber leise. Das Geräusch wollte nicht wirklich zu seiner Bariton-Stimme passen.

Mit dem Unterarm wischte ich mir den Schweiß aus der Stirn. »Nein.«

»Was ist dann los? Ich wette, es hat wieder etwas mit der Praktikantin zu tun.«

»Aaron.« Der gefährliche Ton in meiner Stimme war Warnung genug. Ich wollte nicht reden.

»Seit sie bei euch im Unternehmen arbeitet, bist du irgendwie ...« Er zögerte.

Ich ließ ihn den Satz nicht beenden. »Los, weiter!«

Aaron folgte meiner Aufforderung nur widerwillig und nahm Haltung an. Nach ein paar Schlägen war jedoch klar, dass ich nicht mehr lange trainieren würde. Die Muskeln meines Körpers brannten und die Erschöpfung machte mich träge. Ich konnte noch zwei gute Schläge platzieren, bevor die Musik abrupt abbrach. Stattdessen schallte ein einfacher Klingelton durch die Boxen, da diese über Bluetooth mit meinem Handy verbunden waren.

»Fuck, endlich!«

Sofort marschierte ich zum Rand des Rings, um über die Begrenzung zu klettern und von der Matte zu hüpfen. Ich kam neben der Bank auf, auf der unter anderem ein Handtuch und mein Smartphone lagen. Mit der rechten Hand griff ich nach Letzterem und nahm den Anruf an.

»War das deine bescheuerte Idee?« Ich hielt mich gar nicht erst mit einer Begrüßung auf, während ich mir mit dem Handtuch den Schweiß aus dem Gesicht wischte.

»Hallo, Lennox, dir auch einen schönen guten Abend. Du wolltest mich sprechen?« Ivy tat gut gelaunt, als hätte ich sie nicht gerade angefahren. Sie schob sogar noch ein leicht ironisch klingendes »Bruderherz« hinterher.

Ich war schon auf hundertachtzig und dass sie mich provozierte, machte es nicht besser. »Jetzt sag schon, Ivy! Warst du es?«

»Wie wär's, wenn du mir erst mal erklärst, was du meinst?« Meine Schwester war völlig unbeeindruckt von meiner Wut. »Ich bin vieles, aber nicht allwissend. Und auch wenn du mein Zwilling bist, kann ich deine Gedanken nicht lesen.«

»Hast du Dad auf diese bescheuerte Idee gebracht?«

»Was für eine Idee?« Sie seufzte. »Lennox, sag mir endlich, wovon du sprichst oder ich lege auf.«

»Ich meine den kleinen Wettbewerb im Marketing, bei dem ein Team in etwa zwei Monaten ein Kampagnenkonzept für den neuen Wirefy-Release im nächsten Jahr ausarbeiten soll. Das Duo, das am Ende überzeugt, bekommt die Projektleitung. Und jetzt rate mal, mit wem ich in einem Team bin.«

Es war kurz still am anderen Ende, dann fand Ivy ihre Stimme wieder. »Okay, aber was hat das mit mir zu tun?«

Stellte sie sich absichtlich dumm oder wollte sie es einfach nicht begreifen? Mein Geduldsfaden war kurz davor zu reißen.

»Ich will wissen, ob es deine beschissene Idee war, dass ich mit der Praktikantin zusammenarbeiten muss.«

»Nein! Und weißt du auch warum?« Ivy war nun mindestens genauso aufgebracht wie ich. »Amely tut mir leid.«

»Was soll das denn heißen?«

»Dass sie einen besseren Partner verdient hat. Hätte ich damit irgendetwas zu tun, hätte ich sie eher Ian zugeteilt.«

Dass sie offenbar mehr von diesem Idioten hielt als von mir, wollte etwas heißen. Sie hatte ihn nämlich, ähnlich wie ich, noch nie leiden können.

Ein Stich der Enttäuschung durchfuhr mich. In schwachen Momenten taten solche Worte von ihr so sehr weh, als würde sie sie mir mit Schmirgelpapier unter die Haut reiben.

Manchmal, vor allem in den Augenblicken, in denen ich nicht wusste, wohin mit meinen Emotionen, wünschte ich mir, ich könnte mit meiner Schwester reden. Sie war mein Gegenstück – der Mensch, der mich seit unserer Geburt und damit besser als jeder andere kannte. Doch dass ich derjenige gewesen war, der sie mit Absicht weggestoßen hatte, hielt mich jetzt davon ab, diese Gedanken ihr gegenüber laut zu äußern.

Meine nächsten Worte kamen gepresst hervor. »Vielen Dank, Schwesterherz.«

»Ja, was soll ich jetzt sagen, Lennox? Ich wünschte, du wärst nicht dieses arrogante Arschloch, denn das würde Amely in der nächsten Zeit viel Ärger ersparen. Wir beide wissen aber, dass du dich nicht ändern wirst.« Sie klang so überzeugt davon, dass ich ein hoffnungsloser Fall war.

Wann war alles zwischen meinem Vater, Ivy und mir so dermaßen schiefgelaufen? Das Gefühl, dass niemand mehr an mich glaubte, war nicht nur eine bittere Pille, die ich schlucken musste. Nein, es war eine glühende Kohle, die mir meine Schwester mit ihrer Aussage in den Hals rammte und meine Kehle hinunterzwang. Am Ende brannte Enttäuschung in meiner Brust und ich biss so fest die Zähne aufeinander, dass es im Kiefer knackte. Ich wusste, öffnete ich jetzt den Mund, würde ich ihr meine Gefühle in Form von hasserfüllten Worten wieder vor die Füße kotzen und keiner von uns wollte das.

»Ich habe einen Rat für dich. Benimm dich, Lennox, oder wir sehen uns demnächst zu einem Personalgespräch in meinem Büro! Ich bin deine Dramen so leid.« Damit legte Ivy auf und entließ mich genauso kalt wie mein Vater heute Morgen.

Ich schmiss das Handy wieder auf die Bank und wandte mich um. Aaron stand schräg hinter mir, hielt seine offene Wasserflasche in der Hand und beobachtete mich aufmerksam.

»Wer war das?«

»Ivy.«

Das ließ seine Brauen nach oben wandern. »Was wollte sie?«

»Mir mitteilen, dass sie die Praktikantin bemitleidet.«

»Warum?«

Ich räusperte mich. »Weil sie jetzt mit mir bei einem Projekt zusammenarbeiten muss.«

»Oookaaaay?« Aaron sah mich verwirrt an und ich fasste ihm die Situation in wenigen Sätzen zusammen.

»Ich dachte, dass die Teameinteilung vielleicht auf Ivys Mist gewachsen ist, aber anscheinend ist mein Dad schuld.«

Mein bester Freund sah mich still an. Entweder dachte er nach oder er war vielleicht auch einfach nur froh, dass er in seinem Unternehmen sein eigener Chef war.

»Aber was ist so schlimm daran, mit der Praktikantin in einem Team zu sein?«

Seine Frage überraschte mich und ich stieß frustriert die Luft aus. »Alles?! Das funktioniert einfach nicht! Ich kann mit Bambi nicht zusammenarbeiten.«

Irgendwas sträubte sich in mir, ihm die Wahrheit zu sagen. Ich wollte nicht zugeben, was Amelys Nähe mit mir machte und dass ich entgegen aller Vernunft mehr davon wollte. Gleichzeitig fühlte ich mich schon jetzt wie ein verfickter Junkie. Das musste aufhören, am besten sofort! Ein kalter Entzug war das Einzige, was helfen würde. Ich brauchte Abstand. Wäre da nicht diese Kampagne, die mir einen Strich durch die Rechnung machte.

»Bambi?« Aaron legte den Kopf schief und sah mich grinsend an. Der Spitzname war schuld, dass mein bester Freund mich gerade eiskalt durchschaute.

Mit einem Mal war mein Mund komplett ausgetrocknet. Ich griff nach meiner Trinkflasche und schluckte gierig das stille Wasser. Gleichzeitig wich ich Aarons Blick aus. Erst als ich die Flasche wieder senkte und mir mit dem Ärmel meines Trainingsshirts den Mund abwischte, begegnete ich seinem Blick. »Es ist nicht so, wie du denkst.«

»Was denke ich denn?«

Aaron forderte mich heraus. Er wollte mich dazu bringen, es auszusprechen. Allerdings wandte ich mich kopfschüttelnd ab. Dass ich vor ihm zugab, was in mir vorging, würde ich nicht tun. Ich war ja nicht mal bereit, es vor mir selbst zuzugeben.

»Warum werde ich das Gefühl nicht los, dass du es komplizierter machst, als es tatsächlich ist? Soll ich es für dich aussprechen? Du mag-«

»Wag es ja nicht!«, fuhr ich ihn an. Mein Herz hämmerte in meiner Brust, aus Angst, die Worte zu hören.

Aaron lachte und hielt abwehrend die Hände nach oben. »Aber spielt es dir nicht sogar in die Karten, wenn ihr euch näherkommt?«

»Du weißt, dass mir Tris' Gerede egal ist. Außerdem habe ich dafür gesorgt, dass sie mich hasst.«

»Dann kannst du auch dafür sorgen, dass sie es nicht mehr tut.«

»Wer sagt denn, dass ich das will? Es hat schon einen Grund, dass Amely mir fernbleiben soll.«

Aaron sah mich aufmerksam an. »Und dieser Grund ist nicht zufällig, dass du einfach Schiss hast?«

»Wovor? Nein, ich will sie einfach nicht in meiner Nähe.«

Stand ich gerade wirklich hier und diskutierte mit meinem besten Freund über eine Praktikantin, die in dem Unternehmen meines Vaters arbeitete? Ich fühlte mich wie im falschen Film.

Aaron fuhr sich mit der Hand durch die Haare, während er mich amüsiert angrinste. »Mann, Lex, sie ist dir ganz schön unter die Haut gefahren, weil sie sich deine Scheiße nicht gefallen lässt, was?«

Ich warf ihm einen grimmigen Blick zu, der ihm deutlich machen sollte, dass er jetzt besser die Klappe hielt. Ansonsten würde ich ihn gleich wieder in den Boxring schicken, aber diesmal ohne Schlagpolster. Doch anscheinend kam die Nachricht nicht an.

»Ich bin gespannt, wie lange du dich selbst verarschen kannst, bis dir auffällt, dass sie dich längst um den Finger gewickelt hat.«

»Aaron.« Erneut war sein Name eine Warnung.

Er schmunzelte und klopfte mir auf die Schulter, als wollte er mich trösten. »Das ist doch nicht schlimm. Früher oder später erwischen uns alle mal Gefüh-«

Mein Magen machte einen Salto, wenn ich daran dachte, dass er seinen Satz beenden könnte. »Halt die Fresse!«

Ich stieß abschätzig ein Schnauben aus, schraubte meine Wasserflasche zu und stellte sie beiseite. Aaron tat das Gleiche, während er anfing, eine Melodie zu summen, die mir verdammt bekannt vorkam. *Invisible Touch* von Genesis. Ein weiterer harter Blick meinerseits veranlasste ihn dazu, nur noch lauter zu werden. Er machte sich über mich lustig.

»Ich glaube, ich brauche ganz dringend neue Freunde«, murmelte ich, während ich mir das dreckige, abgenutzte Tape von den Händen zerrte und gegen neues ersetzte. »Könntest du wenigstens Damien und Tris nichts von unserem Gespräch erzählen, bitte?«

»Warum? Weil die beiden nicht wissen sollen, dass du Gefühle ha-«

Wieder unterbrach ich ihn sofort. »Nein, weil es einfach nicht stimmt und ich nicht will, dass Lügen verbreitet werden!«

Ungläubig schüttelte Aaron mit dem Kopf.»Ja, wer's glaubt.«

Ich war gerade mit dem Tapen meiner Hände fertig geworden und holte einfach aus. Aaron reagierte flink und duckte sich rechtzeitig, bevor meine Faust ihn an der Schulter erwischte.

Er sah mich geschockt an.»Verflucht, Lex, was soll das?«

»Wie wäre es, wenn du dir etwas weniger Gedanken um mein Privatleben und etwas mehr um deine Deckung machen würdest?«

Aaron griff ebenfalls zum Tape.»Sieh zu, dass du in den Ring kommst, damit ich dir den Arsch aufreißen kann!«

Auf die Schlagpolster schien er jetzt freiwillig verzichten zu wollen. Bevor er mir jedoch folgte, nahm er sich mein Telefon und einen kurzen Moment später dröhnte wieder Musik aus den Boxen rund um den Ring. Dabei handelte es sich um das gleiche Lied, das er eben gesummt hatte. *Invisible Touch*. Aaron wollte mich quälen und – darüber ärgerte ich mich am meisten – es gelang ihm auch.

Kapitel 14

Amely

Ich saß in einem der großen Sitzfenster im Wohnzimmer und starrte gedankenverloren auf die leere Seite meines grünen Notizbuchs. Eigentlich wollte ich das Chaos in meinem Kopf ordnen, das der heutige Tag angerichtet hatte, in dem ich meine Gedanken wie bei einem Tagebucheintrag niederschrieb. Zu dieser Methode hatte man uns in der Klinik geraten und sie war bisher immer hilfreich gewesen. Heute schaffte ich es jedoch nicht, auch nur ein Wort aufs Papier zu bringen.

Sobald der Stift die Seite berührte, verkrampfte ich, weil ich immer wieder Lennox vor mir sah. Der Typ löste die unterschiedlichsten Gefühle in mir aus. Da waren die Lennox-typischen, wie Wut und Abneigung, aber auch Verwirrung und Neugier, wenn ich an die Szene in seinem Büro zurückdachte. Er war mir ein Rätsel. Der arrogante, großspurige Kotzbrocken, vor dem mich Mr. Mercier-Campbell und Ivy gewarnt hatten, schien nichts mit dem Lennox gemein zu haben, der mir heute geholfen hatte. Es war, als würde er einen Schalter umlegen, ein anderer Mensch werden, und insgeheim wollte ich schon gern wissen, wer er wirklich war, wenn er nicht diese Maske aus Arroganz trug. Und ich wollte ihn fragen, warum er ausgerechnet mir diese andere Seite von sich gezeigt hatte.

Aber es war falsch, über Lennox nachzudenken. Er hatte mir oft genug klar gemacht, dass er lieber ein Idiot sein wollte, und es gab keinen triftigen Grund, das anzuzweifeln.

Der Stift näherte sich erneut dem Notizbuch. Diesmal hielt ich jedoch schon inne, bevor die Mine die Seite überhaupt berührte. Es ging nicht. Ich konnte nicht über Lennox schreiben. Diese Gedanken waren privat, fast schon geheim. Ich wollte sie mit niemanden teilen, nicht mal mit meinem Notizbuch. Lennox hatte darin keinen Platz, denn ich war definitiv keine Sechzehnjährige mehr, die wegen eines Kerls Seite um Seite füllen musste. Ich kannte ihn nicht mal wirklich. Wir waren nur Kollegen und der Fakt, dass ich zukünftig enger mit ihm zusammenarbeiten musste, behagte mir nicht. Bisher hatte er keine allzu hohe Arbeitsmoral gezeigt. Jetzt lag meine berufliche Zukunft auch irgendwie in seinen Händen und das machte mich nervös.

Aus mir drang ein Geräusch, das nach einer Mischung aus frustriertem Aufstöhnen und verzweifeltem Seufzen klang, und ich legte das Buch samt Stift zur Seite. Das Schreiben würde heute nichts mehr werden. Stattdessen scrollte ich durch mein Handy und überlegte, Steph anzurufen, um ihr von meinem Tag zu erzählen. Auf einmal fiel mir der Name meiner Mutter ins Auge und ich hielt inne. Mein Daumen schwebte über dem Kontakt. Nur eine kleine Bewegung und ich würde die Nummer wählen, doch ich zögerte.

Gerne hätte ich sie angerufen, um ihre vertraute Stimme zu hören. Gleichzeitig kannte ich aber schon die Fragen, die sie mir stellen würde, und egal, was ich antwortete, sie würde sich Sorgen machen.

Etliche Sekunden, vielleicht auch Minuten verstrichen, in denen ich mich innerlich so zerrissen fühlte zwischen dem, was ich tun wollte, und dem, was mir guttat.

»Ames, wir müssen reden.«

Meine Mum setzte sich auf das Bett in meinem alten Kinderzimmer und fuhr nervös durch ihre schulterlangen, kastanienbraunen Strähnen. Wir hatten eigentlich die gleiche Haarfarbe, allerdings blondierte ich mir meine Haare aktuell.

Die Semesterferien an der St. Andrews University hatten begon-

nen und wie immer verbrachte ich meinen freien Sommer in London bei meiner Familie. Erst heute war ich nach Hause gekommen und packte gerade hektisch aus. Ich musste mich beeilen.

»Dauert das lang? Ich will mich gleich noch mit Poppy treffen.«

»Ames, sieh mich an.« Mums Stimme klang flehend und erst jetzt fiel mir die komische Stimmung auf, die von ihr ausging.

Ich kam ihrer Aufforderung nach und begegnete ihren braunen Augen, die mich mit einem eindringlichen Blick durchbohrten. So sah sie mich nicht oft an, aber wenn, dann bedeutete das nie etwas Gutes für mich.

Meine Mum steckte trotz ihres Alters – sie war Anfang fünfzig – immer noch in ihrer Jugend fest und hatte kein Problem damit, das Leben nicht ganz so ernst zu nehmen. Sie war ein Freigeist durch und durch und diese Freiheit gewährte sie auch Steph und mir. Eigentlich.

Ich wusste innerhalb einer Sekunde, worüber sie sprechen wollte, hatte aber gerade keine Lust auf das Thema. Leise aufstöhnend senkte ich den Kopf, ignorierte sie und packte einfach weiter aus.

»Du hast schon wieder abgenommen.«

»Kaum. Vielleicht drei, vier Kilo«, antwortete ich nonchalant, als ich meine Klamotten in die Kommode neben mir sortierte.

Sie schnappte erschrocken nach Luft. »Ernsthaft, Ames?«

Es war paradox. Mum hielt das für zu viel, ich für zu wenig. Noch viel zu wenig.

»Wie viel wiegst du jetzt?«

»Achtundvierzig Komma sechs Kilo.« Ich kannte mein Gewicht bis auf das Gramm genau und ich konnte sie nicht anlügen.

Mum, Steph und ich hatten immer ein enges Verhältnis gehabt, denn es schweißte zusammen, wenn der Mann und Vater sich plötzlich dazu entschied, abzuhauen und man fortan nur noch zu dritt war. Jedoch ließ es sich nicht leugnen, dass sich diese Verbindung ein wenig gelöst hatte, seit ich zum Studieren ausgezogen war. Mum machte sich unbegründete Sorgen, weswegen ich mich immer seltener bei *ihr meldete, was wiederum ihre Ängste nur noch mehr schürte. Es war ein verfluchter Teufelskreis, aus dem es kein Entkommen gab und der unsere Beziehung leiden ließ.*

»Amely, das ist viel zu wenig bei deiner Körpergröße. Isst du überhaupt noch?«

»Natürlich.« Ich verdrehte die Augen. Es war wenig, aber immerhin wenigstens eine Mahlzeit pro Tag. Meistens.

»Wie viel isst du?«

»Was ist das denn für eine Frage?«

»Beantworte sie!«, drängte mich Mum verzweifelt.

Ich schüttelte den Kopf, weil ich nicht antworten wollte – nicht, wenn ich das Gefühl hatte, man hätte mir eine Schlinge um den Hals gelegt, die sich jetzt immer enger zusammenzog. Dieses Gespräch glich einem Verhör und Mum machte mich noch wahnsinnig, wenn sie mich nicht langsam in Ruhe ließ.

»Willst du mich jetzt kontrollieren? Ich bin erwachsen und ich möchte, dass du dich aus meinem Leben raushältst«, fuhr ich sie verärgert an.

»Du brauchst Hilfe, Ames! Das ist nicht mehr gesund. Du könntest über den Sommer eine Therapie machen. Ich habe schon ein paar Kliniken rausgesucht und –«

»Du hast was?«, unterbrach ich sie aufgebracht.

»Du brauchst professionelle Hilfe und dieser Meinung ist deine Schwester übrigens auch.«

»Ach, ist sie das? Dann habt ihr euch das ja schön überlegt. Wisst ihr, was ihr dabei vergessen habt? Das hier ist mein Körper! Ich entscheide! Und ich gehe garantiert nicht in eine Klinik. Es sind nur noch ein paar Kilos bis zu meinem Zielgewicht. Dann höre ich auf mit Abnehmen. Ich verspreche es dir, Mum, aber lass mich jetzt in Ruhe. Bitte!«

Meine Bewegungen waren hektisch geworden. Ich beeilte mich. Je schneller ich mit Auspacken fertig war, desto schneller konnte ich

114

dieser Situation entfliehen.

»Und was ist dann? Was, denkst du, wird passieren, wenn du dein Zielgewicht erreicht hast?«

Ich atmete tief aus. »Dann werde ich endlich glücklich sein.«

»Ames!« Mum klang bestürzt. »All das hat nichts mit deinem Gewicht zu tun, sondern damit, wie sehr du dich selbst liebst und akzeptieren kannst.«

Ich hatte genug gehört und sprang auf. »Danke für diese Erkenntnis, Mum, aber ich muss jetzt hier weg.«

Als ich aus dem Raum flüchtete, rief sie mir noch etwas nach, aber das konnte ich weder verstehen noch interessierte es mich.

Mein Smartphone begann zu klingeln und riss mich unsanft aus meiner Erinnerung. Ich zuckte zusammen und bemerkte erst jetzt, dass ich weinte. Die Tränen liefen über meine Wangen und hinterließen nasse Flecken auf dem gemütlichen, schwarzen Hoodie. Meine Lunge lechzte nach Sauerstoff, so als hätte ich die ganze Zeit über die Luft angehalten. Als ich aber tief einatmete, zerriss mir der stechende Schmerz meines gebrochenen Herzens die Brust. Ich wollte in ihm versinken und mich der Trauer, um den Menschen, der ich schon lange nicht mehr war, hingeben, aber wenn er mich einmal verschluckte, würde ich so schnell nicht wieder auftauchen. Ich musste stark sein. Ich musste einfach!

Mit dem Ärmel wischte ich mir die Nässe von den Wangen und erst dann sah ich nach, wer mich erreichen wollte. Ivys Name stand auf dem Display und ich nahm schnell ab.

»Hi, was gibt's?«

Ich räusperte mich, als ich feststellte, wie gepresst meine Stimme klang. Ivy bemerkte Gott sei Dank nichts.

»Hey, ich habe gehört, dass sie den kleinen Wettbewerb im Marketing bekanntgegeben haben und wollte fragen, wie es dir geht.«

Beschissen, hätte ich ihr gern geantwortet, aber entschied mich dann doch nur für ein halbwahres, vages »Geht so«. Es fühlte sich falsch an, sie mit meinem persönlichen Kram zu belasten.

»Lennox hat mir erzählt, dass ihr in ein Team gesteckt wurdet.«

Ich stutzte. »Ich dachte, ihr redet nicht miteinander?«

»Ja, normalerweise tun wir das auch nicht. Ich war erstaunt, dass er mich erreichen wollte. Er dachte, ich stecke hinter dieser Idee.«

Mein Herz setzte kurz aus. »Stimmt das?«

»Nein, auf keinen Fall!«, beteuerte sie sofort. »Du tust mir sogar wirklich leid.«

Ich blieb stumm, weil ich meiner Stimme nicht traute.

»Aber so wie mein Bruder drauf ist, hältst du ihn auf jeden Fall in Atem. Das ist gut!«, schob Ivy begeistert hinterher.

Erneut stolperte mein Herz. »Was hat er denn gesagt?«

»Bei Lennox zählen Taten mehr als Worte und wenn er wegen etwas so aufgebracht ist, dass er den Kontakt zu mir sucht, dann scheint wohl in seinem Leben zum ersten Mal etwas nicht nach seinem Willen zu gehen. Dein Plan, ihm die Stirn zu bieten, funktioniert.«

»Meinst du?«, hakte ich nach, bevor mir auffiel, dass ich diesen heute in seinem Büro für ein paar Minuten komplett vergessen hatte.

»Ja. Es ist gut, wenn er mal nicht das kriegt, was er will.«

»Mhm, fragt sich nur, was er eigentlich will.«

Ivy schnaubte. »Es ist Lennox. Man weiß nie wirklich, was in seinem Kopf vorgeht.«

»Haben Zwillinge nicht so eine magische Verbindung?«

»Oh nein, und so wie mein Bruder drauf ist, bin ich auch ganz froh darüber.« Sie lachte, aber etwas an ihrer Stimme ließ mich an ihrer Aussage zweifeln.

»War er schon immer so ... so ... ?« Ich suchte nach dem richtigen Wort.

»So typisch Lennox? Na ja, er war schon immer ein Rebell. So ist er nun mal. Aber so richtig schlimm wurde es erst, als er aufs College ging. Manchmal denke ich, er weigert sich, erwachsen zu werden, und seine Freunde tragen ihren Part dazu bei.«

»Inwiefern?«

»Lennox hat drei enge Freunde. Aaron Cunningham, Damien Forsberg und Tristan Dubois. Aaron kenne ich, seit ich klein bin. Er ist vielleicht ein klein wenig vernünftiger als Lennox, aber trotzdem ein selbstverliebtes Arschloch. Noch schlimmer ist Damien. Ihn und mich verbindet eine Geschichte mit bösem Ende. Und Tristan? Der ist ein Unruhestifter und zieht die Jungs in jede Menge Scheiße mit rein. Ich traue dem Kerl kein Stück.«

Die Herren klangen alle nicht so, als würde ich sie gern kennenlernen wollen. »Ich werde weiterhin versuchen, mich von niemandem unterkriegen zu lassen«, versprach ich Ivy.

»Und ich hätte dich nicht ausgewählt, wenn ich nicht denken würde, dass du das schaffst.«

Ihre Worte erinnerten mich an etwas – etwas, das mir seit dem heutigen Meeting mit Mr. Mercier-Campbell auf der Seele lag. »Kriegen bei euch eigentlich alle Praktikanten solche Chancen?«

»Wie meinst du das?«, fragte Ivy zögerlich.

»Na ja, ist es normal, dass ich ein eigenes Büro habe? Oder als Praktikantin bei einem Wettbewerb mit Chance auf eine Projektleitung teilnehmen darf?«

Für einen Moment war es still in der Leitung. Ich hörte nur Ivys Atem, während sie überlegte. Schließlich antwortete sie: »Wir sehen einfach großes Potential in dir.«

Die lange Pause und der Klang ihrer Stimme ließen mich wissen, dass das nicht die volle Wahrheit war. Bevor ich jedoch weiter nachfragen konnte, wiegelte sie mich ab. »Amely, ich muss leider los. Wir sehen uns morgen in der Firma, okay?«

Danach beendete sie das Telefonat und ich versuchte, mir auf ihre Reaktion einen Reim zu machen. Mein Kopf begann zu dröhnen, weil er bis zum Rand mit Gedanken voll war. Vielleicht war ich durch den Tag so sensibel geworden, dass ich möglicherweise Dinge sah, die gar nicht da waren, wie ein verstecktes Motiv hinter meinem Praktikum oder etwas Gutes in Lennox.

Kurzerhand entschied ich mich dazu, ins Bett zu gehen. Ich merkte, dass mir der Tag sämtliche Energie geraubt hatte und ich dringend meinen Akku aufladen musste. Kurz dachte ich noch mal an Mum und nahm mir fest vor, sie ein anderes Mal anzurufen.

Kapitel 15

Amely

»Du bist zu spät.«

Mit einem Klacken fiel die Tür des Konferenzraums hinter ihm zu, als Lennox lässig in meine Richtung geschlendert kam. Statt seines Tablets für Notizen trug er nur eine Tasse Kaffee.

Gestern, zwei Tage nach der Teameinteilung, hatte ich ihn um ein erstes Meeting gebeten. Meinem Terminvorschlag hatte er überraschenderweise schnell zugestimmt. *Vielleicht wird es mit ihm doch nicht so schlimm wie befürchtet*, hatte ich noch gedacht, doch all die Hoffnung löste sich gerade in Luft auf. Ich war schon genervt und dabei hatte die Zusammenarbeit noch gar nicht richtig begonnen. Schuld daran waren unter anderem auch die fünfzehn Minuten, die mich Lennox hatte warten lassen. Als ich ihn so ansah, beschlich mich der Verdacht, dass er es mit Absicht getan hatte. Sein freches Grinsen wirkte nicht so, als würde es ihm leidtun.

»Wir sollten ein paar Regeln aufstellen, an die du dich halten musst, damit wir als Team funktionieren können. Pünktlichkeit wäre zum Beispiel ganz schön«, merkte ich spitz an.

Lennox nahm mir gegenüber Platz und knöpfte sich beim Hinsitzen das Jackett auf. Es kam ein wie immer weißes Hemd ohne Krawatte zum Vorschein, das sich beim Sitzen so eng an seinen Oberkörper schmiegte, dass mich der Anblick widerwillig ein wenig ablenkte.

»Da muss ich dich enttäuschen, Bambi. Ich hasse Regeln. Also stell keine auf. Ich werde sie sowieso nicht befolgen.«

Lässig fuhr er sich durch das aschblonde, wilde Haar. Meine Augen verfolgten die Bewegung und dabei bemerkte ich die glatte Haut in seinem Gesicht. Er hatte es doch tatsächlich mal geschafft, sich zu rasieren. Nun kamen seine markanten Wangenknochen noch deutlicher zum Vorschein und meine Augen streiften aufmerksam über die harten Kanten.

Als er wahrnahm, dass ich ihn musterte, zwinkerte er mir zu. Als Reaktion darauf verdrehte ich die Augen. Meine Stimme war eisig, als ich wieder das Wort ergriff. »Es scheint, als wäre wirklich alles wahr, was man sich so über dich erzählt.«

»Uh, klär mich auf: Was erzählt man sich denn so?« Lennox lehnte sich vor, um sich mit den Ellenbogen auf der Tischplatte abzustützen. Es war klar, dass ihn unser Gespräch unheimlich amüsierte.

»Dass du arrogant und unverschämt bist, dich als zukünftiger Geschäftsführer auf diesem Titel ausruhst, weder Moral, Wertevorstellungen noch Empathie besitzt und mit deinem Charme versuchst, die Leute zu manipulieren.«

Während ich sprach, nutzte er seine Finger, um die Fehler mitzuzählen, und hielt anschließend sieben davon in die Luft. »Ja, das kommt hin. Verdammt, meine Fans kennen mich wirklich zu gut!«

Mein letzter Geduldsfaden riss und all die Wut, die ich bisher unterdrückt hatte, fand ihren Weg in meine Stimme. »Okay, lass uns eins klarstellen: Ich mag dich nicht –«

»Und das ist mein Problem, weil?«

Bestürzt über diesen Einwurf hielt ich kurz inne, ehe ich aufgebracht fragte: »Was ist eigentlich dein Problem? Was hat dich zu so einem Arschloch gemacht?«

Er lachte auf. »Denkst du jetzt wirklich, ich erzähle dir etwas über ein Trauma aus meiner Kindheit und du könntest mich damit erklären, Bambi? Sorry, ich habe keine herzzerreißende Geschichte anzubieten, nur damit du mich magst. Aber mal nur unter uns: Das wirst du früher oder später sowieso noch tun.«

»Hör auf, mich *Bambi* zu nennen. Anscheinend kann man Wahnsinn noch zu der Liste deiner Schwächen hinzufügen, denn du hast nicht mehr alle Tassen im Schrank, wenn du glaubst, ich würde dich irgendwann mögen!«

»Aua, jetzt hast du mich aber hart getroffen.« Lennox' Stimme triefte nur so vor Ironie, als er sich gespielt verletzt mit der Hand an die Brust fasste – dort, wo bei normalen Menschen das Herz schlug. Ich war mir allerdings nicht so sicher, ob der Kerl wirklich eins besaß. Er erschien mir regelrecht teuflisch.

»Was ich vorhin sagen wollte, war: Ich mag dich nicht –«

»Ja, das hatten wir bereits.«

»Kannst du mich vielleicht mal ausreden lassen?«, fuhr ich ihn an. »Ich mag dich nicht, aber das muss ich auch nicht, um mit dir zusammenzuarbeiten.«

»Stimmt und mir fallen noch zig andere, bessere Dinge ein, die wir tun könnten, ohne dass du mich dafür mögen musst.« Sein Schmunzeln machte klar, was er andeuten wollte. War er verrückt geworden? Am liebsten hätte ich ihm noch mal gründlich die Meinung gesagt, aber ich schluckte die Worte, die mir auf der Zunge lagen, herunter, auch wenn sie verdammt bitter schmeckten. Stattdessen entschied ich mich, ihn an etwas Wichtiges zu erinnern.

»Du weißt schon, dass du mit diesen Andeutungen gegen die Unternehmensrichtlinien verstößt, oder?«

Lennox zuckte mit den Schultern. »Ich habe dir gesagt, dass mir Regeln egal sind. Das war nicht nur ein Spruch von mir.«

Dabei vergaß er wohl, dass er bald Chef einer Firma war, die weder sexuelle Belästigung noch außereheliche Beziehungen zwischen Angestellten duldete.

Ich musste schlucken und zupfte an meinen Haarspitzen, um auf Zeit zu spielen. »Es ist trotzdem mehr als unangebracht.«

»Mhm, vielleicht eher ungezogen statt unangebracht.«

Ich konnte nichts dagegen tun, dass sich mein Herzschlag beschleunigte, während sich Schweiß auf meinen Handinnenflächen bildete. Das Flattern in meiner Brust behagte mir nicht.

»Ich versuche, ein ernsthaftes Gespräch mit dir zu führen, Lennox.«

»Und ich versuche, das zu verhindern, Bambi.«

Überrascht rutschte mir ein »Warum?« über die Lippen. Doch statt zu antworten, lehnte er sich im Stuhl zurück und zog sein Telefon aus der Hosentasche. Mit einem Schlag tat er desinteressiert und beachtete mich nicht länger. In meinem Inneren entfachte dieses Verhalten das altbekannte Feuer der Wut. Ich stand auf und stützte mich mit den Händen auf dem Konferenztisch ab. Meine Finger umklammerten krampfhaft die Tischplatte, als würde mir das dabei helfen, meine Emotionen zu kontrollieren.

»Können wir jetzt bitte planen, wie wir mit diesem Kampagnenkonzept vorgehen wollen?«

Er sah nicht einmal auf. »Nope, bin nicht der Typ für Pläne.«

Meine rechte Hand ballte sich zu einer Faust, die ich auf den Tisch knallte. Das laute Geräusch ließ Lennox endlich aufsehen. Er wirkte für den Bruchteil einer Sekunde überrascht, seine Augen funkelten zudem ein klein wenig beeindruckt, aber der Ausdruck war schneller wieder verschwunden, als ich blinzeln konnte. Dann zog er provozierend die rechte Augenbraue nach oben.

»Soll ich also die ganze Arbeit allein machen oder wie?«, fragte ich ungehalten.

»Wenn du gewinnen willst, bleibt dir wohl nichts anderes übrig.«

Ich hatte dieses Meeting so satt. Mein ganzer Körper brannte, wurde aufgeputscht durch den Wirbelsturm an Gefühlen in mir, weil mir dieser Typ dermaßen auf die Nerven ging. Kleine, feine Nadelstiche piksten in jeden Millimeter meiner Haut und stachelten die Aggressionen zusätzlich an. Mein Blut kochte und stieg wie die Lava eines Vulkans immer höher, bis es mir ins Gesicht schoss. Sicherlich leuchteten meine Wangen gerade so rot wie ein verdammtes Warnsignal, aber das war mir egal. Lennox Mercier-Campbell schaffte es, dass ich jegliche Etikette vergaß.

»Weißt du was? Du kannst mich mal!«

Schelmisch grinsend sah er mich an. »Danke für das Angebot, Bambi. Ich überleg's mir.«

»Ich glaube, mir wird schlecht.«

»Ich kann gern dafür sorgen, dass es dir wieder besser geht?!«

Ich war so kurz davor, ihm eine zu knallen, aber noch mehr wollte ich einfach nur noch weg von hier. Daher biss ich die Zähne zusammen und überging seinen Kommentar.

»Ich schlage vor, du besorgst mir alle verfügbaren Ergebnisse der letzten Kampagnenauswertungen zu den Smartphone-Modellen und ich kümmere mich um die Ideensammlung. Du hast eine Woche.«

Lennox sah mich verwirrt an. »Wozu brauchen wir das?«

»Ach ja, richtig, ich vergaß. Du bist von Beruf Sohn und hast auf deiner tollen Uni nur gelernt, wie man zu einem richtigen Arschloch wird. Von realem Marketing fehlt dir leider jegliche Ahnung.«

Ich übertrieb, aber es hatte den gewünschten Effekt. Lennox' Augen verengten sich und ich wusste, ich hatte einen Nerv getroffen.

»Tut mir leid, dass man mir auf der Dartmouth nur beigegebracht hat, wie man Papas Geld am schnellsten ausgibt.«

Wieder ignorierte ich diesen zynischen Kommentar und gab nach. »Eine Kampagne, die möglichst erfolgreich sein soll, erstellt man nicht einfach aus dem Blauen heraus. Dafür legt man unter anderem ausgewertete Daten der vorherigen Kampagnen zugrunde, um zu bestimmen, welche Maßnahmen auf welchen Kanälen bei welcher Zielgruppe am effektivsten gewirkt haben.«

Lennox sah nach meiner Erklärung immer noch kein bisschen schlauer aus. Ich unterdrückte mir ein Seufzen. »Besorg mir einfach die Ergebnisse und mach dich mit dem Konzept der Arbeit vertraut, denn ich will diesen Wettbewerb gewinnen und du wirst mir dabei helfen!« Dann stürmte ich aus dem Konferenzzimmer, ohne mich noch einmal nach ihm umzudrehen.

Kapitel 16

Amely

Wenn ich in den ersten Wochen bei CIP eines gelernt hatte, dann, dass ich für meinen dramatischen Abgang im Meeting mit Lennox mit irgendeiner kindischen Racheaktion rechnen musste. Daher befand sich mein Körper am nächsten Tag in Alarmbereitschaft, seit ich das Headquarter betreten hatte.

Gegen Mittag, als ich nach einer kurzen Pause in mein Büro zurückkam, spürte ich sofort, dass irgendetwas anders war. Mein Blick glitt über den Schreibtischstuhl, meinen Tisch und den gesperrten PC. Alles wirkte unverändert und doch wusste ich, dass jemand diesen Raum betreten hatte. Dass Lennox hier drin gewesen war. Keine Ahnung, was mir dieses sonderbare Gefühl vermittelte, aber ich konnte schwören, in der Luft lag noch eine leichte Prise seines Zedernholz-Rauch-Zimt-Geruchs.

Misstrauisch ging ich um meinen Schreibtisch herum und suchte nach etwas – irgendetwas, von dem ich keine Ahnung hatte, was es sein sollte. Als ich mich langsam auf meinen Stuhl niederließ, stellten sich plötzlich meine Nackenhaare auf. Ich bekam eine Gänsehaut und fühlte, wie etwas Unsichtbares über die nackte Haut meiner Arme und mein kurzärmeliges Top hoch zu meinen Hals und Gesicht kroch. Während ich mich noch fragte, ob ich jetzt verrückt wurde, hob ich den Kopf und traf auf grüne Augen, die mich durch zwei Glaswände hindurch so intensiv anstarrten, dass mir der Atem in der Kehle stockte.

Es war, als hätte die Erde angehalten und mit ihr wäre auch die Zeit stehen geblieben. Um mich herum wurde es still und alles, bis auf diese Augen, verschwamm zu einer grauen, unwichtigen Masse. Lennox' Blick ließ meinen Herzschlag beschleunigen. Das Flattern in meinem Bauch war zurück und dieses Mal so deutlich zu spüren, dass es unmöglich war, es zu ignorieren. Was auch immer gerade mit mir passierte, ich hatte keine Ahnung, was es bedeutete, nur, *dass* es etwas bedeutete.

Einige Sekunden lang sahen Lennox und ich uns nur an, versunken in den Augen des anderen, ehe ich fragend eine Braue nach oben zog.

Was?

Ein kleines Lächeln tauchte auf seinem Gesicht auf, als er verstand, dann schüttelte er seinen Kopf.

Nichts.

Was hast du getan?, fragte ich ihn stumm und hoffte, unser Blickkontakt war wie eine Art Verbindung, über die er mich verstand.

Seine Antwort war nur ein lässiges Schulterzucken. Dann wandte er sich wieder seinem Computer zu.

Jetzt, da ich seinem Blick entkommen war, konnte ich wieder atmen. Ich schnappte sogleich nach Luft und erst da bemerkte ich es. Mein Blick schnippte zu der Wörtersammlung aus Post-its auf meiner Schreibtischauflage. Wenn man ganz genau hinsah, stach ein Zettel hervor, der sich im Gegensatz zu den anderen in der Farbe unterschied. Das Gelb war heller, ausgeblichener, so als hätte es zu lang in der Sonne gelegen. Er klebte an der Stelle, wo der Zettel mit dem Wort *Eccedentesiast* verschwunden war. Auf ihm stand in einer krakeligen, fremden Handschrift *Meraki* – ein Wort, das ich noch nicht kannte. Was bedeutete das?

Ich entsperrte meinen PC und ließ meine Finger über die Tastatur fliegen, um das Wort zu googeln. Als mir seine Bedeutung angezeigt wurde, musste ich schlucken. Damit drückte man aus, etwas mit Liebe, Kreativität und der ganzen Seele zu tun, und dabei einen Teil von sich selbst in seine Arbeit zu stecken.

Nachdenklich fuhr ich mit der Fingerspitze über das Post-it. Warum hatte Lennox die Zettel ausgetauscht und gerade dieses Wort gewählt? Als ich zu ihm gehen und ihn danach fragen wollte, wurde jedoch meine Bürotür aufgerissen und Ivy stürmte herein. Das überraschte mich nicht, war es doch mittlerweile zu einer kleinen Gewohnheit geworden. Es verging kein Tag, an dem sie nicht für wenigstens fünf Minuten mein Büro in Beschlag nahm, um sich mit mir über dieses und jenes zu unterhalten.

Bevor ich mich ihr zuwandte, bemerkte ich noch aus dem Augenwinkel heraus, wie die Glaswand auf der anderen Seite des Flurs milchig wurde. Lennox hatte mir fortan die Sicht auf ihn und sein Büro verborgen.

»Oh, dieser Tag! Ich könnte jetzt einen Drink gebrauchen«, rief Ivy gestresst und ließ sich wie immer auf meinem Fensterbrett nieder.

In Gedanken war ich immer noch bei meinem neuen Klebezettel, aber ich bemühte mich, mir nichts anmerken zu lassen. »Es ist doch gerade erst Mittag. Was ist los? Hat sich wieder jemand wegen Lennox beschwert?«

Laut Ivy war das bereits vorgekommen. Besonders Ian petzte oft und gern über die Fehltritte des zukünftigen Geschäftsführers.

»Man mag es kaum glauben, aber es gibt noch andere Problemfälle in diesem Unternehmen als meinen Bruder.« Sie legte erschöpft den Hinterkopf an der Fensterscheibe ab und schloss für einen Moment die Augen.

Schwer vorstellbar.

Nach einem Seufzer richtete sie ihren Blick wieder auf mich. »Wie läuft die Arbeit?«

»Eigentlich ganz gut, nur die Ausarbeitung des Kampagnenkonzepts macht mir ein bisschen Sorgen.«

»Warum?«

Ich atmete tief ein. »Weil es nicht so aussieht, als würde dein Bruder mir viel dabei helfen wollen.«

Das ließ Ivy die Augen verdrehen. »Kein Wunder! Sich etwas zu erarbeiten und es nicht mit Geld zu kaufen, muss eine echte Umstellung für ihn sein.«

»Aber was ist mit seinem Studienplatz an der Dartmouth? Hat er sich den auch erkauft?«

»Hat er dir erzählt, wo er aufs College gegangen ist?«

Sie sah mich überrascht an und ich nickte.

»Der Platz an der Dartmouth war das letzte, für das er sich angestrengt hat. Danach ...« Sie beendete den Satz nicht und ich spürte, dass sie nicht darüber reden wollte.

Ich überging das. »Ich hätte ihm eine Ivy-League-Universität gar nicht zugetraut. Dann muss er ja verdammt schlau sein.«

»Auf den Kopf gefallen ist er wirklich nicht. Schließlich kommt er auf die blödesten Ideen.«

»Mhm«, war alles, was ich darauf erwiderte.

»Okay, Themenwechsel«, erklärte Ivy. »Eigentlich bin ich gekommen, um zu fragen, ob du mit mir Mittag essen möchtest?«

Sie fragte nicht zum ersten oder zweiten Mal, aber bisher hatte ich ihre Einladungen immer abgelehnt. Allein die Vorstellung, umgeben von Menschen zu sein, die mich beim Essen beobachten könnten, erfüllte mich mit einer eisigen, paralysierenden Kälte. Auch wenn das schlechte Gewissen wieder an mir nagte, konnte ich nicht zusagen. Es ging einfach nicht.

Den Blick abwendend, brachte ich daher eine Notlüge heraus. »Tut mir leid, aber ich habe gleich noch ein Meeting.«

Statt wie sonst ließ sich Ivy dieses Mal aber nicht so leicht abwimmeln. Sie beugte sich weit vor und zwang mich so, sie wieder anzusehen. »Du hast bisher alle Einladungen abgelehnt. Warum? Hat es was mit mir zu tun? Bedränge ich dich zu sehr? Wenn du nicht willst, sag es einfach. Das ist kein Problem. Dann nerve ich dich nicht weiter.«

Ich hörte die Enttäuschung in ihrer Stimme. Wahrscheinlich dachte sie, es liege an ihr. Das wollte ich auf jeden Fall vermeiden.

»Das ist es nicht! Ich schätze deine Einladungen«, versicherte ich ihr, bevor sie mich unterbrach.

»Aber warum nimmst du sie dann nie an?«

»Weil ich nicht kann.«

»Warum?«

Als sie mich zu einer Antwort drängte, erwischte ich mich dabei, wie ich ihr die Wahrheit sagen wollte. Ich mochte Ivy und ich vertraute ihr. Außerdem war es nur eine Frage der Zeit, bis ihr auffallen würde, dass etwas mit mir nicht stimmte. Aber wenn ich ehrlich war, dann hatte ich Angst vor ihrer Reaktion. Viele meiner Freunde in London waren entsetzt gewesen, als ich es ihnen erzählt hatte. Viel zu schnell war ein Raum zwischen uns entstanden, der sich mit immer mehr Fragen gefüllt hatte, die sie sich nicht trauten, mir zu stellen. Während der Therapie waren dann die Gespräche weniger geworden, bis sie sich schließlich gar nicht mehr gemeldet hatten. Aber Ivy war nicht wie sie – zumindest hoffte ich das.

Ich atmete noch mal tief ein, bevor ich auf meine Hände schaute, die ich in meinem Schoß miteinander verschlungen hatte.

»Ich habe eine Essstörung.« Kaum hatte ich es ausgesprochen, war es zwischen uns so still, dass ich meinen eigenen aufgeregten Herzschlag hörte. Ich hielt es keine Sekunde länger mit dieser Ruhe aus und begann, einfach zu erzählen. »Also, ich war in Therapie und es geht mir wieder einigermaßen gut, aber ich denke, du solltest das trotzdem wissen. Es gibt viele Dinge, die für andere normal sind, mir aber schwerfallen, zum Beispiel sich im Spiegel zu betrachten oder im Beisein anderer zu essen.«

Ivy war die Farbe aus dem Gesicht gewichen und sie zog scharf die Luft ein. »Oh Amely ...«, war alles, was ihr über die Lippen kam, bevor sie krampfhaft nach Worten suchte, die es nach einer solchen Beichte nicht gab.

»Ist schon gut«, winkte ich ab.

Doch sie schüttelte energisch den Kopf, griff nach meiner Hand und drückte sie kurz in einer tröstlichen Geste. »Nichts ist gut. Es tut mir leid, dass ich dich gedrängt habe, mit mir zu essen. Ich bin froh, dass du mir jetzt davon erzählst. Ist die Krankheit der Grund, warum du deine Influencer-Karriere aufgegeben hast?«

»Zum Teil ja«, gab ich zu.

»Okay. Ich werde dich jetzt nicht mit Fragen bombardieren, aber du kannst immer mit mir darüber reden, wenn du möchtest.«

Ich nickte dankbar, dann fiel mir noch etwas ein. »Kann das bitte unter uns bleiben?«

Mit dem Kopf deutete ich zu dem Büro, in dem Lennox sich immer noch hinter Milchglas versteckte, und Ivy verstand sofort. »Natürlich! Das versteht sich von selbst.«

Ich lächelte sie an. »Ich muss ehrlich sein: Die Arbeit hier lenkt mich wunderbar ab und ich muss nicht ständig an meine Krankheit denken. In London hat mich meine Familie vor Sorge in Watte gepackt und jeden meiner Schritte überwacht. Ich liebe sie und ich weiß, dass sie es nur gut meinten, aber das hier ist mein Neuanfang. Ich will es schaffen, wieder auf eigenen Beinen zu stehen, ohne dass jemand besorgt ist.«

Ivy sah mich gerührt an und drückte noch einmal meine Hand. »Und ich würde dir gerne dabei helfen, wenn du mich lässt.«

Ihre Worte überraschten mich. Eine unbekannte Wärme breitete sich in meinem Brustkorb aus. So hatte bisher noch niemand reagiert.

»Danke, das wäre toll.« Meine Stimme klang belegt und ich musste schlucken, als ich spürte, wie mich meine Gefühle übermannten.

Ein lautes Klopfen an meiner Bürotür zerstörte den Moment und sorgte dafür, dass wir erschrocken zusammenzuckten. Ivy ließ mich los und wir wandten uns der jungen Frau zu, die mein Büro betrat. Ich war mir sicher, dass ich sie noch nie zuvor gesehen hatte, denn aufgrund ihres Aussehens wäre sie mir definitiv aufgefallen.

Sie hatte etwas Charakteristisches an sich. Die länglichen, stahlgrauen Augen wurden von Fake-Wimpern umrundet und von schwarzem Eyeliner betont. Es gab ihrem Aussehen etwas Katzenartiges. Die Form ihrer spitzen Nase wirkte wie durch einen Schönheitschirurgen korrigiert und ihre Lippen waren herzförmig, aber nicht sehr voll. Sie strich sich die schwarzen, halblangen Haare, die ihr offen um die Schultern fielen, hinter die Ohren, ehe sie ihre Hände in die Hüfte stemmte. Mir fiel auf, dass ihr Körper nicht einmal den Hauch von Kurven hatte. Ein knapper Leder-Minirock bedeckte das Nötigste und das T-Shirt, das sie trug, war aus einem engmaschigen Netzstoff. Darunter erkannte man ein dunkelrotes Bustier. Es war offensichtlich, dass sie nicht hierher passte, nicht in mein Büro und nicht zu CIP.

»Hallo, wie kann ich helfen?«, fragte ich freundlich und bemerkte am Rande, wie sich Ivy neben mir versteifte. Im Gegensatz zu mir schien sie sie zu kennen.

Die Frau sah mich erwartungsvoll an. »Ist Lennox zu sprechen?«

»Keine Ahnung. Haben Sie es schon mal mit Klopfen an seiner Bürotür probiert?«

»Ohne mich vorher bei seiner Sekretärin anzumelden?!«

Ivy verschluckte sich an ihrer Spucke und begann zu husten. Ich klopfte ihr hilfsbereit auf den Rücken, während ich die Fremde misstrauisch musterte.

»Hat er Ihnen aufgetragen, das zu mir zu sagen?«

»Wie bitte?«

Empört starrte sie mich an. Anscheinend war sie keiner von Lennox' Streichen.

»Tut mir leid, da habe ich wohl etwas missverstanden«, entschuldigte ich mich schnell. »Ich bin allerdings nicht die Assistentin von Mr. Mercier-Campbell. Wenn Sie also zu ihm wollen, können Sie einfach klopfen.«

»Wer sind Sie dann, wenn nicht seine Assistentin?«

Sie musterte mich abschätzig von Kopf bis Fuß, auch wenn sie unmöglich viel erkennen konnte, da ich hinter meinem Schreibtisch saß.

»Ich bin Amely Spencer, die neue Praktikantin im Marketing. Darf ich denn auch erfahren, mit wem ich es zu tun habe?«

»Nein.« Mit dieser simplen Antwort drehte sich die Fremde auf ihren hohen Pumps um und rauschte ohne ein weiteres Wort aus dem Raum.

»Wer war das denn?«, fragte ich Ivy, als die Tür mit einem Klacken hinter ihr ins Schloss gefallen war.

»Madeline Fitzpatrick, eine erstklassige Bitch, die es schon seit längerem auf meinen Bruder abgesehen hat.«

Kapitel 17

Lennox

Als es an meiner Bürotür klopfte, erwartete ich Amely, die mich auf den Zettel ansprechen wollte, den ich in ihrer kleinen Wörtersammlung ausgetauscht hatte. Überrascht und fast schon ein wenig enttäuscht musste ich jedoch feststellen, dass Madeline in mein Büro gerauscht kam. Ihr Anblick löste eine Vielzahl von negativen Emotionen bei mir aus, doch ich ließ mir nichts anmerken. Stattdessen lehnte ich mich auf meinem Stuhl zurück, um möglichst viel Raum zwischen Rafael Fitzpatricks Tochter und mir zu schaffen.

Rafael war ein enger Freund meines Vaters, sein wichtigster Businesspartner und der einzige Grund, warum ich die junge Frau nicht gleich wieder aus meinem Büro schmiss. Ich hatte wenig für die Neunzehnjährige übrig, wusste aber, dass sie schon ewig in mich verknallt war. Ihre Schwärmerei war lächerlich, beinahe kindisch. Sie ließ nichts ungenutzt, um meine Aufmerksamkeit zu bekommen. Einmal hatte sie versucht, mich mit Damien eifersüchtig zu machen. Was sie dabei allerdings nicht bedacht hatte: Weder lag mir was an ihr, noch war ich der Typ für Eifersucht.

Madeline baute sich mit einem freudestrahlenden Grinsen vor meinem Schreibtisch auf. Ich musterte kurz ihr freizügiges Outfit, das förmlich *Beachte mich!* schrie und trotzdem keinen Reiz auf mich auswirkte.

»Was willst du?« Meine schroffe Stimme machte deutlich, wie wenig Sympathie ich für die Frau vor mir empfand.

»Ich wollte nur mal nach dir sehen.«

Meine Nackenhaare stellten sich auf, weil sie wie das Quietschen klang, das Fingernägel machten, wenn sie über eine Schiefertafel fuhren. Ich musste sie loswerden – so schnell wie möglich.

»Hast du ja jetzt. Findest du den Weg zum Ausgang allein?«

Sie lachte, als hätte ich einen Witz gemacht und parkte dann ihr Hinterteil auf der Tischkante. »Du bist ja widerspenstig wie immer.«

Ich hielt die Luft an, als sie sich zu mir beugte und begann, an meinem Hemdkragen herumzuspielen. Alles in mir verlangte danach, ihre Hand wegzuschlagen, aber ich ließ mir nichts anmerken.

»Ehrlich und direkt trifft es eher.«

»Und irgendwie finde ich das anziehend«, säuselte sie immer noch selig lächelnd.

»Sicher, dass bei dir da oben alles in Ordnung ist?« Ich deutete in Richtung ihres Kopfs.

Sie ignorierte das. »Wann gehen wir zwei miteinander essen? Dein Daddy und mein Daddy würden sich sicher freuen.«

Ein weiterer Grund, warum ich Madeline nicht mochte: Sie hatte kein Problem damit, sich von *Daddy* ihr Leben finanzieren zu lassen. Ich hatte keine Ahnung, wie sie sich gerade ihre freie Zeit vertrieb, aber ich wusste, wie sie sich ihre Zukunft vorstellte. Sie suchte nach einem Mann, der ihr Reichtum, Luxus und Einfluss bis an ihr Lebensende bot, und war der Meinung, mit mir eine gute Partie zu machen. Nur würde ich garantiert nicht ihren Sugardaddy spielen.

Für mich war sie wie eine Schlange mit zwei Köpfen. Während der eine mich umgarnte und ablenkte, setzte der andere zum tödlichen Biss an. Ich hing an meinem Leben und dachte gar nicht erst daran, mit ihr essen zu gehen. Daher tat ich, als würde ich den Kalender meines Smartphones checken und entfernte nebenbei ihre Hand auf nicht so subtile Art und Weise von meinem Körper. »Tut mir leid, ich habe leider gar keine Zeit. Mein Planer ist ziemlich voll und tja, schade, aber das wird er wohl auch bis zu meinem Ruhestand bleiben.«

»Oh, mein kleiner Workaholic.«

Als ich den Stolz in ihrer hohen Stimme hörte, wollte sich mein Frühstück am liebsten auf den Rückweg machen. Ich schluckte, bevor ich ihr einen harten Blick zuwarf. »Ich bin garantiert nicht dein Irgendetwas!«

Madeline schien das Thema auf sich beruhen zu lassen und deutete stattdessen mit einem Nicken in die Richtung des gegenüberliegenden Büros. »Seit wann bekommen Praktikantinnen bei euch eigentlich ein eigenes Büro?«

Damit stellte sie genau die Frage, die mir auch schon durch den Kopf gegangen war. Allerdings hatte ich darauf keine Antwort parat.

»Du hast mit Amely gesprochen?«

»Kurz. Kommt ihr gut miteinander klar?«

Ich hatte das Gefühl, sie wollte mich aushorchen, und ließ daher ihre Frage unbeantwortet. »Ich muss jetzt weiterarbeiten.«

»Dann will ich dich mal nicht weiter stören. Man sieht sich, Lex.«

Nicht, wenn ich es verhindern kann!

Madeline hüpfte von meinem Schreibtisch und lief mit wackelnden Hüften aus meinem Büro. Erleichterung flutete meinen Körper und ich wollte mich gerade wieder auf die Arbeit konzentrieren, als ich feststellte, an welcher Stelle ich von ihr unterbrochen worden war: Bei der Suche nach dieser verdammten Kampagnenauswertung.

Mir wäre nie in den Sinn gekommen, niedere Arbeit zu erledigen oder Aufgaben von einer Praktikantin anzunehmen. Allerdings tauchte seit gestern immer wieder Amelys wütender Gesichtsausdruck vor meinem inneren Auge auf und erzeugte diesen unangenehmen Druck auf meinen Brustkorb. Ihre feurigen Reaktionen nahmen mich immer mehr von ihr ein und die ganze Nacht über hatte ich mit dem Wunsch gekämpft, sie würde mehr in mir sehen als nur das Arschloch, das sie auf Abstand halten wollte. Bei Sonnenaufgang war mir klar geworden, dass eine gute Tat mich nicht umbringen, sie aber vielleicht besänftigen würde. Dennoch brauchte ich Hilfe, um

Amelys Aufgabe zu erledigen.

Seufzend griff ich zum Telefon. In mir sträubte sich alles dagegen, Ian anzurufen, aber er war der einzige Mitarbeiter aus dem Marketing, dessen Name ich kannte. Schon nach dem zweiten Klingeln nahm der Idiot ab.

»Hallo?«

»Ja, hier ist Lennox«, meldete ich mich und eine Sekunde lang war es still in der Leitung. Vermutlich war er überrascht, mit mir zu sprechen.

»Ich weiß. Dein Name wurde mir auf dem Telefon angezeigt und du wirst es nicht glauben, aber ich kann lesen. Was willst du?«

Ich ging gar nicht erst auf die Spitze ein, sondern kam gleich zum Punkt. »Wo finde ich die Daten der letzten Wirefy-Kampagne? Und die technischen Infos zum neuesten Modell?«

Ich dachte mir, dass es nicht schaden könnte, das Produkt, was beworben werden sollte, genau zu kennen. Vielleicht würde es Amely weiterhelfen.

Wieder zögerte Ian mit seiner Antwort. Konnte er sich nicht mal beeilen, anstatt dieses Gespräch in die Länge zu ziehen?

»Die liegen entweder auf dem Server oder abgeheftet im Archiv, was du wüsstest, wenn du in letzter Zeit mal im Teammeeting zugehört hättest.«

Ich gab es nur ungern zu, aber er sagte die Wahrheit. Die vergangenen Wochen hatte ich mich ausgeruht und meine Zeit im Marketing abgesessen. Seit mein Vater mich auf Rundreise durch das Unternehmen geschickt hatte, weil er mir nicht zutraute, meine privaten Eskapaden von der Firma fernzuhalten, befand ich mich in einer Art Streik. Das Blöde war nur, dass Bambi mehr darunter litt als mein alter Herr. Vielleicht war es nicht fair, so hart zu ihr zu sein, schließlich konnte sie nichts für meine Probleme, aber dennoch blieb die Angst, dass sie mir zu nah kam. Sie hatte jetzt schon eine komische Wirkung auf mich und das fiel nicht nur mir auf, sondern auch

Aaron, der Amely noch nicht mal kannte.

Um nicht zu lang darüber nachzudenken, was genau das bedeutete, redete ich mir stattdessen ein, dass es hier nicht nur darum ging, Bambi zu besänftigen. Der Wettbewerb war auch eine Chance, meinem alten Herrn zu zeigen, dass ich etwas ernst nehmen konnte. Vielleicht würde ein Sieg endlich meine Odyssee durch die verschiedenen Abteilungen beenden und wenn wir dabei noch Ian schlugen, war das ein netter Bonus.

»Wo genau auf dem Server?«

Ian lachte trocken auf. »Warum sollte gerade ich als dein Konkurrent dir weiterhelfen?«

»Weil du der Typ Mensch bist, der sich gern mit dem zukünftigen Geschäftsführer gut stellen will.« *Und nichts dagegen hat, Vorgesetzten so tief in den Arsch zu kriechen, dass er beinahe zum Hals wieder herauskommt.*

Dass ich mit dieser Annahme richtig lag, hörte ich an Ians resigniertem Seufzen. »Du findest Kampagnenauswertungen in dem Ordner, der mit *Kampagnenauswertung* betitelt ist, stell dir mal vor. Die anderen Informationen liegen in dem Ordner *Projekte*.«

Während er noch genervt erklärte, wo ich was fand, war ich nebenbei schon am Suchen der Dateien. »Ich hab's, danke!«, ließ ich ihn triumphierend wissen.

»Darf ich fragen, was du damit vorhast?«

Seine Neugier ließ mich die Augen verdrehen und ich legte einfach auf. Keine Sekunde zu früh, wie ich feststellte, denn meine Bürotür öffnete sich erneut. Nur dieses Mal erschien Bambi im Türrahmen. Mein Herz machte einen Satz und schlug danach irgendwie leichter, als wäre es froh, sie in meiner Nähe zu wissen. Damit unterschied sich ihre Wirkung so dermaßen von der, die Madeline in mir auslöste.

Ich grinste sie frech an. »Ist es nicht angebracht, zu klopfen, bevor man ein Büro betritt?«

Irgendwann würde ich dafür, dass ich so ein Arschloch zu ihr war, sicher in die Hölle kommen, aber nicht heute.

»Warum? Du besuchst doch auch einfach mein Büro, entwendest Grafiken oder tauschst Klebezettel aus.«

Aaron hatte recht: Sie ließ sich meinen Scheiß nicht gefallen und damit war sie mir unter die Haut gefahren. Mittlerweile mochte ich es, wenn sie mir Paroli bot. Das gegenseitige Aufreiben fühlte sich irgendwie nach einer Art Vorspiel an.

Amely blieb in der Nähe der Tür stehen und verschränkte die Arme vor der Brust. Damit machte sie keinerlei Anstalten, mir näher zu kommen. »Deine Freundin war übrigens eben in meinem Büro und hat mich für deine Assistentin gehalten. Sie ist wirklich reizend.« Das falsche Lächeln in ihrem Gesicht sprach Bände und in ihrer Stimme lag ein sarkastischer Unterton.

Ich schnaubte. »Das ist nicht meine Freundin.«

»Was ist sie dann?«

»Nur eine von vielen Frauen, die Mrs. Mercier-Campbell werden wollen.«

Amely rümpfte ihre kleine Stupsnase. »Also, ehrlich gesagt sehe ich darin keinen Reiz.«

Das – genau *das* war mittlerweile der Grund, warum ich gerne ins Büro kam. Dieses Hin und Her amüsierte mich so dermaßen, dass ich zum ersten Mal das Gefühl bekam, auch ohne Wetten, Alkohol oder Gras etwas Nervenkitzel zu verspüren.

Ich stand auf und umrundete den Schreibtisch, um mich dann mit dem Hinterteil dagegen zu lehnen. »An deiner Stelle wäre ich vorsichtig, Bambi. Man könnte meinen, du bist eifersüchtig.«

»Das wünschst du dir doch nur, Lennox.«

Ihre Worte ernüchterten mich und ich spürte, wie das Grinsen aus meinem Gesicht verschwand. Ein kleiner Teil in mir, den ich am liebsten verleugnet hätte, fragte sich, ob sie recht hatte, und meine Antwort kam mir schneller über die Lippen, als ich es verhindern konnte.

»Vielleicht.«

Schlagartig änderte sich die Stimmung zwischen uns, als hätte ich mit diesem kleinen Wort eine Grenze überschritten. Wir starrten uns an, während sich die Luft um uns herum mit Spannung auflud. Mein Körper reagierte darauf. Mir stockte der Atem, ich bekam eine leichte Gänsehaut und es kribbelte in meinen Fingern, weil ich Amely berühren wollte. Das Flattern meines Herzens war zurück und ich spürte wieder diese verdammte Verbindung, die zwischen uns bestand, seit wir uns das erste Mal gesehen hatten.

Vielleicht. Das Wort war voller Möglichkeiten. Vielleicht war das hier anders und machte mir deshalb Angst. Vielleicht war es mehr und etwas, das ich bisher nie in Betracht gezogen hatte. Vielleicht hatte Aaron auch recht und ich entwickelte Gefühle. Fuck, was wusste ich schon?

Kapitel 18

Lennox

Wie Amely mir gegenüber empfand, hatte ihre Reaktion ziemlich deutlich gemacht. Selbst jetzt, fünf Tage später, kam ich immer noch nicht damit klar, dass sie sich einfach umgedreht hatte und ohne ein weiteres Wort aus meinem Büro gestürzt war. Wie ein Idiot hatte ich ihr nachgesehen, in der Hoffnung, sie würde zurückkommen. Tat sie aber nicht. Nein, seitdem ging sie mir aktiv aus dem Weg. Die Glaswand ihres Büros war den ganzen Tag undurchsichtig, als wollte sie sich dahinter verbarrikadieren und wenn wir uns auf dem Flur trafen, huschte sie mit gesenktem Blick an mir vorbei.

Und ich? Ich war am Arsch. Fünf verfickte Tage lang versuchte ich mir nun schon einzureden, dass ich gar nicht so tief in der Scheiße steckte, wie es sich anfühlte. Dass diese Vielleicht-Gedanken nichts zu bedeuten hatten. Dass ich jederzeit aufhören konnte, an Bambi zu denken, wenn ich nur wollte. Aber es wurde nicht besser. Im Gegenteil. Das Einzige, das sich in dieser Zeit veränderte, war meine Laune und die rutschte immer weiter in den Keller. Frustration war gar kein Gefühl mehr, sondern ein Dauerzustand. Egal, wie sehr ich mich anstrengte, ich konnte diese Momente zwischen uns nicht vergessen. Selbst dann nicht, als ich mit Aaron im Schlepptau das *Parate*, eine angesagte Rooftop-Bar in der Nähe des Madison Square Parks, betrat.

Diese befand sich zwar auf einem der kleineren Wolkenkratzer Manhattans, trotzdem hatte man eine atemberaubende Sicht auf die Stadt. Ein hoher Gitterzaun sicherte den Rand des Dachs ab. Um ihn herum waren lange Lichterketten geschwungen, die im Dunkeln als indirekte Beleuchtung dienten und für ein besonderes Ambiente sorgten. Davor hatte man buschige Grünpflanzen in Kübeln aufgestellt, die verhinderten, dass man der Einzäunung zu nah kam. Die Gäste hielten sich an Stehtischen rund um die Bar oder in kleinen, auf dem Dach verteilten Sitzecken auf. Anders als in einem Club waren die Electronic Beats, die aus den Lautsprecherboxen über das Dach schallten, nur ein angenehmes Hintergrundgeräusch.

Wie immer war das *Parate* trotz Zugangsbeschränkung gut besucht. Ähnlich wie im Soho-Haus durfte man hier nur mit einer Mitgliedschaft feiern gehen. Aaron und ich schoben uns durch die Leute, die in Grüppchen um die Bar in der Mitte des Daches herumstanden, und suchten die Sitznischen am Rand nach Tristan und Damien ab. Auf dem Weg hierher hatte mein bester Freund vergebens versucht, mich aufzumuntern. Als wir unsere Freunde endlich gefunden hatten, die auf weißen Loungemöbeln chillten und rauchten, warnte er sie gleich vor.

»Vorsicht, Lex hat schlechte Laune!«

Sofort verdrehte Tristan die Augen, während Damien mich angrinste. »Das ist ja mal was ganz Neues.«

»Was soll das denn heißen?« Ich ließ mich neben ihm nieder und schnappte mir eine Zigarette aus der Schachtel vor ihm. Das Rauchen war zwar durch eine New Yorker Verordnung fast überall verboten, aber wir kannten den Besitzer der Bar, der es großzügigerweise duldete, solange man sich nicht dabei von den Cops erwischen ließ.

»Das soll heißen, dass das in letzter Zeit öfter vorkommt.«

»Um genau zu sein, seit die kleine Praktikantin bei euch in der Abteilung angefangen hat.« Tristan sah nicht begeistert aus. »Wo ist der gut gelaunte, sorgenfreie Lennox von vor ein paar Wochen hin? Wenn du ihn siehst, schick ihn her, damit wir endlich wieder Spaß haben können.«

»Ach, erzähl keinen Scheiß«, erwiderte ich und blies eine große

Rauchwolke in die Luft.

»Doch, es ist so. Ich habe das Gefühl, die Kleine hat deinen Kopf gefickt und musste dich dafür nicht mal berühren.«

Aaron warf mir bei Tris Worten einen eindeutigen Blick zu. Ich ignorierte ihn und nahm einen Schluck von dem Getränk, das Damien und Tristan bereits für mich bestellt hatten. Kaum hatte ich es angesetzt, brannte sich der Alkohol auch schon seinen Weg von meinem Mund über meine Kehle bis in meinem Magen. Wodka Tonic in einer starken Mischung. Den würde ich morgen definitiv in Form von Kopfschmerz merken.

»Vielleicht bist du aber auch nur so unentspannt, weil du mal wieder vögeln musst. Wie lange ist es her? Zwei Wochen?«, rätselte Damien.

Ich brummte verächtlich. Als würde ich ihm das sagen.

Tris warf mir einen Blick zu, ehe er seine Zigarette ausdrückte. »Was auch immer dir hilft, Mann. Es ist wirklich kein schöner Anblick, wenn dich eine Frau so bei den Eiern hat.«

Ich musste und wollte dringend das Thema wechseln. »Können wir jetzt mal über euch statt über mich sprechen? Was gibt's Neues?«

»Sag mal, war das heute Madeline, die ich in der Firma gesehen habe?«

Ich spürte, wie Damien neben mir bei Tris' neugieriger Frage erstarrte. Die Hand mit der Zigarette stockte mitten in der Luft und er starrte ausdruckslos vor sich her. Herr im Himmel, ging es noch auffälliger?

»Ja«, antwortete ich knapp, bevor ich meinen Freund subtil anstupste, damit er aus seiner Trance erwachte.

»Was wollte sie?«

»Wen interessiert's? Es ist Madeline. Vielleicht hatte sie einfach nur Langeweile.« Ich ließ eine kurze Pause, ehe ich hinzufügte: »Aber sie hat nach dir gefragt.«

»Echt?«

Die Frage kam Tristan zu schnell, zu hoffnungsvoll über die Lippen. Er war, ohne es zu wissen, in eine Falle getappt. Ich hatte schon länger den Verdacht gehegt, dass er sich für diese Hexe interessierte. Seine Reaktion lieferte mir den Beweis.

»Ich gehe mir noch was zu trinken holen.« Damien schien praktisch von unserem Tisch zu flüchten. Ich sah ihm nach und runzelte die Stirn.

»Also, bei mir gibt's nichts Neues«, warf Aaron gut gelaunt ein und wollte zweifelsohne von der komischen Stimmung ablenken.

Ich zog fragend eine Augenbraue hoch und drückte zeitgleich meine Zigarette aus. »Was denn? In letzter Zeit keine aufregenden Nächte in fremden Gästezimmern gehabt?«

»Nö, aber du schmeißt ja auch keine Partys mehr.«

Bevor ich etwas erwidern konnte, hielt mir Tristan eine selbst gedrehte Kippe hin. Ich ahnte, dass sich nicht nur Tabak darin befand und überlegte, ob ich jetzt wirklich Gras rauchen wollte. Seit ich Bambi kannte, war ich nicht mehr high gewesen. Als mir dieser Fakt auffiel, wurde mir klar, dass Tris recht hatte. Die Kleine hatte meinen Kopf gefickt und war mittlerweile überall. Selbst bei Kleinigkeiten schaffte ich es, wie ein verliebter Teenager irgendwie einen Bezug zu ihr herzustellen, damit ich ja die ganze Zeit an sie denken musste. Warum gab es im Hirn nicht einfach einen Reset-Knopf, mit dem man Erinnerungen überspielen konnte, wie bei einer Kassette? Und wenn ich schon einmal dabei war, wollte ich auch gleich noch dieses beschissene Band zwischen uns zerschneiden. Vielleicht half mir das Gras ja dabei.

Ich griff nach dem Joint und steckte ihn mir zwischen die Lippen. »Dann wird es Zeit, dass wir mal wieder feiern«, nuschelte ich, während ich mit einem Ratschen das Feuerzeug zündete. Nach dem ersten tiefen Zug zählte ich im Kopf bis drei, ehe ich beim Ausatmen den Rauch wieder aus meiner Lunge presste. Es ging mir sofort besser.

Tris schnappte sich die Tüte und begann mit Aaron ein Gespräch.

Ich sah mich nach Damien um, der immer noch an der Bar lehnte, ergriff die Chance und mein Getränk und stand auf. Als ich neben ihm auftauchte, starrte er nur weiter teilnahmslos auf das Glas in seiner Hand. Ich stieß mit meinem dagegen, sodass es klirrte, und sprach den Elefanten im Raum an.

»Wann wolltest du mir eigentlich erzählen, dass du vor einem Jahr mal was mit Madeline hattest? Und mit ihr meine Schwester betrogen hast?«

Damien rührte sich nicht. Nur ein tiefer Atemzug zeigte mir, dass er mich überhaupt gehört hatte. Ich ließ ihm Zeit und es dauerte, bis er sich langsam zu mir umwandte.

»Seit wann weißt du davon?«

»Seit es passiert ist.«

»Was?« Entsetzt riss Damien die Augen auf.

Ich zuckte mit den Schultern. »Nur weil ich bisher nichts gesagt habe, heißt das nicht, dass ich nichts weiß. An dem Wochenende, an dem wir den 4. Juli im Ferienhaus gefeiert haben, musste ich nachts was trinken und war in der Küche, als du in Ivys Zimmer geschlichen bist.«

Wie eigentlich die gesamte New Yorker Elite verbrachten wir jedes Jahr viele Sommerwochenenden in den Hamptons. Dort hatten meine Eltern ein eigenes Anwesen mit privatem Strandabschnitt, das sie selbst nicht mehr nutzten und daher Ivy, mir und unseren Freunden überließen. Auch wenn meine Schwester und ich uns nicht verstanden, bekamen wir es hin, für ein paar Tage unter demselben Dach zu wohnen, vor allem weil das Haus riesig war. Da jeder tagsüber seine eigenen Pläne machte, wäre ich nie darauf gekommen, dass sie etwas mit einem meiner Freunde anfangen könnte.

»Wie lange lief das schon mit euch?«

Damien atmete tief aus. »Es hatte erst kurz vorher begonnen. Vielleicht zwei Tage. Und viel ist nicht gelaufen.«

Ich nickte, während ich die Informationen verarbeitete und

gleichzeitig eins und eins zusammenzählte. »Da du einen Tag später völlig breit Madeline auf dem Balkon gevögelt hast, würde ich schätzen, Ivy hat Schluss gemacht?«

Er wurde kreidebleich. »Lex, es tut mir so leid. Ich wollte deine Schwester nie ... Ich war einfach so –«

»Hey«, unterbrach ich ihn. »Ja, Ivy ist meine Schwester und das war definitiv nicht cool, aber du weißt, dass sie und ich nicht das beste Verhältnis haben. Ich halte mich aus ihren Angelegenheiten raus. Es wäre nur schön, wenn sie das auch bei mir tun würde.«

»Sie meint es nur gut.«

Ich stutzte. »Warum verteidigst du sie jetzt? Sag mir nicht, dass du sie immer noch magst?!«

»Keine Ahnung, Mann.« Damien kratzte sich unsicher im Nacken und da wusste ich, dass er log.

»Ich wette, sie mag dich auch noch. Willst du es herausfinden?« Ich wackelte vielsagend mit den Brauen.

Damien verstand sofort. »Darüber wettet man nicht, Lex. Dabei können Gefühle verletzt werden.«

»Komisch, ich habe dich gar nicht protestieren hören, als Tris mich am Pokerabend zu etwas Ähnlichem überreden wollte.«

Damien stöhnte auf. »Du hast ja nicht zugestimmt und außerdem weiß ich, dass du unsere Wetten nicht ernst nimmst. Der Einzige, der das von uns tut, ist Tristan.«

Ich trank meinen Wodka aus und ließ das leere Glas zurück auf den Tresen knallen. Der Alkohol mischte sich langsam mit der Wirkung des Joints und ich musste aufpassen, denn für gewöhnlich lockerte das meine Zunge.

»Selbst wenn, hättest du dich dieses Mal nicht mal anstrengen müssen, oder?«, merkte Damien nach kurzer Stille an und ich wusste, worauf er anspielte.

Ich signalisierte dem Barkeeper, dass ich noch etwas bestellen wollte, und wandte mich dann meinem Kumpel zu. »Warum?«

»Weil man es dir ansehen kann. Du bist anders.«

»Inwiefern?«

»Du magst sie, Lex. Gib es zu.«

Nein, nein, nein.

»Hat Aaron was zu dir gesagt?«, fragte ich Damien mit gepresster Stimme. Gott bewahre, wenn mein bester Freund geplaudert hatte! Ich würde ihm so dermaßen den Arsch –

»Nein«, unterbrach Damien meine Gedanken, »Aber das musste er auch nicht. Ich kenne dich lang genug und selbst Tris merkt es.«

Fuck!

»Ich habe keine Gefühle für die Praktikantin«, leugnete ich seine Behauptung ein wenig zu spät und sah mich an der Bar um. Eine Frau erweckte meine Aufmerksamkeit, als sie schüchtern in meine Richtung blickte. Das Interesse war ihr offen ins Gesicht geschrieben. Sie hatte eine gute Figur, war brünett und klein, aber nicht so klein wie Amely und sie hatte sicherlich auch nicht diesen verdammten Akzent, den ich mittlerweile sogar richtig heiß –

Nein, beende erst gar nicht diesen Satz!

Ach Scheiße, jetzt fing ich auch noch an, andere Frauen mit ihr zu vergleichen.

»Was hast du vor?«, fragte Damien in diesem Moment. Auch er hatte die Frau bemerkt.

»Du kennst mich.« Ich nickte leicht in Richtung der Fremden, die mich mittlerweile angrinste. »Beantworte dir die Frage selbst.«

»Lex, bau keinen Scheiß!«

Damien wollte mich aufhalten, aber ich beachtete ihn nicht, stieß mich von der Bar ab und wanderte zu der Brünetten auf der gegenüberliegenden Seite. Dank der Wirkung des Grases verschwamm der Abend ab da ein wenig. Ich fühlte mich gut und der Alkohol brachte mich dazu, nicht länger nachzudenken.

Der Name der Fremden war in der Sekunde vergessen, in der sie sich vorstellte. Er war unwichtig, weil auch sie nicht von Bedeutung war. Am Ende musste ich nicht mal meinen Charme spielen lassen, damit sie mir zu unserer Sitznische folgte. Irgendwann, als sie auf meinem Schoß saß und ihre Lippen an meinen Hals drückte, beugte sich Aaron in meine Richtung. »Meinst du, das ist eine gute Idee?«

Ich grinste. »Warum nicht?«

»Gott, Lex, rede doch einfach mit Amely.«

Warum musste er jetzt ausgerechnet ihren Namen erwähnen? Mit einem Mal fühlte ich mich nüchtern und konnte nichts gegen die traurige Stimmung tun, die von mir Besitz ergriff.

»Sie hasst mich, Aaron.« Ich klang weinerlich. Das hatte ich bestimmt dem Alkohol zu verdanken.

»Von wem redet ihr?«, fragte da die Frau auf meinem Schoß, die unser Gespräch mitbekommen hatte.

»Süße, was hältst du davon, dir heute Abend jemand anderes zum Vögeln zu suchen? Mein Freund hat, glaube ich, ein bisschen zu viel getrunken.«

Aaron scheuchte sie von mir herunter. Ich protestierte, doch das ignorierte er. »Du wirst mir später dafür danken.«

Ich hörte, wie er am Telefon ein Taxi bestellte, bevor ich von einer bleiernen Müdigkeit erfasst wurde und der Rest des Abends in einem Blackout unterging.

Kapitel 19

Amely

Mir wurde heiß, so verdammt heiß, als sich ein harter Körper von hinten an mich presste. Sein Gewicht drückte mich in die weiche Matratze und ich spürte, wie hart er war. Als ein Finger langsam über meine erhitzte Haut strich – angefangen von der sensiblen Stelle unterm Ohr über den Hals bis hin zur Halsbeuge –, schnappte ich überrascht nach Luft. Die Empfindungen, die mit dieser Berührung ausgelöst wurden, glichen einem Rausch. All meine Sinne schienen hypersensibel und waren doch vollkommen unbrauchbar. Ich konnte weder richtig sehen noch riechen oder schmecken, ich konnte ja nicht mal etwas sagen. Das Einzige, was mir übrig blieb, war zu fühlen, und das war so überwältigend intensiv, dass es mir meinen gesunden Menschenverstand raubte. Alle Härchen meines Körpers stellten sich auf. Ich keuchte und atmete pures, heißes, hungriges Verlangen ein. Meine Kehle brannte und trotzdem wollte ich mehr.

»Wer hätte gedacht, dass du dich so sehr nach mir sehnst?«

Als ich den Klang der weichen, tiefen Stimme vernahm, wusste ich, wer sich da an mich presste.

»Du?!«, war alles, was ich erstaunt über die Lippen brachte.

»Wer sonst?« Lennox' Atem strich mir über die schwitzige Haut in meinem Nacken.

Ich träumte, oder? Das konnte nicht real sein. Es musste sich um einen Traum handeln, denn niemals würde Lennox Mercier-Campbell in meinem Bett liegen, geschweige denn seinen Körper an meinen schmiegen. Ich würde niemals zulassen, dass er mich so berührte ... oder? Aber wenn das wirklich nur ein Traum war, warum roch ich dann seinen unverkennbaren Duft, hörte seine weiche, tiefe Stimme und spürte seinen großen, sportlichen Körper?

Ich hatte jeden Tag von ihm geträumt, seit wir uns in seinem Büro mit diesem Blick angesehen hatten, der über Oberflächlichkeiten und Masken hinausging. Tiefer ging. Etwas bedeutete. Als hätten sich in diesem Moment unsere Herzen stillschweigend darauf vereinbart, für ein paar Minuten im selben Takt zu schlagen.

Vielleicht. Seine Antwort ging mir nicht mehr aus dem Kopf. Diesmal hatte er es ernst gemeint und ich hasste es, dass ich seitdem an nichts anderes mehr denken konnte. Hasste ihn. Und trotzdem war da diese irre Verbindung, um die ich nie gebeten hatte.

Hass? Wirklich? Eine leise Stimme meldete sich in meinem Kopf zu Wort. *Weißt du, dass Hass und Liebe nicht von einer dicken, unüberwindbaren Mauer voneinander getrennt werden, sondern lediglich von einer kleinen, feinen Linie? Es reicht ein Schritt, aber den traust du dich nicht, weil du lieber an deiner Abneigung festhältst.*

Ich zwang die Stimme zur Ruhe. Das stimmte nicht – nicht ganz. Wenn ich mich an etwas festhielt, dann nur an dem Gefühl, das der Traum – oder auch Nicht-Traum – in mir auslöste.

Oh, verdammt.

Es war verwirrend, dass es sich so real anfühlte, als eine Hand mit gespreizten Fingern in meine Haare am Hinterkopf fuhr, sich dann zur Faust ballte und mich nach hinten zog. Lennox war nicht zärtlich, aber auch nicht grob. Es war ein feiner Balanceakt zwischen Schmerz und dem Verlangen nach mehr, den er perfekt beherrschte.

Ich gab nach und mein Kopf hob sich vom Kissen. Auch meine Schultern und meine Brust verließen die Matratze und schwebten dann wenige Zentimeter über ihr, während ich mich mit den Händen abstützte. Ein Stöhnen entfuhr mir.

»Ja, ich will dich hören, Bambi«, flüsterte mir Lennox verführerisch ins Ohr, während seine linke Hand auf meiner Haut entlang strich und dabei der Innenseite meiner Schenkel näher kam.

Ich hatte auf dem Bauch liegend ein Bein angewinkelt, um meinen Körper zu stabilisieren. Die Haltung erlaubte ihm ungehinderten Zugang zu meiner Mitte, doch anstatt meine Position auszunutzen, hielt er mit dem Finger am Saum meines Höschens an. Er berührte die Spitze, zupfte ein-, zweimal daran, um mich zu reizen. Das Pulsieren zwischen meinen Beinen wurde stärker und machte mich wahnsinnig. Wenn er sich jetzt weiter in Richtung Mitte tasten würde, würde er merken, wie sehr mir gefiel, was er mit mir anstellte.

»Soll ich weitermachen oder soll ich aufhören?« Die Frage passte so gar nicht zu dem Lennox, den ich kennengelernt hatte. Er ließ mir die Wahl, aber hielt mich mit seinem Gewicht und der Hand in meinem Haar an Ort und Stelle gefangen.

»Sag mir, was du willst«, forderte er, als ich keinen Laut von mir gab. Zitternd atmete ich durch den Mund ein, als ich die zarten Küsse spürte, die er mir auf Nacken und Hals hauchte. Jetzt hatte ich noch mehr Schwierigkeiten, ein Wort zu formulieren. Er wollte mich quälen. Das hier war reine, pure, süße Folter und doch hatte ich nur einen Wunsch.

»Mehr.« Meine eigene Stimme war so rau und voller Verlangen, dass ich sie kaum wiedererkannte.

Ich spürte, wie er in meiner Halsbeuge innehielt und lächelte, ehe sich seine Hand endlich weiterbewegte und sein Finger, ohne zu zögern, unter den Spitzenstoff meines Slips glitt. Vorsichtig fuhr er über meine Mitte und in meinem Kopf gab es einen Kurzschluss.

Mein. Gehirn. War. Ausgeschaltet.

»Fuck!« Auch Lennox hatte mit seiner Beherrschung zu kämpfen. Als ein Finger in mich glitt, zog er scharf die Luft ein, während ich nach Atem rang.

»Verdammt, wie du dich anfühlst ...«

Langsam begann er, sich in mir zu bewegen, und löste damit

einen so enormen Druck aus, dass jede Faser meines Körpers nach Erlösung schrie. Als er einen zweiten Finger hinzunahm und mich ausfüllte, stöhnte ich seinen Namen. Ich wollte explodieren, in tausend Stücke zerspringen und mich nach meinem Zerfall wieder neu zusammensetzen, nur um das hier erneut zu tun.

Als er seinen Griff in meinem Haar verstärkte und bei jeder Bewegung seiner Hand noch zusätzlich mit dem Daumen über meine empfindlichste Stelle rieb, konnte ich nicht mehr. Ich sah Sterne und die Erlösung war greifbar nah. Ich rannte auf die Klippe zu, konnte mich schon fliegen sehen und dann ... wachte ich auf.

Schwer atmend schreckte ich hoch und sah mich hektisch um. Durch die aufgehende Sonne, deren Licht mein Schlafzimmer etwas erhellte, erkannte ich, dass ich allein war, in meinem Bett, verschwitzt, nach einem Traum, mit keinem Geringeren als Lennox Mercier-Campbell. Heilige Scheiße!

Mein Schlafshirt klebte mir am Körper, aber das störte mich nicht so sehr, wie die Frustration, die in meinem Bauch brannte. Ich fühlte mich unbefriedigt. Unzufrieden. Meine Brüste waren schwer, meine Nippel erregt und auch zwischen meinen Beinen spürte ich deutlich die Auswirkungen meiner Fantasie.

Ich hatte zwar irgendwie geahnt, dass mir mein Unterbewusstsein einen Streich spielte, aber warum dann nicht bis zum Schluss? Wenn ich schon den heißesten Traum seit langem hatte, und das auch noch mit einem Mann, den ich überhaupt nicht ausstehen konnte, dann wollte ich es wenigstens beenden, damit nichts als dieses vollkommene, befriedigende Gefühl zurückblieb.

Jetzt, wo ich wach war, weigerte ich mich allerdings, dort weiterzumachen, wo ich im Schlaf unterbrochen worden war. Die Stimmung war vorbei und ich begann schon, mich zu schämen. Ich kletterte aus dem Bett und hatte keine Ahnung, wie spät es war, aber brauchte unbedingt eine kalte Dusche.

Nach fünfzehn Minuten betrat ich etwas abgekühlt und erfrischt, nur von einem Handtuch umschlungen, die Ankleide. Gedankenverloren stellte ich mich direkt vor den bodentiefen Spiegel, während ich überlegte, was ich für den kommenden Arbeitstag anziehen sollte. Man hatte für heute einen Hitzerekord in New York City vorausgesagt, jedoch machte die Klimaanlage im CIP-Headquarter einen guten Job, fast schon zu gut. Und dann war da ja noch der Dresscode, an den ich mich halten musste.

Ich schwankte zwischen zwei Optionen hin und her und erwischte mich dabei, wie ich mich fragte, welche davon Lennox gefallen könnte. Irgendwie hatte sein *Vielleicht* vor ein paar Tagen eine Tür geöffnet, die bisher nicht nur verschlossen, sondern sogar zugenagelt und verbarrikadiert gewesen war. Jetzt konnte ich nicht aufhören, mich zu fragen, was dahinter lag. Dabei war es doch vollkommen verrückt, auf diese Weise an ihn zu denken.

Während mein Kopf noch mit Bildern des Traums beschäftigt war, merkte ich plötzlich, dass ich mich die ganze Zeit über im Spiegel angestarrt hatte. Ich war unbewusst in alte Verhaltensmuster von früher zurückgefallen und als mir das klar wurde, setzte mein Herz einen Schlag lang aus. Die Gedanken, die mich bisher abgelenkt hatten, verloren mit einem Mal ihre Wirkung. Die Realität stürzte auf mich ein und das, was ich im Spiegel betrachtete, veränderte sich vor meinen Augen.

Ich musterte mein Gesicht, meinen Hals und meinen Oberkörper, der ab den Brüsten durch den weißen Baumwollstoff des Handtuchs verhüllt war. Meine nackten Oberschenkel, die unter dem Saum hervorschauten, wirkten fremd auf mich. Sie sahen dicker aus, als ich sie in Erinnerung hatte. Das verdankte ich den Stimmen, die in meinem Kopf erneut zum Leben erwachten, alles infrage stellten und mich mit hässlichen Worten an meine Makel erinnerten. Mein Blick schweifte über diese wacklige Masse aus Fett und Haut und mir wurde schlecht. Meine Hände griffen auf Hüfthöhe nach dem Handtuch und ballten sich dann zu Fäusten, weil ich das Bedürfnis hatte, mich irgendwo festzuhalten. Der weiße, kuschelige Stoff wurde dadurch gerafft, der Saum wanderte noch weiter nach oben.

Ruhig versuchte ich durch die Nase einzuatmen, die Luft für einen Moment anzuhalten und sie dann langsam wieder durch den Mund entweichen zu lassen. Normalerweise half mir das, aber dieses Mal fürchtete ich, dass mich Übelkeit und Panik übermannten. Wie gebannt starrte ich auf meine Schenkel. Wie konnte ich annehmen, dass jemand wie Lennox so etwas je berühren wollte? Niemand fand mich sexy, am allerwenigstens er und ich konnte es ihm nicht verübeln. Wenn ich mich gerade schon vor mir selbst ekelte, warum sollte er dann nicht das Gleiche tun, wenn er mich so sehen würde?

Ich hasste mich für diese Gedanken, konnte aber nichts gegen sie tun. Sie schlichen sich ganz still und heimlich in meinen Kopf und machten aus ihm einen hässlichen und grausamen Ort, an dem niemand freiwillig verweilen wollte. Doch ich musste. Hatte gar keine andere Wahl. Ich kam hier nicht mehr raus.

Als Influencerin hatte ich schon so einige Hasskommentare lesen müssen, weil Menschen glaubten, dass sie im Internet alles sagen durften, und sie hatten definitiv einen großen Teil zu meiner jetzigen Situation beigetragen, aber nichts und niemand würde jemals so grausam, so verletzend sein wie ich zu mir selbst. Ein klein wenig hasste ich mich auch für diesen Traum. Das hier, genau das war der Grund, warum Lennox Ärger für mich bedeutete. Ich konnte mir seine Nähe und die Ablenkung nicht erlauben und so unachtsam und schwach werden. Ich musste stark sein.

Angeekelt und wütend auf mich selbst wandte ich mich ab und ließ mein Spiegelbild hinter mir.

Kapitel 20

Lennox

Als es klopfte, sah ich stirnrunzelnd von meiner Arbeit auf und zu der Tür in der milchigen Glaswand meines Büros. »Ja?«

Es dauerte zwei Sekunden, dann öffnete sie sich und Amely tauchte im Türrahmen auf. Sie hatte mich in den letzten paar Tagen weiterhin gemieden, als wäre ich die Pest auf zwei Beinen. Umso erstaunter war ich, sie jetzt zu sehen. Zwar wich Bambi meinem Blick aus und wirkte, als sei sie lieber ganz woanders, dennoch musste ihr Besuch in meinem Büro einen Grund haben. Ihre Wangen waren gerötet und sie sah wie immer atemberaubend aus, trug eine weite Hose und eine luftige, kurzärmlige Bluse. Mir fiel auf, dass ich sie noch nie in etwas Enganliegendem gesehen hatte, was eigentlich eine Schande war.

Ich würde ihren Körper so gern mal –

Nein, diesen Gedanken ließ ich mich gar nicht erst beenden. Er würde nur weh tun. Hoffentlich merkte sie nicht, was für eine Wirkung sie auf mich hatte.

»Was kann ich für dich tun?«

Sie antwortete mir nicht sofort und gab mir damit die Möglichkeit, mal wieder in dieses bodenlose, schwarze Nichts ihrer Augen zu fallen. Anders als bei anderen Menschen konnte ich nichts in ihnen lesen, die Frau vor mir nicht mal ansatzweise durchschauen. Es war, als würde sie ihr Innerstes vor mir verstecken wollen.

»Legst du mir bitte die Kampagnenauswertung bis zum Feierabend auf den Tisch?«, forderte Bambi dann von mir und riss mich damit aus meinen Gedanken.

Ich zog beide Augenbrauen nach oben und lehnte mich langsam in meinem Stuhl zurück. Ein Teil von mir war enttäuscht, dass sie jetzt einfach so zum Alltag überging. Das war definitiv nicht das, was ich erwartet hatte. Zwar wollte ich mir immer noch nicht eingestehen, dass das Flattern meines Herzens irgendetwas mit Gefühlen zu tun hatte, aber ich würde auch nicht zulassen, dass sie das zwischen uns einfach so überging – nicht, wenn ich mich quälte, weil ich sie nicht vergessen konnte. Sie musste diese Verbindung doch auch spüren, oder nicht?

»Ach, redest du jetzt wieder mit mir?« Die Frage klang wunderbar selbstgefällig, obwohl ich mich gerade ganz und gar nicht so fühlte. »Und ich dachte schon, du willst mir noch ewig aus dem Weg gehen.«

»Ich bin dir nicht aus dem Weg —«

Ich lächelte, als ich sie unterbrach. »Beende diese Lüge, ich warne dich! Wir beide wissen, dass ich recht habe.«

Der harte, herausfordernde Unterton meiner Stimme sorgte dafür, dass Amely der so sorgsam aufgesetzte Gesichtsausdruck entglitt. Als die Maske fiel, sah sie verletzlich und auch ein wenig ängstlich aus. »Es liegt nicht an dir.«

Ich hätte ihre Worte für eine lahme Entschuldigung gehalten, würde ich nicht beobachten, wie sie zur gleichen Zeit tiefrot anlief. Sie blinzelte kurz und senkte dann ihren Blick. Ich musste etwas verpasst haben, nur was konnte so eine Reaktion auslösen?

Ich seufzte. Okay, wenn sie nicht mit mir redete, dann musste ich auch nicht das tun, was sie von mir verlangte. »Ich kann dir die Auswertung noch nicht geben. Deine Deadline für diese Aufgabe ist erst morgen.«

»Ich will sie aber heute schon, damit wir uns so schnell wie möglich für die ersten Ideen zusammensetzen können.«

»Warum? Und wieso so herrisch, Bambi? Wer von uns beiden wird noch mal der neue Chef?« Ich grinste und Amely stöhnte genervt auf. So schienen wir ständig aufeinander zu reagieren.

»Ich dachte, es wäre klar, dass ich die Leitung des Projekts übernehme, in Anbetracht deiner fehlenden Qualifikation.«

Ich habe andere Qualifikationen, die mehr als ausreichend sind, lag es mir auf der Zunge, aber ich schluckte den Satz herunter. »Ich habe die Dateien weder gefunden noch sie aufbereitet.«

»Und wer lügt jetzt? Du solltest wissen, dass Ian nichts für sich behalten kann. Er hat mir erzählt, dass du ihn bei der Suche um Hilfe gebeten hast.«

»Ach echt? Redet ihr oft über mich?«, fragte ich spitz.

Amely wurde todernst und durchbohrte mich mit ihrem Blick. »Die Auswertung liegt bis Feierabend auf meinem Schreibtisch, Lennox!«

Schneller als ich reagieren konnte, war sie nach diesem Befehl aus meinem Büro gestürmt. Bedächtig stellte ich meine Ellenbogen auf der Tischplatte ab und faltete meine Hände vor meinem Gesicht, als ich auf den Platz starrte, an dem sie eben noch gestanden hatte. Ein kleines, gemeines Lächeln formte sich auf meinen Lippen.

Oh, wie ich Befehle hasste!

Es widerstrebte mir, ihrer Aufforderung nachzukommen. Viel mehr wollte ich das tun, was ich am besten konnte – rebellieren. Sie dachte, sie könnte mir sagen, was ich zu tun hatte? Sie dachte, sie hätte mich in der Hand? *Das wollen wir doch mal sehen!*

Ich zog den blauen Hefter aus der Schreibtischschublade, in der ich ihn seit ein paar Tagen aufbewahrte, fuhr meinen Computer herunter und stand dann auf, um in meinem Büro das Licht zu löschen. Auf dem Weg nach draußen rief ich Aaron an, der nach dem zweiten Klingeln antwortete.

»Lex?«

»Was hältst du von ein bisschen Spaß heute Abend bei mir?«

Kapitel 21

Amely

Er war weg. *Weg! Einfach gegangen!*

Ich traute meinen Augen nicht, als ich nach einem langen Termin mit Mr. Daniels Lennox' Büro leer vorfand. Selbst das Licht hatte er ausgemacht, um mir zu demonstrieren, dass er heute definitiv nicht mehr wiederkommen würde. Sofort schaute ich zu meinem Schreibtisch, in der Hoffnung, dort einen Hefter mit der Auswertung liegen zu sehen, aber natürlich wurde ich enttäuscht.

Er rächte sich, weil ich ihn erst ignoriert und dann die Aufgabe vor Ablauf der Deadline eingefordert hatte – so viel war klar. Letzteres war Ians Schuld, weil dieser mir stolz verkündet hatte, dass er mit seiner Partnerin schon am Präsentationsentwurf saß. Ich wollte diesen Wettkampf nicht verlieren, wollte nicht mal zurückliegen. Also hatte ich ein wenig Druck gemacht. Dennoch verhielt sich Lennox kindisch und ich würde ihm das sicherlich nicht durchgehen lassen. Ich hatte noch nie Probleme damit gehabt, ihn in seine Schranken zu weisen, und das würde sich heute garantiert nicht ändern.

Ein Blick auf die Uhr zeigte, es war bereits kurz nach acht Uhr abends. Es lag ein langer Tag hinter mir, aber irgendetwas sagte mir, dass er jetzt noch ein Stück länger werden würde. In einem verzweifelten Versuch wählte ich die Nummer von Lennox' Diensthandy, aber erreichte natürlich nur den Anrufbeantworter. Seine Privatnummer hatte ich nicht, aber mir blieb noch eine andere Möglichkeit, auch wenn ich dafür meine Kontakte ausnutzen musste.

Ich nahm den Fahrstuhl und stieg auf der Etage der Personal-abteilung aus. Es war bereits nach Feierabend und die Büros dunkel und menschenleer. Die gesamte Etage wirkte wie ausgestorben, nur in einem Eckbüro brannte noch Licht und ich wusste, wer dort Über-stunden machte. Ivy verließ nicht selten als Letzte das Headquarter, nur um morgens wieder eine der Ersten zu sein. Durch die Glaswand erkannte ich, wie sie arbeitete, als ich auf ihre Tür zusteuerte. Zum ersten Mal stürmte ich so in ihr Büro, wie sie es bei mir jeden Tag tat.

»Hey, sorry, dass ich störe, aber ich brauche deine Hilfe.«

»Was kann ich für dich tun?«, fragte Ivy, ohne zu zögern.

»Kannst du mir die Privatnummer deines Bruders geben?«

»Oh oh, was hat er angestellt?«

»Sich mit der Falschen angelegt.«

»Ich kann ihn für dich anrufen, wenn du magst? Die Chancen, dass er abnimmt, stehen höher, wenn er meinen Namen auf dem Dis-play sieht als eine unbekannte Nummer.«

Nickend willigte ich ein und wartete nervös. Dabei lief ich un-ruhig vor Ivys Schreibtisch auf und ab, während sie sich ihr Handy ans Ohr presste. Keine zwei Sekunden später beendete sie den Anruf wieder. »Er hat es ausgeschaltet.«

»Verdammt!«, fluchte ich und hatte mit einem Mal große Lust, mit meinen Fäusten auf einen Boxsack einzuschlagen. »Okay, dann hilft wohl nur noch ein persönlicher Besuch.«

Mein Ton ließ sie amüsiert einen Stift zücken. Ohne sie darum bitten zu müssen, notierte sie mir Lennox' Adresse auf einem gelben Klebezettel. Zwinkernd hielt sie ihn mir entgegen. »Mach ihn fertig. Der Portier wird dich nach oben lassen.«

Eine Taxifahrt später kam ich bei einem großen, grauen Wolkenkrat-zer auf der Fifth Avenue an, der gar nicht mal so weit von meiner Wohnung entfernt lag. Nach dem Passieren der Drehtür lief ich auf den Concierge zu, der mich schon von weitem freundlich und zuvorkommend anblickte.

»Hallo, ich würde gern zu Mr. Mercier-Campbell.«

Der ältere Mann in der schicken Uniform lächelte. »Sehr gern. Sind Sie auch wegen der Party hier?«

Eine Party? Echt jetzt?

Ich bejahte seine Frage und war, ehe ich mich versehen konnte, schon auf dem Weg in die oberste Etage. Ein ungutes Gefühl beschlich mich, als ich daran dachte, was mich in Lennox' Penthouse erwarten würde. Als die Türen aufglitten, lagen meine Vorstellungen der Realität gar nicht mal so fern. Mir schlug ein ohrenbetäubender Lärm entgegen, irgendein Dance-Track mit wummerndem Bass. Dank diesem bemerkte ich kaum noch, wie mir mein Herz vor Aufregung bis zum Hals schlug. Das Licht in der Wohnung war gedimmt und es roch nach Schweiß, Alkohol und Rauch. Den direkten Blick auf die Party versperrte mir eine freistehende Wand mitten im Foyer, die als Raumtrenner für den dahinter liegenden Wohnbereich fungierte. An ihr lehnte ein Pärchen, das eng aneinandergepresst wilde Zungenküsse austauschte. Man konnte nicht so recht erkennen, wo sie anfing und er aufhörte und ich gab mein Bestes, die beiden zu ignorieren.

Als ich um die Trennwand herumtrat, blieb ich wie angewurzelt stehen. In dem großen Wohnzimmer tummelten sich gut fünfzig Menschen. Die meisten standen in Grüppchen zusammen, tranken und unterhielten sich trotz der Lautstärke im Raum. Ein paar wenige tanzten auch und das sogar auf Möbelstücken. Vom Inventar des Penthouses war in dem Durcheinander kaum etwas zu erkennen. Alles erinnerte mich ein wenig an die Hauspartys in London, die ich oft in den Semesterferien mit Poppy besucht hatte.

Gedanken an die damalige Zeit und meine ehemalige Freundin verursachten wie immer einen schalen Geschmack in meinem Mund. Als ich versuchte, ihn herunterzuschlucken, bemerkte ich, wie jemand neben mich trat und sich an der Wand anlehnte. Ich wandte den Kopf und entdeckte einen gutaussehenden jungen Mann in einem komplett schwarzen Outfit, dessen Hände in den Hosentaschen seiner Jeans steckten. Die lässige Haltung passte zu dem frechen Grinsen in seinem Gesicht. Er hatte weichere Gesichtszüge als Lennox. Rotbraune Haare fielen ihm in die Stirn und braungrüne Augen funkelten mich belustigt an.

»Dich habe ich hier noch nie gesehen.« Es klang nicht nach einem Vorwurf, sondern lediglich nach einer Feststellung.

»Das könnte daran liegen, dass ich noch nie hier war.«

Mir war nicht nach Konversation zumute und ich ließ den Blick suchend über die Partygäste wandern. Ich wollte Lennox finden, mir den Hefter geben lassen und wieder von hier verschwinden.

Der Fremde bemerkte meinen Blick. »Suchst du jemanden?«

»Ja, Lennox Mercier-Campbell.«

»Und du bist?« Er zog die Augenbrauen zusammen und sein Lächeln erlosch. Mit einem Mal schien er weniger lässig, als er mich misstrauisch musterte. Wahrscheinlich verunsicherte ihn mein Business-Outfit, das so gar nicht zu einer Party passte.

»Amely Spencer. Ich arbeite mit Lennox bei CIP.«

Kaum hatte der Fremde meinen Namen vernommen, erhellte sich sein Gesicht wieder. »Ach, die neue Praktikantin im Marketing?«

Ich nickte und seine Augen leuchteten auf.

»Sieh mal einer an. Jetzt wird mir einiges klar.«

Mir hingegen nicht, aber ich beschloss, nicht auf seinen Satz einzugehen. Stattdessen suchte ich weiter den großen Raum nach Lennox ab, aber entdeckte nur Tristan, der mit einer Blondine auf seinem Schoß auf der Couch saß. Als sich unsere Blicke begegneten, verengte er die Augen. Hart und abschätzig starrte er mich an, bis ich den Augenkontakt abbrach. Eine weitere Präsenz in meinem Rücken lenkte mich ab und noch ein Mann gesellte sich zu dem Fremden und mir.

»Na Aaron, wen hast du hier aufgegabelt?«

Der Neuankömmling sah ganz anders aus als der Typ neben mir.

Seine hellblonden Haare waren zurückgekämmt und gaben so den Blick auf kurzrasierte Seiten frei. Mit einem dunkelblauen Designerhemd und einer Anzugshose wirkte er schicker, eleganter, weniger lässig. Seine helle Haut passte zu den strahlend blauen Augen.

»Sie möchte zu Lennox«, antwortete Aaron und sah seinen Freund mit einem vielsagenden Blick an. Der bekam das jedoch gar nicht mit, weil er viel zu beschäftigt war, mich zu begutachten.

»Sie sieht so förmlich aus. Ist sie seine neue Anwältin?«

Ich quittierte seine Frage mit einer hochgezogenen Augenbraue. Dass er über mich sprach, als könnte ich ihn nicht hören, verlieh ihm diese gewisse Arroganz, mit der nur die Reichsten der Reichen gesegnet waren.

»Nein, aber wenn du mich weiter so anstarrst, brauchst du bald eine«, antwortete ich ihm bissig.

Das brachte Aaron zum Lachen. »Damien, das ist Amely Spencer.«

Plötzlich entglitten Damiens Gesichtszüge. »*Die* Amely?«, hakte er entgeistert bei seinem Freund nach, der daraufhin nickte.

»Jap, *die* Amely.«

Was auch immer das zu bedeuten hatte, aber Damien war geradezu beeindruckt. »Jetzt kann ich Lennox verstehen.«

»Bei was kannst du mich verstehen?«

Damien wirbelte herum, als hinter ihm eine vertraute, tiefe Stimme erklang. Erst in dem Moment, in dem ich die drei Männer nebeneinander sah, machte es Klick. Das waren Aaron Cunningham und Damien Forsberg, zwei von Lennox' engsten Freunden. Ivy hatte mir von ihnen erzählt.

Als mein Blick auf den Grund für mein Kommen fiel, war der nicht wirklich überrascht, mich zu sehen. Ein leichtes Lächeln umspielte seinen Mund, während ich in seinen grünen Augen den Schalk erkannte. Er hatte mittlerweile seinen Anzug gegen eine verwaschene, blaue Jeans und ein schlichtes, schwarzes T-Shirt getauscht. Ich hatte mich in der letzten Zeit so sehr an seinen Business-Look gewöhnt, dass er in diesem coolen, legeren Outfit gar nicht mehr wie dieses arrogante Arschloch aus dem Büro aussah. Und irgendwie ließ das mein Herz stolpern.

»Bambi, was verschafft mir die Ehre?« Anhand seiner undeutlichen Aussprache erkannte ich, dass er ziemlich angetrunken war. Wie lang ging diese Party denn schon?

Ich sah kurz zu Damien und Aaron, die uns belustigt beobachteten, und griff dann nach Lennox' Arm, um ihn ein Stück zur Seite zu ziehen. Er folgte bereitwillig, aber schwankend.

Sobald ich davon überzeugt war, dass er sicher stand, ließ ich ihn los und verschränkte die Arme vor der Brust. »Ich will meine Auswertung, Lennox.«

»Und dafür kommst du extra vorbei? Gib's zu, du hattest Sehnsucht nach mir.«

»Na sicher«, entgegnete ich mit Ironie und hoffte, dass er die in seinem Zustand überhaupt erkannte. »Ich kann mir nach einem langen Arbeitstag nichts Besseres vorstellen, als eine Party mit dir und deinen Freunden zu feiern. Kannst du mir jetzt einfach den Hefter holen? Ich bin mir ziemlich sicher, du hast ihn wegen deiner kindischen Racheaktion mitgenommen.«

Lennox tat nichts dergleichen, sondern legte seinen Kopf schief und kam mit einem Grinsen einen Schritt auf mich zu. Ich wich zurück, um den Abstand zu wahren, der ihm anscheinend egal war. Er machte noch einen Schritt und drängte mich so mit dem Rücken gegen eine Wand. Selbst als ich ihm nicht mehr entkommen konnte, rückte Lennox weiter an mich heran, bis zwischen unseren Körpern gerade mal eine Handbreit Platz blieb.

Er war mir nah, fast so nah wie in meinem Traum, nur diesmal war es Realität. Die Wärme, die von seinem Körper ausging, hüllte mich ein und es fühlte sich fast so an, als würde er mich berühren, obwohl seine Hände sich stattdessen an der Wand hinter mir abstützten. Ich sah zu ihm auf und bemerkte, wie seine Augen auf mir ruhten. Der qualvolle Ausdruck in ihnen schnürte mir die Kehle zu.

»Warum bist du immer so?«, fragte er mich leise und klang dabei so unverstellt und echt. Was war bloß los mit ihm? Seit wann hatte er ein Problem damit, wenn ich ihm Kontra gab?

»Ich weiß nicht, was du meinst. Wie bin ich denn?«

Lennox' Augen wanderten zu meinem Mund. Er löste seine rechte Hand und wollte mir sie an die Wange legen, stoppte aber mitten in der Luft, ein paar Zentimeter von meiner Haut entfernt. Diese begann zu kribbeln, als würde sie der bevorstehenden Berührung entgegenfiebern.

»Wenn du wüsstest, was ich fühle, würdest du aufhören, gegen mich zu kämpfen.«

Ich roch den Alkohol in seinem Atem und wusste nicht, ob er das nur sagte, weil er betrunken war. Es spielte aber auch keine Rolle. Bei seinen Worten hämmerte mir das Herz gegen meine Rippen, als wäre es in meinem Brustkorb gefangen.

Seine Hand wanderte zurück an die Wand, als ich mit belegter Stimme fragte: »Was fühlst du denn?«

Lennox legte wieder den Kopf schief und dachte darüber nach. »Von allem ein bisschen zu viel.«

Es waren diese perfekt unperfekten Momente inmitten unserer Streitereien, in denen er so verletzlich und ehrlich war, in denen ich mich ihm so nah fühlte und die mir deswegen immer wieder den Boden unter den Füßen wegzogen. Alles in mir verlangte danach, mich gegen dieses Gefühl zu wehren, das sich in meiner Brust ausbreitete, meinen Herzschlag zum Rasen, meine Haut zum Kribbeln und die Schmetterlinge in meinem Bauch zum Flattern brachte.

Aber als ich dagegen ankämpfte, wurde mir klar, dass Lennox und ich uns in eine Sackgasse manövriert hatten. Ich war es leid, ständig zu diskutieren und mich so stark an meinem vermeintlichen Hass festzuklammern, dass Frust letztlich das Einzige war, was ich fühlte. Lennox schien es ähnlich zu gehen und doch konnte keiner von uns nachgeben. Ich hatte Angst, ihm Schwäche zu zeigen, und er wollte anscheinend nicht auf seine unreifen Trotzaktionen, mit denen er sich eigentlich nur selbst sabotierte, verzichten. Nun standen wir hier voreinander und wussten nicht recht, wie wir die Situation lösen sollten. Wie wir uns retten sollten. Vielleicht war es an der Zeit für einen Waffenstillstand, aber dieses Gespräch konnte ich nicht mit ihm in seinem angetrunkenen Zustand führen. Außerdem war ich mir der Blicke seiner Freunde nur allzu deutlich bewusst.

»Lennox, die Auswertung«, erinnerte ich ihn deshalb daran, warum ich eigentlich hier war.

Mit einem tiefen Atemzug tauchte er aus seinen eigenen Gedanken auf und gab sich geschlagen. »Warte hier«. Dann verschwand er in einem Flur, der hinter der Trennwand links vom Wohnbereich abging.

»Kann mir mal jemand sagen, was sie hier zu suchen hat?«, hörte ich plötzlich Tristans Stimme und entdeckte, dass er sich in der Zwischenzeit zu seinen Kumpels gesellt hatte. Er war der Einzige von ihnen, der mich mit grimmiger Miene ansah.

»Ach, halt die Klappe, Tris!« Aaron warf seinem Kumpel einen missbilligenden Blick zu, bevor er mir zuzwinkerte.

»Ja, entspann dich mal. Komm, wir gehen eine rauchen.« Damien legte Tristan eine Hand auf die Schulter und beide verschwanden gerade dann, als Lennox wieder auftauchte.

»Hier.« Er hielt mir einen blauen Hefter hin.

Ich zog ihm die Auswertung aus den Fingern und steckte sie in meine Tasche. »Wir sehen uns morgen pünktlich und nüchtern zu unserem Meeting.«

Als ich mich zum Gehen wandte, spürte ich wie eine Hand mein Handgelenk umfasste und mich aufhielt. Ich blickte über meine Schulter zu Lennox zurück, der mich wieder mit diesem qualvollen Ausdruck in den Augen ansah.

»Es tut mir leid. Ich hätte das nicht tun sollen.«

Mit dieser Entschuldigung überraschte er mich. Aber statt zu genießen, dass er Reue zeigte, wollte ich einfach nur noch hier raus.

»Wir reden morgen darüber.«

Schnell entzog ich ihm mein Handgelenk und eilte zum Aufzug. Erst als ich in der Kabine stand und sich die Türen schlossen, konnte ich wieder richtig atmen.

Kapitel 22

Amely

Ich sah Lennox bereits von weitem, als ich am nächsten Tag auf dem Weg zu unserem Termin war. Er saß im Konferenzzimmer, hatte sich auf seinem Stuhl zurückgelehnt, die Füße auf den Tisch gelegt und an den Knöcheln verschränkt. Mit dem Zeige- und Mittelfinger massierte er sich in kreisenden Bewegungen seine Schläfen. Die Augen hatte er dabei geschlossen. Die Haltung wirkte genauso selbstgefällig wie immer und ich wusste nicht, warum ich nach gestern Abend etwas anderes von ihm erwartet hatte. Na ja, zumindest war er pünktlich, was ein kleiner Fortschritt war.

Ich war noch ein paar Meter entfernt, als er plötzlich die Augen öffnete und mich entdeckte. Sofort änderte sich sein Ausdruck, er schwang die Füße vom Tisch und sprang auf. Es war ihm anzusehen, dass ihm etwas auf der Seele brannte. Er wirkte nervös, als seine Hände kurz über seine dunkelblaue Anzugshose strichen. Doch bevor ich in unseren Besprechungsraum abbiegen konnte, wurde ich aufgehalten.

Ian rief meinen Namen und ich entdeckte, wie er mir entgegeneilte. In seinen Händen hielt er zwei Tassen mit einer dampfenden Flüssigkeit. Strahlend und leicht außer Atem kam er vor mir zum Stehen, direkt in Sichtweite des Konferenzraums.

»Hey, wollen wir uns eine kleine gemeinsame Pause gönnen?«

»Das ist nett, Ian, aber ich habe jetzt einen Termin.«

Ich lächelte entschuldigend und deutete mit dem Kopf in die

Richtung, in der Lennox hinter der Glaswand stand und uns beobachtete. Kurz trafen sich unsere Blicke und ich erkannte, wie genervt er aussah. Ich lächelte entschuldigend, weil ich ihn nicht warten lassen wollte. Allerdings war Ian hartnäckig.

»Der Herr kann sicher auch noch ein paar Minuten auf dich verzichten.«

Ich schüttelte den Kopf. »Nein, die Besprechung ist wichtig.«

Wir standen noch ein paar Sekunden stillschweigend voreinander und wussten nicht so recht, was wir sagen sollten. Ian sah enttäuscht zu den Tassen in seinen Händen und das schlechte Gewissen übermannte mich. »Ich würde den Kaffee aber trotzdem nehmen, wenn du dir schon die Mühe gemacht hast.«

Das brachte ihn tatsächlich wieder zum Lächeln und er hielt mir einen Becher hin. »Gern.«

»Danke, Ian. Das ist wirklich nett von dir.« Etwas steif nahm ich sie ihm ab. »Tja, dann ... sehen wir uns einfach später?«

Während ich unsicher vor mich hin stammelte, schob ich mich an ihm vorbei. Er hielt mich nicht auf, aber drehte seinen Körper Stück für Stück mit und ließ mich nicht aus den Augen. Selbst als ich endlich im Konferenzraum angekommen war und die Tür mit dem Fuß zuschob, stand er immer noch auf dem gleichen Fleck wie eben und grinste mich an.

Statt einer Begrüßung stöhnte Lennox nur auf und beugte sich blitzschnell zu dem elektronischen Bedienfeld auf der Mitte des länglichen Konferenztisches. Er drückte einen Knopf und sofort wurden die Glasscheiben des Besprechungsraums undurchsichtig, sodass Ian verschwunden war. Dann wandte er sich mir zu.

»Was ist das zwischen euch?« Seine Stimme klang hart und ich war sowohl von der unterkühlten Stimmung im Raum als auch von der fehlenden Begrüßung etwas überrumpelt. Um mich zu sammeln, lief ich zunächst stumm um den Tisch herum auf die andere Seite und legte gegenüber von ihm meine Sachen ab. Sein Blick verfolgte mich dabei ganz genau, aber ich ignorierte das.

Erst als ich auf einem der Bürostühle aus Leder Platz genommen hatte, ging ich auf seine Frage ein. »Was ist dein Problem? Dass er nett zu mir ist?«

»Ach, du magst wohl *nett*?« Seine Augenbrauen wanderten nach oben. »Na ja, vielleicht wäre ich auch netter zu dir gewesen, hättest du meinen Kaffee nicht versalzen.«

»Stopp!« In einer ergebenen Geste riss ich die Arme nach oben und gab auf. Ich konnte das nicht mehr. Ich war es so leid und diese Diskussionen, dieses ständige gegeneinander Ankämpfen machten mich müde. Wir fingen jedes Mal wieder von vorn an und kamen dabei keinen Schritt weiter. »Werd einfach erwachsen, Lennox!«

Vielleicht war es die Aufforderung, vielleicht aber auch mein erschöpfter Tonfall oder beides zusammen, aber mit einem Mal verschwand der harte Ausdruck in seinen Augen. »Du hast recht. Es tut mir leid.«

Überrascht zog ich die Brauen nach oben. »Was?«

»Du hast –«, wollte er sich wiederholen, aber ich unterbrach ihn.

»Ich habe dich schon verstanden. Ich frage mich eher, was genau dir leidtut.«

»Alles«, kam es sofort zurück, aber so leicht würde ich es ihm nicht machen.

»Sei etwas genauer.«

Er stieß kurz die Luft aus und ließ seinen Kopf hängen, bevor er mich wieder ansah. Ein kleines Grinsen umspielte seine Mundwinkel. »Du magst es, mich zu quälen, oder?«

Mir fiel es schwer, mir mein Lächeln zu verkneifen. »Möglicherweise ja genauso, wie du es magst, mich zu quälen.«

Im Gegensatz zu vorhin fühlte sich diese Art von Diskussion anders an. Es war nicht länger ein Kampf, bei dem wir den anderen besiegen wollten. Unsere Worte waren keine Munition mehr, die wir uns wie Kugeln um die Ohren feuerten. Wir hatten die Waffen niedergelegt.

»Lass uns einfach ... Können wir nicht ...?« Mich verließ der Mut, meine Bitte laut auszusprechen, aber Lennox wusste genau, was ich meinte.

»Einen Neuanfang wagen?«

»Ja.«

»Gern. Also statt gegeneinander, arbeiten wir ab jetzt zusammen und gewinnen diesen Wettbewerb. Ist das ein Deal?«

Er reichte mir seine Hand über den Konferenztisch und ich zögerte nicht, sie zu ergreifen. Meine Finger schoben sich in seine warme Handfläche, bis diese sich weich um meine Haut schloss.

Auf einmal stand die Zeit still. Das Gefühl, das sich in meiner Brust breitmachte, erinnerte mich an diesen kurzen Moment, der folgte, wenn man ein Streichholz über die angeraute Seite der Holzschachtel zog. Es gab da diese Pause, diese Millisekunde Zeit, in der klar war, was gleich passieren würde, man aber trotzdem warten musste, bis der Funke übersprang, der das Streichholz entfachte. So ging es mir gerade. Ich wusste, es war nur noch eine Frage der Zeit, bis ich in Brand gesetzt wurde, und ich hatte dieses Mal absolut nichts dagegen zu brennen.

Viel zu schnell lösten sich unsere Hände wieder voneinander, während wir uns immer noch tief in die Augen sahen. Ich räusperte mich, um über die aufgeladene Stille zwischen uns hinwegzutäuschen, und zwang mich zur Professionalität.

»Dann wollen wir mal mit dem Meeting beginnen. Ich habe mir die Auswertung angesehen und auch die technischen Informationen des neuen Modells, die du beigelegt hast. Übrigens, danke dafür, das war eine sehr gute Idee.«

Lennox nickte nur.

»Sowohl online als auch offline konnte CIP bei der letzten Wirefy-Kampagne extrem gute Werte nachweisen, auf denen wir aufbauen werden. Das Unternehmen hat einen starken USP, der uns im Marketing unheimlich nützt.«

»USP?«, unterbrach Lennox meine Erklärungen verwirrt.

Ich sah ihn zweifelnd an. Er als künftiger CEO sollte über sowas eigentlich informiert sein. »Du weißt nicht, was ein *Unique Selling Point* ist? Also das Alleinstellungsmerkmal, das eure Produkte oder eure Strategie von der Konkurrenz abhebt?«

Es war kurz still zwischen uns, bevor er sich auf die Lippe biss und grinsen musste. »Klar, weiß ich das. Ich wollte dich nur testen.«

»Ha ha, nicht witzig!«, meinte ich trocken, bevor ich fortfuhr. »In unserem Strategiekonzept würde ich CIP vor allem im Social Media Bereich stärker implementieren wollen. Hier zeigen die Zahlen noch Luft nach oben.«

»Wie willst du das anstellen?«

»Mit etwas, das CIP bisher noch nie ausprobiert hat. Es ist eine Art von Werbung, die auf die Zielgruppe unheimlich sympathisch, authentisch und überzeugend wirkt. Sie bringt dem Kunden das neueste Smartphone schon vor dem Release auf eine gewisse Weise näher, macht es anfassbar. Außerdem sprechen wir hier von modernem Marketing. CIP wäre damit Vorreiter seiner Branche.«

Als ich gestern Abend von Lennox' Party nach Hause gekommen war, hatte ich zum ersten Mal so etwas wie Heimweh verspürt. Dabei vermisste ich gar nicht London. Das sentimentale Gefühl hatte weniger mit einem Ort, als viel mehr mit einem Lebensabschnitt zu tun gehabt. Der Abend hatte mich daran erinnert, dass ich früher oft auf Partys gewesen war und Momente davon mit meiner Handykamera eingefangen hatte, um sie mit zigtausend Fremden zu teilen. Ich vermisste nicht die Feiern, aber den Austausch mit Followern und das Gefühl der Gemeinschaft. Bei den Gedanken an meinen alten Beruf war mir die Idee gekommen. Ich wusste, sie war gut und jetzt galt es, Lennox davon zu überzeugen.

Er schien grundsätzlich interessiert. »Erzähl mir mehr.«

»Ich glaube, es ist an der Zeit für Influencer-Marketing. Man könnte zehn bis zwanzig erfolgreiche Influencer unterschiedlicher

Sparten vor Verkaufsstart eine Woche lang das neue Smartphone-Modell testen und über diese Erfahrungen berichten lassen. Sie könnten zum Beispiel das neue Wirefy nutzen, um ihren Content zu produzieren. Mit der Top-Kamera, die darin verbaut ist, sollte das kein Problem sein.«

»Ist das dein Ernst?« Statt überzeugt sah Lennox eher entsetzt aus. Ich runzelte die Stirn, weil ich seine Reaktion nicht nachvollziehen konnte. »Du willst wirklich, dass CIP irgendwelchen Make-up- und Modepüppchen, die gerade einmal den Satz *Ich habe einen Rabattcode für euch* fehlerfrei in eine Handykamera sprechen können, unser neuestes Modell zum Testen geben, damit die dann Werbung für uns machen? Mal abgesehen von der Geldverschwendung, was bringt uns das?« Er klang bestürzt und sah mich an, als hätte ich den Verstand verloren. Ich versuchte, mich nicht persönlich angegriffen zu fühlen, aber seine Worte schmerzen – in mehr als einer Hinsicht.

»Reichweite und Kaufempfehlungen«, meinte ich schlicht und seufzte, da ich mit einer solchen Ablehnung nicht gerechnet hatte. »Blockst du die Idee ab, weil ich sie vorgeschlagen habe oder –?«

Er ließ mich nicht ausreden. »Nein, ich bin nicht gegen die Idee, weil sie von dir kommt, sondern weil sie schlecht ist.«

Rumms. Das hatte gesessen!

»Okay, was schlägst du stattdessen vor?«, fragte ich gereizt. Sein Protest irritierte mich, vor allem da er anscheinend nur auf Vorurteilen gegenüber Influencern basierte.

»Keine Ahnung, aber CIP macht keine Influencer-Werbung. Das haben wir noch nie!«

Um seine Worte zu verdeutlichen, stand Lennox auf und positionierte sich wie ein Chef an der Stirnseite des Konferenztisches. Ich wollte sein Nein nicht so einfach akzeptieren und tat es ihm gleich. Mit den Händen an der Hüfte baute ich mich vor ihm auf.

»Das ist deine Ansicht, aber du bist nicht der Chef. Noch nicht.«

»Oh, du kannst es gern meinem Dad vorschlagen. Was meinst du, was der sagen wird?«

Wenn ich an das erste Gespräch mit Mr. Mercier-Campbell zurückdachte, dann erschien es mir nicht so, als würde er die Vorurteile seines Sohns gegenüber Influencern teilen.

Ich trat einen Schritt auf ihn zu. »Woher willst du wissen, dass er deiner Meinung wäre? Ich glaube eher, du hältst nichts von Influencern und bist deswegen gegen die Idee. Hätte nie gedacht, dass du so spießig bist.«

Aufgebracht blickte Lennox von oben auf mich herab. »Ich habe kein Problem mit Influencern und ich bin auch nicht spießig.«

»Ach so, ich verstehe. Dann willst du also nichts Neues ausprobieren. Wie willst du mal ein guter CEO werden, wenn du dem Wachstum deines Unternehmens eher im Weg stehst, als es voranzutreiben?«

»Das tue ich nicht. Das ist nicht wahr!«

Jetzt kam er wütend auf mich zu und plötzlich standen wir uns ziemlich nah gegenüber. Ich spürte die Hitze, die von seinem Körper ausging. Durch die aufgeladene Stimmung zwischen uns hatte sich seine Atmung beschleunigt und seine Augen funkelten dunkelgrün, als sich sein Blick in meinen brannte. Die Diskussion hatte auch meinen Puls nach oben schnellen lassen und ich hatte Mühe, klar zu denken.

»Was ist es dann, Lennox? Hast du Angst?«

Er schnaubte verächtlich auf. »Wovor denn?«

»Keine Ahnung?! Vielleicht vor der Idee und dass sie gut sein könnte? Vielleicht macht dir aber auch insgeheim die Vorstellung Angst, dich auf mich einzulassen, damit wir ein echtes Team werden können?«

»Hör auf mit diesen dämlichen Vielleichts und außerdem ist das lächerlich. Ich habe keine Angst. Nicht vor etwas Neuem und auch nicht vor dir.«

»Dann beweis es mi-«

Ich war mit der Forderung noch gar nicht richtig fertig, da lag seine Hand an meinem Hals und sein Mund auf meinem.

Von jetzt auf gleich änderte sich einfach alles.

Mein Herz schlug mir bis zum Hals, das Blut rauschte in meinen Ohren und ein Brennen machte sich in meinem Oberkörper breit. Ich hielt die Luft an, obwohl es meine Lunge jetzt schon keine Sekunde ohne Sauerstoff aushielt. Sämtliche Nerven meines Körpers konzentrierten sich nur auf das Gefühl von fremden Lippen auf meinen. Und dann spürte ich ihn – diesen Funken, auf den ich vorhin gewartet hatte. Jetzt war er da, sprang auf mich über und steckte mich in Brand. Innerhalb weniger Herzschläge stand ich lichterloh in Flammen.

Ich zwang meinen Körper dazu, sich zu bewegen. Anstatt Lennox von mir zu stoßen, wie ich es mit einem gesunden Menschenverstand wohl getan hätte, zog ich ihn mit hastigen Bewegungen zu mir und schloss damit die kleine Lücke zwischen uns. Auch er drängte sich energisch gegen meinen Körper. Ich war mir sicher, wir legten gerade beide all unsere Wut und sämtliche Gefühle, die sich in den letzten Wochen angestaut hatten, in diesen Kuss. Wir gaben ihm unser Alles und hatten keine Angst, uns vollkommen im jeweils anderen zu verlieren. Mit einem Mal war Lennox überall. Ich spürte ihn, ich atmete ihn ein und ich schmeckte ihn. Er wurde zu meinem Sauerstoff, rauschte mir durch meine Blutbahnen direkt ins Herz und infiltrierte jede Zelle meines Körpers. Unsere Verbindung zueinander war so stark wie nie. Selbst das Feuer in mir, das unaufhörlich brannte, mir das Blut in die Wangen trieb und ein Pochen zwischen meinen Beinen auslöste, konnte ihm nichts anhaben. Er war nicht nur einfach ein Mann, den ich küsste. Nein, mit diesem Kuss war er zu einem echten Teil von mir geworden.

Auf Zehenspitzen streckte ich mich ihm entgegen, während meine Hände unter sein Jackett fuhren und es dann mit ruckartigen Bewegungen von seinen Schultern strichen. Lennox befreite seine Arme und ließ es achtlos zu Boden fallen. Er zwang meine Lippen dazu, sich für ihn zu öffnen, und zögerte nicht, mich mit seiner Zunge zu erkunden. Nichts, was er tat, fühlte sich zurückhaltend und unsicher an und ich mochte das so sehr, dass meine Knie davon weich wurden. Das schien er instinktiv zu spüren, denn er umfasste meine Oberschenkel und hob mich, ohne den Kuss zu unterbrechen, mit einem Ruck auf den Konferenztisch. Der Saum meines Rocks rutschte nach oben und als er zwischen meine Beine trat, die ich ihm Halt suchend um die Hüfte schlang, bemerkte ich, wie hart er war.

Was wir hier taten, hatte nichts mehr mit meinem Traum zu tun. Es war nicht nur gut, es war berauschend und so viel besser als in meiner Vorstellung. Meine Finger fuhren ihm durch seine aschblonden Haare und brachten das wilde Chaos noch mehr durcheinander. Als er deswegen leise aufstöhnte, wirkte das wie ein Brandbeschleuniger auf mich. Alles in mir zog sich zusammen und schrie nach mehr. Ich wollte mehr, ich brauchte mehr, ich brauchte ihn. Jetzt. Sofort.

Als ich das Gefühl bekam, die Empfindungen wurden mir zu viel, unterbrach ich den Kuss, ließ meinen Kopf in den Nacken fallen und schloss die Augen. Lennox nutzte die Chance, seine Lippen wanderten zu meinem entblößten Hals, wo er Küsse auf die überhitzte, sensible Haut hauchte, bis er einen empfindlichen Punkt direkt unter meinem Ohr fand. Dort begann er, leicht an der Haut zu knabbern, und ich schnappte nach Luft.

»Oh Gott«, entfuhr es mir und das brachte ihn zum Grinsen.

Seine Hände fuhren wie in meinem Traum von meinen Knien über meine nackte Haut in Richtung Hüfte. Als sie bei meinem Slip ankamen und er seine Daumen über die Innenseite meiner Schenkel kreisen ließ, fielen mir plötzlich diese hässlichen Gedanken wieder ein, die mich nach meinem Traum heimgesucht hatten. Ich stellte mir vor, wie er meinen Körper wohl gerade wahrnahm, wie es sich für ihn angefühlt haben musste, über das Fett an der Innenseite der Schenkel zu streicheln, und erstarrte. Von jetzt auf gleich war das berauschende Gefühl vorbei, das Feuer erloschen und mein Kopf voller Scham.

Lennox bemerkte, dass etwas nicht stimmte, als ich mich verkrampfte. Er löste sich ruckartig von mir, gab mir den Abstand, den ich brauchte, um wieder atmen zu können.

»Hey, was ist los?«

Seine grünen Augen suchten meinen Blick. In ihnen lag jede Menge Besorgnis, aber ich konnte ihm nicht antworten, ich konnte ihn nicht mal ansehen.

»Habe ich etwas falsch gemacht?« Seine Stimme klang unsicher und ich schüttelte nur mit dem Kopf, während die Hitze in meinen Wangen brannte.

Als er zärtlich mit seinem Zeigefinger mein Kinn anheben wollte, kam plötzlich Leben in meinen Körper. Hektisch stieß ich ihn von mir, sprang vom Tisch und strich mir den Rock nach unten.

»Ich ... Das ist nicht ...«, stammelte ich und blickte währenddessen die ganze Zeit zu Boden. Ich realisierte, dass ich jetzt keinen vernünftigen Satz zustande bekommen würde, und drehte mich auf der Stelle um, um kopflos aus dem Raum zu stürmen.

»Amely!«

Ich hörte noch, wie Lennox mir hinterherrief, aber ich blieb nicht stehen.

Kapitel 23

Lennox

Alles, was ich tun konnte, war, ihr dabei zuzusehen, wie sie vor mir davonlief. Sie reagierte nicht, wollte nicht aufgehalten werden, und das musste ich akzeptieren. Ich war zwar enttäuscht darüber, dass sie etwas abbrach, was ich nur zu gern fortgesetzt hätte, aber viel mehr machte ich mir Sorgen. Ich hatte keine Ahnung, was gerade passiert war. Hatte ich etwas falsch gemacht? Hatte ich ihr, ohne es zu merken, weh getan? Fuck, irgendetwas musste mir entgangen sein.

In meiner Brust machte sich ein Druck breit. Ich brauchte jetzt ganz dringend eine Zigarette und frische Luft, denn in Amelys Gegenwart konnte ich weder richtig atmen noch einen klaren Gedanken fassen. Und jetzt, da sie mir so verflucht nah gewesen war und ich sie in meinen Händen gehalten und auf meinen Lippen gespürt hatte, war ich absolut besessen von dieser Frau. Seit Tagen, wenn nicht sogar schon Wochen, spukte mir Bambi im Kopf herum, aber mit diesem Kuss hatte ich wahrlich meinen Verstand verloren. Und mein Herz. Wie war es nur so weit gekommen?

Ich hatte gerade mein Jackett vom Boden aufgehoben und wieder angezogen, als die Tür zum Konferenzzimmer geöffnet wurde. Mein Vater betrat den Raum und mein Magen zog sich mit einem unguten Gefühl zusammen.

»Hi, Dad. Was willst du denn hier?«

Die Frage klang schroff und auch ein wenig abweisend, aber meine Laune befand sich seit Bambis Flucht im freien Fall und hatte dabei den Rest meiner Geduld mit sich gerissen.

Mein Vater bemerkte Amelys Sachen, die sie auf dem Konferenztisch vergessen hatte. »Ich habe gehört, ihr habt gerade eine Besprechung zur neuen Wirefy-Kampagne und ich dachte, ich schau mal vorbei.«

Ein Kontrollbesuch also. *Na klasse.*

»Wo ist Ms. Spencer?« Suchend sah er sich um, obwohl es doch mehr als offensichtlich war, dass sie fehlte.

»Keine Ahnung. Wir legen gerade eine kurze Pause ein. Sie ist sicher nur mal zur Toilette.«

Mein Vater brauchte nicht zu wissen, was wir gerade getan hatten.

»Kommt ihr gut voran?«

Ich nickte. »Ja, wir haben ein paar Vorschläge.«

»Oh, hoffentlich ist mal eine frische, neue und ausgefallene Idee dabei. Ich kann diesen ganzen alten Mist, den wir immer wieder nur aus Gewohnheit machen, nicht mehr sehen. Das ist ja auch der Grund für diesen ungewöhnlichen Wettbewerb.«

Ich gab es ungern zu, aber seine Aussage spielte Amely mächtig in die Karten. Bevor ich mich stoppen konnte, hörte ich mich sagen: »Dann sei gespannt. Wir feilen gerade an etwas, das CIP so bisher noch nie ausprobiert hat.«

Dad war sofort neugierig. »Was ist es?«

»Das kann ich dir jetzt noch nicht verraten. Dafür ist doch die Präsentation in ein paar Wochen da.«

»Lennox, ich frage dich nicht als dein CEO, sondern als dein Vater, der sich nach deiner Arbeit erkundigt. Ich werde mich jeglicher Meinung enthalten und diese euch erst nach der Präsentation mitteilen. Versprochen. Also?«

Es hatte nicht nur Gutes, in einem Familienunternehmen zu arbeiten. Die Grenzen zwischen den Rollen von Familienmitgliedern verschwammen. Man war nicht länger nur Sohn und Vater – der Übergang zum Angestellten und Vorgesetzten war fließend und ich fühlte eine gewisse Verpflichtung, ihm etwas zu präsentieren, auch wenn er jetzt angeblich nur als mein Dad vor mir stand. Was sollte ich jetzt tun? Ich war mir sicher, er wäre von der Idee mit den Influencern nicht begeistert, aber ich hatte leider kein anderes Ass im Ärmel.

»Ich weiß nicht, ob ich dir ohne Amelys Zustimmung davon erzählen sollte. Es war meine Idee und sie ist nicht wirklich begeistert«, versuchte ich auf Zeit zu spielen und log aus gutem Grund. Wenn meinem Vater die Idee nicht gefiel, sollte er lieber denken, sie wäre von mir. Ich war seine Enttäuschung gewohnt, aber Amely hing an ihrem Praktikum und der möglichen Festanstellung, die ihr bei einem erfolgreichen Abschluss sicherlich ermöglicht wurde.

Als mein Vater mich erwartungsvoll ansah, wusste ich, ich hatte keine Wahl. »Ich dachte, man könnte bei dieser Kampagne mit Influencer-Marketing unsere Zahlen im Social Media-Bereich verbessern. Influencer testen das neue Wirefy-Modell vor Verkaufsstart und berichten dann über ihre Erfahrungen.«

»Influencer-Marketing? Wirklich?« Mein Vater kratzte sich kurz am Kinn, während er nachdachte.

Ich nickte.

»Und das war wirklich deine Idee?«, hakte er dann nach. »Nicht die von Ms. Spencer?«

Erneut nickte ich. Es war kurz still, bis sich mein Vater räusperte. Doch anstatt auf die Idee zu reagieren, sagte er plötzlich etwas ganz anderes.

»Mir sind in letzter Zeit viel weniger Beschwerden über dich zu Ohren gekommen. Ich wusste, die Zusammenarbeit mit Ms. Spencer würde einen positiven Effekt auf dich haben.«

Ich schluckte und blieb still. Wenn mein Vater wüsste, welchen Effekt Amely wirklich auf mich hatte, würde er mich sicherlich nicht mehr mit ihr zusammenarbeiten lassen.

»Ich würde gern mit dir essen gehen. Wir sollten uns unterhalten«, schlug er dann vor. »Reservier etwas und gib Mrs. Watson Bescheid. Sie wird es in meinen Terminkalender eintragen.«

Überrascht blinzelte ich ein paar Mal, bevor ich mich räusperte und zusammenriss. »Oh, ja, na klar, das werde ich.«

Zufrieden wandte sich mein Vater zum Gehen. »Dann werde ich euch jetzt nicht länger stören und weiterarbeiten lassen.«

Ich beobachtete, wie er in Richtung Tür ging. Seine Hand lag bereits auf der Klinke, als er sich noch mal zu mir umdrehte. »Eine Bitte hätte ich noch, Lennox.«

»Ja?«

»Lüg mich nie wieder an. Wir wissen beide, dass die Influencer-Idee nicht von dir ist.«

Ich musste aufpassen, dass mir vor Schock nicht meine Kinnlade nach unten klappte. Er hatte die Lüge einfach so durchschaut, aber wie? Traute er mir wirklich so wenig zu, dass er annahm, ich würde niemals auf so eine Idee kommen? Oder lag es gar nicht an mir, sondern an Amely?

»Dad, woher weißt du, dass ich gelogen habe?«

»Wenn du das noch nicht selbst herausgefunden hast, werde ich es dir nicht verraten.«

Kapitel 24

Amely

Zum ersten Mal, seit ich in New York City wohnte, gewitterte es. Dunkle Wolken bedeckten den Himmel und sorgten für eine düstere Atmosphäre, die nur ab und zu durch einen grellen Blitz erhellt wurde. Der Donner, der danach folgte, war so laut, dass man das Gefühl hatte, er brachte das Hochhaus zum Beben. Ich saß in einem der großen Sitzfenster im Wohnzimmer und starrte nach draußen. Es regnete an die Scheibe und einzelne Tropfen liefen wie Tränen am Glas hinab. War es nicht bittersüße Ironie des Schicksals, dass das düstere Wetter gerade perfekt zu meiner Stimmung passste?

Ich konnte es immer noch nicht fassen, aber ich hatte Lennox Mercier-Campbell geküsst – den Menschen, der meine Geduld die letzten paar Wochen extrem auf die Probe gestellt hatte. Und das ausgerechnet im Büro. In einem unverschlossenen Konferenzzimmer, in das jederzeit hätte jemand reinplatzen können. So unprofessionell verhielt ich mich eigentlich nie. Was hatte ich mir nur dabei gedacht?

Die Antwort war simpel. Gar nichts. Ich hatte das Denken eingestellt, die Kontrolle verloren und war schmerzhaft daran erinnert worden, dass mir so etwas nicht passieren durfte.

Als ich jetzt auf die Skyline Manhattans starrte, tobten viele unterschiedliche Gefühle in mir, aber keins davon war Reue. Der Kuss hatte mich überrascht, aber je länger ich darüber nachdachte, desto sicherer war ich mir, dass er unvermeidbar gewesen war. Vielleicht, weil Lennox und ich uns so lange aneinander aufgerieben hatten,

179

dass sich zu viel Spannung zwischen uns angestaut hatte. Vielleicht aber auch, damit ich mir nicht länger etwas vormachen konnte.

Vielleicht. Da war es wieder, dieses Wort, das auch Lennox benutzt hatte. In dem Moment hatte ich ihm angesehen, dass er die Wahrheit gesagt hatte. Und ich musste genauso ehrlich zu mir selbst sein. Ganz langsam hatte er sich nicht nur in meine Gedanken geschlichen, sondern es auch geschafft, meine Gefühle für ihn zu wandeln. Und es gab nichts, was ich dagegen tun konnte. Allerdings war es ebenso zwecklos, zu leugnen, dass das, was sich gerade zwischen uns entwickelte, mir mein Leben schwerer machte. Vorher hatte ich in Ruhe heilen können und war ausschließlich auf mich fokussiert gewesen. Jetzt gab es da jemanden, der meine Aufmerksamkeit beanspruchte, ohne zu wissen, wie es in mir aussah oder meine Geschichte zu kennen. Lennox wusste nicht, dass ich nicht nur krank, sondern irgendwie auch ein bisschen kaputt war, aber er konnte auch nichts dafür, dass meine Gefühle für ihn mich zwangen, mein eh schon mitgenommenes Herz aufs Spiel zu setzen. Ich wusste nicht, ob ich bereit dafür war, ob ich ihm vertrauen konnte. Ich wusste ja nicht mal, wie ich meine heutige Flucht aus dem Konferenzzimmer erklären sollte.

Den Rest des Arbeitstages war ich ihm aus dem Weg gegangen und hatte mich mit Erlaubnis von Mr. Daniels ins Home-Office zurückgezogen. Mir war klar, dass Lennox mich darauf ansprechen würde, sobald wir uns wiedersahen. Er war niemand, der mir sowas durchgehen ließ. Ich hoffte nur, dass mir bis dahin eine plausible Erklärung einfiel, die er mir glauben würde, ohne dass ich ihm die volle Wahrheit erzählen musste.

Das Klingeln an der Haustür riss mich aus meinen Gedanken. Sofort beschleunigte sich mein Puls, weil ich befürchtete, keine Schonfrist zu bekommen. Was, wenn Lennox vor der Tür stand?

Ich eilte mit leisen Schritten zur Tür und lugte durch den Spion, nur um festzustellen, dass ein anderes Familienmitglied der Mercier-Campbells davor wartete. Ivy grinste schon, bevor ich ihr überhaupt aufgemacht hatte, und als ich das dann tatsächlich tat, zog sie mich zur Begrüßung in ihre Arme. Als Nächstes machte sie einer kleinen, hübschen Frau in den Dreißigern mit kirschrotem Pixie-Haarschnitt und einem dazu passenden Lippenstift Platz, die eine Kleiderstange neben sich her in meine Wohnung schob. Diese war mit vielen weißen Kleidersäcken behangen.

Ich begrüßte die Fremde mit einem warmen Lächeln, ehe ich mich an Ivy wandte. »Ähm, hi, was wird das?«

Sie hatte es sich mittlerweile auf meiner Couch bequem gemacht und sah mich mit großen, erwartungsvollen Augen an. »Du hast es vergessen, oder? Ich habe versucht, dich zu erreichen, aber dein Telefon war aus.«

Wie aus heiterem Himmel fielen mir in diesem Moment wieder zwei Dinge ein, die ich aufgrund der Aufregung der letzten Zeit vollkommen vergessen hatte. Erstens waren Ivy und ich heute Nachmittag zum Shoppen verabredet gewesen, um ein Kleid für das CIP-Sommerfest zu finden, und zweitens sollte dieses bereits am Samstag, also morgen, stattfinden.

»Verfluchter Mist!«, entfuhr es mir. »Das habe ich komplett vergessen, weil der Tag im Büro so beschissen war.«

Sie sah mich aufmerksam an. »Was war los?«

»Ach, einfach viel zu tun.« Ich winkte ab und schluckte mein schlechtes Gewissen herunter.

»Dann kann der Tag nur besser werden. Ich dachte mir sowieso, ich bringe die Kleiderauswahl lieber zu dir, weil ich nicht weiß, wie wohl du dich aktuell in Umkleiden fühlst.«

Dankbar nickte ich ihr zu, während sich in meinem Hals ein Kloß bildete. In diesem Moment war ich froh, ihr von der Krankheit erzählt zu haben. Sie hatte recht: Die Vorstellung, in einer Kabine zu stehen, in der ich mich bei grellem Licht von allen Seiten im Spiegel mustern konnte, ließ Panik meinen Körper fluten. Meine Hände wurden schon feucht, wenn ich nur daran dachte.

Ivy fiel etwas ein. Sie deutete auf ihre Begleitung. »Ach, ich habe ja völlig vergessen, euch vorzustellen. Das ist Juliette. Sie ist Mode-Designerin und eine gute Freundin von mir. Ich habe sie um diesen Gefallen gebeten und sie hat großzügigerweise zugestimmt. Das auf der Stange sind ihre besten Stücke. Juliette, das ist Amely, ebenfalls eine gute Freundin von mir. Es wird ihr erstes CIP-Sommerfestspektakel und wir brauchen ein Hammer-Outfit für sie.«

Die Frau lachte und nickte, ehe sie sich daran machte, die Kleidersäcke zu öffnen.

Juliette? Doch aber nicht die Juliette Degrain, oder? Dieser Name war mittlerweile weltweit bekannt, denn ihre extravagante Modenschau war das Highlight jeder Fashion Week. Sie kleidete normalerweise nur Top-Klienten, erfolgreiche Schauspielerinnen oder Musikerinnen ein. Und nun stand sie hier. In meinem Wohnzimmer. Konnte mich mal jemand kneifen?

Ich war sprachlos und ließ mich neben Ivy auf das Sofa fallen. Einen Moment lang beobachteten wir stumm die Designerin dabei, wie sie nach und nach wunderschöne, elegante Abendkleider auspackte. Ich erinnerte mich an das, was Ivy mir bereits über die Feier erzählt hatte. Allerdings fehlte mir eine wichtige Information.

»Welches Motto hat der Ball nun eigentlich?«

Ivys Grinsen wurde teuflisch. »Dieses Jahr heißt es *Saints versus Sinners – Der Kampf der Heiligen gegen die Sünder*. Ist das nicht witzig? Passt doch irgendwie zu Lennox und dir.« Sie kicherte, aber mir war gar nicht zum Lachen zumute.

»Nur damit ich das richtig verstanden habe: Das wird am Samstag also kein kleines Fest, sondern ein Riesenevent?«

Ivy nickte. »Wir sind die Mercier-Campbells. In meiner Familie ist alles ein Riesenevent und der Ball ist die wichtigste Veranstaltung der Firma. Dazu sind nicht nur alle Mitarbeiter des Hauptsitzes geladen, sondern auch die Führungskräfte der internationalen CIP-Standorte, ein paar Businesspartner meines Vaters sowie die engsten

Freunde und Bekannten der Familie. Nicht alle haben zugesagt, aber wir erwarten knapp über vierhundert Gäste.«

»Großartig.«

Man hörte mir an, dass ich das alles andere als großartig fand.

»Mein einziger Wermutstropfen wird die Anwesenheit von Madeline und Lennox' kompletter Freundesgruppe sein.« Ivy verzog das Gesicht. »Es ist die einzige Veranstaltung im Jahr, auf der ich ihre Gesellschaft ertragen muss und nicht flüchten kann.«

Ich nickte, während meine Gedanken im Kopf in Besorgnis erregender Geschwindigkeit kreisten.

»Aber wie gut, dass ich dieses Jahr dich an meiner Seite habe. Vielleicht wird es dann nur halb so schlimm.«

»Zunächst muss ich mir noch ein Taxi oder ein Uber organisieren, das mich morgen früh in die Hamptons bringt. Ihr habt nicht zufällig einen Fahrer, den ihr entbehren könnt?«

Ivy schüttelte energisch den Kopf. »Du brauchst kein Taxi, keine Sorge. Überlass das alles mir und warte morgen einfach Punkt zehn unten vor dem Gebäude. Ach, und pack am besten für eine Übernachtung.«

Danach klatschte sie in die Hände und sprang auf. Ich erkannte, dass Juliette mit dem Auspacken fertig war, und nun erwartungsvoll und geduldig neben der Kleiderstange wartete. Sie überließ Ivy das Kommando, die sofort begann, die Kleider zu begutachten.

»Du bist zwar eher so der Typ Heilige und müsstest daher etwas Weißes, Unschuldiges tragen«, erklärte sie, während sie suchend die Roben auf der Stange von links nach rechts schob. »Aber ich dachte, da du dich mit meinem Bruder quasi im Krieg befindest und dich nicht unterkriegen lässt, darf es auch ruhig ein gewagtes Outfit sein. Etwas Sündhaftes. Etwas Laszives, das gleichzeitig aber auch deine Stärke betont.«

»Gibt es denn einen Schnitt, in dem du dich besonders wohl fühlst? Eine Farbe, die du magst?«, fragte nun auch Juliette.

Ivy nickte. »Ja und welche Stellen deines Körpers würdest du gern kaschieren? Welche betonen?«

Beide sahen mich gespannt an. Etwas überfordert blies ich die Luft durch meine Wangen. Erst der Kuss und jetzt diese Anprobe, irgendwie wurde mir alles zu viel. In mir wuchs Angst, vor allem wenn ich die Designerstücke auch nur ansah, und daher beschloss ich, ehrlich zu sein.

»Ich glaube nicht, dass mir überhaupt ein Kleid passen wird.«

Juliette machte einen Schritt auf mich zu und legte sich beide Hände auf die Brust. Ihre weichen Bewegungen erinnerten mich irgendwie an die einer Fee. »Genau dafür bin ich doch da. Vertrau mir, wenn ich hier fertig bin und mich verabschiede, wirst du nicht nur ein Kleid haben, das passt, sondern in dem du auch noch bezaubernd aussiehst.«

Ihre glockenklare, helle Stimme mit dem französischen Akzent hatte eine beruhigende Wirkung auf mich. Sie umhüllte mich wie eine kuschlige Decke und schenkte mir Geborgenheit. So war ich geneigt, ihr alles zu glauben, und stand auf, um auf die Kleiderstange zuzugehen.

»Okay, also, was den Schnitt angeht, habe ich keine Präferenzen. Ein bodenlanges Kleid, das meine Beine verdeckt, wäre schön.«

»Kein Problem.«

Juliette nahm sofort alle kurzen Kleider von der Stange, um sie wieder in den Kleidersäcken zu verstauen. Ich ließ meinen Blick über die übrigen Kleider schweifen. Alle sahen wunderschön aus. Keine Ahnung, wie ich da eine Auswahl treffen sollte. Gott sei Dank gab es ja noch Ivy.

»Hier. Das ist es. Das kann ich spüren. Probiere es an.«

Sie hielt mir eine ausladende Robe hin, deren schwarzer, bodenlanger Rock aus mehreren, sich überlagernden Spitzentüll-Stufen bestand. Mehr Zeit bekam ich nicht, mir das Kleid in seiner Gänze anzuschauen, ehe sie mich energisch in Richtung Schlafzimmer scheuchte. Juliette folgte und war mit Sicherheitsnadeln bewaffnet, um mir beim Anziehen und Binden der Korsage zu helfen. Keine Minute später stellten wir fest, dass wir die Hilfsmittel gar nicht benötigten. Überraschenderweise saß das Kleid wie angegossen und schmiegte sich an meinen Körper, als sei es eine eigens für mich vorgesehene Anfertigung.

Als ich ins Wohnzimmer zurücklief, raschelte der Spitzenstoff und das Geräusch ließ Ivy von ihrem Handy aufsehen. »Verdammt! Du wirst mir definitiv Konkurrenz als schönste Frau des Abends machen.«

Ich wurde rot, weil ich ihr das nicht wirklich glauben konnte.

»Gibt es hier irgendwo einen Spiegel?«, fragte Juliette und erinnerte mich so an die Aufräumaktion meiner Schwester. Betreten sah ich erst zu Ivy, dann zu der Designerin. »In der Garderobe neben der Haustür.«

Ohne zu zögern, sprang Ivy auf, öffnete die Garderobe und hievte das Monstrum, das Steph vor Wochen in den leeren Raum verbannt hatte, wieder zurück ins Wohnzimmer. Juliette half ihr, es gegen die Rückseite eines Sofas zu lehnen. Bei seinem Anblick bekam ich Herzrasen und wurde an all die Momente erinnert, die ich hineingesehen hatte und wegen meines Spiegelbilds in Tränen ausgebrochen war.

Ivy schien zu spüren, was in mir vorging. Sie nahm mich an die Hand und zog mich behutsam vor den Spiegel. Kaum hatte sie mich positioniert, trat sie zur Seite, blieb aber neben mir stehen und hielt mich fest. Zittrig atmete ich aus, dann hob ich meinen Blick.

Die meisten entscheidenden Augenblicke im Leben nahm man erst als solche wahr, wenn sie schon vergangen waren und man auf sie zurückblickte. Es gab nur wenige, bei denen man sich direkt bewusst war, dass gerade etwas Großes mit einem passierte. Etwas, das man nie vergessen würde und das einen an Ort und Stelle veränderte. Für mich waren das Gänsehaut-Momente – selten, aber dafür umso bedeutender. Und das hier war so einer.

Langsam tasteten sich meine Augen über mein Spiegelbild und ich zog scharf die Luft ein. Meine Hände glitten über den Stoff an meiner Taille, unter dem ich die Verstärkung der Korsage spürte. Ebenso federleicht wie er sich auf meiner Haut anfühlte, war er auch unter meinen sensiblen Fingerspitzen. Meine Augen folgten der Bewegung und gleichzeitig lief mir ein wohlig-warmer Schauer durch den Körper. Weil ich meinem Anblick nicht traute, ließ ich Ivy los und machte einen Schritt auf den Spiegel zu. Dabei erklang das sanfte Rascheln des Rocks, so als würde ich auf einer Wolke schweben.

Mir fehlten die Worte. Selbst die geringere Distanz zum Spiegel änderte nichts daran, dass mir eine wunderschöne junge Frau entgegenblickte, die ... ich war. Ich konnte das nicht wirklich begreifen. Nichts, was ich jetzt sagen wollte, wurde dem gerecht, was ich fühlte, und dabei wusste ich nicht mal, was das genau war. So geschockt war ich von meinem Spiegelbild.

Das Kleid hatte so viele besondere Details, die mir auf den ersten Blick entgangen waren. Der Spitzentüll des Rocks glitzerte leicht, sodass nicht nur die einzelnen Stufen betont wurden, sondern das Kleid im Gesamten funkelte. Auch das Oberteil, welches sich durch die Schnürung der Korsage eng an meine Taille schmiegte, war mit Spitze besetzt, die für einen schmalen Streifen auf Höhe der Rippen durchsichtig wurde, sodass die Haut darunter zum Vorschein kam. Der herzförmige Ausschnitt betonte meine kaum vorhandene Oberweite und die Spitzenträger, die einfach nur locker an den Seiten der Schultern baumelten, als seien sie heruntergerutscht, kaschierten zumindest ein bisschen meine Oberarme.

Wie lange war es her, dass ich mir selbst im Spiegel gefallen hatte? Die Antwort war leicht – viel zu lange. Und obwohl das ein Grund zur Freude war, nahm mich ein bittersüßes, schweres Gefühl ein, das mir die Tränen in die Augen trieb. Das Atmen wurde schwerer, der Kloß in meinem Hals wuchs.

Reiß. Dich. Zusammen!

Ich wandte mich zu einer freudestrahlenden Juliette um. »Danke! Es ist wahrlich ein Meisterwerk und ich –«

Mitten im Satz brach mir die Stimme weg und mein Körper begann zu zittern, weil ich so sehr versuchte, meine Gefühle zu kontrollieren. Plötzlich spürte ich, wie Tränen meine Wangen hinunterliefen. Ein Schluchzer entwich meiner Kehle und erschrocken darüber presste ich mir die Hand vor den Mund. Meine Knie gaben nach und ich sank zu Boden, wo ich mir die Hände vors Gesicht presste. Der Rock bauschte sich um meinen Körper. Selbst in dieser Haltung fühlte sich das Kleid kein bisschen unbequem an und das gab mir die Chance, mich nur auf mich und das Gefühlschaos in mir zu konzentrieren.

Jahrelang war ich nie genug gewesen. Nie hübsch genug. Nie schlank genug. Nie glücklich genug. Mir hatte immer etwas gefehlt. Ich war nicht richtig gewesen – zumindest nicht so, wie ich es sein sollte. Wie es bei allen anderen war. Deswegen hatte ich mich auf Makel fokussiert und Fehlern meine gesamte Aufmerksamkeit geschenkt. Aber verschwunden waren sie dadurch nie. Ich hatte gelitten, mich selbst gehasst und verteufelt für diese beschissene Krankheit, die mir das Gefühl für meinen eigenen Körper nahm. Es hatte einen Klinikaufenthalt mit Therapie, jede Menge harter Arbeit an mir selbst und ein Umzug nach New York City gebraucht, um endlich hier zu stehen und mich schön zu finden.

Jetzt gerade wollte ich nicht mehr stark sein, sondern in diesem puren Glücksgefühl zergehen und heulen – um das Mädchen, das sich damals in diese Essstörung manövriert hatte, das jahrelang mit Schmerzen gelebt, zu viel Zeit an diese Krankheit verloren und keine Hilfe angenommen hatte, das vor einem Jahr an dem tiefsten Punkt ihres Lebens aufgewacht war und das sich seitdem Stück für Stück zurückgekämpft hatte.

Hier, in diesem Moment, erkannte ich meinen Fortschritt und hatte zum ersten Mal das Gefühl, mich auf dem richtigen Weg in diesem verzwickten Labyrinth zu befinden. Ich begriff, warum es sich lohnte zu kämpfen und dass sich mein harter Kampf langsam auszahlte.

Auf einmal spürte ich Arme, die sich um meinen Oberkörper

schlangen. Als ich aufsah, erkannte ich, wie Ivy mich mit Tränen in den Augen umarmte. Sie hatte sich durch den großen Tüllrock zu mir vorgekämpft. Wir sagten kein Wort, als sie mich hielt und wartete, bis meine Tränen komplett versiegt waren und ich nur noch wie ein Häufchen Elend in ihrem Armen hing. Dann wandte sie sich an Juliette, die sich derweil etwas zurückgezogen hatte.

»Okay, das ist definitiv *das* Kleid!«

Die Designerin nickte lächelnd.

Als ich nach dem Umziehen zurück ins Wohnzimmer kam, hatte Juliette schon ihre Sachen zusammengepackt. Sie ließ mir eine passende Schutzhülle für mein Kleid da, bevor sie sich mit einer Umarmung verabschiedete und die Kleiderstange aus meiner Wohnung rollte.

»Leiht sie mir das Kleid einfach so?«, fragte ich Ivy verwirrt und sie nickte.

»Ja, keine Sorge. Ich kümmere mich darum.«

»Aber –« Ich wollte protestieren.

»Sag doch einfach Danke, Amely!«

Ich wusste, es hatte kein Zweck zu diskutieren, also ergab ich mich. »Danke, aber was ist mit dir? Brauchst du nicht auch noch ein Kleid?«

Ivy winkte ab. »Oh, nein, das habe ich schon seit Monaten.«

»Dann hast du das wirklich alles nur für mich organisiert?«

»Ja.« Ivy nickte erneut, ehe sie begeistert in die Hände klatschte. »Mein Bruder wird auf jeden Fall Augen machen, wenn er dich so sieht.«

Kaum hatte sie Lennox erwähnt, musste ich sofort an den Kuss denken. Das Blut rauschte in meine Wangen und verlegen senkte ich den Blick, was Ivy natürlich nicht entging.

»Was ist los?«

»Nichts.« Das klang selbst in meinen Ohren falsch.

»Amely, sag mir sofort, was er jetzt schon wieder angestellt hat!«

»Er hat nichts gemacht«, beteuerte ich.

Sie verdrehte die Augen. »Natürlich hat er das. Das sehe ich dir an. Was. Ist. Passiert?«

Sie betonte jedes Wort der Frage und ich wusste, sie würde nicht ruhen, bis sie die Wahrheit kannte. Und die platzte mit einem Mal einfach so aus mir heraus.

»Wir haben uns geküsst.«

Die Stille, die danach folgte, war kaum auszuhalten. Ich spürte meinen Puls, weil mein Herz so kräftig schlug, und es fiel mir schwer, Ivy anzusehen. Irgendwann zog sie zischend die Luft ein und bedachte mich mit einem sorgenvollen Blick.

»Wer hat wen geküsst?«

»Ich weiß nicht mehr, wie es dazu kam. In der einen Sekunde haben wir noch über die Wirefy-Kampagne diskutiert und im nächsten Moment dann nicht mehr.«

»Also hat er dich geküsst? Im Büro?«

Ich nickte, auch wenn es sich falsch anfühlte, die ganze Schuld Lennox in die Schuhe zu schieben. Schließlich hatte ich mich nicht dagegen gewehrt.

Ivy atmete tief durch. »Sei vorsichtig, Amely! Mein Bruder ist nicht der Mensch, der Dinge ohne Hintergedanken tut und schon gar nicht, weil er Gefühle für irgendwen hat. Pass also auf dein Herz auf. Es steht viel auf dem Spiel für dich, unter anderem auch dein Praktikum.«

Ich biss mir auf die Lippe und konnte nicht widersprechen. Nur waren mir diese Bedenken in dem Moment des Kusses entfallen.

»Es gibt Klauseln in deinem Arbeitsvertrag, denen du zugestimmt hast. Ich erinnere dich jetzt als Freundin daran, nicht als Leiterin der Personalabteilung. Lennox sind die Regeln egal, aber wenn er fällt, dann landet er als zukünftiger Geschäftsführer immer auf beiden Beinen. Bei dir ist das was anderes. Ich will nicht, dass du am Ende die Konsequenzen tragen musst.«

»Du hast recht«, murmelte ich.

»Ich muss jetzt los, aber wenn was ist, kannst du mich immer anrufen«, verabschiedete sie sich und zog mich noch einmal schnell in ihre Arme.

»Danke für alles.«

»Das habe ich gern gemacht. Sei morgen pünktlich um zehn Uhr unten vor der Tür«, erinnerte sie mich erneut. Dann war sie auch schon aus der Tür und mein Blick fiel auf den Spiegel, der immer noch an der Couch lehnte. Ich überlegte eine Weile, was ich jetzt mit ihm machen sollte. Am Ende holte ich tief Luft und hängte ihn wieder an seinen ursprünglichen Platz zurück.

Kapitel 25

Amely

Dass ich Menschen eindeutig zu leicht vertraute und viel mehr hinterfragen sollte, wurde mir auf der Fahrt in die Hamptons klar, als Ivy ihre Pläne für das Wochenende offenbarte.

»Ich soll *wo* schlafen?«

Meinen fassungslosen Blick bemerkte sie nicht, weil sie sich aufs Fahren konzentrierte, aber den entsetzten Klang meiner Stimme konnte sie nicht ignorieren.

»Hey, kein Grund zur Panik. Ich quartiere dich in dem kleinen Gästehaus auf dem Anwesen meiner Eltern ein. Da bist du ganz für dich.«

Ihr Versuch in allen Ehren, aber das machte es jetzt nicht wirklich besser. Am liebsten wäre ich auf der Stelle aus ihrer Mercedes G-Klasse ausgestiegen und per Anhalter nach Manhattan zurück getrampt. Jedoch fuhr Ivy an der Grenze zur Höchstgeschwindigkeit und ich hing dann doch zu sehr an meinem Leben, als mich aus einem schnellfahrenden Auto zu stürzen.

»Hast du mal daran gedacht, wie komisch das für mich sein muss?«, versuchte ich ihr ins Gewissen zu reden. »Selbst wenn es nur für eine Nacht ist, ist es mir doch irgendwie unangenehm, mit meinem Chef unter einem Dach oder auf dem gleichen Grundstück wohnen zu müssen.«

Mal ganz zu schweigen davon, dass auch Lennox anwesend sein würde.

Ivy wirkte unbesorgt. »Um meinen Dad brauchst du dir keine Gedanken machen. Er und Mom überlassen uns schon seit Jahren das Haus. Sie steigen in einem Hotel in der Nähe ab, um ihre Ruhe zu haben.«

Sie warf mir einen kurzen Blick von der Seite zu. »Was Lennox und seine Freunde angeht, die sind kaum da und wenn, dann kann man ihnen ziemlich gut aus dem Weg gehen. Du wirst sehen, das Haus und das Grundstück sind groß genug dafür.«

Das machte es zwar tatsächlich besser, aber so schnell wollte ich ihr nicht vergeben. »Du hättest mich trotzdem vorher fragen können.«

»Dann hättest du Nein gesagt.« Ivy zuckte mit den Schultern, als würde dieses Wort in ihrem Vokabular gar nicht existieren. Damit erinnerte sie mich stark an ihren Bruder, auch wenn sie immer sämtliche Gemeinsamkeiten abstritt. Allerdings teilten sich die Zwillinge nicht nur ihren einnehmenden, sturen Charakter, sondern auch die Vorstellung, dass alles immer nach ihrem Willen laufen musste.

Den Rest der Fahrt schwieg ich und sah dabei zu, wie die Umgebung an uns vorbeiflog. Als wir in den Hamptons ankamen, bemerkte ich schnell, dass wir zwar Manhattan, nicht aber das Geld und den Luxus hinter uns gelassen hatten. Die Häuser, an denen wir vorbeifuhren, hatten alle diesen typischen Landhaus-Stil, der mir auf Anhieb gefiel, und waren zum Teil mit dicken Zäunen umrandet. Davor parkten protzige Autos sämtlicher Luxusmarken.

Durch einen Spalt des Autofensters wirbelte der Fahrtwind ins Innere. Ich roch bereits das Meer und den Strand in der Luft. Gerade konnte ich mir nichts Schöneres vorstellen, als im weichen Sand zu sitzen und mit dem Rauschen der Wellen im Ohr auf die schier unendlichen Weiten des Wassers zu schauen. Hoffentlich bekam ich die Chance, meinen Wunsch während meines Aufenthalts hier in die Tat umzusetzen.

Als die Grundstücke größer und die Häuser weniger wurden, bog Ivy in eine abgelegene Straße aus Kies ein, an deren Ende sich eine hohe Steinmauer mit schmiedeeisernem Tor befand. Langsam fuhr sie darauf zu und ließ ihre Fensterscheibe herunter, um auf einem Zahlenfeld neben der Klingel einen Code einzugeben. Es surrte kurz, dann sprangen die Torhälften mit einem Klacken auseinander und öffneten sich.

Der Kiesweg, der an den Seiten mit verschiedenen Blumen bepflanzt war, zog sich noch ein paar Meter ins Grundstück und mündete vor einem riesigen Anwesen in einem breiten Kreisel, dank dem man bequem mit dem Auto wenden konnte. In dessen Mitte thronte ein großes Beet mit wunderschönen, roten Rosen.

Ivy parkte ihre G-Klasse neben einem schwarzen Aston Martin und ich bestaunte in der Zwischenzeit das Haus. Obwohl – der Begriff Haus kam mir falsch vor, denn es war viel mehr eine Villa, die entgegen dem klassisch-ländlichen Stil der anderen Häuser in der Gegend eher einen mediterranen Touch hatte. Der Hauseingang war mit runden Säulen verziert, die das Vordach abstützten. Die Fassade bestand aus gemauertem, hellbraunem Backstein und die Sprossenfenster hatten Rundbögen und passende Fensterläden aus weißem Holz.

Kaum stand der Wagen, wandte sich Ivy mir zerknirscht zu. »Du hast absolut recht. Ich hätte dich fragen müssen, ob du hier schlafen möchtest, und es tut mir leid. Wirklich! Können wir jetzt bitte wieder miteinander reden?«

Ich nickte, denn der atemberaubende Anblick des Hauses hatte mich meinen Ärger auf sie schon längst vergessen lassen. Sie klatschte begeistert in die Hände und stieß einen kleinen Freudenschrei aus, bevor sie eilig ausstieg. Ich folgte und fragte mich, wie es sich wohl anfühlen musste, hier Sommer für Sommer aufzuwachsen.

Mit unserem Gepäck in den Händen näherten wir uns dem Eingang der Villa. Mein Blick schweifte über einen akkurat gepflegten Vorgarten zum Rand des Grundstücks, aber ich konnte weder links noch rechts Nachbarhäuser ausmachen. Ivy hatte bei der Größe des Grundbesitzes nicht übertrieben. Ich horchte auf, doch vernahm keinen Straßenlärm. Nur ein fernes, leises Rauschen ließ mich wissen, dass der Strand nicht weit weg sein konnte. Die Vögel zwitscherten und der Kies knirschte unter unseren Füßen. Alles hier erinnerte mich an eine absolute Ruheoase, bis Ivy die weiße Haustür aufstieß.

Plötzlich dröhnte uns Chris de Burgh mit seinem Achtziger-Jahre-Hit *High on Emotion* entgegen. Den erkannte ich sofort, weil meine Mum Oldies liebte und sie sie meiner Schwester und mir immer vorgespielt hatte, während sie dazu barfuß in unserer Küche herumgetänzelt war. Ein schmerzhaftes Gefühl machte sich in meiner Brust breit, aber bevor ich vollends von Sehnsucht und Heimweh erfasst wurde, stöhnte Ivy genervt auf. »Lennox ist zu Hause.«

»Und das erkennst du an der Musik?«, fragte ich erstaunt.

»Ja, mein Bruder liebt die Achtziger.«

Meine Augenbrauen schossen in die Höhe. »Ernsthaft?«

Na, wer hätte das gedacht ...

Wir durchquerten ein großes, rundes Foyer und gingen dabei an einer Treppe vorbei, die im Halbkreis zur oberen Etage mit Galerie führte. Ivy deutete mir an, ihr zu folgen, als sie zielstrebig eine halboffene Doppeltür anvisierte. In dem Raum dahinter musste die Anlage stehen, die das ganze Haus beschallte. Wir betraten ein großes, helles Wohnzimmer, in dem sich der südeuropäische, ländliche Stil der Villa fortsetzte. Hier standen weiße Möbelstücke aus Holz, deren rustikaler Charme mit Deko in sanften Pastelltönen und frischen Blumensträußen aufgelockert wurde. Mein Blick fiel auf die helle Wohnlandschaft im rechten Teil des Raums, die um einen gemauerten Kamin herumstand. Dann entdeckte ich das Bücherregal gegenüber. Es erschloss sich über die komplette Wand. An ihm lehnte eine weiße Holzleiter, die sich dank der schwarzen Schiene, an der sie befestigt war, nach links oder rechts schieben ließ. So erreichte man problemlos auch den oberen Teil des Regals, das bis zum Rand mit Büchern gefüllt war. Ein paar Meter davor stand ein schwarzer Flügel, in dessen polierter Oberfläche sich das Sonnenlicht spiegelte. Dieses fiel durch eine riesige Fensterfront, die lediglich von einer Terrassentür unterbrochen wurde.

Während ich mich noch fragte, wer aus der Familie wohl Klavier spielen konnte, entdeckte ich eine Person auf der Terrasse, die uns den Rücken zugewandt hatte und an einer Zigarette zog. Mein Herzschlag setzte aus.

Lennox sah so anders, aber auch verdammt gut aus. Er trug eine graue, kurze Jogginghose, die den Blick auf ein Tattoo an der Wade freigab. Auch unter dem dünnen Stoff des weißen T-Shirts erkannte ich schwarze Tinte, nur nicht, um welches Motiv es sich handelte. Die Snapback auf seinem Kopf saß verkehrt herum, sodass das Schild nach hinten gerichtet war. Als er die Hand mit der Zigarette hob, um daran zu ziehen, waren seine Bewegungen langsam und auch wenn ich sein Gesicht nicht sah, wusste ich, dass er gerade tief in Gedanken versunken war.

Ivy lehnte sich an den Rahmen der Terrassentür. »Alexa, schalte die Musik aus!«, befahl sie dem Smart Home-System, das ihr kurz antwortete. Dann war es plötzlich totenstill im Raum.

»Fuck!« Erschrocken fuhr Lennox herum. Mit Panik in den weit aufgerissenen Augen starrte er Ivy an und seine Atmung ging flach und schnell. »Was soll der Scheiß?«

Ivy lächelte ihn süß an, als würde ihr sein schroffer Ton nichts ausmachen. »Na, wenigstens bist du high von Gefühlen und nicht vom Gras«, spielte sie auf den eben gehörten Songtext an, ehe sie hinzufügte: »Wenn die Musik leiser gewesen wäre, hättest du uns gehört.«

Verwirrt zog er die Brauen zusammen und wollte etwas sagen, als ich mein Gewicht von einem Fuß auf den anderen verlagerte. Die Bewegung erregte seine Aufmerksamkeit und erst da entdeckte er mich hinter seiner Schwester. Überrascht weiteten sich seine Augen für einen kleinen Moment.

Kaum hatten sich unsere Blicke ineinander verhakt, war es mir nicht mehr möglich, meinen wieder abzuwenden. Sofort dachte ich wieder an unseren Kuss, erinnerte mich an jede einzelne Sekunde davon und konnte seinen Mund auf meinen Lippen spüren. Anhand des Leuchtens seiner Augen wusste ich, dass es ihm genauso ging. Darin lagen so viele Emotionen und ich wollte wissen, was er fühlte, was er über uns dachte, aber jetzt war der falsche Zeitpunkt dafür.

Wir waren so aufeinander fokussiert, dass Ivy sich mit einem Räuspern bemerkbar machen musste. Diese sonderbare Verbindung zwischen uns brach ab, als wir beide gleichzeitig zu ihr sahen.

»Amely wird die Nacht im Gästehaus verbringen. Ich zeige ihr schnell alles und wenn ich zurück bin, müssen wir uns unterhalten, Bruderherz.« Der Kosename klang wie eine Beleidigung und ich fragte mich, warum die zwei Geschwister so schlecht aufeinander zu sprechen waren.

Ohne seine Antwort abzuwarten, packte Ivy mich am Arm und zog mich durch die Tür auf die Terrasse. Wir eilten an Lennox vorbei, der erneut an seiner Zigarette zog und mich bei unserem Abgang keine Sekunde aus den Augen ließ.

Kapitel 26

Lennox

Es dauerte ewig, bis Ivy zurückkam und sich dann neben mir niederließ. Ich hatte es mir in der Zwischenzeit in der großen Hängeschaukel am Rand der Terrasse gemütlich gemacht und rauchte bereits die dritte Zigarette hintereinander. Generell griff ich seit gestern öfter zur Schachtel, aber wen wunderte es? Meine Nerven lagen blank, mir ging es nicht gut und mein Kopf war voll. Und das Beschissene war: Ich konnte mit niemanden darüber reden. Tristan und Damien würden mich nicht ernst nehmen, sich eher lustig machen, Aaron würde mich mit seinem *Ich habe es doch gewusst*-Blick ansehen, den ich gerade nicht ertrug, und Ivy hasste mich mittlerweile zu sehr, um mir überhaupt zuzuhören.

Ich wartete darauf, dass sie etwas sagte, aber meine Schwester blieb still und sah mich lediglich von der Seite an. Okay, dann lag es wohl an mir, das Schweigen zu brechen.

»Was macht sie hier?«

Meine Augen waren fest auf das Meer gerichtet, das man von hieraus sah, weil das Anwesen meiner Eltern über einen direkten Zugang zum Strand verfügte. Ich stieß mich mit dem linken Bein vom Boden ab und gab damit der Schaukel leichten Schwung. Das rechte hatte ich angezogen und als eine Art Barriere zwischen Ivy und mir auf den Rand der Sitzfläche gestellt.

»Habe ich das nicht eben gesagt? Sie schläft hier, damit sie nach dem Sommerfest nicht wieder nach Manhattan zurückfahren muss.«

»Und warum wohnt sie da nicht in einem Hotel?«

Ich klang wie ein Arsch, der Amely auf keinen Fall in der Nähe haben wollte, dabei war das nicht mal wahr. Aber sie zu sehen, hatte sich wie ein Faustschlag in die Magengrube angefühlt. Es tat scheiße weh, zu wissen, dass ich ihr nicht näher kommen durfte. Dass sie mir weiterhin aus dem Weg ging. Dass ich es mit diesem Kuss und meinem bescheuerten Verhalten vielleicht für immer versaut hatte.

Scheiße, ich hätte mich nicht dagegen wehren dürfen. Schon beim ersten Blick in diese großen, dunkelbraunen Augen war mir klar gewesen, dass ich nicht nur richtig am Arsch, sondern auch hin und weg von dieser Frau war. Sie hatte sich zu meiner ganz persönlichen Lieblingsdroge entwickelt, weil nichts an dieses High heran-kam, das ihre Nähe in mir auslöste. Jetzt war ich süchtig und wollte mehr. Noch mehr. Immer mehr. Aus meinem *Vielleicht* war ein ganz klares *Eindeutig* geworden. Ich hatte eindeutig Gefühle für Amely.

Ivy riss mich aus meinen Gedanken. »Wenn deine Kumpels hier schlafen können, dann ja wohl auch meine Freunde.«

Ihre Aussage quittierte ich mit einem abfälligen Seufzen. Nur weil sie mir diese Freundschaft so dermaßen oft unter die Nase rieb, hieß das noch lange nicht, dass ich sie ihr abkaufte. Mir war allerdings nicht danach, mit ihr zu diskutieren. Ich zog seelenruhig an meiner Zigarette und klopfte dann die Asche ab, die Richtung Boden segelte.

Meine Schwester sah sich suchend um. »Wo sind eigentlich deine Idioten?«

»Im Country Club, beim Polo.«

»Seit wann können die denn reiten?«

Ich deutete ein Kopfschütteln an. »Können sie nicht.«

»Aber was machen sie dann da?«

Ivy war einfach zu neugierig. Ich wandte mich ihr mit einem Blick zu, der sie stumm fragte: *Kannst du dir das nicht denken?*

»Sie wetten«, schlussfolgerte sie daraufhin und traf mit ihrer Vermutung ins Schwarze.

»Und warum bist du dann nicht auch dort?«

Ich zuckte mit den Schultern. »Keine Lust.« Nach einem weiteren Zug an meiner Zigarette meinte ich dann: »Du hättest mich vorwarnen können, dass du sie mitbringst, weißt du?«

Ivy erwiderte nichts. Dafür, dass sie eigentlich mit mir reden wollte, spielte sie für meinen Geschmack jetzt ein wenig zu sehr auf Zeit.

Ich schnalzte mit der Zunge. »Du weißt, Amely und ich haben nicht das beste Verhältnis zueinander. Ich glaube kaum, dass es ihr gefällt, hier zu –«

»Wenn ihr nicht das beste Verhältnis habt, warum hast du sie dann geküsst?«, unterbrach sie mich plötzlich.

Scheiße, warum wusste meine Schwester davon?

Um mir meine Überraschung nicht anmerken zu lassen, nahm ich erneut einen langen Zug von meiner Zigarette. Der Rauch breitete sich langsam in meiner Lunge aus, ehe ich ihn wieder ausatmete. Währenddessen überlegte ich, was ich darauf antworten sollte. Ich war nicht sauer, dass Amely ihr anscheinend davon erzählt hatte, sondern fragte mich eher, was es zu bedeuten hatte, dass sie mit Ivy über mich sprach.

Angriff war immer noch die beste Verteidigung. »Was interessiert es dich?«

»Lex, sie ist –«

»Wehe, du sagst jetzt *eine Freundin*! Ach, und auf einmal bin ich wieder Lex für dich, ja?« Sie hatte mich ewig nicht mehr bei meinem Spitznamen genannt.

»Ich hoffe, dass du mich dadurch ernst nimmst. Amely ist eine liebevolle, aber starke Person. Wenn das alles nur wieder ein Spiel für dich ist und du sie manipulieren willst, kann ich dir gleich versprechen: Sie wird nicht kündigen, nicht wegen dir.«

»Wer sagt, dass ich das will?«, fuhr ich Ivy an. »Und überhaupt, dieses ganze Freundschaftsgerede kauf ich dir nicht ab. Was läuft hier, Ivy? Denkst du, ich habe noch nicht bemerkt, dass Amely auf

Arbeit bevorzugt wird? Was hat das zu bedeuten?«

Sie sah mich kurz an, ehe sie sich abwandte und mit der Hand durch die Luft fuhr. »Du interpretierst zu viel hinein.«

Natürlich wich sie mir jetzt aus!

»Tu ich das, ja? Wenn du wirklich ihre Freundin wärst und sie dir im Vertrauen von uns und dem –« Ich brachte das Wort kaum über die Lippen. »Kuss erzählt hat, dann würdest du das für dich behalten, statt gleich zu mir zu rennen und mich deswegen zur Rede zu stellen.«

»Du bist mein *Bruder*, sie ist meine *Freundin*. Ich mache mir einfach Sorgen und das zu Recht. Du weißt, dass ich mit der Information auch noch ganz anders umgehen könnte.«

Ivy war gereizt, was ein sicheres Anzeichen dafür war, dass ich bei ihr einen Nerv getroffen hatte.

Ich zog meine rechte Augenbraue nach oben. »Ach, drohst du mir jetzt mit offiziellen Konsequenzen?«

»Nein, das tu ich nicht!«, stieß meine Schwester frustriert aus. »Oh mein Gott, warum muss sich jedes Gespräch mit dir so verdammt kräftezehrend anfühlen?!« Mit den Mittelfingern massierte sie sich die Schläfen und ich musste mir ein Grinsen verkneifen. Ihre Reaktion machte mir klar, dass sie sich ertappt fühlte und mit dem Drama von sich ablenken wollte.

»Du mischst dich in mein Privatleben ein, Schwesterherz. Ich spiele kein Spiel, also halt dich ab sofort raus.«

»Und es ist auch keine eurer bescheuerten Wetten?«, hakte sie mit prüfendem Blick nach.

»Nein.«

Ivy überlegte und zählte in ihrem Kopf eins und eins zusammen. Als sie begriff, was es stattdessen bedeuten musste, entglitten ihr für einen Moment die Gesichtszüge. Sie sah beinahe schockiert aus.

»Dann –«

»Ist dieses Gespräch jetzt beendet«, ließ ich sie wissen, ehe sie ihre Gedanken aussprechen konnte. »Eins noch, Schwesterchen. Ich weiß, dass hinter meinen Rücken irgendeine Sache zwischen Dad und dir läuft, die irgendwas mit Amely zu tun hat. Finde ich heraus, dass das, was auch immer ihr tut, ihr schaden wird, werde ich eingreifen.«

Ich ignorierte ihren schwachen Protest und zog ein letztes Mal an meiner Kippe, ehe ich sie auf dem Boden ausdrückte. »Ich habe ein Auge auf dich und ich werde nicht zulassen, dass du sie für irgendetwas benutzt.«

Damit richtete ich mich blitzschnell auf und schnipste den Stummel in Richtung Garten. Ohne ein weiteres Wort verzog ich mich ins Haus und ließ meine Schwester allein auf der Terrasse zurück.

Kapitel 27

Amely

Ich hatte mir für heute Abend besonders viel Mühe mit dem Make-up und den Haaren gegeben. Meine Augenringe waren unter einer dicken Schicht Concealer versteckt, mit einem schwarzen Eyeliner hatte ich mir einen dramatischen Lidstrich gezogen und ein dunkelroter Lippenstift setzte meinen Mund in Szene. Die braune Mähne fiel mir in Locken über meinen Rücken, lediglich die vordere Partie hatte ich hochgesteckt.

Fünf Minuten bevor uns ein Fahrer abholen sollte, tauchte Ivy im Gästehaus auf, das etwas abgelegen auf dem Anwesen versteckt war und in etwa so aussah wie eine Mini-Version des Haupthauses. Als sie mich musterte, weiteten sich ihre Augen beeindruckt.

»Wow, du siehst klasse aus.«

»Danke, du aber auch.«

Und es stimmte. In ihrem engen, bodenlangen Kleid aus schwarzem Satin, das dünne, kaum sichtbare Träger, einen tiefen Ausschnitt und eine Raffung an der Hüfte hatte, sah sie mindestens genauso umwerfend aus wie ich. Ihre dunkelblonden Haare waren zu einem kleinen Pferdeschwanz im Nacken zusammengefasst und große Diamantohrringe funkelten mit ihren Augen um die Wette, die durch schwarzen Lidschatten betont wurden. Ivy war die Sünde in Person und ich konnte mir nicht vorstellen, dass es heute Abend auch nur einen Mann geben würde, der mich neben ihr bemerkte.

Na ja, außer vielleicht einen.

Ich erinnerte mich daran, warum ich sie eigentlich hergebeten hatte. »Könntest du mir kurz mit meinem Kleid helfen?«

So schön die Korsage auch war, aber die Schnürung im Rücken konnte ich nur mit Hilfe binden.

Keine zwanzig Minuten später kamen wir bei einem Country Club an, dessen Hauptgebäude aussah wie das Weiße Haus in Kleinformat und das nicht nur aufgrund der großen Fahnenmasten vor dem Eingang, an denen die amerikanische Flagge wedelte. Das aus weißem Stein gemauerte Haus war von einem riesigen Gelände mit akkurat gemähtem Rasen umgeben, zu dem sogar ein Golfplatz gehörte, wie mir Ivy erzählte.

Unser Wagen fuhr bis zu der Stelle vor, an der ein schwarzer Teppich ausgerollt war. Butler öffneten uns die Autotüren und kaum hatte ich einen Fuß auf die hellgrauen Stufen der Eingangstreppe gesetzt, wusste ich, dass ich von jeder Menge Geld umgeben war. Eine etwas erhabenere Arroganz lag in der Luft und das machte mich nervös. Heute Abend ging es für viele einflussreiche, wohlhabende Menschen ums Sehen und Gesehen-Werden. Die Wenigsten waren hier, um zu feiern, sondern um Geschäftsbeziehungen zu stärken oder zu schließen.

Gemeinsam mit Ivy stieg ich die langgezogene Eingangstreppe hinauf und trat durch eine geöffnete Doppeltür direkt in den Festsaal des Country Clubs. Die bereits anwesenden Gäste sorgten für ein reges Stimmengemurmel, welches die Atmosphäre im Raum zum Vibrieren brachte. Im Hintergrund spielte ein Orchester, aber niemand zollte den Musikern Aufmerksamkeit.

Das unruhige Gefühl in mir verstärkte sich und mein Herz schlug vor Aufregung so kräftig, dass ich seine Schläge in meinen Hals spürte. Ivy hakte sich bei mir ein und drückte mir einmal mitfühlend den Arm, als sie merkte, dass ich mich panisch an ihr festkrallte.

Der Saal hatte durch seine vertäfelten Wände einen ländlichrustikalen Touch, jedoch hatte man für den Ball dekoriert und Stofftücher aufgehangen, die das Holz – so gut es ging – verdeckten. An der Kopfseite war die Bühne für das Orchester aufgebaut. Davor befand sich eine riesige Tanzfläche in Form eines Halbkreises. Der Rest des Raums war mit runden Tischen gefüllt, an denen jeweils bis zu zehn Personen Platz hatten. Diese waren abwechselnd mit einem riesigen Blumenschmuck aus weißen Rosen und Federn oder schwarzen Rosen und dunklen venezianischen Masken dekoriert. Große Kerzenständer, deren weiches Licht in dem gedimmten Raum für eine besondere Atmosphäre sorgte, rundeten die Deko ab.

In der Nähe der Bühne entdeckte ich Lennox und seine Freunde. Sie standen in einem kleinen Kreis zusammen und unterhielten sich angeregt. Alle vier Männer trugen dunkle Anzüge, aber Aaron war der Einzige, der komplett in Schwarz gekleidet war. Wie immer suchte ich bei Lennox vergebens nach einer Krawatte oder Fliege und hegte mittlerweile den Verdacht, dass es sich bei dieser Auffälligkeit weniger um eine Abneigung gegen Binder als vielmehr um eine kleine Rebellion gegen die Kleiderordnung handelte.

Ich wandte den Blick ab und bemerkte die Aufmerksamkeit einzelner Gäste, kaum dass wir uns ein wenig durch den Saal bewegt hatten. In mir kam der Wunsch auf, vor den neugierigen Blicken davonzulaufen, jedoch wurde meine Flucht vereitelt, als sich mir jemand in den Weg stellte.

Irritiert sah ich auf und entdeckte Ian, dessen Blick über meinen Körper wanderte. In einer Hand hielt er ein volles Champagnerglas, welches er mir reichte. Ivy hingegen ignorierte er vollkommen.

»Amely, da bist du ja endlich.«

Kapitel 28

Lennox

»Du siehst sie an, als wäre sie dein Dessert, Lex.« Aaron stieß mir seinen Ellenbogen in die Rippen, jedoch nicht doll genug, um mich von der Wut abzulenken, die in mir tobte, seit Ian an Amely klebte. Wenigstens schien man mir die Eifersucht nicht anzumerken.

»Vielleicht wird sie das ja noch«, erwiderte Damien feixend.

»Möglich. Er hat sie nicht einmal aus den Augen gelassen, seit sie den Raum betreten hat.«

»Ich stehe hier und ich kann euch hören. Ist euch das bewusst?«

Für einen Moment wanderte mein Blick zwischen Aaron und Damien hin und her, ehe ich mich wieder auf Bambi konzentrierte.

Auch wenn es mir nicht passte, dass meine Freunde über mich sprachen, als sei ich nicht anwesend, musste ich Aaron recht geben. Seit ich Amely bemerkt hatte, war alles andere schlagartig uninteressant geworden. Sie sah einfach ... Oh Mann, mir fehlten die Worte dafür, wie gut sie aussah. Niemals hätte ich mit so einem Kleid gerechnet. Es war schwarz, eng geschnürt und eine einzige Provokation. Wenn Bambi damit meine Aufmerksamkeit erregen wollte, dann fein, sie war ihr sicher. Generell hatte ich es satt, mir noch länger etwas vorzumachen. Ich wollte sie und sie gehörte zu mir, weswegen ich Ian, der sich die ganze Zeit in ihrer Nähe aufhielt, gleich einen Kopf kürzer machen würde.

»Über wen sprecht ihr?«, fragte Tristan in diesem Moment und ließ sein Smartphone in der Hosentasche verschwinden. Er hatte mit jemandem geschrieben und der bisherigen Unterhaltung nur wenig Interesse geschenkt.

Damien grinste. »Die kleine Praktikantin.«

»Gott, wie langweilig.« Tris verdrehte die Augen. »Ich hol mir lieber was zu trinken.« Damit ließ er uns stehen und haute in Richtung Bar ab, die sich links neben dem Eingang befand.

Damien deutete mit der Hand, in der er sein Whiskeyglas hielt, auf den Rücken unseres Freundes. »Hast du mit ihm gesprochen? Du weißt schon, wegen der angeblichen Wette?«

»Nein, hatte noch keine Gelegenheit dazu.«

»Ich würde dir raten, nicht mehr allzu lang zu warten. Irgendwie ist er zurzeit komisch drauf.«

»Ja, du hast recht.«

Noch während ich das sagte, wanderten meine Augen wieder zu Amely und ich entdeckte die Hand, die Ian ihr – etwas zu tief für meinen Geschmack – auf den unteren Rücken gelegt hatte. Ich biss hart die Zähne aufeinander und meine Finger umgriffen mein Glas fester. Noch nie hatte ich einen solchen Drang verspürt, es nach ihm zu werfen oder ihm seine Hand sonst wohin zu stecken.

»Wow, den Blick kenne ich.« In meinem Augenwinkel bemerkte Aaron, warum es in mir brodelte und schnalzte mit der Zunge. »Warum habe ich das Gefühl, es wird heute Abend noch Tote geben, wenn Harris so weitermacht?«

»Ach ja, Eifersucht ist eine Leidenschaft, die mit Eifer sucht, was Leiden schafft«, philosophierte Damien und nippte an seinem Drink.

»Vielen Dank, Sokrates«, fuhr ich ihn an. »Wie wär's, wenn du jetzt einfach die Klappe hältst?«

»Das ist nicht von Sokrates und ganz ehrlich? Du könntest auch einfach nicht hinsehen.«

»Du bist nicht hilfreich«, ließ Aaron ihn gut gelaunt wissen, und ich stimmte mit einem grimmigen Nicken zu.

»Tja, zu doof, dass Ian mit ihr an einem Tisch sitzen darf, während du dir einen mit deiner Familie teilen musst.« Damien lachte und ich verengte meine Augen – eine deutliche Warnung, mich jetzt nicht noch weiter zu reizen.

Aaron ging dazwischen. »Damien, sag mal, haben wir Lex eigentlich schon jemals so erlebt?«

Misstrauisch sah ich meinen besten Freund an. »So, was?«

»Na, so verliebt.«

Ich verdrehte die Augen, aber ließ seine Worte auf mich wirken. Dass ich etwas für Bambi empfand, war mir mittlerweile klar, aber selbst in meinem Kopf hatte ich aus Angst dem Gefühl noch keinen Namen geben wollen. Jetzt, als er es aussprach, empfand ich jedoch statt Panik eher Erleichterung. Ich konnte nicht mehr davor weglaufen und musste es auch nicht mehr verstecken. Es wurde real und das fühlte sich verdammt befreiend an.

»Er leugnet es nicht mal«, fiel Damien auf.

Bevor ich auf seinen Kommentar eingehen konnte, bemerkte ich, wer auf unsere Gruppe zusteuerte.

»Ruhe jetzt.« Ich pfiff leise durch die Zähne und deutete mit einem Nicken in ihre Richtung. »Da kommt Ärger auf uns zu.«

Aaron sah sich verwirrt um, aber Damien erkannte sofort, wen ich meinte. Sein Mund klappte zu, das Grinsen verschwand und er tat so, als würde er Madeline nicht bemerken, die sich in unseren kleinen Kreis drängte.

»Hi, Jungs.«

Sofort begann sie, mich förmlich mit ihrem Blick auszuziehen, und ich gab mir Mühe, das zu ignorieren. Als niemand reagierte, fragte sie: »Na, über was unterhaltet ihr euch so angeregt?«

»Über die schönste Frau an diesem Abend – na ja, zumindest in Lex' Augen.«

Damien verschluckte sich vor Überraschung an der Luft, die er einatmete und begann zu husten, während ich mich fragte, ob Aaron jetzt von allen guten Geistern verlassen war.

Natürlich verstand Madeline seine vage Aussage falsch. »Ich fühle mich geehrt«, surrte sie mit rötlichen Wangen und sah mich an, doch meine Augen suchten derweil nach der Person, die eigentlich gemeint war.

»Du bist es nicht«, rutschte es mir dabei schroff heraus.

Erneut bekam Damien einen Hustenanfall und Aaron amüsierte sich köstlich. Stumm fragte er mich mit einem Blick, ob ich das wirklich gerade gesagt hatte. Meine Antwort war ein Schulterzucken, obwohl ich ihm viel lieber den Mittelfinger gezeigt hätte. Er wusste das. Wir waren schon so lange befreundet, dass wir uns auch ohne Worte verstanden.

Madeline war das Lächeln verrutscht und sie bemerkte meinen Blick, der auf Amely gerichtet war, ehe ich ihn abwenden konnte.

»Interessant«, murmelte sie mehr zu sich selbst und wandte sich dann an Damien. »Hey, sag mal, spricht Lex' Schwester eigentlich wieder mit dir, nach dem wir ... na ja, du weißt schon?«

Das böse Lächeln in ihrem Gesicht passte zu dem schwarzen Charakter, den sie uns gerade offenbarte. Aaron schien verwirrt und ich wartete nicht mal, bis Damien auf ihre Provokation reagieren konnte, sondern packte Madeline einfach am Arm und führte sie ein Stück von der Gruppe weg.

Als wir außer Hörweite waren, ließ ich sie los. »Du wusstest von Ivy, als du mit Damien geschlafen hast?«

Sie grinste schelmisch. »Möglicherweise. Na und?! Es ist ja nicht so, als wärst du ein Heiliger. Willst du jetzt wirklich den Moralapostel spielen, Lex?«

Sie hob die Arme und begann, mir den Kragen meines Jacketts zu richten, als wäre sie meine Freundin. Mir war klar, dass sie damit ihren Besitzanspruch deutlich machen wollte, doch den hatte sie nicht und mir gingen ihre ständigen Berührungen auf den Nerv. Ich umfasste ihre Handgelenke und drückte sie von mir weg.

»Hör auf. Vielleicht ist es für mich langsam an der Zeit, erwachsen zu werden.«

In diesem Moment spürte ich ihren Blick auf mir und als ich den Kopf hob, entdeckte ich tatsächlich dunkelbraune Augen, die mich aufmerksam beobachteten. Bambi und ich sahen uns nur kurz an, aber die Zeit reichte aus, um mir wieder dieser besonderen Verbindung zu ihr sicher zu sein. Irgendwie beruhigte es mich, zu wissen, dass selbst, wenn ich ihr nicht nah war, ich mich doch mit ihr verbunden fühlte.

»Du und die Praktikantin also?«, fragte da Madeline abschätzig. Als ich nicht reagierte, schnaubte sie missmutig. »Na, mal sehen, wie lang das gut geht.«

Ich sah ihr an, dass sie etwas plante, aber das würde ich nicht zulassen. »Halt dich von mir und meinen Freunden fern oder ich gehe zu deinem Daddy und erzähle ihm, was seine Prinzessin so hinter seinem Rücken treibt.«

Sie erstarrte und sah mich entsetzt an. Forsch gab ich ihre Arme frei, bevor ich mich an ihr vorbeischob und sie nicht länger beachtete.

Ich brauchte jetzt dringend eine Raucherpause an der frischen Luft und hielt nach Damien und Aaron Ausschau. Jedoch standen die beiden nicht mehr dort, wo ich sie eben noch zurückgelassen hatte. Meine Augen suchten den Saal ab, bis ich feststellte, dass sie direkt auf Amely zusteuerten. Mein Arsch ging auf Grundeis. Was hatten diese Idioten jetzt schon wieder vor?

Kapitel 29

Amely

Als sich plötzlich Lennox' Freunde zu unserer Gruppe gesellten, hielt ich mich krampfhaft an meinem Champagnerglas fest und Ivy sah so aus, als würde sie am liebsten sofort verschwinden wollen.

Aaron, der sich seine rotbraunen Haare passend zum feierlichen Anlass aus dem Gesicht gegelt hatte, trug das gleiche schelmische Grinsen wie an dem Abend, an dem ich ihn kennengelernt hatte.

»Ivy, es ist wie immer eine Freude, dich zu sehen«, begrüßte er zunächst meine Freundin, ehe er sich Ian zuwandte und nickte. »Harris.«

Damien tat es ihm gleich, wenn auch seine Begrüßung gegenüber Ivy distanzierter ausfiel. Seine blauen Augen lagen trotzdem einen Tick zu lang auf Lennox' Schwester. Danach fokussierten sie sich beide auf mich und ich musste schlucken.

»Tut uns leid, dass wir das letzte Mal nicht die Gelegenheit hatten, uns richtig vorzustellen. Ich bin Damien Forsberg, ein guter Freund von Lennox.« Der blonde Mann streckte mir seine Hand hin, die ich misstrauisch beäugte. Ich fand die ganze Situation mehr als skurril und war mir nicht sicher, ob ich die beiden näher kennenlernen wollte oder ob die Begegnung auf der Party nicht ausreichend gewesen war.

Etwas an seiner selbstgefälligen Haltung, die mich verdammt an Lennox erinnerte, brachte mich schließlich dazu, ihm meine Meinung zu sagen. »Na ja, kein Wunder, du warst auf der Party ja auch damit beschäftigt, mich anzustarren.«

Nach meiner spitzen Antwort ging ein Raunen durch unsere kleine Gruppe. Ian grunzte komisch und Ivy musste sich ein Grinsen verkneifen. Damien wurde klar, dass ich seine Hand nicht schütteln würde. Deswegen ließ er sie sinken, wirkte dabei aber keineswegs gekränkt, sondern eher beeindruckt. An Aaron gewandt, meinte er: »Hübsch und temperamentvoll. Kein Wunder, dass Lex sie mag.«

Bevor ich über seine Worte nachdenken konnte, lehnte sich der Rotschopf in meine Richtung. »Hi, ich bin Aaron Cunningham.« Anders als sein Kumpel machte er aber nicht den Fehler, mir die Hand reichen zu wollen.

»Ich weiß, wer ihr seid. Ich habe schon viel von euch gehört.«

Aaron wirkte nicht verwundert. »Da eilt uns unser guter Ruf mal wieder voraus, nicht wahr, Prinzessin?« Sein Blick war dabei auf Ivy gerichtet, die wiederum den Männern keine Beachtung schenkte, sondern sich im Saal umsah.

In diesem Moment betrat Mr. Mercier-Campbell die Bühne und bat die Gäste, sich auf ihre Plätze zu begeben. Es brach reges Treiben im Saal aus. Erleichtert darüber, das Gespräch nicht weiter fortsetzen zu müssen, drückte ich Ivys Hand zum Abschied und sah mich danach nach meinem Sitzplatz um.

Ian tauchte erneut neben mir auf. »Komm mit, das Marketing sitzt dort drüben.« Er deutete auf einen Tisch nahe dem Eingang, an dem auch schon Mr. Daniels und seine Frau saßen, und ich folgte ihm.

Nachdem Ruhe eingekehrt war, hielt Mr. Mercier-Campbell eine Begrüßungsrede, von der ich nicht viel mitbekam. Stattdessen hatte ich Mühe, mit den Augen nicht nach seinem Sohn zu suchen. Erst der Anblick von ihm und Madeline und dann die Begegnung mit seinen Freunden – wenn das so weiterging, würde es auf jeden Fall ein anstrengender Abend für mich werden. Und als man das Essen servierte, wurde es nicht besser. Lustlos schob ich es auf meinem Teller hin und her und bekam keinen Bissen herunter, nicht in der Gegenwart der anderen und nicht, wenn sich meine Kehle so zugeschnürt anfühlte.

In mir herrschte ein einziges Chaos. Mir fiel es immer schwerer, das, was sich zwischen Lennox und mir entwickelte, zu ignorieren, vor allem nach diesem verdammten Kuss. Ich durfte nicht daran denken, allerdings zwang mich die Erinnerung praktisch dazu. Aber ihn mit Madeline zu sehen … Ich wusste, ich hatte kein Recht, eifersüchtig zu sein, jedoch hatten die beiden so vertraut miteinander gewirkt, dass sich ein Teil von mir wünschte, an ihrer Stelle zu sein. Es war nicht richtig, das zu wollen. Ihn zu wollen. Es war nicht mal logisch, aber das waren Gefühle nie und so langsam musste ich akzeptieren, dass ich etwas für ihn empfand.

Nach einer gefühlten Ewigkeit begannen die Kellner, die Tische abzuräumen. Vereinzelt erhoben sich Gäste und ich nutzte ebenfalls die Chance, um aufzustehen. Ich brauchte frische Luft und hoffte, ein kurzer Moment allein würde mir helfen, meine Gedanken zu ordnen. Zielstrebig steuerte ich auf die Doppeltür des Eingangs zu, aber kam nicht weit. Jemanden rief meinen Namen und als ich mich umsah, entdeckte ich Mr. Mercier-Campbell, der mich zu sich winkte. Er stand mit einer kleinen Gruppe zusammen, zu der auch Madeline gehörte.

»Ms. Spencer, ich würde Ihnen gerne Rafael Fitzpatrick vorstellen. Er ist ein Businesspartner und sehr guter Freund von mir. Rafael, das ist Amely Spencer. Sie arbeitet seit kurzem mit Lennox zusammen im Marketing von CIP.«

Ich sah mit einem freundlichen Lächeln zu dem älteren, gut aussehenden Mann mit dem dunkelgrauen Vollbart und den kurzen Haaren, den ich auf Mitte fünfzig schätzte.

»Es freut mich, Sie kennenzulernen.«

Meine ausgestreckte Hand musterte er zunächst argwöhnisch, ehe er sie langsam ergriff und schüttelte. »Ebenfalls.«

Seine braunen Augen lagen noch einen Moment auf mir, bevor er sich wieder der Gruppe zuwandte. »Entschuldigt mich.«

Beinahe überstürzt zog er sich aus der Runde zurück und war schneller verschwunden, als ich blinzeln konnte.

»Machen Sie sich keine Sorgen«, raunte Mr. Mercier-Campbell mir mit gesenkter Stimme zu. »Sein Abgang liegt nicht an Ihnen. Er ärgert sich über mich.« Dann stellte er mich dem Rest der Gruppe vor.

»Das ist Maxime, meine bessere Hälfte«, verkündete er zum Schluss und ich wandte mich der elegant-gekleideten Frau mit den blonden Haaren und grünen Augen zu. Ihre weichen, feinen Gesichtszüge erinnerten mich an Ivy, Lennox hingegen hatte nur die Augenfarbe von seiner Mutter geerbt.

»Mrs. Mercier-Campbell, es freut mich Sie kennenzulernen.«

Auch ihr hielt ich die Hand entgegen, aber anders als Mr. Fitzpatrick ergriff sie diese, ohne zu zögern. »Die Freude ist ganz meinerseits.«

Sie sprach mit einem wunderschönen, französischen Akzent und wir unterhielten uns eine Weile. Sie fragte mich nach meiner Familie, ob ich London vermisste und nach dem Praktikum dorthin zurückkehren wollte. Während ich ihr antwortete, versuchte ich Madelines Blick zu ignorieren, der die ganze Zeit auf mir ruhte.

Irgendwann verabschiedete ich mich aus der Gruppe, um endlich frische Luft zu schnappen, und lief auf die Doppeltür zu. Kurz vor dem Eingang wurde ich plötzlich am Arm zurückgerissen und war überrascht, als ich erkannte, wer vor mir stand. Wütend funkelte mich Madeline in ihrem kurzen, weißen Kleid an.

»Ich habe noch nie erlebt, dass sich eine Assistentin so dermaßen bei den Mercier-Campbells eingeschleimt hat. Was versprichst du dir davon?«

Ich hatte wenig Lust auf diese Diskussion, versuchte aber, höflich zu bleiben. »Ich habe dir bereits gesagt, dass ich keine Assistentin bin. Lediglich eine Praktikantin. Und falls du es nicht bemerkt hast, war Mr. Mercier-Campbell derjenige, der mich zu eurer Runde hinzugerufen hat.«

»Du hast es auf Lennox abgesehen, oder?«

Sie klang ungehalten und ich erkannte, dass sie eifersüchtig war.

Nur warum? Ich hatte ihr nie einen Anlass für dieses Gefühl gegeben. Es war ja nicht so, als hätte ich bei ihm gestanden und seinen Hemdkragen gerichtet.

»Ich habe es auf niemanden abgesehen. Hör zu, ich weiß, dass dir etwas an ihm liegt, aber was zwischen Lennox und mir ist, geht dich nichts an.«

Es war lächerlich, sich mit einer anderen Frau um einen Mann zu streiten, aber Madeline wollte mir anscheinend nicht zuhören.

»Du hast keine Chance bei ihm.«

Der Kuss, von dem sie allerdings nichts wusste, sagte etwas anderes. Dennoch erwiderte ich nur: »Wenn du das so siehst.«

»Ja, Lennox steht auf Klasse, Grazie und Eleganz. Nicht auf ... sowas.« Sie deutete auf meinen Körper und ich erstarrte.

»Was er braucht, ist eine Frau aus den gehobeneren Kreisen, die hier aufgewachsen ist und weiß, wie das Business läuft. Keine kleine englische Praktikantin, die sich für einen Abend in ein schwarzes Kleid presst und Cinderella spielt.«

Ich spürte, wie alte Wunden aufgerissen wurden, biss mir auf die Unterlippe und sah zu Boden. Vor allem die abschätzige Geste, mit der sie meinen Körper bedacht hatte und die mir nur allzu bekannt vorkam, verfehlte ihre Wirkung nicht.

»Erspar dir die Blamage, ihm weiterhin hinterher zu laufen«, setzte Madeline nach, als ich stumm blieb.

Warum? Was stimmt nicht mit mir?

Obwohl ich dachte, ich wäre stärker, schnitten mir die scharfen Worte direkt ins Herz und meine Selbstzweifel zerfetzten den Rest, der davon noch übrig war. Ich spürte den Schmerz in jedem Winkel meines Körpers. Am liebsten hätte ich mich zusammengekrümmt, die Arme um mich geschlungen und gewartet, bis es aufhörte, weh zu tun, aber hier waren zu viele Augen auf mich gerichtet. Ich musste stark bleiben, damit niemand bemerkte, was in mir vorging.

Auch wenn ich mir die größte Mühe gab, mich zusammenzureißen, wollte mein Körper nicht gehorchen. Meine Atmung wurde flach und schnell. Trotzdem bekam ich keine Luft. Mir war übel, so speiübel. Madeline sprach weiter, aber ich hörte ihr gar nicht mehr zu. Mir fehlte jegliches Gefühl – zu mir und zu meinem Körper. Weg. Ich musste hier weg, weil ich auf einen Zusammenbruch hinsteuerte und nicht wusste, wie ich ihn aufhalten konnte.

Meine Beine setzten sich von allein in Bewegung und doch hatte ich keine Ahnung, wohin mit mir. Statt durch den Eingang hinaus in die laue Luft bog ich kurz vorher in einen abgedunkelten, kleinen Flur ein. Gott sei Dank folgte mir dieses Mal niemand, denn ich brauchte jetzt einen ruhigen Ort, an dem ich unbeobachtet war. Hektisch probierte ich verschiedene Türen, bis sich schließlich eine öffnen ließ. Dahinter kam eine kleine Damentoilette zum Vorschein, die, wie ich erleichtert feststellte, menschenleer war. Ich zitterte mittlerweile am ganzen Körper und mir verschwamm die Sicht. Eilig hastete ich in eine der Kabinen und gab der Tür einen Schubs, sodass sie hinter mir zu fiel. Vollkommen fertig ließ ich mich auf den geschlossenen Klodeckel sinken.

Plötzliche Ruhe umgab mich. Man hörte hier drin weder die Musik aus dem Saal noch die anderen Gäste. Lediglich das Rascheln des Tüllstoffs und meine schnellen Atemzüge hallten von den Fliesenwänden wider. In mir war alles schwarz und so voller Schmerz, dass ich nicht wusste, wie ich damit umgehen sollte. Meine Augen brannten, doch es kamen keine Tränen. Ich wollte nicht mehr fühlen, aber leider war das nicht so einfach. Man konnte nicht einfach einen Schalter umlegen, der einem jegliche Gefühle nahm. Und ich fand gerade auch kein Ventil, um den sich in mir anstauenden Schmerz rauszulassen. Wieder und wieder stellte ich mir die immer gleichen Fragen. Warum war ich nur so … so anders? Warum konnte ich nicht so sein, wie alle anderen? Warum war ich in einem Körper gefangen, den ich nicht lieben konnte, und warum sahen ihn selbst andere als meine größte Schwachstelle? Wann war es endlich genug? Wann war *ich* endlich genug? Wann würde es aufhören und wie lange musste ich noch kämpfen, bis ich endlich normal war?

Normal – dieses Wort, das im ersten Moment so verflucht langweilig klang, war alles, was ich seit Jahren sein wollte. Nicht mehr verzweifelt, nicht mehr frustriert, nicht stark und auch nicht mehr kämpferisch. Nur normal.

Trockene Schluchzer entwichen meiner Kehle, die sich so anhörten, als würde ich verzweifelt nach Luft schnappen. Ich konnte sie nicht kontrollieren. Verdammt, ich konnte ja nicht einmal etwas gegen das Zittern unternehmen, das meinen Körper erbeben ließ.

Plötzlich knallte die Tür zur Damentoilette mit einem dumpfen Schlag gegen die Wand, weil sie jemand mit zu viel Kraft aufgestoßen hatte. Ich hörte Schritte auf den Fliesen und mein Herz setzte aus. Auf keinen Fall wollte ich, dass mich jemand in diesem Zustand vorfand, also presste ich mir die Hand auf den Mund, um damit meine qualvollen Laute zu ersticken. Die schweren Schritte kamen näher, weiter in den Raum hinein, bis sie direkt vor meiner Kabine stoppten. Angsterfüllt starrte ich die Tür an, während ich betete, dass die Person einfach wieder aus dem Raum gehen und mich allein lassen würde.

Dann war es still und für einige Sekunden passierte nichts. Ich spürte meinen rasenden Herzschlag, hörte das Rauschen in meinen Ohren und versuchte, so flach wie möglich zu atmen. Mein Blick fiel auf das Schloss und vor Schreck blieb mir die Luft in der Kehle stecken. Ich hatte vergessen, abzuschließen. Genau in diesem Augenblick wurde die Kabinentür aufgestoßen. Ich riss meinen Kopf nach oben und blickte in vertraute, grüne Augen, die mich erschrocken ansahen.

»Was zum –?«

Der Rest der Frage blieb Lennox im Hals stecken, denn allein sein Anblick reichte, um mich vollkommen zusammenbrechen zu lassen. Die Hand fiel von meinem Mund und mein lautes Schluchzen hallte in der Toilette wider. Er zögerte nicht, schob sich zu mir in die kleine, beengte Kabine und schloss ab. Ich hielt den Blick gesenkt, schämte mich, so verletzlich vor ihm zu sitzen, doch das schien ihn nicht zu stören. Warme Finger umschlossen sanft meine Handgelenke und zogen mich in den Stand. Ich wehrte mich nicht dagegen, auch wenn meine Beine so wacklig waren, dass sie nachzugeben drohten. Er spürte das und schlang einen Arm um meine Taille, stabilisierte mich, in dem er mich an seinen harten Körper drückte. Seine linke Hand wanderte in meinen Nacken und zwang mich mit leichtem Druck dazu, meinen Kopf an seiner Schulter anzulehnen.

So hielt mich Lennox an sich gedrückt und ließ mich weinen. Seine Umarmung war genau das Ventil gewesen, nach dem ich vorhin vergeblich gesucht hatte. Vielleicht war auch er genau derjenige, nach dem ich gesucht hatte. Dabei hätte ich nie gedacht, dass gerade er mir die Sicherheit geben konnte, die ich brauchte, um den Schmerz in mir rauszulassen.

Die Sekunden vergingen, wurden zu Minuten, in denen er einfach stumm ertrug, dass ich auseinanderfiel und alles aus mir herausbrach. Ich weinte seinen Anzug nass und er beschwerte sich nicht. Sein Griff ließ nicht locker und irgendwann fing er sogar an, mir tröstend mit seinem Daumen über meine Wange zu streichen. Es wirkte. Das Zittern wurde weniger, bis es schließlich ganz aufhörte. Auch meine Tränen versiegten. Trotzdem ließ mich Lennox nicht los. Seine Nähe, die sonst immer einen Flächenbrand aus Wut in mir entfacht hatte, war zum ersten Mal so beruhigend wie eine sanfte Welle, die auf mich überschwappte. Ich hörte, wie die Tür zur Damentoilette ein paar Mal auf- und zuging, wie sich fremde Menschen unterhielten, miteinander lachten, Spülungen betätigt und Wasserhähne auf- und zugedreht wurden, aber im Schutz der Kabine schienen wir in unserer eigenen kleinen Welt zu sein – nur er und ich.

Nach und nach konnte ich wieder klarer denken, während mich diese unverkennbare Kombination aus Zedernholz, Tabak und Zimt einhüllte. Dabei stellte ich fest, dass sein Herz unter dem weichen Stoff seines Anzugs genau wie meins ein Stück zu schnell schlug.

Kapitel 30

Lennox

Ich war noch nie verliebt gewesen. Liebe – dieses Gefühl schien für mich bisher ein Synonym für Drama zu sein und das hatte ich dank meiner Familie schon genug, ohne mein Herz dafür an jemand anderen verschenken zu müssen. Außerdem bedeutete es, sich auf jemanden einzulassen, und damit Verantwortung für Gefühle zu übernehmen und, na ja, Verantwortung und ich, das war keine gute Kombination.

Allerdings hätte ich nie gedacht, dass Amelys zusammengekauerter Anblick in einer Damentoilette ausreichen würde, um all meine Überzeugungen aus dem Fenster zu werfen. Zugegeben, ich hatte keine Erfahrung damit, wie man sich um jemanden kümmerte, der aus irgendeinem Grund absolut niedergeschlagen war, also handelte ich aus Instinkt. Sie in den Arm zu nehmen, half nicht nur ihr, sondern beruhigte auch mich.

Irgendwann schafften wir es aus der Damentoilette raus und durch einen Hinterausgang nach draußen, ohne dass uns jemand der anderen Gäste bemerkte. Nach der langen Zeit in der stickigen Klokabine tat die frische Luft gut. Gierig nahm ich tiefe Atemzüge, während mir mein Herz aufgrund des Adrenalins immer noch unsanft und mit schnellen Schlägen gegen die Rippen pochte.

Die Sonne war fast untergegangen und auf dem Gelände des Country Clubs sorgten Solarlampen für Licht in der aufziehenden Dunkelheit. Ohne einen einzigen Ton von mir zu geben, führte ich Amely zu einer Bank, die etwas verlassen hinter dem Hauptgebäude stand. Hier war ich vorhin schon zum Rauchen gewesen und wusste, dass uns niemand sehen oder stören würde. Ohne groß darüber nachzudenken, streifte ich mein Jackett ab und legte es ihr über die nackten Schultern, als sie sich erschöpft auf die Bank fallen ließ. Erst dann setzte ich mich neben sie.

»Danke.«

Ihre Stimme war lediglich ein Flüstern und mein schlechtes Gewissen nagte an mir. Ich hatte leider zu spät bemerkt, was auf dem Ball vor sich gegangen war, aber ich konnte mir denken, was Madeline ihr erzählt haben musste. *Dieses kleine Miststück!*

Selbst im gedimmten Schein der Lampen wirkte Bambi mitgenommen und weil ich nicht so richtig wusste, wie ich das Gespräch beginnen sollte, griff ich einfach nach ihrer Hand. Ihre Haut war eiskalt, als sich meine Finger durch ihre schoben. Amely bemerkte meine Berührung nicht mal richtig. Sie starrte vor sich hin, war anscheinend zu tief in Gedanken versunken.

»Was hat Madeline zu dir gesagt?«

Amely zuckte beim Klang meiner vor Wut angerauten Stimme zusammen. Nur für eine Sekunde trafen dunkelbraune Augen auf meine, aber das reichte mir aus, um zu wissen, dass mir nicht gefiel, was ich darin lesen konnte.

»War sie gemein zu dir?«, drängte ich weiter, weil sie mir keine Antwort geben wollte.

Nach einem Seufzen meinte sie dann langsam: »Nicht so gemein wie ich zu mir selbst bin.« Sie klang dabei so unheimlich müde.

»Wie meinst du das?«

Meine Neugier behagte ihr nicht. Sie verkrampfte, senkte den Kopf und betrachtete unsere ineinander verschränkten Hände.

»Warum bist du hier?«

»Weil ich gesehen habe, wie sie mit dir geredet hat, und ich weiß, wie sie sein kann. Nimm das nicht ernst.« Ich seufzte und fuhr mir mit der Hand durch die Haare. »Wenn du mir erzählst, was vorgefallen ist, kann ich es vielleicht wieder gut machen?«

»Wer hätte gedacht, dass Lennox Mercier-Campbell anscheinend ein Herz besitzt?!«

»Wäre schön, wenn du das für dich behältst. Offiziell bin ich gern ein Arschloch.« Mein schlechter Witz entlockte uns beiden ein kleines Lächeln, bevor ich wieder ernst wurde. »Jetzt sag schon, was los ist. Ich kann dir nicht helfen, wenn ich nicht weiß, was vorgefallen ist.«

»Mir kann niemand helfen.« Das klang so unendlich traurig, dass ich mir Sorgen machte. Wahrscheinlich sah man mir das auch an, denn sie ruderte schnell zurück. »Ich meine, danke für das Angebot, aber ich möchte nicht darüber reden.«

Ich atmete tief aus. Es blieb mir keine andere Wahl, als das zu akzeptieren – zumindest vorläufig.

In der Ferne hörte man, wie im Saal des Country Clubs das Orchester erneut zu spielen begann. Ich wusste, ich musste wieder rein. Mein Vater würde nach mir suchen, damit ich meinen Verpflichtungen als Nachfolger nachkam und mit jeder Menge Smalltalk das Ego von Vorstandsmitgliedern und Businesspartnern streichelte. Es war die Gelegenheit, sie davon zu überzeugen, dass ich bestens auf meine zukünftigen Aufgaben als Geschäftsführer vorbereitet war, auch wenn ich mich nicht mal im Ansatz so fühlte.

Als ich kurz zu der Frau an meiner Seite sah, war mir jedoch klar, dass ich Amely unmöglich allein lassen konnte. Ihre langen Wimpern warfen Schatten auf ihre blassen Wangen und man erkannte, dass sie geweint hatte. Bei ihrem Anblick wurde mir bewusst, dass ich viel zu lange ein Idiot gewesen war. Ich hatte Angst davor gehabt, was passieren würde, wenn ich offen zugab, wie sehr ich sie mochte. Wenn ich ihr damit die Macht gab, mir weh tun zu können. Schon lange hatte ich niemanden mehr wirklich an mich herangelassen, aber wenn ich dieses Risiko nicht einging, wenn ich mich nicht auf sie einließ, dann würde sie für immer ein *Was wäre wenn?* bleiben. Nichts mehr als ein Gedanke, eine Möglichkeit, eine ungenutzte Chance. Meine ungenutzte Chance.

Ich drückte kurz ihre Hand. »Wenn du nicht reden willst, was willst du stattdessen machen?«

»Ich habe genug von dem Ball. Nach Hause gehen klingt nach einer guten Option.«

»Tu das nicht«, flüsterte ich und hielt sie fester. »Lass sie nicht gewinnen.«

»Wie meinst du das?«

»Wenn du jetzt gehst, dann kapitulierst du vor Madeline. Das ist doch genau das, was sie will. Lass nicht zu, dass sie diese Macht über dich hat.« Ich ließ das kurz sacken, bevor ich grinsend fortfuhr. »Außerdem habe ich dich nicht als jemanden kennengelernt, der unverschämten Menschen irgendetwas durchgehen lässt.«

Anscheinend hatte ich genau das Richtige gesagt. Das Trostlose verschwand aus ihrem Blick und sie raffte sich auf.

»Da ist er ja wieder, dein Kampfgeist.« Ich drückte erneut ihre Hand, während mir ein Stein vom Herzen fiel.

»Okay, ich kapituliere nicht, aber was soll ich deiner Meinung nach als Nächstes tun?«

Ich stand von der Bank auf und positionierte mich vor ihr, ohne ihre Hand loszulassen. So konnte man unsere innere Verbundenheit tatsächlich sehen und das gefiel mir. »Angriff ist immer die beste Verteidigung. Du könntest so tun, als hätte sie nie etwas zu dir gesagt, wieder rein gehen und zum Beispiel mit mir tanzen.«

Amely gab ein kleines Grunzen von sich, das in meinen Ohren unheimlich niedlich klang. »Mit dir tanzen?«

»Ja, warum nicht?«

»Du meinst das ernst?« Sie sah mich mit großen Augen an. »Kannst du überhaupt tanzen?«

Ich schnalzte mit der Zunge. »Du vergisst, dass ich als Teil der New Yorker High Society praktisch auf solchen Veranstaltungen großgeworden bin. Ich hatte bereits als Kind Tanzstunden, auch wenn ich zugeben muss, dass ich sie nicht wirklich ernst genommen habe.«

Sie grinste mich frech an. »Das überrascht mich nicht. Wann nimmst du überhaupt mal etwas ernst?«

Dass mit dir nehme ich ernst. Todernst.

Statt ihr das aber zu sagen, meinte ich gespielt entrüstet: »Hey, ist dein Spott der Dank dafür, dass ich dir geholfen habe?«

Sie lachte und zuckte mit den Schultern, ehe sie wieder ernst wurde. »Was ist, wenn ich nicht als Teil der New Yorker Elite aufgewachsen bin?«

»Dann hast du verdammt Glück gehabt.«

»Lennox, ich kann nicht tanzen. Ich passe ja eigentlich nicht mal in diese wohlhabende, einflussreiche Gesellschaft.« Sie deutete auf das Hauptgebäude des Country Clubs.

»Na und? Ich kann hervorragend führen. Meinetwegen darfst du dich auch auf meine Füße stellen, sodass ich dich durch den Raum tragen kann.« Ich lachte auf, aber Amely funkelte mich nur böse an. Seufzend blieb mir nichts anderes übrig, als sie ernst zu nehmen.

»Bambi, hier interessiert es niemanden, wo du herkommst und ob du tanzen kannst und selbst wenn, was juckt es dich?«, versuchte ich sie zu beruhigen, doch sie wirkte nicht wirklich überzeugt. Wo kamen diese Bedenken so plötzlich her?

»Komm, wir tanzen jetzt«, entschied ich einfach. »Ich verspreche dir auch, ich werde mich nicht beschweren, wenn du mir auf meine Füße trittst.«

Ich zupfte ungeduldig an ihrem Arm, doch sie erhob sich nur langsam. »Aber ich habe geweint und ich will nicht, dass andere mich so sehen.«

Das Augenrollen unterdrückte ich, als ich beide Hände um ihr Gesicht legte. Mit den Daumen strich ich über die Wangen und entfernte so die Reste der getrockneten Tränen. Dabei wanderten meine Augen von allein zu ihren Lippen und der Kuss kam mir wieder in den Sinn. Zu gern hätte ich ihn jetzt wiederholt, aber beim ersten Mal war sie geflüchtet und ich wollte nichts riskieren.

»Scheiß drauf, was die anderen von dir denken. Du bist trotzdem wunderschön.«

Meine Worte ließen ihren Atem stocken. Jetzt war sie diejenige, die mir auf die Lippen starrte, und ich musste all meine Selbstbeherrschung zusammennehmen, um keinen Fehler zu machen. Schnell löste ich mich von ihr, nahm ihr mein Jackett wieder ab und wandte mich in Richtung Country Club. Dann zog ich sie einfach mit.

Wir betraten das Gebäude und steuerten direkt auf die Tanzfläche im Saal zu. Ich bemerkte, wie sich ein paar Leute neugierig zu uns umwandten, aber schenkte ihnen keine Beachtung. Die Aufmerksamkeit war ich aufgrund meines Namens oder meines Rufs gewohnt. Bambi ging es da anders. Mit jedem Schritt wurde sie unsicherer und ein kurzer Blick zur Seite zeigte mir, wie sie mit hochgezogenen Schultern auf den Boden sah und auf der Unterlippe kaute. Als sie mir auch noch ihre Hand entziehen wollte, ging das zu weit. Ich weigerte mich, sie loszulassen.

»Vergiss es, du bleibst bei mir.«

Ihre Antwort war ein verächtliches Schnaufen, aber sie versuchte nicht, sich erneut von mir zu lösen.

Auf der Tanzfläche angekommen, nahm ich inmitten der anderen Paare eine korrekte Tanzhaltung an. Meine rechte Hand legte sich auf ihren Rücken und zog sie zu mir, die andere hielt ihre seitlich auf Schulterhöhe. Wir atmeten beide gleichzeitig ein und dann wagte ich den ersten Schritt.

Das Orchester spielte gerade Natalie Taylors Version von *Latch* und ich führte uns dazu mit geschmeidigen Bewegungen über das Parkett. Amely wirkte unsicher. Sie blinzelte oft, als sie nach rechts und links zu den anderen Paaren schaute und dabei meine Hand ein Stück zu fest umklammerte.

»Hey, sieh mich an!«, forderte ich sie auf und sofort hefteten sich dunkelbraune Augen auf mein Gesicht. Ihr Blinzeln stoppte, sie entspannte sich etwas und auch in mir machte sich eine ungewöhnliche Ruhe breit. Dass sie mir so einfach vertraute, war ein merkwürdiges Gefühl. Die Verantwortung, für sie da zu sein, hatte nicht das Gewicht, das sonst auf meinen Schultern lastete, wenn ich an die Firmenübernahme dachte. Im Gegenteil, mich um sie zu kümmern, war leicht und einfach. So war auch das Arbeiten mit ihr. Amely forderte mich auf eine andere Art und Weise heraus. Ich wollte mich ihren Aufgaben stellen, besser werden und ihr beweisen, dass mehr in mir steckte als das Arschloch, das ich ihr bisher gezeigt hatte. Sie schaffte, was mein Vater schon jahrelang probierte – ohne überhaupt davon zu wissen.

In dem Moment, in dem nur wir und die Musik existierten, in dem wir uns so nah waren, ohne ein Wort zu sagen, wurden mir zwei Dinge klar: Erstens, unsere Anziehung war mehr als nur körperlich, denn sie berührte etwas in mir, das vorher noch niemandem gelungen war. Und zweitens, ich konnte mich vielleicht dagegen wehren, konnte mich gegen sie wehren, aber ich würde definitiv nicht entkommen. Irgendetwas in mir – vielleicht hatte ich ja doch so etwas wie eine Seele – fühlte sich unwiderruflich zu ihr hingezogen. Und das seit dem Moment, an dem ich ihr zum ersten Mal in die Augen gesehen hatte. Verdammt, ich wollte sie. Sehr. Vielleicht auch ein bisschen zu sehr. Ich wollte ihr nah sein, wollte mein Verhalten der letzten Wochen wieder gutmachen, denn der Gedanke, sie nicht in meiner Nähe zu wissen, wurde von Mal zu Mal unerträglicher. Ich musste mit ihr reden. Nicht hier. Nicht jetzt. Aber bald.

Wir stoppten, als das Lied zu Ende war und das Orchester verstummte. Ich ließ sie los und brachte etwas Distanz zwischen uns, weil ich die Blicke in meinem Rücken spürte, besonders den von meinem Vater. Leider musste ich mich jetzt um meine anderen Verpflichtungen kümmern, obwohl ich viel lieber bei ihr geblieben wäre.

Amely sah mich an und zog verwirrt die Augenbrauen zusammen.

224

Was ist los?, fragten mich ihre runden, großen Kulleraugen stumm.

Ein letztes Mal gab ich der Anziehung nach, beugte mich zu ihr, bis mein Mund ihre Wange streifte. »Triff mich morgen früh, um fünf Uhr am Strand. Wir schauen uns den Sonnenaufgang an.«

Dann ließ ich sie auf der Tanzfläche zurück, ohne mich noch mal umzudrehen.

Kapitel 31

Amely

»Oh mein Gott, Babe, das musst du dir ansehen!«

Alex stupste mir gegen das Bein, um meine Aufmerksamkeit zu erregen, weil ich gerade in die Kommentare unter meinem letzten Post vertieft war. Einige davon waren regelrecht gehässig, weswegen ich nichts gegen eine Ablenkung einzuwenden hatte.

Ich sah auf und entdeckte, wie sich mein Freund die Faust vor den Mund presste, um dahinter sein böses Lachen zu verstecken. Meine Augen folgten der Richtung seines Blicks, um herauszufinden, was er so lustig fand. Von der VIP-Lounge aus konnte man die Gäste auf der Tanzfläche von Alex' Club gut beobachten. Obwohl diese voll war, dauerte es nicht lang, bevor ich wusste, über wen mein Freund spottete.

Die junge Frau war in meinem Alter, etwas rundlicher und trug ein knappes Outfit. Ihr Rock war ein Stück zu kurz, das Top eine Größe zu klein und man erkannte genau, dass der BH in ihre Haut schnitt, aber sie schien das nicht zu stören. Direkt vor dem DJ-Pult, tanzte sie ausgelassen mit ihren Freundinnen.

»Ziemlich fett, oder?«

Ich konnte Alex nicht zustimmen und das nicht nur, weil ich mich nicht über andere Menschen lustig machen wollte. Die Frau sah einfach unheimlich glücklich aus. Vielleicht war genau das ihr Lieblingsoutfit, in dem sie sich am besten gefiel. Ganz ehrlich? Damit hatte sie mir einiges voraus.

Alex riss weiter Witze über die Frau und bekam gar nicht mit,
dass ich still blieb. Ich fühlte mich so unwohl in seiner Gegenwart,
dass ich meine Sachen zusammenpackte, um zu gehen.

»Gott sei Dank siehst du nicht so aus, Babe!«

Mir wurde schlecht. Als ich mich zu ihm umwandte, um ihm zu
sagen, dass er die Klappe halten sollte, machte er eine abwertende
Handbewegung, mit der er auf die Frau deutete.

Ich schreckte aus dem Schlaf hoch, nur um resigniert festzustellen,
dass mich wieder eine Erinnerung geweckt hatte. Anscheinend versuchte mein Unterbewusstsein in der letzten Zeit all das Geschehene
im Schlaf zu verarbeiten. Warum ich jetzt ausgerechnet von Alex
und der Szene aus dem Club träumte, war klar.

Oh, wie schnell sich Zeiten änderten! Nun war ich diejenige gewesen, die mit dieser Handbewegung bewertet worden war.

Ivy hatte recht gehabt. Madeline war eine erstklassige Bitch und
trotzdem war sie nicht diejenige, die mir als Erstes in den Sinn kam,
wenn ich an den gestrigen Abend zurückdachte. Es war Lennox. Generell war er bereits in meinen Kopf eingezogen, um es sich dort als
Untermieter gemütlich zu machen. Das Kuriose war: Seit unserem
Tanz fand ich das nicht mal mehr schlimm. Ich dachte an die Szene
auf dem Ball zurück, wie nervös ich auf der Tanzfläche gewesen war
und wie sehr ich mich auf die Blicke der anderen Gäste konzentriert hatte, bis zu der Aufforderung, ihn anzusehen. Das Grün seiner Augen hatte mich sofort in den Bann gezogen und beruhigt und
bei unserem ersten gemeinsamen Schritt war es, als hätte sich damit
ein Stück seines Selbstbewusstseins auf mich übertragen. Alles an
ihm hatte mir das Gefühl gegeben, ich sei in diesem Augenblick das
Wichtigste auf der Welt für ihn. Unsere Umgebung war verblasst, die
Stimmen in meinem Kopf leiser geworden, bis sie schließlich ganz
verstummten. Meine Wirbelsäule hatte sich aufgerichtet, als müsste
ich mich nicht mehr klein machen.

In diesem Moment waren sein riesiges Ego und die Selbstsicherheit für mich nicht länger ein Symbol seiner Arroganz, sondern ein Zeichen der Stärke, die er in sich trug und mir lieh. Mit jeder Sekunde in seiner Nähe, jedem Tanzschritt, jeder Berührung war es, als würde er mir Kraft geben, mich aufbauen. Mit einem Mal machte mir der Gedanke Angst, er könnte gehen, weil ich dieses Gefühl, das er mir gab, nicht verlieren wollte.

Als der Tanz endete und sich unsere Hände voneinander lösten, war es an der Zeit, sich einzugestehen, dass das zwischen uns mehr war, so viel mehr, als ich je erwartet hatte. Die Erkenntnis verursachte auch jetzt noch Herzrasen bei mir und ich setzte mich langsam im Bett auf.

Ich wollte, nein, ich musste mit jemandem über diese Gefühle reden, die sich in meinem Herzen eingenistet hatten und sich nun langsam, aber sicher in meiner Brust ausbreiteten, denn schon bald würden sie meinen kompletten Körper einnehmen. Am liebsten hätte ich meine Mum angerufen. Das war nicht das erste Mal, dass ich den Drang dazu verspürte. Je mehr Zeit verstrich, desto mehr vermisste ich sie. Es war zu lang her, dass wir miteinander gesprochen hatten, und mittlerweile war es mir sogar egal, ob sie mich mit ihren Sorgen überschütten würde. Ich wollte nur ihre Stimme hören und wissen, was sie zu meiner aktuellen Lage und zu Lennox zu sagen hätte.

Weil es mir die Brust verengte und mir das Atmen erschwerte, versuchte ich, mich von dem Gefühl, das Heimweh ziemlich nah kam, abzulenken und überprüfte die Uhrzeit auf meinem Handy. Es war noch Zeit bis um fünf, aber nichts hielt mich mehr in meinem Bett. Ich musste raus – raus aus dem Gästehaus und an die frische Luft, damit ich wieder freier atmen konnte.

Nachdem ich meine Zähne geputzt und Haare gekämmt hatte, schlüpfte ich in eine schwarze Leggings und einen weiten Hoodie. Währenddessen dachte ich an Lennox' Einladung und Nervosität überkam mich. Er hatte mir nicht wirklich eine Wahl gelassen, bevor ihn sein Vater für den Rest des Abends in Beschlag genommen hatte. Gleichzeitig war ich viel zu geschockt von seiner Hilfe und dem Tanz gewesen, um zu protestieren. Jetzt fragte ich mich, was ich erwarten sollte. Ob ich überhaupt etwas erwarten konnte.

Als ich vor die Tür trat, bemerkte ich die Kälte auf meiner Haut. Die Luft war noch frisch von der Nacht. Ich atmete gierig ein und zog die Ärmel des Pullovers über meine Hände. Dann folgte ich dem Kiesweg, der mich vom Gästehaus wegführte. Da das Ende des Sommers nahte und die Tage bereits kürzer wurden, war ich noch in Dunkelheit gehüllt, während ich den Weg entlang schritt. Allerdings lichtete sie sich bereits und am Himmel mischte sich in das Dunkelblau der Nacht ein zartes Rosa. Es würde nicht mehr lang dauern, bis die ersten Sonnenstrahlen über dem Horizont auftauchten. Die Stille der Umgebung machte es mir leicht, dem Meeresrauschen in der Ferne zu folgen. Es war neben dem Kies, der unter meinen Schuhen knirschte, das einzige Geräusch, das man hörte. Irgendwann endete der Weg in weichem, hellem Sand. Kaum hatte ich einen Fuß darauf gesetzt, hob ich den Blick, um den Strand vor mir zu bewundern, und blieb wie angewurzelt stehen. Genau an der Grenze, bis zu der die Wellen aufs Land schwappten, saß eine Gestalt im Sand und rührte sich nicht.

Lennox.

Ich erkannte ihn sofort an seinem breiten Kreuz und den starken Schultern, auch wenn er mir den Rücken zugewandt hatte und aufs Meer starrte. Er trug immer noch das Jackett von gestern Abend.

Bevor ich wusste, was ich tat, hatte ich mich schon in Bewegung gesetzt und lief langsam über den unebenen Untergrund, bis ich direkt neben ihm stand. Ich zögerte, aber als er sich nicht rührte, ließ ich mich neben ihm nieder und zog die Beine an den Körper, damit die Füße nicht von den Wellen erwischt wurden. Durch meine Leggings hindurch spürte ich den kalten Sand unter mir.

Lennox dachte nach und schien mich nicht zu bemerken. Ich beobachtete ihn von der Seite. Er hatte seine Beine aufgestellt und seine Arme auf den Knien abgelegt. Die Flecken, die das Wasser und der Sand auf seiner Anzugshose hinterlassen hatten, ließen mich wissen, dass er schon etwas länger hier saß. In der rechten Hand steckte zwischen dem Zeige- und Mittelfinger eine glühende Zigarette, doch er machte keine Anstalten, daran zu ziehen.

»Hey.«

Das kleine Wort holte ihn aus seiner Trance und blinzelnd wandte er sich mir zu. »Hi.«

»Was machst du hier?«

»Sitzen. Nachdenken. Mich erholen.«

»Erholen?«, hakte ich nach und zog die Brauen zusammen.

»Ja, ich habe vorhin eindeutig zu viele Hände geschüttelt. Zu viel Smalltalk gehalten.«

Ich nickte, weil ich das verstand. »Warum rauchst du eigentlich?«, fragte ich dann und merkte zu spät, dass es wie ein Vorwurf klang.

Seine Augenbrauen schossen nach oben. Plötzlich wusste ich nicht mal, warum ich gefragt hatte. Es störte mich nicht – nicht wirklich zumindest. Der Geruch nach kaltem Rauch gehörte mittlerweile zu ihm, aber bei seiner sportlichen Figur hätte man annehmen können, dass er besser auf sich und seine Gesundheit achtete.

Statt zu antworten, sah er mich einfach nur stumm an.

»Ach, egal, vergiss, dass ich gefragt habe.«

Ich versuchte, der unangenehmen Situation mit einer wegwischenden Handbewegung zu entkommen, ehe er sich die Hand schnappte und sie festhielt.

»Stört es dich?«, fragte er und sah mir tief in die Augen.

Ja, ein wenig schon, aber nur, weil ich mir Sorgen um dich mache. Die Antwort lag mir auf der Zunge, aber ich schluckte sie herunter, statt so ehrlich zu sein.

Mit den Schultern zuckend, änderte ich das Thema. »Hast du überhaupt geschlafen?«

»Nicht wirklich.«

Er fuhr sich mit den Händen durch das dunkelblonde Haar und es wurde wieder still zwischen uns. Mit einem tiefen Atemzug nahm ich all meinen Mut zusammen.

»Danke übrigens für gestern. Für das, in der Damentoilette, und auch das danach.«

Sein Lachen klang rau. »Das könnte man auch falsch verstehen.«

»Ich meine es ernst.«

»Ja, da sind wir schon mal zwei.« Er hatte den Blick schon wieder abwesend gen Meer gerichtet.

»Was ist los? Du wolltest mich treffen und ich bin hier. Warum?«

»Um Zeit mit dir zu verbringen.«

Die Antwort kam schnell, er hatte nicht überlegen müssen.

»Okay, warum?«

»Du weißt warum.«

Das half mir nicht weiter. Kein Stück. Ich seufzte, bevor ich beschloss, dass ich es ihm nicht leicht machen würde – nicht, weil ich ihn quälen wollte, sondern weil ich ihn nicht verstand, aber unbedingt verstehen wollte.

»Nein, Lennox, ich weiß nicht, warum. Alles, was ich weiß, ist, dass seit unserem Kuss irgendwas anders ist. Nur verstehe ich das nicht. Du hasst mich doch und –«

»Erstens«, unterbrach er mich mit harter Stimme. »Nein, ich hasse dich nicht. Das habe ich noch nie. Und zweitens, weißt du genauso gut wie ich, dass sich schon vor unserem Kuss etwas zwischen uns verändert hat.«

Dabei sah er mich wieder so intensiv an, als wollte er mir damit das erzählen, was er nicht in Worte fassen konnte.

»Wenn du mich nie gehasst hast, warum hast du dich dann in den ersten Wochen so dermaßen bescheuert verhalten?«

Lennox holte tief Luft und wandte den Blick ab. »Ich wollte dich auf Abstand halten. Es tut mir leid. Das war nicht okay. Ich weiß das.«

»Es tut dir leid? *Es tut dir leid?*« Meine Stimme wurde lauter, als seine lahme Entschuldigung die ganzen angestauten Gefühle in mir aufkochen ließ. »Du hast recht. Das ist nicht okay. Daran ist gar nichts okay.«

Ich wusste nicht, was ich erwartet hatte. Vielleicht, dass er mir geradeheraus sagte, dass ich mit dem, was ich fühlte, nicht allein war. Dass es ihm genauso ging. Dass er genauso verwirrt war wie ich, weil ich nicht verstand, was das zwischen uns war. Allerdings hatte ich vergessen, dass ich solche Antworten nie von Lennox bekommen würde.

Enttäuschung lag mir wie ein Stein im Magen, als ich mich auf dem Sand abstützte, um aufzustehen.

»Was tust du da?«, fragte er und seine linke Hand schloss sich um meinen Arm und hielt mich fest. »Warte, nicht, bleib hier!«

»Warum?«, brach es aus mir heraus. Ich versuchte, seine Hand abzuschütteln – ohne Erfolg. »Was soll ich noch hier, wenn du nicht wirklich reden willst? Warum hast du mich überhaupt hergebeten?«

»Gott, verdammt, weil ich dich will!«, stieß er beinahe verzweifelt heraus.

Zwei Herzschläge lang war es still zwischen uns – so lang brauchte ich, um seine Worte zu verstehen, so lang brauchte er, um sich zu sammeln.

»Ich will dich und ich wollte dir das hier und jetzt sagen, weil ich sonst noch verrückt werde, aber sorry, die Worte kommen mir nicht so einfach über die Lippen. Ich –« Er stockte, ließ mich keine Sekunde aus den Augen, bis er schließlich den Kopf schüttelte. »Ich versuche schon die ganze Zeit, den perfekten Anfang zu finden. Da ist so viel, was ich dir sagen will, was ich dir erklären muss.«

Er schnippte seine Zigarette weg, die mittlerweile ausgegangen war, und ließ mich los, um sich mit seinen Händen über die Oberschenkel zu streichen.

»Okay, pass auf. Ich war ein Arsch zu dir und das tut mir wirklich leid. Und ich weiß, ich mache es nicht besser, wenn ich dir sage, dass ich mich mit Absicht so verhalten habe.«

»Nein, das machst du nicht.« Aber vor allem machte er damit das Chaos in meinem Kopf nur noch schlimmer.

»Ich wollte dich mit meinem Verhalten auf Abstand halten, weil ... Na ja, als ich dich das erste Mal gesehen habe ... Fuck, okay, das ist nicht so einfach auszusprechen, aber ich habe dich bei der Versammlung gesehen und sofort gewusst, dass ich in Schwierigkeiten stecke. Du hast mich von Anfang an magisch anzogen. Ich hatte das Gefühl, dass mehr zwischen uns ist und ich ... ich habe Panik bekommen. Du konntest mit nur einem Blick das auslösen, was ich noch nie gefühlt habe und auch nie fühlen wollte. Und du hast mich angesehen, als würdest du mich durchschauen. Ich wollte deswegen nicht, dass du mir zu nah kommst und war gemein zu dir.«

Wow, das waren verdammt viele Informationen, aber eine Sache verwunderte mich am meisten. »Du denkst, ich kann dich durchschauen?«

Er zuckte mit den Schultern. »Fühlt sich zumindest immer so an. Und ganz ehrlich? Du weißt, welchen Effekt du auf mich hast. Ich war nicht gerade subtil. Du weißt es, seit ich Ians Grafiken aus deinem Büro gestohlen habe und wir diesen Moment hatten. Oder ich die Klebezettel mit den Wörtern ausgetauscht habe. Oder ich dir diese dämliche Auswertung verwehrt habe.«

»Ich –«

»Ich bin noch nicht fertig«, unterbrach er mich barsch und sofort klappte mein Mund wieder zu.

»Außerdem habe ich dich vielleicht dazu gebracht, mich nicht zu mögen, aber hassen tust du mich auch nicht. Keine Sorge, ich erwarte jetzt nichts von dir. Ich kann nur auch nicht mehr so tun, als wäre zwischen uns nichts passiert.«

Wir sahen uns an und mir wurde klar, dass das hier wieder einer dieser einschneidenden Momente im Leben war, auf die man irgendwann zurückblickte, weil sie in Erinnerung blieben. Aber gerade wollte ich nicht an die Zukunft oder die Vergangenheit denken. Es gab nur ein Jetzt und ich musste eine Entscheidung treffen.

Meine Augen wanderten über sein Gesicht und versuchten, sich jedes noch so kleine Detail von ihm einzuprägen. Ich konnte noch nicht wirklich glauben, was er mir gestanden hatte, obwohl ich tief in mir spürte, dass er recht hatte. Ich wusste nicht, wie viel Kraft ich in der letzten Zeit darauf verschwendet hatte, *nicht* an ihn zu denken. Mich *nicht* an den Kuss zu erinnern. So zu tun, als würde ich ihn hassen und als sei er das Arschloch, das mich seit unserem ersten Zusammentreffen in den Wahnsinn trieb. Ich hatte mir etwas vorgemacht und war ihm gleichzeitig mindestens genauso hart verfallen wie er mir.

»Bitte sag etwas«, bat Lennox mich nach mehreren Minuten der Stille. Er wirkte nervös, spielte ungelenk mit seinen Fingern, sodass die Knöchel leise knackten. Es war klar, dass er sich jetzt am liebsten eine Zigarette angesteckt hätte, nur damit wenigstens seine Hände beschäftigt waren.

Ich senkte den Blick auf den Sand und räusperte mich. »Weißt du, dein Vater und deine Schwester haben mich vor dir gewarnt. Sie meinten, du wüsstest genau, wie du das bekommst, was du willst, und ich sollte vorsichtig sein. Als ich dich dann das erste Mal gesehen habe, hatte ich Schwierigkeiten, in dir diesen Menschen zu sehen, den sie mir beschrieben hatten. Na ja, zumindest bis du mich Kaffeeholen geschickt hast.«

»Dir ging es wie mir?« Er klang überrascht.

»Ja.«

Ein so breites, strahlendes Grinsen nahm sein Gesicht ein, dass ich das Gefühl hatte, direkt in die Sonne zu sehen.

»Aber was nun? Ist das jetzt das Happy End für uns?«, fragte ich dann und traute mich gar nicht, mir Hoffnungen zu machen. Er und ich – konnte das wirklich funktionieren?

»Happy End? Bambi, das ist kein Happy End. Das ist erst unser

Anfang.«

Ich war noch nicht ganz überzeugt. »Aber ist es nicht komisch, plötzlich nicht mehr zu streiten? Ich meine, wir haben wochenlang nichts anderes getan.«

»Und ich will auch nicht, dass das aufhört. Ich mag es, wenn du mir Kontra gibst. Wenn du dir nicht alles gefallen lässt. Diskutier ruhig mit mir, Bambi, und hör verflucht niemals auf, dich mit mir zu streiten.«

Er grinste mich so schief an, dass in meinem Bauch ein Schwarm Schmetterlinge aufflatterte. Ihre Flügelschläge verursachten ein Kribbeln in meinem ganzen Körper, das ich sogar bis in die Fingerspitzen spürte. Auch wenn ich mit jedem seiner Worte Stück für Stück die Abneigung für ihn losließ, an die ich mich die letzten Tage krampfhaft geklammert hatte, gab es doch noch einen kleinen Teil in mir, der Bedenken hatte.

»Lange Zeit war ich so wütend auf dich gewesen, Lennox. Ich weiß nicht, ob das alles von heute auf morgen verschwindet. Und glaub mir, ich möchte dir vertrauen, aber —«

»Durch die Warnungen bist du dir unsicher«, beendete er den Satz für mich und traf damit genau ins Schwarze.

Ich nickte, ehe ich fragte: »Ist das eins deiner Spielchen?«

»Sehe ich für dich so aus, als würde ich spielen?«

Er hielt meinem prüfenden Blick stand. Nein, wenn ich ehrlich war, sah Lennox nicht so aus, als würde er mir etwas vormachen, aber ich wandte mich trotzdem dem Meer zu und ließ seine Frage auf mich wirken. Die Sonne stand jetzt halb über dem Horizont und tauchte uns und unsere Umgebung in weiches, goldenes Licht.

Warme Finger schoben sich zwischen meine und umschlossen die Hand, die ich neben mir im Sand abgelegt hatte. Überrascht sah ich auf.

»Die Jungs und ich spielen gerne Poker gegeneinander. Es geht uns dabei nicht ums Gewinnen. Wir haben alle mehr als genug Geld.

Es ist einfach nur ein guter Zeitvertreib, der für Nervenkitzel sorgt.«

»Wow, euer Leben möchte man haben«, meinte ich mit zynischem Unterton.

Seine Mundwinkel hoben sich. »Beim Pokern geht es auch um Risiko-Kalkulation. Wie viel möchte man riskieren, um zu gewinnen?«

Vielleicht wäre jetzt ein guter Zeitpunkt gewesen, ihm zu sagen, dass ich wusste, wie man Poker spielte, allerdings fand ich es viel zu amüsant, ihm zuzuhören, wie er mir irgendetwas erklären wollte.

»Manche Spieler gehen lieber auf Nummer sicher, weil sie ihren Einsatz nicht verlieren wollen, und andere spielen ohne Rücksicht auf Verluste. Das zwischen uns ist zwar kein Spiel, aber wenn es eins wäre, dann wäre ich All In.«

»Was heißt das?«, fragte ich mit gesenkter Stimme, weil ich mir zu hundert Prozent sicher sein wollte, dass ich ihn richtig verstand.

»Für dich, für uns würde ich das volle Risiko in Kauf nehmen, weil du es wert bist.«

»All In?«

»All In.«

Er grinste mich schelmisch an und mich packte die Neugier. »Und wenn wir spielen würden, was wäre denn dann dein Einsatz?«

»Mein Herz, mein Verstand, meinetwegen auch mein Geld, wenn du das unbedingt willst.« Er lachte auf und dieses Geräusch klang wie Musik in meinen Ohren. Es schien ihm jetzt besser zu gehen als vorhin. Er wirkte freier, leichter, unbeschwerter.

»Also, wenn wir jetzt spielen, was würdest du tun?«

Ich zögerte nicht, sondern hörte einfach auf das Gefühl in meinem Bauch und die tausend Schmetterlinge, die darin herumflatterten. »Ich würde All In gehen.«

Er biss sich auf die Lippe, um zu verhindern, dass sein Grinsen noch breiter wurde, obwohl schon sein ganzes Gesicht strahlte.

»Sag Ivy, dass du mit mir nach Manhattan zurückfährst. Ich will Zeit mit dir verbringen.«

»Aber was ist mit deinen Freunden?«

»Mach dir keine Sorgen um die. Sie fahren selbst. Lass uns gleich nach dem Frühstück los.«

Ohne meine Antwort abzuwarten, packte Lennox mich und hob mich auf seinen Schoß. Kurz wartete er ab, ob ich protestierte, bevor er stürmisch seinen Mund auf meinen drückte. Ich gab mich ihm hin, ließ mich halten und verlor mich in der Berührung. Dieser Kuss war so anders als unser erster. Langsam und sanft bewegten sich seine Lippen gegen meine. Die Zärtlichkeit war ungewohnt und brachte mein Herz aus dem Takt. Lennox ganzer Körper vibrierte vor Freude und ich konnte seine Erleichterung und Hoffnung schmecken. Sie war ansteckend und auch ich musste grinsen, als ich mich ein Stück zurückzog. Am liebsten hätte ich ein Foto von uns und von diesem Moment gemacht, weil ich ihn festhalten und nie wieder loslassen wollte.

Als ich ihn wieder küsste, änderte sich etwas zwischen uns. Die Leichtigkeit verschwand und machte dem Verlangen Platz. Es dauerte nicht lange, bis das gewohnte Feuer in mir brannte, das immer in Lennox' Nähe ausbrach, als wäre er Benzin, Brandbeschleuniger und Feuerzeug in einer Person. Nur dieses Mal, mit seinen Armen um meinen Körper geschlungen, stand ich gern lichterloh in Flammen, denn ich brannte nur für ihn.

Kapitel 32

Amely

»Wie hat Ivy reagiert? Hat sie etwas zu dir gesagt?«

Wir saßen in Lennox' Aston Martin und hatten gerade das schmiedeeiserne Tor des Anwesens hinter uns gelassen, als er mich kurz von der Seite ansah. Mit dem lässigen Outfit aus schwarzem Hoodie und verwaschener, dunkelblauer Jeans wirkte er wieder ganz anders als in dem noblen Anzug von gestern Abend. An den Füßen trug er dunkle Nike-Sneaker und auf seiner Nase saß eine Ray-Ban-Sonnenbrille. Er wirkte so locker und gelöst und war damit das komplette Gegenteil zu mir. Ich rutschte unsicher in meinem Sitz herum und verknotete vor Nervosität die Finger in meinem Schoß.

»Ähm, sie hat nicht viel gesagt.«

Ich verschwieg ihm, dass es eher ihr Gesichtsausdruck gewesen war, der Bände gesprochen hatte. Ivy hatte mich angesehen, als hätte ich den Verstand verloren und ich konnte es ihr nicht mal übelnehmen.

»Bist du aufgeregt?«

Mit einem Schmunzeln löste Lennox eine Hand vom Lenkrad, um damit meine verknoteten Finger zu trennen, bevor er sie auf meinem Oberschenkel ablegte.

»Ja«, gab ich zu, ohne ihm einen Grund zu nennen, weil ich mir selbst nicht ganz sicher war, warum.

Jetzt war alles anders zwischen uns. Vielleicht musste ich mich daran erst gewöhnen. Vielleicht lag es aber auch daran, dass er offen zu mir gewesen war, während ich ihm noch etwas verschwieg. Mein schlechtes Gewissen meldete sich, aber je länger ich darüber nachdachte, desto sicherer war ich mir, dass ich ihm noch nichts von meiner Krankheit erzählen wollte. Ich hatte Angst, dass es die Sache zwischen uns verkomplizierte, und eigentlich war sie schon kompliziert genug.

Eine Weile schwiegen wir, während ich die Zeit nutzte, ihn zu beobachten. Lennox hielt das Lenkrad locker zwischen zwei Fingern der linken Hand, während er den Ellenbogen an der Autotür abgelegt hatte. Sein Zeigefinger tippte zum Beat verschiedener Lieder, die Teil einer Phil Collins-Best-of-Playlist waren. Manchmal bewegte er auch die Lippen, als würde er mitsingen, ohne tatsächlich einen Ton von sich zu geben. Er wirkte vollkommen entspannt und ich ahnte, ich würde seine Laune mit meinen nächsten Worten ruinieren, trotzdem musste ich sie sagen.

»Ich glaube, wir sollten es langsam angehen lassen.«

Wie befürchtet, erstarrte er. »Erklärst du mir, warum?«

Seine Hand blieb zwar auf meinem Schenkel liegen, aber die Berührung wurde leichter, als wüsste er nicht, ob er sich komplett zurückziehen sollte.

Meine Krankheit war nicht der einzige Grund, weshalb ich mich nicht Hals über Kopf in eine Beziehung mit ihm stürzen konnte. Anscheinend musste ich ihn an etwas Wichtiges erinnern.

»Du weißt, dass Beziehungen zwischen Angestellten nicht erlaubt sind. Wir handeln gegen die Unternehmensregeln.«

»Und du weißt, was ich von Regeln halte.« Lennox zuckte mit den Schultern und das brachte mich zum Lächeln.

»Ivy meinte, du wärst schon immer rebellisch gewesen.«

Er rollte mit den Augen. »Ich mag es nur nicht, Regeln zu befolgen, ohne sie zu hinterfragen. Nur weil etwas immer so war oder schon immer so gemacht wurde, muss man das nicht akzeptieren. Diese Unternehmensregeln wurden von meinem Dad aufgestellt, weil er keine Klagen wollte, aber ich finde es nicht richtig, so hart in das Privatleben von Mitarbeitern einzugreifen.«

»Also wirst du sie ändern, wenn du Geschäftsführer wirst?«

»Wenn ich den Vorstand davon überzeugen kann, schon.«

Das fand ich gut, aber es änderte gerade nichts an unserer aktuellen Situation.

»Du hast wenig zu befürchten und dir mögen die Regeln egal sein, aber was ist mit mir? Mein Praktikum ist mir wichtig. Wenn ich gekündigt werde, muss ich nach London zurück.«

»Du wirst nicht gekündigt. Vertrau mir, ich werde mit meinem Dad reden.« Lennox drückte kurz mein Bein. »Wenn du willst, spreche ich sogar mit Ivy. Na, wie klingt das?«

Ich schüttelte den Kopf, musste aber grinsen.

Lennox warf mir einen schnellen Blick zu, bevor er sich wieder auf die Straße konzentrierte. »Was denn?«

»Sobald du etwas willst, setzt du echt Himmel und Hölle in Bewegung, um es zu bekommen.«

»Na klar, aber gib zu, dass dich das beeindruckt.«

»Möglicherweise.«

Ich wandte mich ab, um das Lächeln zu verbergen, das sich gerade auf meinem Gesicht ausbreitete. Als ich dabei aus dem Beifahrerfenster sah, fiel mir auf, dass wir die Hamptons allmählich hinter uns ließen. Ich wurde von einem sentimentalen Gefühl erfasst. Zwar hatte ich die Gegend aufgrund des kurzen Aufenthalts nur wenig erkunden können, aber das Wochenende war trotzdem zu schön gewesen, um nicht noch einmal zurückkehren und länger bleiben zu wollen.

»Meinst du, wir könnten noch mal wiederkommen, nur wir zwei?«

Lennox war amüsiert. »Wolltest du es nicht eben noch langsam angehen lassen und jetzt fragst du schon nach gemeinsamen Ausflügen?«

»Ich meine ... also, ich habe einfach –«

Ich fühlte mich ertappt und stotterte, weil ich selbst nicht genau wusste, was ich sagen wollte.

»Alles gut, Bambi. Wir können meinetwegen jedes Wochenende herkommen. Das Anwesen meiner Eltern wartet nur auf uns.«

Mein Blick fiel auf seine Hand, deren Wärme ich durch die Jeans spürte. Bevor ich zu lange darüber nachdenken konnte, legte ich meine auf seine. Der Größenunterschied war beachtlich. Seine Hand ragte unter meiner hervor, die im Vergleich wie die eines Kindes wirkte. Als Lennox seine drehte und dann unsere Finger miteinander verschränkte, konnte ich es nicht glauben. Er hielt doch tatsächlich Händchen! Der Mann war nicht mehr wiederzuerkennen und mit den wilden Haaren und dem dunklen Dreitagebart sah er so verflucht gut aus, dass sich kurz meine alten Unsicherheiten bei mir meldeten. Wie konnte es sein, dass er sich für jemanden wie mich interessierte? Ich hatte das Gefühl, dass wir in so komplett unterschiedlichen Ligen spielten, dass es sich nicht mal um das gleiche Spiel handelte. So als würde er an High Stakes Poker teilnehmen und ich wäre in einer guten, alten Skatrunde.

Um die Stille und meine Gedanken zu unterbrechen, fragte ich einfach das Erstbeste, was mir in den Sinn kam. »Warum willst du eigentlich in die Fußspuren deines Vaters treten?«

Lennox seufzte, als wäre es ein schwieriges Thema für ihn. »Ehrlich gesagt will ich das gar nicht. Wollte ich noch nie, aber mein Dad hat mir nicht wirklich eine Wahl gelassen.«

»Habt ihr kein gutes Verhältnis zueinander?«

»Das ist nicht so leicht zu beantworten«, gab er zu und dachte dann kurz über seine nächsten Worte nach. »Ich habe es nie wirklich geschafft, ihn zufriedenzustellen oder stolz zu machen. Er hat meine Schwester und mich ständig miteinander verglichen, manchmal auch unbewusst. Ivy war in allem, was sie tat, besser als ich. Versteh mich nicht falsch, ich mache ihr keinen Vorwurf deswegen, aber irgendwann ist man frustriert, wenn man merkt, dass, egal was man macht, es nie gut genug ist.«

Ich blieb stumm, schüttelte aber den Kopf, als ich ihm weiter zuhörte.

»Ich habe noch eine ganze Zeit lang versucht, der perfekte Sohn zu sein. Aber als selbst die Annahme an einer Ivy-League-Uni wie Dartmouth nicht gereicht hat, habe ich mir geschworen, dass es fortan egal ist, was man von mir erwartet. Ich bin, wie ich bin, und wenn ich schon Chef werden muss, weil mein Dad das so möchte, dann mache ich das auf meine Weise. Sein Pech, wenn er mit meiner rebellischen Art ein Problem hat. Ich werde mich nicht für ihn verändern.«

Als er verstummte, hatte ich zum ersten Mal wirklich das Gefühl, ihn zu durchschauen. Er war nicht ehrlich zu sich selbst. Tief in ihm wollte Lennox immer noch die Anerkennung seines Dads, auch wenn ihm das scheinbar nicht bewusst war. Seine Rebellionen waren nicht das Zeichen, dass ihm alles egal war, sondern viel mehr ein Schrei nach Aufmerksamkeit.

Er und ich, wir waren uns gar nicht so unähnlich. Auch ich hatte früher mit idiotischen Ideen, wie meinem Instagram-Account, versucht, die Beachtung meines Dads zu bekommen. Daher wusste ich, dass es ein ziemlich gefährlicher Pfad war, auf dem Lennox da entlangwanderte. Allerdings war es gerade so schön harmonisch zwischen uns, dass ich mich nicht traute, ihn darauf anzusprechen. Stattdessen stellte ich ihm eine andere Frage.

»Wenn du nicht Geschäftsführer von CIP werden müsstest, was würdest du stattdessen machen wollen?«

Womit ich nicht gerechnet hatte, war, ihn damit zum Nachdenken zu bringen. Anscheinend hatte das noch nie einer gefragt, weil es in seiner Welt einfach keine Alternative gab.

»Puh, ich glaube, ich würde gern mit Aaron zusammenarbeiten. Er hat ein eigenes Unternehmen.«

»Was macht er?«

»Er entwickelt eine Sicherheitssoftware.« Lennox zögerte, bevor er fortfuhr. »Eigentlich eignet sich die optimal für eine Zusammenarbeit mit CIP. Wir liefern die Hardware, egal ob Handys, Laptops, Tablets oder Computer und kombinieren diese mit Aarons viren- und hackersicheren Software. Die Produkte wären ideal für Unternehmen, offizielle Behörden oder Regierungen. CIP würde seine Zielgruppe erweitern und Aaron könnte durch die Umsatzsteigerung expandieren – eine klassische Win-Win-Situation.«

Mit jedem Wort steigerte sich seine Begeisterung. Es war klar, dass er sich darüber nicht zum ersten Mal Gedanken machte. Allerdings war ich mir auch ziemlich sicher, dass sein Vater noch nichts von dieser Idee wusste.

»Wäre die Zusammenarbeit nicht etwas, was du nach Geschäftsübernahme anstoßen könntest?«

»Ja, aber es wäre ziemlich aufwendig. Daher könnte ich selbst nicht daran arbeiten. Als Geschäftsführer hat man andere Aufgaben als die Produktentwicklung.«

Ich sah auf unsere ineinander verschränkten Hände und holte tief Luft. »Du solltest mit deinem Dad reden. Vielleicht musst du nicht sein Nachfolger werden. Vielleicht findet ihr eine Lösung, die für alle Beteiligten passt.«

Er presste die Lippen aufeinander und schüttelte dann resigniert seinen Kopf. »Das ist nicht so leicht.«

»Warum?«

»Weil CIP unbedingt in Familienhand bleiben soll. Ivy fehlt das Interesse an der Leitung und mehr Auswahl hat mein Dad nicht.«

Wieder fiel mir auf, wie verpflichtet er sich gegenüber der Familie fühlte, auch wenn es ihn selbst unglücklich machte.

Ich drückte leicht seine Hand. »Willst du wirklich nicht mit ihm reden?«

»Nein, ich glaube, dafür ist es zu spät. Mein Weg steht fest und ganz ehrlich?! Es gibt schlimmere Schicksale. Genug von mir. Erzähl mir etwas von dir, von deiner Familie. Ich weiß so gut wie nichts über dich.«

Er wollte von sich ablenken und ich tat ihm den Gefallen und ging darauf ein. »Ähm, also meine Familie kommt aus London. Wir stammen vom alten englischen Adel ab, worauf meine Mutter richtig stolz ist, und –«

»Ehrlich?«, unterbrach mich Lennox mit erstaunter Miene.

»Ja, wirklich. Sie hat nie geheiratet, um für immer Spencer zu heißen. Du weißt schon, wie der Mädchenname von Lady Di?«

Er sah mich ahnungslos an.

»Diana? Die Exfrau von König Charles?«

»Sorry, aber ich habe keine Ahnung von der englischen Königsfamilie. Hat mich nie wirklich interessiert.«

»Ich kann nicht glauben, dass ich das als Britin sage, aber das ist okay. Kann ich verstehen.«

Wir sahen uns kurz an und mussten lachen.

»Und was ist mit deinem Dad? Findet er es okay, dass sie ihn nicht heiratet?«

Ich musste schlucken und starrte auf die Straße vor uns. »Mein Vater ist verschwunden, als ich vier war. Ich habe seitdem nichts mehr von ihm gehört.«

»Oh fuck, das wusste ich nicht. Tut mir leid«, entschuldigte sich Lennox sofort, aber ich winkte ab.

»Alles gut. Ich weiß so gut wie nichts über ihn und man kann niemanden vermissen, den man nicht kennt.«

Man kann nur das Loch spüren, das er hinterlassen hat, weil man weiß, dass er eigentlich da sein sollte.

»Würdest du ihn gern kennenlernen wollen?«, fragte Lennox neugierig und ich zuckte mit den Schultern.

»Eine Zeit lang war das mein größter Wunsch. Mittlerweile ...«

Ich ließ das Satzende offen, um nicht zugeben zu müssen, dass ich andere, größere Probleme hatte als meinen Vater.

Er spürte, dass ich nicht weiter darüber reden wollte und wechselte das Thema. »Hast du Geschwister?«

»Ja, eine Halb-Schwester. Steph.«

»Älter oder jünger?«

»Neun Jahre älter.«

Erstaunt riss Lennox die Augen auf. »Wow, dann muss deine Mom ziemlich jung Mutter geworden sein, oder?«

»Ja, im ersten Semester während ihres Studiums, aber das hat sie nicht davon abgehalten, trotzdem ihren Abschluss zu machen.«

Er grinste. »Ich sehe, von wem du deinen Kampfgeist hast.«

Das brachte mich auch zum Lächeln. Und zum Vermissen. Ich versuchte, die Sehnsucht nach meiner Mum wieder in diese Box im Herzen zu sperren, in der ich sie die ganze Zeit verschlossen und verborgen hielt.

»Lebt deine Schwester auch in London?«

Ich nickte.

»Das heißt, du bist für das Praktikum bei CIP ganz allein nach Amerika gekommen?«

»Ja, nach dem Studium an der St. Andrews habe ich über ein Arbeitsportal eine Anfrage von CIP bekommen. Das Bewerbungs-gespräch fand per Skype statt.«

Lennox' Grinsen verblasste und seine Finger umgriffen das Lenk-rad so fest, dass das Weiß der Knöchel zu sehen war.

»Du hast dich nicht bei uns beworben, sondern CIP ist auf dich zugekommen?«, hakte er nach, während sein Blick die ganze Zeit auf die Straße gerichtet war. Dennoch entging mir seine Anspan-nung nicht.

Verwirrt nickte ich. »Warum? Ist das ungewöhnlich? Ich dachte, das wäre gängige Praxis bei CIP. Ivy hat nie gesagt, dass –«

Der Name seiner Schwester riss ihn aus seiner Stimmung und er fiel mir ins Wort. »Alles gut. Ich habe keine Ahnung, wie Ivy ihre Bewerber auswählt.«

Mein nervöses Bauchgefühl war zurück und sagte mir, dass hier etwas nicht stimmte. Ich wollte nachhaken, doch dann lenkte er wieder ab. »Eigentlich wäre ich jetzt beim Golfen mit meinem Dad, aber das hier ist so viel besser.«

Seine Worte ließen meinen Herzschlag aussetzen. »Weiß er, was du stattdessen tust?«

Lennox nickte. »Ich habe ihm gesagt, dass ich früher in die Stadt zurückmuss und dich mitnehme. Ich muss dir auch noch etwas sagen.«

»Ja?«

»Am Donnerstag, nach unserem –« Er sah mich kurz vielsagend von der Seite an und ich wusste sofort, was er meinte. Den Kuss. »Also, danach kam mein Dad in das Konferenzzimmer und hat nach dem aktuellen Stand unserer Arbeit gefragt. Ich musste ihm etwas sagen, also habe ich deine Influencer-Idee erwähnt.«

»Und?« Ich hielt die Luft an.

»Ich glaube, er fand sie gar nicht so schlecht wie von mir gedacht«, murmelte er und es war ihm anzusehen, wie ungern er das zugab.

Erleichtert klatschte ich in die Hände. »Ich wusste es!«

Lennox verdrehte genervt die Augen, aber lächelte dann doch.

Den Rest der Fahrt unterhielten wir uns und es war plötzlich so einfach mit ihm. Zwischen uns herrschte eine lockere, angenehme Stimmung, die im krassen Gegensatz zu den hitzigen Diskussionen von früher stand. Die Schmetterlinge in meinem Bauch vermehrten sich in rasender Geschwindigkeit und ich wusste, es war an der Zeit, meiner Familie von ihm zu erzählen. Als wir wieder in Manhattan ankamen, setzte er mich zu Hause ab. Kaum war meine Haustür ins Schloss gefallen, landete meine Tasche auf dem Boden und ich zog mein Telefon hervor. In den Kontakten suchte ich zunächst nach meiner Schwester, überlegte es mir aber dann anders und rief stattdessen die Person an, die ich schon seit einer Weile unheimlich vermisste und mit der ich jetzt wirklich reden wollte.

Es klingelte und erst nach einer gefühlten Ewigkeit hörte ich das langersehnte Knacken in der Leitung. Danach erklang eine warme, vertraute Sopranstimme.

»Ames? Hallo?«

Meiner Mum war die Verwunderung mit samt einer Prise Sorge sofort anzuhören. Ich musste schlucken, als ich realisierte, dass ich tatsächlich mit ihr sprach. Dabei war sie mir immer noch so vertraut, als hätten wir erst gestern zum letzten Mal miteinander gesprochen. Sie war mir in der langen Zeit, in der wir kaum Kontakt gehabt hatten, überhaupt nicht fremd geworden.

Für einige Sekunden fehlten mir die Worte. Der Kloß in meinem Hals wurde zu dick zum Sprechen und in der Stille zwischen uns konnte man nur meine Atemzüge vernehmen.

Mum wurde unruhig. »Amely? Ist etwas passiert?«

Das reichte aus und auf einmal waren sie da, die Worte, und sprudelten nur so aus mir heraus. »Hi, Mum, ja, alles gut. Ich wollte mich nur bei dir melden.«

»Oh mein Gott, Ames.«

Sie klang so gerührt, dass mir davon Tränen in die Augen stiegen. Ich blinzelte dagegen an, wollte nicht weinen, wenn mir meine Mum dabei zuhören konnte.

»Es ist so schön, dass du anrufst. Wie geht es dir?«

Die Frage war gerade nicht einfach zu beantworten, auch weil ich Angst hatte, sie würde sich wieder Sorgen machen. Ich hatte nie gewollt, dass wir nicht miteinander reden konnten und dass alles so verdammt kompliziert war. Ehe ich mich versah, rollte doch eine Träne über meine Wange.

»Mum, ich habe dich so vermisst«, brach es aus mir heraus. »Es tut mir so so leid, dass ich mich erst jetzt melde. Ich —«

»Hey, Ames?«, unterbrach sie mich ruhig. »Es ist alles gut. Ich verstehe das. Vollkommen.«

Diese fürsorgliche, gefasste Seite an ihr, die so gar nicht zu ihrer sonst so flippigen Persönlichkeit passte, brachte mich noch mehr zum Heulen, weil ich wusste, wie viel Mühe sie sich gerade gab. Sie wollte es mir so leicht wie möglich machen, aber dafür machte ich es mir so viel schwerer mit den Vorwürfen gegen mich selbst.

»Erzähl mir von deinem Praktikum«, bat Mum mich, als ich mich wieder etwas gefangen hatte.

»Es ist ...« Ich suchte nach den richtigen Worten, während ich mich fragte, wie ich das Thema auf Lennox lenken konnte.

»Es ist was, Ames?«

Dann löste sich der Knoten in meiner Zunge und ich sprach es einfach aus. »Mum, ich habe jemanden kennengelernt.«

Ihre Reaktion ließ genau einen Herzschlag lang auf sich warten, dann ...

»Echt?! Wow, das ist toll, erzähl mir alles!«

Der Bitte kam ich nur zu gern nach.

Kapitel 33

Lennox

Bambi wollte es langsam angehen lassen. Langsam. Hm, das war eigentlich keine Geschwindigkeit, die sonderlich gut zu meiner Ungeduld passte. Wenn ich etwas wollte, dann sofort. Ich hasste es zu warten, allerdings ging es jetzt nicht mehr nur um mich. Amelys Wünsche waren mir wichtig. Ich hatte zwar keine Ahnung, wie langsam sie es angehen lassen wollte, aber das würde ich schon noch herausfinden.

Als ich sie bei sich zu Hause absetzte, bemerkte ich, dass sie in einer der Wohnungen untergebracht war, die CIP gehörten. Diese hatte mein Vater vor nicht allzu langer Zeit gekauft. Zum einen waren sie eine gute Investition, zum anderen eine Unterbringungsmöglichkeit für internationale Mitarbeiter, die aufgrund einer Dienstreise hierherkamen. Praktikanten wohnten meines Wissens nicht darin.

Mit jeder neuen Information wurde mir immer deutlicher bewusst, dass mir meine Familie etwas verschwieg. Geheimnisse waren in unseren Kreisen keine Seltenheit. Hier wurden Dinge schneller unter den Teppich gekehrt, als man dachte. Die gehobene Gesellschaft hatte schließlich einen Ruf zu verlieren und alles, was dem gefährlich werden konnte, ließ man verschwinden. Zwar liebte man Skandale, aber nur, wenn sie in anderen Familien passierten. Dennoch – das Gefühl, an der Nase herumgeführt zu werden, gefiel mir nicht. Ich wollte endlich wissen, was los war, und es wurde Zeit, den Druck auf meine Schwester zu erhöhen. Ich kannte Ivy. Irgendwann würde ich sie knacken und die Wahrheit erfahren, da war ich mir sicher.

Das war jedoch nicht alles, was mich beschäftigte. Ich hatte immer noch keine Ahnung, warum Bambi den Kuss abgebrochen hatte und vor mir geflohen war. Die Unternehmensregeln waren ein valider Grund, aber ich wusste, er war nicht der Einzige. Es steckte mehr dahinter. Ich vermutete auch, dass das, was Madeline auf dem Ball gesagt hatte, damit zusammenhing, aber solange ich nichts Genaues erfuhr, konnte ich nichts unternehmen.

Da mein Kopf mich anbettelte, ein paar Mal auf einen Sandsack einzuschlagen, um wieder klarer denken zu können, fuhr ich nur nach Hause, um meine Trainingstasche zu holen. Erst nach dem Sport gönnte ich mir Ruhe, setzte mich mit einem Glas meines Lieblingswhiskeys an meinen Laptop und begann, nach Influencern zu suchen. Ich wusste so gut wie nichts über diese Persönlichkeiten und deren Art von Marketing, aber da wir Bambis Kampagnenidee weiterverfolgen würden, konnte es nicht schaden, ausgiebig zu recherchieren. Sie kannte sich mit dem Thema ziemlich gut aus und ich wollte wenigstens ein bisschen mithalten können.

Gerade als ich den Browser geöffnet hatte, hörte ich das melodische Klingeln des Fahrstuhls, das mir die Ankunft eines Gastes ankündigte. Ich musste nicht raten, wer mich besuchte. Meine Freunde waren aus den Hamptons zurückgekehrt und hatten anscheinend schon wieder Sehnsucht nach mir. Trotzdem ging ich seelenruhig meiner Recherche nach und gab den Begriff *Social Media Influencer* in die Suchleiste ein. Als ich auf Enter drückte, tauchten Damien und Aaron in meinem Wohnzimmer auf. Die beiden unterhielten sich angeregt, aber ich blendete ihr Gespräch einfach aus und scrollte mich durch die Suchergebnisse. Die Headline eines Artikels stach mir ins Auge und nach einem Klick öffnete sich die Seite eines bekannten Wirtschaftsmagazins. Am Rand bekam ich mit, wie sich Damien neben mir aufs Sofa fallen ließ.

»Na, wie war die Heimfahrt?«

Ich war viel zu sehr beschäftigt, den Artikel zu lesen, um zu antworten. Als ihm das klar wurde, stieß er mir auffordernd mit dem Ellenbogen gegen den Arm. Trotzdem hatte ich nicht vor, ihn von seiner Neugier zu erlösen.

Von meinem Laptop aufsehend, entdeckte ich, wie Aaron mit einem Apfel in unsere Richtung geschlendert kam. Den hatte er sich vermutlich auf seinem Umweg über die Küche aus dem Obstkorb geklaut. Ich verengte die Augen, denn sein Grinsen im Gesicht ließ mich wissen, dass er sich gleich ins Gespräch einmischen würde, nur um mir auf die Nerven zu gehen.

»Ach komm schon, Lex, erzähl. Bist du gut *angekommen*?« Er ließ seine Brauen beim letzten Wort anzüglich nach oben hüpfen und biss dann in den Apfel.

»Leute«, war alles, was ich kopfschüttelnd hervorbrachte.

Ich liebte diese Idioten, aber dass ihre Witze in der letzten Zeit allesamt auf meine Kosten gingen, gefiel mir ganz und gar nicht.

»Wow, es geschehen noch Zeiten und Wunder. Aaron, kannst du es glauben? Der Herr möchte nicht mit uns reden.«

Ich ignorierte Damien und konzentrierte mich wieder auf die Webseite, die sich mit den erfolgreichsten Influencern verschiedener Branchen und deren Erfolgen samt geschätztem Umsatz beschäftigte. Vollkommen konzentriert las ich die Texte und bemerkte dabei nicht, wie Aaron hinter mich trat und sich über die Lehne der Couch beugte.

»Was machst du da eigentlich?«

»Ich recherchiere«, erwiderte ich kurzangebunden und drehte den Laptop so, dass er nicht mehr darauf schielen konnte. Allerdings hatte ich nicht bedacht, dass dieser nun direkt in Damiens Richtung zeigte, der ebenfalls neugierig war.

»Über was? Influencer?« Damien klang geschockt und auch Aaron sah mich mit großen Augen an.

»Geht's dir gut? Bist du krank oder so?«

»Ja, seit wann interessieren dich Internetsternchen?«

Ich schwieg, aber verdrehte bei so viel Theatralik die Augen.

»Vielleicht will er sich umschauen, was der Markt noch so zu bieten hat«, riet Damien, bevor er grinsend ergänzte: »Ich kann es verstehen. Einige dieser Influencerinnen sind echt heiß.«

Ich warf ihm einen Blick zu, der ihn wissen ließ, dass ich an seiner Zurechnungsfähigkeit zweifelte.

»Ach, ist mit Bambi schon alles wieder vorbei?«, fragte Aaron da erstaunt.

»Bambi?«

»So nennt Lex seine kleine Praktikantin.«

»Oh Gott, dich hat's echt erwischt, oder?«

Ob meine Freunde bald bemerkten, dass sie dieses Gespräch bislang komplett über meinen Kopf hinweg führten? Wahrscheinlich war es jetzt an der Zeit, etwas zu sagen, bevor das Ganze aus dem Ruder lief.

»Erstens, sie ist nicht meine Praktikantin. Zweitens, könntet ihr bitte einfach die Klappe halten? Das ist für die Arbeit.«

Aaron setzte sich mit einem Lachen uns gegenüber. »Damien, fühl mal Lex' Temperatur. Kann es sein, dass der Herr Fieber hat?«

Der Kerl neben mir machte doch tatsächlich Anstalten, mir die Hand an die Stirn zu halten. Bevor er mich aber berühren konnte, schlug ich ihn weg. »Hör auf mit dem Scheiß.«

»Du arbeitest nicht, schon gar nicht an einem Sonntag. Leg den Laptop weg und schlag vor, was wir heute Abend machen wollen.«

Aaron antwortete Damien etwas, aber ich hörte nicht mehr zu, denn ein Bild auf der Webseite hatte meine Aufmerksamkeit erregt. Darauf war eine junge, blonde Frau zu sehen, deren besorgniserregend schmale Figur in ein schickes Sommerkleid gehüllt war, das aussah, als sei es zwei Nummern zu groß. Sie stand an diesem bekannten Platz in London, den man öfter in den Nachrichten sah, aber dessen Name mir gerade nicht einfallen wollte. Zwar grinste sie in die Kamera, aber irgendetwas daran wirkte falsch. Ihr Lächeln sah aus wie ein Sticker, den ihr jemand aufs Gesicht geklebt hatte. Es war nicht echt und erreichte nicht ihre Augen, die irgendwie leer und trüb wirkten und ...

Fuck, die kamen mir verdammt bekannt vor!

Ich zoomte heran, sah mir die Frau genauer an und ganz langsam machte sich in mir dieses Gefühl der Gewissheit breit. Ich kannte diese Augen, deren Farbe beinahe an ein Schwarz grenzten, weil ich schon mehrmals in ihnen versunken war.

Bambi.

Mit den braunen Haaren und der gesünderen Figur sah sie jetzt ganz anders aus und so gefiel sie mir um einiges besser als auf dem Bild.

Die Wörter auf ihren Klebezetteln kamen mir in den Sinn. Sie waren zum größten Teil deprimierend und passten zu dem unglücklichen Aussehen der Frau vor mir. Was war mit ihr passiert? Was genau verbarg sie vor mir?

Mein Blick fiel auf den dazugehörigen Text. Darin wurde Amely als britische Instagram-Influencerin vorgestellt, die mit ihrem Account *londonprincess* ziemlich erfolgreich gewesen war. Man schätzte ihren Umsatz von vor zwei Jahren durch Kooperationen und einer eigenen Merchandise-Reihe auf knapp eine Million Pfund. Im Kopf rechnete ich das kurz in Dollar um und musste schlucken. Im Kleingedruckten unter dem Text erwähnte man, dass ihr Account zwar noch aufzufinden sei, sie wohl aber nichts mehr postete.

Mit einer hektischen Bewegung klappte ich den Laptop zu und legte ihn auf den Couchtisch vor mir. Das brachte mir die Aufmerksamkeit meiner Freunde ein.

»Alles okay, Lex?«

Doch statt Aaron zu antworten, der mich verwirrt ansah, zückte ich nur das Handy, um die Instagram-App zu öffnen. Mein Herz pumpte gerade jede Menge Adrenalin durch meinen Körper und ich hatte das Gefühl, mir wurde flau im Magen, als ich Bambis Profilnamen suchte.

»Lex?«, versuchte es Damien erneut, aber ich reagierte nicht.

Die Seite baute sich auf meinem Display auf, während ich mit langen Atemzügen das Hämmern in meiner Brust beruhigen wollte. Ein Blick auf das Profilbild genügte, um meinen Verdacht zu bestätigten. Ja, das war Bambi. Ihr Account hatte sogar einen blauen Haken und weit mehr als vier Millionen Follower. Jetzt wurde mir auch klar, warum sie sich so gut mit diesem Influencer-Thema auskannte.

Damien stupste mich von der Seite an. »Mann, was ist los? Du siehst aus, als hättest du einen Geist gesehen.«

Ich sah irritiert auf, weil ich vollkommen vergessen hatte, dass Aaron und er auch noch da waren.

»Ähm, nichts, alles gut«, murmelte ich, bevor ich mich wieder meinem Smartphone zuwandte. In meinem Kopf waren mit einem Mal so viele Fragen. Sollte ich sie darauf ansprechen und ihr sagen, dass ich ihr Profil entdeckt hatte? Sollte ich sie fragen, warum sie bisher nichts davon erzählt hatte? Und warum hatte sie den Account überhaupt aufgegeben?

Mein Daumen schwebte über dem *Folgen*-Button. Ich zögerte eins, zwei Herzschläge lang, bevor er das Display berührte. Zur gleichen Zeit ertönte erneut die Melodie des Fahrstuhls.

Ich war mit den Gedanken immer noch nicht wirklich bei der Sache, als Tris kurze Zeit später ins Wohnzimmer geschlendert kam. Als er mich entdeckte, stockte er. »Was habt ihr mit Lex gemacht?«

Damien und Aaron zuckten sofort mit den Schultern. »Wir sind unschuldig.«

Anscheinend offenbarte mein Gesichtsausdruck genau, wie geschockt ich von meiner neuen Entdeckung war. Augenblicklich bemühte ich mich um eine eher teilnahmslose Maske.

Tris griff sich in seine Hosentasche und warf mir anschließend eine kleine, weiße Tüte zu. »Hier, schau mal rein. Ich glaube, danach geht's dir besser.«

Es war nicht schwer zu erraten, was sich darin befand.

»Nein, nicht in der Stimmung«, lehnte ich ab und gab ihm die Tüte zurück. Er nahm sie mit einem Schulterzucken an sich, ehe er sich neben Damien auf das Sofa setzte und es sich mit einem Aufstöhnen bequem machte. Dazu legte er die Beine auf meinem Couchtisch ab und zog einen Joint hervor.

Als das Ratschen seines Feuerzeugs erklang, unterbrach ich ihn. »Hey, muss das sein?«

Angepisst steckte ich mein Handy weg, bevor ich Tris einen harten Blick zuwarf. Mir war selbst nicht ganz klar, was mich mehr störte – das Rauchen in meiner Wohnung oder seine Füße auf meinen Möbelstücken.

Er schnalzte mit der Zunge. »Welche Laus ist dir denn über die Leber gelaufen?«

»Tja, manchmal schafft die richtige Frau es, einen Mann vollkommen zu verändern.«

»Aaron, ich schwöre dir –«, setzte ich zu einer Drohung an, die Tris genervt unterbrach.

»Ach, reden wir schon wieder von der Praktikantin?! Gibt es kein anderes Thema mehr bei dir, Lex?«

Ich wandte mich ihm zu. »Was ist eigentlich dein Problem? Sobald Amelys Name fällt, fängst du an, komisch zu werden.«

»Komisch?«

»Ja, so als könntest du sie nicht leiden«, bestätigte Aaron mein Bauchgefühl.

Tris lachte auf, als hätten wir einen guten Witz gerissen, und ich fragte mich, ob er nicht bereits etwas geraucht hatte, bevor er hergekommen war. »Lex, ich habe kein Problem. Mach, was du willst mit der Praktikantin. Ich hoffe einfach nur, dass jetzt nicht irgendwelche Frauen Dauerthema bei uns werden.«

»Sie ist nicht irgendeine Frau.« Meine Stimme hatte einen gefährlichen Unterton.

»Whoa, sag mir jetzt nicht, sie ist besonders?!«

Ich hielt seinen Blick, damit er erkennen konnte, wie ernst es mir war. »Ja.«

Seine einzige Reaktion darauf war ein verächtliches Grunzen.

»Was willst du jetzt von mir hören, Mann?«, fuhr ich ihn an, weil mir dieses kindische Drama langsam zu viel wurde.

Tris richtete sich auf und zog verärgert die Brauen zusammen. »Sie gehört nicht zu uns.«

Das ließ Aaron nach Luft schnappen und Damien sah unseren Kumpel verwirrt an. »Was soll das denn heißen?«

Die Stimmung im Raum veränderte sich und kühlte merklich ab. Ich bemerkte, wie angespannt ich war, als wir alle Tris fassungslos anstarrten. Mein Knie hüpfte auf und ab, aber mir fiel es trotzdem schwer, mich nicht von der Wut in meinem Bauch einnehmen zu lassen. Ich versuchte, mich daran zu erinnern, dass das hier mein Freund war, nicht irgendein Idiot, den ich kaum kannte.

»Ich will einfach nicht, dass diese Frau irgendetwas zwischen uns verändert«, stieß Tris frustriert aus.

»Das –« Ein Klingelton unterbrach mich. Schnell zog ich mein Smartphone aus meiner Hosentasche und prüfte, wer mich erreichen wollte. Als ich ihren Namen las, traf ich eine Entscheidung. »Da muss ich rangehen. Wir reden später weiter.«

Mit diesen Worten stand ich auf und ging in die Richtung meines Büros davon. Ich registrierte noch, wie Tristan sein Feuerzeug aufschnappen ließ und kurz danach die erste Rauchwolke in mein Wohnzimmer pustete. War das sein verdammter Ernst oder wollte er mich provozieren?

Nachdem ich die Tür des Arbeitszimmers hinter mir zugeknallt hatte, rief ich Ivy zurück, deren Anruf in der Zwischenzeit auf meinem Anrufbeantworter gelandet war.

»Schwesterherz«, grüßte ich sie knapp. »Was kann ich für dich tun?«

»Alles gut, Lex? Du klingst sauer.«

Damit traf Ivy genau ins Schwarze, aber das würde ich ihr nicht auf die Nase binden.

»Ich habe nicht allzu viel Zeit. Was willst du?«

Mein schneidender Ton ließ sie zögern und abwägen, doch dann rückte sie mit der Sprache heraus. »Ich wollte lediglich hören, ob ihr gut zu Hause angekommen seid.«

»Warum rufst du da nicht deine Freundin an und fragst sie?«

Dass Ivy mit mir sprechen wollte, war neu. Seit Bambi bei CIP arbeitete, hatte ich öfter mit meiner Schwester gesprochen als im gesamten letzten Jahr.

»Weil Amely mir nicht sagen kann, warum du sie mitgenommen hast und was du planst.«

Ich stöhnte auf. »Nicht das schon wieder, Ivy! Ich bin gerade wirklich nicht in der Laune für diese Scheiß-Diskussion. Ich sage es dir jetzt zum letzten Mal: Ich plane nichts.«

»Warum hast du dann gestern Abend mit ihr getanzt?«

War diese Frage echt ihr Ernst? So langsam hing meine Geduld an einem seidenen Faden, der jederzeit reißen konnte.

»Weil ich es wollte?!«

»Warum?«

»Verdammt, Ivy, kannst du nicht jemand anderen mit diesen Fragen nerven?«

»Versteh mich nicht falsch, Bruderherz, aber du bist seit ein paar Wochen irgendwie anders.«

Das ließ mich stutzig werden. »Wie bin ich denn?«

»Na ja, irgendwie wieder normal, so wie früher.«

Ich ahnte, wie sie es meinte, aber trotzdem lief mir bei ihrer Aussage ein Schauer über den Rücken.

»Ich bin normal«, merkte ich langsam an und betonte dabei jedes Wort. »Und ich war auch vorher normal, nur vielleicht nicht so wie Dad und du mich gern haben wolltet.«

»Lex –«

Ich unterbrach meine Schwester. »Nein, schon gut.«

Danach war es kurz still in der Leitung. Ich dachte schon, sie würde gleich auflegen, aber dann stellte mir Ivy endlich die Frage, von der ich wusste, dass sie ihr schon eine Weile auf der Seele brannte.

»Hast du Gefühle für Amely?«

Ertappt räusperte ich mich. »Ivy, können wir bitte nicht darüber sprechen?«

»Verflucht, Lex, du bist mein Bruder und ich will es jetzt wissen.«

»Okay, fein«, ergab ich mich. »Ja, habe ich. Zufrieden?«

»Oh Lennox.« Mit einem Mal klang Ivy gerührt.

»Bitte mach kein großes Ding draus. Ich muss jetzt auflegen.«

Ich konnte mich nach meinem Geständnis nicht weiter mit ihr unterhalten. Es war mir nicht peinlich, dass ich Gefühle für Bambi hatte. Es war nur unangenehm, diese vor der eigenen Zwillingsschwester zuzugeben.

»Stopp!«, hielt mich Ivy auf. »So leicht kommst du mir nicht davon. Was ist mit der Klausel in Amelys Arbeitsvertrag? Du könntest ihr das Praktikum ruinieren.«

Darüber war ich mir mehr als bewusst.

»Ich werde mit Dad reden«, meinte ich, bevor mir noch etwas anderes einfiel. »Seit wann schreibt CIP eigentlich Absolventen von Unis an und fragt, ob sie bei uns Praktika machen wollen?«

»Ach, das hatte ich mal neu ausprobiert«, erwiderte Ivy nonchalant, doch ich ließ mich nicht verarschen.

»Was verschweigt ihr mir?«

Meine Schwester stöhnte auf. »Nichts. Wir haben in Amely einfach von Anfang an großes Potential gesehen und wurden bisher nicht enttäuscht.«

Interessant, dass sie sofort wusste, über wen wir sprachen.

»Ivy.«

Meine Stimme machte ihr klar, dass sie jetzt besser mit der Wahrheit herausrücken sollte, aber meine Schwester dachte gar nicht daran.

»Lex, wolltest du nicht das Gespräch beenden? Ich muss jetzt auch los. Bis später, Bruderherz.«

Bevor ich etwas erwidern konnte, tutete es in der Leitung. Sie hatte einfach aufgelegt. Ich atmete ein paar Mal tief durch, um mich zu beruhigen, ehe ich ins Wohnzimmer zurückging. Bei dem Anblick, der sich mir dort bot, blieb ich ruckartig stehen.

»Wo ist Tris?«

Damien und Aaron, die immer noch auf der Couch lümmelten, sahen beide gleichzeitig von ihren Smartphones auf.

»Der musste los«, meinte Letzterer. »Irgendeine Cara oder Sara hat ihm geschrieben.«

Zum ersten Mal hatten Tris und Ivy etwas gemeinsam: Sie waren beide erfolgreich an diesem Abend vor mir – oder besser gesagt einem unangenehmen Gespräch – davongelaufen, aber mal sehen, wie weit sie kamen, bevor ich sie einholte und Antworten verlangte.

Kapitel 34

Amely

Lennox beugte sich vor, um etwas in seinen Unterlagen zu suchen. »Bevor wir uns an die Budgetierung der Idee setzen, dachte ich, wir besprechen erst mal, welche Influencer für einen Testlauf des neuen Wirefy-Modells in Frage kommen. Diese würde ich gerne als Beispiele auf einer Folie der Präsentation aufführen.«

Da alle Konferenzzimmer belegt waren, hatten wir uns dazu entschlossen, unser Meeting in meinem Büro abzuhalten. Es sah wüst aus. Mein Schreibtisch war irgendwann für all unsere Unterlagen zu klein geworden und Lennox hatte daher beschlossen, diese um sich herum auf dem Boden zu verteilen. Aktuell übernahm er größtenteils das Reden, während ich kaum glauben konnte, dass er tatsächlich mitarbeitete und diesen Wettbewerb genauso ernst nahm wie ich.

Nach dem Wochenende in den Hamptons war ich mir nicht sicher gewesen, wie die Zusammenarbeit zukünftig laufen würde. Schon der Kuss davor hatte dafür gesorgt, dass die Grenzen zwischen Beruflichem und Privatem verschwammen. Allerdings war meine Sorge, es könnte jetzt noch schwieriger mit ihm werden, unbegründet. Lennox hatte keinerlei Probleme, dass mit uns von der Arbeit bei CIP zu trennen – im Gegensatz zu mir. Ich hätte nie gedacht, dass ich diejenige sein würde, die die ganze Zeit gegen den Wunsch ankämpfen musste, ihm nah sein zu wollen. Dabei wusste ich, dass es nicht angebracht war, schließlich waren wir im Büro und mitten in einem Meeting. Als ich aber zusah, wie er ein Blatt Papier aus einem Hefter hervorzog, konnte ich an nichts anderes denken als an seine Finger auf meiner Haut und seine Lippen auf meinem Mund.

Lennox trug heute einen blauen Slim-Fit-Anzug und sah mit seinem dunklen Bartschatten und der typisch chaotischen Frisur verdammt attraktiv aus. Dass ich auch noch wusste, wie gut er küsste, trug nicht wirklich dazu bei, dass ich mich konzentrieren konnte.

»Ich habe gestern Abend noch ein wenig im Internet recherchiert und bin dabei auf einen Onlineartikel eines Wirtschaftsmagazins gestoßen, der ein paar der erfolgreichsten Influencer vorstellte.«

Mit diesen Worten holte er mich ins Hier und Jetzt zurück. Mit einem Mal war der Wunsch, ihn küssen zu wollen, von komplett einnehmender Nervosität verdrängt. Mir lief es eiskalt den Rücken herunter, weil ich wusste, von welchem Artikel er sprach. Dieser war schon vor einer Weile erschienen und ich kannte ihn in- und auswendig, weil ich selbst darin auftauchte. Was, wenn er mich erkannt hatte?

Je länger ich darüber nachdachte, desto mehr fragte ich mich, was er zu meinem früheren Leben und meinem Instagram-Account sagen würde. Ob er meine Vergangenheit und auch meine Krankheit akzeptieren könnte?

»Für CIP wäre es natürlich von Vorteil, wenn wir zwei oder drei der ganz großen Influencern für die Kampagne gewinnen könnten. Ich würde diese vorschlagen, aber mich interessiert deine Einschätzung.« Er reichte mir eine Liste. »Du kennst dich besser damit aus.«

Kam es mir nur so vor oder schwang beim letzten Satz eine unterschwellige Bedeutung mit? Ich warf ihm einen kurzen Blick zu, als ich ihm das Papier abnahm, aber er wirkte nicht so, als wüsste er Bescheid.

Lennox beobachtete mich, während ich die Namen auf seiner Liste überflog. Erleichtert stellte ich fest, dass er nur Influencer aus den USA aufgelistet hatte, was Sinn ergab, da wir uns auf nationales Marketing beschränkten. Ein paar kannte ich trotzdem von früher.

»Ich werde mir das in Ruhe anschauen und dir dann meine Einschätzung mitteilen«, meinte ich und legte die Liste zu meinen Unterlagen, ehe ich fortfuhr. »Mir ist noch eingefallen, dass wir uns einigen müssen, wer von uns beiden die Präsentation erstellt. Ich denke, es wäre von Vorteil, wenn wir jemanden aus der Grafikabteilung um Hilfe bitten, damit sie am Ende möglichst professionell aussieht.«

Lennox schien unbesorgt. »Überlass das mir.«

»Dir? Bist du sicher?« Ich zog zweifelnd meine rechte Augenbraue nach oben, aber bemerkte schnell anhand seiner Miene, dass ich einen Fehler gemacht hatte.

Statt verletzt oder sauer zu sein, grinste er mich jedoch schief an. »Ja, ob du es glaubst oder nicht, aber ich bin nicht nur hübsch.«

»Das meinte ich nicht so. Ich dachte –«

»Dass ich es nur wegen meiner Familie und meines Namens auf die Dartmouth geschafft habe?«

Er genoss es sichtlich, auf meinem Fehler herumzureiten, aber ich hatte nicht vor, weiter mitzumachen.

»Das habe ich nicht sagen wollen. Ich bin einfach nur verwundert, dass du dich plötzlich so engagierst.«

»Es ist dir wichtig, also ist es mir wichtig. Außerdem bin ich wirklich gut im Umgang mit Technik.«

Ich wollte etwas sagen und holte Luft, aber er unterbrach mich noch, bevor ich auch nur ein Wort äußern konnte. »Mach dir keine Sorgen. Ich werde die Grafikabteilung trotzdem nach Unterstützung fragen, solange es nicht Ian sein muss.«

Ich schüttelte den Kopf. »Ich glaube, der hat auch genug mit seiner eigenen Kampagnenidee zu tun.«

»Weißt du, was sie planen?«

»Nein, woher denn auch?«

»Hat er dich nicht schon mehrmals zu einem Kaffee eingeladen? Ich dachte, dabei unterhält man sich.« Lennox warf mir beiläufig einen Blick zu, den ich nicht so recht deuten konnte, ehe er sich wieder mit seinen Unterlagen beschäftigte.

»Hat er, aber bisher kam immer etwas dazwischen.«

Das ließ ihn aufhorchen und er legte seine Notizen beiseite, um mich anzusehen. Der Ausdruck in seinen Augen schwankte zwischen sorgenvoll und verärgert. Zwischen seinen Brauen entstand eine steile Falte, als er seine Stirn runzelte. Dennoch blieb er still und schien auf etwas zu warten.

»Warum siehst du mich so an?«

Lennox legte den Kopf schief. »Wie denn?«

»Bist du etwa eifersüchtig?«, sprach ich meinen Verdacht aus und musste grinsen, als er mit seiner Antwort zögerte. Ein Anruf rettete ihn schließlich ganz davor. Ich erkannte den Klingelton. Es war *No Son Of Mine* von Phil Collins.

»Sorry, das ist mein Dad.«

Ohne nachzusehen, wer ihn da erreichen wollte, entschuldigte er sich sofort. Dann griff er nach seinem Smartphone auf dem Tisch.

»Das erkennst du am Klingelton?«

»Ja, er ist der Einzige mit einem eigenen Ton.«

Das wunderte mich, aber ich schluckte die Frage nach dem Warum herunter, während sich Lennox zum Telefonieren zurückzog. Ich nutzte die Zeit und wandte mich der Influencer-Liste zu. Namen für Namen ging ich durch, aber je länger ich auf das Papier starrte, desto niedergeschlagener fühlte ich mich. Meine Kehle zog sich schmerzhaft zusammen, bis ich kaum noch schlucken konnte. Ich spürte, wie sich hinter meinen Augen ein Druck aufbaute, der dazu führte, dass ich gegen Tränen anblinzeln musste. Nein, ich wollte jetzt nicht weinen, aber dennoch fühlte es sich so an, als trauerte ich meinem alten Leben nach.

Der Entschluss, das Influencer-Dasein hinter mir zu lassen, war in einem Zustand der Panik gefallen. Ich war überhaupt nicht in der Lage gewesen, Entscheidungen zu treffen, hatte völlig überhastet reagiert und nicht wirklich darüber nachgedacht. Von heute auf morgen hatte ich Steph die Login-Daten und somit auch die Kontrolle über meinen Account übergeben. Jetzt wurde mir klar, dass damit ein Teil von mir aufgehört hatte, zu existieren, von dem ich mich nie hatte verabschieden können. Manchmal zweifelte ich, ob es die richtige Entscheidung gewesen war und das machte mir am meisten zu schaffen. Zwar stellte ich auf keinen Fall die Heilung samt Therapie in Frage, aber ich hatte mehr als einmal darüber nachgedacht, wie es wäre, wenn diese auf gesunde Art und Weise mit dem Influencer-Dasein koexistieren könnte.

Mit einem leisen Seufzen versuchte ich, mich weniger auf mich und mehr auf die Liste zu konzentrieren. Eine Influencerin stach mir ins Auge, die schon früher aufgrund von fragwürdigen, persönlichen Ansichten den ein oder anderen Shitstorm auf Social Media kassiert hatte. Als ich den Kopf hob, um Lennox davon zu berichten, stellte ich fest, dass er bereits wieder am Tisch saß und mich aufmerksam beobachtet hatte.

»Mit ihr würde ich CIP keine Zusammenarbeit empfehlen.« Ich zeigte auf den Namen auf der Liste. »Ihre Reichweite ist zwar gut, aber das liegt weniger an ihrem Content als vielmehr an den politischen Aussagen, die sie tätigt. Ich glaube, damit tun wir deinem zukünftigen Unternehmen keinen Gefallen.«

Den letzten Satz murmelte ich mehr zu mir selbst, während ich weiter die Liste durchging und über die verschiedenen Influencer nachdachte.

»Weißt du, dass du gerade bezaubernd aussiehst?«

Damit riss mich Lennox aus meinen Überlegungen. Vollkommen perplex blickte ich auf und spürte sofort, wie meine Wangen heiß wurden.

Bevor ich reagieren konnte, winkte er ab, als hätte er etwas Falsches gesagt. »Sorry, ich glaube, ich muss noch lernen, dass ich nicht immer das sagen sollte, was mir gerade durch den Kopf geht.«

Es war kurz still, als ich ihn einfach nur betrachtete und jedes Detail seines beinah perfekten Gesichts bewunderte.

»Das ist okay. Du bist nur ehrlich und Ehrlichkeit ist gut«, entgegnete ich schließlich. Am liebsten hätte ich mir aber auf die Zunge gebissen, denn mein schlechtes Gewissen meldete sich sofort.

»Wenn du Ehrlichkeit so gut findest, dann kannst du mir doch auch verraten, was Madeline am Samstag zu dir gesagt hat, oder?«

Ich hatte gedacht, dass das Thema erledigt wäre, aber anscheinend hatte ich die Rechnung ohne Lennox gemacht. Er grinste mich triumphierend an, weil er wusste, dass er mich mit meinen eigenen Waffen geschlagen hatte.

»Sie war einfach nicht sehr freundlich«, meinte ich nonchalant und Lennox schnaubte.

»Es ist Madeline. Sie besitzt viele Eigenschaften, aber Freundlichkeit ist keine davon.«

»Du scheinst sie gut zu kennen.«

»Ich wünschte, es wäre nicht so. Durch die enge Verbindung unserer Väter konnte ich ihr nie aus dem Weg gehen.«

»Na ja, ihre Unfreundlichkeit scheint sie auf jeden Fall von ihrem Vater geerbt zu haben.«

Er stutzte. »Du hast Rafael kennengelernt?«

»Ja, dein Vater hat ihn mir auf dem Ball vorgestellt.«

Jetzt wanderten seine Brauen überrascht nach oben, aber er blieb still.

»Aber um auf deine Frage zurückzukommen: Nein, ich werde dir nicht sagen, was sie gesagt hat.«

Lennox stand auf und trat um den Schreibtisch herum. Er schob sich in die Lücke zwischen der Tischkante und mir und lehnte sich dann mit seinem Hintern gegen meinen Schreibtisch. Dabei sah er auf mich herab. »Warum nicht? Ich wäre gern für dich da.«

Als wir uns stumm ansahen, veränderte sich die Stimmung zwischen uns schlagartig. Mittlerweile konnten wir uns im Blick des anderen verlieren und so in unsere eigene kleine Welt abtauchen, in der wir uns auch ohne Worte verstanden. Das Reden überließen wir

unseren Herzen, die in diesen Momenten einen direkten Draht zueinander hatten.

Ich spürte wieder diesen Wunsch in mir, ihn berühren zu wollen. Die scharfen Kanten seines Gesichts luden mich praktisch dazu
ein, sie mit dem Finger abzufahren, ihm über die Bartstoppeln zu
streichen und meine Hände in dem wilden Chaos seiner Haare zu
vergraben. Ich wollte ihn zu mir ziehen und meinen Mund auf seinen
pressen, hielt mich aber davon ab, in dem ich mir auf die Lippe biss,
bis es schmerzte.

»Ich würde dich jetzt gern küssen.« Seine Stimme war rau, als er
meine Gedanken aussprach. Das Geständnis heizte mich nur noch
zusätzlich an. Mir wurde warm. So warm, dass sich trotz Klimaanlage ein leichter Schweißfilm im Nacken bildete.

»Sprichst du jetzt wieder das aus, was du besser nur denken
solltest?«

»Nein, warum? Geht es dir zu schnell?«

Ich schüttelte langsam den Kopf und musste grinsen. »Wenn du
etwas willst, dann am besten sofort und zu hundert Prozent, oder?«

»All In, Bambi. Hast du das etwa vergessen?«

Behutsam legte er mir eine Hand an die Wange und diese Berührung setzte einen Schwarm Schmetterlinge in meinem Bauch frei. Er
beugte sich ein wenig vor, kam mir so noch näher, aber wartete auf
die Antwort seiner Frage.

»Nein, habe ich nicht.« Ich klang atemlos.

»Gut zu wissen.«

Das war die Bestätigung, nach der er gesucht hatte. Innerhalb
eines Herzschlags hatte er den Raum zwischen uns überbrückt und
den überraschten Laut, der mir aus der Kehle aufstieg, mit seinem
Mund erstickt. Sobald sich unsere Lippen berührten, setzte sich diese
schwere Spannung zwischen uns frei. Wir hielten kurz inne und atmeten beide auf, so als hätten wir viel zu lange probiert, ohne Sauerstoff zu leben, bevor Lennox mich so sanft und liebevoll küsste, als

wäre ich sein wertvollster Besitz. Ich fühlte mich gesehen und wertgeschätzt und das Glücksgefühl, das damit einherging, überwältigte mich. Es war so stark, dass ich nicht so recht wusste, wo oben und unten, links oder rechts war. Ich war verloren – in dem Kuss und in ihm. Es war die beste Art und Weise, wie man Verlorengehen konnte. Seine Zunge fuhr mir über die Unterlippe und bat mich so, sich ihm zu öffnen. Dem Wunsch kam ich gern nach und mir fiel auf, dass er nicht nach Zigarettenrauch schmeckte, sondern nur nach Lennox.

Plötzlich wurde meine Bürotür aufgerissen. Das Geräusch ließ uns auseinanderfahren und mein Kopf schnippte herum. Ich erkannte Ivy, die dort im Türrahmen stand, und verkrampfte augenblicklich. Ihre Augen waren geweitet und ihr entsetzter Gesichtsausdruck unterschied sich sicherlich nicht viel von meinem. Ich lief rot an, während sie uns anstarrte. Dann, als hätte jemand einen Schalter umgelegt, fing sie sich. »Störe ich?«

Lennox kam mir zuvor. »Ja.«

Ich sah ihn vorwurfsvoll an, aber Ivy kümmerte seine Antwort nicht. Sie ließ die Klinke los, steckte sich die Hand an die Hüfte und zog eine Augenbraue nach oben. »Vielleicht solltet ihr bei dieser Art von Meeting die Bürotür abschließen.« Es war klar, dass sie nicht begeistert war.

»Vielleicht solltest du lernen, anzuklopfen, bevor du in den Raum stürmst«, hielt Lennox dagegen.

Seine Schwester zog eine genervte Grimasse, auf die er mit einem Zwinkern reagierte. Ich beobachtete beide abwechselnd. Irgendwie war die Stimmung zwischen den Geschwistern bei weitem nicht so feindselig wie früher und ich hatte das Gefühl, etwas verpasst zu haben.

»Kann ich was für dich tun, Ivy?«, fragte ich und unterbrach damit das Blickduell, das sie sich mit ihrem Bruder lieferte.

Als sie mit dem Antworten zögerte und einen kurzen Blick in Lennox' Richtung warf, machte mich das neugierig.

»Wir waren hier fertig, oder?«

Ich sah ihn bittend an, weil mir klar war, dass Ivy in seiner Anwesenheit nicht mit der Sprache herausrücken würde.

»Noch lange nicht«, erwiderte er grinsend und machte keine Anstalten zu gehen.

»Lex.«

»Schwesterherz.«

»Es geht mich nichts an, was zwischen euch läuft –«, begann sie die Moralpredigt, vor der ich mich die ganze Zeit gefürchtet hatte, aber wurde von ihrem Bruder unterbrochen.

»Dann misch dich nicht ein.«

»Lex, lass mich ausreden!«, rügte sie ihn, bevor sie fortfuhr. »Ich werde niemanden von dem erzählen, was ich eben gesehen habe, aber ich würde euch bitten, vorsichtiger zu sein. Wenn euer Geheimnis rauskommt und dann noch auffliegt, dass ich davon wusste, ohne offiziell etwas unternommen zu haben, bedeutet das für alle mächtig Ärger.«

Lennox atmete tief aus und fuhr sich einmal durchs Haar. »Beruhig dich, Ivy. Ich regle das. Hier bekommt niemand Ärger.«

Sie nickte, offenbar zufrieden mit seiner Antwort.

»Wolltest du etwas Bestimmtes von Amely oder ist das wieder einer deiner täglichen Kontrollbesuche? Und ja, ich habe davon mitbekommen.«

»Ha ha, ja, ich wollte etwas Bestimmtes.« Damit wandte sie sich mit einem schelmischen Grinsen an mich. »Dich zu einem gemeinsamen Mittag abholen.«

Nein, nein, nein.

Mein Magen befand sich augenblicklich im freien Fall in Richtung Boden, als mir die Bedeutung von Ivys Blick klar wurde. Sie hatte das geplant. Sie hatte mich damit überfallen wollen und dass Lennox nun hier war, spielte ihr auch noch in die Karten. Vor ihm konnte ich nicht einfach so ablehnen, ohne sein Misstrauen zu erwecken.

Stumm flehte ich sie an, mir das nicht anzutun, doch sie deutete nur ein Kopfschütteln an. Ich wusste, ich kam aus der Nummer nicht raus und wurde sauer. Ivy hatte zwar angeboten, mir zu helfen, aber ich hätte nicht gedacht, dass sie mich mit unfairen Mitteln zu etwas zwingen würde. Allerdings war sie eine Mercier-Campbell und ich hätte es ahnen müssen.

»Bleibst du hier?«, fragte ich Lennox, der daraufhin nickte.

»Geht ruhig ohne mich. Ich habe noch etwas zu erledigen.«

Die Art, wie er das sagte, und das Lächeln in seinem Gesicht ließen mich misstrauisch werden und mein Blick wanderte zu den Klebezetteln auf meinem Schreibtisch. Auf einmal hatte ich eine Ahnung, was er vorhatte.

Schweren Herzens erhob ich mich von meinem Stuhl.

Bevor wir aber mein Büro verließen, schnalzte Ivy mit der Zunge und erinnerte sich an etwas. »Hat Dad eigentlich schon mit dir gesprochen?«

»Wegen des Essens heute Abend?«

Lennox hatte vorhin erzählt, dass er mit seinem Vater in einem Restaurant verabredet war, unter anderem auch, um mit ihm über uns zu sprechen.

Seine Schwester schüttelte den Kopf. »Nein, ich meinte wegen der Firmenübergabe.«

Ich beobachtete, wie die Farbe aus Lennox' Gesicht wich und ich wusste, was dieser Satz in ihm auslöste. Kreidebleich war er zu Stein erstarrt und atmete nur noch flach. Bevor ich etwas zu ihm sagen konnte, packte Ivy mich allerdings am Arm und zog mich zur Tür.

»Na ja, er wird es dir dann sicher heute Abend sagen.« Ihr entging vollkommen, was ihre Worte mit ihrem Bruder anstellten.

Ich hätte gern mit ihm geredet oder mich wenigstens noch verabschiedet, aber als wir das Büro verließen, starrte Lennox gedankenverloren ins Nichts und schien uns nicht mehr zu bemerken. Dann fiel die Tür zu und er verschwand hinter dem Milchglas meines Büros.

Kapitel 35

Amely

Der Ausdruck von Lennox' entgeisterter Miene lenkte meine Gedanken so lange ab, bis der Eingang der Kantine vor mir auftauchte und mir wieder einfiel, warum ich hier war. Augenblicklich fühlte ich mich wie ein Lamm auf dem Weg zur Schlachtbank. Ivy war mir zwei Schritte voraus, als meine Füße den Boden berührten und sich nicht mehr davon lösen wollten. Mitten im Gang stand ich wie festgewachsen, direkt vor der Eingangstür. Selbst wenn ich es gewollt hätte, konnte ich nicht über die Schwelle treten. Ich bemerkte, wie ich anderen Mitarbeitern den Weg blockierte und Panik brach in mir aus, ganz zu schweigen von den weißen Flecken, die mir vor den Augen herumtanzten.

»Ivy, warte!«, rief ich verzweifelt. »Ich glaube, ich kann das nicht.«

Meine Freundin hielt zwar an und drehte sich zu mir um, aber machte keine Anstalten zurückzukommen. »Die meisten Ängste existieren nur in unseren Köpfen und wenn wir sie erst einmal überwunden haben, stellen wir fest, dass sie gar nicht so schlimm waren wie angenommen. Und am besten überwindet man sie mit einem Sprung ins kalte Wasser. Also, komm.«

Ich hätte sie gern gefragt, wann sie Psychologie studiert hatte, um so etwas wissen zu können, aber ich verkniff mir den Kommentar.

»Warum tust du mir das an? Was soll das überhaupt bringen?«

Ivy zuckte mit den Schultern und lief dann weiter. »Ich will nur das Beste für dich«, rief sie mir noch über ihre Schulter zu.

»Aber doch nicht, indem du mich zu irgendetwas zwingst!«

»Manchmal muss man zu seinem Glück gezwungen werden.«

Um diese Diskussion weiterführen zu können, musste ich ihr hinterhereilen und auf einmal wussten meine Beine wieder, zu was sie gut waren. Doch während ich mich lautstark beschwerte, tat sie so, als würde sie mir gar nicht zuhören und marschierte zielstrebig auf einen freien Tisch am Fenster zu. Ich hatte sie erst eingeholt, als sie an ihrem Ziel angelangt war und sich triumphierend zu mir umwandte.

»Siehst du, jetzt hast du es schon mal bis zum Tisch geschafft. Setz dich einfach und warte. Ich hole uns etwas zu essen.«

Allein das reichte aus, um den Ärger auf sie verpuffen zu lassen, weil mir schlecht wurde. Vollkommen überfordert mit der Situation kam ich ihrer Aufforderung nach. Ich wollte ein letztes Mal protestieren, aber da war Ivy schon zur Essenausgabe verschwunden. Mit gesenktem Kopf starrte ich auf die weiße Tischplatte vor mir und atmete tief ein und aus. Ich spürte meinen Puls im gesamten Körper und das schnelle Pochen des Herzmuskels trieb die Panik noch zusätzlich an. Meine Übelkeit war so stark, dass mein Magen sich schmerzhaft zusammenzog, um selbst seinen wenigen Inhalt wieder durch meine Speiseröhre nach oben zu befördern. So würde ich auf keinen Fall einen Bissen herunterbekommen.

Irgendwann – ich wusste nicht, wie viele Minuten vergangen waren – schob sich ein Tablett mit Essen in mein Sichtfeld. Gleichzeitig ließ sich Ivy auf den gegenüberliegenden Stuhl sinken. Ich fokussierte mich auf das, was sie mir mitgebracht hatte. Als Hauptspeise gab es einen frischen Salat mit gebratenen Putenstreifen, als Beilage Pommes mit Mayo und dazu als Dessert einen kleinen Teller mit geschnittenem Obst samt einem Schälchen Schokopudding. Abgerundet wurde die Mahlzeit mit einer kleinen Glasflasche stillem Wasser.

Aus Gewohnheit wollte mein Kopf mit dem Kalorienzählen beginnen, aber ich zwang mich dazu, es nicht zu tun. Ich kannte die Werte der Lebensmittel auf dem Tablett, konnte aus dem Gedächtnis aufsagen, wie viel Fett die Pommes enthielten oder wie viel Zucker in dem Pudding steckte. Aber die Werte zu addieren, nur um mich dann damit zu quälen, das wollte ich nicht mehr. Ich hatte mittlerweile dank der Therapie verstanden, dass das Leben aus mehr als der Summe aller gegessenen Kalorien am Tag bestand. Zugleich war mir bewusst, dass mein Körper diese Stoffe brauchte, um zu überleben. Trotzdem – der Drang war immer noch bei jedem Essen vorhanden. Wie hieß es so schön: Alte Gewohnheiten waren schwer abzulegen.

Mein Bauch knurrte und meine Gedanken wanderten zu dem Lunchpaket, das in meiner Tasche versteckt war. Ich hatte Hunger, aber ich brachte es nicht über mich, mein Besteck zu berühren und anzufangen. Als ich den Blick hob und mich unsicher in der Kantine umsah, entdeckte ich einige Angestellte, die Mittag machten und sich dabei mit Kollegen unterhielten. Niemand schenkte uns Aufmerksamkeit und dennoch fühlte ich mich beobachtet, bewertet, analysiert, so als würde mich jemand für das ungesunde Essen auf dem Tablett verurteilen.

»Möchtest du darüber reden?« Ivy unterbrach meine Gedanken und beförderte mich in die Realität zurück.

Ich blinzelte ein paar Mal. »Über?«

Im Gegensatz zu mir hatte sie bereits begonnen, sich von ihrem Tablett zu bedienen, auf dem sich das exakt gleiche Essen befand.

»Warum du so ein Problem damit hast, in der Öffentlichkeit zu speisen.«

Ich wollte es ihr nicht erklären, aus Angst, sie würde mich für bescheuert halten und blieb still. Ivy akzeptierte das. Generell hatte sie mich noch nie dazu gedrängt, über meine Krankheit zu sprechen. Sie wartete immer darauf, dass ich es von mir aus tat, was recht selten vorkam.

»Es gibt da noch etwas anderes, über das wir uns unterhalten müssen.« Das war alles, was sie sagte, bevor sie von ihrem Wasser trank und mich so auf die Folter spannte. Erst nachdem sie die

Flasche wieder abgestellt hatte, rückte sie mit der Sprache heraus. »Meinen Bruder.«

Ich schluckte und nervös griffen meine Finger automatisch zu einer Pommes, um mit irgendetwas beschäftigt zu sein. Unter Ivys herausforderndem Blick breitete sich ein unangenehmes Gefühl in mir aus.

Ich senkte den Kopf und fixierte mich auf einen Punkt auf ihrem Tablett. »Ich weiß nicht, ob ich mit dir darüber reden kann.«

»Weil ich seine Schwester bin?«

»Und die Leiterin der Personalabteilung«, gab ich zu bedenken, aber sie winkte ab.

»Hier geht es um etwas Privates, schließlich bist du quasi meine Schwägerin in spe.«

Mein Herz machte bei diesem Wort einen Salto. »Oh Gott, so weit sind wir noch lange nicht. Wir wissen ja nicht mal, was das zwischen uns wirklich ist.«

Sie sah mich mit einem ungläubigen Blick an, der mich stumm fragte: *Willst du mir ernsthaft erzählen, du wüsstest nicht, was es ist?*

Ergeben hob ich die Hände. »Okay, ich mag ihn. Sehr sogar, aber ...« Es fiel mir schwer, den Satz zu beenden. Wie konnte ich ihr erklären, dass ich mir nicht sicher war, ob es Lennox wirklich genauso ging, weil mir meine Gedanken viel zu oft Unsicherheiten und Zweifel einredeten?

»Du merkst nicht, welchen Einfluss du auf ihn hast, oder?« Ivy legte für einen Moment ihr Besteck zur Seite und sah mich eindringlich an. »Lennox verändert sich. Seit du hier arbeitest, nimmt er Aufgaben plötzlich ernst, kommt pünktlich und bleibt sogar länger. Die Kollegen und Mr. Daniels berichten nur Gutes, es hat sich keiner mehr über ihn beschwert und durch den Buschfunk munkelt man, seine Partyeskapaden seien weniger geworden. Der Grund dafür bist ohne Zweifel du und so wie er dich ansieht ...« Sie ließ das Ende des Satzes offen und schnalzte mit der Zunge.

Das machte mich neugierig. »Wie sieht er mich denn an?«

»Da ist so ein besonderer Ausdruck in seinen Augen. Ganz zu schweigen von seinem plötzlichen Beschützerinstinkt dir gegenüber. So kenne ich ihn gar nicht.«

Ich blieb kurz still, ließ die Worte auf mich wirken, während ich an meiner Wasserflasche nippte. Dann runzelte ich die Stirn. »Aber müsstest du mich nicht an die Unternehmensregeln erinnern und mir sagen, dass ich mich besser von ihm fernhalten soll, um meine Karriere nicht zu gefährden?«

»Lennox meinte, er will sich um das Problem kümmern.« Sie atmete tief ein und zögerte kurz, die nächsten Worte auszusprechen. »Außerdem stehe ich euch garantiert nicht im Weg, wenn mir der Mann, den du aus ihm machst, lieber ist als das Arschloch, das er vorher war. Ich bin ehrlich gesagt froh darüber. Ich habe meinen Bruder vermisst.«

Die Emotionen, die ich jetzt aus ihrer Stimme heraushörte, hatte sie vorher definitiv vor mir versteckt, aber das wunderte mich nicht. Ivy war verschlossen und gab wenig von sich preis. Ich hatte nie nachgefragt, aber bereits angenommen, dass ihre offensichtliche Abneigung gegenüber Lennox eher auf verletzten Gefühlen basierte.

»Was ist zwischen euch vorgefallen?«

»Wenn ich das wüsste. Als Kinder waren wir unzertrennlich gewesen, aber als sich unsere Wege wegen der Uni trennten, er auf die Dartmouth und ich nach Harvard ging, hatte er sich plötzlich verändert. Er war kalt und wortkarg geworden, hatte sich immer weiter von mir zurückgezogen und ständig nur noch auf Partys abgehangen.« Sie stoppte kurz und war in Gedanken weit weg. »Es hat weh getan, von ihm so behandelt zu werden, ohne eine Erklärung zu bekommen. Ich glaube, nicht mal die Geschichte mit Damien war so schmerzhaft wie das Verhalten meines Bruders.«

Sie sah in diesem Moment so verletzlich aus, dass ich sie gern in den Arm genommen hätte. Mit großer Mühe hielt ich mich davon ab.

Ivy war einer dieser starken Menschen, die gern Trost spendeten, aber selbst keinen annehmen konnten. Sie mochte es nicht, Schwäche zu zeigen, und ich wollte es nicht noch schwerer für sie machen.

»Ohne jetzt alte Wunden aufzureißen, aber was lief da zwischen Damien und dir?«

Sie atmete tief ein. »So wenig, dass es Zeitverschwendung ist, darüber zu reden. Ich dachte, er mag mich, aber wie es aussah, mochte er Madeline noch ein bisschen mehr.«

»Waren die beiden ein Paar?«, fragte ich erstaunt, weil ich mir das gar nicht vorstellen konnte.

»Nein, aber er hat mit ihr geschlafen, einen Tag, nachdem –« Sie zog scharf die Luft ein. »Einen Tag, nachdem wir beschlossen hatten, es miteinander zu versuchen. Tja, der Versuch hat nicht lang funktioniert.«

»Wow.« Ich war sprachlos.

»Gott sei Dank ist damals bis auf einen Kuss nie wirklich etwas zwischen uns passiert. Für eine Demütigung hat es trotzdem gereicht.«

»Weiß dein Bruder davon? Also von dir und Damien?«

Ivy zuckte mit den Schultern. »Ich glaube nicht, aber es wäre ihm sowieso egal.« Wieder schwangen jede Menge verletzte Gefühle in ihrer Aussage mit.

»Das glaube ich nicht.« Ich erinnerte mich an das Gespräch zwischen Lennox und mir auf der Rückfahrt aus den Hamptons. »Vielleicht solltet ihr mal offen zueinander sein.«

Ivy hielt abrupt beim Essen inne, der Löffel des Puddings schwebte mitten in der Luft. Überrascht sah sie mich an. »Er redet mit dir, stimmt's? Er erzählt dir, was in seinem Kopf vorgeht.«

»Na ja, manchmal, aber er sagt mir sicherlich nicht alles.«

»Ich glaube, er sagt dir mehr als sonst irgendwem.« Dann lächelte sie und fügte beiläufig hinzu: »Immerhin weiß ich jetzt, dass mein Bruder das beste Thema ist, um dich abzulenken.«

Ich stutzte. Wie meinte sie das?

Verwirrt folgte ich ihrem Blick, sah nach unten auf mein Tablett und stellte erschrocken fest, dass es leer war.

Was? Wann war das denn passiert?

Ich schluckte hart, als mich eine Welle der Erleichterung, gepaart mit einem unbeschreiblich starken Glücksgefühl, überkam. Nach Ewigkeiten hatte ich beim Essen mal nicht ans Essen gedacht und es geschafft, in Gegenwart anderer sogar alles aufzuessen.

»Du fängst jetzt aber nicht wieder an zu weinen, oder?«, fragte Ivy, als sie mich aufmerksam beobachtete.

Ich war verdammt nah dran, was der Kloß in meinem Hals bewies. »Bitte lenk mich ab, bevor ich es tue«, bat ich und blinzelte gegen die Tränen an.

»Gern. Sollen wir über deinen Tanz mit meinem Bruder sprechen? Ihr saht gut zusammen aus.«

Da fiel mir ein, was ich sie die ganze Zeit schon fragen wollte. »Wo bist du eigentlich an dem Abend hin? Nach der Eröffnung konnte ich dich nirgendwo entdecken.«

Sie räusperte sich und wich meinem Blick aus. »Ich war kurz frische Luft schnappen und wurde dann aufgehalten.«

Bevor ich diese mysteriöse Aussage hinterfragen konnte, stand sie auf und begann, unsere Tabletts aufzuräumen. Damit war unser Gespräch und auch die Mittagspause beendet.

Als ich in mein leeres Büro zurückkehrte, setzte ich mich direkt an den Schreibtisch. Dabei fiel mein Blick auf die Liste mit den Vorschlägen für das Influencer-Marketing, die dort noch von der Besprechung mit Lennox lag. Ihr Anblick löste nicht nur erneut diesen Gefühlsmix aus Herzschmerz und Sehnsucht in mir aus, sondern brachte mich auch auf eine Idee. Ich wollte mir meinen Account noch einmal ansehen, in der Hoffnung, besser damit abschließen zu können. Dazu entsperrte ich zunächst meinen PC und gab mit leichtem Stechen in der Brust meinen alten Accountnamen in das Suchfeld des Browsers ein. Keine zwei Sekunden später baute sich das Profil auf dem Bildschirm auf und ich erstarrte.

Es ließ sich nur schwer beschreiben, was ich in diesem Moment fühlte. Was meine alten Bilder auslösten. Da war so viel Schmerz in mir, als ich mich selbst betrachtete und feststellte, wie dünn ich tatsächlich gewesen war. Wie falsch ich das damals wahrgenommen hatte. Das Qualvollste für mich war der Wunsch, zu dieser Zeit meines Lebens zurückzukehren, der in mir aufkam. Er hatte sich von einer Sekunde auf die nächste in meinem Herzen eingenistet, aber ich wollte ihn nicht beachten. Wollte nicht wissen, warum ich ihn spürte. Viel zu sehr schämte ich mich dafür, dass er überhaupt existierte.

Wie in Trance klickte ich auf das letzte Bild, das ich gepostet hatte. Es war nur wenige Stunden vor dem Ereignis hochgeladen worden, das mein Leben für immer verändert hatte. Einzelne Kommentare fielen mir ins Auge, in denen sich die Leute fragten, warum ich inaktiv war und ob ich jemals zurückkommen würde. Jetzt, in diesem Moment, hätte ich diese Frage nicht beantworten können.

Ich scrollte weiter, bis ich auf einen Kommentar der anderen Art stieß. Hastig überflogen meine Augen die aggressiven Worte, die mich dazu aufforderten, mich umzubringen. Dabei gruben sie sich wie Krallen in meine Haut. Ich wusste, sie wollten sich durch mein Fleisch bis zu meinem Herzen vorarbeiten, aber ich zwang mich dazu, den Hass dieser Person nicht an mich heranzulassen.

Als es zu viel wurde und mir meine Gefühle die Luft abschnürten, schloss ich schnell den Browser. Mein Blick glitt langsam über meinen Schreibtisch, um mir etwas Zeit zu geben, mit dem Chaos in mir zurechtzukommen. Da bemerkte ich das neue Post-it, das mich schlagartig ablenkte. Es war von Lennox, das erkannte ich an der krakligen, fremden Schrift. Plötzliche Wärme machte sich in mir breit und verdrängte den Schmerz von eben. Langsam löste ich den Klebezettel von meiner Schreibtischunterlage und musste schmunzeln.

Basorexia – der starke Drang, jemanden küssen zu wollen.

Darunter hatte der Herr seine private Handynummer notiert. Immer noch vor mich hin lächelnd, zückte ich mein Telefon und rief ihn an. Er nahm bereits nach dem zweiten Klingeln ab.

»Hallo, Bambi.«

»Ich habe gerade deinen Zettel gefunden.« Er steckte zwischen Daumen und Zeigefinger, als ich ein wenig damit wedelte.

»Und, wie findest du das Wort?«

»Es ist auf jeden Fall passend.« Dann wurde ich ernst. »Ist alles gut bei dir?«

Er zögerte kurz mit seiner Antwort. »Ja, warum?«

»Als ich vorhin gegangen bin, sahst du so aus, als hättest du einen Geist gesehen. Wo bist du überhaupt? Es ist doch noch lang nicht Feierabend?!«

Man hörte ihn im Hintergrund Auto fahren.

»Ich muss etwas besorgen. Hey, du weißt ja, dass ich heute Abend mit meinem Vater essen gehe, aber den morgigen Abend würde ich gern mit dir verbringen. Du kannst zu mir kommen und wir bestellen uns was.«

»Ist das ein Date?«, fragte ich zögerlich und verwirrte ihn damit.

»Ja. Was denkst du, was es sonst ist?«

»Dann frag danach.«

»Was? Wie meinst du das?«

»Frag nach einem Date, so wie es sich gehört. Du kannst nicht einfach nur vorschlagen, dass ich bei dir vorbeikomme.«

»Bambi, ich weiß nicht ...« Seit ich ihn kannte, wusste Lennox Mercier-Campbell zum ersten Mal nicht, was er sagen sollte.

»Du weißt nicht, wie man nach einem Date fragt?«

»Natürlich weiß ich das. Ich musste es bisher nur noch nie tun.«

Das bedeutete nicht, dass ich es ihm leicht machen würde.

»Ich lege jetzt auf, Lennox.«

»Halt, warte!« Er stöhnte auf. »Oh Mann, wie kann man nur gleichzeitig so frustrierend und nervig, aber auch so anziehend und hinreißend sein?«

Das Kompliment ging nicht spurlos an mir vorbei. Mein Lächeln verblasste und ich war für kurze Zeit überfordert, weil ich nicht wusste, wie ich darauf reagieren sollte. Er nahm mir die Entscheidung ab.

»Okay, fein. Würdest du mir die Ehre erweisen und morgen Abend für ein Date zu mir kommen?«

»Sehr gern.« Meine Mundwinkel hoben sich erneut. »Das war doch gar nicht mal so schwer, oder?«

»Nein, ganz und gar nicht«, brummte er am anderen Ende der Leitung. Dabei entging mir sein ironischer Unterton nicht.

»Siehst du, manche Sachen sind so viel besser, wenn man für sie arbeiten muss, anstatt sie einzufordern oder geschenkt zu bekommen.«

»Mhm, da könntest du tatsächlich recht haben.« Dieses Mal lag keine Ironie in seiner Stimme.

Kapitel 36

Lennox

Zehn Minuten zu früh kam ich gegen Abend bei dem Edel-Italiener an, den ich als Ort für das Treffen mit meinem Vater auserwählt hatte. Nicht nur war dieses Restaurant das beste in Manhattan und die Tische so begehrt, dass es ständig ausgebucht war, es handelte sich außerdem um das Lieblingsrestaurant meines Dads. Nur dank meines Nachnamens hatte ich eine Reservierung ergattern können.

Beim Aussteigen hielt ich dem Valet die Schlüssel meines Aston Martins hin. Als er begeistert danach greifen wollte, zog ich sie zurück und hob dafür meine andere Hand. Dort klemmte zwischen Zeige- und Mittelfinger ein verdammt hohes Trinkgeld.

»Wehe, ich finde einen Kratzer am Wagen«, raunte ich dem jungen Kerl in Uniform zu und stellte zufrieden fest, wie eingeschüchtert er aussah.

Einen Moment blieb ich noch stehen und sah ihm nach. Dabei verlor ich mich in Gedanken. Ivys Anmerkung in Amelys Büro hatte mich nervös werden lassen. Was erwartete mich heute Abend? Was, wenn es stimmte und mein Dad wirklich mit der Firmenübergabe beginnen wollte? Wenn er mich nächste Woche schon in die Chefetage berief und mir einen Haufen Verantwortung auflud, mit der ich absolut nicht umgehen konnte?

Ich war immer noch nicht so weit, das spürte ich ganz deutlich. Mochte sein, dass ich bei dem Gedanken an den Ausblick aus dem obersten Büro nicht länger in Panik verfiel, aber das reichte nicht aus.

Seit der Begegnung mit Amely hatte ich das Gefühl, mein ganzes Leben veränderte sich. Alles, was ich wollte, war noch ein bisschen Zeit, die ich ohne Erwartungen, Druck oder einem vollen Terminkalender mit ihr verbringen konnte. Würde ich meinen Vater aber darum bitten, würde er ganz sicher argumentieren, dass er lang genug auf mich gewartet hatte. Irgendwie vermisste ich schon jetzt die Zeit, in der er mich ständig kritisiert und für noch nicht bereit gehalten hatte. Warum konnte ich nicht einfach einen Fortschritt nach dem nächsten machen? Warum wartete mein Vater nicht ab, wie ich mich entwickelte, jetzt da ich freiwillig anfing, mein Leben auf die Reihe zu bekommen? Warum wurde immer von mir erwartet, dass ich in allem gleichzeitig brillierte?

Tief einatmend verdrängte ich die Aufregung in meiner Brust, als ich durch den Eingang des Restaurants marschierte. An einem Pult angelehnt, wartete ein großgewachsener Host, dem ich meinen Namen nannte. Als er diesen vernahm, weiteten sich seine Augen und das herablassende Lächeln verblasste. Diese Reaktion war ich gewohnt. Der Name Mercier-Campbell hatte Gewicht in New York City und in solchen Situationen wurde mir das mal wieder nur allzu deutlich bewusst. Der Druck auf meinen Brustkorb verstärkte sich und ich ballte die Hände zu Fäusten. Die Menschen hielten meinen Nachnamen für einen Segen. Für mich jedoch war er nur der Beweis, dass ich dem Erbe, das mich erwartete, nicht entkommen konnte.

Der Host deutete mir an, ihm zu folgen, und schritt durch dunkelrote, schwere Vorhänge hindurch, die den Eingang vom Rest des Restaurants abschirmten. Wir passierten kleine, eng beieinanderstehende Tische, bis wir an einem größeren, abgelegenen in einer Ecke ankamen. Hier saß man direkt neben einem Fenster, aus dem man einen guten Blick auf die East 91st Street hatte. Ich nickte dem Mann dankend zu und ließ mir von einem Kellner zwei Karten und einen Macallan bringen. Dann wartete ich.

Fünfzehn Minuten vergingen und mein Dad war immer noch

nicht aufgetaucht. Mit einem komischen Gefühl im Bauch wählte ich zunächst die Nummer meiner Schwester, um ihm noch etwas Zeit zu geben.

»Man könnte meinen, du hast in letzter Zeit viel Sehnsucht nach mir«, begrüßte sie mich gut gelaunt am anderen Ende der Leitung.

»Ha ha, ganz sicher«, entgegnete ich mit ernster Stimme, bemerkte aber, wie sich meine Mundwinkel zu einem Lächeln verzogen.

»Warum rufst du an, Bruderherz?«

»Weil ich dich etwas fragen wollte.«

»Oh? Geht es um Amely?« Sie klang begeistert. »Ja, du bist nicht gut genug für sie und ja, du solltest es besser nicht versauen, denn du würdest keine zweite Chance bei ihr bekommen. War das alles, was du wissen wolltest?«

Sie lachte über ihren eigenen Witz, während ich die Augen verdrehte. »Kannst du bitte kurz ernst bleiben, Ivy?«

»Okay, was gibt's?«

»Was will mir Dad heute Abend erzählen? Ich muss es wissen.«

Das Gefühl, unvorbereitet zu sein, schnürte mir die Kehle zu.

»Das sagt er dir am besten selbst, Lex. Bist du nicht jetzt mit ihm verabredet?«

Ich nippte an meinem Whiskey und ließ zugleich den Blick durch das Restaurant schweifen. Von meinem Vater war weit und breit nichts zu sehen. Nachdem ich das Glas wieder abgestellt hatte, hob ich meinen Arm und sah auf die Audemars Piguet an meinem Handgelenk.

»Ja, aber er ist zwanzig Minuten zu spät.«

Ivy zog scharf die Luft ein. »Zu spät?« Sie war vollkommen irritiert, so als könnte sie das nicht glauben.

»Warum klingst du so überrascht? Ich meine, das ist nicht das erste Mal, dass er es nicht pünktlich zu einem Termin mit mir schafft.« *Oder mich versetzt.*

»Ich dachte, gerade heute wäre er pünktlich.«

Die Andeutung ließ mich annehmen, dass es tatsächlich stimmte. Er hatte ernsthaft vor, mit der Firmenübergabe zu beginnen. Als diese Erkenntnis langsam in mein Hirn sickerte, stellten sich die Härchen in meinen Nacken auf. Ich begann, mit dem Kopf zu schütteln, weil ich es nicht wahrhaben wollte. Zum ersten Mal in meinem Leben hatte ich den Drang, mit jemanden darüber reden zu wollen, wie ich mich fühlte, aber dieser jemand war nicht Ivy. Meine Schwester würde mich nicht verstehen, dafür stand sie zu sehr auf der Seite meines Vaters, aber Amely würde sicher Verständnis zeigen.

Die Gedanken an Bambi lenkten mich sofort ab, weil mir auf einmal wieder einfiel, was ich über sie herausgefunden hatte. Im Meeting heute Vormittag war es mir schwergefallen, die Frau mir gegenüber mit der von den Bildern des Instagram-Accounts übereinzubringen. Da ich nicht wusste, wie sie auf mein Wissen reagieren würde, hatte ich es bisher nicht angesprochen. Ob Ivy auch davon wusste? Normalerweise führte CIP Überprüfungen seiner Mitarbeiter durch, deren Ergebnisse in den Personalakten vermerkt wurden. Ich wunderte mich, was wohl in ihrer stand.

»Hey, sag mal, macht CIP eigentlich noch diese Background Checks bei Mitarbeitern?«

Sofort war meine Schwester misstrauisch. »Ja, warum?«

»Meinst du, du könntest dem zukünftigen CEO mal Amelys Personalakte ausleihen?«

»Auf gar keinen Fall!«, stieß Ivy auf Anhieb energisch aus, ehe sie zeternd hinzufügte: »Das sind alles sensible Informationen und die gehen dich einen Scheiß an. Wenn du etwas wissen willst, dann frag Amely doch einfach danach.«

Sie hatte recht, aber ich kannte meine Schwester gut genug, um zu wissen, dass diese impulsive Antwort nur eins bedeuten konnte: Ivy kannte Bambis Geheimnis und wollte es beschützen. Bevor ich sie darauf ansprechen konnte, wurde mir ein anderer Anruf angekündigt.

»Ich muss auflegen. Dad ruft an«, informierte ich meine Schwester und wusste, das war kein gutes Zeichen.

Schnell nahm ich das zweite Gespräch an. »Hey, wo bleibst du? Wir haben einen der besten Tische im Restaurant bekommen.«

Es war kurz still in der Leitung.

»Lennox, mir ist etwas dazwischengekommen. Es tut mir leid.«

»Also kommst du nicht?«

Enttäuschung machte sich in mir breit, weil ich seine Antwort schon kannte. Zwar hatte ich das Gespräch mit ihm über meine Zukunft bei CIP nicht führen wollen, aber dass er mich versetzte, tat trotzdem weh.

»Nein, ich sitze noch in einer Besprechung fest.«

Zur gleichen Zeit hörte ich, wie jemand im Hintergrund meinen Dad nach einem Whiskey fragte. Er war bei seinem Freund und Businesspartner Rafael.

»Eine Besprechung also?«

»Lennox.« Mein Name war ein Seufzen.

Er wusste, dass ich ihn beim Lügen erwischt hatte und klang trotzdem so, als wäre er es leid, sich erklären zu müssen. Wenn er allerdings dachte, dass ich diese Diskussion einfach so unter den Tisch fallen ließ, lag er falsch. Schließlich saß ich völlig umsonst in seinem Lieblingsrestaurant und wartete.

»Nein, Dad. Komm mir nicht so. Wir waren verabredet. Du wolltest dieses Treffen. Jetzt sitze ich hier und du schaffst es erst nach fünfundzwanzig Minuten, mir abzusagen?!«

»Du wirst es verkraften.«

»Ist das dein Ernst?«, fuhr ich ihn an. »Dieses Treffen war wichtig. Wir wollten etwas besprechen.«

Mein Dad winkte ab. »Das kann warten.«

Seine Ignoranz machte mich noch wütender. »Das, was ich dir sagen wollte, aber nicht.«

»Und das wäre?«

Ich stöhnte auf. »Hätte ich dir das mit Amely übers Telefon erzählen wollen, hätte ich dich längst angerufen, Dad.«

Als ihr Name fiel, wurde mein Vater hellhörig. »Was ist mit Amely? Was hast du schon wieder angestellt?«

Jetzt hatte ich seine volle Aufmerksamkeit. Fast wäre ich neidisch geworden, dass mein Vater sich anscheinend für eine Praktikantin mehr interessierte als für den eigenen Sohn, aber ich schluckte dieses bittere Gefühl, das mein Herz vergiftete, einfach herunter.

»Nichts«, entgegnete ich schlicht und war müde davon, dass dieses Gespräch nirgendwo hinführte.

Dad räusperte sich. »Lennox, du hältst dich von Amely fern, verstanden?«

Ich ließ seinen Befehl kurz sacken, der sich anfühlte wie ein Schlag in die Magengrube. Ich wollte meinen Vater nicht hassen, aber gerade war ich verdammt nah dran. Und gleichzeitig fiel mir auf, wie widersprüchlich er handelte. Daher erinnerte ich ihn mit kalter Stimme an etwas.

»Das wird nicht möglich sein, Dad. Du warst derjenige, der uns in ein Projektteam gesteckt hat, weißt du noch?«

Bevor er etwas erwidern konnte, legte ich einfach auf, weil der Ärger in mir überhandnahm. Ich war so aufgebracht, dass ich rotsah und mir die Wut aus jeder Pore meines Körpers strömte. Vollkommen angepisst pfefferte ich mein Smartphone mit einem Schnipser meines Handgelenks auf den Tisch und trommelte mit den Fingern auf die Platte. Meine Gedanken verirrten sich in die dunkelsten Ecken meines Gehirns. Es ging mir nicht nur gegen den Strich, wie mein Dad mit mir umging, sondern dass er sich anmaßte, mir Anordnungen bezüglich Amely zu geben. Ich war fünfundzwanzig und kein Kind mehr. Ich konnte tun und lassen, was ich wollte. Und was Bambi anging – wir waren nicht schlecht füreinander und ich wollte, dass er das auch sah.

Nur wenn ich für ihn anscheinend immer noch das alte Arschloch von früher war, dann sprach ja auch nichts dagegen, mich dementsprechend zu verhalten. Sollte er doch von mir denken, was er wollte!

Ich wählte Aarons Nummer und winkte zur gleichen Zeit einen Kellner an meinen Tisch. Während ich darauf wartete, dass mein bester Freund abnahm, verlangte ich die Rechnung für den Whiskey und zückte meine Firmenkreditkarte. Mein Dad hatte mich warten lassen, dann konnte er auch dafür zahlen.

Nach einer gefühlten Ewigkeit meldete sich mein bester Freund mit einem Brummen. Anscheinend war ich nicht der Einzige, der heute Abend schlechte Laune hatte.

»Hey, Mann, was machst du gerade?«

Er stöhnte auf. »Nicht heute, Lex. Ich hatte einen Scheißtag.«

»Was ist los? Ist es wegen Maxwell?«

Aaron hatte einen älteren Bruder, zu dem er ein angespanntes Verhältnis pflegte. Nicht selten gab es Stress, weswegen mein bester Freund seiner Familie gern aus dem Weg ging.

»Ehrlich gesagt will ich nicht darüber reden.«

Ich schnaubte. »Das trifft sich verdammt gut. Ich hatte ebenfalls keinen guten Abend und damit dieser Tag nicht so beschissen endet, werden wir jetzt etwas dagegen unternehmen. Vertrau mir, es wird dich ablenken.«

Kapitel 37

Amely

Ich schaute erneut auf die Uhr an meinem Handgelenk – das dritte Mal innerhalb von fünf Minuten. Es war kurz nach zehn und in einer Stunde sollte eine Besprechung des gesamten Marketingteams stattfinden. Das Problem war nur, Lennox war noch nicht im Büro aufgetaucht. Ich versuchte es auf seiner privaten Nummer, wurde aber direkt vom Anrufbeantworter begrüßt. Langsam machte ich mir Sorgen. Mein Bauchgefühl sagte mir, dass etwas nicht stimmte. Dieses Verhalten hätte ich dem alten Lennox zugetraut, aber in der letzten Zeit war er immer pünktlich gewesen.

Nach weiteren fünf ereignislosen Minuten hielt mich nichts mehr auf meinem Stuhl. Ich sperrte den PC und schlug den Weg in die Personalabteilung ein. Ivy saß an ihrem Schreibtisch und als ich anklopfte, blickte sie überrascht von ihrem Tablet auf. Dann winkte sie mich mit einer Handbewegung in ihr Büro. »Hey, was gibt's?«

Ich ließ zunächst die Tür hinter mir ins Schloss fallen, ehe ich ihr antwortete. »Sag mal, weißt du, wo dein Bruder ist?«

»Nein, warum?«

»Weil ich ihn seit gestern Abend nicht mehr erreichen kann und wir gleich einen wichtigen Termin haben, den er nicht verpassen sollte. Ich dachte, du hast vielleicht eine Ahnung, was mit ihm los ist.«

»Er war noch gar nicht im Büro?«

Ivy legte nachdenklich den Stift für das Tablet weg und lehnte sich im Sitz zurück. Ich schüttelte mit dem Kopf.

»Und gestern Abend hast du das letzte Mal von ihm gehört?«

Diesmal nickte ich. Ivy überlegte für ein paar Sekunden, bevor sich die Erkenntnis wie ein dunkler Schatten über ihr Gesicht legte.

»Scheiße!«

Ihr Fluchen verstärkte nur das ungute Gefühl in mir.

»Ivy, was ist los?«

»Er hat mich angerufen, als er im Restaurant saß. Dad war zu spät.«

»Okay, das heißt?«

»Dass er vermutlich gar nicht mehr aufgetaucht ist.«

»Aber das erklärt nicht, warum Lennox heute nicht da ist.«

»Doch, tut es«, erwiderte sie mit todernster Stimme und als ich die Enttäuschung in ihrem Gesicht sah, machte es Klick. Sein Vater hatte ihn versetzt. Der Mann, dessen Anerkennung Lennox am wichtigsten war, war nicht wie vereinbart zu dem gemeinsamen Essen aufgetaucht. Ich konnte mir vorstellen, wie er darauf reagiert hatte.

»Was machen wir jetzt?«

Ich sah Ivy dabei zu, wie sie unter ihrem Schreibtisch eine Tasche hervorholte. Daraus zog sie ihren Geldbeutel und hielt mir dann eine goldene Plastikkarte entgegen. »Ich wette mit dir, Lex ist noch zu Hause und schläft seinen Rausch aus. Das ist die Karte für seinen Privataufzug. 666 ist der Code, um diesen in Bewegung zu setzen. Du fährst zu meinem Bruder und schleifst ihn hierher, völlig egal in welcher Verfassung er sich befindet. Ihr müsst pünktlich zu eurem Termin kommen. Ich wünschte, ich könnte mitkommen, aber ich habe gleich ein wichtiges Bewerbungsgespräch.«

Meine Finger schlossen sich fest um das Plastik der Karte. »Der Code ist 666?«

Ivy schmunzelte. »Ja, die Zahl des Teufels. Passend für Lex.«

Als ich bei Lennox' Wohnhaus ankam, schritt ich direkt am Pult des Portiers vorbei und auf die Aufzüge zu. Im Vorbeigehen lächelte mich der Herr in der schwarzen Uniform freundlich an und nickte, ehe er sich wieder einem Buch auf seinem Tisch widmete. Entweder erkannte er mich noch von meinem ersten Besuch und hielt mich deswegen nicht auf oder Ivy hatte ihn vorgewarnt.

In der Kabine des Fahrstuhls überkam mich das Gefühl eines Déjà-vus. Wie auch beim letzten Mal fragte ich mich, was mich im Penthouse erwarten würde. Als sich die Lifttüren dieses Mal öffneten, schlug mir keine stickige Luft und laute Partymusik entgegen. Nur das Konfetti, die Luftschlangen und die roten Getränkebecher, die sich auf dem Boden verteilten, machten deutlich, was sich gestern Abend hier abgespielt hatte.

Mit schnellen Schritten durchquerte ich die kleine Empfangshalle. Es war totenstill in der Wohnung. Lediglich die Absätze meiner Schuhe klackerten auf dem gefliesten Boden. Ohne die zahlreichen Partygäste konnte ich mich zum ersten Mal richtig umschauen und stellte fest, dass die Räume viel größer wirkten als bei meinem ersten Besuch.

Ich blieb beim Raumteiler stehen und ließ meinen Blick durch das große Wohnzimmer mit angrenzender, offener Küche schweifen. Die noble Einrichtung mit ihren zahlreichen, zum Teil verrückt aussehenden Designermöbeln passte nicht zu Lennox. Ich wettete, er hatte kein einziges Mobiliar selbst ausgesucht. Die spärliche Deko wirkte wie aus einem Einrichtungskatalog herauskopiert. Es fehlte an Persönlichem wie Bilder oder Erinnerungsstücke. Ich fühlte mich hier nicht wirklich wohl und hielt es für keine gute Idee, weiter allein durch eine unbekannte Wohnung zu schlendern. Wenn der Herr da war, musste er schon zu mir kommen.

»Lennox!«

Ich erschrak selbst, als meine Stimme laut durch die Wohnung schallte und lauschte dann mit angehaltenem Atem. Neben dem Rauschen in meinen Ohren war das Echo das Einzige, was ich hören konnte. Nach ein paar Sekunden der vollkommenen Ruhe versuchte ich es erneut.

Noch bevor ich ein drittes Mal seinen Namen brüllen konnte, hatte ich Erfolg. Irgendwo in der Wohnung wurde eine Tür geöffnet. Als Nächstes erklangen Schritte, die sich mir eilig näherten. Da ich keine Ahnung hatte, von woher sie kamen, legte ich den kurzen Weg in die Mitte des Wohnzimmers zurück und sah mich um. Dabei entdeckte ich eine Glastreppe in einer Nische, die mir bisher verborgen geblieben war. An deren oberen Absatz tauchte plötzlich ein verschlafener Lennox auf. Seine verwuschelten Haare standen in alle Richtungen vom Kopf ab und nur mit Boxershorts bekleidet, blinzelte er gegen die Helligkeit des Raumes an. Als er mich erblickte, rieb er sich die Augen, als könnte er nicht glauben, was er sah.

»Bambi? Was machst du hier?«

Ich lachte trocken auf. »Lustig. Das Gleiche könnte ich dich auch fragen.«

Lennox gähnte und setzte sich in Bewegung. Während er eine Stufe nach der anderen herabstieg, musste ich mich zwingen, meinen Blick nicht über seine durchtrainierten Muskeln und das Tattoo auf seinem Oberkörper wandern zu lassen. Dennoch kam ich nicht umhin, festzustellen, wie riesig es war. Seitlich, auf Höhe der Rippen, stieg ein Phönix aus Flammen empor. Dessen gewaltige Flügel zogen sich über die gesamte Taille und verschwanden dann aus meinem Sichtfeld, weil sie sich auf dem Rücken fortsetzten. Das Feuer breitete sich auf dem rechten Hüftknochen und einen Teil seines unteren Bauches aus.

»Wie spät ist es?«

Je näher er mir kam, desto deutlicher wurden die dunklen Ringe unter den grünen Augen. Mir fiel auch die Schlaffalte in seinem Gesicht auf, die sich über die komplette rechte Wange zog.

Ich biss mir auf die Unterlippe und wandte den Blick ab. »Fast zu spät, um noch pünktlich zu unserer Teambesprechung zu kommen. Es wäre daher gut, wenn du dir was anziehen könntest und –«

Mir blieb das nächste Wort im Hals stecken, als eine weitere Person am Treppenabsatz auftauchte. Eine wunderschöne Blondine im kurzen Minirock kam uns auf ellenlangen Beinen entgegen. Sie war die Art von Frau, die man normalerweise nur auf den Laufstegen der Welt antraf. Beim Näherkommen zog sie sich ein Top über, unter dem ihr weißer Spitzen-BH verschwand. Ihre zerzausten Haare und der befriedigte Gesichtsausdruck ließen keinen Zweifel daran, warum sie über Nacht geblieben war.

Der Geschmack von Enttäuschung machte sich wie ätzende Säure in meinem Mund breit. Die Bilder von Lennox und ihr im Bett, die mir mein Gehirn in dieser Sekunde in den Kopf pflanzte, versetzten meinem Herzen einen Knacks.

»Lasst euch nicht stören. Ich bin schon weg«, raunte die Schönheit mit verschlafener Stimme und zwinkerte dem Mann vor mir zu. Danach verschwand sie im Foyer.

Ich hatte Angst davor, Schuld und Scham in seinem Gesicht zu lesen, daher starrte ich noch einen Moment auf die Stelle, an der die Frau verschwunden war, und atmete einmal tief ein und aus. Dann wanderten meine Augen langsam zu ihm. Gleichzeitig ballte ich meine Hände zu Fäusten, um die Ernüchterung, die sich jetzt durch meinen gesamten Körper gefressen hatte, im Zaum zu halten.

Das hatte er nicht ernsthaft getan.

Doch Lennox' Mimik wirkte wie das Gegenteil von schuldig. Als könnte er meine Gedanken lesen, hob er sofort beschwichtigend die Hände. »Es ist nicht so, wie es aussieht.«

Das beruhigte mich wenig.

»Ernsthaft?! Du bringst wirklich diese dämliche Floskel?« Meine Stimme war schrill und mit jeder Menge Verachtung gemischt.

Mir stieg Galle auf. Ich hätte wissen müssen, dass das passieren würde. Dass Lennox wieder rebellierte, sobald etwas nicht nach seinem Willen lief oder ihn jemand enttäuschte. Menschen änderten sich nicht so schnell, sie verstellten sich nur und das beste Beispiel dafür stand vor mir.

Ich war zwar sauer auf ihn, aber nicht so sehr wie auf mich selbst. Ich hätte auf sowas vorbereitet sein müssen. Stattdessen war ich mit offenem Herzen direkt ins Verderben gerannt und hatte zugelassen, dass mich diese Situation kalt erwischte. Egal, wie oft ich mir sagte, dass wir nicht zusammen waren, ich fühlte mich trotzdem hintergangen und ich war nicht in der Stimmung, ihm das zu vergeben.

»Ich kann das erklären«, versuchte er mich zu beruhigen, aber kopfschüttelnd lehnte ich ab.

»Danke, kein Interesse.« Die Kälte in meiner Stimme täuschte darüber hinweg, dass ich innerlich kämpfte, nicht zusammenzubrechen. Nicht vor ihm.

Ich musste hier weg, wandte mich um und steuerte auf das Foyer zu, doch ich kam nicht weit. Auf einmal schlang sich ein Arm um meine Mitte und zog mich an einen harten Männerkörper, um mich festzuhalten. Vertrauter Zedernholz-Zimt-Duft hüllte mich ein und die Hitze, die von seinem fast nackten Körper ausging, machte alles noch viel schlimmer.

»Lass mich los!«, forderte ich ihn wütend auf und wollte mich befreien, doch sein Arm schlang sich nur noch fester um mich.

»Ich hatte nichts mit ihr«, flüsterte mir Lennox mit seiner weichen Bassstimme zu, während seine Nasenspitze an meinem Hals entlang strich. Die Berührung jagte einen Schauer durch meinen Körper.

»Ja, sicher. Deswegen kommt sie auch aus deinem Schlafzimmer. Für wie naiv hältst du mich eigentlich?«

»Er sagt die Wahrheit«, mischte sich plötzlich eine andere Stimme hinter uns ein.

Lennox lockerte für eine Sekunde seinen Griff und die nutzte ich, um aus seiner Umarmung herauszutreten und mich umzudrehen. An der Balustrade der oberen Etage lehnte Aaron und beobachtete uns grinsend. Im Gegensatz zu seinem Kumpel sah er nicht so aus, als sei er gerade erst aus dem Bett gefallen. Immerhin trug er bereits eine zerschlissene, dunkle Jeans und ein simples, schwarzes T-Shirt.

»Lex hatte nichts mit ihr, sondern ich.« Mit diesen Worten setzte er sich in Bewegung und stieg die Stufen herab.

»Weißt du, mein Penthouse hat Gästezimmer, Bambi.«

Ich bemerkte den *Siehst du, ich habe es dir gesagt*-Blick und verengte die Augen. »Sorry, aber sie sah nicht so als, als hätte sie in einem Gästezimmer geschlafen.«

»Bist du etwa eifersüchtig?«, fragte Lennox amüsiert.

Aaron war in der Zwischenzeit in die Küche gelaufen, um sich einen Kaffee zu kochen, und tat dabei so, als hätte er absolut kein Interesse an unserer Diskussion. Da ich mir von ihm keine Intervention erhoffen konnte, presste ich die Lippen zusammen, um Lennox zu zeigen, dass ich seine Frage nicht mit einer Antwort würdigen würde.

Als dieser nicht länger darauf warten wollte, verschränkte er die Arme vor der Brust und musterte mich mit einem seltsamen Blick. »Ich finde es echt erstaunlich, wie schnell du geglaubt hast, ich könnte einfach mit jemand anderem die Nacht verbringen.«

Ich zuckte mit den Schultern. »Es würde zu dem passen, was du immer tust.«

»So? Was tue ich denn immer?«

Mit langsamen Schritten kam Lennox auf mich zu, wie ein Panther, der sich zum Sprung bereit machte. Ich wich zurück. Mir war klar, dass ich meine nächsten Worte sehr weise wählen musste, und das bestätigte mir auch Aarons Blick, als sich unsere Augen kurz über Lennox' Schulter trafen.

Ich räusperte mich. »Ähm, das soll heißen, dass du dich gern selbst sabotierst.«

»*Was?*«

»Sie hat nicht ganz Unrecht, Lex«, kam mir sein Kumpel zu Hilfe und kassierte dafür einen verärgerten Blick.

»Können wir das nicht später klären?« Ich warf einen hektischen Blick auf meine Armbanduhr. »Wir müssen zu unserem Meeting.«

Lennox wandte sich wieder mir zu. »Oh, wir werden das ganz

bestimmt später klären.« Es klang weniger nach einem Versprechen als viel mehr nach einer Drohung. Dann hatte er es schlagartig eilig nach oben zu kommen, um sich umzuziehen.

»Ich mag dich, Amely.«

Ich drehte mich zu Aaron um und erkannte, wie dieser mich, über die mattschwarze Kücheninsel gebeugt, aufmerksam ansah. Seine rotbraunen Haare fielen ihm in die Stirn, in seinen Händen hielt er die dampfende Kaffeetasse, während auf seinen Lippen ein leichtes Lächeln lag.

»Du kennst mich doch gar nicht«, erwiderte ich stirnrunzelnd, worauf er nur mit den Schultern zuckte.

»Mir reicht es, zu sehen, welchen Einfluss du auf meinen besten Freund hast.«

Mein Augenrollen konnte ich nicht unterdrücken. Mit dem Daumen und Zeigefinger rieb ich mir den Nasenrücken. »Nicht du auch noch.«

Fragend zog er eine Augenbraue nach oben und wartete geduldig darauf, dass ich meinen Kommentar erklärte.

»Diese Rede hat mir Ivy schon gegeben.«

»Sie hat recht. Du bist gut für ihn. Wirklich. Er bricht seine ach so tollen Regeln für dich.«

»Und die wären?« Jetzt war ich neugierig geworden und ging langsam auf Aaron zu.

»Ich wäre ein sehr schlechter Freund, wenn ich dir Lex' Geheimnisse verraten würde, oder?« Er zwinkerte mir zu und nippte an seinem Kaffee. Dann wurde er wieder ernst. »Ich wollte dich das nur wissen lassen, weil ich dir ansehen kann, dass du unsicher bist. Dass du an ihm zweifelst. Hör auf damit und scheiß drauf, was andere sagen! Du wirst überrascht von dem Menschen sein, den du kennenlernst, wenn du dich vollkommen auf ihn einlässt.«

»Können wir?«

Ich wirbelte herum. Vor mir stand der Lennox, den ich aus dem

Büro kannte. Er hatte sich fix die Haare gestylt und einen schwarzen, schlichten Designeranzug angezogen. Nur die Krawatte fehlte wie immer.

»Aaron, du findest allein heraus?«, fragte er seinen Freund, ehe er mich in Richtung Fahrstuhl schob.

Der Rotschopf lachte auf. »Mach's gut, Bambi. Ich habe das Gefühl, wir werden uns noch öfter sehen.«

In der Tiefgarage angekommen, hielt mir Lennox die Schlüssel seines Aston Martins hin. »Du fährst.«

»Ernsthaft?«

»Ja, ich bin erst vor zehn Minuten wach geworden. Mir fehlt das Koffein für den New Yorker Stadtverkehr.«

Er öffnete mir die Fahrertür und ließ mich einsteigen, ehe er um den Wagen herumging und sich auf den Beifahrersitz niederließ.

»Ich bin aber nur Linksverkehr gewöhnt«, gab ich leicht panisch zu bedenken. Die Angst um den teuren Luxusschlitten bescherte mir ein schnellklopfendes Herz und feuchte Handinnenflächen.

»Fährst du den Wagen zu Schrott, arbeitest du deine Schulden bei mir ab.« Lennox zuckte mit den Schultern, bevor er sich zurücklehnte und mit geschlossenen Augen seine Schläfen massierte.

»Aber ich arbeite doch bereits für dich und deine Familie?!«

»Nicht diese Art von Arbeit, Bambi.« Das fette Grinsen auf seinen Lippen machte mir klar, was er meinte. Aus Protest ließ ich den Motor aufheulen.

Nachdem wir die Tiefgarage verlassen hatten, navigierte mich Lennox durch die vollen Straßen. Er blieb dabei komplett entspannt, selbst als ich ziemlich knapp vor einem anderen Auto einscheren musste. Irgendwann schlug seine Ruhe auf mich über und ich entspannte mich hinter dem Steuer.

»Das Missverständnis vorhin tut mir leid, Bambi. Danke, dass du vorbeigekommen bist, um mich abzuholen.«

»Keine Ursache.«

Beinahe beiläufig fragte er dann: »Worüber hast du mit Aaron gesprochen?«

Sein neugieriger Blick durchbohrte die Seite meines Gesichts, sodass ich kurz zu ihm schaute, aber mich dann gleich wieder auf die Straße konzentrierte.

»Nichts Wichtiges. Ivy und er finden nur, dass ich einen guten Einfluss auf dich habe.«

Es war einen Augenblick still zwischen uns. Irgendwann hörte ich ihn tief einatmen.

»Sie haben recht.« Seine kehlige Stimme machte deutlich, dass ihm dieses Geständnis nicht leicht über die Lippen kam.

»Oh ja, das sehe ich«, erwiderte ich spitz. »Deswegen sitzt du jetzt auch verkatert neben mir und wir werden wahrscheinlich zu spät zu einem Termin kommen.«

»Ich habe weder getrunken noch geraucht oder gekifft«, beeilte er sich, klarzustellen. »Und ich wollte pünktlich auf der Arbeit sein, aber habe einfach den Wecker verschlafen.«

Mein Herz schlug mit einem Mal ein wenig leichter.

»Du bist alt genug, um zu wissen, was du tust oder tun möchtest.«

»Und dennoch bist du erleichtert.«

Sein süffisantes Grinsen war zurück und er hatte recht. Mist! Warum schaffte er es, mich so einfach zu durchschauen?

»Sag mir nicht, was ich fühle«, brummte ich schlecht gelaunt, was sein Grinsen nur noch breiter werden ließ. Danach stellte er die Frage, auf die ich die ganze Zeit gewartet hatte.

»Was hast du da vorhin eigentlich gemeint, als du sagtest, ich würde mich selbst sabotieren?«

Ich atmete tief ein und überlegte, wie ich es ihm am schonendsten beibringen konnte. »Du bist voller Widersprüche, Lennox.«

»Wie das?«

»Na ja, auf der einen Seite sagst du, dass es dich nicht interessiert, was dein Vater von dir will und dass dir Regeln, vor allem seine, vollkommen egal sind. Und auf der anderen Seite machst du es ihm dennoch recht, indem du freiwillig sein Nachfolger wirst und all seine Bedingungen, wie zum Beispiel deine Arbeit im Marketing, akzeptierst. Mürrisch, aber immerhin.«

Ich ließ das kurz wirken. Als er nichts erwiderte, fuhr ich fort: »Diese Rebellionen sollen eigentlich nur erreichen, dass er dich beachtet. Du willst wahrgenommen und von ihm akzeptiert werden. Vielleicht sind dir alle anderen egal, aber dein Vater und seine Wünsche sind es definitiv nicht.«

Ich beobachtete, wie Lennox die Zähne hart aufeinanderbiss, daher sprach ich schnell weiter. »Ich kenne das Gefühl, wenn man nicht wahrgenommen wird. Nicht genug ist. Vielleicht habe ich nicht rebelliert, aber dennoch alles dafür getan, gesehen zu werden. Irgendwann musste ich feststellen, dass man sich selbst verliert, wenn man der Aufmerksamkeit und Anerkennung einer anderen Person hinterherjagt.«

Lennox sah mich eine ganze Weile schweigend an, bevor er mit leiser Stimme fragte: »Bambi, was verheimlichst du mir?«

Shit, ich hätte nicht mit dem persönlichen Kram anfangen dürfen.

Ich schüttelte den Kopf und versuchte zu lächeln. »Nichts.«

Komischerweise akzeptierte er das, ohne weiter nachzuhaken, und sah mich mit zusammengezogenen Augenbrauen an. »Mein Vater ist gestern Abend nicht aufgetaucht. Da ist irgendeine Sicherung in meinem Kopf durchgebrannt –«

»Und du hast das getan, was du immer tust«, beendete ich den Satz für ihn.

»Nein, ich *wollte* das tun, was ich immer mache, aber dann musste ich an dich denken.« Er klang niedergeschlagen, aber ich wusste, dass es nichts mit mir zu tun hatte.

Ich griff nach seiner Hand und drückte sie leicht. »Geh zu ihm und rede mit ihm.«

»Meinst du, das bringt was?«

»Einen Versuch ist es wert.«

Ihm einen schnellen Blick von der Seite zuwerfend, biss ich mir auf die Unterlippe, während ich überlegte, ob ich das, was ich dachte, wirklich aussprechen sollte.

»Sag es. Was auch immer dir gerade in deinem hübschen Kopf vorgeht, sprich es einfach aus. Ich will es wissen.«

Damit machte mir Lennox die Sache einfach. »Kann es sein, dass du die Firma nicht übernehmen willst, weil dir die Verantwortung über ein international erfolgreiches Milliarden-Dollar-Unternehmen zu viel ist?«

Lennox schnaubte. »Ich habe doch gewusst, dass du mich durchschauen kannst.«

»Nein, das kann ich nicht. Es ist nur nicht sonderlich schwer, es zu erraten.«

Er fuhr sich mit der Hand durch die Haare und schloss kurz die Augen. »Ich mag einfach keine Verantwortung. Immer wenn ich an den Chefposten denke, schnürt sich mir die Kehle zu und ich spüre dieses Gewicht auf meinen Schultern.«

»Ich glaube, die Verantwortung ist nicht das Problem«, widersprach ich ihm. »Du glaubst einfach nicht, dass du es schaffen könntest, ein erfolgreicher CEO zu sein und du hast Angst, zu versagen. Deswegen spielst du auf Zeit, hoffst mit deinen Rebellionen zwar die Aufmerksamkeit deines Vaters zu bekommen, aber das Unvermeidliche noch etwas hinauszuzögern, bis du dich irgendwann bereit fühlst. Aber das wirst du nie. Gerade lässt du dich irgendwie treiben und deine Entscheidungen von anderen treffen. Vielleicht fängst du damit an, endlich mal Verantwortung für dich selbst zu übernehmen. Sie ist nicht so schwer, wie sie dir vorkommt.«

Meine Standpauke saß, denn Lennox blieb für den Rest der Autofahrt still, und ich hoffte, dass er die Zeit nutzte, um über meine Worte nachzudenken.

Kapitel 38

Amely

All In.
Ich freue mich auf heute Abend.

Ich hielt den Klebezettel, den ich kurz vor Feierabend auf meinem Schreibtisch gefunden hatte, für ein paar Minuten einfach nur in der Hand und starrte auf Lennox' krakelige Handschrift. Meine Finger kribbelten vor Nervosität. Das Gefühl zog sich langsam über meinen Arm, in meinen Körper hinein, bis ich vor Aufregung und Vorfreude vibrierte. Je öfter ich mir jedoch die Sätze auf dem Post-it durchlas, desto mehr wurde die Begeisterung auf die Verabredung von etwas vergiftet, das sich verdammt nach Gewissensbissen anfühlte.

All In. Zwei simple Worte, die eine Erinnerung daran sein sollten, dass wir es riskierten, uns aufeinander einzulassen, alles zu geben und nichts zurückzuhalten. Vermutlich wollte er mich damit bestärken, mir meine Sorgen nehmen, weil er spürte, dass trotz allem ein kleiner Rest Distanz zwischen uns blieb, der unüberwindbar wirkte. Er dachte, ich würde zweifeln, aber es waren die Geheimnisse, die ich vor ihm verbarg, die uns auseinanderhielten. Dass sein Post-it daher mein schlechtes Gewissen befeuerte, ahnte Lennox nicht.

Mich ihm komplett zu öffnen, machte mir Angst. Was, wenn er mich danach in völlig neuem Licht sah und nichts mehr mit mir zu tun haben wollte? Wenn ihn meine Krankheit abschreckte? Wer wollte schon einen kaputten Menschen, der nicht richtig funktionierte? Der nur von außen hübsch aussah, aber dessen Kopf ein hässlicher Ort voller böser Gedanken war? *Niemand.*

Mir gingen Ivys Aussage und Aarons Rat nicht mehr aus dem Kopf. Beide machten mir klar: Es würde zwischen Lennox und mir nicht funktionieren, wenn ich meine Geheimnisse als Barriere zwischen uns benutzte. Zudem war es ein gefährliches Spiel auf Zeit. Irgendwann kam die Wahrheit ans Licht. Das tat sie immer. Noch lag es in meiner Hand, ihm selbst davon zu erzählen, und ich fragte mich, wie lange mir noch blieb, bis mir die Möglichkeit genommen wurde und er es selbst herausfand.

Ich wusste, ich musste offen zu ihm sein, aber alles in mir sträubte sich dagegen. Die Blockade war so hart, dass ich es nicht sein konnte. Nicht jetzt. Also beschloss ich, noch eine Weile mit dem Feuer zu spielen, während ich mich umzog und mich anschließend auf den Weg zu ihm machte.

Als ich zum dritten Mal in dem Privataufzug stand, der mich ins Penthouse brachte, schoss mir das Adrenalin in so hohen Dosen durch die Blutbahnen, dass es in meinen Ohren rauschte und sich Schweiß in meinem Nacken bildete. Ich war aufgeregt, weil ich mal wieder nicht wusste, was mich erwartete und der Aufenthalt in dieser beengten Box, in der es so still war, dass man seinen eigenen Atem hörte, machte es nicht besser. Als die Türen endlich aufglitten, war ich geschockt von dem, was ich sah. Statt von Partymusik wurde ich von leisem Klavierspiel begrüßt und überall dort, wo das letzte Mal Müll auf dem Boden gelegen hatte, standen jetzt Kerzen, die mir in dem abgedunkelten Foyer meinen Weg erhellten.

Während ich mich staunend umsah, kam Lennox hinter der Ecke des Raumteilers hervor. Er tippte noch schnell etwas in sein Handy, bevor er es in seiner Hosentasche verschwinden ließ und mir ein schüchternes Lächeln schenkte. Statt einem Anzug, an dessen Anblick ich mich mittlerweile so sehr gewöhnt hatte, trug er Jeans und ein weißes Longsleeve-Shirt. Beides wirkte auf mich in dieser Situation vertrauter, intimer.

»Was ist das hier?«, fragte ich ihn beeindruckt und deutete auf die vielen Kerzen.

Statt sich zu erklären, zwinkerte er mir nur zu. »Warte ab, bis du das Wohnzimmer siehst.«

Nachdem wir den Raumteiler umrundet hatten, verstand ich, was er meinte, und musste nach Luft schnappen.

Mir fehlten die Worte.

Auch das Wohnzimmer war vollkommen in Kerzenschein gehüllt. Auf dem Boden, auf dem Tisch, auf dem Sideboard, überall flackerten Teelichter oder Stumpenkerzen vor sich hin. Das Lichtermeer war aber nicht das Beeindruckendste im Raum. Lennox hatte eine Art Kino aufgebaut. Dort, wo gestern noch die große Couch und ein Couchtisch gestanden hatten, waren nun verschiedene Decken und zahlreiche Kissen auf dem Boden ausgelegt. An der Seite standen auf einem niedrigen Beistelltisch Getränke und Schalen voller Snacks. Die Plätze waren auf eine große Leinwand ausgerichtet, die vor der Fensterfront von der Decke gelassen worden war. Noch war darauf nichts zu sehen, aber der Sonnenuntergang, der dahinter die New Yorker Skyline in ein tiefes Orange färbte, war fast so spektakulär wie dieses Ensemble.

Auf der Suche nach einer Erklärung für die Szene, die sich mir bot, wandte ich mich zu meinem Date um, das mich bereits abwartend anschaute.

»Ich weiß, ich habe viel wieder gut zu machen. Deswegen dachte ich, ich fange mit dieser Überraschung an.«

»Hast du das alles allein organisiert?«

»Ich hatte Hilfe.« Er zwinkerte mir zu, bevor wir auf den Decken und Kissen Platz nahmen. Ich konnte währenddessen nicht aufhören, mich umzuschauen, weil es für mich so ungewohnt war, die Wohnung in einem top-aufgeräumten Zustand zu sehen.

»Ich wollte etwas Besonderes für unser erstes Date«, erklärte

Lennox und beobachtete mich dabei genau. »Aber mir ist aufgefallen, dass du es nicht magst, im Zentrum der Aufmerksamkeit zu stehen. Deswegen habe ich mich gegen ein teures Nobel-Restaurant entschieden. Hier sind wir für uns.«

Es war perfekt – eigentlich schon ein Stück zu perfekt. Ich befand mich in einer Blase voller Glückseligkeit, bis ...

»Außerdem wollte ich gern in Ruhe mit dir über etwas reden.«

Dieser Satz brachte die Blase zum Platzen. Ich erstarrte und hielt den Blick auf die Decke unter mir gerichtet, weil ich mich nicht traute, in seine Augen zu schauen.

»Worüber?«

Anstatt mir zu antworten, deutete er zunächst stumm zum Tisch und bot mir so Getränke und Essen an. Ich schüttelte den Kopf. Das war jetzt das Letzte, an das ich denken konnte.

Als Lennox den Mund wieder öffnete, um etwas zu sagen, unterbrach ihn das Klingeln seines Handys. Er fischte es aus seiner Hosentasche und nahm den Anruf an.

»Lex, Mann, wo bist du?« Aarons Stimme war so laut, dass ich nicht mal lauschen musste, um ihn zu verstehen.

»Zu Hause.«

Es war offensichtlich, dass Lennox die Störung nervte.

Man hörte Tumult am anderen Ende der Leitung und es klang, als wäre der Rotschopf nicht allein. Mein Herz sackte mir in die Magengegend.

»Warum ist dann der Aufzug gesperrt?«

»Mann, lass uns rein«, brüllte in dem Moment eine andere Stimme ins Telefon. Tristan.

Klasse.

Ich biss mir hart auf die Lippe, um die Enttäuschung darüber, dass der Abend jetzt wohl gelaufen war, im Zaum zu halten. Lennox' Blick ausweichend, war ich kurz davor, freiwillig das Feld zu räumen. Doch bevor ich aufstehen konnte, umfasste er sanft mein Kinn und hielt meinen Kopf fest, sodass ich ihn anschauen musste. Der harte Ausdruck seiner Augen ließ mich wissen, dass ich dort bleiben sollte, wo ich war.

»Heute nicht, Jungs«, ließ er seine Freunde am Telefon wissen.

»Warum? Hast du andere Pläne?«

»Ja.«

»Was machst du?«, fragte Tristan neugierig nach, bevor Aaron ihm ins Wort fiel.

»Frag besser, mit wem er was macht.«

»Ich leg jetzt auf«, kündigte Lennox an. Seine Freunde protestieren lautstark und doch nahm er das Handy vom Ohr und trennte die Verbindung.

»Du hättest das nicht tun müssen. Wir hätten unser Date auch verschieben können.«

»Diese Idioten werden auch mal einen Abend ohne mich auskommen.« Dann räusperte er sich. »Über was ich mit dir reden wollte ... Ich war mir bisher nicht sicher, ob ich dich darauf ansprechen soll und ehrlich gesagt habe ich auch gewartet, ob du mir selbst davon erzählst.«

Oh nein.

Kälte erfasste mich, kroch mir unter die Haut und bahnte sich ihren Weg zu meinem hämmernden Herzen. In mir stieg Panik auf. Lennox hatte mein Geheimnis herausgefunden. So viel zu meinem Plan, noch ein bisschen mit dem Feuer zu spielen und abzuwarten. Er verpuffte in dieser Sekunde und zurück blieb nur Rauch.

»Seit wann weißt du es?« Die Frage kam mir gerade so über die Lippen.

»Vor ein paar Tagen habe ich für die Liste der Influencer ein wenig im Internet recherchiert und bin dabei doch auf diesen Onlineartikel gestoßen.« Er hielt kurz inne, als er meinen Gesichtsausdruck bemerkte. »Du siehst aus, als hättest du einen Geist gesehen. Warum überrascht dich das so? Ich meine, deine Vergangenheit ist überall im Internet zu finden.«

»Was?«, entfuhr es mir geschockt.

Sofort zückte ich mein Handy, um das zu überprüfen, hatte aber Mühe, meinen Namen zu googeln. Dass ich gerade das Atmen nicht vergaß, war einzig und allein dem Reflex zu verdanken. Mein Körper arbeitete auf Autopilot und ich spürte nicht mehr viel außer Angst, dass nun jeder im Internet über meine Krankheit lesen konnte.

»Warte, hey, warte kurz«, versuchte Lennox mich zu beruhigen. »Was geht hier vor sich? Warum reagierst du so panisch?«

»Wenn dein größtes und schlimmstes Geheimnis überall breitgetreten wird, wie würdest du dann reagieren?«, fuhr ich ihn mit schneidender Stimme an.

Unter die Panik hatte sich nun auch Frustration gemischt, weil ich dank dem Zittern meiner Hände einfach nicht die richtigen Tasten traf. Lennox bekam diese tödliche Kombination zu spüren, dabei konnte er nichts dafür.

Auf einmal schnellte seine Hand nach vorn und entzog mir mein Smartphone. Fassungslos hob ich den Kopf und sah ihn an. »Was soll das?«

»Irgendetwas stimmt hier nicht. Du reagierst so, als hätte ich herausgefunden, dass du jemanden umgebracht hast. Sieh dich an, du zitterst am ganzen Körper.«

Er hatte recht. Selbst meine Zähne klapperten leise, bis ich sie hart zusammenbiss.

»Was verheimlichst du mir?«, fragte er hart und unnachgiebig.

»Ich denke, du weißt es.«

»Ich weiß von deiner ehemaligen Influencer-Karriere, aber das wäre kein Grund, so auszurasten. Da muss noch mehr dahinterstecken und du wirst mir jetzt davon erzählen!«

Mir wurde in diesem Moment klar, dass er nur meinen alten Instagram-Account entdeckt hatte. Doch dank seiner Aufforderung konnte ich nicht wirklich aufatmen.

»Bitte sei nicht sauer«, hauchte ich, als ich auf meine Hände sah.

»Sauer?« Er klang irritiert und umschloss sanft mit seiner Hand meine. »Warum sollte ich sauer sein? Ich möchte wissen, was mit dir los ist. Ich mache mir Sorgen.«

Meine Kehle zog sich so eng zusammen, dass ich kaum noch schlucken konnte. In mir baute sich ein Druck auf, der meine Augen zum Brennen brachte. Bevor ich den Mund öffnete, schluckte ich hart, aber davon kamen mir die Worte auch nicht einfacher über die Lippen.

»Ich habe Angst, dass du mich vielleicht nicht mehr magst, wenn du alles weißt.«

Und das war nicht ganz unbegründet, wenn ich an meine alten Freunde in London zurückdachte, die sich nicht mehr meldeten.

»Unmöglich. Das zwischen uns ist nichts, was einfach so verschwindet. Du weißt doch: All In. Vertrau mir.«

Er drückte meine Hand und in diesem Moment wurde mir klar, dass ich genau das tat. Ich vertraute ihm, aber das bedeutete nicht, dass meine Geschichte dadurch leichter zu erzählen war.

»Ich habe dir doch von meinem Vater erzählt. Erinnerst du dich?«

Lennox nickte.

»Als er ging, war ich noch zu jung, um mich an ihn zu erinnern, und meine Mum sprach nie mit mir über das Thema. Mit sechszehn wollte ich aber unbedingt wissen, wer er war und wo er sich aufhielt. Ich habe alles versucht, aber jede Recherche landete in einer Sackgasse. Selbst meine Geburtsurkunde war unauffindbar. Dann hatte meine damalige Freundin Poppy diese Schnapsidee. Warum nach ihm suchen, wenn ich mich auch finden lassen könnte? Ich erstellte mir ein Instagram-Profil. Ich war naiv, als ich dachte, wenn ich darauf mein Leben teile und so bekannter werde, dann wird mein Vater schon auf mich aufmerksam werden und Kontakt aufnehmen. Absolut kindisch, ich weiß.«

Hitze stieg mir in die Wangen. Das zuzugeben, fiel mir schwer.

Lennox lächelte milde. »Nein, du warst einfach nur verzweifelt.«

»Mein Onlinetagebuch, wenn man es so nennen will, wurde rasend schnell beliebt. Die Leute interessierten sich für mich, meine Outfits, mein Make-up, meine Shoppingtouren, die Partys.« Ich deutete mit einer Handbewegung an, dass sich diese Liste noch ewig weiterführen ließ. »Nach nicht einmal sechs Monaten hatte ich über zehntausend Follower. Es wurde mehr als nur das Posten von schönen Bildern oder Videos. Die ersten Kooperationsanfragen erreichten mich und innerhalb weniger Monate steckte ich all meine Freizeit in diesen Account. Du kannst es dir vielleicht nicht vorstellen, aber das war harte Arbeit neben der Schule oder Uni.«

»Ich weiß und es tut mir leid, falls ich dir das Gefühl gegeben habe, dass ich diese Arbeit nicht ernst nehme. Was ich allerdings nicht verstehe: Du brennst so sehr dafür, warum hast du das aufgegeben?«

»Weil nicht immer alles so perfekt ist, wie es auf den ersten Blick erscheint.« Ich biss mir auf die Unterlippe. »Sobald man etwas postet, muss man sich der Meinung von anderen stellen und vor allem auf Social Media haben Leute oftmals keine Hemmschwelle mehr. Manche wünschten mir sogar den Tod. Ich habe erlebt, wie die vermeintliche Anonymität Menschen zu Monstern werden lässt. Ich war jung. Was denkst du, was diese Kommentare mit mir gemacht haben?«

Lennox zog scharf die Luft ein und schüttelte mit dem Kopf, weil er darauf keine Antwort geben wollte.

»Ich wusste nicht, wie ich mit dem Hass umgehen sollte. Er wirkte wie Gift, das sich langsam in mir ausbreitete, bis es mein komplettes Hirn verseucht hatte. Zusätzlich kam der Druck, relevant bleiben zu müssen, um noch mehr Follower und Reichweite zu generieren. Irgendwann wuchs mir alles über den Kopf.«

»Hast du deswegen aufgegeben?«

»Hältst du mich für jemanden, der so schnell aufgibt?«

Meine Frage brachte ihn zum Schmunzeln, aber es wirkte traurig. Da war Mitleid in dem Ausdruck seiner Augen, das ich weder verdiente noch wollte. Ich hatte mich selbst in diese missliche Lage gebracht.

»Irgendwann lief alles aus dem Ruder. Immer mehr Meinungen prasselten auf mich ein und ich konnte es niemanden mehr recht machen. Ich hatte keine Kontrolle mehr.«

»Was hast du getan?«

»Das Gefühl des Kontrollverlusts hat mich auf das versteifen lassen, was ich noch kontrollieren konnte. Mich. Meinen Körper. Ich habe darauf geachtet, was ich aß. Es fing mit Saftkuren und Kalorienzählen an, dann habe ich für eine Kooperation Intervallfasten getestet. Ehe ich mich versah, wurde ich für meinen Gewichtsverlust mit Komplimenten aus dem Internet überschüttet. Endlich hatte ich anscheinend mal wieder etwas richtig gemacht und dieser Rausch an Glücksgefühlen machte süchtig. Ich wollte mehr von dieser Aufmerksamkeit, die ich nicht von dem Menschen bekam, von dem ich sie eigentlich brauchte.«

»Deinem Dad«, warf Lennox ein und ich nickte.

»Was ich nicht gemerkt habe, war, dass ich abhängig wurde. Ich dachte, ich wäre diszipliniert und ehrgeizig, aber es war lediglich der Anfang einer Essstörung.«

»Und das ist niemanden aufgefallen?«

»Nein, zunächst nicht. Man zeigt auf Social Media immer nur die Highlights, nie die Tiefpunkte und wenn doch, verpackt man selbst die in schönem Papier und bindet eine Schleife darum, damit niemand merkt, wie schlimm es tatsächlich ist.«

Es wirkte befreiend, darüber zu reden und Lennox alles zu erzählen. Seine Körpersprache hatte sich jedoch währenddessen verändert. Er war angespannt und Besorgnis stand ihm dick und fett ins Gesicht geschrieben.

»Irgendwann habe ich nicht mehr so einfach Gewicht verloren, weil auch nicht mehr viel da war. Aber ich habe nicht aufgehört, sondern zu härteren Mitteln gegriffen. Zum Beispiel tagelanges Hungern und häufiges Wiegen. Die Angst, wieder zuzunehmen, hat mich ständig begleitet.«

Jetzt raufte er sich verzweifelt die Haare. »Wie lange ging das so? Hat denn deine Familie nie etwas gesagt? Irgendeinem muss es doch aufgefallen sein.«

»Das war ein schleichender Prozess, der sich über mehrere Monate entwickelte. Als es auffiel, war es eigentlich schon zu spät. Ich wog nur noch knapp vierzig Kilo bei einer Größe von einem Meter achtundfünfzig und meine Mum flehte mich an, eine Therapie zu machen. Ich war dagegen und konnte keine Hilfe annehmen.«

»Wann und warum hast du deine Meinung geändert?«

Bei der bloßen Erinnerung an diese Nacht blühte in meiner Brust ein unfassbarer Schmerz auf. Er drohte mich zu übermannen, aber Lennox' Augen ließen mich weitersprechen.

»Als ich fast gestorben bin, wusste ich, dass ich so nicht mehr weitermachen kann.«

»Wollen wir noch was trinken?«

Nur mit Mühe verkniff ich mir ein Augenrollen. Hätte ich noch etwas trinken wollen, wäre ich im Club geblieben.

»Nein, Poppy, ich will jetzt schlafen.«

»Ach, komm schon, ein Drink mehr wird dich nicht umbringen.«

Ich hatte aufgehört, mitzuzählen, wie oft ich in den letzten fünfzehn Minuten, die wir nun schon bei mir zu Hause waren, erwähnt hatte, dass ich morgen früh raus musste und daher ins Bett wollte. Warum Poppy überhaupt noch mit zu mir gekommen war, war mir ein Rätsel. Sie hätte ruhig mit ihrem Freund in Alex' Club bleiben können.

»Komm schon. Für eine Story und dann kannst du auch schlafen gehen«, bettelte meine beste Freundin und hielt sich dabei die Hände wie bei einem Gebet vor der Brust. Dabei sah sie selbst so aus, als könnte sie eine Mütze Schlaf gut gebrauchen.

Am einfachsten war es wohl, den Weg des geringsten Widerstands zu gehen und nachzugeben. Ein Drink mehr oder weniger würde mich wirklich nicht umbringen und außerdem merkte ich, wie die Wirkung

*der Drogen nachließ und mein Hunger zurückkam. Betrunken war er
vielleicht besser zu ertragen, bis der Schlaf mich überkam.*

*»Okay«, gab ich nach. »Aber bereite du die Drinks zu. Ich muss
vorher auf die Toilette.«*

*Poppys Gesicht erstrahlte und sie klatschte begeistert in die Hän-
de, bevor sie sich gleich ans Mixen machte. Ich hatte keine Sorgen,
dass sie sich in der Küche meiner Mum nicht zurechtfinden würde,
schließlich war sie nicht zum ersten Mal zu Gast.*

*Trotz all der Differenzen der letzten Zeit musste ich daran denken,
wie lang ich meine beste Freundin schon kannte, als ich mich auf den
Weg zum Klo machte. Ich hörte sie mit Gläsern hantieren, als ich im
Flur an meinen gepackten Koffern vorbeiging. Morgen, gleich nach
dem Fotoshooting, würde es für die letzten zwei Semester zurück an
die Universität gehen. So froh ich war, dass Mum mich im Sommer in
meinem Elternhaus wohnen ließ, so erleichtert war ich auch, diesem
wieder zu entkommen, denn jedes Mal, wenn sie mich sah, versuchte
sie mir, eine Therapie aufzuschwatzen. Dabei hatte ich kein Problem
mit dem Essen, ich brauchte einfach nur meine Ruhe.*

*Als ich in die Küche zurückkam, hielt mir Poppy freudestrah-
lend meinen Lieblingsdrink, einen Dirty Martini, entgegen. Im Glas
schwamm sogar eine Olive an einem Zahnstocher. Dankend nahm
ich ihn ihr ab und machte ein Bild für eine Instagram-Story.*

*»Auf uns.« Ich hob meinen Drink zum Anstoßen. Poppy stieß mit
ihrem leicht dagegen. »Auf den Spaß.«*

*Dabei sahen wir uns in die Augen, aber ich hatte das Gefühl,
irgendetwas stimmte nicht mit ihr. Doch statt danach zu fragen, fisch-
te ich den Zahnstocher samt Olive aus dem Getränk, setzte mir das
Glas an die Lippen und trank. Die Mischung war stark und salzig.
Um den komischen Nachgeschmack loszuwerden, zog ich mit den
Zähnen die Olive von dem kleinen Holzstock, kaute und schluckte sie.*

»Ich gehe mich abschminken«, ließ ich Poppy wissen.

Kaum war ich allerdings im Bad, spürte ich plötzlich, wie mein

Puls nach oben schoss und mich Schwindel erfasste. Die Verän-
derung kam so abrupt, dass ich mich kaum auf den Beinen halten
konnte und mich am Waschbeckenrand abstützte. Mein Herz schlug
schmerzhaft schnell Mir war auf einmal so unfassbar heiß. Mein
Körper stand in Flammen, aber gleichzeitig trat kalter Schweiß auf
meine Stirn. Meine Sicht verschwamm und ich wurde panisch. Ich
brauchte Hilfe.

Irgendwie schaffte ich es aus dem Bad heraus, aber vor der Kü-
che gab meine Kraft dann vollkommen auf und das Nächste, was ich
spürte, war der Boden unter mir.

»Ames?«

Irgendwo in der Ferne vernahm ich die Stimme meiner Mum.
Erleichterung überkam mich, dass sie da war, aber danach emp-
fand ich nur noch Leere und irgendwann wurde ich von Dunkelheit
eingehüllt.

Als ich wieder wach wurde, fühlte es sich an, wie das Auftauchen
aus den Tiefen eines Meeres. Schlagartig war da wieder Sauerstoff in
meiner Lunge, doch als ich die Augen aufriss, erkannte ich nur wei-
ßes Licht und schemenhafte Schatten. Ich wollte etwas sagen, wollte
mich bewegen, aber mein Körper gehorchte nicht. Er lag starr auf
irgendetwas Kaltem. Hilflosigkeit, weil ich mich nicht verständigen
konnte, brachte die Panik zurück. Um mich herum herrschte hekti-
sches Gewusel und Lärm aus piependen Tönen und Warnsignalen.
Jemand beugte sich über mich, aber ich erkannte die Gestalt nicht.
Vor meinen Augen war eine Art Filter, der die Umgebung trüb und
farblos wirken ließ. Leise Stimmen drangen an mein Ohr, aber ich
verstand nicht, was sie sagten. Mein Körper war wie eine tote Hülle,
in dem mein Bewusstsein gefangen war. Ich bekam vieles mit, aber
hatte keinerlei Verbindung zur Außenwelt. So musste es sich anfüh-
len, bei lebendigem Leib begraben zu sein, und tatsächlich hatte ich
das Gefühl, zu sterben. Später erfuhr ich, wie nah das an der Realität
gewesen war.

Kapitel 39

Lennox

Während ich Amely zuhörte, sah ich ihr an, dass sie tief in ihren Erinnerungen versunken war. Ihre glasigen Augen starrten ins Leere und in ihnen lag ein Ausdruck, der mir eine Gänsehaut bescherte. Sie litt, als würde sie diese Nacht ein zweites Mal durchleben, und ihr Schmerz war dabei so stark, dass sie ihn nicht mehr verbergen konnte.

Wie sehr ich es hasste, dass ich nichts für sie tun konnte. Dort, wo normalerweise mein Herz schlug, tat es gerade nur weh. Ich musste mich zusammenreißen, um mir nicht die Hand auf die Brust zu pressen, aber ich wollte ihr nicht offen zeigen, wie sehr es mich mitnahm. Ich wollte stark für sie sein.

So hatte ich mir den Abend definitiv nicht vorgestellt. Zwar wollte ich mehr über sie und ihre Vergangenheit erfahren, hätte aber niemals mit so einer Geschichte gerechnet. Die Vorstellung, sie wäre fast an einer Überdosis gestorben und wir hätten uns nie kennengelernt, nahm mir die Luft zum Atmen.

Amely rang nach Worten und ich wollte sie auf keinen Fall dazu drängen, weiterzusprechen. Ihre Hand lag in meiner und mit dem Daumen streichelte ich über ihren Handrücken, während meine Gefühle in mir tobten. Am liebsten hätte ich sie an mich gedrückt, bis es absolut nichts mehr zwischen uns gab. Nur in meinen Armen würde ich die Gewissheit haben, dass sie sicher war und es ihr gut ging.

»Als ich wieder richtig bei Bewusstsein war, erzählten mir die Ärzte, dass ich einen Herzstillstand gehabt hatte und man mich reanimieren musste. In meinem Blut fand man neben Alkohol einen ganzen Cocktail an Drogen, vor allem aber Methylamphetamin. Dabei hatte ich das gar nicht zu mir genommen.«

»Fuck! Wie kann das passieren?«

»Ich weiß es nicht.« Ihr Gesichtsausdruck verriet mir aber, dass das nicht die ganze Wahrheit war. »Danach war mir auf jeden Fall klar, dass ich alles tun würde, damit sich diese Nacht nie wieder wiederholt. Ich stimmte einer Therapie zu, lebte sechs Monate in einer Klinik und danach noch mal sechs Monate bei meiner Schwester, die Therapeutin ist.«

In meinem Kopf schwirrten so viele Fragen herum, aber ich stellte zunächst nur die, die für mich am wichtigsten war. »Bist du jetzt geheilt? Geht's dir gut?«

Amely schüttelte langsam und mit einer traurigen Miene den Kopf. »Ich wünschte, ich könnte ja sagen. Es ist aber nicht so einfach, eine Krankheit wie eine Essstörung zu heilen. Mein Kopf macht meinen Körper krank und ich kann nicht einfach irgendwelche Medikamente nehmen. Es gibt kein Wundermittel, das dabei hilft, dass ich nicht denke, ich wäre zu dick, um geliebt zu werden.«

»Du bist –«, begann ich, aber sie unterbrach mich sofort.

»Mir zu sagen, dass ich Schwachsinn rede oder denke, hilft übrigens auch nicht. Damit programmierst du meinen Kopf auch nicht neu, also spar dir die Worte, auch wenn es nett gemeint ist.«

Ich nickte und hielt den Mund. Sie hatte recht.

»Es tut mir leid«, flüsterte sie dann und schockte mich damit fast noch mehr als mit ihrer Beichte.

»Warum sagst du das? Es muss dir nicht leidtun. Nichts davon muss dir leidtun.«

»Du meintest, du wärst All In, aber das war, bevor du wusstest, auf was du dich einlässt. Du hattest keine Ahnung, was für Dämonen ich mit mir herumtrage. Wenn du also nichts mehr mit mir zu tun haben willst, dann ist das nur fair.«

Sofort nahm ich ihr Gesicht vorsichtig zwischen meine Hände und blickte auf sie hinab. »Hör auf damit! Ich habe gesagt, dass ich All In bin, weil ich mich in dich verliebt habe, so wie du jetzt bist. So wie ich dich kennengelernt habe. Es ist mir egal, was für eine Person du früher warst. Was für Fehler du gemacht hast. Wir haben alle eine Vergangenheit.«

Während ich sie ansah, machte es mir zum ersten Mal keine Angst mehr, in dem bodenlosen Schwarz ihrer Augen zu ertrinken. Die Dunkelheit beruhigte mich und ich stellte fest, dass all ihre Fehler und Makel mich sogar anzogen. Sie war anders, nicht nur durch ihren Charakter oder ihre Stärke, sondern weil ihre Ecken und Kanten perfekt zu meinen passten. Als wären wir zwei Hälften eines Ganzen, das in einem früheren Leben auseinandergebrochen war. Jetzt hatte ich sie wiedergefunden und würde sie nie mehr gehen lassen.

»Du hast dich in mich verliebt?«, fragte Bambi und der fassungslose Ton in ihrer Stimme brachte mich zum Schmunzeln.

»Na ja, ist das nicht verdammt offensichtlich?«

Statt darauf zu antworten, senkte sie den Blick, sodass ich ihre dichten Wimpern bewundern konnte.

Eine Sache musste ich aber noch wissen. »Das, was Madeline damals beim Sommerfest zu dir gesagt hat, hatte etwas mit deinem Körper zu tun, oder?«

Ihre Lider flatterten nervös. »Sie weiß nichts von meiner Krankheit, aber sie wollte mich verletzen. Und ich bin ein einziges Minenfeld, was Unsicherheiten angeht. Es ist nicht schwer, eine Schwachstelle zu treffen. Ich meine, ich mache Fortschritte, aber ich bezweifle, dass ich mich je gut genug in meinem Körper fühlen werde.«

»Gut genug für wen?«

Es klang so, als würde sie sich mit den Maßstäben anderer messen, doch sie überraschte mich mit ihrer Antwort.

»Für mich.«

Es war eine Schande, dass sie sich nicht durch meine Augen sehen konnte. Dass sie nicht sah, wie verdammt perfekt sie war. Dass sie gut und vielleicht sogar ein bisschen zu gut für mich war, weil ich sie absolut nicht verdient hatte.

»Ich würde dir so gern helfen wollen«, sprach ich meine Gedanken laut aus.

»Weil ich krank bin?«

»Nein, weil ich will, dass es dir gut geht.« Plötzlich hatte ich eine Idee. »Vertraust du mir?«

Es vergingen genau sieben Sekunden – ich zählte mit –, dann hauchte sie: »Ja.«

»Gut, dann komm mit.«

»Was? Wohin?« Amely war überrumpelt. Sie deutete auf die Leinwand. »Aber ... was ist mit dem Film?«

»Scheiß auf den Film!«

»Und die Kerzen?«

»Es wird schon nichts passieren. Jetzt komm mit.«

Ich richtete mich auf und hielt ihr meine ausgestreckte Hand hin. Es dauerte einen Atemzug lang, bis sie wortlos ihre weiche Hand in meine schob.

Kapitel 40

Amely

Wir gingen die gläserne Treppe hinauf und einen kurzen Flur entlang, bis wir vor einer mattschwarzen Zimmertür anhielten. Lennox deutete mir an, diese zu öffnen. Als ich seiner Aufforderung nachkam, entdeckte ich ein Schlafzimmer dahinter. *Sein* Schlafzimmer.

»Ähm, was hast du vor?«, fragte ich ihn skeptisch und zögerte, den Raum zu betreten.

Er grinste. »Das wirst du wohl erst erfahren, wenn du dich traust, reinzugehen.«

»Ich werde nicht mit dir schlafen.« Meine Gedanken purzelten nur so aus meinem Mund und sofort schoss mir das Blut in die Wangen.

Lennox' Grinsen wurde noch breiter. »Das ist wirklich sehr sehr schade.« Seine tiefe, raue Stimme fuhr mir über die Haut und hinterließ eine Gänsehaut, als er einen Schritt auf mich zukam. »Aber das war auch nicht mein Ziel. Also, was ist nun? Muss ich dich über die Schwelle tragen?«

Ich verdrehte die Augen. Das war nicht sein Ernst, oder?

Anscheinend doch, denn als ich mich nicht bewegte, legten sich starke Arme um Taille und Oberschenkel und entrissen mir binnen von Sekunden den Boden unter den Füßen. Voller Angst zu fallen, krallte ich mich an seinen Schultern fest. Lennox drückte mich an seine Brust und lächelte mich an, trat über die Schwelle und kickte die Tür hinter sich zu.

»Sollte ich mich daran gewöhnen, dass du mich fortan auf Händen tragen wirst?«

Seine Antwort war lediglich ein Zwinkern und mir wurde warm, vor allem im Bauch.

Als er mich wieder runterließ, bereute ich meine Entscheidung, nicht mit ihm schlafen zu wollen, für einen kurzen Moment, denn unter meinen Händen spürte ich die Kontraktionen seiner harten Muskeln. Plötzlich wollte ich ihn nicht mehr loslassen, sondern viel lieber meine Finger unter sein Shirt schieben und seinen Körper genauer erkunden. Ich bemerkte, wohin meine Gedanken abdrifteten und biss mir leicht auf die Unterlippe. Meine Hormone stiegen mir zu Kopf und ich gab dem Mann vor mir die Schuld.

»Wenn du nicht mit mir schlafen willst, was machen wir dann in deinem Schlafzimmer?«

»Es ist der einzige Raum in der Wohnung, der so etwas hier hat.«

Lennox drehte mich um und dann starrte ich geradewegs in meine eigenen Augen. Vor mir hing ein Spiegel, der die komplette Wand einnahm und den in Grautönen gehaltenen Raum optisch vergrößerte. In ihm erkannte ich das breite, graue Boxspringbett mit den zwei schwarzen Nachttischschränken, den großen dunkelgrauen Einbaukleiderschrank und den flauschigen Teppich unter dem Bett, aber eigentlich starrte ich nur das Spiegelbild von Lennox und mir an. Er hatte sich schräg hinter mir positioniert und verfolgte jede meiner Regungen aufmerksam.

Je länger ich mich selbst anstarrte, desto mehr bekam ich das vertraute Gefühl des Unwohlseins, so als würde ich nicht mehr in meine Haut passen, weil ich wuchs und immer breiter wurde. Als ich es nicht mehr aushielt und mich abwenden wollte, hielt mich Lennox an der Hüfte fest. Erst jetzt bemerkte ich, dass er näher gekommen war und spürte seinen Körper an meinem. Es war, als würde er mir Halt geben wollen. Allerdings hatte ich so auch keine andere Wahl, als in den Spiegel zu schauen.

»Was denkst du gerade?«, fragte er leise, während sich sein Griff an meiner Hüfte verstärkte.

Ich schüttelte den Kopf. »Das willst du nicht wissen. Es ist nichts Schönes.«

»Okay, dann sag mir, was du siehst. Ich will dich nur einmal durch deine Augen sehen, bevor ich dir dieses falsche Bild zerstöre.«

Meine Augenbrauen schossen fragend in die Höhe.

»Mach, was ich dir sage«, drängte er in einem dominanten Ton, den ich nicht von ihm gewohnt war, aber gegen den ich auch nichts einzuwenden hatte. Gerade fühlte ich mich vollkommen verloren und dass er Sicherheit und Kontrolle ausstrahlte, beruhigte mich irgendwie.

Mit einem tiefen Atemzug ließ ich langsam meine Augen von unten nach oben über meinen Körper wandern. Mein Blick streifte meine Beine, die in einer blauen, an den Knien zerrissenen Jeans steckten, verweilte einen Moment auf meinen Oberschenkel, bis er zu dem weiten, schwarzen Top glitt, das ich trug. Darüber hatte ich einen dünnen, grauen Cardigan gezogen. In mir tobte ein Kampf aus Gedanken, der einem Gut gegen Böse oder Engelchen versus Teufelchen glich, wobei die negativen Stimmen immer lauter wurden und ich mich immer schwächer fühlte.

»Ich kann das nicht«, flüsterte ich, der Schmerz in der Stimme war nicht zu überhören.

»Vertrau mir, ich werde dafür sorgen, dass das aufhört. Dass du dich gut fühlst.«

Meine Augen weiteten sich bei seinem Versprechen. Seine Hände verließen meine Hüfte und strichen meine Arme bis zu den Schultern hinauf.

»Was hast du vor?«, fragte ich zum gefühlt hundertsten Mal an diesem Abend.

»Ich kann sehen, wie sehr du dich hasst, wenn du in den Spiegel schaust, und es bricht mir das Herz. Ich werde dir jetzt aufzählen, was ich alles an dir und deinem Körper mag, angefangen bei diesen zarten Schultern, auf denen viel zu viel Ballast liegt.«

Er strich mir während des Redens langsam den Cardigan von den Schultern und ich bekam eine Gänsehaut, als seine Finger dabei meine nackte Haut berührten.

Das Kleidungsstück landete auf dem Boden hinter uns und mir wurde bewusst, wie entblößt ich mich schon allein ohne dieses Stück Stoff fühlte. Ich versuchte, meine Arme zu verschränken und mich so irgendwie zu verstecken, aber Lennox erkannte meine Intention.

»Oh nein, du musst dich nicht verstecken, nicht vor mir. Ich will alles von dir sehen.«

Damit riss er sämtliche Grenzen ein, die ich mir in den letzten Wochen mühevoll um mich herum errichtet hatte, um ihn fernzuhalten. Zusätzlich machte es mir auch dieses verdammte Knistern, das immer dann auftauchte, wenn er und ich uns annäherten, schwer, mich nicht auf ihn einzulassen.

»Seit du mir gegenübersitzt, kann ich nichts anderes mehr sehen als dich. Diese Augen treiben mich in den Wahnsinn und in Kombination mit deinem Mund, der mich dank einer scharfen Zunge immer wieder zurechtweist, hast du mich um den Finger gewickelt, wie noch nie jemand zuvor. Ich bin dir absolut verfallen.«

Lennox legte den Kopf schief und begann, zarte Küsse auf meinen Nacken und Hals zu hauchen. Sein Bartschatten kratzte an meiner sensiblen Haut und ließ mich erschaudern. Mit sanftem Griff umfasste er schließlich mein Kinn und drehte meinen Kopf zur Seite, um mich zu küssen.

Mein Puls schoss in die Höhe, als sich seine Lippen auf meine legten. Ich war Wachs in seinen Händen und sofort verschmolzen wir miteinander. Erst in diesem Moment wurde mir bewusst, dass sich Lennox nie so anfühlte, als wäre er jemand, den ich gerade erst kennengelernt hatte. Er war viel mehr wie ein verloren gegangener Teil von mir, den ich endlich wiedergefunden hatte und das brachte mich dazu, an Seelenverwandtschaft zu glauben. Und als seine Zähne an meinen Lippen nagten, merkte ich, wie sehr ich ihn brauchte. Er war der Sauerstoff in meiner Lunge, die Leichtigkeit zu meiner Schwere und wenn ich schwach war, schien er stark genug für uns beide.

»Niemand ist perfekt, Bambi«, flüsterte Lennox, als er sich von mir löste. Dann trat er um mich herum und zog sich mit fließenden Bewegungen sein Shirt über den Kopf.

Ich wollte atmen, ich wollte schlucken, aber als er mit nacktem Oberkörper vor mir stand, hatte ich scheinbar vergessen, wie beides ging. Von seiner ebenmäßigen Haut, unter der sich die Muskeln abzeichneten, ging eine unheimliche Hitze aus.

»Ich dachte, niemand ist perfekt«, murmelte ich vor mich hin, als mein Blick an ihm herab wanderte, bis er auf das Tattoo traf.

»Du musst nur genauer hinsehen, dann siehst du meine Fehler. Hier –« Er deutete auf eine kleine Narbe am unteren Bauchraum, die mir erst jetzt auffiel. »Blinddarm-OP mit sechzehn. Oder hier –« Diesmal zeigte er mit seinem Finger auf seine linke Schulter. Dort prangte ebenfalls eine Narbe. Diese war größer. »Sportverletzung mit anschließender OP.«

Als er seine Narben als Fehler bezeichnete, begriff ich, wie es ihm mit meinem Körper gehen musste. Mich störten seine Makel nicht, im Gegenteil. Sie gehörten zu ihm.

»Was ist das für ein Tattoo?«, fragte ich, während ich meine Finger über die schwarze Tinte unter der Haut fahren ließ.

Lennox zuckte kurz zusammen, bevor er scharf einatmete und antwortete: »Ein Phönix. Er zeigt mir, dass, selbst wenn alles in Schutt und Asche liegt, man immer wieder aus Ruinen auferstehen kann.«

Gott, konnte dieser Mann eigentlich noch perfekter für mich gemacht sein? Es war unmöglich.

Seine Hände umfassten meine Hüfte, als er raunte: »Ich denke, ich sollte diesen Körper, den du selbst so sehr hasst, verehren. Weißt du auch warum, Bambi?«

In der kurzen Pause, in der er seine Frage wirken ließ, fuhren seine Fingerspitzen langsam unter mein Top und zum Bund meiner

Jeans. Seine Berührungen waren wie kleine Feuerwerke, die auf meiner Haut explodierten. Ich schloss die Augen, als die Empfindungen fast zu viel für mich wurden, und legte den Kopf in den Nacken.

»Weil du mich damit in die Knie zwingst.«

Bevor ich wusste, was er vorhatte und protestieren konnte, öffnete er mit flinken Fingern meine Hose, ließ sich vor mir auf den Boden fallen und zog das Kleidungsstück gleich mit nach unten.

Überrascht riss ich die Augen auf und sah zu ihm hinab. Dabei erkannte ich etwas Weißes, Viereckiges auf seinem rechten Schulterblatt, das mich augenblicklich ablenkte. Es sah aus wie ein Pflaster. War er etwa verletzt?

»Was hast du da?«

Er wusste, was ich meinte, als ich mit dem Zeigefinger das weiße Quadrat nachfuhr.

»Das ist ein Nikotinpflaster. Ich will aufhören, aber einen kalten Entzug kriege ich nicht hin.«

Viel Zeit gab er mir nicht, über das Gesagte nachzudenken, bevor sich sein Zeige- und Mittelfinger in den Saum meines Höschens hakten.

»Ich will nicht, dass du dich schlecht fühlst, wenn du vor einem Spiegel stehst. Also werde ich dafür sorgen, dass du fortan nur noch an mich denkst, wann immer du dein Spiegelbild siehst. Ich will, dass du dich daran erinnerst, wie gut das Gefühl ist, dass ich gleich auslösen werde, und ich will, dass du dir selbst dabei zusiehst, wie du kommst.«

In meinem Schoß zog sich alles zusammen, als seine Worte einen Flächenbrand in mir entfachten. Ich dachte nicht mal daran, ihm zu widersprechen, weil ich das wollte, was er mir anbot. Ich wollte ihn und noch so viel mehr.

Im Spiegel gegenüber bemerkte ich, dass ich genauso aussah, wie ich mich fühlte – vollkommen erregt. Meine Lider hatte ich vor Lust halb gesenkt, meine Wangen waren gerötet und mein Mund stand einen Spalt offen, durch den ich flach atmete.

Plötzlich spürte ich einen Ruck, ehe ich hörte, wie Stoff riss.

»Hast du gerade –?«, begann ich und entdeckte dann die Fetzen meines roten Spitzenslips, die Lennox achtlos neben sich auf den Boden fallen ließ.

»So fucking perfekt«, hörte ich ihn murmeln, bevor er zu mir aufsah. »Keine Sorge, ich ersetze dir das gute Stück mit jeder Menge Fummel, deren bloßer Anblick mich schon um den Verstand bringen werden.«

Kaum hatte er ausgesprochen, lag sein Mund schon auf mir und ich stieß bei dem plötzlichen Kontakt einen spitzen Aufschrei aus. Erregung durchzuckte mich wie ein Blitz, den ich bis in den letzten Winkel meines Körpers spürte. Innerhalb weniger Sekunden war ich bereit zu explodieren, aber so schnell das Hoch auch in greifbare Nähe rückte, so schnell war es wieder verschwunden, als er sich von mir löste.

»Fuck, Bambi, du bist ein verfluchtes Fünf-Gänge-Menü.«

»Mach weiter«, forderte ich ihn mit bettelndem Unterton auf.

Zunächst war ein Grinsen seine einzige Reaktion, bevor er auf meine empfindlichste Stelle blies. Meine Feuchtigkeit verwandelte seinen Atem in einen Kältehauch, der für meinen in Flammen stehenden Körper eine fast schon schmerzhafte Abkühlung war.

»Sag bitte.«

Wäre ich nicht so verdammt scharf auf ihn gewesen, hätte ich mich geweigert, seinem dominanten Tonfall Folge zu leisten, aber in meinem aktuellen Zustand brachte ich schnell ein »Bitte« zwischen meinen zusammengebissenen Zähnen hervor.

Mit einer Hand hob er am Schenkel mein Bein nach oben, um es sich über die Schulter zu legen. So hatte er nicht nur ungehinderten Zugang zu mir, sondern auch die Kontrolle und irgendetwas sagte mir, dass ihm das richtig gut gefiel.

Ich stützte mich am Spiegel hinter ihm ab und merkte, wie seine

Haut unter meinem nackten Bein noch mehr glühte als meine eigene. Wir brannten beide, aber zusammen waren wir kein Feuer mehr, sondern ein verdammtes Inferno.

»Schau mich an«, forderte er und ich nutzte die Chance, mich zu revanchieren und mir etwas Kontrolle zurückzuholen.

»Sag bitte.« Frech grinsend hielt ich den Blick meines Spiegelbildes und ignorierte ihn.

»Du überschätzt deine Situation, Bambi. Ich muss dich nicht bitten, wenn ich auch einfach das machen kann.«

Mit einem Mal schloss sich sein Mund wieder um meine pulsierende Mitte und begann dieses Mal sofort, leicht daran zu saugen. Ich zog zischend die Luft ein und, ohne dass ich es verhindern konnte, flogen meine Augen zu ihm und der Stelle, an der wir verbunden waren. Als er erkannte, dass er seinen Willen bekommen hatte, zwinkerte er mir frech zu.

Seine Zunge begann, mich zu umkreisen und die Lust, die mich daraufhin innerlich zu zerreißen drohte, entriss mir die Kontrolle über meinen Körper. Meine Knie knickten ein und für einen kurzen Augenblick verlor ich das Gleichgewicht. Panisch klammerte ich mich am Spiegel fest, während meine andere Hand Halt in seinen Haaren suchte.

»Oh mein Gott. Hör nicht auf.«

Ich wusste, dass Worte meinen Mund verließen, aber ich hatte keine Ahnung, was ich wirklich von mir gab. Meine Stimme war zudem kaum lauter als ein Flüstern, sodass ich nicht mal sicher war, dass er mich hörte.

Als Lennox sich zurückzog, musste ich mir ein Wimmern verkneifen. Mein ganzer Körper stand unter Strom und ich brauchte die Erlösung, auf die ich vor ein paar Sekunden noch mit jedem Zungenschlag hin gefiebert hatte.

»Gott?« Mit einem Grinsen auf den Lippen sah er zu mir auf. »Nein, Bambi, Gott lässt dich das gerade nicht fühlen. Hast du etwa schon vergessen, wie ich heiße?«

Mir war klar, dass er nur hören wollte, wie ich seinen Namen stöhnte, aber ich wäre nicht ich, wenn ich ihm seinen Wunsch sofort erfüllt hatte.

»Ian?«, neckte ich ihn, wohlwissend, dass ich einen wunden Punkt traf.

Augenblicklich veränderte sich seine Miene. Das Grinsen verschwand und wurde durch einen eindringlichen, wütenden Blick ersetzt. In seinen Augen las man klar die Eifersucht, die er dieses Mal auch gar nicht verstecken wollte. Ein tiefes Knurren kam aus seiner Kehle, gefolgt von einem schnellen, kräftigen Schlag auf meinen Hintern. Es tat nicht weh, war weniger ein Schmerz als vielmehr ein angenehmes Prickeln.

»Lass uns eins klarstellen, Amely. Ich bin nicht der Typ, der teilt. Wenn ich etwas anlecke, gehört es mir. Du bist mein, verstanden? Und wehe, ich bekomme mit, dass dieser Idiot dich so berührt, wie ich es gerade tue.«

Als müsste er mir beweisen, dass er es ernst meinte, war sein Mund plötzlich wieder auf mir, nur drängender, wilder. Er erhörte den Druck und auf der Stelle war das Gefühl des Kontrollverlusts zurück. Ich krallte mich an ihm fest, während mein Kopf in den Nacken fiel und ich mit einem Stöhnen meine Augen schloss.

Lennox nahm seine Hand dazu und schob gleich zwei Finger in mich. Da mein letztes Mal schon eine ganze Weile zurücklag, schnappte ich überrascht nach Luft und brauchte einen Moment, um mich an das Gefühl zu gewöhnen. Er bemerkte das und gab mir Zeit, bevor er sich in mir bewegte. Überhaupt wusste er ganz genau, wo und wie er mich berühren, streicheln und lecken musste, um mich in rasender Geschwindigkeit auf meinen Höhepunkt zusteuern zu lassen. Es war, als würde er meinen Körper bereits jetzt schon besser kennen als ich ihn selbst.

Kaum hatte er einen unerbittlichen Rhythmus gefunden, in dem er mich leckte und gleichzeitig seine Finger bewegte, entwickelte meine Hüfte einen eigenen Willen. Mein Becken schob sich ihm entgegen, um die Reibung zu erhöhen und als ich bei einem sanften Knabbern auch noch seine Zähne spürte, gab mir das den Rest.

Ein letzter Blick in den Spiegel und ich ließ los. Mein Körper explodierte, bis vor meinen Augen Sterne tanzten. All die angestaute Energie, all die aufgesparten Gefühle wurden in dieser Sekunde freigesetzt und verpufften einfach. Meine Sinne waren benebelt und mein Herz pumpte statt Blut pure Lust in Wellen durch mich hindurch. Mein Orgasmus war so heftig, dass ich schwor, auf einmal Farben schmecken und Geräusche sehen zu können, und ich hatte keine andere Wahl, als mich den Empfindungen hinzugeben.

Lennox hörte nicht auf, kostete jede Welle meiner Ekstase aus und überreizte mich. Seine Finger der linken Hand gruben sich dabei in meine Hüfte, als könnte er nicht genug von mir bekommen. Das Gefühl, ins Bodenlose zu fallen, brachte mich dazu, mich noch fester an ihn zu krallen, was ihm ein Zischen entlockte. Als ich ihn ansah, leuchteten seine Augen voller Lust, aber ich erkannte zudem noch ein anderes Gefühl, dessen Intensität mir die Luft abschnürte.

Erst als ich seinen Namen stöhnte, ließ er von mir ab.

»Du bist so wahnsinnig schön«, raunte er und sah mir dann weiter beim Verbrennen zu. Er hielt mich, bis das Feuer erloschen war und nichts weiter als Glut übrig blieb.

Als die Wellen meines Hochs abebbten, warf ich der Reflexion hinter uns einen kurzen Blick zu. Lennox hatte sein Ziel erreicht. Ein Spiegel würde für mich nie wieder nur ein Spiegel sein und der Blick hinein würde fortan ganz andere Erinnerungen in mir hervorrufen.

Kapitel 41

Lennox

Mit der Faust hämmerte ich gegen die große, dunkelgraue Metallschiebetür und wartete. Es dauerte einen Moment, ehe das Knacken und Krächzen ertönte und sie zur Seite geschoben wurde. Dahinter tauchte meine Schwester auf und sah mich verwundert an.

»Lex? Was willst du denn hier?«

»Dich besuchen.«

Ivy wohnte in einer dieser teuren, ultrahippen Loft-Wohnungen in Brooklyn, die für ihre Rustikalität dank brauner Backsteinwände und offenem Grundriss bekannt waren. In dem gesamten Wohngebäude hatte man, Gott weiß warum, auf klassische Haustüren verzichtet und stattdessen Schiebetore eingebaut. Dass trotzdem niemand einbrach, verdankte meine Schwester nicht nur ihrem Portier, sondern der hochmodernen Sicherheitstechnik, die Aaron und ich bei ihrem Einzug installiert hatten. Ich wusste nicht, was sie an der Wohnung fand, aber ich schob mich trotzdem an ihr vorbei und betrat sie.

Schnell sah ich mich um. Mein letzter Besuch war ein paar Jahre her. Seitdem hatte sich nicht viel verändert. Ivys weiße, cleane und doch feminine Einrichtung sorgte für einen gemütlichen Charme und alles war wie immer in einem picobello aufgeräumten Zustand. Lediglich ein einziges Wäschestück, das auf dem Boden vor der Schlafzimmertür lag, stach heraus. Es war ein riesiger Berg aus pinkem, flauschigem Stoff. Was zum Teufel war das für ein Monstrum und wann trug Ivy so etwas?

Amüsiert drehte ich mich zu ihr, aber bevor ich etwas sagen konnte, kam sie mir zuvor. »Ich kann mich nicht daran erinnern, wann du mich das letzte Mal freiwillig besucht hast, also sag mir einfach, was du willst.«

Der Grund, warum ich hier war, holte mich ein und mein Grinsen verblasste. Ich sah meiner Schwester direkt in die blauen Augen. »Wusstest du davon?«

Ivy seufzte genervt auf. »Ich weiß vieles. Wovon genau sprichst du?«

Sie wandte sich um und drückte das quietschende Blech, das sie als Haustür bezeichnete, wieder zu.

»Von Amely.«

Meine Stimme übertönte den Lärm und dass sie mich verstanden hatte, erkannte ich daran, dass sie kurz stockte und ihr Körper verkrampfte, ehe sie mit all ihrer Kraft die Tür weiter ins Schloss schob.

»Du weißt von ihrem alten Leben als Influencerin?«

Es war lediglich eine Vermutung gewesen, aber als sie mich wieder ansah, sprach ihr Ausdruck Bände. Das Nicken, was folgte, war überflüssig.

»Und du weißt von ihrer Krankheit?«, riet ich weiter.

»Ja.« Ihre Stimme war nicht mehr als ein Hauch. »Und du jetzt anscheinend auch.«

Nun war ich derjenige, der nickte.

Sie sah mich abschätzig an. »Hat sie es dir wenigstens selbst gesagt oder hast du es gegen ihren Willen herausgefunden?«

»Sie hat mir davon erzählt.«

Ivy dachte über etwas nach, bevor sie die rechte Augenbraue hob. »Okay, war das alles, was du wissen wolltest?«

Nein, das war nicht alles. Ich musste reden und das nicht mit irgendjemanden.

»Ivy, ich brauche dich, okay? Können wir bitte miteinander sprechen, denn —« Der Rest des Geständnisses blieb mir im Hals stecken. Ich stöhnte auf, verdeckte mit den Händen mein Gesicht und schwankte in Richtung Couch, um mich darauf fallen zu lassen.

»Klar, setz dich einfach«, kommentierte Ivy trocken, ehe sie es mir gleichtat.

»Das mit Amely nimmt mich mehr mit, als ich zugeben will«, gestand ich leise und legte meinen Kopf in den Nacken, um an die Decke zu starren. So sah ich wenigstens Ivys Reaktion nicht, während ich innerlich gegen den Wunsch kämpfte, jetzt eine rauchen zu wollen.

»Warum? Weil es ein Problem ist, das du nicht mit Geld lösen kannst?«

»Ivy, bitte.«

Zwischen uns breitete sich eine schwere Stille aus, in der keiner so richtig wusste, was er sagen sollte. Bevor es unangenehm wurde, probierte ich es mit der Wahrheit.

»Ich hatte solche Gefühle noch nie. Ich will ihr helfen, aber ich weiß nicht, wie.«

Das Gespräch mit Amely von vor ein paar Tagen ging mir nicht mehr aus dem Kopf. Das, was danach gefolgt war, auch nicht, aber das war eine andere Geschichte.

Ich hatte sie bisher nur einmal so schwach und verletzlich erlebt. Genau wie damals, in der Damentoilette in den Hamptons, hatte ich auch in meiner Wohnung ihren Schmerz gespürt, als wäre es mein eigener gewesen.

»Du kannst für sie da sein, wenn sie Hilfe möchte, aber aus Erfahrung weiß ich, dass sie nicht danach fragen wird«, meinte Ivy und tätschelte meine Schulter. Die Geste hatte etwas Beruhigendes.

»Das hilft mir nicht wirklich weiter.«

Meine Schwester lächelte. »Weißt du eigentlich, wie erleichtert ich bin, dich so zu sehen?«

Ich warf ihr einen Blick zu, der sie wissen ließ, dass ich sie für verrückt hielt. Sie war ernsthaft froh, mich so niedergeschlagen zu sehen?

»Zum ersten Mal seit Ewigkeiten dreht sich nicht mehr alles in deinem Leben um dich. Du kümmerst dich um eine andere Person und deren Gefühle. Dad hatte recht. Amely tut dir gut. Es war seine Idee gewesen, sie in das Büro gegenüber von dir zu setzen.«

Ich schnaubte. »Das hatte ich auch erst vermutet, aber dann hat er mir mehr als einmal deutlich gemacht, dass ich mich von ihr fernhalten soll.«

Was nicht mehr passieren wird. Es gab kein Zurück mehr – nicht nachdem, was vor dem Spiegel passiert war. Sie gehörte zu mir, ich zu ihr. Ende der Geschichte.

»Apropos, hast du schon mit ihm gesprochen?«, hakte Ivy nach und ich seufzte.

»Nein, er ist ja nicht zum Essen aufgetaucht.«

»Hör zu, Lex«, begann sie mit ernstem Ton und ich stellte mich auf eine Moralpredigt ein. »Ich weiß, dass Dad dich oft enttäuscht hat. Er war nicht immer fair dir gegenüber, aber es geht nicht mehr nur um dich. Du musst mit ihm reden, so schnell wie möglich, damit Amelys Praktikum nicht länger in Gefahr ist.«

»Ich würde nicht zulassen, dass man sie feuert«, warf ich energisch ein, worauf meine Schwester mit dem Kopf schüttelte.

»Regeln sind Regeln. Am Ende sind uns leider die Hände gebunden.«

Ich lehnte mich vor und stützte mich mit den Ellenbogen auf meinen Beinen ab, bevor ich mich räusperte und damit die Nervosität überspielte. »Danke, dass du noch nichts gesagt hast. Ich weiß, wie schwer dir das fällt, weil du so eng mit Dad bist.«

Sie zog die Augenbrauen zusammen und atmete tief ein. »Du hasst mich dafür, oder? Dass ich die Beziehung zu unserem Vater habe, die du dir wünschst.«

Wow, den Vorwurf hatte ich nicht kommen sehen.

»Nein, ich hasse dich nicht dafür«, beeilte ich mich zu sagen, ehe ich tief durchatmete und nebenbei meine Hände knetete. »Du kannst nichts dafür, dass es so ist, wie es ist.«

»Aber warum warst du dann seit Jahren so abweisend zu mir?«

Ich hatte unterschätzt, wie sehr es meine Schwester mitnahm, dass wir in der vergangenen Zeit kaum Kontakt gehabt hatten. Überrascht stellte ich fest, dass sich in ihren Augen Tränen sammelten.

»Sag mir, wann und warum ich meinen Bruder verloren habe, denn es tut verdammt noch mal weh.«

Ihre Worte schnitten tief. Tiefer als ich gedacht hatte. Ich hatte es versaut. Anders konnte man es nicht sagen. Zwar empfand ich keinen Hass für sie – das würde ich niemals können – aber ... Na ja, sie war die perfekte Zielscheibe für meinen Ärger gewesen. Ich hatte angenommen, dass sie sich mit ihm gegen mich verbündet hatte. Dass sie mich ebenfalls für einen Versager hielt, der nichts auf die Reihe bekam. Dass sie mich aufgrund ihrer Harvard-Zusage für weniger schlau hielt und dass sie dachte, sie wäre mir in allem überlegen. Jetzt wurde mir klar, dass ich falschlag.

Meine Schwester war eine der stärksten Personen, die ich kannte. Sie weinte nie vor anderen. Wenn sie also offen zeigte, dass sie kurz davor war, dann hatte ich wirklich einen riesengroßen Fehler gemacht.

»Was auch immer ich jetzt sage, wird nichts davon ungeschehen machen, aber ich würde es dir gern erklären.«

Es war an der Zeit, meine Karten offen auf den Tisch zu legen. Das war ich ihr schuldig.

»Weißt du, wie es war, ständig mit dir verglichen zu werden? Es war verdammt hart, Ivy. Du warst immer das Goldkind, der Maßstab, an dem ich gemessen wurde. Mich hat Dad als schwierig bezeichnet und das selbst nach meiner Zusage für die Dartmouth. Als ich dann aufs College gegangen bin, konnte ich nicht mehr. Ich war so müde davon.«

Ich schüttelte den Kopf, als ich mich daran erinnerte, in welcher Verfassung ich damals gewesen war. Gott sei Dank hatten mich Aaron, Damien und Tris auffangen können. Sie waren zu meiner zweiten Familie geworden.

»Ich war es leid und ich wollte mich nicht mehr so ungenügend, so falsch ... na ja, einfach nicht gut genug fühlen. Ich habe dicht gemacht, dich auf Abstand gehalten. Du hast nichts falsch gemacht, aber du warst immer bei Dad. Ihr wart zu zweit und ich stand allein auf der anderen Seite, zwischen uns eine Grenze, die ich nicht überqueren konnte. Wenn ich kalt und abweisend zu dir war, fiel es mir leichter, damit zu leben, aber das bedeutet nicht, dass ich dich nicht vermisst habe. Es tut mir leid, okay?«

»Nein.«

Jetzt liefen ihr die ersten Tränen die Wangen hinab und der Ausdruck in ihren Augen gab mir den Rest. Ivy war mein Zwilling, meine zweite Hälfte und ich konnte ihr Leid ebenso wenig ertragen wie das von Amely.

Ich wusste, dass sie es hasste, aber ich nahm sie einfach in den Arm und drückte sie fest an meine Brust. Sie wehrte sich kurz, aber fiel dann schnell in sich zusammen und begann zu schluchzen.

»Es ist nicht okay, dass du dich so gefühlt hast und mir nichts davon gesagt hast. Ich bin doch deine Schwester. Weißt du, wie oft ich dich als meinen Bruder in den letzten Jahren gebraucht hätte? Und du warst nicht da.«

Ich musste schlucken, als sie mir damit das Herz brach.

»Ich weiß«, gab ich ehrlich zu. In mehr als einer Situation war mir klar gewesen, dass es ihr nicht gut ging und ich hatte trotzdem einfach weggesehen. Ich war ein Arschloch gewesen.

»Du weißt gar nichts«, stieß sie hervor und wandte sich aus meinem Griff. Ich ließ sie los und wappnete mich innerlich davor, dass sie mich gleich hassen würde.

»Glaub mir, das tue ich. Ich weiß zum Beispiel von der Sache zwischen Damien, Madeline und dir.«

Ihre Augen weiteten sich. »Du weißt es? Und du hast nichts gesagt? Und dennoch zu deinem Freund gehalten?«

Da der Hauch ihrer Stimme schon enttäuscht klang, traute ich mich nicht, sie direkt anzusehen. Ich räusperte mich, bevor ich den Kopf hob. »Ich habe zu niemandem gehalten. Im Grunde genommen ging es mich nichts an.«

Ivy war sauer und das war auch absolut verständlich, aber ich wollte ihr klar machen, dass wir uns jetzt streiten oder unsere Verbindung zueinander retten konnten. Wir hatten die Wahl, aber wir mussten uns für eins entscheiden.

»Was willst du jetzt von mir hören? Ja, ich war ein Arsch. Ja, ich habe Scheiße gebaut, Fehler gemacht und mich nicht immer korrekt verhalten. Das habe ich verstanden, aber wenn wir uns jetzt deswegen streiten, wird es nie wieder so, wie es zwischen uns mal war.«

»Sorry, aber ich kann nicht einfach ignorieren, dass ich wahnsinnig sauer auf dich bin«, entgegnete sie energisch.

»Und das sollst du auch gar nicht, aber mich jetzt zu hassen, wird nichts ändern. Mir die Chance zu geben, es wieder gut zu machen, schon.«

Es war lange still, als sie über meinen Vorschlag nachdachte und mich dabei anstarrte, als würde sie im Kopf meinen Mord planen.

Nach einer gefühlten Ewigkeit seufzte sie. »Weißt du, was das Gute an der ganzen Situation ist, Lex?«

Ich hatte keinen Plan, aber ich war ganz Ohr.

»Ich bin deine Schwester. Ich kann dich lieben und gleichzeitig auf dich wütend sein.«

Mir fiel ein Stein vom Herzen, als ich verstand, was sie damit sagen wollte. »Dann mach das, solange du mir trotzdem hilfst.«

»Bei was?«

Hatte sie mir überhaupt zugehört?

»Na, bei Amely.«

Ivy sah mich an, als müsste sie mir etwas ganz schonend beibringen. »Lex, es gibt wirklich nichts, was du für sie tun kannst, um ihre Heilung zu beschleunigen. Sei stolz auf die Fortschritte, die sie schon gemacht hat.«

»Ich will nicht, dass sie rückfällig wird.« Damit verriet ich meine allergrößte Angst, die mich in den letzten Tagen nicht mehr losgelassen hatte. Ich konnte sie jetzt schon kaum leiden sehen und wollte mir nicht vorstellen, wie schlimm es noch werden könnte.

»Sie ist stark. Sie packt das.«

Plötzlich fiel mir auf, dass ich es meiner Schwester zu verdanken hatte, dass sich Bambi in meinem Leben befand. Ohne das Praktikum wäre Amely vermutlich nie nach New York City gekommen und wir hätten uns nicht kennengelernt.

»Wie bist du eigentlich damals auf sie aufmerksam geworden?«

»Ehrlich gesagt hat Dad sie angefordert und mir aufgetragen, alles in meiner Macht Stehende zu tun, um sie in die Firma zu holen.«

Innerhalb von Sekunden befand sich mein Herz im Sturzflug. »Warum?«

Ivy zuckte nur mit den Schultern.

»Hast du nie danach gefragt?«

»Doch, aber er gibt mir keine Antwort auf diese Frage. Ich habe selbst ein wenig nachgeforscht, aber nichts gefunden. Es gibt keine Verbindung zwischen den beiden.«

»Hm«, war alles, was ich dazu sagte, obwohl ich ganz sicher war, dass da noch mehr dahintersteckte. Egal, was es war, ich *musste* es herausfinden.

Kapitel 42

Amely

Meine Finger fanden den Schalter an der Wand und mit einem leisen Surren sprangen lange Leuchtstoffröhren an der Decke an und tauchten das Archiv in ein künstliches, weißes Licht. Erst als der Raum komplett erleuchtet war, wagte ich mich hinein, und die Tür fiel hinter mir ins Schloss.

Seit ich bei meiner Überdosis in grenzenlose Dunkelheit abgedriftet war, überkam mich ein mulmiges Gefühl bei zu viel Schwarz vor den Augen. Noch dazu war die Luft hier drin stickig. Die Lüftungsanlage lief kaum, da der Raum so gut wie nie genutzt wurde.

Vor mir waren verschiedene Gänge mit riesigen Regalen voller Kisten, Heftern oder Ordnern aufgebaut, die auf mich im ersten Moment wie ein großes Labyrinth wirkten. Das Archiv nahm gut über die Hälfte der zehnten Etage des Headquarters ein. So viel Platz brauchte es, um alle Dokumente von CIP hinter einer nahezu immer verschlossenen Metalltür mit Brandschutz zu lagern. Sehr wichtige und sensible Daten fand man sogar doppelt gesichert in abschließbaren Aktenschränken an der Wand. Während aktuellere Informationen auf dem Server gespeichert wurden, fand man hier die abgelegten, die bereits älter und aus dem System gelöscht worden waren.

Ich begab mich auf die Suche und orientierte mich an den Schildern, die oben an den Regalen angebracht waren. Diese ordneten die jeweiligen Akten den Abteilungen zu. Beim Abschreiten der Gänge hielt ich nach dem Wort Marketing Ausschau. Mr. Daniels hatte mir für die Präsentation eines wichtigen Vortrags den Auftrag erteilt, alte CIP-Werbekampagnen herauszusuchen. Ich war froh, mal fünf Minuten lang nicht auf meinen PC starren zu müssen und außerdem entkam ich so auch den Blicken aus dem Büro gegenüber.

Seit dem Abend bei Lennox hatte sich das, was auch immer zwischen uns war, nur noch verstärkt. Ich konnte ihm mittlerweile sämtliche Gefühle und Gedanken im Gesicht ansehen, weil er sich mir öffnete und es zuließ. Der Nachteil? Ich erkannte sofort, wenn er sich an die Szene vor seinem Spiegel erinnerte.

Es war schlimm genug, dass die eigenen Gedanken immer wieder dorthin zurückwanderten, aber nun auch die Lust in seinem Gesicht abzulesen, ließ das Feuer in mir wieder meterhoch lodern. Mehr als einmal war ich kurz davor gewesen, zu ihm zu gehen und mich auf seinen Schoß zu setzen. Dann war ich rot angelaufen, hatte meine Pläne verworfen und mich stattdessen hinter meinem PC versteckt.

Ich wollte ihn, wollte mehr, obwohl selbst mit Lennox ein Mehr nie genug zu sein schien. Zur gleichen Zeit war es anstrengend, auf Arbeit Distanz zu wahren und sich professionell zu verhalten. Es fiel mir schwer, diese Verbindung zu ihm, die tiefer ging als reines Begehren, im Büro zu verleugnen, ihn nicht länger als gewöhnlich anzuschauen und dabei verliebt zu lächeln oder mit ihm Witze zu reißen, die andere misstrauisch gemacht hätten. Es war ungewöhnlich, ihm nah sein zu wollen, es aber nicht zu dürfen und diese Frustration staute sich allmählich in mir an.

Als ich endlich am richtigen Regal angelangt war, hielt ich mich kurz daran fest und schloss die Augen. In Gedanken ermahnte ich mich, dass es hier um mein Praktikum, meine Zukunft ging, die ich nicht aufs Spiel setzen durfte. Niemand durfte wissen, dass ich etwas mit dem Sohn des Geschäftsführers hatte und dabei war nicht mal klar definiert, was genau wir miteinander hatten.

Es half nicht, dass Lennox mich scheinbar vollkommen eingenommen und meine Sinne benebelt hatte. Ich spürte ständig seine

Hände auf meiner Haut, konnte sogar manchmal diesen unverkennbaren Zedernholz-Zimt-Duft in der Luft wahrnehmen. Anscheinend war ich so verrückt nach diesem Mann, dass ich meinen Verstand verlor.

Plötzlich legten sich Arme von hinten um meine Taille. Erschrocken zuckte ich zusammen und riss die Augen auf, doch erkannte nur das Regal vor mir. Große Hände zogen mich an einen harten, vor Hitze glühenden Körper, während weiche Lippen zur gleichen Zeit zarte Küsse auf die sensible Haut an meinem Hals verteilten. Panisch stolperte mein Herz und wollte mir am liebsten aus der Brust springen, bis mich der Duft aus meiner Vorstellung auch in der Realität einhüllte. Entspannt lehnte ich mich gegen Lennox.

Ich neigte den Kopf, um ihm einen besseren Zugang zu meinem Hals zu ermöglichen, den er liebevoll liebkoste.

»Was machst du hier?«

»Dich küssen.«

Ich spürte, wie sich seine Lippen an meiner Haut zu einem Grinsen verzogen, während sein heißer Atem über mich strich und für ein Zittern meines ganzen Körpers sorgte.

»Ich meinte, was machst du hier im Archiv? Warst du nicht eben noch in deinem Büro?«

Völlig unbemerkt musste er mir gefolgt sein. Ich war erstaunt, dass ich nicht mal die Tür gehört hatte, als er nach mir in den Raum geschlichen war.

»Ach, ich will noch etwas für unsere Präsentation suchen«, log Lennox frech und gab mich frei, um sich mit einem Arm am Regal über mir anzulehnen.

Ich wollte ihn belehren und wandte mich um, aber hatte nicht damit gerechnet, dass er mir so nah war. Das intensive Grün seiner Iris brannte sich so dermaßen stark in meine Augen, dass mir die Worte in der Kehle stecken blieben. Lennox kam näher und als ich zurückwich, bohrte sich die Ecke des Regals in meinen Rücken und hielt mich gefangen.

»Ich bin es satt, mich von dir fernzuhalten, wenn alles, was ich die ganze Zeit tun will, das hier ist.«

Seine Augen wanderten zu meinem Mund, seine Hand schob sich in meinem Nacken. Im nächsten Moment trafen seine Lippen meine und wir stöhnten gleichzeitig auf. Es fühlte sich an, als hätten wir tagelang auf diesen Kuss gewartet. Mein Blut wurde mit einem ganzen Cocktail aus Glückshormonen überflutet, die mich schwindelig machten. Trotzdem war das genau das, was ich gebraucht und gewollt hatte. Bis mir etwas Wichtiges einfiel.

Widerwillig löste ich mich von ihm. »Du weißt schon, wo wir uns befinden? Was ist, wenn jemand reinkommt und uns entdeckt?«

»Ich habe abgeschlossen«, wisperte er und überbrückte die kurze Distanz zwischen uns wieder, dieses Mal noch hungriger als zuvor.

Die Energie, die wir früher in unseren Streitereien aneinander ausgelassen hatten, entlud sich jetzt in unserem Kuss. Lippen prallten aufeinander und wir erkundeten uns mit Zähnen und Zungen. Es wurde immer wilder, aufgeheizter. Keiner ging sanft oder vorsichtig mit dem anderen um. Ich wollte, dass er zu spüren bekam, was er mich empfinden ließ. Meine Hände waren in seinen Haaren vergraben und als er begann, mich wieder am Hals zu küssen, ließ ich den Kopf in den Nacken fallen und zog an den aschblonden Strähnen. Ein Knurren entfuhr ihm und kurze Zeit später spürte ich einen stechenden Schmerz an meiner Halsbeuge. Noch bevor mir bewusst wurde, dass er mich gerade gebissen hatte, fuhr er schon mit seiner Zunge über die Stelle und wandelte das Stechen in pure Erregung um, die sich als Feuchtigkeit zwischen meinen Beinen bemerkbar machte.

Als er seinen Körper und damit auch seine harte Länge gegen meinen Bauch presste, wusste ich, dass es ihm genauso ging. Seine Hände erkundeten mich und es kam mir fast so vor, als würde er nach etwas suchen, das ihm Halt gab. Sie glitten über meinen Po zu meinen Schenkeln und hielten dann inne.

»Dir gegenüber zu sitzen und in Meetings zu tun, als wüsste ich nicht, wie du aussiehst, wenn du kommst, ist pure Folter«, gab er zwischen zwei Küssen zu. »Ich kann an nichts anderes mehr denken, als tief in dir zu sein. Ich will dich. Jetzt.«

Seine Worte erhitzten meinen Körper. Gleichzeitig zogen sich die Muskeln in meinem Schoß um nichts als unbefriedigende Leere zusammen.

»Worauf wartest du dann noch?« Meine Stimme klang so kehlig, dass ich sie selbst kaum wiedererkannte.

Um meine Frage zu unterstreichen, zog ich ihm das weiße Hemd aus der schwarzen Anzugshose. Er hielt meinen Blick, als er sich mit hektischen Bewegungen das Jackett von den Schultern strich und es achtlos auf den Boden fallen ließ. Als Nächstes machte er sich an seinen Hemdknöpfen zu schaffen. Ich sah staunend dabei zu, wie Stück für Stück immer mehr nackte Haut zum Vorschein kam. Bevor ich wusste, was ich tat, strichen meine Finger über seine Brust bis zu seinem Bauch und dem Tattoo. Meine Berührung löste eine Gänsehaut aus und für einen Moment biss er sich auf die Unterlippe, schloss die Augen und genoss meine Berührung einfach nur.

Seine Reaktion gab mir das Selbstbewusstsein, den Weg, den meine Finger eben genommen hatten, noch mal mit dem Mund nachzufahren und Küsse auf seiner Haut zu verteilen. Scharf zog er die Luft ein und riss sich dann ungeduldig das mittlerweile offene Hemd von den Schultern. Innerhalb von Sekunden war sein Mund wieder auf meinem und ich schmeckte den Hunger und die Dringlichkeit in seinem Kuss. Er machte sich nicht mal die Mühe, meine weiße Bluse komplett aufzuknöpfen. Sobald die weiße Spitze meines BHs zum Vorschein kam, hörte er auf und zog stattdessen den Stoff des Körbchens herunter. Dabei strichen seine Finger leicht über meine erregte Brustwarze und allein diese kleine Berührung ließ einen Stromstoß durch meinen Körper gleiten.

Meine Nerven waren zum Zerreißen gespannt und versetzten mich so in einen hypersensiblen Zustand. Jeder Kontakt wirkte so unheimlich intensiv, dass sich innerhalb von Sekunden der altbekannte Druck in meinem Bauch aufbaute. Nur diesmal würde es mehr brauchen, um ihn und mich zufrieden zu stellen. Ich wollte mehr als nur seine Hand oder seinen Mund auf mir.

Ich krallte mich an seiner nackten Schulter fest und suchte gleichzeitig Halt am Regal hinter mir. Lennox ging ein wenig in die Knie und ließ seine Hände weiter nach unten gleiten. Gerade als seine Zunge meinen Nippel umkreiste, zog er zugleich meinen Rock am Saum nach oben, sodass sich der Stoff um meine Hüfte bauschte. Danach fuhren seine Finger an meinem Slip entlang und ich fühlte mich in meinen Traum zurückversetzt. Allerdings musste ich mir eingestehen, dass es real tausendmal besser war als in meiner Fantasie.

Während er mich über dem Spitzenstoff des Höschens streichelte, tastete ich nach dem Gürtel seiner Hose. Mittlerweile waren alle Hemmungen von mir abgefallen. Ich dachte nicht mehr darüber nach, ob ich etwas richtig machte, zu schnell oder zu langsam agierte.

Ich spürte Lennox überall. Seine Hände, sein Mund, eigentlich sein ganzer Körper bekam nicht genug von mir, weswegen ich mich ihm einfach hingab und nichts mehr versteckte. Mein Gehirn war so im Rausch, dass es mir schwerfiel, mich auf das zu konzentrieren, was ich tat. Nur mit Mühe schaffte ich es, seine Hose zu öffnen. Sofort gingen meine Finger auf Wanderschaft.

Kaum hatte ich seine Härte von dem Stoff befreit und meine Hand darum geschlossen, stöhnte er auf.

»Fuck.«

Er zog das kleine Wort in die Länge, während er mir zusah und mich gewähren ließ, bis plötzlich ein Ruck durch seinen Körper ging und seine Geduld aufgebraucht war. Mit schnellen, ruckartigen Bewegungen zog er mir das Spitzenhöschen aus, ehe er es zusammengeknüllt in seiner Hosentasche verschwinden ließ. Ich wollte protestieren, wurde aber von seinem Finger aufgehalten, der sich direkt auf meinen Kitzler legte und mir mit angenehmem Druck die Sprache raubte. Kreisende Bewegungen führten dazu, dass meine empfindlichste Stelle zu pulsieren begann. Ich stöhnte auf, bevor mir ein einziges Wort über die Lippen kam.

»Mehr.«

In meinen Ohren rauschte es und trotzdem verstand ich Lennox sehr gut, als er sich zu mir beugte und mir mit rauer Stimme ins Ohr flüsterte: »Ich liebe es, wenn du bettelst, aber bist du auch schon bereit für mehr?«

Ich bekam es gerade so hin, zu nicken.

Auf einmal war sein Finger mit einer schnellen Bewegung in mir. Als er mich dann zusätzlich mit langsamen Bewegungen quälte, stöhnte ich erneut auf. Der Druck wurde stärker, blies sich wie ein Ballon in meinem Inneren auf. Das Gefühl war nicht genug. Ich bewegte meine Hüfte auf seiner Hand, um mehr Reibung zu erzeugen.

»Bitte, ich brauche dich in mir«, flehte ich ihn an und erntete dafür ein schiefes Grinsen.

Plötzlich zog er sich aus mir zurück, umfasste meine Hüfte und hob mich hoch. Ich schlang die Beine um ihn und presste mich an seinen Körper, als er mich durch die Regale trug. Er achtete gar nicht darauf, wo er hinlief, sondern blickte die ganze Zeit zu mir auf. Dabei sah er mich an, als sei ich das Wertvollste, was er je in den Armen gehalten hatte.

Nach einem kurzen Weg setzte mich Lennox ab und mein Hintern berührte etwas Hartes, Kaltes. Ich zuckte zusammen und erkannte einen Schreibtisch unter mir, der in einer kleinen Lücke zwischen den Regalen versteckt stand.

Nachdem er zwischen meine Beine getreten war, hielt er plötzlich inne. »Shit, hast du ein Kondom?«

Mein Herz sank. »Nein, du?«

Er schüttelte den Kopf und ich wurde ungeduldig. Diese Unterbrechung löste beinahe Schmerzen aus. Mein ganzer Körper pulsierte vor Lust und wollte dort weitermachen, wo wir aufgehört hatten.

»Ich nehme die Pille«, warf ich ein und biss mir unsicher auf die Unterlippe.

»Willst du weitermachen? Du kannst mir vertrauen, ich habe noch nie ohne ...« Lennox ließ das Satzende offen und kurzerhand traf ich eine Entscheidung.

»Ja.«

Er atmete erleichtert auf und bevor ich noch etwas sagen konnte, verschluckte sein Mund meine Worte mit einem stürmischen Kuss, während er an meiner Mitte entlang glitt. Mein ganzer Körper zitterte, weil ich es kaum abwarten konnte, ihn zu spüren.

Dann war er plötzlich mit nur einem Stoß komplett in mir und wir sahen uns an, als uns beiden der Atem stockte.

Kapitel 43

Lennox

»Oh, fuck!«

Das war alles, was mir über die Lippen kam, während ich in Amelys Augen starrte und nicht glauben konnte, welches Gefühl sich gerade in mir breitmachte. War ich gestorben und aus Versehen im Himmel gelandet? Weil sie sich verdammt danach anfühlte?

Diese Frau testete meine Grenzen. Dass es mit ihr anders werden würde, war mir von vornherein klar gewesen. Ich hatte noch nie mit jemanden geschlafen, für den ich Gefühle hegte, aber ich hatte nicht damit gerechnet, dass es wortwörtlich atemberaubend werden würde. Es gab kein Zurück mehr. Ich würde nie wieder derjenige sein, der ich vor ihr gewesen war. Die Partys, die Frauen, das Gras – all das gehörte fortan zu meinem alten Leben, während sie meine Zukunft war. Verdammt, sie war mehr als das, sie war *alles* für mich.

Zehn Atemzüge – so viel Zeit gab ich ihr und auch mir selbst, damit wir uns an das Gefühl gewöhnten. Sie war heiß und eng und ich musste mein rasendes Herz beruhigen, sonst würde es am Ende peinlich für mich werden. Das hier sollte verflucht noch mal kein Sprint, sondern ein Marathon werden.

Erst, als ich sicher war, mich kontrollieren zu können, zog ich mich aus ihr zurück und begann einen langsamen, qualvollen Rhythmus. Das drängende Verlangen, sie küssen zu wollen, erfasste mich. Als ich mich zu ihr beugte und sich unsere Münder trafen, steigerte das die Spannung zwischen uns. Jede Berührung, jeder Blick schlug

Funken und mein Plan war es definitiv, mit ihr gemeinsam lichterloh in Flammen aufzugehen.

Ihre Beine hatte sie eng um meine Hüfte geschlungen und zog mich näher, als würde sie mich noch tiefer in sich spüren wollen. Ihr Stöhnen war Musik in meinen Ohren, bevor ein Wispern mein Herz zum Stolpern brachte.

»Lex.«

Zum ersten Mal nannte sie mich bei meinem Spitznamen und ausgerechnet dann war ich in ihr. Konnte es noch besser werden?

»Weißt du, du brauchst dich wegen mir nicht zurückzuhalten«, forderte sie mich mit atemloser Stimme auf und das brachte mich zum Grinsen.

»Dein Wunsch sei mir Befehl.«

Ich hatte sie bisher nicht überfordern wollen, aber jetzt wurde ich grober. Hart und schnell versenkte ich mich in ihr und spürte, wie sehr ihr das gefiel. Vorsichtig ließ Amely ihren Oberkörper nach hinten auf die Tischplatte sinken und schloss die Augen. Ohne groß darüber nachzudenken, legten sich meine Finger um ihre Kehle und drückten zu. Ich hielt sie nicht zu fest, schließlich wollte ich ihr nicht weh tun, aber sie musste eine Sache verstehen.

»Sieh mich an!«

Meine Aufforderung klang fast wie ein Knurren und sofort sprangen ihre Lider auf. Sie stöhnte auf, während ich auf ein gnadenloses Tempo erhöhte. Als ich meine Hand von ihrem Hals zurückziehen wollte, umschlossen ihre Finger blitzschnell mein Handgelenk und hinderten mich daran. *Sie mochte das!*

Damit brachte sie mich augenblicklich an den Rand des Kontrollverlusts. Ein irres Kribbeln wanderte an meiner unteren Wirbelsäule entlang, das ich jedes Mal bekam, wenn meine Nerven überreizt waren und ich kurz vorm Kommen stand. Zwischen meinen Lenden entstand ein Druck und mein Blut pulsierte in starken Schüben durch meinen Körper direkt in meinen Schwanz.

Ich sah auf Bambi hinab, die Mühe hatte, nicht ihre Augen zu schließen. Die Empfindungen übermannten sie und sie wurde noch enger. Ich erhöhte den Druck meiner Hand um ihren Hals und drückte sie gleichzeitig bei jedem Stoß ein wenig nach unten.

»Lass mich fühlen, wie du kommst, Bambi.«

Die Worte stießen sie über die Klippe. Mit einem lauten und langen Stöhnen bog sie ihren Rücken durch und drückte mir ihren Oberkörper entgegen, während ihre Beine verkrampften. Dann spürte ich, wie sie sich immer und immer wieder um mich zusammenzog. Es war so schön, ihr dabei zuzusehen, wie die Lust in Wellen durch ihren Körper peitschte. Ihre Wangen waren gerötet, die Haare wild, die Augen halbgeschlossen. Sie wirkte erstaunt, so als könnte sie es nicht fassen, was gerade passierte.

Am liebsten hätte ich ihr gesagt, dass sie sich besser daran gewöhnen sollte und es fortan bei jedem Mal nur noch besser werden würde, aber ich konnte nichts sagen, weil ich selbst kurz davor war, den letzten Rest Kontrolle zu verlieren.

Kurz vor meinem Orgasmus hörte ich sie flüstern: »Ich glaube, ich verliebe mich in dich.«

Ein rauer Ton entfuhr mir. Ich wusste nicht, ob ihr Hoch an diesem Geständnis schuld war oder ob sie es verdammt noch mal ernst meinte, aber ich konnte mir auch keine Gedanken mehr darüber machen. Der Druck in mir platzte und die Explosion riss mich mit sich, nahm mir alle Sinne, ließ mich ein buntes Feuerwerk vor meinen Augen sehen. Das intensive Gefühl wurde von dem Wissen verstärkt, dass ich mich gerade in ihr verteilte und das freute vor allem meine besitzergreifende Seite. Nun gehörte sie vollkommen zu mir.

Ihr Name verließ meine Lippen wie ein Gebet, dann hielt ich still und ließ den Orgasmus vorüberziehen. Meine Atmung war schnell und abgehakt und meine Sinne kamen nur langsam zurück.

Ich war immer noch in ihr, als jemand plötzlich an die Tür des Archivs hämmerte.

»Scheiße!«, zischte ich und betete, dass, wer auch immer das war, da nicht schon länger vor der Tür stand und uns belauscht hatte.

Schweren Herzens zog ich mich aus Amely zurück. »Ich sehe nach, wer das ist. Du bleibst hier. Keine Sorge, es wird keiner davon erfahren«, beruhigte ich sie und zog mir dabei die Hose hoch. Danach ging ich zu dem Regal zurück, an dem ich sie überrascht hatte, und bückte mich nach meinem Hemd und Sakko.

Kaum hatte ich beides angezogen, klopfte es erneut. Ich beeilte mich, ihr schnell einen Kuss auf die Lippen zu drücken. »Wir reden später«, versprach ich, bevor ich mich abwandte und zur Tür ging. Alles in mir schrie dagegen an, sie jetzt einfach so zurückzulassen, aber ich hatte keine Wahl. Ich musste dafür sorgen, dass uns keiner erwischte. Das war ich ihr schuldig.

»Hey, ist da jemand?«, rief ein Mann durch die Tür hindurch, als ich auf sie zusteuerte. Ich erkannte die Stimme sofort und war erleichtert. Tristan. Selbst wenn er irgendwas gehört haben sollte, würde mich einer meiner besten Freunde nicht verpfeifen. Da war ich mir sicher.

Ich entriegelte die Tür und öffnete sie einen Spalt. Mein Kumpel wirkte genervt, aber als er mich erkannte, wechselte sein Gesichtsausdruck zu einer überraschten Miene.

»Lex? Was machst du im Archiv?«

»Die Präsentation vorbereiten«, meinte ich kurzangebunden. Er war zwar mein Freund, aber ich wollte gerade nichts lieber, als dass er wieder verschwand und Bambi und mich allein ließ.

»Und warum verriegelst du dafür die Tür?«

»Um in Ruhe arbeiten zu können.« Die Lüge kam mir mühelos über die Lippen.

Tristan lachte auf. »Flüchtest du etwa vor der Praktikantin? Geht sie dir schon so dermaßen auf die Nerven?«

Ich hatte keine Lust, dass Amely mitbekam, wie schlecht er über sie sprach, und trat vor die Tür, um sie hinter mir zuzuziehen.

»Nein und hör auf, so über sie zu reden.«

Er schnaubte auf. »Es wird echt Zeit, dass du diesen dämlichen Wettbewerb hinter dir hast. Wir müssen mal wieder etwas zusammen unternehmen.«

Der plötzliche Themenwechsel ließ mich stutzig werden. Er ignorierte meine Aufforderung komplett.

»Reden. Das müssten wir mal wieder miteinander, aber ich war nicht derjenige, der deswegen das letzte Mal aus meiner Wohnung geflüchtet ist.«

»Hättest du die Frau gesehen, für die ich geflüchtet bin, hättest du mich verstanden.« Tristan grinste breit und stieß mich mit der Hand am Oberarm an, so als würde er auf meine Zustimmung warten. Ich biss nur fest die Zähne aufeinander.

»Also, was ist nun? Pokern bei dir?«

»Tris, ich habe gerade überhaupt keine Zeit. Wenn du Spaß haben willst, frag die anderen.« Mit einem Nicken deutete ich an, dass er gehen sollte. »Ich muss jetzt auch weiterarbeiten.«

»Ach Gott, bitte zieh diesen Stock wieder aus deinem Arsch. Das kann ja keiner ertragen«, beschwerte sich mein Kumpel gereizt, weil es nicht so lief, wie er wollte. »Ich dachte, du willst vielleicht deinen Sieg feiern.«

»Meinen Sieg?« Ich hatte keine Ahnung, was er da faselte.

»Ja, du hast die Praktikantin doch mittlerweile geknackt, oder?«

Ach, jetzt redete er wieder von Amely? Allerdings machte er es nur noch schlimmer.

Ich verdrehte die Augen. »Alter, wie oft noch?! Ich mag Amely. Hier geht es nicht um einen Scheißwettbewerb und ich will sie auch nicht nur ins Bett bekommen. Was auch immer du gerade für ein Spielchen spielst, ich bin raus, okay?«

Wieder lachte Tristan auf, aber dieses Mal klang es abschätzig. »Du denkst echt, das geht so leicht? Du sagst etwas und alle müssen auf dich hören. Du wirst schon noch sehen, wohin dich deine kleine

Praktikantin führt.«

»Ist das eine Drohung?«

»Drohung oder Warnung, ist das nicht irgendwie dasselbe?« Tristan grinste, als wäre er der Bösewicht in einem schlechten Film, und vielleicht war er das auch.

Mein Kumpel und ich hatten uns voneinander entfernt und seine Worte machten das deutlich. Als ich wieder sprach, war meine Stimme hart und unnachgiebig. »Kannst du bitte einfach gehen und mich arbeiten lassen?«

»Fein. Ich wollte sowieso lieber eine rauchen.«

Ich beobachtete, wie er sich umdrehte und ging, sah ihm noch ein paar Augenblicke nach und versuchte zu verstehen, an welcher Stelle sich meine Freundschaft mit Tris in die falsche Richtung entwickelt hatte. Keine Ahnung, was sein Problem war. Aaron und Damien fanden es nicht schlimm, dass ich mich veränderte und Amely nun eine wichtige Rolle in meinem Leben spielte. Warum war das bei Tristan anders?

Als ich schließlich ins Archiv zurückkehrte, fand ich Bambi bei dem Regal der Marketing-Abteilung wieder. Sie war in einen Hefter vertieft und beim Näherkommen erkannte ich die Werbeanzeige einer alten Kampagne. Meine Hand fand den Weg in meine Hosentasche und dabei bemerkte ich ihr Höschen. Die Vorstellung, dass sie gerade nichts unter ihrem Rock trug, ließ mich schon wieder hart werden. Ohne mir das anmerken zu lassen, zog ich es aus meiner Tasche heraus und reichte es ihr. Die Röte, die ihre Wangen beim Anblick des Slips überzog, war niedlich.

»Sorry, so hatte ich mir das nicht vorgestellt. Geht's dir gut?«

Ein kleines Lächeln umspielte ihre Lippen. »Alles gut. Es ist ja nicht so, als wärst du vor mir davongelaufen. Wer war das?«

»Tristan. Unser Geheimnis ist sicher.«

Ich nahm ihr vorsichtig den Hefter aus der Hand, schob ihn ins Regal zurück und schlang dann meine Arme um sie.

»Ich werde das abrupte Ende beim nächsten Mal wieder gut machen. Versprochen.«

»Das nächste Mal, hm?« Sie sah mich herausfordernd an.

Ich zog sie enger an mich, sodass sie spürte, wie sehr sie mich anmachte. »Glaubst du ernsthaft, dass ich schon genug von dir habe? Auf keinen Fall.«

Ihr Grinsen wurde breiter. Sie stellte sich auf ihre Zehenspitzen und streckte sich mir entgegen. »Dann geht es dir wie mir.«

Kapitel 44

Amely

Ich zog die Beine an den Körper und winkelte sie so an, dass ich im Schneidersitz auf dem Bett saß, während ich den Arm auf meinem Knie abstützte. In der Hand hielt ich mein Telefon. Tief durchatmend ließ ich meinen Blick zu dem Foltergerät auf meinem Fußboden wandern und für den Bruchteil einer Sekunde zweifelte ich, ob ich gerade wirklich das Richtige tat. Dann wählte ich einfach die Nummer meiner Schwester, bevor ich aus Angst einen Rückzieher machen konnte.

Ich wartete darauf, dass sich die Facetime-Verbindung herstellte. Für das, was ich vorhatte, reichte ein simpler Anruf nicht aus. Steph musste dabei sein, so gut wie das bei einer dreitausendvierhundertneunundfünfzig Meilen Entfernung eben ging.

Es dauerte, bis sie abnahm. Durch die Zeitverschiebung war es in London früh am Morgen und dementsprechend müde sah meine Schwester aus, als ihr Gesicht endlich auf dem Display erschien. Sie war ungeschminkt, ihre Haare hatte sie zu einem unordentlichen Pferdeschwanz zusammengebunden und mit der rechten Hand klammerte sie sich an einen großen Pot dampfenden Tee mit Milch.

»Hey, Ames.« Ihre Stimme klang verschlafen, aber trotzdem bemerkte ich sofort, dass etwas nicht stimmte.

»Was ist los?«

Ich hatte das Gefühl, etwas zu verpassen, nicht richtig für sie da sein zu können, weil gerade ein Ozean zwischen uns lag. Das schlechte Gewissen ließ meinen Puls in die Höhe schnellen.

»Nichts.« Die Antwort kam zu schnell, um glaubhaft zu wirken. Ich verdrehte die Augen. »Es ist *nicht* nichts. Jetzt sag!«

Doch sie ignorierte meine Aufforderung und wechselte stattdessen das Thema. »Wie geht's dir, Ames?«

Selbst bei dieser scheinbar normalen Frage fiel mir der härtere Unterton in ihrer Stimme auf. Sie war sauer oder enttäuscht, aber solange sie sich nicht öffnen wollte, wusste ich nicht, was ich tun sollte.

»Gut und dir?«

»Nur gut?« Steph zog eine Augenbraue nach oben. »Mum hat erzählt, du hast einen neuen Freund.«

Ah, jetzt wusste ich, was los war. Sie wollte den Vorwurf vielleicht nicht laut äußern, aber ich kannte meine Schwester gut genug, um ihn zwischen den Zeilen heraushören zu können.

»Er ist nicht mein Freund, er ist –« Das Ende des Satzes blieb mir in der Kehle stecken. Ja, was war Lennox eigentlich? Wir hatten kein offizielles Label, aber er erinnerte mich immer wieder daran, wie ernst das mit uns beiden war.

Steph überging meine Äußerung einfach. »Ich bin ja froh, dass du wieder mit Mum sprichst, aber ganz ehrlich? Solche Neuigkeiten von ihr zu erfahren, fand ich nicht schön.«

»Ja, du hast recht. Ich hätte es dir selbst sagen sollen und es tut mir leid. Bist du deswegen sauer?«

»Sauer nicht, aber enttäuscht schon.«

»Ich wollte es nicht vor dir geheim halten. Es ist mir beim Telefonat mit Mum einfach so herausgerutscht.«

Steph nickte, aber ich spürte, dass sie noch etwas auf dem Herzen hatte.

»Das ist noch nicht alles, oder?«

Sie seufzte. »Ich mache mir einfach Sorgen.«

Ihre Worte versetzen mir einen Stich. Ich war es so leid, dass meine Familie immer wegen mir beunruhigt war.

»Hör auf damit. Ich will das nicht mehr. Ich will nicht länger der

Mensch sein, um den sich alle Gedanken machen müssen«, brachte ich energisch heraus und danach war es für fünf volle Sekunden still in der Leitung.

Meine Schwester hatte den Blick gesenkt und ihre Finger spielten mit etwas, das nicht im Bild zu sehen war. Wahrscheinlich handelte es sich um den Saum ihres blauen Bademantels. Mit einem tiefen Atemzug hob sie schließlich den Kopf und sah mich direkt an. »Ich bin deine Schwester und ich bin Therapeutin. Dass ich mir Sorgen mache, kann ich nicht so leicht ausschalten, vor allem da ich genau weiß, was passieren kann.«

»Wie meinst du das?«

»Ich sehe, wie du strahlst. Es ist schön, dass du jemanden gefunden hast, der dich ganz offensichtlich glücklich macht, aber was, wenn er das eines Tages nicht mehr tut? Wenn eure Beziehung in die Brüche geht? Liebeskummer ist einer der häufigsten Trigger für Rückfälle, wenn es um Krankheiten wie Essstörungen geht.«

»Du kennst Lennox doch noch gar nicht. Warum gehst du automatisch davon aus, dass es in die Brüche geht?«

Ich beobachtete, wie Steph versuchte, ihre Wut herunterzuschlucken. Als sie wieder sprach, war aber klar, dass ihr das nicht so gut gelungen war. »Ich habe das Gefühl, du vertraust schon wieder viel zu schnell. Kennst du diesen Lennox wirklich oder siehst du wieder einmal nur das Gute? Wir wissen beide, wo dich das das erste Mal hingebracht hat.«

Es war ein Schlag unter die Gürtellinie und das wusste Steph. Kaum hatte sie den letzten Satz zu Ende gesprochen, sah man ihr auch an, wie leid es ihr tat. »Das meinte ich nicht –«

»Ich habe dich nicht angerufen, um mit dir zu streiten«, unterbrach ich ihre Entschuldigung versöhnlich. Mit Mühe rang ich mir ein kleines Lächeln ab.

Steph holte tief Luft und sah verlegen aus. »Ich weiß. Warum hast du angerufen?«

»Ich wollte mich wiegen. Du sollst dabei sein.«

Für Außenstehende mochte das verrückt klingen, aber meine Schwester erkannte sofort die Schwere dieser Aussage.

»Wann war das letzte Mal?«

»Bei dir in London.«

Überrascht wanderten ihre beiden Augenbrauen in die Höhe. »Das ist Monate her. Seitdem noch nicht wieder?«

»Nein, ich habe mich nicht getraut«, gab ich leise zu. »Ich hatte Angst, nicht wieder damit aufhören zu können, wenn ich einmal anfange. So wie früher.«

»Okay, dann tu es. Jetzt. Ich bin hier.«

Meine Schwester klang aufgeregt. Sie hatte sich schon während meiner Therapie insgeheim über jedes Kilo gefreut, das die Waage mehr angezeigt hatte. Ganz im Gegensatz zu mir. Ich fürchtete mich vor dem Schritt auf das Foltergerät, trotz meiner Fortschritte der letzten Zeit. So langsam entwickelte ich wieder ein Gefühl für meinen Körper, was nicht zuletzt auch an der Hilfe von Lennox und Ivy lag. Das hier war jetzt das nächste Hindernis, das ich meistern musste. Nur was, wenn die Zahl auf dem Display mich wieder zurückwerfen würde? Wenn ich mich danach statt besser schlechter fühlen würde?

»Ames, ich kann dir gerade dabei zugucken, wie du wieder alles hinterfragst und kaputt denkst. Du wirst für die meisten Sachen in deinem Leben nie zu einhundert Prozent bereit sein, aber du musst sie trotzdem wagen. Mach es einfach.«

Ertappt presste ich die Lippen zusammen und nickte dann. Meine Schwester hatte recht, weswegen ich mich vom Bett erhob und mein Handy auf einem kleinen, selbstgebauten Stativ aus Büchern platzierte. Die Kamera war in Richtung der Waage gerichtet, sodass Steph mir zuschauen konnte. Nachdem ich mich versichert hatte, dass die Konstruktion nicht jeden Moment umfallen würde, trat ich zurück und blieb vor der Waage stehen.

»Wow, Ames«, vernahm ich meine Schwester aus den Lautsprechern. »Du siehst gut aus!«

Ein warmes Gefühl überkam mich und ich sah an mir hinab. Heute Morgen hatte ich zum ersten Mal seit langer Zeit zu einer eng anliegenden, schwarzen Leggings gegriffen und auch das mintgrüne Top, das sich um meine Taille schmiegte, passte perfekt.

»Danke, es geht mir wirklich gut.«

»Das sieht man«, warf Steph begeistert ein und ich musste grinsen.

»Mal sehen, ob das gleich auch noch der Fall ist.«

Ich atmete noch mal tief durch und stieg dann auf das Glas. Auf dem Display wanderten die Zahlen in beunruhigendem Tempo nach oben. Dann wurden sie langsamer und plötzlich standen sie still. Auf die Anzeige starrend schluckte ich. Hart.

»Und?«, fragte Steph neugierig.

»Dreiundfünfzig Kilo«, gab ich an, meine Stimme dabei völlig emotionslos. Das lag nicht daran, dass ich nicht zeigen wollte, was ich fühlte, sondern eher daran, dass ich es selbst noch nicht so genau wusste.

»Wow, das ist großartig! Das sind zwei Kilo mehr als hier in London.« Steph klatschte begeistert in die Hände.

»Ja, ich weiß.«

»Wie fühlst du dich?«

Ich schüttelte kurz den Kopf, während ich weiterhin nach unten zu meinen Füßen starrte. Das Chaos in mir ließ langsam nach und allmählich kämpften sich die ersten Gefühle an die Oberfläche. Sie waren nicht so niederschmetternd, wie ich es erwartet hatte.

»Was ist los? Ist alles okay, Ames?«

Um zum Telefon eilen zu können, trat ich von der Waage herunter.

»Komischerweise ja«, erwiderte ich und langsam erschien ein kleines Lächeln auf meinem Gesicht. Wenn ich meine Gefühle richtig deutete, dann –

»Ich kann mich zwar nicht so richtig darüber freuen, aber ich bin auch nicht enttäuscht oder traurig über meine Gewichtszunahme.

Das ist doch schon mal was.«

»Ja, das stimmt.« Steph sah so verdammt stolz auf mich aus. »Das freut mich so. Du verdienst es, glücklich zu sein, nachdem du so lange gekämpft hast. Ich hoffe nur, ich lerne den Menschen, der für den Wandel meiner Schwester verantwortlich ist, bald mal kennen.«

»Das wirst du.«

»Ames?« Ihre Stimme wurde noch mal ernst und sie sah mich bittend an. »Sei vorsichtig, okay? Mach deinen Selbstwert nicht an seiner Liebe fest.«

Ich nickte. Natürlich konnte sie das Thema nicht ohne einen gutgemeinten, schwesterlichen Ratschlag abschließen, ehe sie sich räusperte und das Thema wechselte. »So, dann erzähl mal, was gibt es sonst Neues bei dir?«

Kapitel 45

Amely

Die nächsten zwei Wochen verflogen nur so. Es war mittlerweile Anfang September und der Termin unserer Präsentation rückte immer näher. In vier Tagen war es so weit und ich wurde mit jeder Minute, die verstrich, nervöser. Um an der finalen Version unseres Kampagnenentwurfs zu arbeiten, verbarrikadierten Lex und ich uns oft den ganzen Arbeitstag in meinem Büro, so wie auch heute. Ich klickte mich gerade durch die verschiedenen Folien unserer Präsentation und war überrascht, dass er diese bereits gestern fertiggestellt hatte.

»Das sieht verdammt gut aus«, lobte ich den Mann, der hinter mir auf dem Fensterbrett saß, das für gewöhnlich seine Schwester für sich beanspruchte.

»Danke für das Kompliment, Bambi.«

Während ich weiterscrollte, ließ er einen Stift, den er zwischen Daumen und Zeigefinger hielt, auf seinen Notizblock klopfen. Das Geräusch befeuerte meine Nervosität, obwohl ich versuchte, es so gut wie möglich auszublenden.

»Du hast sogar schlichte Übergänge zwischen den Folien erstellt.«

»Klar, ich will ja auch, dass wir gewinnen«, erwiderte Lennox in meinem Rücken.

»Hier sollten wir noch eine Folie einfügen, damit der Übergang der Themen klarer wird.«

»Wird notiert.«

Als er das Klopfen stoppte, um den Stift zum Schreiben zu nutzen, atmete ich erleichtert auf. Dennoch kam ich nicht umhin, festzustellen, dass das Arbeiten mit ihm wirklich Spaß machte. Gleichzeitig war ich traurig, dass es bald ein Ende fand und wir kein Team mehr waren, zumindest nicht auf der Arbeit.

Bevor ich mich in dem bedrückenden Gefühl verlor, klickte ich weiter. Auf der nächsten Folie tauchten Beispiele für möglichen Social Media Content auf, den Influencer während des Wirefy-Tests mit dem Smartphone produzieren konnten. Damit wollten wir dem Vorstand und Mr. Mercier-Campbell die Idee näherbringen, greifbarer machen.

Während ich die Folie auf Fehler kontrollierte, bemerkte ich, wie sich Lex nach vorne beugte und mir über die Schulter sah. Mein Körper reagierte mittlerweile automatisch auf ihn und kaum war er in meiner unmittelbaren Nähe, stand ich unter Strom. Ich wusste, dieser würde sich erst entladen, wenn ich ihn berührte. Trotzdem hielt ich mich davon ab, denn dann würden wir es nicht mehr schaffen, den Rest der Präsentation durchzugehen.

Statt auf ihn fokussierte ich mich auf die Folie vor mir. Meine Augen wanderten über die Bilder und prompt spürte ich einen Knoten in meinem Magen. Der kam dieses Mal aber nicht davon, dass ich mich automatisch mit den Frauen auf den Bildern verglich und die kleinen gemeinen Stimmen mir Unsicherheiten ins Ohr flüsterten. Nein, sie waren aktuell genauso ruhig, wie ich mich fühlte. Das lag allein an Lex' Anwesenheit hinter mir. Seine Nähe sorgte nicht nur für elektrisierende Spannung, sondern wirkte auch wie ein Schutzschild gegen jegliche Gemeinheiten meines Unterbewusstseins, die ich mir selbst zufügen wollte. Seine Stärke färbte auf mich ab, gab mir die Chance, mich fallen zu lassen, und ließ mich entspannen. Das flaue Gefühl im Bauch, das ich aktuell spürte, hatte aber einen anderen Grund, gegen den nicht mal er ankam.

Ich verstand es nicht. Eigentlich hatte ich alles, was ich mir im letzten Jahr so sehnlichst gewünscht hatte. Es ging mir gut. Ekel, der mich früher immer gepackt hatte, sobald ich meinen Körper im Spiegel betrachten musste, fühlte ich nur noch selten. Ebenso hatte ich die Stimmen, die mir Unsicherheiten einredeten, im Griff. Mein Neustart hätte nicht besser laufen können. Ich hatte nicht nur Menschen gefunden, die mich auch mit meiner Krankheit akzeptierten, sondern sogar ein neues Zuhause, in dem ich mich wirklich wohlfühlte. Und dann war da noch Lennox, bei dem mein mitgenommenes Herz endlich zur Ruhe kam. Trotzdem überkam mich jedes Mal dieses Sehnsuchtsgefühl, wenn ich an das Influencer-Dasein erinnert wurde.

»Wenn du es so sehr vermisst, warum reaktivierst du deinen Account dann nicht einfach?«

Ich zuckte zusammen, als Lex' tiefe Stimme hinter mir erklang, weil ich völlig vergessen hatte, dass er da war.

Langsam wandte ich mich zu ihm um. »Wer sagt, dass ich es vermisse?«

Er kam näher und strich mir mit seiner Hand eine Haarsträhne hinter das Ohr. Solche kleinen Gesten waren die einzige Art von Zuwendung, die wir uns während des Arbeitens erlaubten, aber dadurch bedeuteten sie so viel mehr.

»Du hast geseufzt, als du dir die Folie angesehen hast. Außerdem kann ich dir mittlerweile ansehen, wann immer du dich in Erinnerungen oder Gedanken verlierst, egal ob gute oder schlechte.«

»Aber ich habe mich gerade gar nicht verloren«, protestierte ich vehement, doch Lex warf mir nur einen harten Blick mit einer hochgezogenen Braue zu.

»Okay, vielleicht ein bisschen«, gab ich dann kleinlaut zu.

»Beantworte mir eine Frage: Warum hast du es aufgegeben, wenn du es so sehr vermisst?«

»Hast du mir zugehört, als ich dir meine Geschichte erzählt habe?« Ich sah ihn an, als hätte er den Verstand verloren.

»Ja, natürlich«, antwortete er sofort. »Du hast Angst, dass dich dieser Druck der Scheinwelt von Social Media möglicherweise in deine Essstörung zurückwirft.«

»Korrekt.«

»Aber warum lässt du dich davon beeinflussen?«

Was zum ...?

Angepisst zog ich meine Augenbrauen zusammen und starrte ihn an. »Meinst du nicht, deine Frage ist ein wenig unsensibel?«

Lex hob augenblicklich die Hände zu einer ergebenen Geste. »So habe ich das nicht gemeint, Bambi. Ich versuche, dir nur klarzumachen, dass du ruhig mal auf die Meinungen von völlig Fremden scheißen kannst. Zugegeben, ich mache keinen guten Job, aber hör mir bitte zu, bevor du mich mit deinem Todesblick umbringst, okay?«

Ein schnelles Nicken war alles, was ich zustande brachte. Der Zorn tobte in mir, aber ich gab mein Bestes, ihn in Schach zu halten und mich zu beruhigen.

»Amely, du musst nicht jedermanns Liebling sein. Du musst nicht von allen gemocht werden. Das ist einfach nicht möglich, schon gar nicht in den sozialen Netzwerken. Dort prallen so viele Meinungen und unterschiedliche Persönlichkeiten aufeinander, dass die Wahrscheinlichkeit ziemlich hoch ist, jemandem zu begegnen, der dich oder deinen Content nicht mag. Aber dafür hast du doch genug Menschen im realen Leben, die das tun. Die dich genau so nehmen, wie du bist. Ich zum Beispiel.«

Seine Worte wirkten beruhigend und ich konnte nichts gegen das Lächeln tun, das sich in meinem Gesicht ausbreitete.

»Du magst mich also?«

Er sah mich mit diesem durchdringenden Blick an, der meine Knie weich werden ließ. »Du weißt genau, dass meine Gefühle für dich viel tiefer gehen. Und ich weiß, dass es dir genauso geht.«

»Ach so, tust du das?«

»Ja, du hast es mir gesagt. Beim Sex.«

Shit, ich hatte mir also nicht nur eingebildet.

»Ich will einfach nur, dass du weißt, dass ich ... Ach, fuck.«

Jetzt war er derjenige, dem die Worte fehlten, und ich hatte eine Ahnung davon, was er mir sagen wollte, aber nicht über die Lippen brachte. Sein intensiver Blick bohrte sich in meinen und nach einem tiefen Atemzug kam er auf das ursprüngliche Thema zurück. »Hör mal, ich wollte dir einfach nur sagen, dass ich sehe, wie sehr du es vermisst. Ich finde, du solltest wieder eine Influencerin sein, aber mach es nicht für andere, sondern nur für dich. Weil es dir Freude bereitet. Weil es dich glücklich macht. Und wenn du es nur für dich machst, dann kann dir der Druck und die Erwartungen von anderen nichts anhaben.«

Ich wollte ihm so gern glauben, aber etwas hielt mich davon ab.

»Ich kann das nicht.«

»Warum nicht?«

»Wahrscheinlich aus dem gleichen Grund, aus dem du nicht ehrlich mit deinem Vater über deine Zukunft und deine Wünsche redest.« Ich konnte mir die Antwort auf meine nächste Frage schon denken, aber ich stellte sie dennoch. »Hast du ihm von uns erzählt?«

Lennox wirkte auf Anhieb schuldbewusst. »Ich konnte es nicht. Er war die letzten zwei Wochen auf Geschäftsreise durch Europa.«

Ich nickte, war aber überzeugt davon, dass er das Gespräch absichtlich vor sich herschob.

»Ich gehe heute noch zu ihm«, versprach er mir, woraufhin ich nur mit den Schultern zuckte und mich wieder der Präsentation widmete.

Irgendwann lief ein Schauer durch meinen Körper und ich wusste, dass er aufgestanden sein musste und sich nun direkt hinter mir positioniert hatte.

»Kann ich dich mal was fragen?«

Seine Stimme war direkt neben meinem Ohr und sein Atem strich über meine Haut. Ich nickte und hielt die Luft an.

»Hast du jemals einen Hater gesehen, dem es besser geht als der Person, die er hasst?«

»Nein«, antwortete ich wahrheitsgemäß.

»Siehst du. Sie triggern dich vielleicht, aber andersherum ist es genauso. Du triggerst Unzufriedenheit in ihnen und sie lassen sie an dir aus. Aber du bist nicht verantwortlich für das, was sie fühlen, sondern nur für das, was du fühlst. Und wenn du etwas findest, was dich glücklich macht, dann scheiß auf alle, die damit ein Problem haben.«

»Ist das nicht aber ein wenig heuchlerisch von dir?« Ich konnte mich nicht davon abhalten, die Diskussion, die wir eben begonnen hatten, fortzuführen. »Du tust alles, um deinen Vater zu beeindrucken, erzählst mir aber, ich soll so leben, wie ich will.«

Lex schüttelte den Kopf. »Das ist etwas anderes. Mein Vater ist kein Fremder im Internet, aber vielleicht hast du trotzdem recht. Vielleicht will ich ihn irgendwie immer noch beeindrucken. Aber auch wenn es so aussieht, ich verbiege mich dabei nicht für ihn. Wenn ich das tun würde, hätten wir nicht diese schwierige Beziehung zueinander. Ich will, dass er mich so akzeptiert, wie ich bin.«

Seine Worte ergaben auf abstruse Weise Sinn und während ich darüber nachdachte, wanderte mein Blick zu der kleinen Post-it-Sammlung auf der Schreibtischunterlage, anhand der man meine Entwicklung nachvollziehen konnte. Ich war weit gekommen, hatte so viel durchgestanden, aber war ebenso wenig geheilt wie am Ziel meiner Reise angekommen. Wenn mir der Knoten in meinem Magen irgendetwas sagen wollte, dann wohl, dass ich hier nicht richtig war, zumindest nicht zu einhundert Prozent.

Lennox musste bemerkt haben, dass ich abgedriftet war, und legte mir eine Hand auf die Schulter, um mit dem Daumen über meinen Hals zu streicheln. Die sanfte Berührung war wie ein Anker, der mich nicht zu weit auf das Gedankenmeer in meinem Kopf treiben ließ.

»Ich habe dich nie gefragt, aber was hat es mit diesen Zetteln und Wörtern auf sich?« Seine Stimme war so weich wie eine Kuscheldecke, die sich sanft um mich legte und mir Geborgenheit schenkte.

»Damals in der Therapie haben sie uns jeden Tag nach unserem Wort des Tages gefragt. Es konnte alles sein – etwas, das uns motiviert, mit dem wir uns in Verbindung bringen oder das uns beschäftigt. Normale Wörter waren mir schnell zu unoriginell, zu langweilig.«

Er lächelte leicht vor sich hin. »Ja, das kann ich mir vorstellen.«

»Was soll das denn heißen?«

»Normal passt nicht zu dir. Du bist alles andere als das. Und das mag ich am allermeisten an dir.«

Seine Worte berührten etwas tief in mir. Ich musste schlucken und besann mich wieder auf seine Frage. »Im Internet stieß ich dann auf diese besonderen Fremdwörter. Ich finde, sie können bestimmte Dinge oder Gefühle besser beschreiben, wenn unsere alltägliche Sprache an ihre Grenzen kommt. Daher sammele ich sie auf Zetteln.«

»Sie sagen auf jeden Fall eine Menge aus«, stimmte er mir zu und für kurze Zeit hing jeder seinen Gedanken nach. Irgendwann ergriff Lennox wieder das Wort. »Bambi, das Leben ist verflucht kurz und die wenige Zeit sollte man nicht damit verbringen, gegen sich selbst zu kämpfen.«

Er hatte recht. Er hatte so verdammt recht, aber er war nicht der Einzige, der gute Ratschläge geben konnte.

»Dann sollte man aber auch nicht seine Träume gegen die Akzeptanz von anderen Menschen tauschen.«

»Touché.« Er musste schmunzeln. »Es gibt noch etwas, das ich dich fragen wollte. Wie wär's, wenn wir nach der Präsentation für ein Wochenende in die Hamptons fahren? Du meintest doch, du willst gern dorthin zurück, und so könnten wir uns vom Stress der letzten Wochen erholen und Zeit zusammen verbringen.«

»Echt?« Überrascht sah ich ihn an und versuchte, die Begeisterung, die sein Vorschlag in mir auslöste, nicht ganz so offen zu zeigen. »Meinst du, die Jungs können ein ganzes Wochenende auf dich verzichten?«

Mir war schnell aufgefallen, wie eng befreundet die Vier waren. Mit Aaron und Damien freundete ich mich langsam an, aber Tristan schien mich aus einem unerklärlichen Grund zu hassen.

»Die kommen schon klar«, beruhigte er mich. »Außerdem hat sich Tris ewig nicht mehr gemeldet, nicht seit unserer Diskussion vor dem Archiv.«

Das war über zwei Wochen her.

»Was ist eigentlich sein Problem?«

»Wenn ich das wüsste.« Lex zuckte ratlos mit den Schultern. »Also, was ist nun? Ich will Zeit mit dir verbringen. Nur mit dir. Bist du dabei?«

Er beugte sich nach vorn und für einen Moment sah es so aus, als würde er mich küssen wollen, doch dann fiel ihm wieder ein, wo wir uns befanden. Gerade noch rechtzeitig stoppte er sich. Dennoch spürte ich bereits seinen warmen Atem auf meinen Lippen. Irgendetwas murmelnd zog er sich schließlich mit bitterem Gesichtsausdruck wieder zurück.

»Ich bin dabei«, ließ ich ihn wissen und hoffte, damit seine Laune wieder heben zu können.

Als ich mich wieder zu meinem Schreibtisch umdrehte, bemerkte ich die Uhrzeit. »Mist, ich habe vollkommen meinen Termin mit Mr. Daniels vergessen. Wir waren hier fertig, oder?«

Lex nickte, während er sich nervös an seinen Hemdärmeln zupfte. »Ja, geh ruhig. Ich werde gleich in die Chefetage hochfahren.«

Als mir klar wurde, was er vorhatte, teilte ich seine Aufregung. »Dann wünsche ich dir viel Glück.«

Ich drückte noch schnell seine Hand, ehe ich mir mein Tablet schnappte und dann das Büro verließ.

Kapitel 46

Lennox

Für kurze Zeit sah ich Amely nach. Ihre Nähe beruhigte mich und mit jedem Schritt, den sie sich von mir entfernte, wuchs mein innerer Tumult. Mein Herz hämmerte aufgrund seiner schnellen Schläge unangenehm gegen meinen Brustkorb. Auch tiefe Atemzüge konnten es nicht beruhigen. Ich wusste nicht mal genau, warum ich aufgeregt war. Normalerweise ging es mir nie so, wenn ich mit meinem Dad reden musste, aber dieses Mal hing nicht mehr nur meine Zukunft vom Ausgang dieses Gesprächs ab.

Als ich mich schließlich von der Fensterbank erhob, um Amelys Büro zu verlassen, öffnete sich im gleichen Augenblick die Tür. Erst dachte ich, Bambi hätte etwas vergessen, aber dann bemerkte ich den riesigen Blumenstrauß, der durch den Türrahmen getragen wurde. Meine Laune sank, als Ian dahinter auftauchte.

Abgesehen von den Blumen störte mich auch seine bloße Anwesenheit. Die Eifersucht, die mich jedes Mal bei seinem Anblick in Amelys Nähe überkam, ließ mich augenblicklich in die Rolle des überheblichen Arschlochs schlüpfen. »Ach, sind die für mich? Das wäre doch nicht nötig gewesen.«

Mit den Händen in den Taschen der Anzugshose lief ich lässig auf ihn zu. Kurz bevor die Blüten des Straußes meine Brust berührten, hielt ich an und baute mich vor ihm auf. Das Biest in mir wurde ein wenig von dem Fakt beruhigt, dass Ian mir weder in Statur noch Größe das Wasser reichen konnte.

Er senkte den Strauß, als er erkannte, dass Amely nicht da war, und sah mich genervt an. »Was machst du hier?«

»Das Gleiche könnte ich dich fragen, Harris.«

»Ich wollte Amely eine kleine Aufmerksamkeit überreichen. Schließlich hatte sie es in letzter Zeit nicht so leicht mit dir in einem Team.«

Jetzt tobte die Eifersucht völlig entfesselt in meinem Brustkorb und schwappte wie heiße Lava auch auf andere Teile meines Körpers über. Ich ballte meine Hände zu Fäusten und wollte ihm weh tun, wollte ihn spüren lassen, was seine Worte in mir auslösten, allerdings war hier und jetzt nicht der richtige Zeitpunkt dafür. Dennoch – ich konnte ihm wenigstens alle Hoffnungen und Illusionen nehmen.

»Auch wenn es dich nichts angeht, aber unsere Zusammenarbeit funktioniert fantastisch. Ich weiß ja, dass du Gefallen an Amely gefunden hast und ich kann das absolut nachvollziehen, aber lass mich eins klarstellen: Sie gehört zu mir. Lass sie in Ruhe.«

Er sah mich abfällig an. »Das klingt, als wäre sie für dich lediglich ein Gegenstand, den man besitzen kann. Am besten noch von Papis Geld gekauft, nicht?«

»Okay, du hältst mich für ein Arschloch und du hast recht, wenn du denkst, dass ich nicht gut genug für sie bin«, gab ich offen zu und verschränkte dabei die Arme vor dem Oberkörper, während Ian eifrig nickte. »Aber wie wäre es, wenn du mal in den Spiegel schaust? Meinst du wirklich, du wärst besser?«

Dass er verstand, worauf ich hinauswollte, wurde deutlich, als er still blieb und mich einfach nur wütend anfunkelte.

»Halt dich von ihr fern«, forderte ich ihn auf und wollte mich an ihm vorbeidrücken, aber er hielt mich am Unterarm fest.

»Du weißt, dass Beziehungen zwischen Mitarbeitern bei CIP verboten sind, vor allem wenn einer von beiden zum zukünftigen Führungspersonal gehört. Und trotz deiner wichtigen Rolle in der Zukunft bist du aktuell noch nicht der Boss und stehst über den Regeln.«

»Und trotzdem kann ich tun und lassen, was ich will«, erwiderte ich mit einem süffisanten Grinsen, nicht nur, weil ich recht hatte, sondern weil ich ihm seinen Denkfehler unter die Nase reiben würde.

Ich deutete in Richtung des Blumenstraußes in seiner rechten Hand. »Das sieht mir aber auch nicht nur nach Freundschaft aus, Harris, und wie du schon meintest, sind Beziehungen zwischen Mitarbeitern verboten.«

»Ich ... ähm ...« Mit einem Mal wirkte Ian nicht mehr so sicher und überheblich.

»Ja, das dachte ich mir.« Ich schnalzte mit der Zunge und befreite meinen Arm mit einem Ruck aus seinem Griff. Für mich war diese Diskussion beendet.

Doch als ich einen Schritt an ihm vorbei machen wollte, beeilte er sich zu sagen: »Ich werde das melden!«

Vermutlich war es der letzte Strohhalm, an den er sich verzweifelt klammerte, aber wollte er mir wirklich drohen? Begriff er nicht, was er mit einem solchen Schritt anrichten würde?

»Dann petz. Das machst du doch gerne. Eine Frage habe ich allerdings noch an dich: Wem schadest du damit mehr – Amely oder mir?«

Ich sah förmlich dabei zu, wie ihm die Erkenntnis ins Hirn sickerte und sich Resignation breitmachte. »Vermutlich ihr.«

»Bingo. Außerdem bin ich gerade auf dem Weg zu meinem Vater, um ihn selbst darüber in Kenntnis zu setzen. Du kannst dir also den Atem sparen.«

»Dann ist es wohl ernst?«

Ich verdrehte die Augen. »Ich wusste schon immer, du bist ein Blitzmerker, Ian. Das muss der Grund sein, warum man dich eingestellt hat.«

Diesmal schaffte ich es bis zur Bürotür, ehe seine Stimme erneut erklang. »Du magst jetzt die große Klappe haben, Lennox, aber deine Arroganz wird dir irgendwann noch das Genick brechen.«

Kurz hielt ich inne. »Vermutlich. Aber nicht heute.«

Dann öffnete ich einfach die Tür und verließ das Büro.

Auf dem Weg zum Fahrstuhl klingelte mein Telefon und riss mich aus meinen Gedanken. Während ich es aus der Hosentasche zog, rechnete ich mit einem Anruf von Aaron oder Tris, doch auf dem Display stand Madelines Nummer. Es interessierte mich nicht mal, was sie wollte. Für diese Frau empfand ich nichts als Gleichgültigkeit, weswegen ich sie einfach wegdrückte. Am besten blockierte ich sie, damit sie mich ein für alle Mal in Ruhe ließ.

Als ich im obersten Stockwerk ankam, war der Empfang unbesetzt. Mrs. Watson schien wie immer einen fantastischen Job zu machen. Daher steuerte ich wie üblich direkt auf das Büro meines Vaters zu. Mit der Hand zur Faust geballt, wollte ich anklopfen, als ich seine ungehaltene Stimme durch die Holztür vernahm. Es klang, als diskutierte er mit jemandem und war am Ende seiner Geduld angelangt. Ich hielt inne, um zu lauschen.

»Ich bin eben erst von einer Geschäftsreise zurückgekommen. Können wir bitte später darüber sprechen?«

»Nein, können wir nicht!«, antwortete ihm eine laute, ebenfalls verärgerte Stimme. Ich hielt den Atem an. Das war doch ...

»Rafael«, seufzte mein Vater und bestätigte meine Vermutung, dass es sich um Dads besten Freund und Businesspartner handelte.

»Nein, du gehst mir seit dem Sommerfest aus dem Weg. Ich will jetzt wissen, warum du sie hierhergeholt hast! Willst du sie mir direkt vor die Nase setzen, um mich zu ärgern?«

»Nein, sie ist hier, weil sie für mich zur Familie gehört. Weil es ihr nicht gut ging und ich ihr ganz bestimmt nicht einfach beim Leiden zuschaue. Dir ist das aber vollkommen egal.«

Ich hatte keine Ahnung, worüber die beiden stritten.

»Ja, du hast recht. Das interessiert mich einen Scheiß. Ich bereue es wirklich, dir davon erzählt zu haben«, donnerte Rafael in diesem Moment in einer Lautstärke, die mich zusammenzucken ließ.

Bevor das Gespräch weiter eskalierte, schritt ich ein. Mit einem kräftigen Klopfen kündigte ich meine Anwesenheit an und öffnete dann, ohne auf das »Herein« meines Vaters zu warten, die Tür.

Kaum hatte ich den Raum betreten, nahm ich die eisige Atmosphäre in dem Büro wahr. Die Männer standen vor dem großen Schreibtisch meines Vaters und fuhren zu mir herum. Ihre Blicke waren mörderisch, bis sie erkannten, wer sie in ihrem Streit störte.

»Lennox«, stieß Dad überrascht aus und löste sich aus seiner angespannten Haltung, um sich auf seinen Stuhl zu setzen.

»Hallo, allerseits.« Ich nickte beiden zu und tat so, als würde ich nichts von der aufgeheizten Stimmung mitbekommen. Lässig wanderte ich dem Schreibtisch entgegen, ehe ich meinen Vater ansah. »Ich wollte eigentlich mit dir reden. Störe ich gerade?«

»Nein, du störst nicht. Wir waren fertig und Rafael wollte gehen.«

Dass das gelogen war, wusste ich vom Lauschen, aber auch der Blick, den ihm Rafael zuwarf, sprach Bände. Dads bester Freund sah aus, als würde er ihm am liebsten an die Gurgel gehen.

Als sich nach ein paar Sekunden angespannter Stille nichts tat, räusperte ich mich. Dieses Geräusch brachte Rafael zum Nachgeben. Er wandte sich zum Gehen, aber ich hielt ihn auf.

»Tust du mir einen Gefallen, Rafael, und richtest deiner Tochter aus, dass sie mich in Ruhe lassen soll? Nach dem, was sie sich während des Sommerfestes geleistet hat, ist es besser, wenn wir uns zukünftig aus dem Weg gehen.«

Er sah mich mit verengten Augen an und schnauzte: »Welche meiner Töchter meinst du?«

Was? Wollte er mich verarschen? Madeline war ein Einzelkind, Rafael hatte keine weiteren Kinder.

»Er weiß es nicht«, beeilte sich da mein Dad zu sagen und verwirrt wanderte mein Blick zu ihm. Der Ton in seiner Stimme ließ mich etwas ahnen, bei dem sich mein Herz zusammenzog und mir der Atem stockte.

»Was weiß ich nicht? Verdammt, was ist hier los?«

Kalter Angstschweiß brach mir im Nacken aus. Atmen. Ich musste atmen, aber anscheinend wollte sich meine Lunge nicht füllen, solange dieser Verdacht wie ein Zentner Beton auf mir lastete.

Niemand sagte etwas und ich zählte in Gedanken die Sekunden, in denen es totenstill im Büro meines Vaters war. Am liebsten hätte ich die Männer angeschrien, dass sie endlich mit der Sprache herausrücken sollten. Dass sie etwas sagen sollten. Irgendetwas, was diese Scheiße hier erklärte.

»Dad?«, hakte ich nach, als ich im Kopf bei dreißig angekommen war. Das kam mir wie eine halbe Ewigkeit vor.

»Ich lasse dich das klären, da du dich ja so gern um alles kümmerst.«

Rafael stürmte wütend davon und Dad deutete auf den Stuhl vor seinem Schreibtisch, als wir allein waren.

»Setz dich.«

Ich kam der Aufforderung augenblicklich nach.

»Was ich dir jetzt erzähle, Lennox, darf diesen Raum nicht verlassen. Ist das klar?«

Wie ferngesteuert nickte ich.

»Wie du sicherlich weißt, kennen Rafael und ich uns schon seit dem Kindesalter. Er ist mein bester Freund, aber als ich CIP gegründet habe, lebte er in England, wo er studiert hatte.«

Ich nickte erneut. Diesen Teil der Geschichte kannte ich schon.

»Damals hatten wir kaum Kontakt gehabt. Umso überraschter war ich, als er ein paar Jahre später wieder in New York City auftauchte und mir anbot, beim Aufbau von CIP zu helfen. Er wirkte angespannt und wollte unbedingt etwas zu tun haben. Ich willigte ein.«

Als ich meinem Dad lauschte, bekam ich ein ungutes Gefühl in der Magengegend. Ich hatte seit Monaten vermutet, dass etwas nicht stimmte. Jetzt war ich kurz davor, es zu erfahren und wollte es am liebsten gar nicht mehr wissen. Mir war klar, dass es danach nie wieder so sein würde wie zuvor.

»Irgendwann erzählte er mir plötzlich, dass er in London eine Familie hatte und ...« Mein Vater holte tief Luft und setzte erneut an, weil ihm die Worte nicht wirklich über die Lippen kommen wollten. »Er meinte, er hätte New York City zu sehr vermisst und seine Frau wollte London nicht verlassen, also ist er einfach gegangen. Rafael ist abgehauen, als seine Tochter gerade einmal vier Jahre alt war.«

Mir stockte der Atem und mein Herz versuchte, mit den Gedankensprüngen in meinen Kopf mitzuhalten.

»Ich kenne die Geschichte«, gab ich dann langsam zu. Meine Zunge fühlte sich schwer an und brachte die Worte kaum über die Lippen. »Nur aus einer anderen Perspektive.«

Das überraschte meinen Vater. Seine Augenbrauen schossen in die Höhe, doch statt nachzufragen, blieb er still.

Brennende Hitze schoss mir durch den Körper, angetrieben von einem Gefühl, das mich die Hände zu Fäusten ballen ließ – Wut. Wie konnte ein Mann seine Familie verlassen? Wie konnte er sich nicht mal verabschieden? Sein eigenes Kind jahrelang ignorieren, als wäre es gar nicht mehr auf der Welt? Und das nur wegen ... Heimweh?!

Scheiß auf Rafael! Amely hatte einen besseren Vater verdient als diesen egoistischen Idioten.

Dann fiel mir auf, dass Rafaels Geständnis noch lange nicht erklärte, wie Bambi schließlich nach New York City, genauer gesagt zu CIP, gekommen war.

»Dad, was hast du getan?«

Auf einmal sah mein alter Herr ziemlich schuldbewusst aus. Er senkte den Blick auf seine Hände. »Rafael wollte keinen Kontakt zu seiner Familie, sondern lieber so tun, als gäbe es sie nicht mehr. Das wollte, nein, das konnte ich nicht akzeptieren.«

»Also?«, hakte ich nach.

»Also habe ich Nachforschungen anstellen lassen. Es war nicht schwer, Amely ausfindig zu machen. Dann ...« Er verstummte.

Meine Fingerspitzen begannen, vor Unruhe zu kribbeln. Ich wippte leicht mit einem Bein, um der Anspannung in mir entgegenzuhalten.

»Verdammt, Dad, lass mich raten: Du bist der Grund, warum sie hier ist? Warum sie dieses Praktikum bekam?«, platzte es aus mir heraus, als mein Vater weiterhin still blieb.

Es dauerte ein paar Sekunden, dann nickte er. »Ich behielt sie über die Jahre hinweg im Auge, ich konnte nicht anders. Sie war nicht mein Kind, aber ... Ich habe einfach nicht verstanden, warum mein bester Freund so etwas tun konnte und mich irgendwie ... schuldig gefühlt.«

So wie er immer wieder nach Worten suchte, vermutete ich, dass er dieses Geheimnis schon ziemlich lange mit sich herumschleppte und es bisher noch niemandem erzählt hatte. Trotzdem musste ich sichergehen. »Ivy weiß nichts davon?«

»Nein. Als Amely krank wurde und immer weiter abrutschte ... Gott, ich habe Rafael so oft die Schuld dafür gegeben, auch wenn es nichts mehr änderte. Nach ihrem Klinikaufenthalt habe ich deiner Schwester lediglich beauftragt, ihr ein Praktikum anzubieten, aber nicht gesagt, warum.«

»Das erklärt mir aber eins immer noch nicht. Du hast jahrelang Abstand gehalten und sie lediglich beobachtet. Nichts für ungut, aber das allein ist verflucht unheimlich. Warum handelst du jetzt? Wieso hast du sie jetzt hierher geholt?«

»Weil ich nicht mehr untätig zusehen konnte«, brach es aus ihm heraus, die Stimme erhoben, sodass sie durch sein Büro schallte. »Glaubst du, es war einfach, nichts zu tun, als Amely sich immer weiter in die Essstörung manövriert hat? Glaubst du, ich kann mir das verzeihen?«

»Nein. Du hast ein schlechtes Gewissen und du kannst nicht anders, als Menschen zu helfen, selbst, wenn sie das nicht mal wollen.«

Das war eine klare Anspielung auf die Probleme in unserer Beziehung und mein Vater quittierte sie mit einem traurigen Lächeln und einem Nicken. »Mir war klar, dass ich sie hier besser im Blick behalten und im Notfall einschreiten konnte. Ich bat Ivy, ein Auge auf sie zu haben. Sie ist Rafaels Tochter, ich kenne sie praktisch ihr ganzes Leben lang und für mich gehört sie damit zur Familie.«

»Fuck«, stöhnte ich auf. Das war zu viel. Zu viel Input für meinen Kopf. Ich hatte das Gefühl, mir würde gleich der Schädel platzen und dennoch überschlugen sich die Gedanken. Am liebsten wollte ich Bambi umgehend erzählen, was ich gerade herausgefunden hatte, weil ich das auf keinen Fall vor ihr geheim halten konnte. Auf der anderen Seite hoffte ich, dass sie nie erfahren würde, wer ihr richtiger Vater war. Nach ihrer Suche und all dem, was sie als Folge derer durchgemacht hatte, würde sie das Wissen nicht nur enttäuschen, es wäre mehr als niederschmetternd für sie.

In dem Moment der Stille fuhr sich auch mein Vater durch die Haare und schloss für einen Moment die Augen. Er sah müde und geschafft aus und zum ersten Mal fragte ich mich, ob es nicht die Arbeit gewesen war, die ihn in letzter Zeit gestresst hatte, sondern der Druck des Geheimnisses. Jetzt zu wissen, dass er Bambi die ganze Zeit über beobachtet hatte, fühlte sich nicht richtig an.

Ich versuchte, ruhig zu bleiben, auch wenn mein Magen einen ungemütlichen Salto nach dem anderen machte. Je mehr ich über alles nachdachte, desto saurer wurde ich auch auf meinen Vater. Es war nicht nur der Fakt, dass er weder Bambi noch Ivy oder mir von all dem erzählt hatte. Mich störte auch, dass er Amely hierhergelockt hatte wie ein Tier mit einem Köder. Aber so war mein Dad. Er traf Entscheidungen über die Köpfe anderer Menschen hinweg und dachte, er wüsste es besser.

Nach ein paar tiefen Atemzügen, in denen ich versuchte, mein Temperament im Zaun zu halten, erhob ich erneut das Wort. »Sie mag für dich zur Familie gehören, aber lass uns eins klarstellen, Dad: Du kennst sie nicht, du hast ihr nur nachspioniert. Das ist nicht dasselbe.«

Sein Mundwinkel verzog sich zu einem traurigen Lächeln. »Aber du kennst sie?«

»Ja.«

»Dann versprich mir, dass du ihr nichts erzählen wirst.«

Diese Bitte entlud all meine unbequemen Gefühle, samt der Wut.
»Verfluchter Mist, Dad. Das kann nicht dein Ernst sein!«

Hatte er eine Ahnung, was er da von mir verlangte? Das war
unmöglich.

»Lennox –«, setzte er an.

»Nein«, stieß ich hervor und unterbrach ihn damit. »Wie stellst
du dir das vor, Dad? Sie ...« Ich stockte. Jetzt oder nie. »Sie ist mir
wichtig. Wir sind –«

»Ich weiß«, schnitt mir dieses Mal mein Vater das Wort ab, aber
er sah nicht wütend aus, sondern beinahe froh.

Entsetzt starrte ich ihn an. »Was? Aber woher?«

Er lehnte sich langsam in seinem Stuhl zurück und faltete die
Hände vor dem Bauch. »Ehrlich gesagt habe ich von Anfang an ge-
hofft, dass das passiert. Lennox, du warst außer Kontrolle. Du wolltest dich an keine einzige Regel halten und hast dich einen Scheiß
für dieses Unternehmen interessiert. Zwar hast du brav alles mit-
gemacht, um Chef zu werden, aber der schöne Schein blendete mich
nicht. Du warst innerlich total verloren und unglücklich und du wolltest dir verdammt noch mal nicht von mir helfen lassen.«

Ich wollte protestieren, aber er ließ mich nicht mal zu Wort
kommen.

»Du hast eine Richtung gebraucht. Du hast sie gebraucht, Lennox, auch wenn du das jetzt noch nicht erkennen kannst.«

»Doch, das kann ich.«

Ich musste lächeln, als ich an Amely dachte. Zwar war gerade
alles so fucking kompliziert, aber eine Sache war klarer denn je.

»Dad, ich kann Amely das nicht verschweigen. Ich will keine Geheimnisse vor ihr haben und sie würde es mir nie verzeihen, wenn sie
davon erfahren würde.«

»Dann ist es ernst zwischen euch?«

Fast hätte ich die Augen verdreht. Warum fragte mich das jeder?

»Verflucht ernst.«

»Okay, aber warte noch bis nach der Präsentation. Ihr habt eine gute Chance zu gewinnen und es wäre der Erfolg, den sie verdient hat. Ich will nicht, dass dieser von meinem Geheimnis sabotiert wird. Danach können wir uns in meinem Büro treffen, damit ich es ihr sagen kann.«

Das war nicht die beste Lösung, aber schweren Herzens nickte ich. Dad hatte recht. Ich wollte, dass wir gewannen, dass sie gewann, und ihr Kopf wäre nicht mehr zu hundert Prozent bei der Sache, würde sie von alldem erfahren.

Als ich nach weiteren zehn Minuten endlich das Büro meines Vaters verließ, kam ich immer noch nicht wirklich damit klar, was ich eben erfahren hatte. Ich musste hier raus und mich ablenken. Noch im Fahrstuhl wählte ich Aarons Nummer. Er nahm ab, aber ich gab ihm nicht mal die Chance auf eine Begrüßung.

»Hey, Mann, wo bist du gerade?«

»Was ist los, Lex?«, fragte mein bester Freund sofort besorgt, aber ich tat so, als wüsste ich nicht, über was er sprach.

»Was soll los sein?«

»Alter, ich höre dir an, dass etwas nicht stimmt. Also, sag.«

Ich seufzte. Vermutlich wäre es das Beste, sich die ganze Sache von der Seele zu sprechen. Außerdem wusste ich, dass ich meinen Freunden vertrauen konnte.

»Ich muss reden. Mit dir. Mit den Jungs.«

»Okay, wir sind in zwanzig Minuten bei dir.«

»Danke, Mann.«

Kapitel 47

Amely

Trotz staubtrockener Kehle versuchte ich zu schlucken. Heute war der Tag der Tage. Ich hatte ihn herbeigefiebert, darauf hingearbeitet und solange an der Präsentation gefeilt, bis sie meinen hohen Ansprüchen gerecht geworden war. Dennoch gingen meine Nerven mit mir durch und ich bekam das Gefühl, nicht gut genug vorbereitet zu sein. Nervös strich ich mir durch meine offenen Haare und dachte daran, dass ich in nicht mal zehn Minuten vor dem gesamten Vorstand von CIP und Mr. Mercier-Campbell stehen würde. Das Adrenalin in meinem Körper machte mich hibbelig, dabei musste ich doch eigentlich Ruhe bewahren.

Lennox und ich standen bereits vor dem Konferenzzimmer und warteten darauf, dass das Team vor uns seine Präsentation beendete. Unauffällig versuchte ich, den Angstschweiß an meiner rechten Hand an meinem Rock abzustreifen, aber anscheinend war ich nicht so diskret, wie ich dachte.

»Na, aufgeregt?« Mit den Händen in den Hosentaschen lehnte Lennox lässig mit dem Rücken an der Wand. Ich stand eine Armlänge von ihm entfernt und hielt den Laptop für die Präsentation und meine Notizen umklammert.

»Nein. Wie kommst du darauf?«

Ich wusste, es war vergeblich, ihm etwas vormachen zu wollen, dennoch konnte ich meine Schwäche gerade weder vor ihm noch vor mir selbst zugeben.

Lex sah mich eine Weile nachdenklich an, bevor er sich nach vorn beugte und seine Hand um meinen Oberarm legte. »Keine Sorge, Bambi, wir schaffen das. Unsere Idee ist gut. Wir müssen sie nur noch überzeugend präsentieren.«

Die Berührung reichte aus, um mich ein bisschen zu beruhigen. Wieder hatte ich das Gefühl, seine Selbstsicherheit färbte auf mich ab. Das Rauschen meiner Gedanken wurde ruhiger und die Stimmen, die mich verunsicherten, wurden zu einem Hintergrundgeräusch, das ich ignorieren konnte.

Nicht zum ersten Mal wünschte ich mir, ich hätte von allein ein ebenso großes Selbstbewusstsein wie er. Lex machte sich nie Sorgen, am allerwenigsten um diesen Wettbewerb. Tiefenentspannt fing er sogar an, zu pfeifen, als er mich wieder losließ und sich zurücklehnte. Allerdings tröstete ich mich damit, dass ich ja von ihm lernen konnte, bis ich irgendwann selbst stark genug war.

»Oh ja, das wird ein Kinderspiel.« Meine Stimme triefte vor Ironie.

»Du wirst sehen, dass du es dir viel schlimmer vorstellst, als es tatsächlich ist. Entspann dich einfach.«

»Das ist leichter gesagt als getan.«

»Soll ich dich ablenken? Dir etwas von dieser angestauten Energie nehmen?«

Jetzt wechselte sein freches Grinsen zu einem schelmischen und ich zog die Brauen zusammen. »Was hast du vor?«

Statt mir zu antworten, stieß er sich von der Wand ab und baute sich vor mir auf. Mit einem Mal war er mir so nah, dass ich die Wärme seines Körpers und dieses Knistern zwischen uns spürte. Sein Blick wanderte langsam von meinen Augen zu meinem Mund. Dabei wurde ich mir meiner trockenen Lippen bewusst und befeuchtete diese schnell mit meiner Zunge. Lex umfasste mein Kinn und zog mich zu sich. Gleichzeitig kam er mir entgegen. Im letzten Moment, als uns nur noch Millimeter voneinander trennten, wich ich zurück –

erschrocken darüber, was ich fast zugelassen hätte.

»Lex, es könnte jederzeit jemand aus dem Konferenzzimmer kommen.«

Ich hatte vergessen, wann ich angefangen hatte, ihn bei seinem Spitznamen zu nennen, aber jedes Mal, wenn ich es tat, funkelten seine Augen ein wenig heller. So auch jetzt.

»Na und?«

Er ignorierte meine Widerrede und schob mir stattdessen die Hand in den Nacken. Erneut näherte sich sein Mund meinem und diesmal zuckte ich nicht zurück. Ich ließ den Kuss zu, bis er alles war, was ich fühlte.

Es dauerte nicht lang, bevor sich seine Zunge ihren Weg zwischen meine Lippen bahnte und aus der Leidenschaft mehr wurde. Wir krallten uns aneinander fest, drückten unsere Körper so eng zusammen, bis nichts mehr dazwischen passte.

»Weißt du, wie gern ich jetzt in dir wäre?«, raunte Lex, als wir uns voneinander lösten, um nach Luft zu schnappen.

Alles in mir zog sich auf köstliche Art und Weise zusammen. Vergessen war die Präsentation, mein gesamter Verstand wollte nur noch eins. Flashbacks erinnerten mich daran, was mich erwarten würde, wenn ich jetzt einfach dem Verlangen nachgab. Ich mochte es, dass Lex in diesen Momenten die Kontrolle übernahm, mochte diese dominante Seite an ihm. Sie gab mir die Möglichkeit, mal nicht stark sein zu müssen, sondern mich einfach fallenlassen zu können und mich trotzdem sicher und geborgen zu fühlen. Und immer wenn das passierte, konnte ich es nicht fassen, wie sehr sich mein Leben in den letzten Monaten geändert hatte. Ich erinnerte mich noch genau daran, wie fremd und neu für mich die Arbeit an meinem ersten Tag bei CIP gewesen war, wie Lex und ich uns kennengelernt hatten und dann als Team zusammengewürfelt wurden. Seitdem war viel passiert und ich hatte mittlerweile das Gefühl, hier ein echtes Zuhause gefunden zu haben. Allerdings meinte ich damit nicht New

York City, sondern Lennox.

All In. Ich konnte nicht glauben, dass ich tatsächlich alles riskiert und so viel gewonnen hatte. Ihn gewonnen hatte. Und er gab sich wirklich Mühe, mir zu zeigen, wie ernst es ihm war. Ein Beweis waren die Post-its auf meinem Schreibtisch. Ich wusste noch genau, was auf dem letzten gestanden hatte: *Redamancy – die Liebe eines Menschen vollkommen zu erwidern.*

»Habe ich dir eigentlich schon gesagt, wie bezaubernd du heute wieder aussiehst?«, fragte Lex da und ich bemerkte, dass ich vollkommen in Gedanken versunken war.

Ich löste mich ein wenig von ihm und sah an mir hinab, nicht nur um mein Outfit zu überprüfen, sondern auch um meine Verlegenheit zu verbergen. An diesem besonders wichtigen Tag hatte ich mich für ein komplett schwarzes Outfit bestehend aus einem Bleistiftrock, schlichten Pumps und einem T-Shirt entschieden, das ich in den Bund des Rocks gesteckt hatte. Durch Zufall trug auch Lennox einen schwarzen Slim-Fit-Anzug.

»Danke«, murmelte ich, während ich spürte, wie mein komplettes Gesicht rot anlief.

Bevor Lex etwas dazu sagen konnte, hörten wir, wie sich die Tür zum Besprechungsraum öffnete, und fuhren auseinander.

Das Team, das vor uns an der Reihe gewesen war, verließ mit hochroten Köpfen den Raum, während Lex' Vater ihnen lächelnd die Tür aufhielt. Kaum waren sie an uns vorbei, wandte er sich an uns. »Wir wären dann bereit.«

»Und damit möchte ich an meine Kollegin, Ms. Spencer, übergeben, die Ihnen das Herzstück unserer Kampagnenidee erläutern wird – das Social Media Marketing«, vollendete Lennox seinen Part der Präsentation und machte mir mit einem ermutigenden Nicken am Kopfende des langen Konferenztisches Platz.

»Ach, kommen wir jetzt erst zum spannenden Teil Ihrer Kampagne? Ich hoffe es doch sehr, denn bisher ließ das Ganze noch etwas zu wünschen übrig«, warf das gleiche Vorstandsmitglied ein, das Lex' Vortrag nicht das erste Mal störte. Der ältere Herr mit der Hornbrille und den weißen, gelockten Haaren, der vorn am Tisch Mr. Mercier-Campbell gegenübersaß, sah weder begeistert noch überzeugt aus.

»Natürlich, Mr. Bowen«, erwiderte Lex höflich und überraschte mich damit. Ich hatte mit einer scharfen oder frechen Antwort gerechnet, aber anscheinend war ihm bewusst, dass unser Erfolg auch von dem Störenfried abhing und man ihn deshalb besser nicht noch weiter verärgerte.

»Spar dir doch bitte deine Zwischenrufe, Vince, und lass Ms. Spencer endlich zu Wort kommen«, mischte sich auch Lex' Vater ein.

Kaum hatte er das Machtwort mit seiner Bassstimme gesprochen, war es ruhig im Raum und ich spürte, wie sich die Aufmerksamkeit der Anwesenden auf mich legte. Ihre Blicke – einige neugierig, andere ausdruckslos oder fast schon gelangweilt – verwandelten meinen Magen zu einem harten Stein, der mir mit einem tonnenschweren Gewicht unbequem im Bauch lag. Jetzt kam es drauf an.

Einen tiefen Atemzug nahm ich noch, dann legte ich in meinem Gehirn einen Schalter um. Ab sofort funktionierte ich und verhielt mich dabei wie ein Profi. Meine Notizen kannte ich in- und auswendig, weswegen ich sie nach ein paar Sekunden zur Seite legte. Nicht mal zum Daranfesthalten brauchte ich sie noch, als ich dem Vorstand und Mr. Mercier-Campbell von unserer Influencer-Idee erzählte.

Als letzterer nickte und seinen begeisterten Gesichtsausdruck nicht mehr verstecken konnte, wusste ich, dass wir einen Volltreffer gelandet hatten. Besonders unser Slogan *Capture Moments & Make Memories*, unter dem die Influencer-Kampagne laufen sollte, stieß auf zustimmendes Gemurmel.

»Kommen wir nun zu Ihren Fragen.«

Mit dieser Aufforderung schloss ich meinen Teil ab und war zufrieden. Während der Vorstand größtenteils beim Thema Budget nachhakte, das zu Lex' Kompetenzbereich gehörte und dieser somit die Beantwortung der Fragen übernahm, ließ ich meinen Blick über die Gesichter schweifen. Es war offensichtlich, dass wir Mr. Bowen nicht auf unsere Seite hatten ziehen können – das tat er mit abwertenden Gesten kund –, aber bis auf ihn waren alle anderen positiv überrascht von unserer Leistung.

»Danke für Ihre Präsentation«, übernahm am Ende Mr. Mercier-Campbell das Wort. »Wir werden uns nun noch die Idee des letzten Teams anhören und dann eine Entscheidung treffen. Ms. Spencer, nehmen Sie sich gern für den Rest des Tages frei und genießen Sie das verlängerte Wochenende.«

Er zwinkerte mir zu, so als wüsste er, dass sein Sohn und ich gleich nach der Präsentation in die Hamptons aufbrechen wollten.

»Unsere Entscheidung wird Ihnen am Montag mitgeteilt. Lennox, würdest du bitte noch kurz hier bleiben?«

Ich sammelte meine Unterlagen ein und spürte, wie jemand an mich herantrat. Ich erkannte ihn an seinem vertrauten Parfüm.

»Du warst gut, Bambi. Wir werden gewinnen, glaub mir.«

Die Grimasse, die ich zog, sollte Lex sagen, dass ich davon noch nicht überzeugt war, aber er ließ sich nicht beirren.

»Du hast das Ganze perfekt abgerundet.« Dann kam er noch ein Stück näher, ehe er mit gesenkter Stimme fortfuhr. »Ich muss noch mit meinem Vater reden, aber wir treffen uns in zwei Stunden bei mir, okay?«

Nach einem Nicken, bei dem ich mir den Blicken des Vorstands bewusst war, eilte ich aus dem Raum.

Kapitel 48

Amely

Mein Koffer ruckelte, als ich ihn über die Schwelle des Fahrstuhls in die Penthouse-Wohnung zog. Das polternde Geräusch, das er dabei machte, hallte in dem leeren Eingangsbereich wider.

Nach der erfolgreichen Präsentation hatte mich die Vorfreude auf das Wochenende in den Hamptons meinen Koffer in Windeseile packen lassen. Daher war ich etwas zu früh, aber dank Ivys Karte, die ich ihr noch nicht zurückgegeben hatte, musste ich nicht im Foyer des Wolkenkratzers auf Lennox warten, sondern konnte es mir auf seiner riesigen Couch gemütlich machen.

Ich schritt durch die kleine Empfangshalle, an dem Raumtrenner vorbei, und blieb an der Schwelle zum Wohnzimmer wie angewurzelt stehen, als ich eine Gestalt in einem der zwei großen Sessel sitzen sah. Tristan. Lässig ruhte er in dem Sitz, hatte das Fußgelenk des linken Beins auf Höhe des rechten Knies abgelegt, einen Arm auf der Lehne aufgestellt und mit der Hand seinen Kopf abgestützt. Er konnte unmöglich auf mich gewartet haben, sah allerdings auch nicht wirklich überrascht aus, mich zu sehen. Stumm starrte er mich an und die Stille zwischen uns war so unangenehm, dass ich einfach etwas sagen musste.

»Ähm, hi. Was machst du hier? Ist Lex schon da?«

Statt mich zu begrüßen, löste Tristan lediglich die Hand vom Kopf und zeigte damit auf mich. »Würde ich dann noch hier sitzen? Und müsstest du das nicht selbst wissen? Schließlich verbringst du aktuell mehr Zeit mit meinem besten Freund als ich.« Dann deutete er auf meinen Koffer. »Willst du verreisen?«

»Lex und ich«, erwiderte ich, woraufhin mein Gegenüber das Gesicht verzog. Offensichtlich waren das Neuigkeiten für ihn.

»Oh, wie schön, ein romantischer Ausflug.«

Es war klar, dass er sich über uns lustig machte und für gewöhnlich ignorierte ich seine offene Ablehnung mir gegenüber, aber das Hoch der erfolgreichen Präsentation ließ mich mutig werden. Ich konnte mir nicht länger auf die Zunge beißen und musste die Frage stellen, die mir auf der Seele brannte.

»Okay, verstanden, du magst mich nicht, aber was zum Teufel habe ich dir eigentlich getan?«

Er schnaubte auf, als hätte ich ihn beleidigt. »Mäuschen, ich habe kein Problem mit dir. Im Gegenteil. Dir dabei zuzusehen, wie naiv du Lex dein Herz hinterhergeschmissen hast, war das Amüsanteste, was ich in der letzten Zeit beobachtet habe.«

Genau wie bei Lennox weckte Tristans herablassende Art den Kampfgeist in mir, mit dem ich mich gegen ihn behaupten wollte. Gleichzeitig schrie alles in mir danach, dieses Gespräch zu beenden und aus der Wohnung zu flüchten.

»Zuallererst bin ich kein Mäuschen, zweitens solltest du dringend an deinen Umgangsformen arbeiten und drittens möchte ich mich nicht weiter mit dir unterhalten. Ich werde unten auf Lex warten.«

Als ich gehen wollte, hielt mich seine harte Stimme auf. »Wir sind noch nicht fertig miteinander.«

Zu Eis erstarrt, stand ich da und fragte mich, ob die unterschwellige Drohung sein Ernst war.

»Ich weiß, dass deine Freundschaft zu Lex gerade etwas angespannt ist –«, versuchte ich es versöhnlich, aber er unterbrach mich ungehalten.

»Und wer ist daran schuld?«

Dieser aggressiven Frage würdigte ich keine Antwort, sondern fuhr fort: »Aber ich denke nicht, dass euer Verhältnis durch das, was du hier gerade machst, wieder besser wird.«

»Danke für das Feedback, Mäuschen. Ich würde es mir ja zu Herzen nehmen, wenn ich eins hätte.« Er lachte trocken auf. »Merkst du eigentlich, wie dumm du bist? Es ist erbärmlich.«

An diesem Punkt hatte ich ihm nichts mehr zu sagen und ließ seine Beleidigungen still über mich ergehen. Anscheinend lag ihm etwas auf dem Herzen und er würde sowieso nicht ruhen, bevor er es nicht über seine Lippen gebracht hätte. Je schneller er das tat, desto eher konnte ich dieser Situation entkommen.

Tristan richtete sich auf und stützte sich mit den Ellenbogen auf seinen Knien ab, gespieltes Interesse in seinem hasserfüllten Blick. »Was ich mich die ganze Zeit frage, ist: Kennst du den Mann, den du da anhimmelst, überhaupt oder kennst du nur das Bild, das er dir von sich verkauft hat?«

»Was meinst du?«

»Ich will dir deine Illusionen nicht nehmen, Mäuschen –«

Dieser Spitzname ging mir mächtig auf die Nerven und langsam wurde ich ungeduldig. »Doch. Doch, das willst du, also sag endlich, was du zu sagen hast!«

Tristan grinste böse. »Er hat dich angelogen, weißt du? Er hat dir die ganze Zeit etwas vorgemacht und du bist darauf hereingefallen.«

Sofort erfasste mich Panik bei seinen Worten und mein Herzschlag beschleunigte sich. Ich redete mir ein, dass er nur Mist erzählte, aber irgendwo, tief in mir, wusste ich – warum auch immer –, dass ein Fünkchen Wahrheit dabei sein musste.

»Hör auf«, bat ich ihn und griff mir an die Brust. Die Zimmerwände kamen auf mich zu, engten mich ein und nahmen mir die Luft zum Atmen. Ich hatte genug gehört und wollte nicht wissen, was er mir zu sagen hatte. Angst hatte Besitz von mir ergriffen, weil ich ahnte, dass mein Herz, das ich so leichtsinnig und unbekümmert verschenkt hatte, nicht mehr lange ganz bleiben würde.

»Aber einer muss dir doch die Wahrheit sagen, bevor du dich weiter in deinen Fantasien verrennst.«

»Was auch immer du mir erzählen willst, ich würde es lieber von Lex erfahren.«

Auf diesem Weg war er wenigstens dabei und musste sich ansehen, was er mir antat.

»Es scheint, als würde sich dein Wunsch erfüllen, Mäuschen. Dann kann dir ja der Herr selbst erklären, warum du überhaupt bei CIP gelandet bist.«

Tristans Blick ging an mir vorbei und fokussierte sich auf etwas hinter mir. Verwirrt wandte ich mich um und sah einen erstaunten Lennox auf mich zukommen. Der Anblick, der sich ihm bot, ließ seine Schritte für einen Moment stocken und als er meinen Gesichtsausdruck bemerkte, zog er die Stirn kraus.

»Was ist hier los?«

Ich musste schlucken. Egal, ob beim Hören seiner tiefen Stimme, beim Wahrnehmen seines unverkennbaren Geruchs oder beim Spüren seiner Anwesenheit, immer hatte er ein Gefühl von Sicherheit in mir ausgelöst. Bis jetzt. Jetzt machte er das, was auch immer da auf mich zukam, realer. Ich fühlte mich wie in einem Sportwagen sitzend, der mit hundertdreißig Meilen pro Stunde auf eine dicke Backsteinmauer zu raste und es gab weder eine Bremse noch einen anderen Weg, den Zusammenprall aufzuhalten.

»Ich will deiner kleinen Freundin gerade erklären, warum sie für deinen Vater arbeitet und warum du es auf sie abgesehen hattest.« Er zuckte mit den Schultern. »Ich dachte, es wäre an der Zeit, sie endlich aufzuklären.«

Lex schüttelte den Kopf. »Das wirst du nicht tun.«

Erleichterung durchströmte mich bei seinem Einwand, weil ich hoffte, er würde mir gleich sagen, dass Tristan nichts als Unsinn erzählte. Jedoch hielt das nicht lange an.

»Wenn ihr jemand davon erzählt, dann bin ich das.«

»Na dann, du hast das Wort.«

»Könnte mich jetzt bitte einmal jemand aufklären?«, fragte ich ungehalten, weil sich die beiden bisher über meinen Kopf hinweg unterhielten und die Anspannung mich dünnhäutig werden ließ.

Lennox sah zu seinen Fußspitzen und kratzte sich nervös mit der Hand im Nacken. Dann räusperte er sich verlegen. »Ähm, ich weiß nicht so recht, wo ich anfangen soll. Ähm, also ... du –«

Stöhnend unterbrach ihn Tristan, der sein Gestammel nicht länger ertrug. »Mäuschen, was er dir zu sagen versucht und daran kläglich scheitert, ist, dass sein Daddy deinen Daddy kennt und du nur deshalb bei CIP als Praktikantin eingestellt wurdest.«

Mein Herz blieb stehen und alles in mir kühlte in Rekordgeschwindigkeit auf eine eisige Temperatur ab. Ich spürte mein Gesicht nicht mehr, meine Hände fühlten sich taub an und meine Füße schienen regelrecht am Boden festgefroren zu sein.

»Was?«

Mein Blick wanderte zu Lex, weil ich davon ausging, dass er mir gleich sagen würde, dass das alles ein Riesenscherz war, aber der sah seinen Kumpel nur fassungslos an.

»Und du weißt ja, dass unser Freund hier –«, Tristan deutete auf den Mann neben mir, »alles dafür tun würde, um seinen Vater glücklich zu machen. Also hat er sich deiner angenommen. Nicht, weil du für ihn etwas Besonderes bist oder er dich mag, sondern weil die Firma von einer Verbindung zwischen euch unheimlich profitiert. Außerdem hatten wir eine kleine Wette laufen, ob er es schafft, dich zu knacken und die hat er ja wohl recht schnell gewonnen.«

Absolutes Entsetzen – das war alles, was ich gerade fühlte. Wieder hoffte ich auf einen Einwand von Lennox und wieder blieb er still.

»Aber –«, begann ich und zog meine Augenbrauen zusammen, während sich die Gedanken in meinem Kopf überschlugen. »Das verstehe ich nicht. Warum profitiert die Firma von einer Beziehung zwischen Lennox und mir?«

Den Teil mit der Wette ignorierte ich für den Moment.

»Na, weil dein Dad nicht nur der Kumpel von Lennox' Altem ist, sondern auch sein Geschäftspartner.« Tristan sah mich an, als könnte er nicht glauben, dass das für mich nicht offensichtlich war.

Mein Atem beschleunigte sich, je länger ich darüber nachdachte. Ein Verdacht festigte sich in meinem Kopf, aber ich wollte ihn nicht wahrhaben. Ich wollte nicht, dass er stimmte.

»Wer ist mein Vater?«, fragte ich mit trockener, fast tonloser Stimme und wollte die Antwort eigentlich gar nicht hören.

Lennox war immer noch still, aber Tristan verdrehte die Augen. »Na, wer wohl?«

»Tristan, jetzt halt die Klappe«, fuhr ihn sein Kumpel plötzlich mit scharfer Stimme an. »Du sagst jetzt nichts mehr, hast du mich verstanden?«

Dass ich so kurz vor der Wahrheit stand und er das Thema lieber unter den Tisch fallen lassen wollte, war zu viel.

»Nein. Sagt es mir! Sofort!«

In mir waren so viele verschiedene Gefühle, die alle um die Oberhand kämpften. Da waren Wut, Traurigkeit, Herzschmerz und Frustration. Nicht mal mein Herz konnte sich für eins der vier entscheiden.

Zwei Atemzüge lang war es totenstill im Raum, dann kam Lennox der Name endlich über die Lippen. »Rafael.«

Abrupt öffnete sich der Boden unter meinen Füßen und ich fiel in ein großes, schwarzes Nichts. Zumindest fühlte es sich so an. Wer hätte gedacht, dass es lediglich einen Namen brauchte, um meine Welt komplett in sich zusammenbrechen zu lassen? Innerhalb von Sekunden hatte ich meinen Halt verloren und mit ihm alles, was mich in der letzten Zeit glücklich gemacht hatte.

Es gab keinen Zweifel daran, dass Lennox die Wahrheit sagte. Mein Körper *ließ* mir keinen Zweifel daran. Mein Herz wusste einfach, dass es stimmte, auch wenn mein Verstand sich noch dagegen wehrte. Unerwartet und unfreiwillig hatte ich meinen Vater gefunden. Nach Jahren der Suche, nachdem ich es längst aufgegeben hatte, bekam ich das, was ich immer gewollt hatte. Er war hier gewesen, hatte sich sogar auf der Firmenfeier mit mir unterhalten und ich hatte es nicht gewusst. Und anscheinend war ich die Einzige gewesen. Selbst Lennox' Freunde waren im Bilde und bestimmt auch Ivy. Nur mich hatte man für dumm verkauft.

Mir wurde schlecht und meine Sicht verschwamm, als Schwindel einsetzte. Ich fühlte mich wie auf einem Schiff, das mich aufgrund starken Wellengangs von einer Seite auf die andere schaukelte. Es war zu viel. Viel zu viel. Ich wusste nicht, wo mir der Kopf stand, wo oben oder unten war. Nur eines war klar: Alles, woran ich die letzte Zeit geglaubt hatte, war eine Lüge gewesen. Eine einzige, riesengroße Lüge.

Um das Zittern meiner Hände zu verbergen, ballte ich sie zu Fäusten und wandte mich wütend Lennox zu. Wie war es möglich, dass ausgerechnet sein Kumpel, der mich am wenigsten leiden konnte, am Ende derjenige war, der mir als Einziger die Wahrheit sagte? Es war nicht zu fassen.

»Ist es wahr?«

Lennox stand völlig erstarrt vor mir und sah mit entsetztem Blick auf mich herab. Es war klar, dass er in diesem Augenblick merkte, dass er verloren hatte. Vielleicht auch was er verloren hatte. Aber anscheinend war ich ihm nicht allzu viel wert gewesen.

»Ist alles wahr, was er sagt?«, fragte ich erneut, als er nicht antwortete.

»Ich glaube, das ist mein Stichwort, zu gehen«, meinte Tristan da aus dem Hintergrund, aber niemand schenkte ihm Beachtung, als er sich an uns vorbei drängte und in Richtung Fahrstuhl verschwand. Lennox und ich standen uns schweigend gegenüber. Mein Blick brannte sich in seinen, in diese grünen Augen, die einst meinen Herzschlag zum Rasen gebracht hatten und nun nichts als Traurigkeit in mir hervorriefen.

»Hast du um mich gewettet? Hast du mich nur benutzt, um deinen Vater zufriedenzustellen? Und hat dieser mich nach New York geholt und eingestellt, um seinem alten Freund einen Gefallen zu tun?«

Sag was, flehte ich ihn stumm an, während sich hinter meinen Augen ein unsäglicher Druck aufbaute. Das letzte Mal, das ich vor Wut geweint hatte, war ewig her, aber Lennox schaffte es. Ich war so sauer, dass er mir nicht antwortete. Mir nicht mal den Respekt zeigte, sich zu erklären. Wo war seine große Klappe jetzt? Wo war sein aufgeblasenes Ego, wenn es darauf ankam?

»Herrgott, sag was! Irgendetwas!«, schrie ich ihn an. »Mach den Mund auf.«

Beim letzten Wort fiel meine erste Träne. Sie landete auf meiner Wange und lief dann weiter über mein Gesicht nach unten. Mit ihr verließ auch die Wut meinen Körper und zurück blieb lediglich Schmerz und Traurigkeit. Ich hatte ihm vertraut, ihm von mir und meinen Problemen erzählt. Warum war ich nur so blöd gewesen?

»Wie viel muss ich eigentlich noch ertragen?«, murmelte ich, aber mehr zu mir selbst. Dennoch war es diese Frage, die ihn schließlich aus seiner Starre riss. Lennox machte einen Schritt auf mich zu. Seine Mimik bekam einen weichen Ausdruck und Mitleid mischte sich in den Ausdruck seiner Augen. Auf einmal sah er so verflucht schuldig aus. Und das war er auch. Er hatte mein Herz in seine Hände genommen und wie ein Blatt Papier zusammengeknüllt. Und jetzt war er gerade dabei, mich wegzuwerfen.

Er hob die Hände und wollte mein Gesicht umfassen, aber ich schnippte zurück. Betreten senkte er den Blick auf den Boden und ließ die Hände wieder sinken. Ich wollte von hier verschwinden und machte einen Schritt auf den Aufzug zu. Dieses Mal reagierte er blitzschnell und stellte sich mir in den Weg. Seine Augen hatte er vor Überraschung aufgerissen.

»Wo willst du hin?«

»Was glaubst du, was das wird? Ein beschissenes Happy End?«

»Bitte lass es mich erklären«, bat er mich.

Ich schüttelte den Kopf. »Du hattest deine Chance. Ich habe dich mehrmals gefragt und du ...« Ich ließ das Ende des Satzes in der Luft hängen.

»Amely«, wisperte Lennox und klang genauso traurig, wie ich mich fühlte.

»All In?«, fragte ich bitter und erinnerte ihn damit an das Versprechen, das wir uns gegeben hatten.

»Es ist nicht so –«

»Verschone mich mit weiteren Lügen.«

»Das mit deinem Dad –«, begann Lennox dennoch, »Mein Vater wollte dir das selbst sagen, deswegen sollte ich dir nichts erzählen.«

»Wie lange weißt du es überhaupt schon? Und wie lange deine Freunde? Hast du dir ernsthaft meine kleine, traurige Geschichte angehört und dich still und heimlich über mich lustig gemacht?«

Bei der Vorstellung gefror mir das Blut in den Adern.

»Nein, das würde ich niemals machen.«

»Tja, mir das Herz herauszureißen, nachdem ich dir vollkommen vertraut habe – das hätte ich dir auch niemals zugetraut.«

Ich umrundete ihn, um zum Fahrstuhl zu kommen.

»Bitte bleib hier«, rief er mir nach und packte mich am Handgelenk, um mich festzuhalten. »Sorry, dass ich bisher nichts gesagt habe. Ich war einfach geschockt. Ich wusste nicht, dass Tristan sowas macht. Bitte geh jetzt nicht, du bedeutest mir zu viel. Ich liebe dich, verdammt!«

Ich entriss ihm mein Handgelenk und sah ihn an, als hätte er mich gerade geohrfeigt. Und ehrlich gesagt brannten seine Worte auch so sehr wie ein Schlag ins Gesicht. Sie waren nicht das, was ich von ihm erwartet hatte oder was ich von ihm hören wollte.

»Es ist nicht so, wie er sagt. Bitte, hör mir einfach zu und alles wird gut.«

Jetzt kamen die Worte, die ich vorher unbedingt hatte hören wollen. Nur leider zu spät. Ich glaubte ihm nicht. Nicht mehr.

»Du weißt, dass ich nicht mehr dieser Arsch bin. Du weißt, dass ich mich geändert habe. Für dich. Für uns. Komm schon, Bambi, es bricht mir das Herz, dich so zu sehen.«

»Das ist nur fair. Du hast auch meins gebrochen.« Ich machte einen Schritt rückwärts. »Wir waren All In. Wir haben alles für ein Happy End riskiert.« Meinen Koffer zog ich mit mir, als ich erneut einen Fuß nach hinten setzte. »Und nun haben wir beide verloren. Es wird Zeit, das einzusehen.«

Lennox wurde kreidebleich, als er mir beim Gehen zusah, aber er hielt mich nicht noch einmal auf. Seine Augen wirkten glasig, aber meine eigenen Tränen erschwerten mir die Sicht.

Ich erreichte den Fahrstuhl und wartete, bis sich die Türen öffneten. Dabei gab ich mein Bestes, zu ignorieren, wie schwer und stickig die Luft war und dass ich kaum atmen konnte. Kaum signalisierte mir das *Ping*, das ich eintreten konnte, eilte ich in die Kabine und drehte mich dann den Türen zu. Ich hatte nicht bemerkt, dass Lennox mir gefolgt war, aber plötzlich stand er mir gegenüber, auf der anderen Seite der Schwelle, und sah mich mit Tränen in den Augen an.

»Es tut mir leid.«

Und kurz bevor die Türen sich schlossen und uns für immer voneinander trennten, antwortete ich ihm: »Ja, mir auch.«

Kapitel 49

Amely

Nachdem ich in meine Wohnung zurückgekehrt war, ließ ich all die Gefühle zu, die ich bis dahin unterdrückt hatte, um auf dem Heimweg nicht die Fassung zu verlieren. Nur mit der Intensität dieser hatte ich nicht gerechnet. Schmerz explodierte in meiner Brust, genau an dem Ort, wo man mir eben mit ein paar Worten mein Herz gebrochen hatte. Es war kaum auszuhalten und zwang mich in die Knie. Geradeso schaffte ich es ins Bett, bevor alle Dämme brachen und ich in einer zusammenkauernden Position in mein Kissen heulte, bis der Schlaf mich übermannte.

Am nächsten Morgen ging es mir nicht besser. Mein ganzer Körper tat weh, also blieb ich liegen und verließ das Bett nur, wenn ich musste. Ich wechselte zwischen dem An-die-Decke-starren und Weinen hin und her und dachte an nichts anderes als an Lennox' Verrat. Mein Herz war hinüber, in tausend Scherben zerlegt, deren scharfe Kanten sich bei jedem Atemzug in das umliegende Fleisch meiner Brust bohrten. Die Bruchstücke waren dabei so klein, dass es unmöglich war, sie wieder zu einem Ganzen zusammenzusetzen, also probierte ich es erst gar nicht.

Auch der zweite Tag begann nicht anders, jedoch stellte sich im Laufe des Vormittags eine angenehme Taubheit ein. Sie wirkte wie eine starke Schmerztablette, nur dass sie mir nicht nur die Qualen, sondern gleichzeitig auch alle anderen Gefühle nahm. Ich spürte nichts mehr, spürte *mich* nicht mehr.

Tief ein- und ausatmend ließ ich mich eine Zeit lang in diesem Meer aus Nichts treiben. Doch als ich nicht mehr von meinem gebrochenen Herzen und den damit verbundenen Gefühlen abgelenkt wurde, fluteten immer mehr Gedanken mein Gehirn. Erinnerungen fingen an, mich zu quälen, Fragen ließen mich nicht zur Ruhe kommen. Das Erstaunliche: Mein Vater tauchte recht wenig in meinem Kopf auf und das, obwohl ich ihn früher unbedingt hatte kennenlernen wollen. Aber nun ... Er hatte kein Interesse an mir gezeigt und Mum hatte recht gehabt. Ich hatte ihn bis hierher nicht gebraucht. Warum sollte ich also das Gespräch suchen, nur weil ich jetzt wusste, wer er war? Damit er sich erklären konnte? Was würde das ändern?

Ich wusste ja nicht mal, wie ich ihn überhaupt erreichen sollte. Die einzige Möglichkeit war auf der Arbeit. Bei diesem Gedanken fiel mir siedend heiß ein, dass morgen Montag war und ich unmöglich ins Büro konnte. Am liebsten wäre ich dort gar nicht mehr aufgetaucht.

Ich wollte Lennox für immer aus dem Weg gehen. Zuerst war mein Schmerz einfach nur der Beweis dafür gewesen, was er meinem Herzen angetan hatte, aber schon in der Nacht von Freitag zu Samstag war mir aufgefallen, dass ich ihn bereits vermisste. Dass ich mich nach seiner Nähe sehnte. Dass ich all die kleinen Momente mit ihm nie wieder erleben würde. Und dieses Wissen tat mir genauso sehr weh wie mein gebrochenes Herz.

Als ich gegen Abend kurz davor war, in den Schlaf abzudriften, erregte ein Geräusch meine Aufmerksamkeit. Es war eine Melodie, aber diese klang sehr leise und schien von weit weg zu kommen. Das Lied kam mir bekannt vor, aber ich wusste nicht woher. Ich lauschte, bis es plötzlich verstummte.

Für kurze Zeit war ich überzeugt, es mir nur eingebildet zu haben, doch als ich wieder die Augen schloss, ertönte es erneut. Nur dieses Mal traf mich die Erkenntnis wie ein Blitzschlag.

Das war mein Handy!

Während ich mich zügig aus dem Bett hievte und ins Wohnzimmer eilte, wünschte sich ein Teil von mir, dass es Lennox war, der mich so hartnäckig erreichen wollte, auch wenn ich weder mit ihm noch mit jemand anderem reden wollte. Neben der Haustür entdeckte ich meinen Koffer und die Handtasche, die ich dort nach meiner Rückkehr am Freitag einfach abgestellt hatte. Noch als ich darauf zusteuerte, erfasste mich auf einmal der Schwindel. Ich taumelte und rettete mich gerade so auf die Knie, bevor ich umfiel. Mein Blick verschwamm, der Raum begann sich zu drehen und meine Atmung beschleunigte sich auf schwerfällige Art und Weise.

Panisch fasste ich mir an die Brust, während ich mich langsam mit dem Rücken auf den Boden legte und hoffte, nicht zu sterben. Das Handyklingeln war vergessen. Was zum Teufel war los mit mir?

Als ich mit meinem Bewusstsein kämpfte, wurde mir klar, dass ich eine solch körperliche Reaktion nicht zum ersten Mal erlebte. Vielleicht waren sie damals nicht so stark gewesen, aber ich wusste, dass mein Körper gerade schwächelte, weil ich ihn mal wieder vernachlässigt hatte.

Erschrocken über meine eigene Dummheit fiel mir auf, dass ich seit Freitagmittag nichts mehr gegessen hatte. Das waren zwei volle Tage ohne Essen und in der ganzen Zeit hatte ich nicht mal Hunger gehabt. Und jetzt? Statt meinem Magen meldete sich eher eine altbekannte Stimme in meinem Kopf.

Du hast es schon so lange ohne Essen ausgehalten, dann schaffst du noch einen weiteren Tag. Vielleicht hätte Lennox dich nicht verarscht, wenn du besser zu ihm gepasst hättest. Wenn du schlanker, schöner gewesen wärst.

Ich versuchte, meinen Kopf auszuschalten, diese Stimme zu ignorieren oder mir einzureden, dass sie nur Mist erzählte. Fakt war aber, Steph hatte recht behalten. Ich hatte mit dem Feuer gespielt und mich verbrannt. Nun musste ich mit dem Wissen leben, meine Krankheit samt Stimmen erneut getriggert zu haben.

Etwas essen und meine tägliche Routine wiederfinden, würde mir helfen, aber wie sollte ich das schaffen, wo doch mein ganzes Leben in Schutt und Asche lag. Ich konnte nicht mehr zur Arbeit gehen, konnte nicht mehr in dem Büro sitzen, das ich eigentlich nicht verdiente und nur bekommen hatte, weil Mr. Mercier-Campbell meinem Dad einen Gefallen tun wollte.

Immer mehr hässliche Gedanken fluteten meinen Kopf und wollten mich wie ein Anker unter Wasser ziehen, bis ich keine Luft mehr bekam und unterging. Vor ein paar Tagen hätte mich noch mein Kampfgeist gerettet, aber nun war von dem nichts mehr übrig. Ich wollte nicht mehr kämpfen. Ich wollte mich nur noch treiben lassen und wenn ich unterging, dann –

Halt! Ich brachte den Gedanken nicht zu Ende.

Vielleicht war ich zu schwach, um allein weiterzukämpfen, aber ich hatte die Möglichkeit, um Hilfe zu bitten.

Trotz Schwindel richtete ich mich mit all meiner Kraft auf und suchte in meiner Tasche nach meinem Telefon. Als ich es nicht sofort fand, obwohl es dort irgendwo versteckt sein musste, biss ich mir vor Anstrengung auf die Unterlippe, bis es schmerzte. Nach einer gefühlten Ewigkeit ertasteten meine Finger endlich die vertraute, viereckige Form. Ich entsperrte es und ignorierte die zahlreichen Benachrichtigungen. Stattdessen wählte ich eine Nummer, die ich auswendig kannte.

Es klingelte. Ich ließ mich währenddessen zurück auf den Boden sinken und wartete. Nebenbei redete ich mir ein, dass das, was ich jetzt tat, mich vor dem Scheitern bewahrte, auch wenn es sich zunächst danach anfühlte, als hätte ich versagt.

»Ames?«

Als ich die müde Stimme meiner Schwester hörte, brach ich zusammen. Erleichterung darüber, dass ich sie erreicht hatte, mischte sich mit der Erschöpfung meines Körpers. Ich fing an, zu zittern.

»Steph. Hilfe, ich brauche Hilfe. Ich schaffe das nicht allein.«

Am nächsten Tag erschien ich erst kurz vor zehn auf Arbeit und begab mich statt an meinen Schreibtisch gleich in die oberste Etage des CIP-Headquarters. Meine Taubheit hielt an und mir war zum ersten Mal egal, was andere von mir hielten oder erwarteten und ob ich gerade im Zentrum der Aufmerksamkeit stand. Ich hatte mir nicht mal Mühe mit dem Outfit gegeben. Die schwarzen Leggings mit den weißen Sneakern und dem grauen Top samt schwarzem Cardigan verstießen gegen den Dresscode, aber nichts kümmerte mich in diesem Moment weniger.

Ohne mich bei seiner Assistentin anzumelden, steuerte ich auf die große Holztür des CEO zu. Ich hatte eine Mission und in meiner Hand alles, was ich dafür brauchte. Das hielt Mrs. Watson allerdings nicht davon ab, mir schimpfend nachzueilen. »Entschuldigen Sie, Ms. Spencer, aber Sie können da gerade nicht rein. Mr. Mercier-Campbell ist in einer Besprechung.«

Ich wunderte mich nicht, dass sie mich erkannte, obwohl wir uns in meiner Zeit bei CIP kaum über den Weg gelaufen waren. Wahrscheinlich wusste mittlerweile jeder in dieser Firma, wer ich war.

Kurz vor der Bürotür von Mr. Mercier-Campbell hielt ich inne. »Mit wem, wenn ich fragen darf?«

»Ms. Mercier-Campbell.«

Ich nickte. Das war perfekt. So erwischte ich zwei Fliegen mit einer Klappe.

»Ms. Spencer, ich kann Ihnen gerne einen Termin –«, wollte mich die Assistentin vertrösten, aber ich winkte ab.

»Nicht nötig.«

Dann wandte ich mich der Tür zu und stieß sie auf.

Vor Monaten hätte ich mir dieses rücksichtslose Verhalten niemals getraut, aber entweder hatte Lennox' selbstgefällige Art auf mich abgefärbt oder die Wut, von so vielen Menschen in dieser Firma hintergangen worden zu sein, ließ mich meinen Anstand vergessen.

Noch bevor ich einen Schritt in den Raum gesetzt hatte, wandten sich mir Mr. Mercier-Campbell und Ivy zu. Die beiden saßen an dem großen Schreibtisch und schienen überrascht. Bei meinem Anblick entspannten sich ihre Gesichter jedoch schnell und sie begrüßten mich mit einem Lächeln, das ich nicht erwiderte.

»Ms. Spencer«, rief die Assistentin hinter mir erneut, aber Mr. Mercier-Campbell beruhigte sie.

»Ist gut, Mrs. Watson. Ms. Spencer ist hier jederzeit willkommen.«

Ich unterdrückte den Reiz, bei seinen Worten mit den Augen zu rollen. Meine Taubheit war vergessen und an ihrer Stelle brodelte Wut unterhalb meiner gleichgültigen Fassade.

Nachdem die Assistentin die Bürotür von außen geschlossen hatte und wir unter uns waren, sah mich Ivy erwartungsvoll an. »Hi, Amely, wie war dein Hamptons-Wochenende?«

Auch ihr Vater wirkte interessiert an meiner Antwort, was mich überraschte und meinem Ärger einen Dämpfer verpasste. Anscheinend wussten die beiden nicht, dass Lennox und ich gar nicht weggefahren waren.

»Ich war nicht dort.«

Diese vier Worte reichten, um das Lächeln aus ihren Gesichtern verschwinden zu lassen.

»Was ist passiert?«

Ich ignorierte Mr. Mercier-Campbells Frage und wandte mich mit einer hochgezogenen Augenbraue an Ivy. »Wusstest du es?«

Innerhalb einer Sekunde wandelte sich ihr Ausdruck zu einer verwirrten Miene, die Bände sprach. Sie hatte keine Ahnung, aber ich musste einfach auf Nummer sicher gehen.

»Wusstest du, wer mein Vater ist?«

»*Was?!*«, stieß Ivy entsetzt aus. »Nein, ich habe keine Ahnung, wer dein Vater ist. Wie kommst du darauf?«

Ich öffnete den Mund, wollte es ihr sagen, aber brachte den Namen dann doch nicht über die Lippen. Er lag mir auf der Zunge, aber je länger ich mit mir rang, desto bitterer schmeckte er. Zum wiederholten Mal fragte ich mich, wie ich in diese komplizierte Situation hineingeraten war.

Ivy sah mir an, wie sehr ich mit mir zu kämpfen hatte. Mitleid mischte sich in ihren Blick und sie richtete sich auf, um zu mir zu kommen. Allerdings räusperte sich in diesem Moment Mr. Mercier-Campbell.

»Hat Lennox es Ihnen gesagt?«

Ich schüttelte den Kopf. »Es war Tristan.«

»Tristan? Was hat Tristan mit deinem Hamptons-Wochenende oder deinem Vater zu tun?« Als ihr keiner antwortete, wurde Ivy ungehalten. »Genug mit diesem Schweigen. Mag mich endlich mal einer aufklären, was hier los ist?«

Ich schluckte gegen die Tränen an, die sich in meinen Augen sammeln wollten, und fasste mir ein Herz. »Ich war davon ausgegangen, dass ihr mir einen Praktikumsplatz angeboten habt, weil euch meine akademischen Leistungen oder meine Erfahrungen überzeugt hätten. Allerdings hat Tristan mich am Freitag wissen lassen, dass es eher daran lag, dass dein Dad meinem Vater einen Gefallen tun wollte.«

»Das ist nicht richtig«, protestierte der CEO von CIP sofort, aber niemand beachtete ihn.

Ivy sah mich streng an. »Glaub mir, ich war sowohl von deinen Leistungen als auch von deinen Erfahrungen begeistert. Zwar wurde mir tatsächlich aufgetragen, dich zu rekrutieren, komme, was wolle, aber als ich deinen Lebenslauf gesehen habe, hätte ich es auch ohne Auftrag getan. Aber wer zur Hölle ist dein Vater?«

Ihr Gesichtsausdruck wandelte sich mit einem Mal. Sie sah ihren Dad an. »Und warum solltest du ihm einen Gefallen tun wollen?«

Ich musterte den älteren Mann. Es war komisch, nun vor ihm zu stehen, mit allem, was ich seit Freitag wusste. Allerdings war ich nicht in der Verfassung, all das seiner Tochter zu erklären, also überließ ich ihm das Reden.

»Rafael ist ihr Vater.«

Obwohl ich die Wahrheit schon kannte, waren die Worte trotzdem wie eine Bombe, die einschlug.

»Was?!«

Ivys Ausruf war laut und fassungslos, aber ihr Vater schenkte dem keine Beachtung, weil er vollkommen auf mich fixiert war. »Setz dich bitte, Amely, und lass es mich erklären.«

Er duzte mich plötzlich, was die ganze Sache für mich noch persönlicher und unangenehmer machte.

»Ich stehe lieber.«

»Dein Vater und ich waren schon seit Kindheit befreundet. Er war – nein, er *ist* mein bester Freund. Daher war ich auch so geschockt, als er mir irgendwann von dir erzählte. Ich konnte nicht verstehen, wie er seine Familie einfach so zurückgelassen hatte und habe ihn mehrmals darum gebeten, zu euch Kontakt aufzunehmen, aber er wollte nicht.« Mr. Mercier-Campbell schüttelte den Kopf und hatte den Blick auf seine auf der Tischplatte verschränkten Hände gerichtet, als er sich offensichtlich an damals erinnerte.

Nach einer Pause hob er wieder den Kopf und atmete tief aus. »Obwohl ich dich nicht kannte, habe ich mich dennoch für dich verantwortlich gefühlt. Ich weiß nicht warum. Du warst nicht mein Kind, aber du hättest es genauso gut sein können. Also behielt ich ein Auge auf dich. Ich habe deine Entwicklung verfolgt, wusste von deinem Instagram-Account, aber dann wurdest du krank und ich habe Rafael die Schuld dafür gegeben. Gleichzeitig wollte ich dir gern helfen und nachdem es dir wieder besser ging, habe ich Ivy beauftragt, dich hierher zu holen. Sie wusste nicht, wieso ich das wollte. Das wusste niemand.«

Er räusperte sich und warf mir dann einen strengen Blick zu. »Lass mich eins klarstellen: Du bist nicht hier, weil ich irgendjemandem einen Gefallen tun wollte. Du bist hier, weil du für mich zur Familie gehörst, und jetzt durch deine Verbindung mit Lennox –«

Bei diesen Worten zog ich scharf die Luft ein und unterbrach ihn damit. Es war schon schwer genug gewesen, seiner Erklärung zu lauschen, aber das, was er jetzt sagen wollte, gab mir den Rest.

Auch Ivy war blass geworden und schüttelte langsam den Kopf. »Was hat mein Bruder getan?«

Als ich nicht sofort antwortete, ergriff Mr. Mercier-Campbell erneut das Wort. »Egal, was mein Sohn gemacht hat, es ist meine Schuld. Ich fand es wirklich bemerkenswert, was du dir in deinen jungen Jahren aufgebaut hast, Amely, und ich war der Überzeugung, dass du einen guten Einfluss auf Lennox haben würdest. Ich dachte, ich hätte recht gehabt. Eure Präsentation war überragend und ich habe ihn schon lange nicht mehr so engagiert gesehen. Aber dein Anblick lässt mich nun erkennen, dass ich einen Fehler gemacht habe. Ich hätte dich niemals in diese Position bringen dürfen.«

Ich nickte und trat auf die beiden zu. Dann legte ich langsam das Blatt Papier auf den Schreibtisch, das ich die ganze Zeit in der Hand gehalten hatte. »Hiermit möchte ich euch mitteilen, dass ich um eine sofortige Aufhebung meines Arbeitsvertrags bitte.«

»*Was?*«, rief Ivy entsetzt und griff sofort nach meiner Kündigung, um diese zu überfliegen. »Das kannst du nicht machen!«

»Ich weiß nicht, was zwischen dir und meinem Sohn vorgefallen ist, aber ich sehe, dass es dir ernst ist. Deswegen komme ich deiner Bitte nach«, teilte mir Mr. Mercier-Campbell in der Zwischenzeit mit ruhiger Stimme mit.

Ivy war so aufgewühlt, dass sie sich ein paar Mal verhaspelte, als sie sprach. »Sag mir, was mein Bruder getan hat, und ich schwöre dir, ich bringe ihn um. Du musst nicht wegen ihm gehen. Ehrlich nicht. Ich schmeiße ihn einfach raus und –«

»Das wirst du nicht tun«, unterbrach ich sie und auch ihr Vater äußerte seine Bedenken.

»Ivy, er ist immer noch der zukünftige Geschäftsführer.«

»Ein Idiot – das ist er!«

Ich begegnete ihrem Blick. »In fünf Stunden geht mein Flieger.«

»Nein!«, entgegnete diese energisch. »Nein, du wirst nicht gehen.«

»Ich muss.« Ich holte noch einmal tief Luft. »Mir geht es nicht gut. Ich ... meine Krankheit ist gerade stärker als ich und ich brauche Hilfe, um mich nicht wieder vollkommen in ihr zu verlieren.«

»Aber ich kann dir doch helfen?«

»Ivy, ich denke, Amely braucht in einem solchen Fall professionelle Hilfe«, warf Mr. Mercier-Campbell ein und hatte damit recht.

»Ich möchte mich trotzdem für die Chance bedanken. Ich habe sehr gerne bei CIP gearbeitet. Die mir geliehene Technik gebe ich bei der IT ab und den Schlüssel zur Wohnung werde ich beim Portier hinterlegen.«

Und sobald das erledigt war, war alles wieder so, als hätte es mich hier nie gegeben.

»Ich will nicht, dass du gehst«, meinte Ivy leise. In ihren Augen schimmerten Tränen und der Anblick war wie ein Schlag in den Magen. Diese Reaktion hatte ich bei ihr noch nie beobachtet. Von uns beiden war immer ich diejenige gewesen, die näher am Wasser gebaut war.

Ich nahm sie in den Arm und drückte sie an mich. »Danke für alles«, war das Einzige, was ich über die Lippen brachte, obwohl ich ihr gern versprochen hätte, mit ihr in Kontakt zu bleiben. Jedoch wusste ich nicht, ob ich das schaffte.

Als wir uns wieder trennten, wandte ich mich dem CEO zu. »Auch Ihnen vielen Dank, vor allem für die Wahrheit.«

»Amely, nur damit du es weißt: Du wirst bei CIP immer einen Platz haben, solltest du zurückkommen wollen. Und ich hoffe, du verzeihst mir diese Äußerung, aber ich denke, du gehörst hierher.«

Ich schluckte und wusste nicht, was ich darauf sagen sollte. Eine Rückkehr nach New York war für mich ausgeschlossen.

Als ich ging, drehte ich mich nicht noch einmal um. Ich blickte selbst dann nicht zurück, als ich vor dem Headquarter auf die Straße trat. So gern ich es auch wollte, aber ich konnte es nicht.

Kapitel 50

Lennox

Genug war genug. Ich warf einen letzten Blick in das leere, gegenüberliegende Büro und stand von meinem Schreibtisch auf. Ein ganzes Wochenende war vergangen, ohne dass ich etwas von Amely gehört hatte. Sie hatte mich ignoriert, nicht auf meine Anrufe oder Nachrichten reagiert und war heute Morgen auch nicht zur Arbeit erschienen.

Es stand außer Frage, dass ich Scheiße gebaut hatte. Noch an dem Abend, an dem ich den Jungs die Wahrheit erzählt hatte, hätte ich mich am liebsten selbst in den Arsch getreten. Amelys Geschichte ging niemanden etwas an, auch nicht meine Kumpels, und dass ich Tristan blind vertraut hatte, war mein größter Fehler gewesen. Trotz seiner Veränderung in den letzten Wochen wäre ich nie davon ausgegangen, dass er Bambi so einen Bullshit glauben ließ. Und alles, was ich getan hatte, war, dabei zuzuschauen, wie ihr Herz brach, weil ich meinen Mund nicht aufbekommen hatte. Dabei war da so viel, was ich hatte sagen wollen, aber meine Kehle war wie zugeschnürt gewesen.

Ich konnte es ihr nicht verübeln, dass sie mir aus dem Weg ging. Sie brauchte Freiraum, um nachdenken zu können, musste die Neuigkeiten über ihren Dad verdauen. Allerdings machte mich die Distanz zwischen uns nervös. Meine Geduld, auf sie zu warten, bis sie bereit war, mit mir zu reden, schmolz mit jeder Sekunde, in der sie sich nicht meldete.

Hier zu sitzen und in ihr leeres Büro zu starren, nicht zu wissen, wo sie war, das ließ mich schließlich brechen. Ich hielt es nicht mehr aus, sie guten Gewissens in dem Glauben zu lassen, ich hätte sie nur ausgenutzt. Sie musste erfahren, wie es wirklich gewesen war. Wir *mussten* miteinander reden. Der Gedanke, sie zu verlieren, raubte mir den Atem, als ich einen Fuß über mein Motorrad schwang. Die Arbeit war mir im Moment scheißegal. Meinetwegen konnten Ivy oder mein Dad mir heute Nachmittag eine Standpauke halten, aber jetzt war es mir wichtiger, meine Beziehung zu retten.

Dank der Heimfahrt aus dem Hamptons wusste ich noch, wo Amely wohnte. Mit der Ducati konnte ich mich Gott sei Dank schneller durch den dichten Berufsverkehr kämpfen. Als ein Transporter aus Protest hupte, weil ich langsam an ihm vorbeifuhr, befeuerte der Schreck nur meine Anspannung. Ich war dünnhäutig, hatte die letzten Nächte schlecht geschlafen und Koffein half nicht mehr gegen das Brennen meiner Augen.

Meine gereizte Stimmung wurde nicht besser, als ich bei Amelys Wohnhaus ankam und der Portier sich weigerte, mich zu ihrem Appartement zu lassen. Bevor ich ihn anschnauzen konnte, erklang *No Son Of Mine* aus meiner Hosentasche. Der Anruf meines Vaters konnte nur bedeuten, dass ihm meine Abwesenheit auf Arbeit bereits aufgefallen war. Ich entfernte mich ein paar Schritte vom Empfangstresen und nahm das Gespräch an.

»Ja?!«

Der aggressive Ton meiner Stimme verriet, dass meine Selbstbeherrschung nur noch an einem dünnen Faden hing, der jederzeit reißen konnte.

Überraschenderweise begrüßte mich eine helle, verärgert-klingende Stimme. »Bruderherz.«

Ich runzelte die Stirn. »Ivy, was machst du am Smartphone unseres Vaters?«

»Ich bin auch anwesend«, meldete sich da eine tiefe Stimme aus dem Hintergrund.

Eine Familienkonferenz, na klasse!, dachte ich, aber behielt den

Kommentar für mich.

»Lex, was hast du getan?«

»Das wirst du mir sicherlich gleich sagen«, reagierte ich genervt auf Ivys Frage. Wenn sie mich am Telefon rügen wollten, würde ich gleich auflegen. Dafür hatte ich jetzt keine Zeit.

»Amely war gerade hier«, erzählte da mein Vater und allein die vier Worte machten mir klar, dass dieser Anruf nichts Gutes bedeutete. Sofort rutschte mir das Herz in die Hose.

»Was hat sie gesagt?«

»Es war weniger das, was sie nicht gesagt hat.«

Gegen Ende des Satzes versagte meiner Schwester die Stimme. Sie klang emotional und meine Bauchschmerzen verstärkten sich.

»Was ist passiert?«

Mein Vater rückte, ohne zu zögern, mit der Sprache heraus. »Sie hat gekündigt.«

Mein Herzschlag setzte aus. Die Welt drehte sich weiter, aber sie hatte mich dabei vergessen. Ich hing in einem Augenblick fest, in dem sich dieser Satz in einer Endlosschleife in meinem Kopf wiederholte.

»Du hast Tristan erzählt, dass Rafael Amelys Vater ist? Bist du von allen guten Geistern verlassen?«, fuhr mich Ivy an.

»Ja, ich weiß, dass es ein Fehler gewesen ist, okay? Ich habe Scheiße gebaut.« Es rauschte in meinen Ohren, meine Atmung beschleunigte sich, als Panik sich in mir breitmachte. Ich drückte mir die Hand auf den Brustkorb, in der Hoffnung, mein rasendes Herz beruhigen zu können. »Wo ist sie jetzt?«

»Das war aber nicht das Einzige, richtig?«, hakte mein Vater nach. »Lennox, was hat Tristan ihr noch erzählt?«

Ich ignorierte die Fragen. »Wo. Ist. Amely? Ich bin in ihrem Wohnhaus, aber der Portier will mich nicht zu ihrer Wohnung hochlassen.«

»Ja, das wundert mich nicht.«

»Wieso? Ich will nur mit ihr reden. Ich muss ihr erklär-«

»Nein, du verstehst nicht, Lex«, unterbrach mich meine Schwester aufgeregt. »Sie ist weg. Sie hat gekündigt, ihre Arbeitssachen abgegeben und den Wohnungsschlüssel dem Portier ausgehändigt. Die Wohnung ist leer und sie fliegt zurück nach England. Amely ist weg und sie kommt auch nicht wieder zurück.«

Das Rauschen nahm zu. Ich hörte zwar, was Ivy sagte, aber mein Verstand weigerte sich, es zu verstehen. Das durfte nicht stimmen. Das konnte einfach nicht wahr sein. Sie war alles. Fuck, sie war mein Leben! Und wenn sie wirklich ging ... Ich konnte nicht ...

Plötzlich bekam ich keine Luft mehr und die Panik zwang mich in die Knie. Mit letzter Kraft gelangte ich nach draußen an die frische Luft und ließ mich an der Fassade des Gebäudes nach unten sinken. Es war mir scheißegal, dass mein Designeranzug gerade den dreckigen Gehweg berührte oder ich von den vorbeilaufenden Passanten neugierig gemustert wurde. Wie ein Penner kauerte ich auf dem Boden und ließ den Kopf hängen. Mit dem Handy am Ohr versuchte ich, wieder die Kontrolle über meinen Körper zu erlangen. Währenddessen rief meine Schwester immer wieder nach mir, aber ich hörte sie nur wie durch Watte hindurch. Mein Sichtfeld war komplett verschwommen und ich konnte so tiefe Atemzüge nehmen, wie ich wollte, es wurde nicht besser.

»Lex.« Als die Stimme meines Vaters erklang, war mir mittlerweile zum Heulen zumute. »Ich kann dir nicht helfen, wenn ich nicht weiß, was du verbrochen hast, Sohn.«

Der Fakt, dass er mir das überhaupt anbot, zeigte, wie besorgt er gerade um mich war.

»Du kannst nichts tun, Dad.« In meiner Kehle steckte ein Schluchzer, den ich verzweifelt herunterschlucken wollte. »Tristan hat ihr erzählt, dass ich mit den Jungs um sie gewettet und sie nur dafür benutzt habe, um endlich deine Anerkennung zu erhalten.«

»Warum? Das macht keinen Sinn.«

»Er hat behauptet, dass eine Beziehung zwischen ihr und mir auch die Geschäftsverbindung zwischen Rafael und dir stärken würde.«

»Er ist ein absolutes Arschloch und das habe ich dir immer gesagt!« Ivy schrie so laut ins Telefon, dass es in meinem Ohr klingelte. Dad stimmte ihr brummend zu.

»Ich wollte ihr sofort sagen, dass das nicht stimmt, aber ich habe meinen Mund nicht aufbekommen. Ich war so geschockt. Einer meiner engsten Freunde ist mir in den Rücken gefallen und diese Überraschung hat mich komplett aus der Bahn geworfen.«

»Ein paar schöne Freunde hast du da.«

»Ivy, das hilft ihm jetzt nicht weiter«, beruhigte Dad meine Schwester.

Mir fiel ein, dass sie mich tatsächlich des Öfteren vor Tristan gewarnt hatte, aber nie hätte ich gedacht, dass sie recht behalten würde.

»Was soll ich jetzt machen?«, fragte ich, bevor ich spürte, wie meine Kehle sich zusammenzog.

»Ich glaube, da gibt es nichts mehr, was du machen kannst, Sohn«, meinte mein Vater mit ruhiger Stimme, aber auch ihm war die Niedergeschlagenheit anzuhören. »Du musst Amelys Entscheidung respektieren.«

Meine Schwester blieb still und irgendwie bekam ich das Gefühl, dass sie nicht seiner Meinung war.

»Ivy, bitte«, flehte ich, als hätte sie eine bessere Lösung parat.

»Lex, was willst du von mir hören? Du könntest dich natürlich in den nächsten Flieger nach London setzen und dieses Missverständnis aufklären, aber –« Sie stockte.

»Aber was?«

»Ehrlich gesagt glaube ich nicht, dass das etwas ändern würde. Selbst wenn Amely dir verzeiht, bezweifle ich, dass du ihr Vertrauen erneut gewinnen kannst.«

Etwas, das so ähnlich wie ein Schluchzer klang, kroch aus meiner Kehle.

Ivy zog scharf die Luft ein. »Tut mir leid.«

Durch ihre harten Worte setzte bei mir langsam die Erkenntnis ein. Ich hatte Amely verloren. Ich hatte sie tatsächlich verloren. Sie war weg, ohne ein Wort des Abschieds, ohne, dass ich sie noch mal hatte in meine Arme schließen können.

»Ihr seid gerade auch sehr aufgebracht, vielleicht lässt du Amely sich erstmal beruhigen, bevor du –«

Ohne meinen Vater ausreden zu lassen, beendete ich das Telefonat. Ich konnte das jetzt nicht hören. Ivy hatte recht, es war meine Schuld und alles nur, weil ich so ein verdammter Idiot gewesen war. Mir war jetzt schon klar, dass ich mir das niemals verzeihen würde.

Kapitel 51

Lennox

Zwei Wochen nach der Trennung

Against All Odds schallte durch meine Wohnung, während ich auf der Couch saß, den Kopf in den Nacken gelegt hatte und an die weiße Zimmerdecke starrte. Ich lauschte Phil Collins' Stimme und verlor mich in meinem Schmerz. Nein, eigentlich badete ich eher in meinem Selbstmitleid. Mein weißes T-Shirt war dreckig, ebenso wie die schwarze Jogginghose, die ich trug. Mit den ungekämmten Haaren und meinem mittlerweile zu langem Bart sah ich aus wie ein Penner. Ich roch auch so.

Vor mir auf dem Couchtisch stand eine halbvolle Flasche Wodka, die mir dabei half, den Schmerz zu betäuben. Es war erbärmlich. Ich war erbärmlich und ich wusste das, aber es war mir egal. Es würde sich erst wieder etwas ändern, wenn ich aufhörte, sie zu vermissen und das würde nie passieren.

Trotz der ohrenbetäubenden Lautstärke der Ballade vernahm ich in der Ferne das melodische Klingeln des Fahrstuhls. Statt aufzustehen und nachzusehen, wer mich besuchen kam, blieb ich sitzen, als wäre mein Arsch auf meinem Sofa festgewachsen. Zudem interessierte es mich nicht, wer es war. Er oder sie konnte gleich wieder gehen. Mein Handy war nicht ohne Grund seit Tagen ausgeschaltet.

Die Schritte mehrerer Personen ließen mich grimmig die Augenbrauen zusammenziehen. Gerade rechtzeitig löste ich den Blick von

405

der Decke und beobachtete, wie Aaron, Damien und Tristan hinter dem Raumtrenner hervortraten. Letzteren zu sehen, ließ nicht nur Wut in mir aufwirbeln.

Ich hatte es geschafft, die Erinnerungen an Tris' Verrat zu verdrängen, weil der Verlust von Amely alles überschattet hatte. Sein Anblick machte mir jedoch wieder klar, wem ich die ganze Scheiße zu verdanken hatte, und ich hatte Mühe, ihm nicht auf der Stelle meine Faust in die Fresse zu rammen.

Aaron warf Damien einen vielsagenden Blick zu, als sie auf mich zukamen. Tristan verzog unterdessen das Gesicht – sicherlich wegen meiner Musik – und angelte sich von meinem Couchtisch die Fernbedienung meiner Surroundanlage. Mit einem Augenrollen schaltete er sie aus. Meine Augen verfolgten jede seiner Bewegungen genau. Er hatte keine Ahnung, was auf ihn zukam, aber dieses Arschloch würde für meinen Schmerz bezahlen.

»Wenigstens lebt er«, raunte Damien Aaron zu.

»Und wenigstens hat er den Fahrstuhl nicht mehr blockiert«, antwortete der ihm, aber seine Stimme klang dennoch besorgt.

Mein Blick wanderte von Tris zu den beiden. »Er kann euch hören.«

»Wie geht's dir?« Aaron ließ sich neben mir aufs Sofa fallen.

»Ach, na ja, du weißt schon. Ich habe Scheiße gebaut, meine Freundin hat mich verlassen und ist nach Großbritannien zurückgekehrt. Ich kann sie nicht mehr erreichen, weil sie anscheinend die Handynummer gewechselt hat, und mein Dad hat mich auf Arbeit beurlaubt. Aber davon mal abgesehen, geht's mir gut.« Ich klang gespielt unbekümmert, als würde mein Leben nicht gerade in Flammen aufgehen, ehe ich ein Grunzen von mir gab und zum Wodka griff.

Damien zog scharf die Luft ein und beobachtete mich dabei, wie ich die Flasche ansetzte. »Wir haben versucht, dich zu erreichen. Wir machen uns Sorgen, Mann.«

»Was du nicht sagst.« Ich wandte mich an Tristan, der mit verschränkten Armen vor uns stand. »Du hast ihnen offensichtlich noch nicht erzählt, wie sehr du mein Leben gefickt hast.«

Augenblicklich schnippte Aarons Kopf zu dem Wichser, während Damiens Blick verwirrt zwischen uns hin und her pendelte. »Was hast du gemacht?«

Statt ihm zu antworten, sah das Arschloch mich genervt an. »Ich habe gedacht, du bist mittlerweile darüber hinweg.«

Wut ließ mich rotsehen. Niemand reagierte, als sich die Atmosphäre im Raum schlagartig abkühlte. Die Spannung zwischen uns vieren war beinahe mit Händen greifbar und es sah so aus, als würden sich Aaron und Damien nicht mal trauen, Luft zu holen.

Das Wippen meines Knies und der harte Zug um meinen Mund – beides klare Warnsignale – ignorierte Tris, als er genervt aufstöhnte. »Alter, vergiss sie. Da draußen gibt es tausende Frauen, mit denen du genauso viel Spa-«

Weiter kam er nicht, denn ich war aufgesprungen und sorgte dafür, dass er seinen Satz nicht beendete. Meine Faust kollidierte zuerst mit seinem Kiefer, dann mit seiner Nase. Das Knacken, das ertönte, hatte etwas Befriedigendes.

Tris fiel nach hinten um und riss die Arme nach oben, um mich abzuwehren, aber er hatte keine Chance. Ich war durch meinen Kampfsport trainiert, zu schnell und zu geübt, um mich von ihm blocken zu lassen. Über ihn gebeugt, schlug ich immer und immer wieder zu, bis zwei starke Arme mich von dem Arschloch herunterzogen. Ich ließ es zu.

Aaron hielt mich fest, während ich schweratmend dabei zusah, wie sich mein ehemaliger Freund aufrichtete und ihm Blut übers Gesicht lief. Er hätte noch mehr verdient – noch mehr Schläge, noch mehr Schmerz. Ich wollte ihm genauso sehr weh tun wie er mir, damit er wusste, was er mir angetan hatte. Doch stattdessen schüttelte ich Aarons Griff ab und baute mich vor dem auf dem Boden liegenden Tristan auf.

»Ich will dich nie wiedersehen, hast du mich verstanden? Und jetzt verpiss dich!«

Sein Blick war hasserfüllt, aber nachdem er sich mit dem Ärmel das Blut aus dem Gesicht gewischt hatte, nickte er. Dann stand er langsam auf und zog sein Portemonnaie aus der Arschtasche seiner Jeans, klappte es auf und schleuderte mir ein paar Sekunden später die Karte für meinen Aufzug entgegen. Ich fing sie auf, als der Fahrstuhl weiteren Besuch ankündigte. *Perfektes Timing!*

Kaum war der Wichser hinter dem Raumtrenner verschwunden, kam Ivy mit geschocktem Gesichtsausdruck um die Ecke.

»Was ist denn mit dem passiert?«

Statt ihr zu antworten, ließ ich mich wortlos auf der Couch nieder und Aaron räusperte sich.

»Lex ist passiert«, antwortete Damien.

»Er hat das gekriegt, was er verdient hat.«

»Sicher? Ich finde, er hätte schlimmer aussehen können.«

In diesem Moment wollte ich meine Schwester umarmen.

»Kann uns jetzt bitte mal jemand aufklären?« Damien setzte sich, während Aaron sich mit dem Rücken an eine Wand lehnte und die Arme verschränkte. Beide sahen mich erwartungsvoll an.

Ich seufzte und griff erneut nach der Wodkaflasche – dieses Mal aber nicht, um sie zu trinken, sondern um sie mir auf die Hand zu legen. Meine Knöchel waren von den Schlägen etwas mitgenommen und das Glas kühlte die verletzte Haut.

»Es war ein Fehler gewesen, euch von Amelys Dad zu erzählen, bevor sie selbst Bescheid wusste.« Ich stockte kurz. »Ich dachte, ich könnte euch vertrauen.«

»Das kannst du!«, warf Damien energisch ein, aber Aaron sah nicht so aus, als würde er unserem Freund zustimmen wollen.

»Nach der Präsentation wollte ich mit Amely in die Hamptons fahren, aber als ich nach Hause kam, um meine Koffer zu packen, war sie schon da. Und Tristan auch.«

Ich musste tief Luft holen und senkte meinen Kopf. Mit den Händen vor dem Gesicht versteckte ich, wie sehr ich mit mir kämpfte. Dabei hatte ich die Wodkaflasche vergessen, die nun rumpelnd zu Boden fiel. Irgendeiner stürzte vor und hob sie auf.

»Ich weiß nicht genau, was danach passiert ist, nur das Tristan –« Ivy suchte nach Worten, als sie das Erzählen für mich übernehmen wollte. Meine Schwester konnte mich nicht leiden sehen und das rechnete ich ihr hoch an, aber durch die Hölle des Erinnerns musste ich allein durch.

»Tristan hat Amely erzählt, wer ihr Vater ist und dabei angedeutet, dass ich die ganze Zeit darüber Bescheid wusste. Er hat ihr gesagt, dass sie nur bei CIP arbeiten durfte, weil mein Dad Rafael einen Gefallen tun wollte. Außerdem behauptete er, dass ich die Verbindung zu ihr für mich nur ein Mittel zum Zweck war. Dass ich mit euch um sie gewettet und sie gleichzeitig ausgenutzt habe, um meinen Dad zu beeindrucken.«

Aaron atmete scharf ein. »Warum macht er so einen Scheiß?«

Ich zuckte mit den Schultern.

»Was passierte dann?«

Ich sah Damien niedergeschlagen an. »Was soll schon passiert sein?! Sie hat das mit uns beendet. Das war das letzte Mal, das ich sie gesehen habe, bevor sie nach London gegangen ist.«

»Du hast ihr nicht die Wahrheit gesagt?«

»Nein, konnte ich nicht.«

»Lex«, meinte Aaron vorsichtig, als er sich mir schräg gegenübersetzte. »Meinst du nicht, es ist an der Zeit, dich wieder aufzurappeln? Amely würde dich ungern so sehen.«

»Du weißt nicht, was sie wollen würde. Keiner von euch kannte sie gut genug. Und können wir bitte aufhören, über sie zu sprechen?«

»Nein, das können wir nicht.«

Eben war ich meiner Schwester dankbar gewesen, jetzt wollte ihr am liebsten an die Gurgel gehen.

»Soll ich einfach weitermachen? So, als wäre nichts gewesen? Als hätte es Amely nie gegeben?« Dann wandte ich mich direkt an Damien und Aaron. »Ich weiß, ihr wollt den alten Lennox zurück, der ständig mit euch feiern war und nur Scheiße gebaut hat, aber den gibt's nichts mehr. Ich werde und ich will auch nie wieder dieser Mensch sein. Wenn ihr das nicht akzeptieren könnt, dann folgt Tristan. Geht einfach.«

»Bist du bescheuert?« Aaron war gereizt. »Niemand hat das je behauptet. Im Gegenteil. Du gefällst mir so deutlich besser. Na ja, nicht so.« Er deutete auf meine Erscheinung. »Aber halt die Version, die du dank Amely geworden bist.«

Seine Worte rüttelten etwas in mir wach, das ich in der letzten Zeit unter Selbstmitleid vergraben hatte: meinen Kampfgeist. Ich erinnerte mich an die Worte meines Vaters. Vor zwei Wochen hatte ich vielleicht nicht vielmehr tun können, als Amelys Entscheidung zu akzeptieren, aber das bedeutete nicht, dass ich nicht doch um sie kämpfen konnte. Aber auch meine Schwester hatte recht gehabt. Ich war noch nicht so weit, das jetzt schon zu tun, aber ich konnte es sein, wenn irgendwann der richtige Moment kam. Und der würde kommen!

»Ich werde nicht aufgeben. Ich werde *sie* nicht aufgeben! Es ist mir egal, was ihr davon haltet. Ich kann das nicht ohne sie.«

Danach herrschte betretende Stille im Raum. Aaron und Ivy wechselten einen kurzen Blick und Damien starrte lieber auf seine Fußspitzen, anstatt mich anzusehen. Da merkte ich, wie mich etwas an der Wange kitzelte. Schnell wischte ich mit der Hand über die Haut im Gesicht, nur um festzustellen, dass meine Finger daraufhin nass waren. Das waren doch ...?

Ich nahm die andere Hand dazu, fuhr mir erneut über die Wangen mit dem gleichen Ergebnis. *Fuck, ich heulte!*

Die Ruhe im Raum war erdrückend und ich ließ schließlich die Schultern hängen und den Tränen freien Lauf. Sie waren nur zum Teil aus Traurigkeit. Der andere Teil war vor Erleichterung, endlich wieder ein bisschen Hoffnung und ein Ziel zu haben.

Ivy stand auf, kam zu mir und schlang mir die Arme um die Taille. Sie drückte viel zu fest zu, aber ihre Berührung war trotzdem tröstlich. »Kopf hoch, Lex. Irgendwie geht's immer weiter. Wir sind für dich da.«

Aaron nickte.

Ich schüttelte den Kopf. Sie verstanden mich nicht. Noch nicht. »Ich will nicht so weitermachen. Ich werde eine Lösung finden.«

»Gut, dann musst du nur einen Schritt nach dem anderen machen«, meinte Damien, ehe er mich vorsichtig angrinste. »Und vielleicht sollte dich dein erster Schritt in die Dusche führen. Ich habe dich wirklich gern, aber, Alter, du stinkst.«

Und diese Worte brachten mich zum ersten Mal seit zwei Wochen wieder zum Lächeln.

Kapitel 52

Amely

Ich funktionierte. Besser konnte man meinen Zustand nicht beschreiben. Meinen Körper zwang ich zum Weitermachen und gönnte mir dabei kaum Pausen oder Ruhe. Es waren die stillen Momente, die mich spüren ließen, dass ich irgendwie nur noch ein halber Mensch war, nicht mehr komplett – nicht, seit ich wieder aus New York City zurück war.

Sämtliche Gedanken an ihn versuchte ich, so gut es ging, zu verdrängen. Sie machten mich traurig und schafften es, dass ich morgens nicht mal mehr aufstehen wollte. Dabei musste ich das aber. Ich musste weitermachen.

Meiner Familie hatte ich nicht erzählt, was genau zwischen Lennox und mir vorgefallen war. Mir fehlte zudem der Mut, meinen Vater zu erwähnen, auch wenn ich wusste, dass ich vor allem mit Mum darüber sprechen musste. Meine Schweigsamkeit wurde akzeptiert, aber auch nur, weil wichtigere Dinge, wie meine Gesundheit, im Vordergrund standen. Allerdings war mir klar, dass die Fragen irgendwann kommen würden.

Vielleicht schon heute, dachte ich, als ich die Klingel betätigte. Nach meiner Rückkehr war ich bei meiner Schwester untergekommen und hatte mein Elternhaus aufgrund der Erinnerungen an die Überdosis gemieden. Nun war ich aber eingeladen worden und zwang mich für Mum, über meinen Schatten zu springen.

Diese öffnete nach kurzer Zeit die Tür. »Hey, Ames.«

»Hi, Mum«, grüßte ich sie beinahe schüchtern zurück, ehe sie mir die Tür aufhielt.

»Wie geht's dir, Schatz?«

Zur Antwort zuckte ich nur nichtssagend mit den Schultern und lief wortlos den kurzen Flur entlang. Kaum hatte ich die Türschwelle zur Küche überquert, erstarrte ich. An dem gedeckten Tisch in der Essecke saß Steph und nippte an einer dampfenden Tasse Tee. Sie wirkte unbekümmert, so als sei ihr Besuch von vornherein geplant gewesen, obwohl eigentlich nur Mum und ich uns verabredet hatten.

Ich ahnte nichts Gutes und mein Blick wanderte misstrauisch von Mum zu Steph und wieder zurück. »Was wird das?«

»Ich dachte mir, wir machen uns heute zu dritt einen schönen Mädelsnachmittag«, erwiderte meine Mutter, aber ich merkte ihr sofort das schlechte Gewissen an.

»Das sieht eher nach einer Intervention aus.«

Steph warf Mum einen kurzen Blick zu, bevor sie sich auf mich fokussierte. »Das ist auch eine.«

Ich seufzte leise und nahm währenddessen am Tisch Platz. »Warum? Ich esse doch.«

»Kaum«, warf meine Schwester missbilligend ein.

Sie übertrieb. Nach meiner Rückkehr hatte ich es mit ihrer Hilfe geschafft, nicht weiter abzurutschen und in alte, ungesunde Gewohnheiten zu verfallen. Zwar waren die engeren Klamotten wieder den übergroßen, weiten Wohlfühlsachen gewichen und in meinem Kopf tobte immer noch der Selbstzweifel, aber ich zwang mich trotz allem zur Nahrungsaufnahme. Dieses Mal hatte ich allerdings keine Bestrebungen danach, Fortschritte zu machen. Ich war nicht ich selbst, aber es war okay, solange alles einigermaßen so blieb, wie es war.

Mum umfasste meine Hand und drückte leicht zu. »Ames. Du bist nicht glücklich.«

»Ja, na ja, aktuell wäre das wohl auch ein wenig zu viel verlangt.« Bitter entzog ich ihr meine Hand.

»Was genau ist eigentlich passiert? Du hast nur erzählt, dass es mit diesem Kerl nicht funktioniert hat.«

»Lennox. Er heißt Lennox Mercier-Campbell.« Der Name kam mir über die Lippen, bevor ich mich stoppen konnte, weil Stephs Ton mich provoziert hatte.

»Was für ein Zungenbrecher als Name.«

»Steph, sei lieb«, orderte Mum ihr an, ehe sie sich wieder mir zuwandte. »Was ist passiert?«

Da ich garantiert nicht vorhatte, mit den beiden über Lennox zu sprechen, war jetzt der Zeitpunkt, meinen Vater zu erwähnen.

»Ich habe Dad in New York City getroffen.«

Danach war es für einige Momente still am Tisch. Mum wurde blass. Sie sagte keinen Ton, blinzelte nicht einmal.

Steph stieß überrascht aus: »Du hast was?«

»Er ist der Geschäftspartner und Freund meines Chefs.«

»Ames, ich –«, warf Mum schuldbewusst ein, aber ich winkte ab.

»Ich bin nicht böse. Nicht auf dich.«

»Wie kann das sein?« Steph war immer noch völlig überrumpelt.

»Der schnellste Weg, etwas zu finden, ist, nicht mehr danach zu suchen.«

Noch während ich diese kryptischen Worte aussprach, wanderten meine Gedanken ganz automatisch wieder zu Lennox. War es bei ihm nicht genauso gewesen? Nie hätte ich gedacht, jemandem wie ihn in New York zu begegnen. Ich war dorthin gezogen wegen der Arbeit, nicht um einen Mann zu suchen und er war durch puren Zufall in mein Leben gestolpert. Das hatte ich zumindest angenommen.

Mein fragiles Herz kam aus dem Takt, als es daran erinnert wurde, zu wem es gehörte und wer es hintergangen hatte.

»Ja, aber warum gerade in New York? Ich meine, dein Dad hätte überall auf der Welt sein können. Was für ein Zufall, dass du ihm ausgerechnet dort begegnet bist.«

»Oh, das war kein Zufall«, entgegnete ich und erntete erwartungsvolle Blicke meiner Familie. »Mein Chef wusste über mich Bescheid. Er und mein Vater sind befreundet und er musste es ihm erzählt haben. Das Praktikumsangebot hatte ich nur bekommen, weil er sich schuldig gefühlt hat, wie mein Dad mit mir umgegangen ist.«

»Das muss ein Schock für dich gewesen sein.«

Meine Schwester sah mich skeptisch an. »Hm, ich bekomme das Gefühl, dass das noch nicht alles war. Was war nun mit diesem Kerl?«

»Für den war ich eine Chance, sich bei seinem Vater gut zu stellen. Nicht mehr, nicht weniger.«

»Hat er dir das gesagt?«

»Nein, ein Freund von ihm.«

»Hast du mit deinem Vater geredet?«, fragte Mum da vorsichtig. Die Nervosität war ihr anzusehen.

Ich atmete tief ein und blies dann langsam die Luft aus, als ich überlegte, wie ich es am besten formulieren sollte.

»Nur, als ich noch nicht wusste, wer er war. Aber ich kann verstehen, warum du ihn niemals erwähnst. Er ist kein besonders netter Mann und niemand, den ich unbedingt in meinem Leben bräuchte.«

»Oh, Ames«, brach meine Mum fast weinend zusammen. »Es tut mir so leid. Ich hätte früher mit dir über ihn reden sollen. Ich hätte kein Geheimnis daraus machen dürfen. Dann wärst du nicht in der Situation, in der du jetzt bist. Du hättest dich nie ...« Sie stockte, aber brachte es nicht fertig, meine Krankheit anzusprechen. »Es bricht mir das Herz, wenn ich dich so kämpfen sehe. Ich fühle mich, als hätte ich als Mutter versagt.«

Ihr Geständnis wog schwer. Ich konnte kaum noch atmen. Zu all dem Schmerz, den ich eh schon fühlte, kam nun noch Mums Traurigkeit. Dass ich sie so sehen musste ... Mir war gar nicht bewusst gewesen, wie sehr sie sich in den letzten Jahren wegen mir verändert hatte. Wie ihre lebensfrohe, verrückte Seite einer Ernsthaftigkeit gewichen war, weil sie sich an allem die Schuld gab.

»Mum, hör auf. Das hast du nicht. Es bringt nichts darüber nachzudenken, was hätte sein können. Mir muss es leidtun. Ihr beide habt mit mir so viel durchgemacht.« Jetzt blinzelte auch ich gegen die Tränen an.

»Wir sind eine Familie. Man hält zusammen und ist füreinander da. Das macht man nun mal so.« Meine Schwester legte sowohl mir als auch Mum eine Hand auf die Schulter und tröstete uns beide mit ihrer ruhigen, abgeklärten Art. Dann räusperte sie sich. »Aber Ames, du musst jetzt langsam wieder anfangen, zu leben. Du bist seit deiner Rückkehr innerlich tot und ich kann mir das nicht länger ansehen. Es ist genug.«

Ich nickte und biss mir dabei schuldbewusst in die Unterlippe. »Ja, ich möchte wieder zur Therapie gehen.«

Mum und Steph atmeten erleichtert auf, so als hätten sie genau das hören wollen.

»Gut, denn du solltest weniger Zeit damit verbringen, dich zu zerstören und viel mehr damit, dir endlich ein Leben aufzubauen. Du musst immer daran denken: Dein Verstand ist eine Waffe. Richte sie nicht länger auf dich selbst, sondern such dir ein anderes Ziel!«

Wie recht meine Schwester hatte!

Kapitel 53

Amely

Vier Monate nach der Trennung

Ich atmete tief durch die Nase ein, hielt kurz die Luft an und ließ sie dann langsam wieder entweichen, in der Hoffnung, die tiefen Atemzüge würden mich beruhigen. Meine Nerven waren zum Zerreißen gespannt. Der Muskel in meiner Brust zog sich viel zu schnell zusammen und pumpte in kurzen Abständen so viel Blut durch meinen Körper, dass es mir in den Ohren rauschte. Ich wurde hibbelig, musste meinen Händen irgendetwas zu tun geben und ließ sie dadurch ständig durch meine Haare fahren.

Warum war ich nur so aufgeregt? Das, was ich vorhatte, machte ich doch nicht zum ersten Mal. Zugegeben, es war eine Weile her, aber ich war sicher, dass ich nichts verlernt hatte. Vor mir stand ein Stativ mit meinem Handy. Ich wollte etwas filmen, aber ich scheiterte daran, die Aufnahme zu starten. Es war nicht so, dass ich es nicht wollte, es fühlte sich nur verdammt fremd und komisch an. Nie hätte ich gedacht, wieder hier zu sitzen. Auch wenn ich es vermisst hatte, war doch monatelang die Angst zu groß gewesen, damit einen Rückfall meiner Krankheit zu provozieren.

Mittlerweile war ich an einem Punkt, an dem ich mich fragte, ob ich mich jemals wieder gut fühlen würde. Ich hing in einer Stimmung fest, in der ich nur existierte, mich mit vielem zufrieden gab und aufgegeben hatte, auf ein Happy End zu hoffen. Innerlich fühlte ich mich miserabel, aber ich war stabil und vielleicht musste ich einfach lernen, damit zu leben. Vielleicht war das der beste Zustand, den ich fortan erreichen konnte.

Die Standpauke von Steph und Mum hatte mich zum Nachdenken gebracht. Ich konnte nichts dagegen tun, dass ein Teil meines Herzens in New York City verloren gegangen war, aber ich konnte etwas gegen diese verdammte Sehnsucht in mir unternehmen, die mich nicht zur Ruhe kommen ließ. Ich brauchte ein Ziel, und meinem Traumjob auf gesunde Art und Weise nachzugehen, war wohl ein solches.

Mach es nicht für andere, sondern für dich. Weil es dir Freude bereitet. Weil es dich glücklich macht.

Natürlich musste ich gerade jetzt an Lennox' Worte denken, aber das Ziehen in meiner Brust gab ihm recht. Das hier war das, was ich tun wollte, was mir einen Sinn gab, was meine Leidenschaft weckte.

Ich hatte meine Schwester bereits nach dem Zugang zu meinen Instagram-Account gefragt, jetzt musste ich mich nur noch dazu durchringen, die Aufnahme zu starten. Ich wusste genau, was ich sagen wollte, hatte bis spät in die Nacht an einem Skript gesessen. Es war an der Zeit, vollkommen ehrlich zu der Welt zu sein – vielleicht auch, weil ich es zu mir selbst viel zu lange nicht gewesen war.

Ich atmete noch einmal tief durch, nahm dann all meine Kraft zusammen und drückte auf *Aufnehmen.*

Kapitel 54

Lennox

Gott, war ich im Arsch! Erschöpft schleppte ich mich nach einem langen, anstrengenden Arbeitstag in meine Wohnung. Mein Dad kannte keine Gnade, seit er mich nach dem Drama mit Amely für ein paar Wochen freigestellt hatte. Mir kam es so vor, als müsste ich meinen Ausfall wieder reinarbeiten und ich war daher des Öfteren der Erste und Letzte im Büro. Das Gute: Er hatte mich aus dem Marketing beordert. Das Schlechte: Ich arbeitete nun enger mit ihm zusammen, weil er mich auf die Firmenübergabe vorbereiten wollte.

Dass ich schon im Foyer meinen Fernseher hörte, hob meine Laune nicht wirklich. Ich machte mich darauf gefasst, einen meiner Freunde in meinem Wohnzimmer anzutreffen und tatsächlich fläzte Aaron auf meiner Couch. Er nickte mir kurz zu, bevor er seine volle Aufmerksamkeit wieder dem Action-Streifen auf dem riesigen Bildschirm schenkte. Einen Moment lang stand ich nur da und beobachtete ihn. Dabei fiel mir auf, dass mein bester Freund genau dort saß, wo ich vor Monaten die Liegefläche für den Filmabend mit Bambi –

Nein, nicht daran denken!, erinnerte ich mich, als sich mein Herz schmerzhaft zusammenzog.

Ich schüttelte den Kopf, um die Gedanken loszuwerden, und löste meine Krawatte. Selbst nach knapp vier Monaten hatte ich mich noch nicht an das Gefühl der Enge um meinen Hals gewöhnt, aber ich ertrug es trotzdem.

»Ist dein eigener kaputt?« Ich ließ mich neben Aaron auf das Sofa fallen und deutete in Richtung Fernseher.

»Nein, warum?«

»Hast du dich dann aus deiner Wohnung ausgesperrt?«

Aaron wandte sich mir stirnrunzelnd zu und sah mich an, als hätte ich nicht mehr alle Tassen im Schrank. »Was? Nein? Wie kommst du darauf?«

»Weil du in *meiner* Wohnung sitzt und auf *meinem* Fernseher irgendeinen Film schaust.«

Aaron seufzte nur und ich durchschaute ihn.

»Ach, ist das wieder einer dieser Kontrollbesuche? Es geht mir gut. Ich werde mir nicht die Pulsadern in meiner Badewanne aufschneiden, keine Sorge.«

»Aber nur, weil du keine Badewanne hast.«

Mein bester Freund lachte, bis mein Telefon klingelte und unser Gespräch unterbrach. Ich streckte mich kurz im Sitzen, um es aus meiner Hosentasche ziehen zu können. Als ich die Nummer sah, hätte ich den Anruf am liebsten abgelehnt, aber ich lief vor nichts und niemanden davon. Ich wusste, warum er anrief, und es war an der Zeit, diese Tür für immer und ewig zu schließen.

»Hallo Tristan.«

Bei der Begrüßung sah mich Aaron mit großen Augen an und schaltete den Fernseher stumm, um lauschen zu können. Bei der Lautstärke, mit der ich angeschrien wurde, musste er sich dafür nicht mal anstrengen. Ich hielt mir mein Smartphone vom Ohr weg.

»Bist du für meine Kündigung verantwortlich?«

»Nein«, antwortete ich ihm ehrlich. Von der Entscheidung hatte ich auch erst vor ein paar Stunden erfahren. »Wolltest du die Personalabteilung erreichen? Dann ist das hier die falsche Nummer.«

»Hey, ich verstehe es, okay? Ich habe Mist gehabt und ich habe mich jetzt schon tausend Mal entschuldigt. Können wir das nicht einfach alles vergessen?«

»Nein, anscheinend hast du nichts verstanden«, fuhr ich ihn an.

»Ich wollte doch nur, dass sich zwischen uns vieren nichts verändert. Niemals hätte ich gedacht, dass dir die Kleine so viel bedeutet.«

Ich atmete tief ein und zählte in Gedanken bis drei, um mich zu beruhigen, ehe ich antwortete. »Ganz ehrlich, Tris, wie lange hätten wir so noch weitermachen können? Wie lange wäre das noch gut gegangen mit den Frauen, den Partys und diesem ziellosen In-den-Tag-leben? Man erwartet von mir, dass ich bald ein Milliarden-Dollar-Unternehmen leite. Irgendwann hätte ich erwachsen werden müssen. Und du hattest Angst vor Veränderung und bist deswegen komplett ausgerastet. Tut mir leid, aber das verstehe ich nicht. Es gibt kein Zurück mehr. Werd endlich erwachsen, so wie der Rest von uns!«

Dann legte ich auf und Aaron stieß einen leisen Pfiff aus.

»Hast du mit ihm geredet, seit der Scheiße, die er gebaut hat?«, fragte ich meinen besten Freund, doch der schüttelte den Kopf.

»Nein und Damien auch nicht, soweit ich weiß. Wer ist für seine Kündigung verantwortlich?«

»Ivy.«

»Scheint ihn hart zu treffen.«

Ich zuckte mit den Schultern, weil die Konsequenzen, die Tristan tragen musste, nicht mehr mein Problem waren.

»Hast du was von Amely gehört?«, wollte Aaron nach kurzer Stille vorsichtig wissen.

Ich seufzte, weil mir das Thema weh tat. Ich wollte nicht darüber sprechen und verneinte kopfschüttelnd. »Ich habe ihre neue Handynummer nicht.«

»Hast du Ivy danach gefragt?«

So wie er es sagte, war mir klar, dass meine Schwester weiterhin zu der Frau Kontakt hatte, die mir alles bedeutete, aber ich fühlte mich nicht hintergangen. Im Gegenteil. Es war gut zu wissen, dass noch nicht alle Brücken zwischen uns niedergebrannt waren.

Wieder schüttelte ich den Kopf.

»Willst du, dass ich sie dir besorge?«

Aaron war ein ausgezeichneter Hacker, weswegen er auch der Einzige war, der eine absolut sichere Software anbieten konnte, und ich wusste, er würde spielend leicht an Bambis Handynummer kommen, aber ich zögerte. Wie es wohl wäre, ihr wieder schreiben zu können? Ob sie überhaupt von mir hören wollte? Zweifel ließen mich schnell zu einem Entschluss kommen.

»Ich bin noch nicht so weit.«

»Wie meinst du das?« Aaron sah mich stirnrunzelnd an.

»Ich bin mir nicht sicher, ob ich jemals wieder eine Chance bei ihr bekomme, aber wenn, dann will ich mein Leben vollkommen im Griff haben. Ich kann es mir nicht leisten, es zweimal zu versauen. Sie verdient jemand Besseren, also weiß ich, was ich zu tun habe, wenn ich sie nicht verlieren will.«

Er nickte. »Hast du mit deinem Vater gesprochen?«

»Nein, das schiebe ich immer noch vor mir her.«

»Du willst dich bessern, also warte nicht mehr zu lang.«

Ich musste grinsen. »Jawohl, Chef.«

Mein bester Freund wandte sich wieder seinem Film zu und ich entschied, ein wenig durch Social Media zu scrollen. Als ich Instagram öffnete und den obersten Beitrag in meinem Feed entdeckte, sackte mir augenblicklich mein Herz in die Magengegend.

»Hi, na, überrascht? Ich weiß, es ist schon ewig her, dass ich mich bei euch gemeldet habe. Das hatte einen guten Grund und den möchte ich heute mit euch teilen.«

Das Reel, das Amely aufgezeichnet hatte, spielte sich automatisch ab und ich war nicht darauf gefasst gewesen, ihre Stimme zu hören. Meine Hand begann zu zittern, als ich das Video stoppte. Ich musste mir das in Ruhe ansehen, wenn ich bereit dazu war. Gerade wurde ich von einer Lawine der Sehnsucht überrollt, die mich innerlich auffraß, und ich konnte vor Schmerzen kaum denken. Dennoch spürte ich einen kleinen Funken Stolz. Sie hatte es tatsächlich getan. Sie hatte die Kraft gefunden, ihren Traum wiederzubeleben. Das verdiente Respekt und mir wurde bewusst, wie sehr ich sie liebte. Wie sehr sie mich inspirierte und beeinflusste.

Aaron und ich hatten bisher noch nie ernsthaft über eine Kooperation unserer Unternehmen gesprochen. Es war immer mehr ein Witz gewesen, eine *Was wäre wenn*-Unterhaltung, wie Kinder, die sich ihre Zukunft ausmalen. Allerdings waren wir keine Kinder mehr. Wenn Amely ihren Traum lebte, konnte ich verdammt noch mal alles für meinen tun.

Ich sah meinen besten Freund an. »Hey, was würdest du davon halten, in Zukunft mit mir zusammenzuarbeiten?«

Aaron zögerte keine Sekunde. »Bin dabei.«

Kapitel 55

Lennox

Sieben Monate nach der Trennung

»Aber warum sollten Regierungen oder Unternehmen gerade uns vertrauen? Warum sollten sie mit unseren Produkten arbeiten wollen, wenn es doch bereits andere, weitaus erprobtere Anbieter gibt?«

Mein Vater kratzte sich am Kinn und musterte mich skeptisch. Sein Einwand war nichts, worauf ich nicht vorbereitet war.

»Wir sind CIP, Dad. Wir sind nicht irgendwer, sondern Marktführer, was die Hardware angeht. Mit Aarons Software wären wir unschlagbar. Warum sollten sie uns nicht vertrauen?«

Er ließ das kurz auf sich wirken und machte dann eine Geste, die ich als *Da ist was Wahres dran* deutete.

»Ich bin dafür.«

Ich blickte zu der dritten Person in unserer Runde und war überrascht. Meine Schwester zu überzeugen, war einfacher, als ich gedacht hatte.

»Okay, dann solltest du es dem Vorstand präsentieren, Lex«, willigte auch mein Dad ein.

Ein euphorisches Hochgefühl erfasste mich und ich nickte aufgeregt. Oh Mann, ich konnte es nicht fassen, dass mein Traum in Erfüllung ging, dass ich mit der Zusage des Vorstandes meine eigene Abteilung bekam und auch noch mit meinem besten Freund zusammenarbeiten durfte.

»Und du bist wirklich nicht enttäuscht, dass ich die Firmenübernahme ablehne? Was wird jetzt mit deiner Nachfolge?«

Daraufhin atmete mein Vater tief durch und sah mich eindringlich an. »Die Nachfolge wird sich klären und ehrlich gesagt, bin ich nicht enttäuscht, sondern froh darüber.«

»Froh?« Ich glaubte, ich hatte mich verhört.

»Lennox, ich gebe zu, dass ich viele Fehler gemacht habe, aber du kannst sicher sein, dass ich immer nur dein Bestes wollte. Meine Erwartung war nie, dass du in meine Fußstapfen trittst. Ich wollte immer nur, dass du endlich Verantwortung übernimmst. Für dich. Für dein Leben. Für das, was du willst. Du hast rebelliert, aber was hättest du gemacht, hättest du einfach deinen Willen bekommen? Du hattest keinen Plan, keine Vision.« Er stieß frustriert die Luft aus. »Mein größter Fehler war, dich mit Amely zusammenarbeiten zu lassen und zu hoffen, dass sich daraus etwas Gutes entwickelt.«

Sofort schüttelte ich vehement den Kopf. »Das war kein Fehler. Sie ist der Grund, warum ich heute hier bin. Du hast viel falsch gemacht, aber das – sie und ich – das war die richtige Entscheidung. Die beste Entscheidung, die du hättest treffen können, ehrlich gesagt.«

Die Stille, die danach folgte, war ohrenbetäubend laut.

»Hast du mal wieder etwas von ihr gehört?«, fragte mich Dad und für einen Moment sah ich Hoffnung in seinen Augen aufblitzen.

»Nein, aber ich habe gesehen, dass sie auf Instagram zurück ist.«

»Und dabei gleich all ihre Bilder gelikt«, warf Ivy amüsiert ein.

Ich schenkte meiner Schwester einen genervten Blick, der ihr deutlich machte, dass sie jetzt besser den Mund hielt. Es war peinlich genug, dass ich Amely auf Social Media stalkte wie ein verknallter Teenie. Das musste nicht jeder wissen.

Mein Vater sah nur kurz belustigt zwischen uns hin und her und beendete dann unser Meeting, weil er noch einen wichtigen Telefontermin hatte. Unheimlich erleichtert trat ich vor seine Bürotür, Ivy folgte mir. Gemeinsam steuerten wir den Aufzug an.

»Das lief besser als erwartet.«

Ich nickte und biss mir dann auf die Zunge, weil ich mich davon abhalten musste, nach Amely zu fragen.

»Tu es«, forderte mich meine Schwester auf.

»Tu was?«

»Frag mich.«

Ich sah sie an, als hätte sie den Verstand verloren. »Ich soll dich was fragen?«

»Frag mich nach Amely, frag nach ihrer Handynummer. Du hast sieben Monate durchgehalten, jetzt würde ich dir sogar ehrlich darauf antworten.«

»Wie nett. Ivy, manchmal weiß ich wirklich nicht, wie du und ich Zwillinge sein können«, stieß ich halb belustigt, halb verzweifelt aus. Sie grinste mich breit an und in diesem Moment war ich unheimlich froh, dass wir uns wieder angenähert hatten. Ohne sie wäre ich in den letzten Monaten aufgeschmissen gewesen.

Auf einen Schlag verblasste ihr Lächeln und sie sah aus, als müsste sie etwas Unbequemes loswerden. »Weißt du, ich denke, es war gut für dich, sie zu verlieren.«

Sofort wollte ich alles zurücknehmen, was ich eben noch über Ivy gedacht hatte. »Ist das dein Ernst?«, fuhr ich sie an.

»Na ja, jetzt weißt du, wie es sich anfühlt, etwas Wertvolles zu verlieren, und ich bin mir ziemlich sicher, dass du alles dafür tun wirst, dass so etwas nicht noch mal passiert.«

Wir betraten den Aufzug und ich wartete mit meiner Antwort, bis sich die Türen der Kabine wieder geschlossen hatten. »Ja, na ja, nur doof, dass es jetzt nichts mehr nützt. Es gibt für mich nur eine Frau, aber die ist in London und wird nie wiederkommen.«

»Das werden wir sehen.«

Noch während sie sprach, zog sie ihr Handy hervor und fing an, etwas zu tippen.

»Warum bist du so optimistisch?«

»Einer von uns muss es sein.«

Im gleichen Augenblick vibrierte mein Telefon. Ich erkannte, dass Ivy einen Kontakt mit mir geteilt hatte – Amely. Auf Anhieb bekam ich weiche Knie.

»Nur fürs Protokoll –«, Ivy hielt ihren Zeigefinger in die Luft, um mich wissen zu lassen, dass ich jetzt genau zuhören sollte. »Ich mache das, weil ich glaube, dass ihr zusammengehört. Solltest du ihr allerdings noch einmal weh tun ...«

Sie ließ das Ende ihrer Drohung offen, aber ich verstand sie trotzdem. Meiner guten Laune tat das keinen Abbruch. Ich starrte auf die Nummer auf dem Display und konnte nicht anders, als zu denken, dass heute mein verdammter Glückstag sein musste!

Kapitel 56

Amely

Was zum Teufel machte ich hier? Der Bass dröhnte durch den Raum und mir unangenehm in den Ohren. Überall waren Menschen, man konnte kaum einen Schritt machen und die Luft in dem kleinen Wohnzimmer war durch Schweiß und eine ungenießbare Mischung aus verschiedenen Parfümen nicht mehr wirklich zum Atmen geeignet.

Mit dem Rücken an die Wand hinter mir gepresst gab ich mir Mühe, Abstand zu dem Chaos im Raum zu halten und beobachtete eine Gruppe Männer beim Bierpong. Sie waren alle Studenten und somit einige Jahre jünger als ich. Warum hatte ich noch mal die Einladung eines alten Freundes angenommen und war heute hier? Ach ja, weil ich wieder ein wenig mehr leben wollte.

Mich komplett fehl am Platz fühlend, umklammerte ich meinem Becher mit Wasser und entschied, dass Hauspartys definitiv nichts mehr für mich waren.

Nachdem das erste Reel nach meiner Pause, in dem ich über meine Krankheit berichtete, im Netz viral gegangen war, hatten sich viele Leute aus meiner Vergangenheit bei mir gemeldet. Auf einmal wollte jeder wieder etwas mit mir unternehmen, so auch die Frau, die mir auf einmal um den Hals fiel. »Oh mein Gott, Amely. Dich habe ich ja schon ewig nicht mehr gesehen.«

»Poppy«, begrüßte ich meine ehemalige beste Freundin distanziert und weigerte mich, ihre Umarmung zu erwidern. Ihr fiel auf, dass ich mich versteift hatte, und sie ließ schnell von mir ab.

»Ich habe dein Reel auf Instagram gesehen und konnte es gar nicht glauben, dass du aus den USA zurück bist. Warum hast du dich denn nicht gemeldet?«

»Weil ich nicht wollte.«

Wow, Lennox hatte definitiv auf mich abgefärbt. Ich klang schon genauso abgebrüht wie er, aber irgendwie störte mich das nicht.

»Na, auf jeden Fall finde ich es gut, dass du so offen über deine Erfahrungen sprichst«, überging sie meinen unhöflichen Kommentar. »Gut siehst du aus. Du hast in New York etwas zugenommen, oder?«

»Ist das dein Ernst?« Ich starrte sie ungläubig an. »Du sprichst meine Krankheit an und machst dann so einen Kommentar?«

Anders als früher traf mich dieser aber nicht mehr. Ich hatte dazu gelernt, hatte die letzten Monate verdammt hart an mir gearbeitet, viele Stunden bei meinem Therapeuten verbracht und wurde endlich nicht länger von so etwas getriggert. Die Meinungen von anderen zählten nicht mehr. Jetzt ging es nur noch darum, was ich wollte und das war, endlich etwas zu klären.

»Das letzte Mal, als wir uns gesehen haben, war an dem Abend, an dem ich meine Überdosis hatte«, merkte ich an und beobachtete genau die Reaktionen meiner ehemaligen besten Freundin.

»Ach, na ja, das ist doch eine alte Geschichte. Dir geht es doch wieder gut.«

»Und wenn nicht? Wenn ich gestorben wäre? Würdest du dir dann Vorwürfe machen? Hättest du überhaupt ein schlechtes Gewissen?«

»Was redest du denn da?« Poppy tat bestürzt. »Ich habe mir damals Sorgen um dich gemacht. Ich wollte nicht, dass dir etwas Schlimmes passiert.«

»Du wolltest nicht, dass mir etwas Schlimmes passiert? Warum hast du mir dann Drogen untergemischt?«, sprach ich endlich den Verdacht aus, den ich schon lange mit mir herumtrug.

Poppys Maske fiel, als sie merkte, dass ich mich nicht von ihr täuschen ließ. Als Nächstes verdrehte sie die Augen und war genervt.

»Es tut mir leid, okay? Ich dachte, du könntest ein wenig lockerer werden. Es konnte ja keiner ahnen, dass du davon zusammenbrichst.«

»Warum hast du das getan?«

Poppy winkte ab. »Ach, das ist schon so lange her. Ich glaube, ich war neidisch auf deine Karriere. Alles sah bei dir immer so einfach und leicht aus.«

Ich musste schlucken, weil mir mit einem Mal unheimlich schlecht wurde. Völlig entgeistert sah ich sie an. »Du wolltest mir heimzahlen, dass ich erfolgreicher war als du?«

Sie zuckte nur mit den Schultern, als sei das nicht mehr wichtig. Als hätte sie das längst abgehakt und vergessen.

»Vielleicht hättest du nicht mit deinen tollen Werbedeals angeben sollen.«

»Ich hätte ...« Mir verschlug es die Sprache und ich brauchte einige Sekunden, um sie wiederzufinden. »Du hast mich bestraft für etwas, für das ich nie verantwortlich war. Deine Gefühle sind und waren nicht mein Problem. Wenn du damals neidisch warst, weil ich hart gearbeitet habe, dann hättest du das mit dir ausmachen sollen, anstatt mich beinahe umzubringen.«

Damit ließ ich sie stehen und ging. Ich machte mir nicht die Mühe, mich zu verabschieden. Es kam nicht auf Menschen wie meine ehemalige beste Freundin an. Es kam auf mich an und ich wollte nicht noch mehr Zeit meines Lebens mit den falschen Dingen oder Personen verschwenden.

In Windeseile hatte ich es aus dem Haus geschafft und zog meinen Mantel enger um meinen Körper, als ich von der frischen Nachtluft begrüßt wurde. Nach einem tiefen Atemzug war ich erleichtert, den Gestank und die Party hinter mir lassen zu können. Ich lief ein Stück die mit Laternen beleuchtete Straße entlang und zog mein Telefon hervor, um mir ein Taxi zu rufen – je schneller ich von hier wegkam, desto besser –, doch bevor ich mir ein Uber ordern konnte, leuchtete mein Bildschirm auf. Es erschienen drei Nachrichten, bei denen mir fast das Herz stehen blieb.

Weißt du, was ich festgestellt
habe? Wenn man einmal All In ist,
kommt man nie wieder raus.

Ich weiß, dass du nicht mit mir
reden willst, aber verdammt, ich
vermisse dich. Jeden fucking Tag.

Ich werde nie aufhören, an dich zu
denken.

Ich las die Worte wieder und wieder, während sie in mir ein Tsunami
an Gefühlen auslösten. Alles wurde auf- und durcheinandergewir-
belt, bis ich nicht mehr wusste, was ich fühlte, wer ich war und wo
ich jetzt eigentlich hinwollte.

Das Telefon in meiner Hand begann zu vibrieren. Vollkommen
neben der Spur sah ich Ivys Namen und meldete mich, ohne sie zu
begrüßen. »Dein Bruder hat mir gerade geschrieben.«

»Na endlich.« Sie klang erleichtert.

»Was soll das heißen?«

»Dass ich ihm deine Nummer schon vor einer Woche gegeben
habe.«

»Ivy!« Ich war entsetzt. »Du hättest mich wenigstens mal fragen
können.«

Aber dann fiel mir wieder ein, mit wem ich hier telefonierte. Die
Familie Mercier-Campbell fragte nicht nach Erlaubnis, sie handelte
einfach.

»Du hättest Nein gesagt und dann hätte euer miserabler Zustand
noch ewig angehalten. Was schreibt mein Bruderherz denn?«

Ich blies meinen Atem durch die aufblähten Wangen und spielte
auf Zeit. Mittlerweile hatte sich der Sturm in mir gelegt, aber ein
einziges Gefühl war geblieben und ließ mich meine Hand zur Faust
ballen, sodass sich die Nägel in meine Haut bohrten. Ich vermisste

ihn. Er war überall. Ich befolgte seine Ratschläge, fragte mich, ob er stolz auf mich wäre oder wie es sich anfühlen würde, jetzt zu ihm nach Hause zu kommen. Ich wollte ihn und diese Lebendigkeit, die nur er in mir auslöste. Aber der Fakt, dass er mich verarscht und hintergangen hatte, blieb wie ein bitterer Nachgeschmack auf meiner Zunge, egal wie oft ich versuchte, ihn herunterzuschlucken.

»Mach dir keine Hoffnungen, Ivy. Es wird sich nichts ändern.«

Ich hörte sie aufstöhnen. »Aber warum? Ihr seid beide nur noch halb am Leben und ihr liebt euch doch.«

»Manchmal ist Liebe nicht das Problem.«

»Gott, ich verstehe nicht, warum er dir nicht die Wahrheit sagt«, stieß sie frustriert aus und ließ mich damit innehalten.

»Was für eine Wahrheit?«

Sie blieb still.

»Ivy, was für eine Wahrheit? Ich kenne –«

»Nein, kennst du nicht und wenn er es dir nicht sagt, dann mach ich das jetzt.« Sie atmete tief ein. »Tristan hat sich die Scheiße, die er dir über Lex erzählt hat, nur ausgedacht. Mein Bruder hat auch erst kurz vor der Präsentation erfahren, wer dein Vater ist. Er hat dich niemals benutzt, seine Gefühle waren echt und er wollte dir sofort davon erzählen, hätte unser Dad ihn nicht darum gebeten, es geheim zu halten.«

Ich öffnete meinen Mund, um etwas zu erwidern, war aber sprachlos. Das konnte nicht stimmen, oder?

»Wenn Tristan Mist behauptet hätte, hätte Lennox das doch auf der Stelle richtiggestellt. Warum sollte er mich so lange in dem Glauben lassen, dass er ein Arschloch war, wenn es nicht stimmt?«

»Weil er sich selbst gerne quält«, entgegnete Ivy. »Mein Bruder bringt seit Monaten sein Leben in Ordnung. Er hat unserem Vater gesagt, dass er nicht der nächste CEO werden will und bekommt jetzt seine eigene Abteilung, um mit Aaron zusammenzuarbeiten. Und trotzdem ist er nicht glücklich, denn das, was ihm fehlt, bist du.«

Ich schluckte. »Ivy, ich weiß nicht.«

»Aber ich weiß, dass es dir ähnlich geht. Niemand wird dich zu etwas zwingen, Amely. Es ist deine Entscheidung, ob du ihm antwortest oder nicht, aber er hat den ersten Schritt gemacht. Jetzt bist du am Zug.«

Kapitel 57

Lennox

Juli 2024 –
Zehn Monate nach der Trennung

Noch nie hatte ich mich in meinem Leben so fehl am Platz gefühlt wie in meiner jetzigen Situation. Mein Blick glitt über die ankommenden Gäste des diesjährigen CIP-Firmenevents, die sich passend zum Motto *Casino Night* schick gemacht hatten. Sie schlenderten nach und nach durch die massive Doppeltür des Country Clubs in den üblichen Saal. Die Männer hatten dabei eine ernste Miene aufgesetzt und begrüßten sich gegenseitig mit einem Nicken oder einem Handschlag. Für sie war der heutige Abend nichts anderes als ein großes Businessmeeting. Ihre Begleitungen bewunderten unterdessen die wie immer opulente Deko.

Jeder der Anwesenden war froh, eine Einladung erhalten zu haben und heute Abend hier sein zu dürfen – jeder, bis auf mich. Ich wollte am liebsten gehen und fragte mich, wie lange ich noch bleiben musste. Dass ich mich überhaupt aufgerafft hatte und gekommen war, lag nur an meiner Familie. Ich wollte Ivy und Dad nicht enttäuschen, nachdem sie mich bei dem Aufbau der neuen Abteilung so stark unterstützten. Unser Verhältnis hatte sich zum Guten gewendet und ich hatte das Gefühl, endlich Teil ihres Teams zu sein. Das wollte ich mir nicht gleich wieder kaputt machen, auch wenn es mir gerade schwerfiel, hier zu sein.

Mich hatten die Erinnerungen an den letzten Ball in diesem Saal eingeholt, kaum dass ich meinen Fuß über die Schwelle gesetzt hatte. Auf einmal war Amely überall und ich bekam kaum noch Luft. Trotz allem hatte ich ein Lächeln aufgesetzt und versuchte, so zu tun, als wäre nichts. Als ginge es mir gut. Aber langsam wurde ich müde, so verdammt müde davon zu schauspielern.

Das Schlimmste war, dass meine Gefühle für Amely selbst nach einem Jahr unverändert waren, es gab nur absolut keine Hoffnung mehr. Sie hatte sich nicht gemeldet. Wochen waren vergangen, seit ich ihr geschrieben hatte, in denen ich so oft mein Handy verflucht und gleichzeitig angefleht hatte, endlich zu klingeln. Mittlerweile akzeptierte ich die Funkstille, aber es war egal, wie viel Zeit verging oder noch vergehen würde. Mein Herz hatte sich festgelegt und nichts und niemand würde mehr etwas an dieser Wahl ändern können.

Als ich drohte, mich zu tief in meinen melancholischen Gedanken zu verlieren, verlagerte ich unruhig das Gewicht von einem Bein aufs andere und nahm einen tiefen, schweren Atemzug.

»Was ist los?« Aaron hatte meine Anspannung bemerkt und warf mir einen fragenden Blick zu.

»Ja, du siehst aus, als würdest du gerade eine Beerdigung besuchen«, mischte sich auch Damien ein.

Das war alles, was ich brauchte, um eine Entscheidung zu treffen. Ich ignorierte meine Freunde und wandte mich meiner Schwester zu. »Kannst du mich bei Dad entschuldigen? Ich muss hier weg.«

Doch Ivy schüttelte nur streng den Kopf. »Nein, tut mir leid. Du kannst noch nicht gehen. Du wirst heute Abend noch gebraucht.«

»Für was?«

Das war das erste Mal, dass ich davon hörte.

Statt zu antworten, blieb meine Schwester still und ihr Blick wanderte über meine Schulter in Richtung Eingang. Auf einmal formte sich auf ihren Lippen ein leichtes Lächeln.

Irgendetwas passierte hinter mir. Ein Schauer lief mir über den

Rücken und als sich auch der Fokus der Jungs verlagerte und sie mir unsichere Blicke zuwarfen, musste ich wissen, was los war. Langsam wandte ich mich um und rechnete damit, dass meine Schwester irgendetwas angestellt hatte.

»Ivy, ich schwöre dir –«, brachte ich heraus, bevor ein goldenes Funkeln meine Aufmerksamkeit erregte und mir die Luft aus der Lunge gepresst wurde.

In dem Moment, in dem ich sie in dem glitzernden Kleid erkannte, sprang mir das Herz bis zum Hals, bevor es in viel zu schnellem Rhythmus gegen meine Rippen hämmerte. Mein Kopf war wie leergefegt. Meine Augen wanderten über ihr Gesicht und ihren Körper und registrierten dabei jede kleine Änderung, seitdem ich sie das letzte Mal gesehen hatte. Das enge, bodenlange Kleid mit den dünnen Trägern stand ihr ausgesprochen gut. Es ließ ihren Teint strahlen und beim Anblick der weichen, ebenmäßigen Haut kribbelte es in meinen Fingern.

Ich hatte es bisher vermieden, Bambi in die Augen zu sehen, weil ich nicht wusste, was ich darin lesen würde. Schließlich nahm ich aber all meinen Mut zusammen und als Grün auf Braun traf, hielt die Welt an.

Kapitel 58

Amely

Kaum sahen wir uns an, war ich wie hypnotisiert. Alles um uns herum trat in den Hintergrund, Farben verblassten, Gespräche verstummten und die Zeit stand still. Für mich gab es nur noch ihn, als wäre er meine Sonne, um die ich kreiste und die mich magisch anzog.

Ich hatte nicht damit gerechnet, dass ich nach fast einem Jahr immer noch so intensiv auf Lennox reagieren würde. Ivys Erklärungen waren wie ein Befreiungsschlag gewesen und all die Wut auf ihn hatte sich in Sekunden aufgelöst. Ich hatte ihm verzeihen können, war aber gleichzeitig auch der Meinung gewesen, dass es besser wäre, ihn zu vergessen. Wir verdienten einen Neuanfang – jeder für sich. Also hatte ich ihm nie geantwortet.

Es hatte weitere drei Monate gedauert, bis mein Kopf endlich verstanden hatte, was meinem Herzen schon lange klar war: Es gab kein Zurück, aber es gab ohne Lennox auch kein Vorwärts.

Meine Beine zwangen mich dazu, mich zu bewegen und zu ihm zu gehen. Doch gerade, als ich den ersten Schritt setzen wollte, schob sich mir jemand in den Weg. Mein Blickkontakt mit Lex wurde unterbrochen und ich sah auf.

Mein Vater stand vor mir. Seine kalten Augen musterten mich und in den harten, angespannten Gesichtszügen entdeckte ich kaum Ähnlichkeit zu mir selbst.

»Ms. Spencer.« Seine Begrüßung war nicht mehr als mein Nachname und ein angedeutetes Nicken.

Wenn ich ehrlich war, hatte ich mir in den vergangenen Monaten kaum Gedanken über ihn gemacht. Umso überraschter war ich nun, dass er direkt vor mir auftauchte und das Gespräch suchte.

»Darf ich fragen, was Sie von mir wollen?« Mein Ton machte deutlich, wie unangenehm mir diese Interaktion war. Mein Vater war ein Fremder und gerade stand er mir im Weg.

»Wir müssen uns unterhalten.«

»Nein, das sehe ich anders. Sie hatten Jahre, um mit dieser Bitte an mich heranzutreten.« Ich achtete sehr auf einen förmlichen Umgang und hoffte, er verstand die Bedeutung dahinter. »Seien wir ehrlich zueinander: Wir kennen uns nicht und ich habe kein Interesse, daran etwas zu ändern. Einen schönen Abend noch.«

Damit schob ich mich an ihm vorbei. Blitzschnell schloss sich seine Hand um meinen Arm und hielt mich fest, sodass ich keine Wahl hatte, als mich zu ihm zurückzudrehen.

»Amely –«

Ich spürte seine Präsenz in meinem Rücken, noch bevor ich die vertraute, tiefe Stimme hörte. »Gibt's hier ein Problem?«

Augenblicklich fühlte ich mich stärker – nicht, weil ich es allein nicht war, sondern weil es mir zusätzliche Sicherheit gab, dass Lex hinter mir stand.

»Das geht dich nichts an. Geh bitte, Lennox.«

Mein Vater wollte ihn loswerden, doch der Mann hinter mir rührte sich nicht.

»Wir sind fertig hier«, entschied ich und befreite meinen Arm aus Rafaels Griff.

Dieser Mann hatte sich jahrelang geweigert, mein Vater zu sein. Dann brauchte er jetzt auch nicht damit anzufangen. Ich wollte nicht länger von ihm gesehen werden. Ich sah mich mittlerweile selbst und das war genug.

Lex interessierte es nicht, dass mein Vater protestiere. Er griff nach meiner Hand und führte mich in Richtung Tanzfläche davon.

Die ganze Zeit spürte ich, wie sich Rafaels Blick in meinen Rücken brannte, das Gefühl von Lex' Haut auf meiner war jedoch intensiver. Es reichte eine Berührung, um das Knistern zwischen uns wieder zum Leben zu erwecken und die Flammen auf der Haut tanzen zu lassen, dabei hatten wir noch kein einziges Wort miteinander gewechselt.

Auf der Tanzfläche angekommen, zog mich Lex in seine Arme. Im Blick des anderen verloren, begannen wir uns zur Musik zu bewegen. Er führte und ich folgte bereitwillig, aber niemand von uns traute sich, das Gespräch zu eröffnen.

Irgendwann gab er nach. »Ich hätte nicht gedacht, dich heute Abend hier zu sehen.«

»Es war eine spontane Entscheidung.«

Er beobachtete mich aufmerksam, das Grün seiner Augen leuchtete förmlich. Als er nickte, war es, als hätte er auch das verstanden, was ich ihm nicht offen sagen konnte.

»Du funkelst wie ein Diamant, Bambi.«

Mir fiel ein gewaltiger Stein vom Herzen, als er seinen Spitznamen für mich benutzte.

»Du siehst auch gut aus.«

»Das ist eine Lüge«, erwiderte Lex prompt und lachte bitter auf. »Ich weiß, wie schlecht ich aussehe, seit –«

Er beendete seinen Satz nicht, aber das brauchte er auch nicht. Der Stress war ihm tatsächlich anzusehen, nur hatte ich angenommen, dass er aufgrund der neuen Position bei CIP viel zu tun hatte. Das schlechte Gewissen schlug zu, als ich erkannte, dass ich schuld daran war.

»Für mich siehst du immer gut aus«, rutschte es mir über die Lippen. Daraufhin schenkte mir Lex zum ersten Mal an diesem Abend ein echtes Lächeln, das mich mit einer Wärme erfüllte, die ich seit Monaten vermisste.

»Warum bist du hier?«

Ich holte tief Luft. »Wegen dir.«

Er sah nicht überzeugt aus. »Ich würde dir gerne glauben, aber du hast nicht auf meine Nachricht reagiert. In all den Monaten habe ich nichts von dir gehört. Warum gerade jetzt?«

»Weil ich nicht mehr ohne dich kann, okay?!«, platzte es aus mir heraus. Wir hatten das Tanzen in der Zwischenzeit aufgegeben, standen inmitten der anderen Paare und sahen uns einfach nur an. Einige Gäste schauten neugierig in unsere Richtung, aber ich ignorierte sie.

»Manche Sachen brauchen Zeit, Lex. Ich war am Boden zerstört, als ich dachte, du hättest mich nur benutzt. Ich war so sicher, dir das niemals verzeihen zu können. Und dann hat mir Ivy endlich die Wahrheit erzählt, die du mir monatelang verschwiegen hast.«

»Ich wollte sie dir sagen, aber in dem Moment –« Er rang mit sich und seinen nächsten Worten. »Tristans Verrat hat mich umgehauen. Einer meiner besten Freunde hat mich hintergangen, weil er nicht wollte, dass ich mich verändere oder mit dir glücklich werde. Als ich das herausgefunden habe, hat es mir einfach die Sprache verschlagen. Danach wollte ich zu dir kommen, um alles klarzustellen, aber da warst du schon weg.«

Ich runzelte die Stirn. »Aber Ivy hatte zu jeder Zeit meine Nummer. Warum hast du mich nicht angerufen?«

Lennox wandte den Blick ab und biss sich auf die Lippe. »Ich würde gern sagen, dass ich dir Zeit geben wollte, aber ehrlich gesagt habe ich die gebraucht. Nach deiner Abreise ging es mir schlecht. Ich war in keinem Zustand, in dem ich dich hätte anrufen wollen.«

Das zu hören, war hart. Ich senkte den Kopf, starrte auf seine Fußspitzen und blinzelte die Tränen weg, die drohten, aus meinen Augen überzulaufen. Erst als ich mich wieder einigermaßen gefasst hatte, hob ich meinen Kopf und stellte fest, dass Lennox mich eindringlich ansah.

»Bambi, es tut mir leid, dass ich dir nicht gesagt habe, wer dein Vater ist, nachdem ich es wusste. Es tut mir leid, dass du es so erfahren musstest oder dass ich Tristans Lügen nicht umgehend aufgedeckt habe. Glaub mir, es tut mir wirklich verdammt leid.«

Ich schluckte. »Mir tut es auch leid, dass ich einfach gefahren bin, ohne noch einmal mit dir zu reden oder dass es so lange gedauert hat, bis ich jetzt hier vor dir stehe.« Tief einatmend fasste ich all meinen Mut zusammen. »Ich will eine zweite Chance mit dir, Lex. Ich will, dass wir eine zweite Chance bekommen.«

Mir fiel auf, dass wir uns während unserer Unterhaltung ein wenig voneinander entfernt hatten, und jeder Zentimeter Abstand zwischen uns war für mich einer zu viel. Doch als ich einen Schritt auf ihn zu machen wollte, hielt er mich auf.

»Wenn du mir jetzt näher kommst, dann solltest du wissen, dass ich dich nie wieder gehen lasse. Dass du dann für immer mein bist, genauso wie ich dein bin. Überleg dir also gut, ob du das willst, denn danach gibt es kein Zurück mehr.«

Ich brauchte nicht darüber nachzudenken, sondern machte, ohne zu zögern, den Schritt. Schneller als ich denken konnte, hatte er seine Arme um mich geschlungen und hielt mich an sich gedrückt, als hätte er Angst, ich könnte jederzeit wieder verschwinden.

»Ich bin stolz auf dich für deinen Mut. Das weißt du, oder?«

Ich wusste, dass er von meiner Karriere sprach und nickte, völlig gerührt von seinen Worten.

Er löste sich von mir, um mein Gesicht vorsichtig in seine Hände zu nehmen und mir in die Augen zu schauen. Dann sprach ich meine geheimsten Gedanken aus, die ich seit einer Weile mit mir herumtrug. »Ich glaube, das zwischen uns musste kaputt gehen, damit ich erst einmal lerne, mich selbst zu lieben, um jetzt mit dir wirklich glücklich werden zu können.«

Ich umfasste seine Handgelenke, während er immer noch mein Gesicht festhielt und mit einem zärtlichen Ausdruck auf mich herabsah. Dann sprach ich die Worte aus, die mir seit über einem Jahr im Herzen und auf der Seele brannten. »Ich liebe dich.«

Lennox ließ einen langen Atemzug entweichen, so als könne er es nicht fassen, das wirklich zu hören, bevor er schluckte. »Wenn ich dir jetzt mein Herz als Einsatz gebe, würdest du erneut alles auf uns setzen?«

»Lex, ich würde immer wieder auf uns setzen. All In. Erinnerst du dich?«

Ein Lächeln umspielte seine Lippen, als er jetzt derjenige war, der nickte. »All In, Bambi.«

Epilog

November 2024

Ich faltete meinen weißen Lieblingsstrickpullover aus weicher Wolle und legte ihn in den aufgeklappten Koffer, der neben mir auf dem Boden lag. Meine Augen brannten vor Müdigkeit und hinter meiner Stirn machte sich ein stechender Kopfschmerz breit. Am liebsten hätte ich mich um diese Uhrzeit – es war kurz vor Mitternacht – in mein Bett gekuschelt, allerdings musste ich packen, bevor am nächsten Morgen mein Flieger ging.

In dem Gästezimmer meiner Schwester, in das ich nach meiner überstürzten Rückkehr aus New York gezogen war, sah es aus, als hätte eine Bombe eingeschlagen. Der helle Parkettboden war fast vollständig mit irgendwelchen Sachen bedeckt. In einer Ecke stapelten sich meine Bücher, in einer anderen mein Equipment zum Filmen. Beides wartete darauf, in Umzugskartons verstaut zu werden. Verzweiflung keimte auf, als ich merkte, wie langsam ich vorankam.

Lediglich der Gedanke, dass ich das hier zum letzten Mal tat, tröstete mich ein wenig. Nie wieder würde ich mein gesamtes Hab und Gut in Kisten verstauen und mit zig Koffern quer über einen Ozean ziehen. Ich hatte nicht nur den Ort gefunden, an dem ich für immer leben wollte, sondern auch den Menschen, der meinem Herz ein Zuhause gab. Und ich konnte es nicht abwarten, Lex endlich wiederzusehen.

Mit ihm vor Augen schöpfte ich neue Kraft, weiterzupacken,

schloss den Deckel meines vollen Koffers und stützte mich darauf ab, in der Hoffnung, der Verschluss würde einrasten. Als das nichts half, setzte ich mich sogar auf die harte Schale und wippte ein wenig auf und ab, doch statt des ersehnten Klickens klingelte plötzlich mein Telefon. Innehaltend zog ich es aus der Bauchtasche meines grauen Hoodies.

»Ivy, was gibt's?«

Weil ich währenddessen aufstand, um ein paar meiner Kleidungsstücke aus dem überfüllten Gepäck auszusortieren, bemerkte ich zunächst nicht, wie nach meiner Frage eine viel zu lange Pause entstand. Als mir auffiel, dass ich noch keine Antwort erhalten hatte, überprüfte ich irritiert die Verbindung, doch die war noch intakt.

»Hallo? Ivy? Hörst du mich?«

Erst dann nahm ich das leise Schluchzen wahr, das durch den Hörer an mein Ohr drang. Sie weinte.

Was zum ... ?

Ivy weinte nie. Dass sie gerade zusammenbrach, konnte nur bedeuten, dass irgendetwas Schlimmes passiert sein musste. Sofort wanderten meine Gedanken zu Lex, der sich seit einer Weile nicht gemeldet hatte.

»Was ist passiert?«, fragte ich alarmiert.

»Er ist ...« Ihre Stimme brach und es war kurz still, als sie mit sich kämpfte. Ich hingegen konnte nichts sagen. Angst hatte von mir Besitz ergriffen und lähmte meinen Körper. Meine Zunge lag mir bleischwer im Mund.

Er ist – was?

Was war passiert? Und vor allem wem? Lennox? Der Gedanke nahm mir die Luft zum Atmen.

»Amely, ich brauche dich. Du musst kommen, bitte«, flehte sie mich plötzlich an und klang fix und fertig. Dabei war sie diejenige von uns beiden, die immer so stark war.

»Mein Flug geht in ein paar Stunden. Ich komme, so schnell ich kann, aber, Ivy, was ist passiert? Sag es mir!«

Ich wollte es nicht wissen, weil ich ahnte, es würde alles für immer verändern, aber ich musste es erfahren. Wenn Lex etwas zugestoßen war, dann –

»Es war ein Unfall. Er wollte nach Hause«, begann sie aufgelöst zu erzählen und eine eisige Kälte breitete sich in mir aus. »Und jetzt lebt er nicht mehr, Amely. Er ist einfach weg.«

»Wer, Ivy?«, schrie ich sie beinahe mit verzweifelter Stimme an, weil die Angst mit mir durchging.

Mit angehaltenem Atem wartete ich, während sie tief Luft holte und ihre Schluchzer sich für eine Sekunde beruhigten. Und als sie den Namen aussprach, blieb mein Herz stehen.

DAS ENDE. VORERST.

Wie geht es weiter?

Wie es nach diesem Cliffhanger weitergeht und welches neue Paar die Hauptrollen übernehmen wird, das erfahrt ihr im zweiten Teil der Broken Prestige-Reihe. Dieser wird voraussichtlich **Ende 2024** erscheinen. Auf meinen Social Media-Kanälen halte ich euch über Titel, Klappentext, Charaktere, Tropes, etc. auf dem Laufenden. Folgt mir für alle Infos rund um die New Yorker Elite:

Instagram

TikTok

Danksagung

Mein zweites Buch. Meine zweite Danksagung. Und doch fällt es mir nicht einfacher, die richtigen Worte zu finden.

Dieses Buch war meine Heilung. Von so vielem. Es fiel mir unheimlich leicht, die richtigen Worte zu finden, dabei Lex und Amely Leben einzuhauchen und eine Welt zu erschaffen, in der ich mich wohlfühlte und in die ich gerne abgetaucht bin. Kaum war das Manuskript beendet, wusste ich: Dieses Mal soll alles anders werden. Dieses Mal möchte ich es richtig machen. Dieses Mal brauche ich die Kontrolle, gerade weil die Geschichte so besonders, so persönlich für mich ist. Daher habe ich mich fürs Selfpublishing entschieden und es bis jetzt nicht bereut.

Natürlich bin ich diesen Weg aber nicht allein gegangen und daher möchte ich die Personen erwähnen, die mich dabei unterstützt und begleitet haben:

Zunächst bedanke ich mich bei meiner Lektorin *Nina vom Lektorat Zeilenkleid*. Du hast mitgefiebert, mitgelitten, dich in die Figuren und das Setting verliebt und konntest damit der Geschichte den nötigen Feinschliff verpassen. Ich danke dir für die gute Zusammenarbeit und bin froh über die tolle Erfahrung eines richtigen Lektorats.

Anja, du hast dem Buch ein Gesicht gegeben. Dankeschön für dieses tolle Cover und deine Hilfe beim Buchsatz. Ohne dich würde es dieses Buch nicht geben.

Das nächste Danke geht an meine Testleserin *Anni*. Du warst die Erste (und bisher Einzige), der ich die Rohfassung anvertraut habe. Du kannst dir nicht vorstellen, wie sehr ich deine Meinung schätze und wie sehr ich mich über dein Feedback freue.

Virginia, du hast mich von Anfang an unterstützt und mitgefiebert. Ich kann dir Buchideen pitchen, über Probleme jammern oder mich aufregen – du hast immer ein offenes Ohr. Ich bin wirklich dankbar dafür, mit dir zusammenarbeiten zu dürfen.

Vielen Dank auch an meine Autorenkolleginnen *Ani, Gina und Kristina* für das Beantworten sämtlicher Fragen über das Selfpublishing sowie die hilfreichen Erfahrungsberichte oder das Korrekturlesen eines Klappentexts.

Der größte Dank gilt aber meiner *Mama*. Dieses Projekt ist dein Projekt, denn deine Geschichte hat mich inspiriert. Danke für das Brainstorming zur Buchidee und für das Korrekturlesen am Ende. Ich habe so viel von dir und auch von *Papa* gelernt, was mir jeden Tag auf meinem Weg weiterhilft. Das Wichtigste war wohl aber, dass, wenn man etwas wirklich will, man alles schaffen kann. Ich bin dankbar für meine Kindheit und die Freiheit, die ich hatte, um mich auszuprobieren. Letztlich ist es dann doch das Schreiben geworden.

Philipp, seit knapp sieben Jahren bist du nun schon mein Fels in der Brandung, mein Leuchtturm bei Sturm, mein sicherer Hafen, oder kurz: mein Zuhause. Ohne dich wäre das Schreiben nicht möglich. Du unterstützt mich bedingungslos und ich weiß nicht, womit ich das verdient habe. Auf noch viele gemeinsame Jahre und noch viele Danksagungen, die zu kleinen Liebeserklärungen werden.

Und der letzte Dank geht wie immer an *dich*. Danke, dass du einer noch recht kleinen Autorin eine Chance gibst, und ich hoffe, dir hat die Geschichte von Lex und Amely gefallen.

Eine Bitte habe ich noch: Empfiehl das Buch weiter, zeige es auf Social Media deinen Freunden und anderen Leseverliebten und schreibe mir eine Bewertung auf Amazon, Thalia, Reado, Goodreads oder wo auch immer du magst. Lass uns gemeinsam erreichen, dass noch ganz viele darauf aufmerksam werden, denn New York City und seine High Society ist doch immer eine (Lese-)Reise wert.

Triggerwarnung

(Achtung Spoiler!)

Dieses Buch enthält potenziell triggernde Inhalte zu den Themen:

- Essstörungen & eine damit einhergehende negative Selbstwahrnehmung
- Drogenkonsum & Erlebnis einer Überdosis
- Fehlender oder fragwürdiger Consent
- Gewalt/ Kampfszenen
- Verlust eines Familienmitglieds

Die Autorin

Isa Hering, geboren 1993, kommt aus Thüringen, wo sie auch immer noch mit ihrer Familie lebt. Sie hat Kommunikationswissenschaften und Englisch studiert und ist mittlerweile im Marketing tätig. Sie liebt Bücher und liest diese auch oft bis tief in die Nacht. Das Schreiben war für sie schon immer eine Auszeit vom Alltag.

Webseite: www.isahering.de
Instagram/TikTok: @isa.hering